高等学校应用型特色规划教材 经管系列

管理学原理

(第二版)

主 编　倪　杰

副主编　周　璐　罗　茜

清华大学出版社

北　京

内 容 简 介

本次修订仍以注重应用为主要编著线索，吸收了当前国内外管理学学科的最新研究成果，围绕管理活动的五大职能(即决策、组织、领导、控制、创新)展开。全书共分 12 章，分别阐述了管理学基础知识、管理的环境与背景、决策与计划、组织管理与组织文化、领导与激励、控制与沟通、创业与创新等内容，同时特别注重了管理理论与实践的紧密结合。

全书体例新颖，内容及案例翔实，凸显了管理的实践性。本书既可作为应用型本科院校及高职高专院校专业课教材使用，也可作为其他学科及其他各类学生的参考书，更可作为企业管理人员的培训教材和参考读物。

图书在版编目(CIP)数据

管理学原理(第二版)/倪杰主编；周璐，罗茜副主编. --2 版. --北京：清华大学出版社，2011
(高等学校应用型特色规划教材　经管系列)
ISBN 978-7-302-25784-4

Ⅰ. ①管… Ⅱ. ①倪… ②周… ③罗… Ⅲ. ①管理学—高等学校—教材 Ⅳ. ①093

中国版本图书馆 CIP 数据核字(2011)第 097724 号

责任编辑：温　洁
封面设计：杨玉兰
版式设计：北京东方人华科技有限公司
责任校对：周剑云
责任印制：何　芊

出版发行：清华大学出版社　　　　　　　　　　地　　址：北京清华大学学研大厦 A 座
　　　　　http://www.tup.com.cn　　　　　　邮　　编：100084
　　　　　社　总　机：010-62770175　　　　邮　　购：010-62786544
　　　　　投稿与读者服务：010-62776969，c-service@tup.tsinghua.edu.cn
　　　　　质　量　反　馈：010-62772015，zhiliang@tup.tsinghua.edu.cn
印　刷　者：北京密云胶印厂
装　订　者：北京市密云县京文制本装订厂
经　　销：全国新华书店
开　　本：185×230　印　张：26.25　字　数：569 千字
版　　次：2006 年 9 月第 1 版　　　2011 年 6 月第 2 版
印　　次：2011 年 6 月第 1 次印刷
印　　数：37001～41000
定　　价：39.00 元

产品编号：039435-01

出版说明

应用型人才是指能够将专业知识和技能应用于所从事的专业岗位的一种专门人才。应用型人才的本质特征是具有专业基本知识和基本技能，即具有明确的职业性、实用性、实践性和高层次性。加强应用型人才的培养，是"十二五"时期我国教育发展与改革的重要目标，也是协调高等教育规模速度与市场人才需求关系的重要途径。

教育部要求今后需要有相当数量的高校应致力于培养应用型人才，以满足市场对应用型人才需求量的不断增加。为了培养高素质应用型人才，必须建立完善的教学计划和高水平的课程体系。在教育部有关精神的指导下，我们组织全国高校的专家教授，努力探求更为合理有效的应用型人才培养方案，并结合我国当前的实际情况，编写了这套《清华版高等院校应用型特色规划教材》丛书。

为使教材的编写真正切合应用型人才的培养目标，我社的策划编辑在全国范围内走访了大量高等学校，拜访了众多院校主管教学的领导，以及教学一线的系主任和教师，掌握了各地区各学校所设专业的培养目标和办学特色，并广泛、深入地与用人单位进行交流，明确了用人单位的真正需求。这些工作为本套丛书的准确定位、合理选材、突出特色奠定了坚实的基础。

❖ 教材定位

➤ 以就业为导向。在应用型人才培养过程中，应充分考虑市场需求，因此本套丛书充分体现"就业导向"的基本思路。

➤ 符合本学科的课程设置要求。以高等教育的培养目标为依据，注重教材的科学性、实用性和通用性。

➤ 定位明确。准确定位教材在人才培养过程中的地位和作用，正确处理教材的读者层次关系，面向就业，突出应用。

➤ 合理选材、编排得当。妥善处理传统内容与现代内容的关系，大力补充新知识、新技术、新工艺和新成果。根据本学科的教学基本要求和教学大纲的要求，制定编写大纲(编写原则、编写特色、编写内容、编写体例等)，突出重点、难点。

➤ 建设"立体化"的精品教材体系。提倡教材与电子教案、学习指导、习题解答、课程设计、毕业设计等辅助教学资料配套出版。

✧ 丛书特色

➤ 围绕应用讲理论，突出实践教学环节及特点，包含丰富的案例，并对案例作详细解析，强调实用性和可操作性。

➤ 涉猎最新的理论成果和实务案例，充分反映岗位要求，真正体现以就业为导向的培养目标。

➤ 国际化与中国特色相结合，符合高等教育日趋国际化的发展趋势，部分教材采用双语形式。

➤ 教材在结构的布局、内容重点的选取、案例习题的设计等方面符合教改目标和教学大纲的要求，把教师的备课、授课、辅导答疑等教学环节有机地结合起来。

✧ 读者定位

本系列教材主要面向应用型本科院校和高等职业技术院校，适合应用型人才培养的本科和高职高专的教学需要。

✧ 关于作者

丛书编委特聘请执教多年且有较高学术造诣和实践经验的教授参与各册的编写，其中相当一部分课程的主要执笔者是精品课程的负责人，本丛书凝聚了他们多年的教学经验和心血。

✧ 互动交流

本丛书的编写及出版过程，贯穿了清华大学出版社一贯严谨、务实、科学的作风。伴随我国教育改革的不断深入，要编写出满足新形势下教学需求的教材，还需要我们不断地努力、探索和实践。我们真诚希望使用本丛书的教师、学生和读者朋友提出宝贵的意见或建议，使之更臻成熟。

清华大学出版社

第二版前言

本书自 2006 年第一版出版以来，因其系统性、实用性、实战性、针对性等特点而深受广大读者的欢迎和好评，在过去的 3 年多时间里已累计印刷 12 次，并获 2010 年清华大学出版社"高等学校应用型特色规划教材经管系列"优秀专业图书奖。

随着世界经济格局和形势的变迁，管理学的理论体系和操作技能也呈现出了动态的调整变化，出现了许多前沿的管理思想和管理方法，因此本出有必要在第一版的基础上进行修订再版。

本书修订的基本思路是：仍以注重应用为主要编著线索，吸收了当前国内外管理学学科的最新研究成果，以体现教材内容的时代性、科学性。具体修订内容如下：

第一，在理论体系方面，编者以第一版的体系框架为基础，吸收了当前国内外管理学学科的最新研究成果，围绕管理活动的五大职能(即决策、组织、领导、控制、创新)展开，引入了伦理思想、绩效管理、运营与质量管理和人际关系管理，同时结合我国当前大学生就业的新形势，引入了创业学的相关思想。这些新模块的引入充实了第一版的理论体系，与当前社会对经济管理的现实需求紧密结合，更好地应对了应用型人才的培养与学习偏好。

第二，在案例选取方面，本书选取一部分密切结合目前世界经济形势发展变化的典型案例，增强本书的现实性和趣味性，使读者能够更好地认识和理解经济管理，尤其是企业管理的新变化及新趋势。

第三，在技能训练方面，第二版根据企业管理的流程加入了既实用又简单易学的量化分析方法，增强了本书的实际应用性。

本书第二版由倪杰教授担任主编并承担修改定稿工作。全书共 12 章，各章修订者是：倪杰、姚雨辰，第一、七、十一章；嵇坚，第二章；罗茜，第三、九、十二章；周璐，第四、八章；崔斌，第五章；陶应虎，第六章；熊继新，第十章。

另外，本书配有电子课件，以适应多媒体教学的需要。下载地址：www.tup.com.cn。

本书在再版过程中，参阅了国内外大量管理学方面的教材和著作，并引用了部分资料，在此向有关作者表示诚挚的谢意。同时，本书得到了金陵科技学院商学院、人文学院有关领导和教师的指导与帮助，并得到清华大学出版社编辑给予的大力支持，在此一并表示感谢。

限于我们的水平，书中难免有不妥或疏漏之处，敬请广大读者和管理学界同行给予批评指正。

编　者
2011 年 3 月

第一版前言

随着世界经济的发展，人们越来越深刻地认识到经济发展需要的管理人才是多元化、多层次的——既需要大批优秀的理论型、研究型人才，也需要大批应用型人才。而对应用型管理人才而言，必须具备一定的经济管理知识。"管理学原理"是一门系统研究管理活动的基本理论、基本规律和基本方法的科学，是经济管理类专业的一门重要的专业基础课。

虽然目前市场上各类管理学教材较多，但真正能满足培养经济管理类专业应用型人才管理学的教材不多。基于这样的情况，我们在对经济管理类专业应用型人才应具备的素质、能力和知识结构进行系统研究的基础上，组织编写了这本富有应用型特色的管理学教材。

本教材具有如下特点：

(1) 系统性。本书的内容结构和章节安排做到了条理清楚，层次清晰，力求系统、严密。

(2) 实用性。考虑到管理学是经济管理类专业学生的一门专业基础课，是学生今后学习管理专业课的基础。因此，在内容的组织上考虑了学生的易接受性，做到深入浅出、重点突出。

(3) 实战性。每章都配有与本章内容紧密相关的案例，既有成功的，又有失败的；既有中国的，又有外国的。供读者综合运用管理学知识分析其中的成败得失，便于读者从中探求管理学的真谛，打开成功之门。

(4) 针对性。通过针对性较强的管理技能训练，我们将理论教学、案例分析与技能训练三个教学环节既有机的统一，又层层推进，以促进学生的理论知识向应用能力转变。

(5) 前瞻性。本书注重学科的先进性，对管理职能的阐述以及对管理未来的发展都融入了最新的管理理论。

另外，本书配有电子课件，以适应多媒体教学的需要。下载地址：www.tup.com.cn。

本书由倪杰担任主编并承担全书的修改定稿工作。全书共 13 章，参加编写的人员及分工是：倪杰、姚振平，第一、十一章；王卫东、嵇坚、朱丽莉，第二、十三章；胡圣浩、倪杰，第三章；周璐，第四章；崔斌，第五章；陶应虎、朱丽莉，第六章；胡圣浩，第七章；许芳，第八、九章；熊继新，第十章；吴秀红、周璐，第十二章。

本书在编写过程中参阅了国内外大量管理学方面的教材和著作，并引用了部分资料，在此特作说明，并向有关作者表示诚挚的谢意。同时，本书得到了金陵科技学院商学院、人文学院及海南大学经济管理学院、三亚学院的有关领导和教师的指导与帮助，并得到清华大学出版社编辑给予的大力支持，在此一并表示感谢。

限于我们的水平，书中难免有不妥或疏漏之处，敬请广大读者和管理学界同行给予批评指正。

编　者

目　　录

第一章　导论 1

　第一节　管理概述与重要性 1
　　一、管理的含义 1
　　二、管理的重要性 3
　第二节　管理的职能与性质 4
　　一、管理的职能 4
　　二、管理的性质 7
　第三节　管理者的角色与技能 9
　　一、什么是管理者 9
　　二、管理者的角色 11
　　三、管理者应具备的技能 13
　　四、成功的管理者与有效的
　　　　管理者 15
　第四节　管理的原理与方法 15
　　一、管理的基本原理 15
　　二、管理的基本方法 19
　第五节　管理学 22
　　一、管理学的研究对象 22
　　二、管理学的特性 23
　本章小结 24
　复习思考题 24

第二章　管理思想与管理理论的发展 27

　第一节　早期的管理实践活动与管理
　　　　思想 27
　　一、古代的管理实践活动与管理
　　　　思想 27
　　二、西方早期的管理思想 28
　第二节　古典管理理论 29
　　一、泰勒的科学管理理论 29

　　二、法约尔的一般管理理论 32
　　三、马克斯·韦伯的组织理论 35
　第三节　人际关系理论和行为科学 36
　　一、霍桑实验 36
　　二、人际关系理论的主要观点 38
　　三、行为科学的贡献 39
　第四节　现代管理理论学派 39
　　一、社会合作系统学派 39
　　二、系统管理学派 41
　　三、决策理论学派 46
　　四、经验主义理论学派 47
　　五、权变理论学派 49
　第五节　当代管理问题及其挑战 50
　　一、20世纪90年代以来企业
　　　　面临的环境与挑战 50
　　二、管理研究领域的拓展 52
　　三、管理的未来发展趋势 53
　本章小结 64
　复习思考题 65

第三章　管理环境与背景 67

　第一节　全球环境中的管理 67
　　一、经济全球化的趋势 67
　　二、影响国际经济环境的因素 69
　　三、全球化管理的挑战 72
　第二节　伦理环境及其管理 75
　　一、伦理与管理伦理 75
　　二、组织背景中的伦理管理 78
　　三、当代企业伦理的热点问题 82
　第三节　企业的社会责任 84
　　一、社会责任的产生与演进 84

二、社会责任的定义 86

三、关于企业社会责任的观点 87

四、社会责任与经济绩效 88

五、企业承担社会责任的表现 89

本章小结 93

复习思考题 93

第四章 决策 97

第一节 决策概述 97

一、决策的定义及特点 97

二、决策的类型 99

三、决策在管理中的重要地位 101

四、科学决策的原则 102

第二节 决策的过程及其影响因素 106

一、决策的程序 106

二、影响决策的因素 109

第三节 决策的一般方法 111

一、定性决策方法 111

二、定量决策方法 115

第四节 理性决策与非理性决策 122

一、"完全理性"假设 122

二、"有限理性"模型 123

三、非理性决策 123

第五节 个人决策与群体决策 126

一、个人决策的影响因素 126

二、群体决策的兴起 126

三、个人决策与群体决策的比较 128

四、进行有效的群体决策 129

本章小结 133

复习思考题 134

第五章 计划 139

第一节 计划概述 139

一、计划的含义与作用 139

二、计划的种类 144

三、计划的层次体系 146

四、计划编制的程序 148

第二节 战略管理 149

一、战略管理的重要性 150

二、战略管理过程 152

第三节 计划工作的方法 158

一、甘特图法 158

二、滚动计划法 159

三、线性规划法 160

四、网络计划技术 162

第四节 目标管理 164

一、目标管理思想的发展 164

二、目标管理的特点 165

三、目标管理的步骤 166

四、目标管理的局限性 168

本章小结 170

复习思考题 171

第六章 组织管理 174

第一节 组织概述 174

一、组织的含义 174

二、组织的类型 175

三、组织设计的基本原则 176

第二节 组织结构设计 178

一、组织结构设计的任务和依据 178

二、组织结构的基本形态 180

三、组织结构的基本类型 182

第三节 人力资源管理 188

一、人力资源概述 188

二、人力资源管理 189

三、人力资源规划 190

四、工作分析 191

五、员工招聘 192

六、绩效考评 194

七、薪酬制度 195

八、员工培训 196
第四节 组织力量的整合 198
一、直线与参谋 198
二、集权、分权与授权 201
三、委员会管理 206
第五节 组织变革 210
一、组织变革的动力 210
二、组织变革的阻力 212
三、组织变革的实施步骤 214
第六节 团队组织 215
一、团队的概念 215
二、团队的功能 215
三、团队的种类 216
四、有效团队的特征 216
本章小结 218
复习思考题 219

第七章 组织文化 225

第一节 组织文化的概念与特征 225
一、组织文化的概念 225
二、组织文化的主要特征 227
第二节 组织文化的基本要素 229
一、组织文化的要素 229
二、组织文化的具体内容 233
第三节 组织文化的功能 238
一、组织文化的正功能 238
二、组织文化的负功能 240
三、组织文化的作用 241
第四节 组织文化的塑造 242
一. 组织文化塑造的基本原则 242
二、组织文化塑造的步骤 244
三、组织文化塑造方法 247
四、组织文化塑造的误区 250
本章小结 251
复习思考题 252

第八章 领导 255

第一节 领导概述 255
一、领导的含义和性质 255
二、领导与管理的区别 255
三、领导的作用 257
四、领导的本质 257
五、领导哲学 258
第二节 领导理论 260
一、领导素质理论 260
二、领导行为理论 262
三、领导权变理论 264
第三节 领导艺术 270
一、领导者自身素质要求 271
二、权力配置的艺术 272
三、用人的艺术 274
四、与人合作的艺术 276
五、绩效反馈的艺术 276
六、时间管理的艺术 277
本章小结 279
复习思考题 280

第九章 激励 282

第一节 激励原理 282
一、激励的基础 282
二、激励的本质 285
第二节 激励理论 287
一、内容型激励理论 287
二、过程型激励理论 293
三、矫正型激励理论 296
第三节 激励策略与绩效管理 300
一、绩效管理 300
二、激励策略与绩效提升 306
本章小结 309
复习思考题 309

第十章 沟通 311

第一节 组织人际关系的性质 ...312
一、人际关系的概念 ...312
二、人际关系的分类 ...313
三、影响人际关系的因素 ...313
第二节 沟通的过程和形式 ...315
一、沟通的含义 ...315
二、沟通的作用 ...316
三、沟通的过程 ...317
四、组织中沟通的形式 ...318
五、正式沟通和非正式沟通网络 ...319
第三节 沟通的障碍与改善 ...321
一、有效沟通的障碍 ...322
二、沟通障碍的改善 ...324
第四节 人际沟通的原则和技巧 ...325
一、人际沟通的原则 ...326
二、人际沟通的技巧 ...327
本章小结 ...333
复习思考题 ...334

第十一章 控制 ...336

第一节 控制概述 ...336
一、控制与计划的关系 ...336
二、控制的前提 ...337
三、控制的原理 ...337
四、控制的类型 ...338
第二节 控制的过程与方法 ...345
一、控制的过程 ...345
二、控制的方法 ...349
第三节 运营与质量管理 ...356
一、运营管理 ...356
二、质量管理 ...360
第四节 信息系统管理 ...366
一、管理信息系统的定义 ...366
二、管理信息系统的类型 ...366
三、管理信息系统对组织的影响 ...367
四、管理信息系统的实施 ...367
本章小结 ...369
复习思考题 ...370

第十二章 创业与创新 ...372

第一节 创业概述 ...372
一、创业的含义 ...372
二、创业的动机与意义 ...374
三、创业的类型 ...377
四、创业者的人格特质与技能 ...379
第二节 创业的过程 ...380
一、创业过程的一般模型分析 ...380
二、创业的程序 ...383
第三节 企业内部创业与创新 ...391
一、企业内部创业与创新的内涵 ...391
二、企业管理创新 ...392
三、企业技术创新 ...395
本章小结 ...399
复习思考题 ...399

参考文献 ...404

第一章

导　论

学习目标：通过本章的学习，掌握管理的含义和职能；理解管理的重要性与性质；熟悉管理者的角色；掌握管理者应具备的技能和管理方法；灵活掌握、运用管理的原理与方法；了解管理学的特性。

关键概念：管理(Management)　管理职能(Management Function)　管理者角色(Managerial Role)　管理技能(Management Skill)　管理原理(Principles of Management)　管理方法(Management Method)

第一节　管理概述与重要性

一、管理的含义

"管理"起源于人类的共同劳动，自古有之。当人们组成群体要实现共同目标时，就必须有管理，以协调群体中每个成员的活动。在现代社会，管理活动作为人类最重要的一项活动，广泛地存在于社会生活的各个领域，小至个人、家庭或团体，大到国家、地区或社会。可以说，现代社会的发展离不开管理。

在国外，管理一词的英文是 manage，是从意大利语的 maneggiare 和法语的 manage 演变而来，原意是"训练和驾驭马匹"，汉语解释为管辖与处理。但在管理活动中，管理的含义远不止这些，它在"管辖"、"处理"的基本含义基础上延伸出了更为广泛的意义。

多年来，西方许多管理学者从不同的研究角度对管理的概念做出了不同阐释。科学管理之父弗雷德里克·温斯洛·泰勒(Frederick Winslow Taylor)认为：管理就是"确切地知道你要别人去干什么，并使他用最好的方法去干"。法国古典管理学家亨利·法约尔(Henri Fayol)则认为：管理是所有的人类组织(不论是家庭、企业或是政府)都有的一种活动，这种活动由 5 项要素组成，即计划、组织、指挥、协调和控制。

20 世纪 50 年代以来，随着社会生产的不断发展，人们对管理的认识又进一步拓展了。美国管理学家、诺贝尔经济学奖获得者赫伯特·西蒙(Herbert Simon)认为：管理即制定决策。而马丁·J. 坎农(Mation J. Cannon)则认为：管理是一种为取得、分配并使用人力和自然资源以实现某种目标而行使某些职能的活动。美国商学院 20 世纪 70 年代使用频率很高的教科书是这样定义管理的：管理就是一个人或更多的人来协调他人的活动，以便收到单个人单独活动所收不到的效果而进行的各种活动。

当代管理过程学派的代表美国管理学家哈罗德·孔茨(Harold Koontz)把管理定义为：管理就是设计和保持一种良好的环境，使人在群体里高效率地完成既定目标的过程。斯蒂芬·P.罗宾斯(Stephen P. Robbins)对管理的定义是：管理是指同别人一起或通过别人使活动完成得更有效的过程。

上述关于管理的概念仅仅摘录了一些世界著名的管理学家的部分观点。这些不同的认识从不同的侧面揭示了管理的含义，或是深化了管理在某一方面的属性，综合前人的研究，可以对管理的概念做如下的表述：管理，就是在特定的环境下，通过计划、组织、领导、控制和创新等活动，协调以人为中心的组织资源，以实现既定的组织目标的过程。

这一表述包含以下几层含义：

(1) 管理是一项有目标的活动。管理是一项有意识、有目的进行的活动过程，管理的目的是实现组织的目标。世界上既不存在无目标的管理，也不存在无管理的目标。

(2) 管理工作的过程是由一系列相互关联、连续进行的活动所构成的。这些活动包括计划、组织、领导、控制、创新等，它们成为管理的基本职能。

(3) 管理的对象是组织的各种资源，管理的有效性集中体现在组织资源的投入、产出的比较上。所以，管理者必须把提高效益作为管理目标。

(4) 管理的本质是协调。协调就是使个人的努力与集体的预期目标相一致。每一项管理职能、每一次管理决策都要进行协调，而且都是为了协调。

(5) 管理工作是在一定的环境条件下开展的。环境既提供了机会，也构成了威胁。也就是说，管理须将所服务的组织看成是一个开放的系统，它不断与外部环境产生相互的影响和作用，要正视环境的存在。一方面，组织要适应外部环境的变化，并能充分利用外部环境提供的各种机会为创造优良的社会物质和文化环境尽其"社会责任"；另一方面，管理的方法和形式要因环境条件的不同而随机应变。审时度势、因势利导、灵活应变对管理成功至关重要。

专栏 1-1 源远流长的管理

随着人类社会的进步和生产力水平的提高，人类协作劳动的规模、范围越来越大，管理活动日益发展，各种朴素的管理思想也随之诞生。在工业文明之前，中外都有迄今看来非常宏大的工程。在国外有古埃及的金字塔，其中最大的一座由230万块石头组成，每块石头平均重达2.5吨，最重的达15吨。当时的统治者动用10万人、花了20年时间才建成。中国有秦时始建的万里长城、隋朝开挖的大运河等。所有这些巨大的工程都需要大规模的协作劳动，因而也体现了管理的发展。

另外，在中国历史上，还有不少体现科学管理思想的例子。如唐朝刘晏的漕运改革也颇有创举。他实行有偿劳动，并将漕运分为几段，按各段水情招聘船工，使用船只，并将大米由散装改为袋装，既方便搬运，又便于失事后打捞。这项改革使当时南方大米运进京都西安的时间由原来的八九个月缩短到 40 天左右。又如"一举而三役济"，说的是宋朝当朝宰相丁渭受命重建被焚的宫殿，采取了挖街取土烧砖、将沟引水用于船运，完工后用废旧砖、土填沟以恢复原街道，可谓"一举多得"。尽管古代社会没有管理理论，但仍不乏具有真知灼见的管理思想。如春秋时越国大夫范蠡曾运用"货不停滞，币不息流"和"水则资车，旱则资舟"的待乏原则三致千金。司马迁曾提出"善者因之，其次顺之，其次利导之，其次整齐之，最下者与之争"的经济管理思想。《孙子兵法》中体现的管理思想更为人们所乐道，在日本甚至成为管理者的必读之书，"知己知彼，百战不殆"、"知可以战与不可以战者胜，识众寡之用者胜"等至理名言，仍不失为竞争取胜的优秀管理思想。(资料来源：编者根据相关资料编写整理)

二、管理的重要性

1. 管理是人类社会最基本、最重要的活动之一

人类社会活动需要管理古来有之。人类自远古时代、群居群猎时起，就知道"合群"可以抵御危险、征服自然。显然，其"合群"的目的就是为了集结个人的力量，发挥集体的更大作用。要实现这一目的，在人类这种群体的"组织"中，就存在着合作、协作或协调的问题，这就是管理。马克思说："一切规模较大的直接社会劳动或共同劳动，都或多或少地需要指挥，以协调个人的活动，并执行生产总体的运动——不同于这一总体独立器官的活动——所产生的一般职能。一个单独的提琴手是自己指挥自己，一个乐队就需要一个乐队指挥。"所以，管理是伴随着组织的出现而产生的，是协作劳动的必然产物。

现实生活中，我们每一天都会发生与管理相关的活动或事情。美国 IBM 公司创始人托马斯·J. 沃森(Tomas J. Walson)曾经用一个故事生动地说明了管理在社会生活中的作用。一个男孩子在试穿一条长裤时，发现裤子长了一些。于是他请奶奶帮忙将裤子剪短一点。可奶奶说，她现在太忙，让他去找妈妈。而妈妈则回答他，今天她已经同别人约好去打桥牌。男孩子又去找姐姐，但是姐姐有约会。时间已经很晚了，这个男孩非常失望，担心明天不能穿这条裤子去上学，他怀着这样的心情去睡觉了。奶奶忙完家务事，想起了孙子的裤子，就拿剪刀将裤子剪短了一些；姐姐约会回来心疼弟弟，也把裤子剪短一点；妈妈打完桥牌回来后又把裤子剪去一截。第二天早晨，全家就将发现一种没有管理的行动带来了什么样的后果。这是一个日常生活中因缺乏管理而导致的一个行动虽有良好愿望却带来了破坏性后果的事例。可以说，大到一个国家，小到一个家庭，管理时刻存在于我们的社会生活中。

2. 管理促进了人类社会的进步和科学技术的发展

管理活动对于人类社会的重要性是随着社会经济的发展和组织规模的不断壮大而日益显著的。如果说早期的组织实施的只是简单的、粗放的管理，那么时至今日，随着社会生产力的发展，科学技术的日新月异，人类社会有组织的活动规模越来越大，协作的范围越

来越广，管理也越来越向精细化、科学化方向发展，管理的地位也日益突出和重要。世界上一些著名的管理学家和经济学家将管理看作是推动人类社会进步、科技发展的催化剂或原动力，同土地、劳动和资本并列成为社会的"四种经济资源"，同人力、物力、财力和信息一起构成组织的"五大生产要素"。也有人将管理、技术比喻为经济高速发展的"两个轮子"，将管理、科学和技术看做是现代社会进步和文明的"三大支柱"。从中都可以看出管理的作用极为重要。

在现代社会，管理对人类社会进步、科技发展的促进作用主要是通过对现有资源的最充分利用来体现的。管理科学的发展、管理水平的提高既是人类社会进步、科学技术发展的结果，同时也促进了社会的发展、科学技术的进步。正如上述所言，人们把科技和管理比作推动社会进步的两个轮子。但是这两个轮子的作用是不同的，科技固然提供动力，使历史的车轮转动得更快，但管理不仅影响甚至决定着科技成果转化为这种动力的可能性和速度，而且决定着整个历史车轮转动的方向。可见，管理这个轮子是起决定作用的。

3. 管理是合理开发利用资源的重要因素

随着科学技术的进步，人们对资源的开发利用越来越多。环境污染、生态平衡的破坏越来越严重地威胁着人类的生存。因此，防止废水、废气、废渣的污染，维护生态的平衡，从而保护人类生存的环境，这是一项十分重要的社会责任，而这项社会责任就要由科学的管理来承担。

总之，在现代社会中，生产力的构成要素不断增加，除了传统的人力、物力、财力等要素外，时间、信息等也成为生产力要素系统的重要组成部分。在新的时代背景下，加强管理显得尤为重要。

第二节   管理的职能与性质

一、管理的职能

管理的职能是指管理者为了有效地管理所必须具备的功能，或者说管理者在执行其职务时应该做些什么。

最早对管理的具体职能加以概括和系统论述的是管理过程学派的创始人法约尔。他在1916年发表的《工业管理与一般管理》一书中指出，管理就是实行计划、组织、指挥、协调和控制。法约尔对管理职能的论述形成了自己的学派，被称为"五功能学派"。后来，许多管理学者对管理职能又从不同的角度用不同的语义进行了阐述，出现了不同的学派。但从总体上看，只是繁简不同，表述不一，并没有实质上的差异(见表1.1)。最常见的管理职能的提法是计划、组织、领导和控制。随着管理理论的不断发展，对管理职能的认识也有所发展。目前，较为认可的管理职能的说法是：计划、组织、领导、控制和创新。这五种职能是一切管理活动最基本的职能。

表 1.1　管理职能表

管理职能		古典的提法	常见的提法	本书的提法
计划	planing	√	√	计划
组织	organizing	√	√	组织
用人	staffing			
指导	directing			
指挥	commanding	√		
领导	leading		√	领导
协调	coordinating	√		
沟通	communicating			
激励	motivating			
代表	representing			
监督	supervising			
检查	checking			控制
控制	controling	√	√	
创新	innovating			创新

1．计划职能

计划是对未来活动的预先筹划。人们在从事一项活动之前，都要预先进行计划，以确保行动的有效。计划职能指的是管理者对要实现的组织目标和应采取的行动方案做出选择和具体安排。它包括明确组织的使命、分析外部环境和内部条件、确定目标、制定战略和作业计划、制定决策程序等。任何管理活动都是首先从计划开始的，因此，计划是管理的首要职能。正确发挥计划职能的作用，有利于组织活动适应市场需要和环境变化；根据组织的竞争态势，对生产经营活动做出统筹安排；有利于组织正确地把握未来，对付外部环境带来的不确定性，在变动的环境中稳定地发展；有利于使全体员工将注意力集中于组织的目标；有利于对有限的资源进行合理的分配和使用，以取得较高的效益和效率。

2．组织职能

组织职能是指管理者根据计划对组织活动中各种要素和人们的相互关系进行合理的安排，包括设计组织结构、建立管理体制、分配权力和资源、配备人员、建立有效的信息沟通网络、监督组织运行等。组织工作是计划工作的延伸，其目的是把组织的各类要素、各个部门和各个环节，从劳动的分工和协作上，从时间和空间的连接上，从相互关系上，都合理地组织起来，使劳动者之间和劳动工具、劳动对象之间，在一定的环境下，形成最佳的结合，从而使组织的各项活动协调有序地进行，不断地提高组织活动的效率和效益。

3．领导职能

每一个组织都是由人组成的，管理者的主要任务之一是指导和协调组织中的人，这就是领导。所以，领导是指利用组织赋予的权力和自身的能力去指挥和影响下属为实现组织目标而进行各种活动的过程。领导职能是指管理者带领、指挥和激励下属，选择有效的沟通渠道，营造良好的组织氛围去实现组织目标的过程。有效的领导要求管理者在合理的制度环境中，针对组织成员的需要和行为特点，运用适当的方式，采取一系列措施去提高和维持组织成员的工作积极性。所以，领导职能包括运用影响力、激励和沟通等。

4．控制职能

为了确保组织目标能实现以及保证措施能有效实施，管理者要对组织的各项活动进行有效的监控。因此，这里的控制职能是为了保证系统按预定要求运作而进行的一系列工作；同时也是管理者在建立控制标准的基础上，衡量实际工作绩效，分析出现的偏差，并采取纠偏措施的过程。具体内容包括根据计划标准检查和监督各部门、各环节的工作以及根据组织内外部环境的变化对计划目标和控制标准进行修改或重新制定。控制职能与计划职能密不可分，计划是控制的前提，为控制提供目标和标准，没有计划就不存在控制；控制是实现计划的手段，没有控制计划就不能顺利实现。

5．创新职能

将创新作为一种管理职能是一种新的认识。20 世纪 50 年代以来，随着科学技术的飞速发展，市场需求瞬息万变，社会关系日益复杂，管理者每天都会遇到新情况、新问题。如果墨守成规、没有创新，就无法应付新形势的挑战，从而无法完成所肩负的管理任务。所以，创新是社会发展的源泉，人类社会在不断的创新中取得了进步和发展，人类本身也在不断的创新中获得了进一步的完善。创新对于社会经济发展的强大推动作用已经远远超过了以往任何一个时代。

6．管理职能之间的关系

通过对管理职能的划分，为研究管理问题提供了一个理论框架或理论体系。有关管理的概念、理论、原则、方法和程序都可以按照不同的管理职能而加以分类归纳，并予以系统论述，从而为研究与学习管理学提供了便利的工具。但是，这并不意味着这些职能是互不相关而孤立存在的，它们是相互联系、交叉渗透的(见图1.1)。计划职能是管理的首要职能，每一项管理工作一般都是从计划开始，经过组织、领导到控制结束。控制的结果可能又导致新的计划，开始又一轮新的管理循环。如此循环不息，把管理工作不断地向前推进。创新在管理循环中处于轴心的地位，成为推动管理循环的原动力。

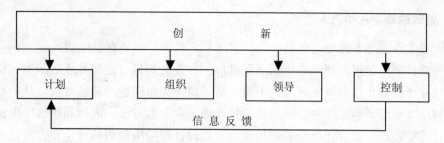

图 1.1 管理职能关系图

二、管理的性质

管理的性质可以从两个方面来考虑，一是从管理的属性来分析，二是从管理的本质来研究。

1. 管理的自然属性和社会属性

任何社会的生产都是在一定的生产方式、一定的生产关系下进行的。由于生产过程具有两重性(既是物质资料的再生产，又是生产关系的再生产)，因此，对生产过程进行管理也就存在管理的两重性，一种是与生产力相联系的管理的自然属性，另一种是与生产关系相联系的社会属性。

管理的自然属性是同生产力直接相联系的，是由共同劳动的社会化性质所决定的，是进行社会化大生产的一般要求和组织劳动协作过程的必要条件，这种必要性随着生产力的发展、生产社会化程度的提高而增加，由此产生的管理职能，即一般职能，就是合理组织生产力。为了实现这种管理职能而形成的管理技术和方法是由生产力发展水平所决定的，它不会因生产关系或社会制度的改变而改变。管理的自然属性表明，凡是社会化大生产的劳动过程都需要管理，它不取决于生产关系的性质，而主要取决于生产力的发展水平和劳动的社会化程度，因而它是管理的一般属性，体现了在任何社会制度中管理的共性。

管理的社会属性是同生产关系直接相联系的，是由共同劳动所采取的社会结合方式的性质所决定的，是维护社会生产关系和实现社会生产目的的重要手段。也就是说，社会生产总是在一定的生产关系下进行的，管理要体现生产资料所有者的意志，维护所有者的利益，为巩固和发展一定的生产关系服务，从而表现为管理的社会属性。管理的社会属性主要取决于生产关系的性质，并随着生产关系性质的变化而变化，因而它是管理的特殊属性，在不同的社会生产关系条件下表现出管理的不同个性。

管理的两重性理论是指导我们认识和掌握管理的特点和规律、实现管理目标的有力武器。只有正确地认识管理的两重性，才可以做到：一方面大胆引进和吸收发达国家先进的管理经验和方法，以便迅速地提高我国的管理水平；另一方面考虑我国的国情，从实际出发，逐步建立起具有中国特色的管理体系，有效地开展各项管理活动，促进经济建设的发展。

2. 管理的科学性和艺术性

在管理学界，对于管理究竟是一门科学还是艺术，一直是有争议的。

管理的科学性是指管理作为一项活动过程，存在着其自身运动发展的基本客观规律。人们通过各种社会实践和科学研究，不断总结经验，提出问题，验证推理，从中抽象总结出一系列反映管理活动过程中客观规律的管理理论和一般方法。人们利用这些理论和方法来指导社会实践，又以管理活动的结果来衡量管理过程中所使用的理论和方法是否正确，使管理的科学理论和方法在实践中得到不断的验证和丰富。早在管理理论形成的初期，古典管理理论的创始人亨利·法约尔就指出：管理能力也应该像技术能力一样，首先在学校里然后在车间里得到。20 世纪以来，西方发达国家兴办各类管理学校，培养出了大批管理人才。这些人才在管理实践中运用所学知识取得了举世公认的成绩，成为促进社会进步的一种力量。所以说管理是有规律可循的，是可以通过学习和传授而得到的。要成为优秀的管理者，就必须经过系统的管理知识的学习和训练，否则，就只能停留在感性认识的阶段，不能触类旁通和融会贯通。

管理也体现其艺术性的一面。管理的艺术性是指管理在运用时具有较大的技巧性、创造性和灵活性，很难用陈规或原理把它禁锢起来，它具有很强的实践性。学校是培养不出"成品"经理的。要成为一个合格的管理者，除了要掌握管理科学的基本知识外，更重要的是要经过管理实践的长期锻炼，要有一个经验积累的过程。在管理活动中，任何组织的管理者所开展的各项工作都是以人为核心的。而人的心理素质和行为方式各不相同，最显著的表现是管理活动中每个人都具有不同的个性风格。由于管理者是在一定的具体情景中进行管理活动的，为了进行有效的管理，他就必须既要考虑具体情景的特点，又要考虑执行者的个性特点，绝不能机械地生搬硬套管理理论和原则。也就是说，仅仅是学习了原理和原则还不能保证管理的成功。管理是一项创造性的劳动，要求管理者在管理实践中必须发挥积极性、主动性和创造性，利用个人的智慧、知识和经验，因地制宜地将管理理论与具体的管理活动相结合，实现有效的管理。

管理的科学性和艺术性并不是相互对立、相互排斥的，而是相互补充、相互印证的。管理理论和管理艺术研究的都是管理实践。不同的是，管理理论研究的是管理活动中普遍的、必然的规律性，强调了理论的指导作用；而管理艺术研究的是在具体情景中管理活动的特殊性和随机性，强调了管理是创造性劳动的本质。可见，两者的黏合剂是实践，实践能够把经验上升为理论，又反过来通过理论指导实践。所以说，管理的艺术可以上升为理论，同时，管理艺术也需要理论指导；而科学理论需要创造性的艺术来形成，同时，理论的运用也必须讲究艺术。从这个意义上讲，管理实践是科学性与艺术性的有机统一。

第三节 管理者的角色与技能

一、什么是管理者

任何管理活动都是通过人来进行的，人是进行管理活动的主体。根据我们对管理含义的理解，管理者是指通过协调他人的活动以达到实现组织目标的人。虽然这些人有时也要完成一些具体工作，但是他们的主要职责是制定整个组织或分支机构的目标，并创造出一种能诱导其他人参与工作的良好环境，有效率地实现组织目标。一个组织中，从事管理活动的人很多，可以依据不同的标志对管理者进行分类。

1. 管理者的层次分类

一个组织的管理者可以按照其所处的管理层次区分为高层管理者、中层管理者和基层管理者，同时，在管理者层次之下还包括一个作业人员层，如图 1.2 所示。

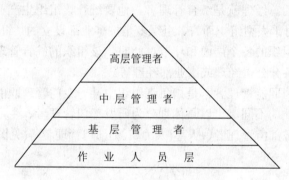

图 1.2 管理者层次分类图

1) 高层管理者

高层管理者是指对整个组织的管理负有全面责任的管理者。高层管理者的主要职责是制定组织的总目标、总战略，掌握组织的大政方针，评价组织的绩效等。在西方，企业中的高层管理者一般是指 CEO(即行政首长，又译成首席执行官)、COO(即运营首长，又译成首席运营官)及 CFO(即财务首长，又译成首席财务官)等。在我国工商企业中的经理、厂长、学校的校长、医院的院长等都属于高层管理者。组织的兴衰存亡取决于高层管理者对环境的分析判断、目标的选择和资源运用的决策。他们还要代表组织协调与其他组织(或个人)的关系，并对组织所造成的社会影响负责。因此，高层管理者具备的知识面要广、能力要强、素质要高。

2) 中层管理者

中层管理者是指处于高层管理者和基层管理者之间的中间层次管理者。中层管理者的主要职责是贯彻执行高层管理者所制定的重大决策，监督和协调基层管理者的工作。大公司的地区经理、分部(事业部)负责人、生产主管、车间主任等都属于中层管理者。与高层管理者相比，中层管理者更注意日常的管理事务，他们是连接高层管理者与基层管理者的桥梁和纽带。

3) 基层管理者

基层管理者又称一线管理者，具体是指工厂里的班组长、小组长等。他们的主要职责是传达上级计划、指示，直接分配每一个成员的生产任务或工作任务，随时协调下属的活动，控制工作进度，解答下属提出的问题，反映下属的要求。他们工作的好坏直接关系到组织计划能否落实，目标能否实现，所以，基层管理者在组织中有着十分重要的作用。对基层管理者的技术操作能力要求较高，但并不要求其拥有统筹全局的能力。

2．管理者的领域分类

按其所从事管理工作的领域，管理者可以分为综合管理者和专业管理者两大类。

综合管理者是指负责管理整个组织或组织中某个事业部全部活动的管理者。对于一个小型组织来说，企业的总经理就是综合管理者，他要统管该组织生产、经营、人事、财务等主要业务活动。但对于大型组织而言，组织多是按事业部设立的，组织的权力层层下授，高层管理者无法统管组织的各个层面和环节。此时，该组织的综合管理者的范围就大大地拓宽，也包括组织中各分公司经理或事业部经理等。

专业管理者也称为职能管理者，是指负责组织中某一专门管理职能的管理者。根据这些专业管理者领域性质的不同，可以具体划分为研发部门管理者、生产部门管理者、营销管理部门管理者、财务部门管理者、人事(人力资源)部门管理者等(见图1.3)。

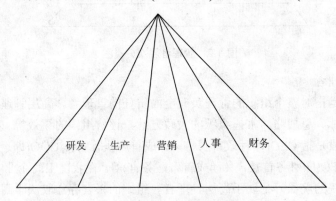

图1.3　专业管理者领域分类图

需要指出的是，在管理活动中，管理者不同于操作者和领导者。

首先，管理者不同于操作者。操作者是指组织中直接从事具体实施和作业工作的人。例如，汽车装配流水线上的装配工人、餐厅中制作菜肴和食品的厨师、商店卖场的售货员等。这些人处于组织中的最基层，被称为作业层，不具有监督指挥他人的职责。而管理者之所以被称为管理者，就是因为他通过协调他人的活动来实现组织目标。没有对他人的管理就不能称为管理者。但是在许多组织中，一些管理者，特别是基层管理者，常常把自己等同于操作者，究其原因，主要表现在：有些情况下，企业的基层管理者本人也完成既定的操作任务；但在有些情况下，中高层管理者也会不定期地从事一些作业活动，如医院院长为病人做手术等。如果不能很好地处理两者的关系，特别是高层管理者经常事必躬亲地去做具体工作，那么必然会忽视自己的本职工作——管理协调，这会影响到管理者作用的发挥，或是将管理者等同于操作者，因而降低了组织的运行效率。

其次，管理者不同于领导者。管理者是在组织中通过协调他人来完成工作，管理者一定是针对特定的组织而言的，没有组织就谈不上管理者。而领导者不同，领导是指一种影响群体实现目标的能力。领导既可以产生于正式的组织中，也可以来自于非正式的组织中。哈佛商学院的学者亚伯拉罕·扎莱兹尼克(Abraham Zaleznik)指出，管理者和领导者是两类完全不同的人，他们在动机、个人历史及想问题做事情的方式上存在着差异。他认为管理者倾向于把工作视为可以达到的过程，其中包括人与观念，人与观念相互作用就会产生策略和决策；领导者的工作具有高度的冒险性，他们甚至主动寻求冒险，特别是当机遇和奖励很高时。管理者喜欢与人打交道的工作，他们根据自己所扮演的角色与他人联系，而领导者则关心观点，以一种更为直觉和移情的方式与他人联系。约翰·科特则认为管理者与领导者的差异主要是管理者处理复杂的问题，通过制定正式计划以及监督计划实施。相反，领导者则处理变化的问题并制定一些政策有效激励下属。

二、管理者的角色

20 世纪 50 年代至 60 年代，一些研究者从领导者行为和管理者实践活动的角度来探讨"管理者干什么"的问题，加拿大学者亨利·明茨伯格(Henry Mintzberg)的研究具有较大的影响，为后来的学者所推崇。明茨伯格通过对总经理的工作研究发现，管理者扮演着 10 种不同的但却高度相关的角色，归纳起来主要涉及三个方面：正式权威和特殊地位产生的人际关系方面的角色、获得信息传递独特地位的角色以及与决策制定方面的角色(见表 1.2)。

表 1.2 管理者的角色

类 别	角 色	工作内容
人际关系类	挂名首脑(figurehead)	执行仪式或象征性的工作
	领导者(leader)	指挥协调群体的工作
	联络者(liaison)	建立内部和外部的信息网络
信息传递类	监听者(monitor)	搜寻、接收和筛选信息
	传播者(disseminator)	传递信息给他人
	发言人(spokesperson)	通过演讲、报告、电视、广播等向外部提供信息
	企业家(entrepreneur)	制定计划，建立秩序

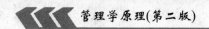

续表

类　别	角　色	工作内容
决策类	障碍处理者(disturbance handler)	解决员工或部门中的各种冲突问题
	谈判者(negotiator)	在谈判中代表部门或公司
	资源分配者(resource allocator)	决定资源分配的对象和数量等

1．人际关系方面的角色

人际关系方面的角色是指管理者履行的礼仪性和象征性义务的角色。它设计管理者与其他人的关系，包含三个具体角色，即挂名首脑(figurehead)、领导者(leader)和联络者(liaison)。

1）　挂名首脑角色

挂名首脑角色指所有的管理者都要从事本部门或组织中礼仪性和象征性的活动，如作为学院院长出席学生的毕业典礼、作为企业经理参加颁奖仪式等，他们都在扮演挂名首脑的角色。

2）　领导者角色

领导者角色指管理者的职能角色是指挥领导他人，包括招聘、激励、培训、奖励和惩罚员工等，这一角色在组织内部的作用极为重要。

3）　联络者角色

联络者角色指管理者在不同的人群中充当联络员。明茨伯格把这种角色说成是与提供信息的来源接触，这些来源可以是组织内部的，也可以是组织外部的。例如，人事经理从销售经理那里获得信息属于内部联络关系，而人事经理与外部的人才招聘机构发生联系时，就有了外部联络关系。

2．信息传递方面的角色

信息传递方面的角色是指所有的管理者在一定程度上都要从外界收集和接收信息。管理者在信息传递方面也扮演了三种角色，即监听者(monitor)、传播者(disseminator)和发言人(spokesperson)。

1）　信息监听者角色

信息监听者角色通过各种公众媒体或与他人谈话来了解公众兴趣的变化或竞争对手的情况，以便全面了解组织和环境，成为组织内部和外部信息的中枢神经。

2）　信息传播者角色

信息传播者角色将从外部人员和下级那里获得的信息传递给组织的其他成员，这些信息有些是关于事实的信息，有些是解释和综合组织中有影响人物的各种价值观点的信息。

3）　发言人角色

发言人角色代表组织向外界发布组织的计划、政策、行动、结果等信息，作为组织所在产业方面的专家出现于公众的视野。

3．决策制定方面的角色

决策制定方面的角色是指管理者在组织各层次中拥有决策指挥权。他们的基本职责是负责组织或组织内各层次的全面管理任务，拥有直接调动下级人员、安排各种资源的权力，通常指各管理层的"一把手"。明茨伯格在决策角色中又划分出企业家(entrepreneur)、障碍处理者(disturbance handler)、谈判者(negotiator)和资源分配者(resource allocator)四种角色类型。

1) 企业家角色

企业家角色负责寻求组织和环境中的机会，制定改进方案以发起变革，监督某些方案的策划。

2) 障碍处理者角色

障碍处理者负责在组织面临重大的、意外的混乱时采取补救行动。

3) 谈判者角色

谈判者角色指在组织进行重要谈判时作为组织的代表。

4) 资源分配者角色

资源分配者角色负责分配组织中的各种资源，如人力、物质和金融资源等。

明茨伯格的角色划分理论得到了后继研究者的有力支持，许多研究者支持了他的管理者角色划分的观点。一般来说，不论是在何种类型的组织中，还是在组织的哪个层次上，管理者都可能扮演或履行不同的角色。但研究发现，管理者角色强调的重点会随组织的层次不同而变化，如信息传播者、挂名首脑、谈判者、联络者和发言人的角色主要表现在组织的高层，而领导者的角色在低层管理者身上表现得更加显著。

三、管理者应具备的技能

由于处于不同的管理层次和不同的管理岗位，管理者发挥作用的大小也不相同，但一个重要的、不可忽视的影响因素是管理者是否真正具备了相应的管理技能，即技术技能、人际关系技能和概念技能。

1．技术技能

技术技能是指熟悉和精通某种特定专业领域的技术与方法、工作程序、技术和知识的能力。对于管理者来说，虽然没有必要使自己成为精通某一领域技能的专家，但必须掌握一定的技术技能，以便对所管辖的业务范围内的各项工作进行有效的指导。不同层次的管理者，对技术技能的要求程度是不同的。对于基层管理者来说，这些技能更为重要，因为管理者要根据这方面的技能来从事管理工作。

2．人际关系技能

人际关系技能是指管理者处理人与人之间、人与事之间关系的技能，即理解、激励并与他人共事与沟通的能力。人际关系技能包含的内容比较多，诸如管理者的沟通能力、领导能力、协调能力等都会直接影响其人际关系技能的发挥。因为管理者除了领导下属人员外，还要与上级领导和同事打交道，要不断运用沟通、说服、激励等各种手段和方法调动相关人员有效开展工作，完成任务。可以说，无论是哪一个管理层次的管理者，掌握良好的人际关系技能都是十分重要的。因为各个层次的管理者都必须在与上下左右进行有效沟通的基础上相互合作，共同完成组织的目标。

3. 概念技能

概念技能是指管理者对复杂情况进行抽象和概念化的技能，特别是对组织发展的远大目标、战略方向的把握及判断力，具体地说是指洞察组织与环境相互影响因素的能力、确定和协调各方面关系的能力以及权衡不同方案优劣和内在风险的能力。具有这方面的能力要求管理者能够站在一定的组织高度，从组织的整体角度理解和促进组织的运行，能够快速敏捷地从混乱而复杂的动态情况中辨别出各种因素的相互作用，准确地把握问题的实质以及可能出现的后果等。因此，管理者所处的层次越高，其面临的问题越复杂，越需要其具备概念技能。

处于不同层次的管理者应掌握和运用的技能是有一定差异的，一般来讲，高层管理者主要应掌握概念技能，能较好地理解组织各部分之间的关系，对组织的战略发展方向和战略目标要有清晰的把握和准确的定位，使组织更好地适应不断变化的环境。但是在组织中的基层管理者则需要有较好的技术技能，要能在基层的作业环境中有效地带领团队实现企业的既定目标。研究表明，不论是基层、中层还是高层管理者，对他们同等重要的就是人际关系技能(见图1.4)。

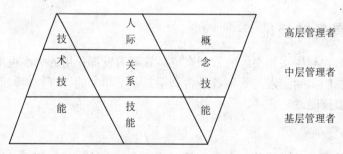

高层管理者
中层管理者
基层管理者

图 1.4　不同层次管理者所需的技能

专栏 1-2　卡莉·费奥瑞纳：惠普首席执行官

卡莉·费奥瑞纳(Corly Fiorina)担任惠普首席执行官时只有44岁，没有任何计算机方面的背景。来惠普之前，她只是朗讯公司全球服务供应部的总裁，对计算机行业了解不深。惠普董事局的一位董事认为："技术背景并不是一个最主要的原因，郭士纳(IBM掌门人)和戴尔(Dell掌门人)都没有技术背景，我们要的是在工业界有杰出领导能力的人，而不是工程师学位。"惠普之所以选择卡莉，是由于她有着极强的制定发展战略并予以实施的能力，是由于她有着与客户、合作伙伴和媒体进行很好沟通的能力，是由于她喜欢挑战、勇于变革，并在过去的工作中有着很好的业绩。对计算机行业的了解并非不重要，但是，"这些对她来讲一点也不困难，因为她非常聪明，学习很快，这对她来说不是一个问题。"惠普公司的董事迪 克·汉克保(Dick Hackbom)这样说道。(资料来源：编者根据相关资料编写整理)

四、成功的管理者与有效的管理者

弗雷德·卢森斯(Fred Luthans)与其助手通过对管理者主要从事的四种管理活动进行分析研究，他们发现，不同类型的管理者在组织活动中所从事的管理活动的侧重点不同，并会影响管理者的工作绩效。卢森斯研究管理者的活动主要包括以下四个方面：传统管理指决策、计划和控制；沟通指交流例行信息和处理文书工作；人力资源管理指激励、惩罚、调节冲突、人员配备和培训；网络关系指社交活动、政治活动和与外界交往。

研究发现，管理者分配在这四种不同管理活动上的时间有很大的差异(见表 1.3)。一般管理者在传统管理方面最为关注，所用时间也最多；成功管理者(研究者以在组织中晋升的速度作为标志)将主要精力集中在网络关系上；而有效管理者(研究者以工作成绩的数量和质量以及下级对其满意和承诺的程度作为标志)将主要时间用于沟通方面。成功管理者与有效管理者的管理风格有显著区别。两者的不同主要在于：维护网络关系对管理者的成功贡献最大，从事人力资源管理活动相对贡献较小。而在有效管理者中，沟通的相对贡献最大，维护网络关系的贡献最小。这说明社交和施展政治技巧对于管理者在组织中的晋升起着十分重要的作用。

表 1.3 一般的、成功的和有效的管理者在每种活动上的时间分布(%)

	传统管理	沟 通	人力资源管理	网络关系
一般管理者	32	29	20	19
成功管理者	13	28	11	48
有效管理者	19	44	26	11

(资料来源：改编自[美]斯蒂分·P.罗宾斯. 黄卫伟等译. 管理学. 第 4 版. 北京：中国人民大学出版社，1997，12)

第四节 管理的原理与方法

一、管理的基本原理

管理原理是对管理工作的实质内容进行科学分析、总结而形成的基本真理，它是对现实管理现象的抽象和概括，是客观规律的体现和管理实践经验的总结，因而对一切管理活动具有普遍的指导意义。

1. 系统原理

所谓系统，是指由若干相互联系、相互作用的要素组成，并在一定环境中具有特定功能的有机整体。人造系统具有以下特征：①集合性，即系统是由相互区别的各个要素所组成的集合；②相关性，即各要素相互联系、相互作用；③目的性，即系统都具有明确的目的；④整体性，即一个系统是由若干从属于它的子系统所构成的有机整体；⑤层次性，即指由系统、子系统、子子系统等构成的多层次的阶层结构；⑥环境适应性，即任何系统都存在于更大的系统(环境)之中，要适应环境的变化。

管理的系统原理是把管理组织或管理过程视为一个系统，进行系统分析和系统优化，实现优化组织设计和优化管理的理论。管理系统原理主要包括以下内容。

1) 整体性原理

整体性原理指系统要素之间及要素与系统之间的关系是以整体为主进行协调，局部服从整体，使整体效果最优。从系统功能的整体性来说，系统的功能不等于要素功能的简单相加，而是往往要大于各个部分功能的总和，即 $1+1 \geq 2$。因此，系统要素的功能必须服从系统整体的功能，否则就要削弱整体功能，从而也就失去了系统功能。

掌握系统整体性原理，实际上就是要求我们从整体着眼，从部分着手，统筹考虑，各方协调，达到整体的最优化。

2) 动态性原理

系统作为一个运动着的有机体，其稳定状态是相对的，运动状态则是绝对的。系统不仅作为一个功能实体而存在，而且作为一种运动而存在。系统内部的联系就是一种运动，系统与环境的相互作用也是一种运动。

掌握系统动态性原理，研究系统的动态规律，可以使我们预见系统的发展趋势，树立起超前的观念，减少偏差，掌握主动，使系统向期望的目标顺利发展。

3) 开放性原理

严格地说，完全封闭的系统是不存在的。任何有机系统都是耗散结构系统，系统只有与外界不断交流物质、能量和信息，才能维持其生命。只有当系统从外部获得的能量大于系统内部消耗散失的能量时，系统才能克服熵而不断壮大。所以，对外开放是系统的生命。

在管理工作中，从开放性原理出发，要求我们充分估计到外部对本系统的种种影响，努力从开放中扩大本系统从外部吸收的物质、能量和信息。

专栏 1-3　阿斯旺水坝的灾难

规模在世界上都数一数二的埃及阿斯旺水坝在 20 世纪 20 年代初竣工了。表面上看，这座水坝给埃及人民带来了廉价的电力，控制了水旱灾害，灌溉了农田。然而，实际上却破坏了尼罗河流域的生态平衡，造成了一系列灾难：由于尼罗河的泥沙和有机质沉积到水库底部，使尼罗河两岸的绿洲失去肥源——淤泥，土壤日益盐渍化；由于尼罗河河口供沙不足，河口三角洲平原向内陆收缩，使工厂、港口、国防工事有跌入地中海的危险；由于缺乏来自内陆地的盐分和有机物，致使沙丁鱼的年收获量减少 1.8 万吨；由于大坝阻隔，使尼罗河下游的活水变成相对静止的"湖泊"，为血吸虫和疟蚊的繁殖提供了条件，致使水库一带血吸虫病流行。埃及造此大坝所带来的灾难性后果，使人们深深地感叹：任何决策都是牵一发而动全身啊！(资料来源：http://community.chinahrd.net/forum.php?mod=redirect&goto=nextoldset&tid=32884)

2．人本原理

一切社会经济系统的运行都离不开人的服务、人的劳动与人的管理。人本原理就是以人为中心的管理思想，西方管理学曾把它表述为"3P"理论，即企业是以人为主体组成的(of the people)，企业是依靠人进行生产经营活动的(by the people)，企业是为人的需要而进行生产的(for the people)。根据这一观点，现代企业管理中，员工是企业的主体，而非客体；企业管理既是对人的管理，也是为人的管理；企业经营的目的绝不是单纯的商品生产，而是为包括企业员工在内的人的社会发展而服务的。人本原理体现了管理是"尊重人，依靠人，发展人，为了人"的管理。在管理中必须明确以下几点。

1) 员工是企业的主体

人们对提供劳动服务的劳动者在企业生产经营中的作用是逐步认识的。在泰罗时代及以后的几十年中，所有对劳动和劳动力的研究大多未摆脱把人视为机器附属物的基本观点和方法。第二次世界大战前夕，特别是战后，有一部分管理学家和心理学家开始认识到，劳动者的行为决定了企业的生产效率、质量和成本。20 世纪 70 年代以来，随着日本经济的崛起，人们通过对日本成功企业经验的剖析，进一步认识到员工在企业生产经营活动中的重要作用，逐渐形成了以人为中心的管理思想。中国管理学家蒋一苇在 20 世纪 80 年代末发表了著名论文"员工主体论"，明确提出"员工是社会主义企业的主体"的观点，从而把对员工在企业经营活动中的地位和作用的认识提高到了一个新的高度。根据这种观点，在管理中必须认识到员工是企业的主体，而非客体，在管理实践中要体现以人为本的思想，从而使人性得到最完美的发展。

2) 有效管理的关键是员工的民主参与

企业员工，从厂长经理到普通员工，都是依靠向企业提供的自己的劳动力而谋生的劳动者。而正是由于全体员工的共同努力，才使企业的各项资源能得到最合理的利用，才使企业创造出了产品、利润和财富。所以，企业全体员工都有权利参与管理。作为企业而言，要达到有效的管理，使员工个人利益与企业利益紧密结合，使全体员工为了实现共同的目标而自觉地努力奋斗，关键在于发挥员工参与管理的积极性。目前，通过员工代表大会、监事会和广泛的日常生产管理活动(如质量管理、设备管理、成本管理、现场管理等)是员工民主参与管理的三种基本形式和途径。

3) 现代管理的核心是使人性得到最完美的发展

关于人性善恶的问题已争论了许多世纪。这两种相互对立的观点都可在社会生活中找到支持或反对的论据与事例。这个事实本身就表明，世界上并不存在绝对的善或恶的人性。人性是受后天环境影响而形成的，因而也是可以塑造和改变的。

今天，中国社会主义尚处于初级阶段，人们的物质生活尚不富裕，传统的思想意识尚有较大的影响，因此，管理所面临的人性状况极为复杂，这正是中国管理界所面临的挑战。在应对这个挑战的过程中，成功的管理者要在管理实践中引导和促进人性的完美发展。

4) 管理是为人服务的

这里的"人"不仅包括企业内部、参与企业生产经营活动的人，而且包括存在于企业外部、企业通过提供的产品为之服务的人——客户。在市场经济条件下，客户是企业存在的社会土壤，是企业利润的来源。因此，为客户提供品种对路、功能完善、质量优异、价格合理的产品，提供使用方法培训和指导、使用过程中的维护和修理等售后服务，满足客户的需要，实际上也是企业实现其社会存在的基本条件。

3. 责任原理

管理是追求效率和效益的过程。在这个过程中，要挖掘人的潜能就必须合理分工，明确责任，做到责、权、利相结合。在管理中贯彻责任原理应注意以下几个问题。

1) 明确职责必须以合理分工为基础

分工是生产力发展的必然要求。在合理分工的基础上确定每个人的职位，明确规定各职位应担负的任务，这就是职责。一般来说，分工明确，职责也会明确。但在实际中，由于分工大体只对工作范围做了形式上的划分，至于工作的数量、质量、完成时间、效益等要求，分工本身并不能完全体现出来，两者的对应关系并非那样简单。所以，必须在分工的基础上明确每个人的职责界限，而且一定要落实到人。

2) 职位设计和权限委授要合理

列宁曾说："管理的基本原则是一定的人对所管的一定的工作完全负责。"这里涉及三个因素：权限、利益和能力。职责和权限、利益、能力之间的关系应遵守等边三角形定理，如图 1.5 所示。职责、权限、利益是三角形的三个边，它们是相等的，能力是等边三角形的高，根据具体情况，它可以略小于职责。这样，就可使得工作富有挑战性，从而能促使管理者自觉地学习新知识，努力把自己的工作做得更好。

3) 要建立责任奖惩制度，并要检查、监督和考核

对每个人的工作表现及绩效给予公正且及时的奖惩，有助于提高每个人的积极性，挖掘每个人的潜力，从而不断地提高管理成效，及时引导每个人的行为向符合组织需要的方向变化。而为了做到严格奖惩，就必须建立健全组织的责任奖惩制度。使奖惩工作尽可能地规范化、制度化，是实现奖惩公正且及时的可靠保证。

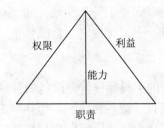

图 1.5 责权利三角定理

4．效益原理

效益是管理永恒的主题。任何组织的管理都是为了获得某种效益，效益的高低直接影响着组织的生存与发展。效益原理要求一切管理活动都要以追求效益为其根本目的，即用尽可能少的劳动占有或劳动消耗取得更多的劳动成果。

效益是管理的根本目的，管理就是对效益的不断追求。效益原理要求管理工作中注意以下问题。

1) 确立以效益为中心的管理理念

管理活动应以效益作为第一行为准则和一切工作的出发点，要克服传统体制下"以生产为中心"的管理思想，因为这种管理思想必然导致片面追求产值、盲目增加产量的倾向，从而可能造成产品大量积压、效益普遍低下的状况。

2) 经济效益与社会效益并重

效益可以从社会和经济两个不同的角度来考察，即社会效益和经济效益。经济效益是效益表现的最直接形态。任何一个企业都是为了追求一定程度的盈利才进行投入产出活动的。所以，追求利润是企业天经地义的使命。另一方面，我们也不能无视社会效益，即不能为营利而忽视环境保护，要积极地、义不容辞地处理"三废"，保护环境。

3) 追求短期效益不能无视长期效益

信息时代的企业每时每刻都面临着激烈的竞争。如果企业只满足于眼前的经济效益水平，而忽视技术开发和人员的培训等企业创新所必要的条件的创造，就会随时有被淘汰的危险。所以企业经营者必须有远见卓识，用可持续发展的观念来经营企业，使得新产品的开发和所在领域的探索能够不断的创新，从而保证企业有长期稳定的高效益，才能使企业得到长足的发展。

二、管理的基本方法

管理方法是行使管理职能、贯彻管理原则、实现管理目标的手段。管理原理必须通过管理方法才能在管理实践中发挥作用，所以，管理方法是管理者指导管理活动的必要中介和桥梁，是实现管理目标的途径和手段，它的作用是一切管理理论和原理本身所无法替代的。

近几十年来，管理实践的发展促进了管理学研究的深化。在吸收和运用多种学科知识的基础上，管理方法已逐步形成一个相对独立、自成体系的研究领域。

1. 法律方法

法律方法是运用立法和司法的手段行使管理职能的管理方法。法律方法中的"法"，不仅指国家制定的法律、法令，而且泛指各种组织、团体制定的条例、守则、规章制度等。它的主要特点是：①强制性。法律、法规一经制定就要强制执行，各个组织以至每个公民都必须毫无例外地遵守。否则，就应受到国家强制力量的惩处。②规范性。法律是行为的规范，对于违法程度和处理办法都有明确的规定，它是所有组织和个人行动的统一准则。③稳定性，亦即严肃性。法律和法规的制定必须严格按照一定的程序和规定进行，一经制定，就不能随意改变，具有相对的稳定性。④平等性。法律面前，人人平等。

在经济管理中运用法律方法可以保证必要的管理秩序，协调管理中各利益群体的关系，促进管理的科学化、法制化。但是，我们也要看到，采用法律方法由于缺少灵活性和弹性，有时不利于基层单位发挥其主动性和创造性，在法律范围之外，还有各种大量的经济关系、社会关系需要采用其他方法来调整。因此，法律方法的有效性还有赖于同管理的其他方法紧密结合起来，综合使用。

2. 行政方法

行政方法是依靠领导者的权威，运用命令、指令、指示、监督等行政手段，按照管理层次，行使管理职能的管理方法。其主要特点是：①权威性。行政方法所依托的基础是管理机关和管理者的权威。管理者的权威越高，他所发出的指令接受率就越高。②强制性。行政方法的强制性是要求人们在行动的目标上服从统一的意志，并以一系列的行政措施(如表扬、奖励、晋升、任务分配、工作调动以及批评、记过、降级、撤职等处分直至开除等)为保证来执行的。③垂直性。行政方法一般都是自上而下、纵向直线传达的。④无偿性。运用行政方法进行管理，上级组织对下级组织的人、财、物等的调动和使用不讲究等价交换的原则，不考虑价值补偿的问题。

在经济管理中运用行政方法，便于统一领导和指挥，做到令行禁止，便于处理特殊问题。但是行政方法也有它的局限性，如管理效果受管理水平的影响、易产生官僚主义、以权谋私等行为，要正确运用行政方法，必须与管理的其他方法，特别是经济方法有机地结合起来。

3. 经济方法

经济方法是运用经济杠杆和其他经济手段调节人们之间的物质利益关系从而行使管理职能的管理方法。用经济方法管理经济，是通过各种经济手段和经济方式的运用来实现的。经济手段是指费用、成本、利润、税收、信贷、工资、奖金、罚款等价值工具。经济方式是指经济合同、经济责任制、经济核算等经济管理方式。经济方法具有以下特点：①利益性，即通过利益机制引导被管理者去追求某种利益，且使个人利益同企业经营成果联系起来，使企业具有内在动力。②灵活性。一方面，经济方法针对不同的管理对象，可以采用不同的手段；另一方面，对于同一管理对象，在不同情况下，可采用不同的方式进行管理，以适应形势的发展。③间接性。经济方法不是采用行政命令的强制方法直接干预，而是借助经济杠杆和各种经济手段，调节人们之间的物质利益关系，引导企业按照市场需求组织生产经营活动。

管理的经济方法的实质是围绕物质利益，运用各种经济手段正确处理好国家、集体与劳动者个人之间的经济关系，最大限度地调动各方面的积极性、主动性、创造性和责任感。经济方法运用时要注意与其他方法的配合使用，要强调经济方法的综合运用，只有这样，才能正确发挥它的功能。

4. 教育方法

教育方法是指利用一定的培训、教育等方式，全面提高人的素质，以影响和调节人们的经济行为，达到行使管理职能的管理方法。教育方法的实质就是激发劳动者的主动精神，变管理者的意图为劳动者的自觉行为，把潜在生产力变成现实生产力。教育的内容包括人生观及道德教育、爱国主义和集体主义教育、民主教育、法制教育、纪律教育、科学文化教育、组织文化建设和创新意识的培养等。

管理的教育方法在运用时要注意教育方法的灵活性、实效性。如对于思想性质的问题，必须采取讨论的方法、说理的方法、批评和自我批评的方法进行疏导；对于传授知识和技能方面的教育，应较多地采取有目的、有指导的小组讨论、现场实习和体验学习等方法，让受教育者按他们自己创造的学习方法去学习。这样会取得较好的效果。

5. 技术方法

技术方法是指组织中各个层次的管理者(包括高层管理者、中层管理者和基层管理者)根据管理活动的需要，自觉运用自己或他人所掌握的各类技术，以提高管理的效率和效果的管理方法。这里所说的各类技术主要包括信息技术、决策技术、计划技术、组织技术和控制技术等。技术方法的实质就是用技术来进行管理，与其他管理方法相比，它有以下一些特点：①客观性，即技术是客观存在的，并且技术方法产生的结果是客观的。②规律性，即技术源自于现实世界中普遍存在的客观规律，技术的每种方法都是有章可循的。③精确性，是指只要基础数据是正确无误的，由技术方法产生的结果就是精确的。

技术方法的运用对于提高信息获取的速度与信息的质量、提高决策的速度与质量、保证组织的有效运行有着十分重要的作用。但是，我们必须清醒地认识到，技术并不是万能的，并不能解决一切问题，管理者在解决管理问题时，只有把各种管理方法结合起来使用，"多管齐下"，才能收到良好的效果。

第五节 管 理 学

一、管理学的研究对象

任何组织都有人担任管理工作,尽管组织的规模、性质千差万别。当然,军队中的军长所做的决策与大学校长所做的决策完全不同,他们所管辖的人员与资源也不尽相同。但透过这样的差别,我们可以看到他们所从事的管理工作的共同基础,那就是他们都是为了实现本组织的既定目标,通过计划、组织、领导、控制、创新等职能进行着任务、资源、职责、权力和利益的分配,协调着人们之间的相互关系。这也是各行各业的各种管理工作的共同之处。

管理工作的共性是建立在各种不同管理工作的特殊性之上的。如工厂不同于学校、银行不同于医院、政府不同于军队……有多少种不同的社会组织就会有多少种不同的问题,也就会有多少种解决这些不同问题的管理原理和方法,由此就形成了各种不同门类的管理学,如企业管理学、行政管理学等。这些专门管理学根据具体的研究对象还可进一步细分。如企业管理学可进一步细分为工业企业管理学、商业企业管理学、银行管理学、旅游饭店管理学等。但是,这些专门管理学中又都包含着共同的普遍的管理原理和管理方法,即管理学的研究对象。所以,管理学是以各种管理工作中普遍适用的原理和方法作为研究对象的。不同门类的管理学之间的关系如图 1.6 所示。

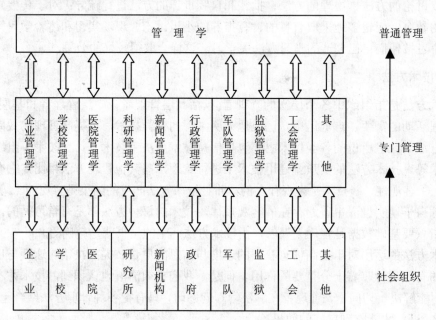

图 1.6 管理学关系图

二、管理学的特性

1. 管理学是一门综合性的学科

由于人类所从事的管理活动愈来愈复杂，要求也愈来愈精确和迅速，因此，管理学的研究必然会涉及数学、统计学、经济学、哲学、社会学、历史学、心理学、伦理学以及各种专门的工程技术学和计算机科学。可见，管理活动的复杂性、多样性决定了管理学内容的综合性，管理学是一门综合性的学科。

2. 管理学既是一门科学，又是一门艺术

管理学作为一门科学，主要体现在它是以反映客观规律的管理理论和方法为指导，有一套分析问题、解决问题的科学的方法论。管理学发展到今天，已经形成了比较系统的理论体系，揭示了一系列具有普遍应用价值的管理规律，总结了许多管理原则。

管理学又是一门艺术，它是这些理论、原则和方法的运用，还要求管理者必须从实际出发，因地制宜地发挥作用。从这个意义上讲，管理学作为一门学科又具有一定的艺术性。

3. 管理学是一门不精确的学科

所谓的不精确，就是指在投入相同资源的情况下，其产出却有可能不同。例如，两个企业，在生产条件、资源等完全相同的情况下，其产生的经济效果有可能相差甚远。造成管理学是一门不精确学科的原因主要是影响管理效果的因素很多，而且许多因素是无法完全预知的。如国家的政策、法规、自然资源的变化、竞争者的决策、人的心理等因素。在这样复杂的情况下，我们还无法找出更有效的方法使管理本身精确化。

4. 管理学是一门应用性学科

管理学的应用性体现在它的实践性。管理学的理论与方法要通过实践来检验其有效性；同时，有效的管理理论与方法只有通过实践才能带来效率和效益，发挥其指导实际工作的作用，并在不断反复的实践中完善管理学的理论与方法。

管理学的应用性要求管理者必须在掌握管理知识的基础上，通过实践和应用培养灵活运用管理知识的技能。管理不可能脱离实践，管理理论必须与管理实践相结合。

本 章 小 结

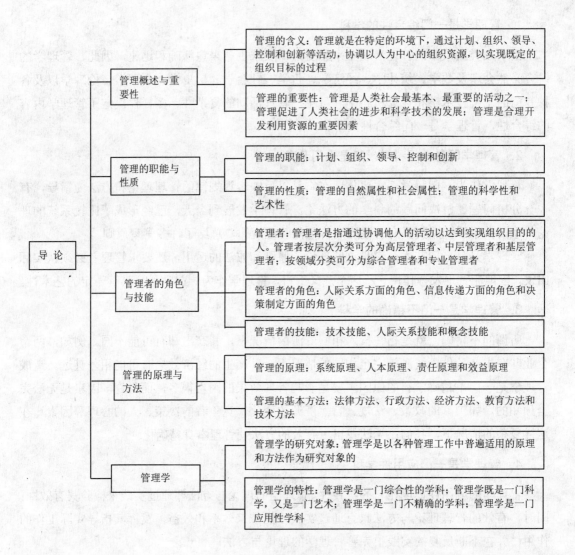

复习思考题

一、问答题

1. 怎样理解管理的基本含义?
2. 为什么说管理既是科学又是艺术?

3. 为什么说管理职能是研究管理的核心？管理职能之间的关系是什么？

4. 试说明管理者与操作者、管理者与领导者的区别与联系。

5. 不同管理者角色的差别与作用是什么？

6. 为什么处于不同层次的管理者所具备的管理技能是不同的？

7. 怎样理解成功的管理者与有效管理者的差异？

8. 管理学具有哪些特性？怎样理解？

二、案例分析题

升任公司总裁后的思考

李强最近被所在的生产机电产品的公司聘为总裁。在准备接任此职位的前一天晚上，他浮想联翩，回忆起他在该公司工作 20 多年的经历。

他在大学时学的是工业管理，大学毕业后就到该公司工作，最初担任液压装配单位的助理监督。他当时感到真不知道如何工作，因为他对液压装配所知甚少，在管理工作上也没有实际经验，他感到几乎每天都手忙脚乱。可是他非常认真好学，一方面仔细参阅该单位所订的工作手册，并努力学习有关的技术知识；另一方面监督长也对他主动指导，使他渐渐摆脱了困境，胜任了工作。经过半年多的努力，他已有能力担任液压装配的监督长的工作了。可是，当时公司没有提升他为监督长，而是直接提升他为装配部经理，负责包括液压装配在内的四个装配单位的领导工作。

他在担任助理监督时主要关心的是每日的作业管理，其技术性很强。而当他担任装配部经理时发现自己不能只关心当天的装配工作状况，他还得做出此后数周乃至数月的规划，还要完成许多报告和参加许多会议，他没有多少时间去从事他过去所喜欢的技术工作。担任装配部经理不久，他就发现原有的装配工作手册已基本过时，因为公司已安装了许多新的设备，引入了一些新的技术，这令他花了整整一年时间去修订工作手册，使之切合实际。在修订手册过程中，他发现要让装配工作与整个公司的生产作业协调起来是需要有很多讲究的。他还主动到几个工厂去访问，学到了许多新的工作方法，他也把这些吸收到的方法修订到工作手册中去。由于该公司的生产工艺频繁发生变化，工作手册也不得不经常修订，李强对此都完成得很出色。他工作了几年后，不但自己学会了这些工作，而且还学会如何把这些工作交给助手去做，教他们如何做好，这样，他可以腾出更多时间用于规划工作和帮助他的下属工作得更好，以及花更多的时间去参加会议、批阅报告和完成自己向上级的工作汇报。

当他担任装配部经理 6 年之后，正好该公司负责规划工作的副总裁辞职应聘于其他公司，李强便主动申请担任此职务。在同另外 5 名竞争者较量之后，李强被正式提升为规划工作副总裁。他自信拥有担任此新职位的能力，但由于此高级职务工作的复杂性，仍使他在刚接任时碰到了不少麻烦。例如，他感到很难预测 1 年之后的产品需求情况。可是一个新工厂的开工，乃至一个新产品的投入生产，一般都需要在数年前做出准备。而且，在新的岗位上他还要不断处理市场营销、财务、人事、生产等部门之间的协调，这些他过去都不熟悉。他在新岗位上越来越感到：越是职位上升，越难于仅仅按标准的工作程序去进行工作。但是，他还是渐渐适应了，做出了成绩，以后又被提升为负责生产工作的副总裁，而这一职位通常是由该公司资历最深的、辈分最高的副总裁担任的。到现在，李强又被提升为总裁。他知道，一个人当上公司最高主管职位之时，他应该自信自己有处理可能出现的任何情况的才能，但他也明白自己尚未达到这样的水平。因此，他不禁想到自己明天就要上任了，今后数月的情况会是怎样？他不免为此而担忧！

（资料来源：根据 http://jpk.sicau.edu.cn/2007/5glx/product_content.asp?id=61 内容改编。）

问题：

1. 李强在担任助理监督、装配部经理、规划工作副总裁和总裁这四个职务时，其管理职责各有何不同？你能概括其变化的趋势吗？请结合基层、中层、高层管理者的职能进行分析。

2. 你认为李强要成功地胜任公司总裁的工作，哪些管理技能是最重要的？你觉得他具有这些技能吗？试加以分析。

3. 如果你是李强，你认为担任公司总裁后自己应该补上哪些欠缺才能使公司取得更好的绩效？

三、管理技能训练

以 3~5 人为一组，访问某一个企业或某一位管理者，了解该企业的某一项基本业务职能或向管理者了解他的职位、工作职能、胜任该职务所必需的管理技能等情况，写出访问报告或小结，在全班交流。

四、本章推荐阅读书目

1. [美]得克萨斯 A&M 大学 Mays 商学院 理基·W. 格里芬（Ricky W.Griffin）著. 刘伟译. 管理学. 第 9 版. 北京：中国市场出版社，2010，2~50

2. [美]理查德·L. 达夫特，多萝西·马西可著. 高增安，马永红等译. 管理学原理. 北京：机械工业出版社，2005，2~27

3. [美]斯蒂芬·P. 罗宾斯著. 管理学. 第 4 版. 北京：中国人民大学出版社，2003，3~21

4. [美]加雷思·琼斯，珍妮弗·乔治著. 郑风田，赵淑芳译. 当代管理学. 北京：人民邮电出版社，2005，2~81

第二章

管理思想与管理理论的发展

学习目标：通过本章的学习，要求了解早期管理思想的基本内容，重点掌握管理理论发展的基本脉络；了解现代管理主要流派的管理思想以及管理的发展趋势。

关键概念：管理思想(Management Theory)　科学管理(Scientific Management)　人性假设(Humanity Assumption)　官僚制(Bureaucracy)　行为科学(Behavior Science)　管理丛林(Management Theory Jungle)　管理学派(Management Type)

人类有组织的管理活动伴随着人类自身发展的始终。人类活动的最大的特点就是有目的的集体活动，管理因人类集体活动的需要而产生。人类就是在对集体活动的管理过程中进行思考和实践的，这种思考和实践的积累，便逐渐形成了系统的管理理论。

第一节　早期的管理实践活动与管理思想

一、古代的管理实践活动与管理思想

人类所从事的生产及其他社会活动都是依靠一定的集体进行的，在共同劳动中必然需要某种意义上的指挥与协调工作，从而产生了管理活动。可以说人类社会从诞生起，人们便开始有意识地对自己生活的方方面面进行管理。远溯到原始社会，人类为生存而进行的狩猎、采集、种植等基本活动，这都体现了管理精神。

《圣经》旧约"出埃及记"中记载，摩西率领希伯来人摆脱埃及人奴役的过程中，他的岳父叶忒罗注意到摩西花了太多的时间去监督太多的人，于是向他建议："你不可能单独一人来完成这么多事情。你应该挑出有能力的人来，担任千夫长、百夫长、五十夫长、十夫长，分别安排在百姓中间，让他们协助你。大事由你审理，所有的小事交给他们。"这个建议体现了现代管理中的分权、授权和例外管理原则。

历史上许多人类闻名遐迩的建筑奇迹都体现了古代人类的管理智慧。古埃及人在公元前 2575 年至公元前 2465 年建造的胡夫金字塔，塔高 143.5 米，巨大的方石如何采集、搬运、堆砌，众多人员如何安排吃、住、行等，都对计划和管理能力提出了很高的要求。

在古代，国家的治理中更是体现出很多杰出的管理思想。中国秦朝的始皇帝嬴政采取远交近攻、分化离间、合纵连横的策略，先后灭掉六国，建立秦朝后，为巩固中央集权，在中央设丞相、太尉及御史大夫，地方设郡、县，并统一了文字、货币及度量衡。这说明

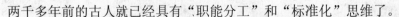

两千多年前的古人就已经具有"职能分工"和"标准化"思维了。

古巴比伦王国于公元前 2000 年左右发布了一部法典——汉谟拉比法典。法典全文 282 条，对个人财产、不动产、商业活动、个人行为、人与人的关系、工资报酬、职责和其他民事与刑事等都作了具体规定，其中有许多涉及经济管理的思想，如控制借贷、贵金属的存放和付给、货物的经营贸易、最低工资、会计和收据的处理、责任的承担等。

古罗马帝国的兴盛反映了组织思想的进一步深化。罗马帝国强盛时期的疆域西起英国，东至叙利亚，包括整个欧洲和北非，人口约 5 000 万。这个庞大帝国的统治为后人提供了许多管理方面的经验，如集权和分权思想。

中国的古籍中有很多有关管理智谋的记载。如《礼记·中庸》的"凡事预则立，不预则废"，《孟子·公孙丑》的"天时不如地利，地利不如人和"，《论语·泰伯》的"不在其位，不谋其政"。

二、西方早期的管理思想

18 世纪末 19 世纪初，欧洲逐渐成为世界的中心。英国等一些西欧国家相继进行产业革命。资本主义生产方式在席卷式的革命中压倒了封建制度，随之诞生的新型的组织形式——工厂逐渐替代手工作坊。机器大生产和工厂制度的普遍出现，使得人们对管理有了新的认识高度。这一时期的管理学新思想代表人物主要有以下几位。

1. 亚当·斯密

亚当·斯密(Adam Smith，1723—1790)，英国著名古典政治经济学家，其 1776 年发表的《国富论》是经济学史上不朽的巨著。在这本书中，亚当·斯密的劳动分工的思想和"经济人"观点，对以后管理理论的发展有着深刻的影响。

1) 劳动分工

亚当·斯密以著名的别针生产为例阐述分工的必要性。他指出，如果没有分工，10 人 1 天很难造出 200 枚针，而将工人进行抽线—拉直—剪断—磨尖—打孔加磨角等专业化分工后，平均每天每人可造出 48 000 枚针。专业化分工可带来三方面的好处：①分工使得每个工人的熟练程度得到提高；②分工节省了由一种工作转换到另一种工作的时间；③分工使得工人更熟悉自己的工作，从而有利于工具的改进发明。

2) 经济人假设

亚当·斯密认为人的行为动机根源于经济诱因，人都要争取最大的经济利益，工作就是为了取得经济报酬。该假设的提出对此后管理学理论的发展有着重大的影响。

2. 罗伯特·欧文

罗伯特·欧文(Robert Owen，1771—1858)，英国著名的空想社会主义者，也是一位企业家、慈善家，被称为"现代人事管理之父"，人本管理的先驱。欧文的管理思想基于"人是环境的产物"这一观点。

1824 年，欧文在美国印第安纳州买下 1214 公顷土地，开始其移民区试验。试验内容以改善工人劳动条件为主，诸如提高童工参加劳动的最低年龄；缩短雇员的劳动时间；为雇员提供厂内膳食；开设工厂商店，采用以成本向雇员出售生活必需品的模式；设立幼儿园和学校等。虽然实验以失败告终，但其中的很多人本思想为后来管理理论的发展提供了很好的借鉴。

3. 查尔斯·巴贝奇

查尔斯·巴贝奇(Charles Babbage，1792—1871)，英国著名数学家和机械工程师，科学管理的先驱者。巴贝奇在亚当·斯密关于劳动分工的思想的基础上，进一步分析了提高劳动生产率的原因，推动了劳动分工理论的发展。在劳资关系方面，他强调劳资协作，提出一种固定工资加利润分享的新型工资制度。

以上这些先驱者尽管从不同角度提出了新颖先进的管理思想，但并没有形成一种系统的理论体系，当时社会的整个管理活动仍以传统的管理方式为主。

第二节　古典管理理论

一、泰勒的科学管理理论

1. 泰勒与科学管理

弗雷德里克·温斯洛·泰勒(Frederick Winslow Taylor 1856—1915)，出生于美国费城，工作经历丰富，早期主要就职于米德维尔钢铁厂，后期以顾问身份进入伯利恒钢铁公司，进行了著名的"搬运生铁块实验"和"铁锹实验"。1911 年，出版《科学管理原理》一书，对其毕生研究进行总结。后人称其为"科学管理之父"。

在《科学管理原理》一书中，泰勒全面叙述了他的管理思想与理论。概括为管理四原则：第一，对工人操作的每个动作进行科学研究，用以替代老的单凭经验的办法。第二，科学地挑选工人，并进行培训和教育，使之成长。而在过去，则是由工人任意挑选自己的工作，并根据各自的可能进行自我培训。第三，与工人的亲密协作，以保证一切工作都按已发展起来的科学原则去做。第四，管理者和工人之间在工作和职责上几乎是均分的，管理者把自己比工人更胜任的那部分工作承揽下来。而在过去，几乎所有的工作和大部分的职责都推到了工人的身上。

泰勒为了提高工厂的工作效率，做了一系列的实验。其中搬运生铁实验和铁锹实验最具代表性。当时，伯利恒有一个 75 人的生铁搬运小组，每人每天装货约 12.5 吨，工人的工资是每人每天 1.15 美元。实验首先是对搬运生铁的具体过程进行观察和记录。在准确测时的基础上，把工作分解成小的基本动作，研究这些动作最合理、最省力的具体做法，再把各个基本动作所耗费的时间联系起来，求出正常工作的速率，进而计算出标准定额。另外，还要估算出一天中的休息时间以及必要的迟延、停顿时间。在此基础上，对工人的操作工作进行设计，设计出最合理的标准工作程序。通过挑选合适的工人推行这种标准工作程序，工人的搬运量达到了每人每天47.5吨，其工资也增加到1.85美元。

早先工厂里工人干活是自己带铁锹，也就是说，每个人的铁锹在大小、形状、重量、材质上各不相同，而铲不同的物料时每个工人都只用自己的那把铁锹。泰勒经过测量、考察、计算，针对不同的工种设计出不同款式和材质的铲子，其重量均为21磅。这样工人在铲不同物料时，都能使用最省劲、最适合的工具。同时泰勒还设计了一种有标识的卡片，一张标明工人的工作地点和在工具房应领到的工具；另一张总结他前一天的工作情况，并记载其相应的收入。卡片有两种颜色，如果工人拿到的是白色纸卡片，说明工作良好；如果拿到的是黄色纸卡片，就意味着要加油了，否则的话就要被调离。将不同的工具分给不同的工人，意味着要进行事先的计划，要有人对这项工作专门负责，也即需要增加管理人员，但是尽管这样，工厂也是受益很大的，据测算这一项变革可为工厂每年节约8万美元。

通过这些实验，泰勒开始将科学手段引入管理领域，从而打开了管理的新局面。其主要贡献和思想总结为以下八点：

(1) 劳动定额。为了改变工厂中普遍存在的只出工不出力的"磨洋工"的现象，泰勒为每种工作规定了一个完成它的公正标准，即"合理的日工作量"。

(2) 科学培训。为每一项工作挑选一流的工人，并对工人进行培训。"就是把科学和科学地选择、培训出来的工人结合在一起"，造就"第一流的工人"。

(3) 标准化。对操作方法、使用工具、机器、材料及作业环境进行改革，使之有一个科学的标准，进行标准化管理。

(4) 差别计件工资制。对于按照标准操作方法在规定的时间及定额内完成工作的工人，按较高的工资率计算工资，否则按较低的工资率计算工资。

例如，某项工作定额是10件，每件完成给0.1美元。若规定该项工作完成定额的工资率为125%，未完成定额的工资率为80%，那么，如果完成定额，可得工资为$10×0.1×125\%=1.25$(美元)；如果未完成定额，哪怕完成了9件，也只能得到工资$9×0.1×80\%=0.72$(美元)。

(5) 思想革命。劳资双方对盈余态度开始转变："双方不再把注意力放在盈余分配上……他们将注意力转向增加盈余的数量上……"。　　无论是厂长还是工人，对工厂内的一切事情，都用准确的科学研究和知识来代替旧式的个人判断或经验意见。

(6) 计划与执行职能分离。计划职能人员负责研究、计划、调查、控制以及对操作者进行指导，后逐步发展为管理专业队伍。

(7) 职能工长制。对工长进行专业化分工，使一个工长只承担一种管理职能。这项改革实际上是对管理工作的细化。泰勒设计出8个职能工长，来代替原来的一个职能工长。

这 8 个工长，4 个(工作命令工长、工时成本工长、工作程序工长、纪律工长)在计划部门，4 个(工作分派工长、速度工长、修理工长、检验工长)在车间。

(8) 例外原则。高层管理者只集中精力处理生产经营中的重大决策问题，而把那些经常出现、重复出现的"例行问题"的解决办法制度化、标准化，并交给工厂中的基层人员去处理。贯彻管理的例外原则，可以有效地使工厂的高层管理者从日常事务中解脱出来，关注工厂的重大经营决策问题，这也为以后管理上的分权化原则和实行事业部制等管理体制提供了依据。

2．科学管理理论的其他代表人物

与泰勒同时代的一些社会实践者，也从不同角度对管理进行了研究，丰富和发展了泰勒的科学管理理论。其中较为著名的有亨利·甘特、吉尔布雷斯夫妇和亨利·福特。

亨利·甘特曾在泰勒的钢铁厂担任机器工程师职务，他于 1910 年设计出甘特图，以此闻名于世。甘特图是以图示的方式，通过活动列表和时间刻度形象地表示出特定项目的活动顺序与持续时间(见图 2.1)。甘特图曾用于胡佛水坝和州际高速公路系统等大型计划中，并且一直到现在依然是专案管理的重要工具。

吉尔布雷斯夫妇分别因动作研究和心理研究而闻名。弗兰克·吉尔布雷斯致力于研究减少多余的动作，设计出动作分类体系，比如对手的 17 个基本动作进行详细分解。其妻子莉莲·吉尔布雷斯潜心于管理心理学的研究，提出应尊重工人，完善工人福利的观点，弥补了泰勒等人只强调动作标准而忽略工人心理安慰的不足。

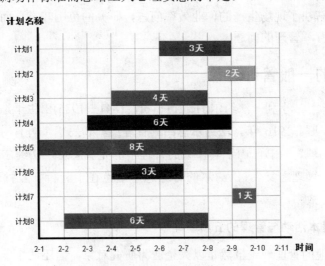

图 2.1　甘特图示例

亨利·福特于 1913 年创立了汽车工业的流水生产线，开近现代"单一品种、超大规模"战略之先河。他的 T 型车在二十年内生产了 1500 万辆(约平均每 1.4 分钟生产一辆汽车)，使汽车从五六千美元的富人专利消费品变成了几百美元的大众消费品。汽车生产由此从作坊时代跨进了工厂时代，进而带来现代工商业的革命。

3. 科学管理理论的推行和评价

以泰勒为代表的科学管理具有划时代的意义，其主要的贡献有：

(1) 将科学引入管理，使管理实践活动出现前所未有的突破，从而极大地提高了生产效率。泰勒科学管理的最大贡献在于泰勒所提倡的在管理中运用科学方法和他本人的科学实践精神。他打破一百多年沿袭下来的经验管理方法，用规范的方法、科学的标准进行管理，追求提高生产效率，健全和推动社会进步，促进了资本主义的发展。他的科学精神，直到今天仍对生产管理具有重大的指导作用。

(2) 将计划职能与执行职能分开，从而出现专职的管理人员，这一重大突破极大地促进了管理理论的发展。

尽管今天看来，泰勒的科学管理具有划时代的进步意义，但在当时的推广和执行并不十分顺利，遭遇到来自工人和雇主们的双重阻力。工人认为苛刻的劳动定额和标准是施加于他们的剥削，而一部分雇主们不能理解设置计划专职人员的必要性。除去工人和雇主的抵触心理，泰勒的科学管理也存在其自身的时代局限性，表现为：

(1) 泰勒的实验和改革均基于"经济人"假设。认为工人只关心提高自己的金钱收入，把工人当成会说话的工具，设定了苛刻的定额和标准，忽略了人的社会特性和情感需求，实际上是对工人的一种压榨。

(2) 泰勒仅解决了现场生产的作业效率问题，研究的范围较窄，而没有解决企业作为一个整体如何经营和管理的问题。

二、法约尔的一般管理理论

亨利·法约尔(Henri Fayol，1841—1925)出生于法国一个资产阶级家庭。1916 年，法约尔总结其管理经验和思想，著有《工业管理与一般管理》一书。由于其伟大的管理学的先驱思想，法约尔被称为"现代经营管理之父"。法约尔的管理思想重点在于分析一般管理原则和高层管理效率。

1. 企业的基本活动与管理的五项职能

法约尔认为他的管理理论虽然是以大企业为研究对象，但还适用于政府、教会、慈善团体、军事组织以及其他各种组织。

法约尔指出，任何企业都存在六种基本活动，而管理只是其中之一。这六种基本活动是：①技术活动：生产、制造和加工；②商业活动：采购、销售和交换；③财务活动：资金的筹措、运用和控制；④安全活动：设备的维护和人员的保护；⑤会计活动：货物盘点、

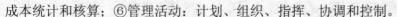

成本统计和核算；⑥管理活动：计划、组织、指挥、协调和控制。

这六种活动中，管理活动是最重要的一项，它普遍存在于各种组织当中。法约尔首次系统地提出管理职能之说，他认为所有组织的管理都应当包括以下五方面的基本职能活动：①计划：包括预测未来和对未来的行动予以安排；②组织：包括选择组织形式，规定各部门的相互关系，选聘、评价和培训工人等；③指挥：使所有人员按照企业的利益作出最大的贡献；④协调：平衡各种关系，使企业活动的各种资源保持一定的比例，各部门配合良好；⑤控制：保证计划目标得以实现，对工作中的错误进行纠正并避免重犯。

2．十四项管理原则

法约尔根据自己长期的管理经验，归纳出十四项一般管理原则：

(1) 分工。在技术工作和管理工作中进行专业化分工可以提高效率。

(2) 权力与责任。权力应该同责任相等。如果要一个人对某一工作的结果负责，就应该给予其确保事情成功的应有权力。

(3) 纪律。严明的纪律是任何组织都不可缺少的要素。一个组织的成功不能没有纪律，组织内所有成员都要通过各方达成的协议对自己在组织内的行为进行控制。

(4) 统一指挥。组织内每一个人只能服从一个上级并接受他的命令，双重命令对于权威、纪律和稳定性是一种威胁。

(5) 统一领导。在某个单一的计划中，从事同类活动的组织成员只能有相同的目标，而且目标相同的一组活动只能有一个领导和一个计划。

(6) 个人利益服从整体利益。在企业组织中，企业的总目标永远享有至高无上的地位，即个人利益不能凌驾于整体利益之上。当个人目标与整体目标发生冲突时，领导者要以身作则，给员工做出良好的榜样。

(7) 报酬。报酬制度应该公平，而且要对工作成绩优良的人进行奖励，但奖励应有一个限度。法约尔认为，任何优良的报酬制度都无法取代优良的管理。

(8) 集权与分权。提高下属重要性的做法是分权，降低这种重要性的做法是集权。要根据企业的性质、条件、环境和人员的素质来恰当地决定集权和分权的程度。

(9) 等级链与跳板原则。等级链是"从最高的权威者到最低层管理者的等级系列"。它表明权力等级的顺序和传递信息的途径。为了保证命令的统一，不能轻易违背等级链，请示要逐级进行，指令也要逐级下达。但有时这样做会延误信息，为此，法约尔设计了一种"跳板"，利用这种"法约尔跳板"，可以横跨执行权力的路线而直接联系。这种方法便于同级之间的横向沟通，但在横向沟通前要征求各自上级的意见，并在事后要立即向各自的上级汇报，从而维护了统一指挥的原则。

专栏 2-1 法约尔跳板

用图 2.2 可以解释跳板原则。在一个等级制度表现为 H-A-R 形式的企业中，假设 E 部门与 O 部门需要发生联系，按照等级原则需要由 E 沿等级路线攀登到 A，再由 A 沿等级路线下降到 O。然后，再反向从 O 经过 A 回到出发点 E。在这个过程中，每一级都要停顿，信息在传递过程中经过的路线很长，不仅容易延误信息传递的时间，并且可能出现信息在传递中失真的现象。显然，如果通过 E-O 这一"跳板"(或称"法约尔桥")，直接从 E 到 O，问题就简单多了。当领导人 D 和 N 允许他们各自的下属 E 与 O 直接联系时，E 与 O 及时向各自的领导人汇报他们所商定的事情，沟通既迅速又便捷。可见，这种"法约尔桥"既维持了统一指挥原则，又避免了信息传递的时间延误和失真问题。(资料来源：编者根据相关资料编写整理)

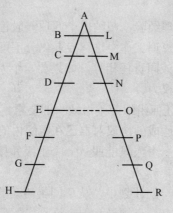

图 2.2　"法约尔桥"示意图

(10) 秩序。任何组织都应强调秩序。法约尔认为，每一件事都要有一定的位置，每一个人都要有一定的职位，各得其所，而且每个员工都必须处在他能最好地作出贡献的职位上。

(11) 公平。公平是组织的管理者处理人际关系的一项道德价值准则，它由善意和公正产生。组织领导应该对各级主管灌输公平的意识。

(12) 人员的稳定。把一个人培养到能胜任目前的工作需要花费时间和金钱。所以，人员(特别是管理者)的经常变动对组织是很不利的。

(13) 首创精神。首创精神是创立和推行一项计划的动力。不仅领导者本人要有创造性，还要鼓励全体成员发挥他们的首创精神。

(14) 集体精神。团结对实现组织目标是非常重要的。因此，管理者应当鼓励员工紧密团结和发扬集体精神。在法约尔看来，加强集体精神的最有效方法，在于严格的统一指挥。

法约尔着眼于所有企业，站在整个组织全面运转的高度，将前人的优秀思想和方法进行系统的总结和概括，并提出自己很多新的见解，是当时管理领域的集大成者，其很多概念、术语和原理在现代管理学中仍被普遍运用。

三、马克斯·韦伯的组织理论

马克斯·韦伯(Max Weber，1864—1920)出生于德国一个有着广泛社会和政治联系的富裕家庭。他学识渊博，对社会学、宗教、经济学和政治学都有着广泛的兴趣。韦伯毕生从事学术研究，曾担任过大学教授、主编、政府顾问和作家。他在学术上取得了巨大的成就，主要著作有：《经济史》、《新教伦理和资本主义精神》、《社会组织和经济组织理论》等。马克斯·韦伯被公认是现代社会学和公共行政学最重要的创始人之一。他的管理学贡献是提出了所谓理想的行政组织体系理论，从而被称为"组织理论之父"。

1. 权力的类型

权力是统治社会或管理组织的基础。韦伯认为，权力是一种引起服从的命令结构，有以下三种类型：

(1) 统型权力：建立在对于古老传统和习惯的神圣不可侵犯的基础上。

(2) 个人魅力型权力：建立在对某个英雄人物或某个具有模范品质的人的崇拜的基础上。

(3) 理性—合法型权力：建立在由法律规则确定的职位或地位的基础上。韦伯认为只有理性—合法型权力才是现代社会组织中占主导地位的基础形态。

2. 理想的行政组织体系

理想的行政组织体系，直译为官僚制(bureaucracy)，又译科层制。韦伯认为，官僚制既是一种组织结构，又是一种管理体制，其中心思想是建立在"合理"与"合法"的基础上，而不是通过"世袭"或"个人魅力"来实现。

韦伯的理想行政组织体系具有如下特征：

(1) 正式的规章。组织管理的权力建立在一整套为所有组织成员共同认可和严格履行的正式规则基础之上。所有人员的活动都无一例外地受这套规则的制约。这些规则是根据为完成组织目标和实现组织功能的需要而制定的，排除任何个人情感的因素。

(2) 明确的分工。组织权力横向方面按职能分工，明确规定每个部门的职责、权限和任务，限定各自的管理范围，各负其责，各司其职，相互配合，不得推诿或越权。

(3) 权力分层。组织权力纵向方面按职位层层授权，明确规定每一个管理人员的权力和责任。职位的设立服从管理和效率的需要，不因人设位。处于中间职位的管理人员，既接受上级的指挥，又对下级实施管理。组织权力的分层形成一个金字塔型的等级结构。

(4) 非个人的人员关系。在组织管理范围内，部门以及管理人员的关系均为公务关系。

在处理组织事务时，应照章办事，不允许将私人关系掺杂在内，更不允许因私人关系而破坏组织的正式规则。

(5) 正规化的人员任用。组织成员资格应通过正式考核获得，他们进入组织并占据一定职位的依据，是他们经由教育和训练所获得的专门知识和技能。

(6) 职业管理人员。管理者是专职人员而不是企业的所有者，他们领取固定的工资并在组织中追求他们职业生涯的成就。管理人员晋级有统一的标准，其薪金应与责任和工作能力相适应。

韦伯提出的官僚制，根据组织目标合理地分解了组织权力，提供了组织内各方面有效合作的基础，在一定程度上排除了组织管理中的不稳定因素，有助于提高组织活动的效率。但是，由于官僚制在一定程度上忽视了组织成员的个性特征，等级森严，任何行动都受到正式规则的严格束缚，使得组织成员的创造性、主动性受到压抑，容易滋生墨守成规、繁文缛节的官僚主义，组织沟通容易出现障碍，从而导致组织效率的降低。

第三节　人际关系理论和行为科学

20 世纪 20 年代，美国的工人和工会力量增强，普遍要求调节劳资和管理关系，人们不愿意接受传统组织理论的那种权威—服从的领导与被领导关系。而且，尽管科学管理思想在提高劳动生产率方面取得了显著的成绩，但由于它片面强调对工人的严格控制和动作的规范化，忽视了工人的社会需求和感情需求，从而引起了工人的不满和社会的责难。行为科学理论正是在这种背景下应运而生的。

行为科学理论始于 20 世纪 20 年代，早期被称为人际关系理论，以后发展为行为科学。一般认为，行为管理理论产生的标志是著名的霍桑实验以及梅奥的人际关系理论。

一、霍桑实验

"人际关系"学派的产生是霍桑实验的直接结果。霍桑实验(Hawthorne Study)是梅奥(George Elton Mayo)教授于 1924—1932 年在美国芝加哥西方电气公司的霍桑工厂进行的研究活动。该实验围绕员工的工作条件、工作环境、人际关系等与劳动生产率之间相互关系等问题展开，最初的目的是想找到影响工人效率和情绪的原因。试验的全部过程分为以下四个阶段。

1. 照明试验

为了解工作条件对生产效率的影响，1924 年 11 月开始了照明试验。试验者选择了一批工人，把他们分为两组，一组为试验组，一组为控制组。控制组一直处在正常照明强度下工作，而试验组变换不同的照明强度。起初，试验者设想增加照明强度可能会使产量提高，降低照明强度会使产量减少。但试验结果却出乎他们的预料。他们发现，当试验者的照明强度逐渐增加时，生产量增长了；但当照明强度下降时，产量仍以几乎相同的比例增加。更令人意外的是，控制组在照明强度一直不变的情况下，生产量几乎也以与试验组相同的比例增长。为搞清原因，他们又重复进行了试验，最后确认，工作条件与劳动生产率之间并不存在线性的因果关系。显然，这与人们的常识相违背，因此，人们普遍认为试验失败了。正当他们准备放弃试验时，试验的组织者之一、西方电气公司的检查部主任彭诺克先生邀请到了哈佛大学的梅奥教授来主持试验，试验得以继续进行。

2. 电器装配试验室试验

1927 年 4 月，他们在分析前一段试验的基础上进行了继电器装配实验室试验，其目的仍是研究各种工作条件的变化所产生的影响，这次他们把工作条件变量增加了温度、湿度、工作时间、休息时间、奖励工资、管理监督制度等，并在试验室创造和保持一种友好的气氛。经过一段时间的试验，他们发现，工作间的休息可以减轻疲劳，从而增加产量。然而缩短每天工作时数和工作天数，产量反而会增加，再恢复原来的工作时数和天数，产量并没有减少。在探讨女工劳动生产率提高的原因时，他们提出了四种假设：①由于工作时间缩短和安排了休息时间，减轻了身体的疲劳程度。②安排休息时间一方面减轻了身体的疲劳，更重要的也因此减少了工作的单调性。③因为增加了试验女工的奖励工资，刺激了生产效率的提高。④由于管理、督导方法的改进，使得员工的态度有所改善，从而增加了产量。

随后，他们又在其他小组进行了另外两组试验，试验的结果是：前三项假设都不是影响效率的直接因素，第四项可能是关键因素。于是决定进一步研究员工的态度以及与员工态度有关的可能因素，于是又开展了一项大规模的员工访问。

3. 访问研究

这项遍及全厂的员工访问从 1928 年到 1931 年先后花了两年多的时间，共对 21 000 名员工进行了访问，了解工人对工作环境、对监工和公司当局的看法和意见，并研究工人的这些看法和意见是如何影响生产率的。在访问中，他们采用让员工自行选择适当的话题，员工无所不谈，发泄了心中的闷气，而感到高兴。

访问中，收集了有关员工态度的大量资料，经过分析，研究人员了解到，任何一位员工的工作绩效均受到小组中其他员工的影响，为了进一步对此结论进行更为系统的研究，于是又将研究工作推进到第四阶段。

4. 接线工作室观察研究

为了进行这一系统化的研究，研究人员决定选一个人数较少、工作又较为特殊的接线工作为研究对象。常识认为，员工工作绩效的高低是与他们的经济效益呈正比关系，员工为获得较高的收入，会想办法用最高的工作效率来工作，并且效率高的员工会迫使效率低的员工提高效率。但研究者发现并非如此，试验小组内存在着一种默契，有一种无形的压力，制约着每一个人，使之不能突破一定的定额，否则，就会受到别人的冷遇或讽刺打击。所以，一个员工为了在他所工作的集体中站得住脚，就必须按集体定额来生产。同时，他们发现，对不同层次的管理者，工人有不同的态度，而且主管的层次越高，工人的顾忌越大。

这一试验说明，这个试验小组构成了一个复杂的社会组织，它有着一套严密的行为准则和比正式组织所要求的更高的共同感情，这就是所谓的"非正式组织"，这种非正式组织对内可节制、控制成员的行为，对外则保卫其成员，使之不受来自管理层的干预。

在对持续了八年之久的试验进行总结分析后，梅奥提出了人际关系学说。

二、人际关系理论的主要观点

梅奥等人的人际关系理论与传统的科学管理理论相比，具有以下新观点：

(1) 企业员工是"社会人"，是一个复杂的社会系统中的成员。除了金钱与物质之外，还有社会和心理的因素，如人们之间的交往和友谊、期待得到社会的尊重和承认等，都影响着人们的生产积极性。所以，工作条件、工资报酬等物质和技术方面的因素并不是影响劳动生产率的第一位原因。他们认为"人是独特的社会动物"，只有把自己完全投入到集体中去才能实现彻底的"自由"。为了解决这一矛盾，就要考虑到人的社会方面和心理方面的因素，以此合理地组织和管理，以提高劳动生产率。

(2) 生产率的高低不仅受物质条件诸因素的影响，而且取决于员工工作态度的改变。所谓态度，也就是"士气"。梅奥等人认为，"士气"的高低取决于安全感、归属感等社会心理方面的欲望的满足程度。满足程度越高，"士气"就越高；士气越高，生产效率也就越高。员工的满足程度依赖于两个因素：一是员工个人的情况，即由于个人历史、家庭生活、社会生活影响而形成的个人态度；二是工作场所的环境因素，即工人之间、工人与管理层之间的相互关系，也就是人与人之间的关系。

(3) 企业中存在着"非正式组织"，这是不经官方规定而自然形成的。这种无形组织有其特殊的感情、规范和倾向，是成员共同的观点、社会背景或业余爱好等共同利益的产物。非正式组织对员工心理倾向和行为具有重要影响，它们与正式组织有时相互补充，有时相互矛盾。矛盾一般是由于两者目标不一致造成的。这时，非正式组织就会影响企业目标的实现。管理者要重视这种组织的作用，使两者很好地配合。为此要注意非正式组织产生的背景和领袖人物的特点。试验结果证明，由于存在"非正式组织"，这就要求企业的领导者要善于倾听和沟通员工的意见，使正式组织的经济需要与非正式组织的社会需要尽可能地取得一致。

(4) 新型的领导能力在于提高员工的满足度。梅奥等人根据在霍桑工厂的观察得出的结论是，生产效率的高低主要取决于工人的士气，而工人士气的高低则取决于他们感受到的各种需要得到满足的程度。在这些需要中，金钱和物质方面的需要只占很小比重，更多的是获取友谊、得到尊重或保证安全等方面的社会需要。因此，要提高生产效率，就要提高员工的士气；而要提高员工的士气，就要努力提高员工的满足程度。所以，新型的管理者应该认真分析员工需要的特点，不仅要解决工人生产技术或物质生活方面的问题，还要掌握他们的心理状况，了解他们的思想情绪，以采取相应的措施。这样才能适时、合理、充分地激励员工，达到提高劳动生产率的目的。

三、行为科学的贡献

霍桑实验之后，大批研究者和实践者继续从心理学、社会学、人类学等角度对人际关系进行综合研究，从而建立了关于人的行为及其调控的一般理论。1949 年，美国一些从事人际关系研究的管理学者正式采用"行为科学"一词，并成立了"行为科学高级研究中心"，进一步开展对人的行为规律、社会环境和人际关系与提高工作效率关系的研究。

较有影响的行为科学理论，有马斯洛的需要层次论，赫茨伯格的双因素理论，麦格雷戈的 X—Y 理论，布莱克和穆顿的管理方格理论等。我们将在后面有关章节作详细介绍。

第四节　现代管理理论学派

第二次世界大战以后，随着社会生产力的发展以及系统论、控制论、信息论、电子计算机技术在管理领域中日益广泛的应用，西方管理理论的发展进入了管理科学时代。这一时期，西方管理理论的一个最突出的特点就是学派林立，众说纷纭。对此，美国管理学家哈罗德·孔茨(Harold Koontz)在其著名的论文《管理理论的丛林》中，用"管理理论的丛林"来描述西方现代管理理论的主要特点。

西方现代管理理论的学派很多，这里我们介绍其中比较重要的几个学派。

一、社会合作系统学派

社会合作系统学派认为，人与人的相互关系就是一个社会系统，它是人们在意见、力量、愿望以及思想等方面的一种合作关系。管理者的作用就是要围绕着物质的(材料与机器)、生物的(作为一个呼吸空气和需要空间的抽象存在的人)和社会的(群体的相互作用、态度和信息)因素去适应总的合作系统。

该学派是从社会科学的角度分析各类组织的。它的特点是将组织看作是一种社会系统，是一种人的相互关系的协作体系，它是社会大系统中的一部分，受到社会环境各方面因素的影响。美国的切斯特·巴纳德(Chest Barnard)是这一学派的创始人，他的著作《经理的职能》对该学派有着很大的影响。

1. 社会合作系统学派的基本观点

(1) 组织是一个社会协作系统。这个系统能否继续生存，取决于：协作的效果，即能否顺利完成协作目标；协作的效率，即在达到目标的过程中是否使协作的成员损失最小而心理满足度较高；协作目标能适应协作环境。

(2) 提出正式组织存在的三个条件：有一个统一的共同目标；其中每一个成员都能够自觉自愿地为组织目标的实现作出贡献；组织内部有一个能够彼此沟通的信息联系系统。此外还指出，在正式组织内部还存在着非正式组织。

(3) 经理人员的职能提出三点要求：建立和维持一个信息联系的系统；善于激励组织成员；规定组织目标。

虽然该学派主要以组织理论而非全部的管理理论为研究重点，但它对管理理论所作的贡献是巨大的，并对其他学派的形成(如社会技术系统学派、决策理论学派、系统理论学派)有很大影响。

2. 对社会合作系统学派的评价

社会合作系统学派是西方管理理论中较早出现的一种管理理论学派，它对西方管理理论的发展有着巨大的影响，对现代企业的管理起到了重要的作用。

(1) 社会合作系统学派是不同于传统组织理论的组织理论学派。社会合作系统学派既不像古典管理理论学派把组织和整个管理系统的结构作为研究对象的"宏观组织理论"，也不像人际关系理论把组织成员的个人动机看成是最重要因素的"微观组织理论"。它是把"宏观组织理论"和"微观组织理论"的特点结合起来的一种综合性组织理论。总之，社会合作系统学派是专门研究正式组织的本质、特征、构成要素和行为的理论学派。它注重把社会学应用于组织的分析及管理，并与行为科学的方法有较深的渊源。

(2) 组织中人们的关系是一种协作的系统。巴纳德的协作系统的结构开始于分离而独立的个人，但他注意到个人除非同其他人在一种相互作用的社会关系中联结起来，否则就不能发挥作用。巴纳德关于系统组织存续的条件是保持组织的对内平衡和对外平衡，否则组织就会崩溃的思想具有独创性。他还认为这个协作系统要受社会、经济、技术等各种环境的制约，因此它是更大系统的一部分。所以，从一定意义上说，社会合作系统学派的以上观点实际上已经包含了系统管理思想的萌芽，它为后来的系统管理理论的形成奠定了基础。

(3) 社会合作系统学派主要以正式组织为研究对象，同时把非正式组织作为正式组织不可缺少的部分。巴纳德虽然对非正式组织的定义过于宽泛，但从他最早创立了非正式组织理论的角度来看，还是有极大的积极意义的。巴纳德认为，非正式组织的存在是客观的，它不以人的意志为转移。其作用也是客观存在的，并且，非正式组织与正式组织之间存在着十分密切的关系。非正式组织对正式组织既有消极影响，同时又有积极的作用，巴纳德的这个观点比行为科学理论把非正式组织看作是正式组织的对立面前进了一步。

（4）社会合作系统学派为了实现个人目标和组织目标的一致，提出了效力和效率的原则。社会合作系统学派用效力和效率这两条原则把组织中的个人目标和组织目标联系起来。它认为，如果组织成员的个人动机得不到满足，这个系统就是无效率的，同时它也是无效力的，组织目标也不能得到最后的实现，反之亦然。这种把组织目标和个人目标联结起来的观点是组织理论的一条普遍原则，被西方一些管理学家誉为管理思想发展的里程碑，至今仍为许多人所信奉。

（5）社会合作系统学派把协作的意愿、共同的目标和信息联系作为正式组织的基本要素的这一观点具有重要的意义。社会合作系统学派认为，作为正式的协作系统，不论它的级别高低和规模的大小，都包含这三个基本要素，这一观念的产生具有划时代的意义。特别是它把信息交流作为组织的基本要素加以研究，这是以前的组织理论所没有做到的。管理过程是一个信息的输入、输出和不断反馈的过程。任何管理组织机构的设置都必须以有利于信息的收集、加工、传递、利用为前提，这是管理组织建设一条不可缺少的原则。信息的投入是最主要的投入，掌握了信息就掌握了管理的命脉，管理目标就有了实现的可靠保证。

（6）社会合作系统学派有关组织要生存和发展必须搞好组织的内外平衡的这一思想具有重要的借鉴意义。组织的对内平衡和对外平衡虽然属于两个不同的过程，但它们的目的却是相同的，即都为了组织的生存和发展。两者的关系是相辅相成的。一个组织能否存续下去，不仅依赖于组织的对内平衡，而且主要依赖于组织的对外平衡。这是社会合作系统学派做出的重大贡献。巴纳德认为，组织的平衡归根到底是组织同组织外部的全部情况的平衡。可见，组织的对外平衡对于组织的存续具有重要的意义。当前，任何组织的发展都必须搞好对内平衡和对外平衡，如果两者失衡，将会影响组织的生存和发展。

（7）社会合作系统学派把组织中人的行为看成决策和作业两个部分。社会合作系统学派不像古典管理理论学派那样着重研究作业部分、阐明提高作业效率的各种原理和技术，而是着重研究组织的决策过程。巴纳德关于存在于组织中的是"决策和调节的过程"的观点为社会合作系统学派继承和发展者西蒙等人的决策理论提供了依据。

（8）只有专职的、有创造力的领导才能提高组织的效力和人们的福利。社会合作系统学派试图改造以前的权威概念，努力强调协调和统一，领导者不再以权力为基础，而是以在相互联系中领导者与被领导者的相互影响为基础。领导者所依靠的并不是命令和服从，而是协调、确定目的和鼓励人们对形势规律做出反应的技能。因此，社会合作系统学派提出了一种不同于以往的新式领导的观点。这种通过科学和服务精神而献身于改良现实的、有知识的领导方式，是管理思想的演变中经常提出的要求，但它至今仍是一种理想状态的领导方式。

二、系统管理学派

现代系统科学是 20 世纪 40 年代末由贝塔朗菲(Ludeig von Bertalanffy)、维纳

(N. Wiener)、申农(C.E.Shannon)建立起来的系统论、控制论和信息论以及 20 世纪 60 年代末由普里高津(Prigogine,Ilya)、哈肯(H.Haken)、托姆(R.Thom)创立起来的耗散结构论、协同论、突变论等学科的总称(还包括超循环论、混沌论、分形论、孤波论等)。

1. 系统论的基本思想

系统论是贝塔朗菲针对 20 世纪 30 年代生物学领域中盛行的机械论、简化论、被动反应论的倾向，在机体论关于系统观点、等级结构观点、动态观点的基础上，吸取前人关于等级、结构、组织、层次、目的等的思想而逐渐创立的。

按照贝塔朗菲的说法，系统论是研究客观现实各式各样系统的共同特性，找出适用于一般化系统的模式、原则和规律，并对系统的性质进行数学描述的理论。

系统论的核心概念是系统。什么是系统？就我们的理解，系统是指由若干个相互关联的要素构成的具有特定功能的有机整体的简称。这个概念包含以下内容：

(1) 系统是由两个或两个以上的要素构成的。要素是构成系统的现实基础和实际载体，无要素不成系统。

(2) 系统不是要素的简单组合或机械堆砌，而是相互关联的，即相互联系、相互作用、相互影响、相互制约的。

(3) 由于要素之间的关联，系统形成不同等级的层次结构。凡系统都有结构。

(4) 结构一经形成，系统便以自身特有的性质和功能显现出来。系统有结构必有功能。

(5) 系统是结构和功能的统一体，是一个有机整体。整体性是系统的基本特性。

(6) 系统这个有机整体总是处于环境之中，为环境所包围。

2. 控制论的基本思想

控制论是由维纳和罗森勃吕特(A.Rosenblueth)等人在学科发展的无人区，集合一批自由的、一专多能的科学家进行勘查和开垦而创立的。按维纳的说法，控制论是关于在动物和机器中控制和通信的科学。这门科学的研究对象是一切有组织的、有选择可能性的、具有信息流和信息反馈的系统。

控制论指出，一切控制系统都需要控制，因为一切控制系统总要保持和达到某种稳定状态；而由于系统内部组成要素的相互关联和外界环境的影响，系统又具有组织程度降低的自然倾向，具有不确定性。这就是矛盾。解决矛盾的重要措施就是需要对系统进行控制。所谓控制就是根据系统内外条件的变化，主体对系统施加一定的影响和作用，同系统组织程度降低的自然倾向作斗争，以克服系统的不确定性，使系统保持和达到某种稳定状态的操作。

3. 信息论的基本思想

一个系统要实现有效控制，要依赖信息；运用反馈方法对系统进行控制也要从信息方面研究。现在，信息概念已渗透到社会生产和社会生活的各个领域，运用信息观点来认识对象已成为认识世界不可缺少的方法。所谓有效地生活，就是拥有足够信息来生活。美国数学家申农撇开系统的一般特征，只从信息的角度揭示对象系统的本质和运行规律，创立了信息论。

信息是信息论的基本概念。对于信息，申农把它看成是对不定性的消除或减少。而维纳认为，信息这个名称的内容是我们对外界进行调节并使我们的调节为外界所了解而与外界交换来的东西。就我们理解，信息是物质体系运动状态的表现和量度，它反映了物质和能量在时空中有序化、组织化和普遍联系的程度以及过程发展变化的程度。信息是有序化的量度，而熵是无序的量度，这样，我们可以把信息看成是负熵。

信息概念的提出使我们的世界观发生了新变化：世界由物质和能量组成的古典概念已让位于世界由物质、能量和信息组成的新概念。信息的重要性，特别是由于通信的迫切需要，促使申农和维纳、费希尔(R.A.Fisher)等科学家研究信息论。信息论就是关于信息的本质、计量、获取、存贮、加工、处理、变换、传递等的理论。

4．耗散结构论的基本思想

贝塔朗菲的系统论只能说明类比型系统的特殊规律，而不能任意地推广到说明一般系统的特征和规律；对系统的有序性和目的性只能从生物学的角度做出描述，不能从理论上做出合乎逻辑的科学说明；对广泛的非生命的物理化学过程从无序到有序的发展还没有找到令人满意的解释。针对一般系统论理论上的不足，著名的比利时科学家普里高津做出了突破，并在20世纪60年代末创立了耗散结构论。

耗散结构论是研究一个系统从混沌无序向有序转化的机理、条件和规律。启发普里高津创立这个理论的科学事实主要是"贝纳德花纹"现象，如用平底容器的锅煮饭，在米水沸腾过程中，中心米水向上涌动，边缘米水向下流动，形成白色的非常规则的六角形蜂窝式"对流格子"。普里高津在观察这种现象时发现，这种有序结构的形成，必须依靠外界供给热量方能维持，一旦加热停止，这种结构就被破坏。他在这一发现的基础上，通过进一步研究提出了耗散结构论。

耗散结构论的基本思想是："非平衡是有序之源。"普里高津认为，宏观有序结构的形成和保持必须满足以下条件：

(1) 系统必须是动态的开放的系统。也就是说，系统必须时刻同外界不断地交换物质、能量，传递信息。只有这样，系统才会有生机和活力，才有可能通过耗散物质、能量、信息吸取负熵流，抵抗和克服系统内部的熵增，从而使系统形成时间、空间或功能上的有序结构。

(2) 系统必须是远离平衡态的系统。系统只有远离平衡态，才能同环境交换物质、能量，传递信息，内部温度、浓度等才会产生很大差别，内部各要素的相互作用才可能是非线性的，对象对内外扰动才具有高度的敏感性，一个轻微的扰动才可被对象响应、放大并波及整个系统，迫使系统从无序走向有序，保持系统结构的稳定。

（3）系统内部各组成要素的相互作用是非线性的。系统内部各组成要素之间的相互作用是线性的，只会产生量变，不会产生质变。只有非线性的相互作用，系统内部各要素的相互作用才会产生相干性，才会相互制约，从而相互耦合产生新的整体效应，才有可能使系统内部各要素的独立性减小、自由度消失，并按一定方式在大范围内协调运转，从而产生新质，形成新的有序结构。

（4）系统存在着偶然性的随机涨落。系统在内外条件的作用下会产生扰动，当扰动达到一定阈值时，必然会使系统在某时刻、某空间范围内产生对宏观正常状态的偏离——涨落。涨落的产生是偶然的。涨落发生后，由于系统内部各子系统之间的关联作用，微涨落会被放大，形成巨涨落，这是产生有序结构的胚芽。当某一巨涨落在系统内部选择机制和外部条件的共同作用下，通过与外界交换物质和能量、传递信息而固定下来，新的有序结构就形成了。这就是涨落生序。

普里高津还指出，一个远离平衡态的开放系统有可能从无序状态转变为新的有序状态，这是因为，开放系统在与外界进行物质和能量交换、信息传递时，会产生熵变。

5. 协同论的基本思想

普里高津的耗散结构论仅限于远离平衡态的开放系统从无序向有序的转化。人们会问：平衡态、封闭系统、平衡系统能否从无序进到有序呢？系统有序形成后，能否向无序转化？这种转化是什么机理造成的呢？1971年，著名的德国物理学家赫尔曼·哈肯(H.HaKen)从研究激光这种典型的远离平衡态时，从无序转化为有序的现象入手，进一步研究生存竞争造成的野兔数和其天敌山猫数随时间的变化而发生周期性的"时间振荡"以及磁铁有序结构的形成，通过分类、类比创立了协同论，从微观世界到宏观世界的过渡中推进了耗散结构论。

协同论是以大量子系统组成的复杂系统为对象，全面地将平衡与非平衡、封闭与开放、无序与有序、确定性与随机性等统一起来，研究各类系统由于子系统之间的协同而演化的全面过程和共同规律。

协同论认为，一个系统尤其是复杂系统，从无序向有序转化的关键，不在于热力学的平衡与不平衡、是否平衡态或离平衡态的远近、如何实现熵增或熵减，而在于在某一阈值条件下，大量子系统之间通过非线性作用而产生协同和相干效应，能产生新的有序的时间结构、空间结构或时空结构。即"协同导致有序"。

协同论指出，协同和相干效应的产生是受系统内部序参量的影响和制约的。序参量有两类：一类是长寿命子系统慢参量，另一类是短寿命子系统快参量。这两类参量对系统的影响和制约是不同的。快参量对整个系统从无序到有序再到更加有序的演化过程无明显作用，即使作用存在，也可以用绝热消去法消去，而对转变过程不发生影响，如社会发展过程中昙花一现的人物。而慢参量则起决定作用，且役使、支配快参量。

协同论还指出，当系统同时有几个慢参量存在的情况下，每一个慢参量都决定着一种宏观结构以及所对应的微观组态，因而，系统在不稳定的分叉点，就同时孕育着几种宏观结构的胚芽状态，最终出现哪种结构状态，这要由几种慢参量之间的相互竞争和协同合作的结果来确定。当结果为正时，协同和相干效应促使系统有序结构形成和稳定发展；结果为负时，则导致系统由有序走向无序，甚至崩溃；结果为零时，系统暂时处于一种不稳定的停滞状态。这就是系统从无序转化为有序、有序转化为无序的动力学机制。

6. 突变论的基本思想

客观世界的现象大体可以归结为必然现象、偶然现象、模糊现象和突变现象。数学上处理必然现象建立了以微积分为核心的经典数学；处理偶然现象建立了以概率论、随机过程论和数理统计为内容的随机数学；处理模糊现象建立了模糊数学；但处理突变现象应建立什么样的数学理论呢？1968年，法国数学家雷内·托姆以各种形态和结构的不连续突然变化现象为对象，以拓扑学、奇点理论、微分方程的定性理论为基础，从量的方面研究各种不连续性态在临界点附近的特征，揭示其机理并做出预测，创立了突变论。

自然界和人类社会有大量的渐变和量变中断而产生突变、质变的现象，如火山爆发、桥梁断裂、战争爆发、股市暴涨暴跌、经济危机、人的猝死等。怎样描述和刻画突变现象呢？托姆认为，突变现象的变化过程可以用控制变量和反应变量所决定的反应面的基本结构来反映，这两个变量的个数决定了反应面基本的数学性质。而不同质态的不同突变结构所发生的数目，则取决于控制变量的数目。托姆的一个重要理论成果证明，当控制变量不超过四个时，突变造成的不连续性可以用精确而形象的七种数学模型加以刻画和描述，这些模型包括尖点型、双曲型、折叠型、燕尾型、蝴蝶型、椭圆型和抛物型。而当控制变量超过五个时，则有无限多的数学模型。认识突变造成的不连续性，重要的是找到恰当的数学模型。

突变论研究在特定条件下的质变，也考察在不定条件下的质变以及在不同内外条件下质变出现的不同方式。它认为，在某些条件下，某类事物的质变过程出现量积累的中断，突破关节点，完成一个飞跃式质变，如一定气压下水凝固和沸腾；而在另一条件下，质变过程又不会显现从量变到质变的过渡，不会出现量积累的中断，不会出现关节点实现质的渐变，如合金在低温下突然失去电阻而进入超导状态、国家政变、经济危机、股市暴涨暴跌等。

突变论的重要意义在于，它是用结构稳定性的变化来描述质变现象。突变论认为，事物有一种结构稳定性倾向。结构稳定性不是指由于力的平衡造成的稳定性，而是指事物自身有一种抗干扰的能力；或当干扰使事物偏离稳定态时，事物自身能依靠某种作用拉回到稳定态，即指事物的运动状态不为能量函数的微小扰动所改变，在数学结构上是稳定的。事物总是要从结构不稳定状态趋向结构稳定状态，好像反应面上结构稳定性部分对不稳定的反应点有一种"吸附"作用，托姆把它称之为"吸引子"。而找出"吸引子"就是求其能量函数的极小值。事物的突变就是能量由一个极小值变到另一个极小值的过程。

三、决策理论学派

作为西方管理理论中有较大影响的学派之一，决策理论学派为管理理论的发展作出了重大贡献，其代表人物是美国卡内基—梅隆大学的教授赫伯特·西蒙(H.A.Simon)，代表作为《管理决策新学科》。由于其在决策理论方面的贡献，西蒙曾荣获 1978 年的诺贝尔经济学奖。

1. 决策理论学派的主要内容与贡献

(1) 提出了管理的新概念，即管理就是决策，它不仅贯穿于管理的全过程，而且涉及组织的各个阶层各个方面。这一观点的提出突出了决策在管理活动中的地位和作用，并成为现代管理理论中一种流行的观点。

(2) 提出了与"经济人"、"完全理性"相对应的"决策人"、"有限理性"，这是决策理论的核心。古典经济理论对人的智力做了极其苛刻的假定，为的是产生那些非常动人的数学模型，来表示简化了的世界，以至于到后来，根据那些假说所得出的理论同我们所处的现实状况已经不再有什么关系了。因此，后来学者试图描述一种受到较多限制的理性，这种理性同事实吻合的程度要高得多，它选择的标准是"满意方案"，而不是"完全理性"的"最优方案"，并且"有限理性"、"决策人"、"满意理性"在有关经济行为的经验研究中获得了比"完全理性"、"经济人"、"最优标准"多得多的支持，因此，西蒙"有限理性"、"决策人"、"满意标准"的假设奠定了厂商经济理论和管理研究的基础。

(3) 详细分析了决策过程，提出了决策程序，并把行为科学、组织理论、系统理论、运筹学等学科的新成就运用到决策技术之中，从而使决策技术成为一种实用技术，同时特别强调信息联系的重要作用。由此，使以往主要凭借决策者经验、习惯和一定知识的经验决策成为有科学依据、先进手段、分阶段按程序的科学决策，为决策科学化提供了科学指导。

2. 决策理论的局限性

(1) 决策理论强调管理就是决策有一定的科学意义，但其认为管理中除了决策别无他法，将决策的概念规定为管理的统一概念，从而把管理限制在一个较为狭窄的领域，就有些以偏概全了：管理的概念不仅包括决策，还包括核算、统计等基础性工作，而且低层管理者要做的更多的是"业务决定"。

(2) 西蒙认为"决策人"模式优于"经济人"模式，前者必定代替后者。实际上，两者并非替代关系。"经济人"模式虽然决策周期长，决策成本高，但准确性高，而"决策人"模式虽然决策成本少、时间短，但准确性低。在实践中应根据决策的重要性与影响范围、程度的大小分别运用这两种模式。另外，这两种模式在本质上也没有根本的区别。

四、经验主义理论学派

经验主义理论学派由于是以强调经验总结和推广为特征，而不是以理论观点的不同来划分，因此，它是一个理论观点较多、涉及领域较广、内容比较复杂的学派。它给我们的借鉴与启示主要有两个方面：一是经验主义学派对我们管理理论研究的启示；二是我们如何借鉴西方大企业的管理经验，吸取其教训。

1. 管理研究应该务实

管理是一门科学固然不错，但它与一般的社会科学不同，它是一门应用科学，其本身具有很大的灵活性与艺术性。因此，对于这门科学的研究不能仅靠逻辑推理，也不能仅靠实验室中的试验，而主要应依靠实践经验的总结。为此，"理论来源于实践"，对管理科学的研究来说是一个更加重要的信条。企业管理经验，特别是大企业的管理经验，都是在反复实践的基础上总结出来的。其中，成功的经验会告诉你，在什么情况下应当怎么做，在什么情况下不应当怎么做。这对于管理实践来说有更直接的指导作用和实用性。综观西方各管理理论学派，虽然各有特色，都从不同角度、不同侧面对管理问题进行了阐述，但这些学派都强调其理论体系的完整性，往往过分强调个别原理、原则或方法，从而难以同实践要求相吻合。与上述理论学派不同的是，经验主义理论学派自始至终都强调理论的实用性，他们在研究方法上的明显特点就是以企业经验作为研究对象，从活生生的现实中提炼出许多发人深省的问题，以便有助于管理者应付当代变化的管理实践。这种务实的精神，对于我国管理理论的研究尤为重要。

2. 管理理论研究最好能有第一手的实践经验

既然管理理论的基本素材是管理经验，那么，作为管理理论的研究者和教学者深入实际、调查研究，总结实践中的管理经验，甚至亲自实践，掌握第一手的经验，就非常必要了。国内外许多著名管理学家都是实际管理者。例如，科学管理理论的创立者泰勒曾当过机械学徒工，然后从一般工人到车间管理员、技师、小组长、工长、维修工人、制图部主任、总工程师直到被公认为"科学管理之父"，同时也被称为是从车床旁开始的"管理学家"。又如古典管理理论的另一位代表人物法约尔，19 岁大学毕业后被任命为法国一家采矿冶金公司的工程师，25 岁当矿井经理，31 岁当矿冶集团综合经理，47 岁以后担任采矿冶金公司经理，被人称为是从办公桌边总经理开始的管理学家。这一类的典型代表还有社会合作系统学派的创始者巴纳德，他长期在美国电报电话公司工作，并担任领导职务，从而积累了丰富的管理经验，为他以后创立社会合作系统学派理论提供了很大的帮助。

一些著名的管理学家，特别是一些现代管理理论学家，虽然是学者出身的所谓学院派，但他们的管理理论也都是通过长期的调查研究或试验得出的。如梅奥等人通过霍桑试验所得出的人际关系理论、约翰·莫尔斯(John Morse)和杰伊·洛希(Jay W.Lorsch)根据亚克龙工厂和史托克顿研究所试验所得出的超Y理论等。更加值得一提的是，经验主义学派的一些代表人物在重视管理实践和调查研究方面更是"身先士卒"。德鲁克(Peer F.Drucker)担任美国许多大公司(如通用汽车公司、克莱斯勒汽车公司、国际商用机器公司)的顾问。欧内斯特·戴尔(Ernest Dele)的代表作《伟大的组织者》则是在研究比较了美国杜邦公司、通用汽车公司、国民钢铁公司和威斯汀豪斯电气公司四大公司一些"伟大的组织者"的管理经验而写成的。

3．要重视对高层管理的研究

经验主义理论学派单独提出了高层管理的问题，并对高层管理的任务、组织机构、应满足的条件、战略等进行了具体研究，这一分析问题的角度对于我们是有积极借鉴意义的。高层管理的问题实际上是企业领导体制和领导素质问题，这一问题在管理理论的研究中应该占有重要地位。

目前，在我国企业改革中，特别是在公司制度的建立中，对于企业的领导体制有许多新的问题需要研究。这些问题，如所谓"新三会"与"老三会"的关系问题、党管干部与企业人事制度的统一问题等，如果不从理论与实际的结合上加以解决，真正的公司制度就难以建立。

4．企业定位要正确

在二十年以前，美国非常流行的发展战略就是多样化发展。有的大企业可以同时进入十个、二十个不同的行业，成立十几个甚至几十个公司。而实践结果表明，进入一个自己不熟悉的行业比呆在自己熟悉的行业风险更大，多样化也不一定带来高收益。目前国际大集团72%走单一经营路线，14%走相关多元化产业路线，只有14%的企业走非相关的多元产业路线是成功的。

目前，我国有些企业什么都想做，看哪个行业火，就往哪个行业投资。这样做在一段时间内可能有效，但缺乏长远目标，缺乏主导产业、主导产品，其核心竞争力必然下降，最后难免重蹈国外企业失败的覆辙。因此，紧迫的问题是，企业一定要给自己定好位，方向是什么，目标是什么，我们的优势是什么，劣势是什么，主导产品是什么，核心竞争力在哪里，这些都需要企业领导认真思考。

5．管理者要不断更新管理观念

通用汽车公司做大后，杜兰特仍采用以前的管理办法，沿用过去的旧体制，结果屡遭失败。斯隆及时更新管理观念，采用了一种新的管理体制，使通用汽车公司重新焕发了生机。IBM做大后，产生骄傲思想，结果急转直下。这些经验或教训都值得我们的企业借鉴。目前，中国许多企业做大后，效益却越来越差，恐怕也与管理者的素质、管理方式、管理体制直接相关。这种现象在民营企业中尤为明显，许多民营企业长不大，最根本的原因就是管理者素质、管理体制及管理方式等落后。因此，中国的企业做大后，必须在管理者素质、组织结构、领导方式、经营策略等方面进行全面的重塑，以适应新的发展要求。

五、权变理论学派

权变理论在 20 世纪 70 年代盛行于西方，对西方管理理论的发展起到了很大的促进作用。同以前的管理理论相比较，权变理论无疑是一个进步。以前的管理理论都追逐普遍适用的、最合理的模式和原则，自诩能够解决西方国家中的各种管理问题。实践证明，这些管理理论都未能圆满地达到目标。而权变理论则认识到，世界上不存在一种包医百病的良药，任何一种管理理论都有一定的适用范围。权变理论的价值不仅仅在于其理论价值，更重要的是对管理实践具有明显的实用价值。这一理论给我们的借鉴与启示有以下几点：

(1) 管理的主要任务在于寻求组织及其环境的最佳适应性。权变理论以系统观念为依据，把组织看成是开放系统，而不是封闭系统。作为开放系统的组织，其管理活动中不存在一种一劳永逸的最好的管理办法，管理的效果完全取决于组织及其环境之间的适应性。因此，管理的主要任务就在于寻求组织与其环境的最佳适应性，这一点必须引起管理者的足够重视。

(2) 辩证地看待环境变量与管理变量之间的关系。权变理论中的权变是指环境变量与管理变量是一种"如果—就要"的函数关系，这种关系虽然要相互对应，但不能机械地理解为一事一变或一时一变。在实践中运用权变理论，一定要坚持用系统观点综合分析多个变量和长期变量，从事物发展的全面和整体来考虑，把握权变的问题，否则很可能只是"头痛医头，脚痛医脚"。

另外，权变理论虽然把环境与管理看成是自变和因变的关系，但是也不能把管理完全理解成被动和滞后的因变。在实践中，有时可能会采取以"不变应万变"的权变策略，也可能会在环境尚未发生实质性改变之前，通过科学预测和判断，进行管理创新，从而收到一般人意想不到的效果。

(3) 要根据不同的情况制定不同类型的计划。计划的形式不能千篇一律，要根据不同的情况制定不同类型的计划。如对闭式的、固定的、机械式的组织就应该制定"有目标的计划"，如果仍制定"指导性计划"，就会导致管理失误。计划的权变观点对于在管理中有效地行使计划职能，具有重要的借鉴意义。

(4) 组织结构的设计要因地制宜、因时设计。在组织结构的权变观点中，没有一成不变的、"最好的"组织设计；不同的工业部门和不同的企业，即使同一个企业的不同发展阶段，也都要因地制宜，因时设计出不同的组织结构，采取不同的管理方法才能取得成效，这些观点是值得我们借鉴的。

(5) 组织内部多种因素是领导方式选择的基础。领导方式的权变观点，即不存在一种普遍适用的、"最好的"或"不好的"领导方式，一切以组织的任务、个人和团体的行为特点以及领导者和员工的关系等多种因素而定。这对于现实中选择适当的领导方式有着极其

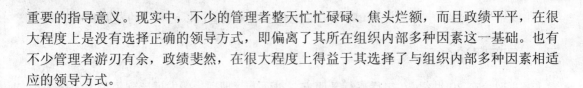

重要的指导意义。现实中，不少的管理者整天忙忙碌碌、焦头烂额，而且政绩平平，在很大程度上是没有选择正确的领导方式，即偏离了其所在组织内部多种因素这一基础。也有不少管理者游刃有余，政绩斐然，在很大程度上得益于其选择了与组织内部多种因素相适应的领导方式。

第五节　当代管理问题及其挑战

一、20世纪90年代以来企业面临的环境与挑战

进入20世纪90年代以来，由于科学技术的不断进步和经济的不断发展，全球化信息网络和全球化市场的形成及技术变革的加速，围绕新产品的市场竞争也日趋激烈。技术进步和需求多样化使得产品寿命周期不断缩短，企业面临着缩短交货期、提高产品质量、降低成本和改进服务的压力。所有这些都要求企业能对不断变化的市场做出快速反应，源源不断地开发出满足用户需求的、定制的"个性化产品"去占领市场以赢得竞争，市场竞争也主要围绕新产品的竞争而展开。毋庸置疑，这种状况将延续到21世纪，使企业面临的环境更为严峻。

综合而言，企业面临的环境有如下几个方面的特点。

1．信息"爆炸"的压力

大量信息的飞速产生和通信技术的发展，迫使企业把工作重心从如何迅速获得信息转到如何准确地过滤和有效地利用各种信息。

2．技术进步越来越快

新技术、新产品的不断涌现，一方面使企业受到前所未有的压力，另一方面也使每个企业员工受到巨大的挑战，企业员工必须不断地学习新技术，否则他们将面临由于掌握的技能过时而遭淘汰的压力。

3．高新技术的使用范围越来越广

全球高速信息网使所有的信息都极易获得，而更敏捷的教育体系将使越来越多的人能在越来越少的时间内掌握最新技术。面对一个机遇，可以参与竞争的企业越来越多，从而大大加剧了国际竞争的激烈性。以计算机及其他高技术为基础的新生产技术在企业中的应用是20世纪的主要特色之一。例如，计算机辅助设计、计算机辅助制造、柔性制造供应链管理系统、自动存储和拣出系统、自动条码识别系统等，在世界各国尤其是工业发达国家的生产和服务中得到了广泛应用。虽然高技术应用的初始投资很高，但它会带来许多竞争上的优势。高技术的应用不仅仅在于节省人力，降低劳动成本，更重要的是提高了产品和服务质量，降低了废品和材料损耗，缩短了对用户需求的响应时间。由于可以在很短时间

内就把新产品或服务介绍给市场，企业赢得了时间上的优势。这种趋势在 21 世纪还会进一步加强。

4．市场和劳务竞争全球化

企业在建立全球化市场的同时，也在全球范围内造就了更多的竞争者。尽管发达国家认为发展中国家需要订单和产品，许多发展中国家却坚持他们更需要最新技术，希望也能成为国际市场上的供应商。在商品市场国际化的同时，也创造了一个国际化的劳动力市场。教育的发展使得原本相对专门的工作技能成为大众化的普通技能，从而使得劳动力的工资不得不从原有的水准上降下来，以维持企业的竞争优势。

5．产品研制开发的难度越来越大

越来越多的企业认识到新产品开发对企业创造收益的重要性，因此，许多企业不惜工本予以投入，但是资金利用率和投入产出比却往往不尽如人意。原因之一是产品研制开发的难度越来越大，特别是那些大型的、结构复杂的、技术含量高的产品在研制中一般都需要各种先进的设计技术、制造技术、质量保证技术等的支撑，不仅涉及的学科多，而且大都是多学科交叉的产物，因此，如何能成功地解决产品开发问题是摆在企业管理者面前的头等大事。

6．可持续发展的要求

人类只有一个地球，维持生态平衡和环境保护的呼声越来越高。臭氧层、热带雨林减少、全球变暖、酸雨、核废料、能源储备、可耕地减少……一个又一个的环境保护问题摆在人们面前。在全球制造和国际化经营趋势越来越明显的今天，各国政府将绿色环保问题纳入发展战略，相继制定出各种各样的政策法规，以约束本国及外国企业的经营行为。人类在许多资源方面的消耗都在迅速接近地球能够承受的极限。随着发展中国家工业化程度的提高，如何在全球范围内减少自然资源的消耗都将成为全人类能否继续生存和持续发展的重大问题。一位销售经理曾说："过去生产经理常问我该生产什么，现在是我问他能生产什么。"原材料、技术工人、能源、淡水资源、资金及其他资源越来越少，各种资源的短缺对企业的生产形成很大的制约，而且这种影响在将来会更加严重。在市场需求变化莫测，制造资源日益短缺的情况下，企业如何取得长久的经济效益，是企业制定战略时必须考虑的问题。

7．全球性技术支持和售后服务

赢得用户信赖是企业保持长盛不衰的竞争力的重要因素之一。赢得用户不仅要靠具有吸引力的产品质量，而且还要靠销售后的技术支持和服务。许多世界著名企业在全球拥有健全而有效的服务网就是最好的印证。

8．消费者的要求越来越苛刻

随着时代的发展，大众消费水平的提高和激烈的竞争带给市场的产品越来越多、越来越好，消费者的要求和期望也越来越高，消费者的价值观发生了显著变化，需求结构普遍向高层次发展。一是对产品的品种规格、需求数量呈现多样化、个性化要求，而且这种多样化要求具有很高的不确定性；二是对产品的功能、质量和可靠性的要求日益提高，而且这种要求提高的标准又是以不同消费者的满意程度为尺度的，产生了判别标准的不确定性；三是要求在满足个性化需求的同时，产品的价格要像大批量生产的那样低廉。制造商将发现，最好的产品不是他们为消费者设计的，而是他们和消费者一起设计的。全球供应链使得制造商和供货商得以紧密联系在一起来完成一项任务。这一机制也同样可以把消费者结合进来，使得生产的产品真正满足消费者的需求和期望。

二、管理研究领域的拓展

企业面临的竞争环境的变化给管理提出了许多新问题、新情况、新要求。这不仅需要从企业内部而且需要从企业外部来统筹考虑管理的问题。而传统的管理理论主要是解决企业企业内部的生产、组织以及激励等问题，并不能解决企业的经营决策问题，也不能解决企业总体的优化问题。实践呼唤理论，因此，企业界和理论界纷纷尝试探索与之相适应的新管理思路、方式和手段。

1．管理内涵进一步拓展

现代管理理论的内容不只限于成本的降低、产出的增加，而且更重视人的管理、人力潜力的开发，更重视市场、顾客的问题，管理的核心更侧重于决策的正确与否、迅速与否。

2．管理组织的多样化发展

管理组织形式多种多样，除了不断推出新的有效组织形式(如事业部制、矩阵制、立体三维制等)以适应现代企业组织管理的要求外，还创设了与资产一体化控股、参股相适应的管理组织，提出了组织行为等一系列组织管理理论。

3．管理方法的日渐科学

现代管理虽然不摒弃传统的有效的管理方法，但为适应大规模产销活动引入了现代科学技术，发展了现代管理方法，其中有投资决策、线性规划、排队论、博弈论、统筹方法、模拟方法、系统分析等方法，试图从生产资源的有效整合方面进一步提高管理的效果。

4．管理手段的自动化发展

现代企业组织面临更复杂的环境，需要接受和处理大量信息，需要迅速寻找解决问题的方案，同时更多地节约日益高涨的劳动力费用。为此，现代管理在管理手段方面的研究和使用有了突破性进展，如办公设备的自动化、信息处理机的发明、计算机在企业管理的市场研究、产品设计、生产组织、质量控制、物资管理、人事财务管理等领域的应用。

5．管理实践的丰富化

企业已经明白没有一套固定的适应一切的管理体系。企业必须根据自身的特点、根据现代管理的基本法则来创造性地建立并形成自己的管理特色。于是就有了日本式管理与松下公司管理的差异以及美国式管理与 IBM 公司管理的差异。管理实践的丰富化更进一步推动了管理理论、方式方法和管理手段的发展。

专栏 2-2　知识经济呼唤新的管理方式

当今世界科学技术突飞猛进，知识经济已初见端倪。对于知识经济的特征，美国经济和知识管理专家达尔·尼夫认为："一个显著变化是以物品为基础的生产明显地转向高技能、高技术和以服务为基础的增长。在整个世界范围内，随着以劳动为基础的生产向低成本地区转移，经济发达国家中的低技能、蓝领职位以惊人的速度消失。"据推断，美国所有工作中，80%以上的工作在实质上属于"脑力"工作。知识经济时代的现代生产企业由知识劳动统治着，甚至在装配线上的工作也需要有较高技能的工人来完成。目前，15%以上的工人受过大学教育，30%左右从事精密生产的工人是大学毕业生。大公司中，诸如顾客服务、战略计划、市场营销、研究与发展等工作大部分都由大学生承担，他们大多具有较高的学识和素质。总之，企业的发展在知识经济时代依靠创新，创新依靠知识。

达尔·尼夫指出，以知识为基础的一个重要标志是公司发展的日益全球性。例如在美国，一百多家公司把它们的软件"代码切片"送到印度，由熟练的项目员工完成工作，并在一夜之间用电子手段送回美国。而这些印度项目员工的劳动成本只相当于美国本土所需的一小部分。这些新技术与日益饱和的国内市场结合，进行全球扩张，必然把企业发展推向超越多国主义界限的"无国界"组织。跨越边界的运作逐渐伸展到买方、资源外输代理人和全球分发渠道构成的复杂、松散的同盟网络中。

随着以知识为基础的服务业对现代经济贡献的不断增长，新的经济学、管理学理论开始出现。在工业经济时代，管理的重点是生产，是增加产量，所以生产环节成为管理的中心，其核心是提高劳动生产率。知识经济时代管理的重点是研发、销售以及员工培训，产品量的增加已变得非常容易，像"自我复制"一样。这些理论提出，开发市场和创新的能力取代了生产的效率和降低成本的概念，成为国际经济中增长的主要驱动器。有迹象表明，"国内的经济增长不是由于市场份额的扩大和加强引起的，而是通过引入创造新市场的全新技术或提供解决问题的服务实现的。"一些发达国家的企业已出现了以"知识流"作为生产组织的主要调控因素，一切围绕着对"知识"的生产、传播和应用来安排生产经营活动。一些企业将以前的物流管理变为对"知识流"的组织和应用，而制造技术的进步对制造能力和生产提高所产生的作用使现代知识手段能够为产品和工艺的开发制造提供一种虚拟环境。这就极大地缩小了制造成本、经营风险和上市时间。创造这些技术和服务所需要的知识技能，不论是在个人、组织，还是在国家水平上，日益成为经济增长和繁荣的关键。(资料来源：编者根据相关资料编写整理)

三、管理的未来发展趋势

在人类刚刚迈入 21 世纪之际，以信息技术为代表的新技术革命引发了一场人类社会前所未有的社会、组织、文化、环境等方面的深刻变革,特别是知识不仅是社会进步的动力,更是物质财富的源泉。由于信息的电子化、数字化、网络化和高技术创新的时代特征,对管理学理论发展提出了巨大的挑战。从世界各国管理理论与实践发展的总体趋势看,大致可以把管理理论未来发展的最新走势归纳为以下几个主要方面。

1. 学习型组织

"学习型组织"是美国麻省理工学院彼得·圣吉(Peter M.Senge)博士于1991年在《第五项修炼》一书中提出的。他认为,企业本身是一个系统,它像人一样可以通过不断学习来提高生存与发展的能力。现实中,有的企业寿命很短,其主要原因就是企业在学习能力上有缺陷,即"学习智障",这种缺陷使得企业在环境改变时不能迅速应变,因此,只有提高学习能力才能保证企业的生存和发展。

那么,什么是"学习型组织"呢?彼得·圣吉认为,"学习型组织"就是一个具有持久创造能力去创造未来的组织。而学习型组织管理模式就是通过培养弥漫于整个组织的学习气氛,充分发挥员工的创造性思维能力,从而把组织建设成为更加符合人性的、具有高度柔性的、扁平化的有机组织。

1) 学习型组织管理模式的特点

(1) 精简。所谓精简,并不是像传统的企业管理那样,只是简单地在员工总数上做减法,而是首先在加强企业教育、要求员工积极学习的基础上,一个人可以干几个人的工作,甚至可以以一当十,然后再进行减员。只有经过这种学习型的精简,企业才会产生根本性的变化,产生真正的高效率和高效益。

(2) 扁平化。学习型组织的结构是扁平的,即从最上面的决策层到最下面的操作层,中间的层次很少,上下级之间可以面对面地对话。这种组织结构形式不仅可以提高工作效率,更重要的是能产生巨大的能量。

(3) 有弹性。弹性就是指企业的适应能力,这种适应能力主要来自于全体员工的不断学习。市场是瞬息万变的,只有时刻准备才能适应市场变化。"学习型组织"管理模式要求各部门、全体员工通过不停顿的学习,时刻做好准备,以便市场不论如何突变,企业都能抓住机遇,应变取胜。

(4) 善于不断学习。这是"学习型组织"的本质特征。所谓"善于不断学习",它有四层含义:一是强调"终身学习",即组织成员保持终身学习的信念,力图在工作和生活的各个阶段坚持学习;二是强调"全员学习",即企业组织各个层次的所有人员都要全身心投入学习;三是强调"全过程学习",即学习必须贯穿于组织系统运行的整个过程中;四是强调"团体学习",即不但重视个人学习和个人智力的开发,更强调组织成员的合作学习和群体智力的开发。

(5) 自主管理。自主管理指的是员工要根据企业的发展战略和目标自己发现生产中的问题,自己选择伙伴组成团队,自己进行调查与分析,自己制订计划、实施控制并实现目标。

2) 建立学习型组织的方法

彼得·圣吉在《第五项修炼》一书中明确指出:"20 世纪 90 年代最成功的企业将会是'学习型组织',因为未来唯一持久的优势是有能力比你的竞争对手学习得更快。未来真正出色的企业将是能够设法使各阶层人员全心投入并有能力不断学习的组织。"

彼得·圣吉认为,在学习型组织中,有五项新技能正在逐渐汇聚起来,他称之为"五项修炼"。

(1) 超越自我。超越自我的修炼是指突破极限的自我实现或技巧的精熟。作为一个人,一个渴望成功的人,不可能只把眼光局限在眼前利益之上,也不可能仅仅满足于现状,即使这种现状相对于别人而言是如此的优越,它是学习型组织的精神基础。具有高度自我超越的人,能不断扩展他们创造生命中真正心里所向往的能力。因此,自我超越是一个过程,一种建立愿景和实现愿景的过程,一种学习和成长的修炼。

(2) 改善心智模式。心智模式是一种思维方法,一种深植于人们内心深处的思维逻辑,它影响着人们对社会和事物的认识以及对此所采取的行动。

彼得·圣吉指出:在管理过程中,许多好的构想往往不能付诸实践,这不是根源于企图心太弱、意志力不够或缺乏系统思考,而是来自于心智模式。更确切地说,新的想法无法付诸实施,常是因为它和人们深植心中,对于周围世界如何运作的看法和行为相抵触。因此,学习如何将人们的心智模式打开,并加以检视和改善,有助于改变心中对于周围世界如何运作的既有认知。对于建立学习型组织而言,这是一项重大的突破。

心智模式对人们的所作所为之所以有很大的影响力,首先,因为心智模式影响人们所看见的事物。两个具有不同心智模式的人观察相同的事件,会有不同的描述。因为它改变了心智模式。我国古代寓言"失斧疑邻"就是最好的例子。其次,心智模式影响人们的认知方式,在管理上同样重要。对事物不同的认知也会产生不同的管理方式和管理重点。

(3) 建立共同愿景。彼得·圣吉所谓的共同愿景,主要是指一个组织所形成的共有目标、共同价值观和使命感。它帮助组织培养成员主动而真诚地奉献和投入,而非被动地遵从。共同愿景不是一个想法,它是在人们心中一股令人深受感召的力量。如果说你我只是心中个别持有相同的愿景,但彼此却不曾真诚地分享过对方的愿景,这并不算共同愿景。当人们真正有共同愿景时,这个共同的愿望会紧紧地将他们结合起来。为什么宗教有那么神奇的力量,使那么多的人信仰它呢?最主要的就是它在人们心中建立起一个共同的愿景。在过去的实践中,经常出现一些逆向建立愿景的例子。也就是组织高层管理者在描绘了组织的宏伟蓝图之后,将其强加给全体员工,这种蓝图并未被员工分享。余下的只是员工被动地服从,来完成自己所接受的任务。这就失去了共同愿景所可能激发出的超人力量。愿景不是官方语言,更不是命令。组织领导人应当记住,位居高位并不一定来自高层,而是在许多阶层中互动的人们中激荡出来的。成功的领导人能努力了解员工的个人愿景,建立共同的愿景,并使自己的个人愿景和共同愿景融为一体,同时让全体员工分享这种愿景。

(4) 团队学习。著名物理学家海森堡认为:团队可以做到比个人更有洞察力,更为聪明。团队的智商可以远远大于个人的智商。团队学习是发展团体成员整体合作实现共同目标能力的过程。学习的本身是发现错误或了解和掌握新知识，团队学习正是要利用集体的优势，通过开放型的交流发现问题、互相学习、取长补短，以达到共同进步的目的。一个组织不仅仅需要一群有才能的和有共同愿景的个人，更重要的是这个组织学会共同学习。就像一个伟大的乐团，仅有非凡的音乐家是不够的，最重要的是他们应当知道如何一起演奏。因此，团队学习涉及个人的学习能力，但基本上是一项集体的修炼。

彼得·圣吉认为，团队学习的修炼必须精于运用深度会谈和讨论，这是两种不同的团体交谈方式。深度会谈是自由和有创造性地探究复杂而重要的议题，先暂停个人的主观思维，彼此用心聆听。讨论则是提出不同的看法，并加以辩护。两者基本上是互补的。他认为，进行有效的深度会谈必须具备三项必要的基本条件：一是所有参与者必须把他们的假设悬挂在面前，以不断接受询问与观察；二是所有参与者必须以彼此为伙伴；三是必须有一位辅导者来掌握深度会谈的精神与架构。

(5) 系统思考。系统思考是"看见整体"的一项修炼。它是一个架构，让我们看见相互关联而非单一的事件，看见渐渐变化的形态而非瞬间即逝的一幕。系统思考的艺术在于看穿复杂背后引起变化的结构。因此，系统思考绝非忽视复杂性，而是把许多杂乱的片段结合成为前后一贯的故事，明确指出问题的症结以及找出比较持续有效的对策。

系统思考有两个关键点：一是系统的观点；二是动态的观点。世界是复杂的，我们在认识世界的时候，为了更好地了解世界，经常以一种分解的方式化繁为简，化整为零，久而久之，就形成了见木不见林的思考模式。在印度，很早以前就有了盲人摸象的寓言，在中国也有一叶障目、不见森林的成语典故。这都是对只注意事物的表象而忽视事物的真实内涵、只注意事物的局部而忽视全局和整体的思考方法的一种讽刺。系统力学认为，任何一个系统都是一个动态的系统。这个动态系统中各个元素之间又存在着动态的互动关系，因此，要处理问题的动态性和复杂性，必须力求找到处理问题的关键，即四两拨千斤的杠杆点。事实也反复证明，只要找到问题的关键所在，许多困难的问题都会迎刃而解。

系统思考的道理说起来容易做起来难，理论的理解是比较容易的，但大多数人在实际应用中却无法真正地融会贯通。所以，系统思考应该不仅仅是一种理论的学习，更主要的还是一种应用的学习，也就是我们现在说的修炼。就像篮球队一样，教练的战术意旨不仅是要通过口头形式传递给队员，还要求队员在平时的训练中应用这种战术，这样才能在实践中得心应手。系统思考修炼的目的就在于此。

彼得·圣吉指出：把系统思考叫做第五项修炼，因为它是整个五项修炼的基石。所有修炼都关系着心灵上的转换：一是从看部分转为看整体；二是从把人们看作无助的反应者转为把他们看作改变现实的主动参与者；三是从对现实只作反应转为创造未来。

但是，仅从系统思考的角度进行修炼还是不够的，我们还需要通过自我超越、改善心智模式、建立共同愿景和团体学习这几项修炼进行互补，贯通五项修炼的关系，才能使个人、团体与组织更能从直线式的视角转变成以整体的方式来看事情以及采取对策。

总之，五项修炼之所以称之为修炼，表示它是一个过程，一个学习和提高的过程。就和人的修身养性一样。任何一项修炼，都需要在了解原理和演练上下工夫。五项修炼的学习是通过不断的学习和演练来理解和强化这种理论，领悟其精髓。学习的目的就是要达到领悟修炼的精髓，提高适应环境变化的能力。

2. 知识管理

在新经济时代，愈来愈多的人们认识到：企业成功越来越依赖于企业的知识资源，而不是企业的固定资产。企业内部蕴含着大量的知识，尤其是在企业员工队伍中有大量的隐性知识积聚。根据统计，企业中隐性知识大约占知识总量的90%，经过编码的知识所占比例不足10%。在知识经济的条件下，知识可以转化为效益，技巧可以转化为资本，因此，能否挖掘隐含在企业中的知识，充分发挥这些知识的作用，是企业成功与否的关键。

1) 知识管理的本质

(1) 对于知识管理的定义，主要有以下观点：

巴斯认为：知识管理是为了增强组织的绩效而创造、获取和使用知识的过程。

卡尔·E. 斯威比(Steve Barth)根据其在一家瑞典媒体公司的研究与管理经验，从认识论的角度对知识管理进行了定义，认为知识管理是"利用组织的无形资产创造价值的艺术"。

斯图尔特(Karl-EritStuart)将知识管理解释为"有意识地保存、分析和组织员工专业技能和知识的一种组织行为，使组织在任何时间、任何地点都可以容易地得到这些知识，最终理想地提高组织的工作水平"。

阿比克(Andreas Abecker)将知识管理活动定义为"对企业知识的识别、获取、开发、分解、使用和存储"。

丹尼尔(Danie)认为"知识管理是将组织可得到的各种来源的信息转化为知识，并将知识与人联系起来的过程。知识管理是对知识进行正式的管理，以便于知识的产生、获取和重新利用"。

P. 奎塔斯(P.Quitas)认为"知识管理是一个管理各种知识的连续过程，以满足现在和将来出现的各种需要，确定和探索现有和获得的知识资产，开发新的机会"。

马斯(Masie)认为"知识管理是一个系统地发现、选择、组织、过滤和表述信息的过程，目的是改善员工对待特定问题的理解。"

达文波特(Thomas H. Davenport)认为"知识管理真正的显著方面分为两个重要类别：知识的创造和知识的利用。"

Lotus 公司(莲花公司)认为，知识管理是通过对专业技能(隐性知识)和信息(显性知识)的系统开发和利用来改进和提高组织的创新能力、响应能力、生产能力和技能素质，它包括六个基本组成部分：创造、发现、存储、维护、传递、运用。

比尔·盖茨认为，知识管理不过是管理信息流，把正确的信息传送给需要它的人，让他们迅速地利用这些信息采取行动，其目的是提高公司的智商。

孟凡强认为，知识管理是对企业中集体的知识和技能(以数据库、纸张、思维等形式出现)的捕获，然后将它们发送到需要的地方，帮助企业实现最大产出，其目标是将最恰当的知识在最恰当的时间传递给最恰当的人，帮助他们做出决策。

比尔·盖茨和孟凡强所强调的是对知识内容的管理。

综合上述关于知识管理的定义，我们可以归纳出知识管理的定义：知识管理是协助企业组织和个人围绕各种资源的知识内容，利用信息技术，实现知识的生产、分享、应用以及创新，在企业个人、组织、业务目标以及经济绩效等诸方面形成知识优势和产生价值的过程。首先，知识管理主要是对各种来源的知识内容进行管理；其次，知识管理涉及知识过程，即知识的生产、分享、应用以及创新；最后，知识管理还涉及价值层面，即知识管理要实现特定的价值，要能够实现企业的业务目标以及取得直接的经济绩效等。

(2) 知识管理的本质。知识管理的本质就是基于知识内容，通过知识活动，创造知识价值，实现三者之间的平衡。

2) 知识管理的原则

(1) 参与原则。现代企业应建立起鼓励员工积极参与企业经营各项事务的机制和氛围，员工的参与可以使员工之间相互交流思想，修正观点，从而统一认识，得到最优决策，统一行动，增强企业的凝聚力和战斗力。在发达国家的高新技术产业中，普遍吸收知识型员工共同参与决策过程。让知识型员工参与决策是企业给予他们的最大尊敬。

(2) 解释原则。在传统的管理中，我们似乎习惯于下指标、下指令，员工只要完成自己的任务就算大功告成了。而知识管理要求管理者在新的决策出台后能够解释一下决策的目标是什么、谁对此负责、奖惩如何等；同时也让员工明确自己应该做什么、别人应该做什么，这样，在执行的过程中员工往往会自愿合作，自我激励，发挥了高度的主动性、积极性。这就是我们通常讲的规则透明，权责利明确。这样的解释还能使员工相信管理者已经充分地考虑了他们的意见，做出这项决策是从企业整体利益出发的。这样，即使那些意见没有被采纳的员工也会对管理者充满信任，从而建立起一种开放和信任的环境。

(3) 知识资本化原则。知识是创造价值的源泉之一，知识是一种重要的资源，对知识资源进行有效的开发与管理并予以资本化，使其成为公司可持续发展的内在动力。

(4) 知识共享原则。知识管理的共享原则是，在保守企业秘密的前提下，创造良好的环境促进企业知识共享，促进企业内部知识的流动。例如，1994年，英特尔公司微处理器事业部在开发奔腾处理器的过程中发现，有6成以上的技术问题在其他小组的开发经历中已碰到并解决了。由此，他们发起了一个D2000计划，目标是分享"最佳设计方案(BKM)"，提高群体的学习能力。他们采用MOSAIC浏览器，让所有人都能由网络工作站读取资料库的内容。"要整个组织一起选择合适的题目、制作文件并储存到BKM资料库中，我们由技术经理团队和技术小组共同合作，在组织的各个角落推动BKM计划和整体学习。"这就大幅度降低了问题重复出现的概率。

3) 知识管理的主要方法

随着知识经济浪潮的高涨，知识管理持续升温。人们越来越认识到知识就是财富的道理。研究经济增长的经济学家发现，20 世纪 30 年代以来，知识进步对经济增长的贡献达到了 80%，也就是说，世界新的财富，80%来自知识进步，由此可见知识重要性的不一般，同时也可以了解到知识管理在其中所起的独特作用。因此，我们不可避免地要掌握一些知识管理的方法。下面几种是常用的方法。

(1) 知识议程。知识议程是企业实施知识管理的行动计划，也是企业管理知识资本的行动议程，其目的是通过知识的创造、识别、共享和利用，最大限度地提高企业的创新能力、盈利能力、竞争能力和市场价值。根据知识时代的产业结构，企业可以分成三种类型：物质生产型、知识供给型和服务提供型。物质生产型企业的知识议程的关键是利用知识生产产品去占领市场；知识供给型企业的知识议程的关键是创造新的知识和新的市场，服务提供型企业的知识议程的关键是利用知识改进服务以吸引更多的顾客。企业的发展受其所在地的发展水平、文化、地理条件和政治经济条件的影响，这些都对知识议程发挥作用。

(2) 知识库和内部网。知识库和内部网是实现知识共享的物理基础。公司将开发产品、生产、销售、服务和管理等知识和信息输入计算机数据库，就可形成初步的知识库。知识库可以包括公司的知识、合作者的知识、客户的知识、人力资源管理、成功经验案例等。施乐公司的知识库内容非常全面；谢夫隆公司建立了"最佳实践"数据库。知识库需要及时维护。

互联网建设在 20 世纪 90 年代掀起高潮。许多跨国大企业利用互联网，将其分布在世界各地的分公司和合资公司联系起来，如诺基亚公司等。互联网是知识库、网络技术和管理信息系统的结合。

(3) 组织学习。组织学习包括许多具体方法。例如单回路学习、双回路学习、交互学习和边干边学等。美国麻省理工学院开发了《五项修炼》学习方法，组织学习可以分为三个阶段：企业内部学习阶段，企业之间的学习阶段，企业系统学习阶段。组织学习没有固定模式，可以与员工培训结合起来。

(4) 知识网络和知识联盟。知识网络可以是虚拟的计算机网络，也可以是机构网络、人员网络、客户网络、专家网络等，还可以是知识联盟、知识伙伴等。总之，通过一个好的知识网络，你能及时找到需要的信息和知识，甚至得到好的主意和建议等。人的创造性是有限的，人类的创造性是无限的。知识联盟是指为了更好地相互学习，获得对方的知识、技能和能力，促进双方创造新的能力而建立的合作联盟。公司可以与其他企业、顾客、供应商、工会组织、大学和其他机构等建立知识联盟。知识联盟具有以下三个特点：

第一，互利性。即以学习和创造知识为目的。公司之间相互学习，两个公司能力的结合创造新的知识，一个公司帮助另一个公司建立某种能力，而这种能力对两个公司都有利。

第二，紧密性。两个公司必须紧密合作，包括员工之间的亲密合作。

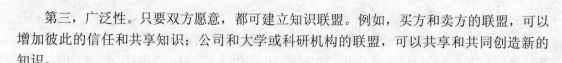

第三,广泛性。只要双方愿意,都可建立知识联盟。例如,买方和卖方的联盟,可以增加彼此的信任和共享知识;公司和大学或科研机构的联盟,可以共享和共同创造新的知识。

(5)知识主管。知识主管或知识总监,是企业设立的专职知识管理经理。知识主管是一个富有挑战性的工作。他的任务是协调公司的知识管理与发展战略,通过制定和实施知识议程,最大限度地创造、发掘、利用各种知识,促进知识共享和组织学习,培育学习和创新文化,提高企业的竞争力和市场价值。

知识主管的工作涉及范围很广,可以包括知识产权、人力资本、信息管理、市场环境、公共关系等方面,还可参与企业发展战略、市场战略、研发战略等的制定。知识主管是企业的无形资产、知识资本或智力资本的主管。

(6)知识管理小组。知识管理小组是公司成立的促进知识共享、传播和创新的小组,小组是跨部门的,人员来自不同部门。为了某项专门工作,他们走到一起,完成任务后回到各自的部门,这样的小组能很有效地传播知识和思想。

如1995年,惠普公司成立了一个知识管理小组,其职责是获取和掌握公司内不同的产品及其生产和加工的知识。很快,知识管理小组开发了一个名叫"知识链"的知识管理网络系统。知识管理网络系统包含了全部产品及其生产过程的知识,从开发、设计、生产到销售,这个系统还可以从产品、生产、加工的知识扩展到其他类型的知识。知识管理小组还开发了知识管理能力的评价工具,构建了关键知识领域,从而促进知识创新与知识共享。

3. 业务流程再造

1)业务流程再造的背景

(1)业务流程再造的管理理论背景。虽然流程再造这一理论是管理领域里的一个前沿概念,但流程再造理论所包含的概念和观念并非都是新的,它是在许多前人的管理思想、管理技术及管理方法的基础上发展起来的,是管理思想和信息技术发展的综合产物。业务流程再造的理论背景包括流程管理思想、组织和人的管理思想、信息技术对组织的影响等。

(2)业务流程再造的现实背景。企业在竞争过程中面临着来自顾客(Customer)、竞争(Competition)和变化(Change)三方面的挑战,又称为"3C"挑战。

① 顾客。来自顾客的挑战主要反映在顾客需求的差异性越来越明显,顾客对于服务质量的要求也越来越高,特别是对于满足顾客需求过程的速度要求方面。顾客真正需要的服务日趋个性化,则要求企业快速研发和提供个性化的产品,满足不同层次的顾客需求。但是,个性化产品的生产和提供,与大量生产和大量销售之间的矛盾逐渐凸现;在满足顾客需求过程中发生的成本如何有效控制和降低;满足顾客需求的速度如何得到保证等问题如何在管理过程中获得有效解决;如何使得顾客能够获得更大的价值。这些就构成了来自顾客的挑战。

② 竞争。来自竞争的挑战主要反映在企业竞争优势的形成和保持方面。迈克尔·波特认为：竞争优势主要来自低成本、差异化和目标聚焦三个方面。当前企业面临着非常严峻的挑战，特别是每一个企业都在这三个方面展开竞争，而且随着竞争的深入，差异化所形成的竞争优势持续时间越来越短。这就要求企业一方面要不停地围绕降低成本和提高经济效益与同行企业进行竞争，另一方面要逐渐将所形成的竞争优势上升为其他企业不可获得的核心竞争力。这些就构成了来自竞争的挑战。

③ 变化。来自变化的挑战主要反映在变化的速度和程度上面。科学技术水平高速发展，满足顾客需求的手段与途径不断推陈出新，甚至企业之间展开竞争的焦点也在不断转换，每一个企业都强烈地意识到变化是永恒的。在企业所处的竞争环境中，在动态性特征日益突出的情况下，企业之间的竞争更多地集中在对变化的响应速度上。这就是由于变化引起的企业响应速度的挑战。

以上三个方面的挑战构成了业务流程再造的现实背景，随着企业之间的竞争深入和加剧，日益呼唤着对企业原来的业务流程进行根本性的思考和彻底性的再设计，以重新构建企业的核心竞争力。

2) 业务流程再造的程序和基本原则

(1) 业务流程再造的程序，主要有五个阶段：

① 准备阶段。包括争取管理阶层的支持，特别是高层负责人的支持；确定目标，即明确顾客是谁、工作对象是什么和工作方式应该怎样等问题；制订行动计划；找出组织的核心流程；组建 BPR 项目团队；广泛收集信息；进行培训和 BPR 动员等。

② 分析、诊断和重新设计流程。包括定义流程的结果并寻求联系；分析并量化度量现有流程；诊断环境条件；设计流程；提出新流程对人员和技术的要求；检验新流程设计等。

③ 组织重构。包括新的组织形式设计；定义新角色，指导和培训员工；人员结构调整等。

④ 试点与切换。包括选定试点流程；组建试点流程团队；约定参加试点流程的顾客和供应商；启动试点；试点反馈；排定切换次序等。

⑤ 实现远景目标。包括评价流程再造的收效；获取改进业绩的效益；发展流程再造所得能力的新用途；不断改进等。

(2) 业务流程再造的基本原则，主要有三个方面：

① 坚持顾客导向的原则。只有最大限度地满足顾客满意度，才能赢得市场。

② 坚持价值导向的原则。流程再造的最终目的是提高整个流程的运行效率，所以流程再造在注重结果的同时，更注重过程的实现。

③ 坚持以人为本的团队式管理的原则。流程再造过程不是某个人的个人行为，而是整个团队共同努力进行整合的结果。所以要坚持以人为本的团队式管理，在员工追求自我价值实现的过程中实现成本的降低。

专栏2-3　海尔公司为什么进行业务流程再造

1. 国际化的需要

在海尔公司推行国际化战略的过程中，必须在内部管理上也与国际化接轨。

以信息技术、网络经济为代表的新经济浪潮正席卷全球，要想在国际市场上取得竞争优势，必须满足顾客的个性化需求，必须达到质量零缺陷、资金零占用、服务零距离的水平。这就要求企业的员工素质、生产能力和布局、组织结构等必须满足个性化的需求。解决这一问题的唯一途径在于：一方面，从组织结构层次上对原有的业务流程进行改造和重新设计，提高业务流程对市场的反应速度，缩短与顾客之间的距离；另一方面要从员工层次上提升其责任心和创造能力，建立起员工的责任心和个性化需求的有机联系的管理创新机制。

张瑞敏说，在信息化时代，应该以用户为中心，以用户满意为最大目标，否则企业的利润也就无从谈起。在这个时代，价值链已不太适宜。"我们与国际大公司相比在实力上还相差一段距离，但是并非外国大公司进入中国就能够握起市场这只无形之手。海尔公司在美国、欧洲市场上升得很快，靠的就是速度，速度是我们竞争的优势。"张瑞敏认为，业务流程再造的目的就是使每个员工都成为一个自主创新主体，"每个人不再是一个负债，而是一个资本。只有这样，企业才能无往而不胜。"

张瑞敏阐述了他对创新的理解："对于企业来说，我认为创新就是创造性地破坏，就是将原有的成功经验统统打破。不断打破原有的平衡，重塑自我。"

海尔公司认为，国际化的企业应符合三条标准：企业内部组织结构适应外部市场的变化、造就一个全球化的品牌和一个基于网络系统的营销战略。围绕着这三条标准，海尔公司在1999年3月提出企业必须完成三种转变：一是从职能性结构向以市场链为纽带的流程型结构转变；二是由主要经营国内市场向国外市场转变；三是从制造业向服务业转变。这样做可使工人素质与国际化企业全面接轨。

2. 预防"大企业病"

海尔公司经营国际化的另一问题是如何回避"大企业病"的发生。发生"大企业病"的根本原因在于：传统的组织结构造就的业务流程已无法适应当今市场的变化和个性化的消费需求，专业化的分工所带来的效率优势已被过多、过细的分工所造成的边界协调所替代，不可能根除的"小集团利益"使这种协调更加困难。

这种由于分工和专业化所带来的业务单位信息交流不完全、不流畅和迟缓已成为各大企业的通病，许多大企业不同程度地患上了"大企业病"。在中国就有所谓的"200亿"现象，就是用来比喻许多大企业发展到一定规模后，就原地踏步或反而走向衰退，很难再向前发展。

进入20世纪90年代中期后，海尔公司的多元化格局愈加明显，规模增长特别快。截至1997年、1998年，海尔公司主体下有四个事业本部，分别做集团的主导产品冰箱、冷柜、空调和洗衣机。这四个本部分别有自己的采购、财务、销售系统。这些作为独立个体的企业，在海尔公司高速发展的形势下难免产生相互的碰撞，影响了海尔公司整体的市场竞争力。主要表现在公司资源没有共享，面向市场的品牌形象不统一，各单位独自面对银行、分供方和商业，造成很多问题的出现，如擅自对外担保，分公司采购人员吃回扣等现象。

反映在数据上就是应收应付的失控。从 1997—1999 年，海尔公司的应收账款年周转率由 11.11 次逐年下降到 4.96 次，存货年周转率也由 6.96 下降到 5.97，这意味着应收账款在销售收入中的比例越来越大，库存日渐严重。在这种情况下，若不从根本上解决企业运转的问题，海尔公司很有可能会掉进这一可怕的陷阱中：银行与股市资金支持→大规模生产→低价倾销争夺市场份额→建立庞大企业帝国→毛利急剧下降→股价下跌，股市融资能力下降——企业亏损接近破产边缘，被迫清盘。

为了防止"大企业病"的发生，海尔公司在管理上事先设计，谋定而动。按照大企业的规模和小企业的速度这一要求进行管理创新，在企业进一步发展迫切要求提高组织的管理效率的背景下，提出了在整个集团范围内的业务流程再造。其核心是从根本上解决企业管理效率和适应市场需求的灵活性问题，预防和规避"大企业病"的发生。

3. 纠正 OEC 管理的机械性

OEC 管理是海尔公司最为宝贵的管理财富之一。OEC 管理像泰勒制一样分解了操作员的动作，对任务的量化是下达指标、考核工作质量并进行奖惩的基础。但它与泰勒制又有本质不同，它是建立在充分发挥员工主观能动性的基础上，而泰勒制是建立在非人性的机械管理之上。海尔公司的 OEC 管理使每位员工成为企业庞大机器里的一颗"螺丝钉"。

但是，这种"螺丝钉"精神和海尔公司当前的目标——让企业的整个系统贴近顾客、迎合市场——有矛盾之处，"螺丝钉"的本位意识是诱发身躯僵硬、行动迟缓的"大企业病"的直接原因。张瑞敏引用了通用电气公司首席执行官韦尔奇的话：大企业病就好像穿了很多层"毛衣"，"肌体"渐渐累赘且感受不到市场的温度。只有靠建立"内部模拟市场链"来纠正 OEC 管理的机械性，"脱下"海尔公司每一层面、每一种职能的部门和员工身上的"毛衣"，让他们即使在集团内部也能直接面对市场。

4. 在动态平衡中求发展

企业的平衡是很多企业管理者力求达到的目标，他们认为已形成的制度对一个企业的平衡和发展是至关重要的。但张瑞敏认为："你必须通过创新创造发展的机会，在这个过程中，原来的问题就迎刃而解了。如果就问题本身解决问题，我认为永远跟着问题走，而且你就陷进去了，不能自拔。"而创新就是"创造性的破坏"。海尔公司追求的是一种有序的非平衡结构。

海尔公司认为，在现今信息化的时代，每个企业都是开放的，每天都要与外界交换信息，企业是不可能处于平衡状态的，一旦进入一个所谓的平衡阶段，则效率低下、办事缺乏速度等大企业病会随之产生。一个企业的目的并不仅仅是利润。更重要的是企业应该为市场和用户创造价值，在这个过程中又使员工体会到自身价值的存在，这样，一个企业才能充满活力并使这种活力长期存在下去。要把每个员工从大企业机器里的"螺丝钉"变成非常有创造力的个人,这要求企业首先要处于一种动态中平衡发展的状态。

5. 物流构建的前提

再造前,海尔公司每个本部有一套自己的流程,市场销售好不好,很大问题是物流原因,但因为各事业部各自管理,这个问题就被掩盖了。供不上货,就少销一点;供得上货,就多销一点;材料供不上就转产或修改生产计划。随着市场概念的突出,出现的问题与矛盾逐渐表面化。物流造成的货损、货差、不及时等问题,包括在物流当中形成的不良物资、不良资产全部都暴露出来,因此,物流对企业整个资产结构、整个企业成本所造成的影响就非常清晰地表现出来。要彻底改变物流状况,必须打破原有金字塔式的组织结构,统一集团内部的物流运作。(资料来源:编者根据相关资料编写整理)

本 章 小 结

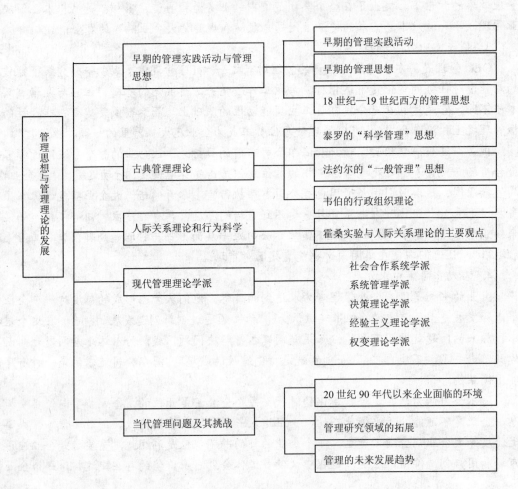

复习思考题

一、问答题

1. 请综合分析亚当·斯密与查尔斯·巴贝奇关于劳动分工的研究。
2. 泰勒倡导的差别计件工资制为什么能刺激工人提供更多的劳动?
3. 为什么梅奥认为新型的领导能力在于提高员工的满足度?

二、案例分析题

富士康连跳事件的管理学思考

从 2010 年 1 月到 5 月,富士康深圳龙华工厂不到半年的时间内,发生员工连续跳楼事件,引起社会广泛关注:

2010 年 1 月 23 日,凌晨 4 时许,19 岁员工马高坠亡。

2010 年 3 月 11 日,晚 9 时 30 分,20 多岁的李姓男工坠亡。

2010 年 3 月 17 日,新进女员工从 3 楼宿舍跳下,跌落在一楼受伤。

2010 年 3 月 29 日,23 岁男性员工从宿舍楼上坠下,当场死亡。

2010 年 4 月 6 日,18 岁饶姓女工坠楼,仍在医院治疗。

2010 年 4 月 7 日,18 岁宁姓女员工坠楼身亡。

2010 年 5 月 6 日,24 岁卢姓男工从阳台纵身跳下身亡。

2010 年 5 月 11 日,24 岁祝姓女工跳楼身亡。

2010 年 5 月 14 日,梁姓员工坠楼身亡。

2010 年 5 月 21 日,21 岁南姓男工坠楼身亡。

2010 年 5 月 25 日,早晨 6 点 20,19 岁李姓员工跳楼身亡。

2010 年 5 月 26 日,23 岁贺姓男工跳楼身亡。

2010 年 5 月 27 日,25 岁男工割脉身亡。

2010 年 5 月 27 日。12 点左右,龙华 C4 栋双人跳。

富士康是一家高新科技企业,位于深圳的龙华工厂主要从事代工工作,是苹果公司的 iPod 和 iPhone、惠普公司的个人电脑、摩托罗拉的移动电话的主要生产基地。事实上,富士康龙华基地已经变成了中国最大的出口企业,同时还是世界最大的电子产品合同生产商。

富士康的母公司鸿海集团,是台湾非常著名的企业,鸿海集团总裁郭台铭更是台湾知名的人物。过去的 10 年里,鸿海的收入每年都以 50% 以上的速度增长。

位于深圳市宝安区龙华的占地约 1 平方英里的龙华科技园区,被视为郭台铭企业帝国的核心。这个生产基地四周均有高墙环绕,很少有外界人士能涉足。工厂约有合同工 27 万 (据称其真实人数有 40 万),年龄大多在 18 岁至 25 岁之间。应该承认,富士康在深圳提供了其他企业还没能提供的待遇，但如何来疏导这些依赖感和孤独感强烈的员工，显然是个棘手的问题。在这一点上，富士康以军事化为显著特征的管理显得落后，或者正在起到相反的作用。

问题:

1. 请从管理学角度，客观地分析导致富士康员工连跳的原因，以及富士康的管理弊端。

2. 如果你是该企业的管理人员，你会给出怎样的解决措施，并阐述你这样做的理由。

三、管理技能训练

查阅有关管理思想与实践方法的文献资料，了解其主要观点，分析其贡献与局限性。要求每位同学据此写一份小结，在全班交流。

四、本章推荐阅读书目

1. 魏文斌. 现代西方管理学理论. 上海: 上海人民出版社，2004，15～34，105～116，123～137

2. 芮明杰. 管理学——现代的观点. 第 2 版. 上海: 上海人民出版社，2005，47～61

第三章

管理环境与背景

学习目标：通过本章学习，了解国际经济环境、伦理环境和社会责任对企业经营管理的影响，熟悉伦理、管理伦理、社会责任等概念及理论观点，掌握企业进行伦理管理和承担社会责任的主要思想。

关键概念：经济全球化(Economic Globalization)　伦理(Ethics)　社会责任(Social Responsibility)

企业所处的宏观环境与相应的社会思潮的发展变化是决定企业经营方向和管理决策的重要因素。本章对企业所处的经济全球化背景以及对企业形成的管理挑战进行了阐述，同时对企业面对的伦理问题和由此衍生的社会责任问题进行了解析。前者意在向读者介绍现代企业经营管理的客观经济背景，后者则偏重介绍企业经营管理的主观思想背景的主要问题。

第一节　全球环境中的管理

随着市场边界的不断扩大，国家壁垒的日益弱化，企业面临着更加复杂多变的竞争环境。国际经济环境的转变给企业带来发展机遇，同时也对企业经营管理提出了新的要求。本节首先阐述国际经济环境变化的重要趋势，进而分析引致这种变化的重要因素，最后提出在新环境下，企业可能面临的管理挑战。

一．经济全球化的趋势

经济全球化的趋势主要体现在区域经济一体化、商业活动的全球化和生产要素的全球流动。

1. 区域经济一体化

特定区域内成员国之间的经济一体化越来越强。经济一体化的目标是减少或消除成员国之间阻碍商品、服务、劳动力、资金和其他生产要素自由流通的壁垒。目前，世界上最重要的三个合作组织是欧洲联盟、北美自由贸易区和亚太经贸合作组织。

1) 欧洲联盟(EU)

1991 年 12 月，欧洲共同体马斯特里赫特首脑会议通过《欧洲联盟条约》，通称《马斯特里赫特条约》。1993 年 11 月,条约正式生效,欧盟诞生。欧盟现有 27 个成员国,政治和经济融合的水平很高,它允许商品、人员与资金在各成员国之间自由流通。欧盟还制定了一套统一的产品标准与金融规则,成立了一个公共的中心银行,实现了货币统一,但仍存在一些管理上的问题有待解决。例如,由于丹麦、荷兰和芬兰等国家对维生素和叶酸含量的规定有所不同,对于向这些国家销售食品的企业就有更高的要求。美国密歇根州的凯洛格公司就必须在英国的曼彻斯特和德国的不来梅生产四种不同的玉米片以满足这些国家的不同要求。这意味着,即使在世界经济一体化相对完善的地方,企业仍然要灵活地应对这些现实问题。

2) 北美自由贸易区(NAFTA)

北美自由贸易区成立于 1994 年,由美国、加拿大和墨西哥三国组成。该组织旨在取消贸易壁垒,创造公平的条件,增加投资机会,保护知识产权,建立执行协定和解决贸易争端的有效机制,促进三边和多边合作。北美自由贸易区的成立,对北美各国乃至世界经济都将产生重大影响。首先,对区域内经济贸易发展有影响。美国、加拿大和墨西哥三国因此实现了区域内的市场共享,减少了三国内贸易的交易成本,对于三个成员国的经济发展是大有裨益的。但是由于区域内的开放,也带来了一些不稳定的社会问题。为此,也需要各成员国付出相应的代价进行治理。其次,对国际贸易和资本流动也会产生影响。北美自由贸易区的建立,一方面扩大了区域内贸易,另一方面使一些国家担心贸易保护主义抬头,对区域外向美国出口构成威胁。

3) 亚太经贸合作组织(APEC)

亚太经济合作组织于 1989 年正式成立,亚太经贸合作组织主要讨论与全球及区域经济有关的议题,如促进全球多边贸易体制,实施亚太地区贸易投资自由化和便利化,推动金融稳定和改革,开展经济技术合作和能力建设等。亚太经贸合作组织包括了中国、日本以及美国等一些国家,它的 18 个成员国的国民生产总值占全世界的一半以上。亚太经贸合作组织预计到 2010 年在比较富裕的成员国取消贸易壁垒和投资壁垒,到 2020 年,比较贫穷的国家也将取消这些壁垒。亚太经合组织的一个重要贡献是将工商业代表引入会议,成立了 APEC 工商咨询理事会。理事会的主要任务是:就如何为 APEC 贸易投资自由化和经济技术合作创造有利的工商环境提出设想和建议。工商咨询理事会较为活跃,为 APEC 合作发挥了积极的推动作用。

2. 商业活动的全球化

商业活动的全球化也就是市场全球化。在这样的背景下,企业面对的是国际化的市场,这意味着企业需要在世界范围内组织生产和进行经营管理。例如,福特汽车公司的维多利亚皇冠车型的零部件就来自世界各地:座位、挡风玻璃、油箱产自墨西哥;减震器产自日本;电子发动机控制系统产自西班牙;防抱死制动系统产自德国;关键车轴部分产自英国。这样的例子还有很多,都说明企业的生产经营已经跨越国家或地区的界限,分布在全球范围内。

商业活动全球化的现象表明跨国生产组织系统的形成，通过垂直一体化、外包、战略联盟等方式实现了生产资源的全球配置，形成了全球价值链。价值链的定义来源于哈佛商学院教授迈克尔·波特教授。波特提出的价值链理论及其管理思想，将企业的经营活动定义为一条由一系列相互关联的价值增值活动组成的链条，链条上的所有环节分为基本增值活动和辅助增值活动，每一个活动都有不同的成本投入和带来的相应价值增值。而价值链管理就是找出企业价值链上的关键环节，分析其主要驱动因素，通过合理地控制这些驱动因素，从而影响该环节的成本，最终在整条价值链总增值不变的情况下降低成本。随后，寇伽特、格里芬等教授在国际分工和贸易全球化的背景下将其提升为全球价值链的概念。联合国工业发展组织在2002—2003年度工业发展报告《通过创新和学习来参与竞争》中指出："全球价值链是指在全球范围内为实现商品或服务价值而连接生产、销售、回收处理等过程的全球性跨企业网络组织，涉及从原料采集和运输、半成品和成品的生产和分销，直至最终消费和回收处理的过程。它包括所有参与者和生产销售等活动的组织及其价值利润分配，并且通过自动化的业务流程和供应商、合作伙伴以及客户的链接，以支持机构的能力和效率。"该定义强调了全球价值链不仅由大量互补的企业组成，而且是通过各种经济活动联结在一起的企业网络。

价值链的理论，以及全球价值链的形成，昭示着企业想在封闭的状态下独善其身是不可能的，必须通过所属产业的特定价值链模式，在全球市场寻求最优的资源配置和最低的成本消耗，从而在更广阔的空间内获得可持续发展的能力。

3. 生产要素的全球流动

生产要素包括资本、技术和劳动力等。当企业可以在全球范围从事生产经营活动时，生产要素的使用就不仅仅局限于本国地区，企业可以使用东道国更加适合的资本、技术和劳动力，从而降低企业的生产经营成本。生产要素的全球流动具体可以表现为金融、科技和人力资源的全球化趋势。

金融全球化借助发达的信息通信和计算机网络，将世界各主要金融市场形成时间上相互接续、价格上相互联动的全球金融交易网络。国际资本的跨国流动规模被成倍放大，各种金融交易活动频繁发生并能在瞬间完成。科技全球化是指技术及其创新能力大规模地跨国转移，与科技创新发展相关的各种要素也在全球范围进行优化配置。人力资源的全球化则表明了具有不同知识结构、技术水平和管理经验的劳动力在跨国生产组织系统中，不再完全受国家或地区的限制，而是按照要素的边际产出效率将自己置身于适合的组织和岗位上。我国外商投资总规模的持续扩大，很重要的原因在于我国具有丰富的廉价劳动力资源优势，当然，在发达国家利用我国的廉价劳动力的同时，也带来了先进的技术和管理经验。

二、影响国际经济环境的因素

1. 自然资源的制约因素

人类社会的发展引致对资源的过度采掘和耗费，由此而引发的人类社会与自然环境之间的矛盾以各种形式不断地迸发出来。自然资源对国际经济环境的影响主要表现在两个方面。

1) 有限的自然资源与人类社会不断增长的需求相矛盾，从而引致资源的全球性配置

有限的自然资源总量在人类社会不断增长的需求下，规模正在减少，例如煤炭、石油等，而此类资源正是人类经济活动不可或缺的主要原料。尽管人类已经尽可能地着力于对新能源和新材料的开发，并越来越重视循环经济的实现对节约能源所起到的关键性作用。但这些努力能改变的是资源递减的速度放缓，而不能控制资源总量的减少。面对这样一个残酷的现实，人们已经将视野投向全球范围内，甚至将视野投向外星球，希望能够基于一个更为广阔的空间内实现资源更有效的配置和利用。

专栏 3-1 世界自然基金会《2008 年地球生命力报告》的警告

人类对地球自然资源需求不断增加，超出了地球承载力的近 1/3，这使全球正走向生态信贷短缺的未来。这是 2008 年世界自然基金会(WWF)地球生命力报告中发出的警告。除了全球自然资源和生物多样性的持续减少，越来越多的国家正陷入永久或季节性缺水的状况。这份由世界自然基金会、伦敦动物学会和全球生态足迹网络共同合作的报告显示，全球 3/4 以上的人口目前生活在"生态负债"的国家，这些国家的国民消费量已经超出了其国家的生物承载能力。如果人类的需求以同样的速度增加，那么到 21 世纪 30 年代中期，我们将需要两个地球来维持现有的生活方式。(资料来源：编者根据相关资料编写整理)

2) 自然资源的区域分布不均衡，引致企业在其他国家寻求资源的经济行为

不同国家自然资源差别很大。有些国家，比如日本，自然资源很少，它必须进口所有的用于为国内和海外市场制造产品的石油、铁矿石和其他资源。美国则相反，他的自然资源巨大。再比如，中东地区的少数几个国家控制了世界原油已探明储量中的很大一部分。这一自然资源令这些国家成为国际经济中一股重要的力量。另一个引起争议的自然资源问题是南美的热带雨林。在巴西和秘鲁，开发商和农民清除了大量的热带雨林，他们说这是他们自己的土地，他们有权决定如何开发，然而，很多环保主义者担心破坏热带雨林将导致其中的物种灭绝，从而改变环境并影响全球的气候模式。这些例子说明自然资源丰沛的国家或地区，就会吸引流入国际资本，自然资源贫乏的国家或地区，就会流失国际资本。资本的流动是商业活动全球化发展的重要条件。

2. 世界贸易环境的改变

最近几十年，世界贸易环境也发生了很大的改变，这种改变主要来源于各国鼓励贸易的制度建设，贸易环境的积极改善加速了全球经济环境的变化。

1) 多种贸易鼓励政策的推行

各个国家都认同贸易在高度自由的市场环境中会获得更高程度的发展，并相继推行鼓励贸易的政策。鼓励政策的形式不尽相同，其中最常见的包括降低贷款利率、基础设施建设补贴和税收优惠等。例如，美国阿拉巴马州为了吸引梅赛德斯—奔驰公司在本州建立一

个新的工厂，州政府提供了降低税收和其他鼓励措施。与此相似，为了争取迪斯尼公司在巴黎郊外建立欧洲主题公园，法国政府卖给迪斯尼公司的土地的价格远远低于市场价格，并且同意建立一条免费通向公园的公路。而发展中国家为了吸引外资，往往会进行优惠政策的组合推行。

2）贸易壁垒的降低

多年以来，大多数工业化国家为了保护国内产品，都对国外产品征收很高的关税。有些国家，如德国、意大利和英国，在 20 世纪 50 年代对货物征收的关税平均为货物价值的 250%左右。发展中国家则采取"进口替代"的政策，通过人为地对国外产品设立很高的价格，来扶持国内工业的发展。

现在，大多数国家都认识到限制竞争最终会降低消费者和国家的总体利益。随着企业为了追求效益而把生产分散在全球各地，越来越难说明某种产品究竟是哪个特定国家生产的。加在"外国"产品身上的关税也许会损害本国的企业和公民，因为国内的公司会错失参与全球商业运作的机会。肯塔基大学一项研究表明：丰田乔治敦分公司给这个州带来了 2.2 万多个就业岗位，其中有 6500 个岗位在企业内部，并且它在经营的头 8 年里，为肯塔基州的经济增加了 15 亿美元。显而易见，降低贸易壁垒为这个州带来了一大笔财富。

在 21 世纪，各国的关税率普遍降低到 20 世纪 50 年代的 1/5—1/3。消除关税的目标已经被囊括在由 120 个国家签订的关贸总协定的条款之中。根据关贸总协定，已经进行了 8 个回合的谈判关于降低制成品与服务的贸易壁垒。1993 年，成立了世界贸易组织来确保成员国执行这个防定，以最大可能地保证世界贸易的公平性和自由性。

3．消费者偏好全球化

尽管不同国家之间仍然存在一些差异，但消费者的口味与偏好已越来越趋于一致。可口可乐和麦当劳等公司的成功充分说明了这种趋势。全球性口味与偏好的发展，部分原因在于大众传媒的宣传、不同国家产品的大量涌现和跨国公司的营销策略。因为对于跨国公司来说，生产标准化的产品比针对当地情况生产产品成本要低得多。

4．技术创新的推动效应

通信、信息处理以及交通的进步使今天的大型国际商务运作变得切实可行。光纤、无线技术、互联网以及万维网使人们可以用非常低的成本处理大量的信息。技术创新的速度极大地改变了人们的生活，是经济全球化发展的加速器。很多公司都借助于人造卫星技术把分布在世界各地的业务联系在一起，把企业和各种业务活动整合在一起。

专栏 3-2　在新的商业秩序中，全球化就是本土化

清华大学的一群 IBM 计算机程序员在用 Java 技术编写软件。每天工作结束时，他们会通过互联网将工作成果发给西雅图的一家 IBM 机构，那里正好是工作时间，那里的程序员会接着编写这个软件。然后，西雅图的程序员会将他们的工作成果发给 5222 英里以外位于白俄罗斯的计算机科学学院与拉脱维亚 Software House Group 公司。软件编写工作会在那里继续，然后传送给东方的印度 Tata 公司。Tata 公司则在北京的清晨之前将软件发送回清华大学，这个循环一直持续到这个项目完成。"我们管这个叫昼夜不停的 Java，"IBM 公司互联网技术的副总裁约翰-帕特里克说，"我们就像通过互联网实现了每天工作 48 小时。"

通信技术已经把这个世界转化为一个整体的工作场所。就像在 IBM 的编程循环一样，不同地区的工作人员通过计算机网络协同工作，这是一种以前不可能实现的方式。卡特彼勒公司位于全球不同国家的工程师会通过计算机网络同时协同工作，用 3-D 模型进行拖拉机设计。ParaCraph 国际公司是一个由俄罗斯人斯泰潘•帕斯科夫创办的软件公司，它的产品开发同时在莫斯科和加利福尼亚州的坎贝尔进行。有 5 万名员工的斯伦贝谢是一家技术服务公司，在全世界范围内运营，但是仅仅通过斯伦贝谢信息网络进行联系。

由于技术的原因，开展全球性业务活动的成本也降低了。伊士曼化学公司发现，将一名美国经理派驻国外的成本，相当于在美国本土雇用三、四名经理的成本。现在，公司在美国本土的经理可以运用通信技术进行远程管理。这家公司在美国国外有 1500 名员工，其中只有 130 名是美国人。(资料来源: 摘自 MCI,Inc., "Boeing to Utilize MCI's Audioconfering Services to Speed Collaboration among Employees Worldwide,"www.prnewswire.com, 2006; K.Maney, "Technology Is Demolishing Time,Distance," USA Today. February 28,1999, p.A1;and special issue of BusinessWeek on globalization. February 3,2003.)

三、全球化管理的挑战

1. 跨文化管理的复杂性

经济全球化的发展意味着企业将在不同国家或地区的市场环境中谋求经营和发展，这对企业提出的一个重大挑战，就是企业面对跨文化管理的状况。

我们可以将文化符号理解为一个国家或一个群体的语言、信仰、行为等能够代表这一国家或群体文化内核的外显化元素。当业务仅在本国开展或者两国间的文化差异性不大时，语言、信仰、行为等问题都不会成为问题。但是，如果业务展开的领域涉及不同的国家或地区，且国家间的文化迥然不同时，这将给企业管理人员带来极大的挑战，并面临跨文化管理。

专栏 3-3　文化符号对管理活动的影响

在日本语言中，"嗨"的意思是"是"。然而，在谈话中，这个词的意义类似于美国语言中的"嗯哼"，这起到延续谈话的作用，表示对方在注意你所讲的东西。如果一位美国经理问一位日本经理是否同意某项贸易协议，日本经理很可能会回答说"嗨"，它的意思可能是"我同意"。可是美国经理会感到困惑，他认为日方就此项协议还有异议，所以需要延续谈话以进一步商榷。

美国文化认为时间是非常宝贵的，绝大多数美国经理会将时间表排得满满的，并且严格执行。但在中东，情况却不尽相同，经理们不愿意约定具体见面时间。同中东地区的经理打交道的美国经理们，会将前者迟到的行为理解为是谈判的策略，甚至是侮辱，但实际上这只不过反映了两者在时间及其价值的观点上的差异。

　　词汇的深层含义也会影响到异国在另一国的营销活动。例如，加拿大帝国石油公司的一种汽油品牌为"Esso"。而这个词的发音"埃索"在日语里的意思是"熄火"。与此类似，当雪佛莱在拉美市场推出名为"Nova"的车型时，发现这款车的销售情况很糟糕。最后，销售者终于弄明白，原来"Nova"在西班牙语里面的意思是"开不动"。(资料来源：编者根据相关资料编写整理)

　　不同的文化背景对个体将产生不同的影响，并且作用于个体员工在工作中的具体表现，这些都值得管理人员予以高度重视，并给予相应的管理行为。荷兰学者霍夫斯塔德以11.6万名在十几个国家工作的人作为研究对象，对个人行为在不同的文化背景中所表现出的差异性进行了研究，鉴别出五种文化间行为差异的维度。

　　1)　社会维度

　　社会维度是关于个人与其所属的群体相对重要性的认识。社会维度的两个极端是个人主义与集体主义。个人主义是认为个人优先的文化信仰。美国、英国、澳大利亚、加拿大、新西兰和荷兰相对倾向于个人主义。集体主义同个人主义相反，是认为集体优先的文化信仰。墨西哥、希腊、秘鲁、新加坡、哥伦比亚和巴基斯坦相对倾向于集体主义。

　　2)　权力维度

　　不同文化中的人们对组织等级中的权力的看法不同。一种是权力尊敬型，主要是指人们倾向于接受等级高的人的权力与权威，法国、西班牙、墨西哥、日本、巴西、印度尼西亚和新加坡属于相对权力尊敬型的文化。另一种是权力宽容型，这种导向的文化对于个人的等级地位相对不那么看重。他们经常会质疑高层人士所作出的决定或命令，甚至可能拒绝接受。美国、以色列、奥地利、丹麦、爱尔兰、挪威、德国和新西兰的文化更倾向于权力宽容型。

　　3)　不确定性维度

　　不确定维度测量了不同文化背景中人们对风险或者创新、变革的偏好程度。有些文化群体善于接受环境的不确定性因素，对变革和创新持积极的反应态度，如美国、丹麦、瑞典、加拿大、新加坡和澳大利亚人。相反，另外一些文化群体厌恶环境的不确定性，会回避创新和变革，偏好具有持续稳定型的结构，如以色列、奥地利、日本、意大利、哥伦比亚、法国、秘鲁和德国等。

　　4)　目标维度

　　在这里，目标维度是指推动人们实现目标的激励的性质。目标维度的两端分别代表两种文化类型。一端是积极的激励性质，这样的文化群体更加注重物质占有的成就感。而另一端是消极的激励性质，这样的文化群体更加注重社会关系、生活品质和对他人的关心等等。根据霍夫斯塔德的研究，许多日本人倾向于相对积极的自我激励，德国、墨西哥、意大利和美国人则表现出相对平和的自我激励。荷兰、挪威、瑞典、芬兰等国家表现出相对消极的自我激励。

5) 时间维度

时间维度是指文化中成员对工作、生活和其他社会因素倾向于长期积累还是短期收获。如日本、中国和韩国，都表现出长期的视角。这些国家的人比较愿意接受在实现目标之前必须进行多年艰苦工作的观点。另外一些国家则不同，例如巴基斯坦和西非，则更多表现出短期的视角，他们的国民更愿意从事可以立刻获得报酬的工作。霍夫斯塔德的研究指出，美国人和德国人在时间维度上位居中间。

实际上，以上所述的任何一个维度所决定的文化类型都属于相对极端的文化类型，霍夫斯塔德认为每一维度都决定着一个文化连续体，例如对于社会维度，个人主义类型与集体主义类型作为两个端点，中间还存在这一系列的中间形态，只不过要看，在具体形态中，那一种文化特征表现得更为显著一些。

不同的文化环境决定不同的个体行为，这对企业管理行为，包括组织结构设计、决策程序与方法、人力资源配备与考评等问题都提出了具体的要求，要求企业管理者们要有足够的智慧面对并有效地解决跨文化管理中的文化冲突问题。

2. 企业面对更多的发展机会

经济全球化的大背景为企业利用最有利的地点和资源、从事生产经营活动提供了最大限度的可能。具体表现为以下几点。

1) 国际分工为企业提供了更多的生存机会

国际分工意味着产业链在全球范围内的分割与重组。处于不同发展阶段的国家，具有不同梯度的产业发展水平，总能在全球分配的产业链条中找到适合自己的生产环节。目前，由于发达国家掌握了先进的技术，他们已经成为主导国际分工的主导力量，他们也处于产业链条中的顶端，即具有高附加值的研发环节。而发展中国家由于自身技术与管理等客观因素的制约，导致其只能承接产业链条中附加值较低的低端位置。不同的国家根据自身的条件位于相应的产业发展环节中，并为本国的企业寻求到了以国际分工为基础的相应的生存机会。

2) 生产要素的流动为企业竞争力的提高提供了机会

商业活动的全球化必然导致资本、技术以及人才的国际大流动，这对于发展中国家尤其具有重要的意义。弥补了发展中国家的企业关于重要先进的生产要素的缺口，以此对发展中国家的企业建立并提升自身的竞争力提供了非常有利的机会。

3) 国际市场为企业提供了更多的经营机会

国际市场的快速发展使得一国企业可以为更多市场上的消费者提供适合的产品和服务，而不必仅仅拘泥于本国市场。这一趋势意味着企业可能存在更多的利润增长点和增长空间，从而具有更多的经营机会。

3. 企业经营风险增强

商业活动全球化的趋势意味着企业将在开放的环境中经营，随着国际资本的全球流动，生产活动的全球分布，在国际性的传导机制带来机遇的同时，也带来了风险。

1) 竞争环境变化所引致的经营风险

经济的全球化，使国际经济联系日益密切，因而，即使是单纯的国内企业也会受到经营风险的影响。很多本国企业，即在当地购买原材料，产品在当地销售，不参与到国际贸易的交易中。但是，由于经济的全球化，在企业销售的当地市场上存在来自外国企业的竞争，因而它也必然面临经营风险的影响。

2) 国际经济环境恶化对企业形成的负面影响

由于企业存在于一个开放性的经济环境中，一旦国际经济环境恶化，就会通过国际传导机制使本国企业受到牵连。例如，2008年爆发的国际金融危机，源头是美国的次贷危机，但是却迅速地演化为全球金融危机，间而对我国的经济发展也产生了一定的影响。我国作为出口导向型的国家，很多企业以外贸出口作为经营重点，在国际经济形势恶化的情况下，订单锐减，甚至影响到企业的生存。

3) 政治性因素对跨国企业的不利影响

当企业所在东道国的政策或政局发生重大变化时，会给企业经营管理带来重大风险。而往往这些来源于外界的政治性因素，因为缺乏连续性而使企业难以预见，即便预见到了，也无法逆转，只能根据具体政策的调整作出被动的反应，这对企业经营非常不利。如2007年10月4日，厄瓜多尔总统科雷亚签署"总统令"，将该国的石油超额所得税率从在此之前税率为50%提高到99%，令多个国家在厄瓜多尔的石油企业因此蒙受巨额损失。

第二节 伦理环境及其管理

一、伦理与管理伦理

1. 伦理观及其对管理决策的影响

"伦理"一词在中国最早见于秦汉之际成书的《乐记》，伦理即"乐者，通伦理者也"，意指音乐同伦理是相通的。这里所说的"伦理"已含有人们之间关系的基本意思。东汉文字学家许慎《说文解字》，则从文字上解释为："伦"字，从人从仑，仑字有"条理"、"思虑"等意，加上人旁作偏旁，便含有人与人之间应有之理的意思。所以，简单地说，在我们汉语中"伦"指人际关系中的秩序、长幼、尊卑、高低等，故有"人伦"一说；"理"则指道理、规律和原则。

我们认为伦理(Ethics)是个体以价值判断和是非标准作为基础，进而形成的一系列行为规范。在这里，有三个关键点：第一，伦理的形成必然以个体自身的价值取向为基础；第二，伦理对个体具有行为约束力；第三，伦理作用于个体的行为，表现为各个领域和不同的层面。例如：一个人对"浪费"持有无所谓的态度，这将导致他对他所拥有或使用的资源都趋向一种浪费的行为。

不同的人其伦理价值体系各不相同。这些体系的基础是个人的经验、宗教信仰、教育背景以及家庭教育等。如一个管理者可能认为裁员是好事．因为留下的员工占绝大多数，他们可以在一家更有效益和效率的公司工作。而另一个管理者可能认为裁员不道德，因为失业的员工被剥夺了赚钱的机会，而原因只是简单的成本效益问题。两位管理者不同的伦理价值体系会让他们对裁员做出不同的评价，或欣然接受，或厌恶至极。

1) 几种重要的伦理观

有四种非常重要的伦理观点，对企业伦理环境有非常大的影响。它们分别是功利主义、个人主义、权利主义和公平主义。

(1) 功利主义。功利主义(Utilitarianism)的观点是：决策应该以绝大多数人的利益为基础。功利主义者倾向于选择能让最多的人满意的解决方式。功利主义有时会被称为"痛苦微积分"，因为它试图为尽可能多的人把痛苦最小化，把快乐最大化。功利主义者致力于提高大多数人的利益的理想，使他忽视其他少数人的利益或需要。

(2) 个人主义。持有个人主义(Individualism)观点的人认为，应该在不伤害他人的前提下，努力提高个人的利益。积极的个人主义观可以通过促进个人追求自身利益的提高来促进全社会福利的最终提高。但是，我们可以看到，当一个人致力于提高自身利益的同时，很难完全兼顾到他人的利益完全不受损失，尽管这并非是他个人的主观意愿。

(3) 权利主义。权利主义(Rights Approach)认为，每个人都有基本的人权，应该受到尊重和保护。人们有言论自由权和隐私权，在被指控犯罪或违法时，有正当的申诉程序，有权要求一个安全和健康的环境。这些权利使人们可以按照最有利于自己的方式行动，从而也使社会受益。根据权利主义，如果一项决策剥夺了个人最基本的人权，它就是不道德的。

(4) 公平主义。公平主义者(Justice Approach)要求管理者在决策时公平地实施规则，强调管理行为的公正和公平。如通过在企业内部建立相对公平的规章制度，使员工努力工作并取得与努力程度相应的报酬。按公平理论，管理者在决策时需要在公平与效率之间取舍，也会有得有失。得的是它保护了那些未被充分代表的或缺乏权力的利益相关者的利益，失的是它可能不利于培养员工的风险意识和创新精神，从而影响生产效率。

2) 伦理观的应用

不同的伦理观对应着不同的管理决策，并对企业的管理行为产生影响。我们可以以随机毒品检测这项政策为例来说明。一方面，功利主义者会认为随机毒品检测是符合伦理的，因为虽然有些员工和顾客会因被接受随机毒品检测而激怒，但是随机毒品检测可以减少因服用毒品所导致的事故，从而使更多的员工和顾客受益。如果运用个人主义的标准，随机毒品检测也会被视为道德的：所有者可以自由地实施能使公司更有效率的政策，员工也可以自由地表达他们的不满，比如辞职，再找一家不要求随机毒品检测的公司上班。另一方面，奉行权利主义的管理者可能会认为随机毒品检验不符合道德规范，因为这侵犯了员工的隐私权，而如果没有理由证明检测的合理性，员工也有权免受调查。同样. 对公平主义者而言，随机毒品检测也是不符合道德规范的。因为它假定每一个员工都有服用毒品的罪过，让员工根据对体液的化学分析证明自己是无辜的。而在美国司法体系中，除非一个人被证明有罪，否则他就是无辜的。

3) 不同伦理观的比较

可以通过以下两个维度对四种伦理观进行度量，一个是财富获取和保留的自由度与财富再分配的公平度的对比，另一个是对个体的关注程度与对集体的关注程度的对比。

图 3.1 按照社会的经济自由程度和对个体重视的程度对伦理观进行了分类。个人主义表现为高度关注个体和高度的经济自由。公平主义表现为高度重视集体和财富的平均分配。类似地，权利主义表现为高度关注个人主义和财富的平均分配，而功利主义表现为高度关注集体和经济自由。

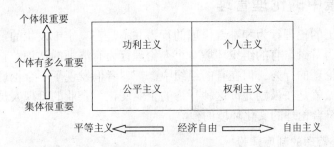

图 3.1　伦理观的比较

2. 管理伦理的主要内容

管理伦理(Managelial Ethics)是指在企业背景下，为员工和管理者的行为和决策提供标准或指导的规范或原则。实际上，管理伦理是将伦理置于企业经营管理的背景之中，毕竟，在企业中发出管理指令并从事以及接受管理行为的都是个体员工，或者是由个体员工组成的群体。管理者以及员工的个人伦理，他们在组织文化的感染下形成的价值判断都决定着他们怎样决策自己在组织中的行为，并进而对企业产生整体性和长期性的影响。管理伦理包括企业对其利益相关者的伦理判断，专栏 3-4 反映了企业与其利益相关者之间存在的一些比较具体的伦理问题。

专栏 3-4　企业中的部分伦理问题

雇员——雇主关系

- 对办公用品的轻微盗窃行为
- 谎报支出金额
- 歪曲或伪造内部报表
- 在工作时间做私活

雇主——雇员关系

- 性骚扰
- 对员工进行威逼与谩骂
- 提供不安全的工作环境
- 不公平或不诚实的绩效评估
- 不给予认可、赞赏与其他精神鼓励

公司——客户关系

- 欺骗性的营销或广告
- 不安全或不健康的产品
- 对客户态度无礼

公司——股东关系

- 对高层管理者支付过高报酬
- 对公司资产或经营机会管理不当
- 扭曲实际业绩的财务报表

公司——社会/公共利益

- 从事破坏环境的活动
- 通过游说对政治进程造成不正当的影响
- 通过行贿影响政府官员
- 拿走公共资源不偿还

(资料来源: 摘自 A.B.Carroll and A.K.Bucholtz,Business and Society,6th ed.,Mason,OH:Thompson,2006)

二、组织背景中的伦理管理

管理者和员工的伦理行为和不合伦理的行为并不是在真空中发生的，这些行为总是以特定的组织环境为背景。有的组织环境对个人伦理行为有清晰的认识，管理者们不会纵容自己和员工不合伦理的行为。但在有的组织中，管理者们发现了不合伦理的行为但却不会阻止，他们这样做就是在鼓励允许这种行为的企业文化。企业的管理人员有责任通过规范的伦理管理促进符合伦理的文化环境的建立。

1. 企业伦理管理的制度建设

制度层面的伦理管理包括道德准则和检举政策两个方面的内容。道德准则的建立意味着企业要告诉管理者以及员工符合伦理的行为标准，检举政策的制定意味着企业要建立一个公平公正的伦理管理环境。

1) 道德准则

道德准则(Code of Ethics)是一份关于伦理和价值观的正式声明,旨在指导管理者和员工在各种商业背景中的行为都能符合伦理规范。它可以为员工指明处理利益冲突的方法，告诉人们该如何馈赠或接受礼物，如何与竞争对手交流等。美国有超过 90%的大公司和接近一半的小公司已经制定了道德准则。不仅仅在商业领域，其他领域的组织也非常重视道德准则的确立，比如医生、律师、工程师和大学教授，也都有明确的职业道德准则。

道德准则通常会以企业信条或伦理政策声明的形式公布出来。

(1) 企业信条。企业信条(Corporate Credo)会详细地说明一家公司对其利益相关者的责任。利益相关者是与公司业绩和资源分配方式有利害关系的群体或个人。利益相关者包括公司员工、客户以及股东。企业信条的重点是能在面对各种伦理挑战时提供指导的原则和信念。

专栏 3-5 强生公司的企业信条

我们相信，我们首先对医生、护士、病人、父母亲以及所有使用我们产品和接受我们服务的人负有责任。为了满足他们的需求，我们所做的一切都必须是高质量的。我们必须不断努力降低成本，以保持合理的价格。客户的订单必须迅速而准确地得到满足。我们的供应商和经销商应该有机会获得合理的利润。

我们要对世界各地和我们一起共事的男女同仁负责。每位同事都应该被视为独立的个体。我们必须维护他们的尊严，赞赏他们的优点，要使他们对工作有一种安全感。薪酬必须公平合理，工作环境必须干净、整齐和安全。我们必须设法帮助员工履行他们对家庭的责任。必须让员工觉得可以畅所欲言地提出建议和申诉。必须给每个合格的员工平等的聘用、发展和晋升的机会。我们必须具备称职的管理者，他们的行为必须公正并符合伦理。

我们要对我们所生活和工作的社会以及整个世界负责。我们必须做好公民——支持对社会有益的活动和慈善事业，承担我们应缴的税款。我们必须鼓励城市修葺，促进健康和教育事业。我们必须很好地维护我们所使用的财产，保护环境和自然资源。

最后，我们要对股东负责。企业必须获得合理的利润。我们必须尝试新的构想。必须坚持研究工作，开发创新项目，为错误承担代价。必须购置新设备，提供新设施，推出新产品。必须建立储备金，以备不时之需。如果我们依照这些原则进行经营，股东们就会获得合理的回报。(资料来源：Reprinted with permission of Johnson & Johnson, www.jni.com)

强生公司的信条明确了它对客户、员工、社会和股东的责任。这使它在 20 世纪 80 年代对一个棘手的局面做出了很迅速而正确的反应。当一个罪犯把混有氰化物的胶囊放进了泰诺林的药瓶里，一些顾客由于服用受污染的药物而死亡时，强生公司立即把泰诺林产品撤出市场，直到能够采用密封防水包装后才重新上市。强生公司正是严格遵循了它的企业信条，因此才能有效地处理危机。

(2) 伦理政策声明。伦理政策声明(Ethical Policy Statements)将为员工的行为提供具体的范式。它们会回答以下问题：推销员能否向优秀客户提供礼物；哪些技术信息可以和竞争对手共享；高层管理者能否在预期的合并前购买公司股份；公司能否向员工的亲属提供特许经营权等。

专栏 3-6 几个公司的伦理政策声明

(1) 圣保罗公司，专做商业和个人保险。声明他们的员工可以接受不贵重的钢笔或者约会、记录本等礼物。但不能接受酒、奢侈的娱乐活动、旅行或服饰。

(2) 礼来公司，是药品制造商。公司员工不能与他们自己或亲属相关的公司发生商业行为，除非礼来公司给予特殊的批准或者授权。

(3) 通用动力公司，是国防工业承包商。员工不能为了个人利益而使用或传播公众无法获得的内部信息。

(4) 爱德华公司(J. D Edwards)，软件商。禁止猥亵语言、种族歧视和性别歧视。相反，公司使用的语言应该传递对他人的爱、关怀和仁慈的态度。(资料来源：编者根据相关资料编写整理)

2) 检举政策

检举政策(Whistleblower Policies)旨在通过制度建设，保障伦理环境的公平和公正。有检举政策的公司依靠员工向道德主管和道德委员会报告不道德的行为，然后由道德主管或道德委员会收集证据，以公平、公正的方式调查相关情况。检举政策给员工提供了报告不道德活动的沟通渠道。它应该具备以下几项关键特征：①政策鼓励人们检举不道德的行为，并建立有效的程序来公正地处理被报告的违规行为。②应该保护检举人免受报复。即使检举人检举的行为并不属实，只要检举人的举报行为不是恶意的欺诈，保护政策就仍然有效。③如果接受报告的人被牵扯到不道德行为中去，就必须有替代的报告程序。④应该规定可以向道德主管或道德委员会提出匿名检举。⑤要向员工反馈处理不道德行为的结果，让他们知道公司在严肃地执行政策，在认真调查投诉的问题。⑥高层管理者要支持和参与检举政策。

专栏 3-7　美国对检举者进行保护的法律政策

2001 年，安然公司的高级管理者谢伦·沃特金斯曾给安然公司的首席执行官肯尼思·莱写过一封坦率的便函，警告他公司将"爆发一场会计丑闻"。公司管理层不但没有感谢她，还试图掩盖坏消息，并且威胁把她剔除团队。在财务丑闻爆发并成为媒体关注的焦点后，沃特金斯由于敢于直面首席执行官、坦言安然可疑的合作关系和虚假的财务状况而受到赞扬。她为检举者树立了一个正面的榜样。2002 年，美国联邦政府出台了《萨班斯——奥克斯利法案》(Sarbanes Oxley Act)。这项法案是在安然公司和世通公司的财务丑闻曝光后出台的一项联邦法案，它对披露公开上市公司财务欺诈行为的检举人提供了保护。这项法律保护检举人免受他所检举的公司、该公司员工和那些违反了法律并可能受到民事和刑事处罚的人的报复。(资料来源：1.M.Steinberg and S.Kaufman,"Minimizing Corporate Liability Exposure When the Whistle Blows in the post-Sarbanes- Oxley Era,"Journal of Corporation Law, August 2005,pp.455-463;2.W.Zellner, "The Whistleblower:A Hero—and a Smoking-Gun Letter, "BusinessWeek,Januray 28,2002,pp.74-77.)

2. 伦理决策管理的步骤

伦理决策是指对企业中管理者和员工的行为以及企业伦理制度进行是否符合伦理的判断。这样的判断往往很难达到一致而准确的答案，很多时候，符合伦理与否的主观判断性更大。为了增强伦理决策的正确性和客观性，可以按照以下三个步骤进行。

1) 收集相关的事实

所收集的事实需要与员工行为和企业的道德准则有关。收集信息时要思考下列问题：

事情是怎样发生的？是否有我需要知道的历史事实？是否有我需要知道的与现在的状况有关的事实？

2) 决定最适当的道德价值观

这里提供四个关键的衡量原则：效用、权利、正义；关怀。效用指的是行为是否对其关系人最有利；权利指的是行为是否尊重个人权利；正义指的是行为是否符合绝大多数人的公平观；关怀指的是行为是否符合人们间的相互责任。

3) 对所涉及的活动或政策的是非作出伦理判断

这三个步骤可以用图 3.2 的伦理决策模型进行统一。

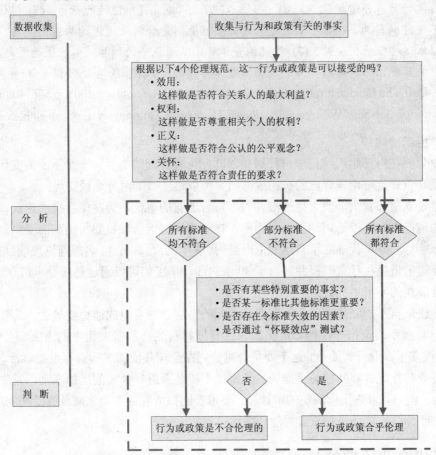

图 3.2 伦理决策模型

3．企业伦理管理的其他问题

1) 伦理培训

伦理培训(Ethics Training)是帮助管理者和员工实际练习当他们面临道德困境时，应该采取的行为。美国有超过 40%的大公司为员工提供伦理培训。大多数课程包括以下几个要素：①来自高层管理者的、强调符合道德的商业实践的信息；②关于道德准则的讨论；③用于讨论或报告非道德行为的程序。

> **专栏 3-8　团队道德氛围的管理要点**
>
> 这里有一些实用的方法，可以改善团队的道德氛围，这种氛围会规范团队成员的行为。
>
> (1) 针对团队希望全体成员都能履行的道德行为规范达成一致意见。(2) 要求所有新团队成员了解这个道德行为规范。(3) 把道德纳入团队的绩效评估中去，使成员意识到有责任使自己的行为符合道德规范。(4) 认可并奖励团队成员符合道德的行为。(5) 确保团队不能容忍不道德的行为。(6) 经常让团队成员介绍他们是如何处理道德两难困境的，让其他成员可以从这些经验中受益。(7) 通过调查了解团队所服务的顾客关心的道德问题。(8) 了解组织中的其他团队和部门关心的道德问题，与你的团队成员分享这些信息。(资料来源：摘自 R.L.Daft,The Leadership Experience,3rded.,Mason,OH:Thomson,2005, p.576. Reprinted with permission of South-Western,a division of Thomson Leaning.www.thomsonright.com.)

2)　组织结构

企业需要在内部组织结构上进行调整以匹配伦理管理的需要。一个重要的变化就是企业需要成立负责监督伦理管理的机构或部门。可以通过以下两种途径实现：

(1) 设立道德官员。负责处理潜在的不符合道德的事件，为决策者提供建议，使其遵守公司的道德准则。以通用动力公司为例，在一次因对国防项目要价过高而受到制裁后，公司在 20 世纪 80 年代确立了自己的伦理结构。现在，公司共有 40 名部门伦理项目执行官，他们向公司的道德执行官汇报并开通了 30 条热线，员工们可以通过热线寻求信息或咨询，或者报告潜在的不正当行为。

(2) 让来自不同职能部门和不同业务单元的高层管理者组成道德委员会，为管理决策提供道德监察和政策指导。例如，美国以进行硅材料生产和研发为主的道康宁公司(Dow Corning)设立了商业行为委员，这个委员会对公司在全球各地的工厂进行道德审计。委员会的审计员会与管理者和其他员工面谈，确定该工厂是否遵守公司的道德准则，发生了哪些违规行为。例如，审查销售部门的审计员，要审查回扣情况或不当馈赠及收受礼物的情况，而审查生产部门的审计员则重点关注环境污染问题。

三、当代企业伦理的热点问题

伦理领导、信息化时代暴露出来的企业非伦理行为以及在经济全球化趋势下的企业经营伦理问题都是为人们所普遍关注的热点。

1．伦理领导

伦理领导的基本假设是：领导是组织内其他人的角色典范，他们的每一个行为都会受到检查。如果高级管理者的行为有问题，这就会向其他人发出信号：这种行为是可以接受的。反过来，其他人在面对类似情况时会回想起领导的做法。著名学者波斯特认为，"一个公司的行为是伦理的还是非伦理的，管理者是关键性因素之一。作为主要决策的制定者，管理者比其他人有更多的机会为公司建立伦理形象。"美国学者分别在20世纪60年代、70年代和80年代研究了什么是影响员工道德水准的最重要的因素，结果表明"上司的行为"是影响程度最高的一个因素。可见，缺少伦理领导，是企业伦理缺失的一个内在原因。

2．信息技术的伦理问题

信息技术也是近来商业伦理的热点，包括个人隐私权和个人滥用信息技术的问题。在线隐私早已成为热点，因为企业已经意识到了这方面的伦理和管理问题。例如，美国一家名为"双击"的网络广告公司是在隐私权方面最受争议的企业之一。这家公司收集了关于数百万上网者的习惯的数据，记录他们所访问的网站和他们所点击的广告。"双击公司"坚持说它所收集的信息是匿名的，目的只是为了在上网者和广告之间进行更好的匹配。但是，当这家企业宣布计划在它的数据库里加上姓名和地址之后，它被迫取消了这一计划，因为公众担心这样可能会侵害在线隐私权。"双击"不是唯一一家收集人们在互联网上活动的个人信息的企业。在雅虎上注册的用户被要求提供出生日期等细节信息。如亚马逊、eBay和其他网站也要求用户登记个人信息。随着互联网用户的增加，调查显示人们对个人信息被企业收集以及谁会看到这些信息越来越担心。

打消人们顾虑的方法之一是在网站上贴出隐私政策。在政策中应当说明企业将收集哪些数据、谁会看到这些数据。它还应当让用户有权利选择是否将个人信息告诉他人或如何避免信息收集。如迪斯尼、IBM和其他公司对上述做法进行了支持，它们拒绝在没有发布隐私保护政策的网站上做广告。

此外，企业还可以在网站上向用户提供修改和检查所收集到的个人信息的机会，特别是医药信息和财务信息。在网下世界里，消费者拥有法定权利检查其信用卡和医疗记录。在网上世界中，这种资料查询可能成本相对较高、手续烦琐，因为数据通常保存在几个不同的计算机系统中。除了技术上的困难，政府机构也已经在着手制定互联网隐私政策，这意味着企业必须制定内部规范、组织培训和通过领导来保证遵守。

3．经济全球化趋势中的跨国公司伦理问题

随着经济全球化的日益深入和扩展，跨国公司经营存在的种种伦理问题也愈来愈清晰的被暴露出来。

跨国公司在全世界范围内建立起了生产基地和销售网络，他们将那些劳动力需求大和易造成污染的制造业生产基地大多转移到发展中国家。世界范围的资本流动和全球化的生

产，不但使跨国公司能够规避国际劳动法规规定的义务，而且也使他们极易不受东道国劳动立法的制约，从而获得更多的利润。再加上许多灵活的雇佣机制被引入劳工市场，往往造成企业生产基地所在地的环境被污染和劳工权益受到损害。一项针对亚洲出口加工区女工劳动状况的调查显示，在印度尼西亚、菲律宾和韩国等地，跨国公司普遍存在工作时间长、工资低、强迫加班、性别歧视、缺乏职业健康保护、歧视和禁止工人加入工会等问题。

第三节　企业的社会责任

20世纪90年代初以来，随着社会经济的快速发展，制假贩假、剥削童工和女工、侵犯员工权益、欺骗消费者、诈骗客户钱财、环境恶化与能源危机等问题日益突出，为此，联合国等国际组织以及国际消费者组织、环保组织、人权组织、工会组织和宗教组织等非政府组织开始积极发起和推动现代社会责任运动，敦促企业社会责任感意识的增强。而在20世纪60年代前，企业的社会责任问题却很少引起人们的注意。因此，对现代企业来说，唤起社会责任的意识、建立起自觉的社会责任理念、形成积极有效的社会责任行为是最为紧迫的管理课题。

一、社会责任的产生与演进

企业社会责任问题的产生是同社会化大生产、工业化进程紧密联系在一起的。自企业产生以来，企业的社会责任就已经产生了，两者如影随形。企业的社会责任经历了从被迫到自觉、从被动到主动的演变过程，从关注慈善捐款、解决环境污染、种族歧视等具体事务性问题到对社会压力做出积极的反应、直至将社会责任问题规范化、制度化、程序化并作为企业治理结构的艰难过程。

专栏3-9　企业社会责任的兴起

20世纪90年代初，美国服装制造商利维-斯特劳斯公司(Levi-Strauss)在类似监狱一般的工作条件下使用年轻女工的事实被曝光。为了挽救其公众形象，该公司草拟了第一份公司社会责任守则(也称生产守则)。随后，耐克、沃尔玛、迪斯尼等大型跨国公司纷纷制定了自己的生产守则。欧洲、美国和澳大利亚也先后出现了一些关于"企业社会责任"的多边组织，特别是西方发达国家的一些非政府组织的参与，逐渐形成了企业社会责任运动，并随着经济全球化而逐渐波及全球，尤其是处于全球生产链环节上的发展中国家。1997年，美国一家非政府组织社会责任国际组织(Social Accountability International，SAI)咨询委员会起草了一份社会责任标准，即"SA8000"，并以此作为评价依据开展认证活动。(资料来源：张慧玲. SA 800 社会责任标准. 中外企业文化，2004(7))

20世纪60年代后，随着工业的高速发展，环境污染加剧、制假贩假、剥削童工和女工、侵犯员工权益、欺骗消费者、诈骗客户钱财等问题不断出现，消费者运动随之兴起，人们开始猛烈抨击企业单纯追求利润而不惜损害社会利益的短期行为，批评企业缺乏社会责任。同时，涉及企业的丑闻频繁曝光，更引起人们对企业社会责任问题的强烈关注，许多社会团体纷纷开始对企业提出社会责任的要求。

20世纪70年代中期，企业兴起了道德起源运动(moral genesis movement，MGM)，倡导将经济责任与社会责任融为一体，建立企业与社会的相互信赖关系。1971年6月，美国经济发展委员会发表的《企业的社会责任》(Social Responsibilities of Business Corporations)的报告中列举了58种旨在要求企业促进社会进步的行为，这些行为涉及10个方面。①经济增长与效率：提高生产率，与政府合作。②教育：给予学校和大学资助，在学校管理方面给予协助。③雇用和培训：培训后进员工，培训被替换的员工。④人权与社会平等：保证平等的工作机会，都市建设计划。⑤城市改进与开发：建设低收入者公寓，改进交通系统。⑥污染防治：安置污染控制装置，发展循环利用项目。⑦资源保护与再生：保护生态，恢复已减少的耕地。⑧文化与艺术。⑨资助社会健康计划：开发低成本医疗项目。⑩政府：改进政府管理、政府重组和管理现代化。

目前，随着经济全球化进程的加快，国际上正在形成新一轮企业社会责任运动浪潮。它的主要标志是：首先，来自联合国等多边国际组织的努力，如联合国的"全球协议"(UNGC)。国际劳工组织的"人权原则及标准"(ILO Declaration)、OECD的跨国公司行动指南(OECD Guidelines)等；其次，众多非政府组织的指导原则和标准，如ISO制定的企业环境标准(ISO 14000系列)、全球报告倡议组织(Global Reporting Initiative)的非财务事务披露规范GRI、社会责任国际标准的SA8000、英国社会与道德责任研究院(Accountability)的AA1000等，他们的共同目的是要求企业规范并约束自身行为，更好地承担更多的社会责任；再次，各国政府也开始参与和引导相关活动，如在美国，尽管联邦政府还没有在全球企业社会责任运动中明确自己的正式角色，但已经有12个政府组织的50多个项目与推动和促进企业社会责任运动相关；最后，越来越多的诸如共同基金的机构投资者，发起社会责任投资基金，将其投资选择与企业的社会责任表现关联，要求接受投资的企业不断增加透明度和公信力，更好地承担企业社会责任。目前，在美国，这类机构投资者已经超过200家，管理的资产已经达到专业资产管理机构管理的总资产的11%，而且还在加速增长。

由于受到上述国际组织和非政府机构、政府和社会公众的压力，越来越多的跨国公司声明遵守UNGC、GRI、AA1000、SA8000等规范和标准；同时，也着手制定本企业的行为规范，用来规范自身和供应商行为，并且定期发布反映企业社会责任表现的年度报告；不仅如此，越来越多的媒体致力于监督企业特别是知名企业的社会责任表现，揭露企业的丑闻或其他不当行为。而且在企业评比排名上，如《财富》和《福布斯》等权威商业媒体还加上了"社会责任"标准；此外，越来越多的主流商学院也开始在核心课程中纳入有关"企业社会责任"的课程，培养未来商业领导者的社会责任意识。

从目前看来，促进企业承担社会责任的力量主要有两种：一是来自于企业外部的力量，如联合国及其机构、世界银行、OECD 及亚洲开发银行等国际组织,民间的消费者权益保护组织、生态环境保护组织及各种非政府组织,表 3.1 列举了 4 个主要的国际机构对跨国公司社会责任的要求;二是来自于企业本身的力量,目前一些著名跨国公司都在努力倡导企业的社会责任。从世界范围看,许多大公司已经将强调社会责任列入公司治理的组成部分。

表 3.1 国际机构对跨国公司社会责任的要求

机　构	文件名称	主要内容
联合国	全球人权宣言	在其影响所及的范围内支持并尊重对国际人权的保护;确保各自的公司不串通侵犯人权
国际劳工组织	工作基本原则和权利宣言	结社自由和有效承认集体谈判的权利,废除各种形式的强迫和强制劳动;有效消除童工;取消就业和职业方面的种种歧视,包括性别和种族等方面的差别
联合国环境与发展大会	里约热内卢宣言	支持对环境挑战采取预防措施;采取主动措施以促进承担更大的环境责任;鼓励环境友好技术的开发与扩散
美国的社会责任国际组织	SA 8000 社会责任国际标准	不使用或不支持使用童工;不使用或不支持使用强迫劳动;健康与安全;结社自由及集体谈判权利;不从事或不支持歧视;惩戒性措施;工作时间;工资报酬;管理体系

二、社会责任的定义

关于企业社会责任的概念,目前国际上并没有统一的定义,可以说是众说纷纭。

世界银行把企业社会责任定义为:企业与关键利益相关者的关系、价值观、遵纪守法以及尊重人、社区和环境有关的政策和实践的集合。它是企业为改善利益相关者的生活质量而贡献于可持续发展的一种承诺。

欧盟则把社会责任定义为"公司在资源的基础上把社会和环境关系整合到它们的经营运作以及与其利益相关者的互动中"。

商业社会责任组织(Business for Social Responsibility)是美国权威的帮助会员公司实施社会责任战略进而实现商业成功的组织。它这样界定企业社会责任:通过尊崇伦理价值以及对人、社区和自然环境的尊重来实现商业的成功。

美国当代管理学家斯蒂芬·罗宾斯(Stephe P.Robbins)认为,社会责任是工商企业追求有利于社会长远目标的义务,而不是法律和经济所要求的义务。

为了更好地理解"社会责任"这一概念,有必要对它和另外两个概念做一比较,这两个概念是社会义务和社会反应(见图 3.3)。

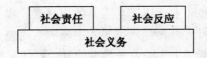

图 3.3　社会义务、社会责任与社会反应的关系

社会义务是工商企业参与社会的基础，一个企业当它履行其经济和法律责任时，它已经履行了自己的社会义务。社会责任是以企业(无论是否承担社会责任)遵守法律为前提的，或者说是以企业承担社会义务为前提的。对一家依法纳税的企业，我们只能说它承担了社会义务，还不能就此认定它承担了社会责任，因为依法纳税是每一个公民、每一个企业应尽的义务。由此可见，社会责任是一种比社会义务更高的道德标准。

与社会义务相比，社会责任和社会反应超出了基本的经济和法律标准。有社会责任的企业受道德力量的驱动，去做对社会有利的事，而不做对社会不利的事。社会反应则是指企业适应不断变化的社会环境的能力，是由社会伦理道德标准引导的，它能够为管理者做决策提供一个更有意义的指南。社会责任是评价从长期来看企业何种行为对社会有益、何种行为对社会有害，并要求企业确定行为对与错的道德标准；社会反应则强调对社会价值准则变化的识别，强调通过改变社会参与方式对变化做出积极的反应。社会反应使企业承担社会责任有了更明确、更现实的目标，但同时也将社会责任变成了响应社会变化的手段。

社会责任内涵包括：企业不仅应该创造利润、对股东利益负责，还要承担对员工、消费者、商业伙伴、社区、自然环境等利益主体的社会责任，包括生产安全、职业健康、保护劳动者的合法权益、提供安全的产品和服务、遵守商业道德、支持慈善事业、捐助社会公益、保护自然环境等。在经济全球化背景下，企业社会责任的本质是一种新的企业治理结构，是企业对其自身各种行为的约束。它既是企业应该追求的宗旨和经营理念，又是企业用来约束企业内部(包括其商业伙伴行为)的一套管理体系。

三、关于企业社会责任的观点

企业是否需要有社会责任？什么是企业的社会责任？或者说，如何理解企业社会责任？对这些问题，学术界在企业承担社会责任的问题上，有两种截然相反的观点。

1. 传统经济观

哈佛大学教授莱维特(Theodore Levitt)教授认为：企业承担社会责任是一个危险的行为。社会问题让企业来解决就必须赋予企业更大的权力，企业将逐渐演变为具有支配地位的经济、政治和社会权力中心，这是十分危险的。追求利润是企业的责任，解决社会问题是政府的责任。莱维特进一步指出：企业承担社会责任是企业参与政治的一种体现。企业参与政治会影响企业的成长性，企业注重了政治，就会轻视企业产品的品质，就会影响企业的名誉及它在市场上的竞争，从而使企业陷入严重的困境。

米尔顿·弗里德曼(Milton Friedman)认为：当今的大多数管理者是职业经理人，这意味着他们并不拥有他们所经营的企业。他们是员工，仅向股东负责，从而他们的主要责任就是最大限度地满足股东的利益。那么，股东的利益是什么呢？弗里德曼认为：股东只关心一件事，那就是财务收益。必须指出，弗里德曼并不是说组织不应当承担社会责任，他支持组织承担社会责任，但这种责任仅限于为股东实现组织利润的最大化。

在弗里德曼看来，当管理者自行决定将公司的资源用于社会目的时，他们是在削弱市场机制的作用，有人必然为此付出代价。具体来说，如果社会责任行动使利润下降，则它损害了股东的利益；如果社会责任使工资和福利下降，则它损害了员工的利益；如果社会行动使价格上升，则它损害了顾客的利益。如果顾客不愿支付或支付不起较高的价格，销售额就会下降，从而企业很难维持下去，在这种情况下，企业的所有利益相关者都会遭受或多或少的损失。除此之外，弗里德曼还认为：当职业经理人追求利润以外的其他目标时，他们其实是在扮演非选举产生的政策制定者的角色。他怀疑企业管理者是否具有决定"社会应该怎样"的专长，至于"社会应该怎样"，弗里德曼说，应该由我们选举出来的政治代表来决定。

2．改良经济观

持改良经济观的人提出了不同的看法，他们指出，时代发生了变化，社会对企业的期望也发生了变化。斯蒂芬·P.罗宾斯(Stephen P. Robbins)认为，企业社会责任是企业追求有利于社会长远目标的义务，而不是法律和经济所要求的义务。卡罗尔(Archie B. Carroll)认为，一个真正对社会负责任的企业要追求利润、遵守法律、重视伦理、广施慈善。美国布鲁金斯研究所(The Brookings Institution)高级研究员布莱尔(Margart M. Blair)认为，企业管理者的任务在于使企业创造最大化的社会总价值，而不仅是最大化股东投资回报，他们必须全面考虑企业的决策和行为对企业所有利益相关者的影响。

改良经济观认为，管理者应该关心长期财务收益的最大化，必须承担一些必要的社会义务及相应的成本。他们必须以不污染、不歧视、不发布欺骗性广告等方式来维护社会利益。他们还必须在增进社会利益方面发挥积极的作用，如参与所在社区的一些活动和捐钱给慈善组织等。

四、社会责任与经济绩效

企业的社会责任行为会降低企业的经济绩效吗？传统经济观与改良经济观的看法截然相反，其根本原因在于两者在研究企业社会责任时选择的时期、分析框架不同，不同的方法论导致了不同的研究结果。

传统经济观在分析企业社会责任与经济绩效之间的关系时，是通过分析企业财务年度报告内容进行的，得出的结论是企业短期财务绩效与社会责任之间存在冲突。根据弗里德曼的观点：如果企业行使社会责任增加了经营成本，则这些成本或是以高价转嫁给消费者，或是通过较低的边际利润由股东负担。在竞争的市场中，如果企业提高价格，就会降低销售额。在完全竞争的市场中，竞争并未假设成本中含有社会责任成本，因此企业提高价格不可能不损失市场，最终会导致企业利润下降。

而改良经济观研究的是企业长期发展过程中企业社会责任与经济绩效之间的关系，得出的结论是两者之间存在正向的相关关系。实际上，在考察企业的社会责任与经营业绩的相互关系时，应该从更长的时间跨度、更大的空间领域来进行，即不仅要从一个企业长远的生存和发展的角度、也要从全社会企业群体这个范畴来研究两者之间的关系。因为社会责任对企业利润的影响无论是积极的还是消极的都要经过时间检验，在短期内不能全部显示出来。国内外的实践都已经表明，企业承担社会责任与企业的经济绩效呈正相关关系；企业进行良好的社会责任管理不仅可以获得良好的社会效益，而且可以获得长远的商业利益。如沃尔玛坚持用社会责任标准审核其供应商，做到了世界零售第一位。

2002 年，美国德保罗大学(DePaul)的肯提斯·维斯霍尔(Curtis C. Verschoor)教授和伊丽莎白·默非(Elizabeth Murphy)副教授进行了一项专门针对企业社会责任与财务业绩的研究。该研究将《商业伦理》杂志(Business Ethics)评出的 100 家"最佳企业公民"(基于企业对股东、员工、客户、社区、环境、海外投资者、女性与少数民族这七大利益相关者群体提供服务的定量评估)与"标准普尔 500 强"中其他企业的财务业绩进行了比较。基于 1 年和 3 年的整体回报率、销售增长率和利润增长率以及净利润率和股东权益报酬率等 8 项统计指标，得出结论："最佳企业公民"的整体财务状况要远远优于"标准普尔 500 强"的其他企业，前者的平均得分要比后者的平均值高出 10%。

五、企业承担社会责任的表现

从以上分析可以看出，企业承担社会责任不仅不会增加经济成本，而且会使企业赢得更多的利润和更好的声誉，促进社会经济、政治、文化的全面发展。因此，企业要积极地勇于承担起社会责任。根据利益相关者理论，企业与环境、员工、消费者/客户、股东、竞争者以及社区等构成经济利益共同体(见图 3.4)。企业可以从与利益相关者的关系方面来承担社会责任。

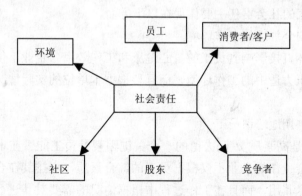

图 3.4　企业社会责任与利益相关者

1. 对环境的责任

社会环境是企业生存和发展的前提条件。一个企业必须认真地对待生存环境，古人云："皮之不存，毛将焉附。"企业对环境的责任主要体现在以下方面。

1) 产品绿色化

产品绿色化是企业以绿色需求为导向，实施绿色研发及设计、绿色生产、绿色品牌、绿色包装、绿色运输、绿色销售等。在此过程中，产品的研发及设计应强调对资源的有效利用和废弃物的有效处理；产品的生产应做到"清洁生产"；产品的包装应符合"可循环"、"可生物降解"的要求。绿色标志是绿色产品的重要品牌策略，表明产品从生产到使用及回收处理的整个过程均符合环保要求，它被喻为通向市场的通行证，企业应重视绿色标志的认证申请工作。如青岛海尔于 1997 年 6 月获 ISO14001 标准认证，生产的冰箱顺利地进入欧美市场。企业研制并生产绿色产品既体现了企业的社会责任，推动了"绿色市场"的发育，也推动着绿色环保教育，提高了整个社会的生态意识。

2) 保护与治理环境并重

人类只有一个地球，企业有责任和义务保护环境。企业在生产过程中应采取生态生产技术，防止污染扩散。对于企业生产中所产生的"三废"要及时有效地处理。污染环境的企业要采取切实有效的措施来治理环境，"谁污染谁治理"，不能推诿，更不能采取转嫁生态危机的不道德行为。

2. 对员工的责任

员工是企业最重要的利益相关者，也是企业最可宝贵的财富。企业对员工要按时足额发放薪金，根据发展逐步提高收入水平；改善劳动条件，确保安全、卫生；为员工投保社会保险；加强员工培训，提高员工自身素质和能力；支持工会工作；培育良好的企业文化。具体地，企业对员工的社会责任主要体现在以下方面。

1) 营造一个安全舒适的工作环境

工作环境的好坏直接影响到员工的身心健康和工作效率。企业不仅要为员工营造一个安全、关系融洽、压力适中的工作环境，而且要根据本单位的实际情况为员工配备必要的设施。

2) 定期或不定期地培训员工

决定员工(尤其是高素质员工)去留的一个关键因素是员工能否在本企业中得到锻炼和发展的机会。有社会责任的企业不仅根据员工的综合素质，安排其在合适的工作岗位上，做到人尽其才、才尽其用，而且在工作过程中根据情况的需要对其进行培训，如送其到国内外的学校、科研机构和兄弟单位学习深造。这样做既满足了员工自身的需要，也满足了企业的需要，因为通常情况下，经过培训后的员工能胜任更具挑战性的工作。

　　3) 不歧视员工

　　现代企业的一个显著特征是员工队伍的多元化。为了调动各方面的积极性，企业要同等对待所有员工，不搞三六九等，在工作中不论资排辈。

3. 对消费者的责任

　　消费者是企业产品和服务的最终使用者，企业对消费者承担的社会责任主要表现为：提供消费者真正需要的产品或服务，确保其质量，做好售后服务工作，及时为消费者排忧解难。企业要明白一个道理："消费者是水，企业是舟，水可载舟，也可覆舟。"

专栏 3-10　天价医药拷问医院良知

　　2005 年 5 月 18 日，70 多岁的离休干部翁文辉住进哈医大二院，肿瘤科给他做化疗导致呼吸衰竭，于 6 月 1 日转入 ICU 病房，直至 8 月 6 日凌晨去世，在 ICU 病房花掉住院费约 139 万元，另外还有按照医生吩咐外购药品费用 400 多万元。这是什么样的治疗？那么多钱又是如何被迅速"吞噬"的？

　　面对患者家属的质疑，哈医大二院出具《关于患者翁文辉在我院住院期间的初步调查》，对药品、化验和手术材料费等收费情况做了说明。 然而在这份《初步调查》的背后，却是惊人的内幕：

　　一、多收费。"病房化验调查结果(明细表)"中，医嘱合计 2119 次，化验报告单为 1902 次，收费汇总单却成了 2030 次，医院多收了 128 次。其中在肾功化验中，医嘱为 156 次，化验报告单为 144 次，收费汇总单为 228 次，多收了 84 次，但医院在"备注"一栏里只承认多收了 3 次；而在关于化验的说明中，医院又解释说"检查科一份报告中含有多个检验项目，如肾功能，收费总次数是 27(次)×4(项目) = 108(次)，"但报告中只有 27 份，前后自相矛盾。

　　二、乱收费。在"血库项目(明细表)"中，RH 血型鉴定、血小板交叉配合实验等 11 个项目，既没有医嘱，也没有化验报告单，却被收费 895(次)。同时在"病房化验调查结果(明细表)"中，异常白细胞形态、异常红细胞形态等 5 个项目，也没有医嘱和化验报告单，却被收费 18(次)。

　　三、重复检查。患者住院期间被收费化验 2925 次，平均一天 44 次。患者没有糖尿病，血糖化验(收费)达 565 次，平均一天近 9 次。

　　收费账单显示，6 月 3 日，医院给患者做痰培养 54 次，一张化验报告单的结论是"有菌"，其他 53 张为"未查获真(细)菌"。7 月 5 日—8 月 4 日，短短一个月时间里，医院给患者输入各种液体 1 吨多。输入液体总量最多的 7 月 13 日，一天将近 170 公斤，相当于一名正常成年男性体重的 2 倍……

面对这些，我们陷入了深思：医院的良知到哪里去了？"救死扶伤"的精神哪里去了？

(资料来源：550 万元天价医疗事件真相调查，http//www.chinajzsd.com)

4．对竞争者的责任

在市场经济下，竞争无处不在，无时不有。市场经济条件下的竞争是一种有序、符合生态规律的竞争。负责任的企业不会为了一时之利，逞一时之勇，通过不正当手段挤垮对手，争个"鱼死网破"、"两败俱伤"。企业在竞争中要处理好与竞争对手的关系，必须学会在竞争中合作，在合作中竞争。市场上没有永远的敌人，只有永远的利益。

20 多年来，微软公司(Microsoft)与太阳微系统公司(SUN)一直是死对头，两公司从市场竞争、技术产品的竞争到两个总裁之间的口水战，明争暗斗从来就没有停止过。然而，2004年 4 月 2 日，微软公司首席执行官斯蒂夫•巴尔默和太阳微系统公司首席执行官兼主席斯科特•麦克利尼尔向全世界宣布："微软和太阳微系统公司将为产业合作新框架的设置达成一个十年协议。"昔日的一对冤家终于亲密地坐在了一起。现在的合作伙伴和合作领域真的没了界限，曾经的竞争对手也可以成为合作伙伴。

5．对股东的责任

股东是企业的投资者，是企业的资金来源，是财产的最终拥有者。从委托-代理关系来看，股东把企业委托给管理者进行经营，那么管理者或经营者就应该对股东负责。企业首先要努力经营，为股东带来丰厚的利润。那种只想从股东手中"圈钱"的企业是不会长久的，注定股东要用"脚投票"，它们将被股东抛弃。

因此，管理者要及时地与股东进行沟通，及时地将企业财务状况报告给股东和社会相关利益者，企业错报或假报财务状况是对股东的欺骗。

6．对所在社区的责任

社区是企业生存的小环境，但所受到的影响也不可小觑。企业与所在社区的经济、文化建设及基础设施、治安环境等有互动关系，企业应该处理好与社区的关系。企业在同等条件下要优先从所在社区招聘员工，积极支持所在社区的各项建设，参与预防犯罪，为所在社区的全面发展贡献自己的力量。通过此类活动，不仅回报了社区和社会，还为企业树立了良好的公众形象。

本 章 小 结

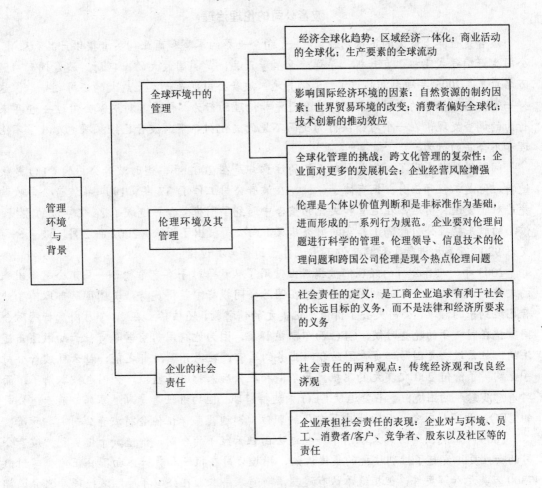

经济全球化趋势：区域经济一体化；商业活动的全球化；生产要素的全球流动

影响国际经济环境的因素：自然资源的制约因素；世界贸易环境的改变；消费者偏好全球化；技术创新的推动效应

全球化管理的挑战：跨文化管理的复杂性；企业面对更多的发展机会；企业经营风险增强

伦理是个体以价值判断和是非标准作为基础，进而形成的一系列行为规范。企业要对伦理问题进行科学的管理。伦理领导、信息技术的伦理问题和跨国公司伦理是现今热点伦理问题

社会责任的定义：是工商企业追求有利于社会的长远目标的义务，而不是法律和经济所要求的义务

社会责任的两种观点：传统经济观和改良经济观

企业承担社会责任的表现：企业对与环境、员工、消费者/客户、竞争者、股东以及社区等的责任

全球环境中的管理

伦理环境及其管理

企业的社会责任

管理环境与背景

复习思考题

一、问答题

1. 思考经济全球化对企业经营管理提出的挑战。
2. 如何理解企业的社会责任？
3. 有关伦理的四种观点，哪一种在企业经营者中最为流行？为什么？
4. 企业如何进行伦理管理？
5. 企业进行伦理决策管理的步骤是什么？
6. "企业营生就是生意"，请你从传统经济观和改良经济观来评论这句话。
7. 企业的社会责任具体体现在哪些方面？

二、案例分析题

波音公司的伦理治理

波音是世界上最大的飞机制造商之一，向全世界的军事和商业购买者提供产品和服务。公司生产喷气式飞机、直升机、导弹、卫星等产品，是美国最大的出口商。波音拥有 153万名员工，2005 年净利润超过了 15 亿美元。波音公司也是世界上最大的公司之一。像这样一家知名和显眼的公司不大可能完全避免非伦理的行为。但是，对这家公司过去 5 年来行为的调查发现，在一个对错误行为视而不见的文化引导下，波音已经深深地卷入了不伦理和不合法的行为。

问题很早就出现了，但是引起人们的注意却是在 2002 年。当时波音公司的 CEO 是康迪特，他是工程师出身，拥有博士学位，在波音公司工作了 37 年。1997 年波音公司收购竞争对手麦道公司后，在运营和文化的整合中遇到了困难。合并造成了 26 亿美元的亏损，愤怒的股东指控公司隐瞒了真实的财务状况，向公司提出了诉讼。2002 年 2 月，波音公司支付 9200 万美元进行了和解，但不承认自己的行为有过错。

2003 年，波音公司的经理们被揭露出使用了从竞争对手洛克希德——马丁公司偷出来的文件。波音公司有可能利用这些文件在国防合同投标中获得优势。美国国防部取消了波音已经到手的订单，公司失去了价值 1 亿美元的销售额，还被禁止在 20 个月内竞标国防合同。就在同一年的晚些时候，CFO 西尔斯被解雇，因为他聘用前空军军官杜云的做法是违法的，杜云过去是国防部负责国防合同业务的军官。在离开国防部之前，杜云从波音公司手上购买了价值 200 亿美元的飞机。西尔斯和杜云后来都进了监狱，合同也被取消了。面对着愈演愈烈的困境，董事会迫使 CEO 康迪特辞职。他的继任者是斯通塞弗，前麦道公司的 CEO，两家公司合并后他退出了自己的职位。斯通塞弗保证他会将波音公司打扫干净。

2005 年，美国国防部又取消了一些过去由杜云经手的合同，价值数十亿美元。波音公司的女性员工发起了性别歧视的集体诉讼，指控公司在报酬和晋升方面不公正。公司付出7300 万美元和解案件，但拒绝承认有过错。斯通塞弗本人在公司年度高级经理度假会议期间与一位女下属有染。这一关系是双方自愿的，不包含利益的要素。但斯通塞弗还是被迫辞职，因为他违反了他本人要求公司全体员工遵守的行为准则。《财富》杂志报道说，"斯通塞弗的行为是商业史上最令人震惊的事件之一"。接替他的是一位外部人士，前 3M 公司CEO 麦克纳尼，他宣誓要整顿波音公司。

听上去是不是有些熟悉？麦克纳尼的机会也许比前任们更大。不管怎么说，他是外人，从不惧怕剧烈的变革。对于外人，没有"成规"来束缚他。此外，麦克纳尼在通用电气公司曾经担任过飞机发动机集团的 CEO，而在 3M 公司，他扭转了这家公司的困难局面，证明了领导才能和伦理性格。麦克纳尼以重视员工发展而著称，这同康迪特和斯通塞弗构成了对比，后者更看重技术能力。

在主持第一次高管度假会议时，麦克纳尼向公司发出了警告，"公司文化正在滑向毁灭"。这位新任CEO说："我们都知道应当对公司文化中的一些部分作出改变。管理上放任自流，经理们则陷入官僚主义。"过去，经理们讳言他人的过失，但麦克纳尼坚持工作上的开放和责任。他还计划改变报酬体系，消除不合法的财务报告。另一项重点是团队工作，麦克纳尼希望将麦道公司彻底整合到波音公司的对应部门中。他指出："我们的问题不是个别部门的问题。"

麦克纳尼期望同时做到提高士气和利润。他认为，在合法和伦理行为方面的改进可以提升股票的价格，促进销售，增加激励和提高士气。对于麦克纳尼来说，伦理问题不过是更多基本面隐忧的反映之一。他希望在全公司范围内开展一次基本价值观和公司经营目标的大检查。麦克纳尼说："公司对自我的定义是不完善的。我们在这里做什么？只是在同一栋大楼里面工作？还是要找出方法，让这家公司的整体大于部分之和？"(资料来源"2005 Annual Report," Boeing website, www. boeing. com on March 4, 2006; "Boeing Fined in Sale of Restricted Parts." New York Times,April 10,2006;www. nytimes. com on April 10, 2006; Stanley Holmes, "Cleaning Up Boeing," BusirzessWeelc,March 13. 2006;pp. 63 - 68; Stanley Holmes. "What Boeing Needs to Fly Right," BusinessWeele,March 8,2005,www. businessweek. com on March 4. 2006;Adam Horowitz."101 Dumbest Moments in Busi-ness,"Fortune, February l, 2006, www. fortune. Com on March 4. 2006.)

问题：

1. 哪些组织的利益相关人会受到波音公司伦理行为或不伦理行为的影响？请说明具体的影响是什么？

2. 在康迪特和斯通塞弗的领导下，波音公司是如何看待社会责任的？在麦克纳尼领导下，又有什么样的变化？

3. 麦克纳利主张的做法能够提高波音的伦理水平吗？如果是，请解释；如果不是，请说明他还可以采取哪些有效的方法。

三、管理技能训练

把班级分为几个小组，然后分别选择几个企业进行伦理道德调查，每组形成一份管理伦理道德报告，在全班交流。

四、本章推荐阅读书目

1. 周三多等. 管理学. 第四版. 上海：复旦大学出版社，2003年，179～196

2. [美]斯蒂芬·P. 罗宾斯等. 管理学原理. 第6版. 北京：中国人民大学出版社，2008

3. 周祖成. 管理与伦理. 北京：清华大学出版社，2000

4. 普拉利. 商业伦理. 北京: 中信出版社, 1999

5. [美]彼德·F. 德鲁克著. 管理: 任务、责任和实践. 北京: 中国社会科学出版社, 1994

6. [美]路易斯·戈麦斯-梅西亚等. 管理学——原理、案例与实践. 北京: 人民邮电出版社, 2009

7. [美]得克萨斯A&M大学Mays商学院 理基·W.格里芬(Ricky W. Griffin)著. 刘伟译. 管理学. 中国版. 第9版. 北京: 中国市场出版社, 2010

8. [美]伊迪·韦纳, 阿诺德·布朗. 前瞻思维——如何在变化的时代清醒思考. 北京: 中国人民大学出版社, 2008

9. 主要网站: 美国国际商业道德协会(www.busines-ethics.org)

香港道德发展中心(www.icac.org.hk)

第四章

决　策

　　学习目标：通过本章学习，要求掌握决策的含义、特点及决策类型；熟悉决策的过程和影响因素；掌握各种定性、定量的决策方法；理解有限理性理论及直觉决策；能够认识到个人决策与群体决策的区别。

　　关键概念：决策(Decision-making)　确定型决策(Deterministic Decision)　风险型决策(Risk Decision)　不确定型决策(Uncertain Decision)　专家会议法(Expert Conference)　德尔菲法(Delphi Technique)　线性规划法(Linear Programming)　盈亏平衡分析(Breakeven Analysis)　决策树(Decision Trees)　有限理性(Bounded Rationality)　非理性因素(Irrational Factors)　群体决策(Group Decision-Making)

第一节　决　策　概　述

　　在一切社会组织的管理活动中，决策都居于重要的地位，它是一项重要的管理活动。事实上，决策贯穿于管理的全过程，在计划、组织、领导以及控制等管理活动中，都要预先明确该项活动要解决什么问题、达到何种目的、为达到预期目的有哪些方法可以利用、哪种方法好、怎样做、何时做等问题，这就需要做出一定的决策。因此，人们把决策看作管理的核心问题。决策是科学，决策也是艺术。它既要求决策者按科学的程序、依据科学的理论、采用科学的方法进行分析决策，又需要决策者的智慧、判断力和经验。

一、决策的定义及特点

　　关于决策的定义，中外学者从不同的角度给出了许多不同的说法。

　　著名社会科学家、管理学家西蒙(H.A.Simon)认为"管理就是决策"。

　　路易斯(Pamela S. Lewis)、古德曼(Stephen H. Goodman)和范特(Patricia M. Fandt)将决策定义为"管理者识别、解决问题以及利用机会的过程"。

　　从实际操作的角度来看，有学者认为："决策是指从两个或两个以上的可行方案中选择一个合理方案的分析判断过程"。

　　从决策的过程来定义，"决策是组织的决策者以其知识、经验和掌握的信息为依据，遵循决策的原理原则，采用科学的方法，确定组织未来的行动目标，并从两个以上可能实现目标的行动方案中选择一个较为满意的方案的分析决断过程"。

以上这些说法从决策的不同角度说出了一定的道理，综合以上观点，我们认为，决策是一个提出问题、分析问题、解决问题的过程，是人们在明确问题的基础上为未来的行动确定目标，并在多个可供选择的行动方案中选择一个合理方案的活动。

从决策的定义看，决策具有下列特点。

1. 目标性

决策要有明确的目标，它是为了解决一定的问题，达到一定的目标。在对行动方案作出选择前，首先要有明确的目的。如果没有目的或目的性不明，决策就没有方向，往往会导致决策无效甚至失误。所以，必须明确为什么要进行决策、决策最终要达到的目标是什么。

2. 可选择性

决策应有若干个可供选择的可行方案。可行方案是指能够解决决策问题、实现决策目标、具备实施条件的方案。只有一个方案而无从比较，则谈不上是决策，只有多个方案的选择才能评价优劣，得到满意的结果。因此，"多方案选择"是决策应该遵循的重要原则。

3. 超前性

决策所涉及的问题一般都与未来有关，是为了解决目前面临的、待解决的新问题以及将来可能出现的任何问题，找出各种可行的解决方案。任何决策都是针对未来行动的，所以决策是未来行动的基础，具有超前性。这就要求决策者具有超前意识、思维敏锐，能预见到事物的发展变化，适时地做出正确的决策。

专栏 4-1　光明乳业放弃 UHT 奶市场

光明乳业脱胎于上海乳业集团，1997 年后改为光明乳业股份有限公司。2004 年，光明基本完成了在全国大中型城市的广泛布点，成为中国生产量最大的巴氏奶生产商。

2001 年起，蒙牛和伊利开始迅速发展 UHT 奶，UHT 奶初进市场时，光明董事长王佳芬做了一个暂不进入 UHT 奶市场、专心做巴氏奶的决策。但这一决策使光明的部分市场份额被抢占，2003 年光明乳业退居行业第二，2005 年已排名行业第三。

面对这种情况，光明乳业 2004 年决定大力发展 UHT 产品，但 2006 年起又重新强调"新鲜战略"，提出要将优势资源向新鲜乳制品集中。

光明为何做出此决策？取决于如下判断："巴氏奶"是全球乳品消费的主流，在发达国家和地区的市场上占有绝对的优势；光明的定位是高端乳品，消费人群锁定于城市人群。

光明乳业的这一战略决策是否会成功？未来的风险体现在：现阶段的中国市场是否会选择巴氏奶作为消费主流；城市乳品市场是否还有增长空间。

点评：决策建立在对未来的预测基础之上，决策是否成功取决于决策者对未来的判断是否准确。(资料来源：改编自第一财经频道《决策》节目"光明乳业放弃 UHT 奶市场"。)

4．风险性

决策的超前性也决定了其风险性。正因为任何备选方案都是在预测未来的基础上制定的，作为决策对象的备选方案不可避免地带有某种不确定性。决策者对所做出的决策能否达到预期目标不可能有百分之百的把握，都要冒一定的风险，所以说决策具有风险性。进行正确的决策不但要求管理者需要具有一定的决策水平，还需要有过人的胆识。

5．过程性

决策是一个分析判断过程。决策在本质上是一个多阶段、多步骤的分析判断过程，而不是一个"瞬间"做出的决定。决策是一个提出问题、分析问题和解决问题的系统分析过程。在进行决策时，决策者首先需要做大量的调查分析和预测工作，然后确定行动目标，找出可行方案，并进行判断、权衡、选择，最后组成一个完整的决策过程。无论决策的复杂程度如何，决策都有一个过程。

二、决策的类型

决策贯穿于整个组织活动的全过程，涉及各方面的内容。因此，根据不同的要求、从不同的角度对决策过程加以分类，将有助于决策者把握各类决策的特点，根据决策问题的特征、按不同的决策种类采用相应的方法，进行有效的决策。

1．按决策影响的时间长短，可以分为长期决策和短期决策

(1) 长期决策是指有关组织今后发展方向的长远性、全局性的重大决策，又称长期战略决策，如企业投资方向选择、组织规模确定等问题的决策。

(2) 短期决策则是实现长期战略目标所采取的短期策略手段，又称短期战术决策，如企业的日常营销、生产决策等。

2．按照决策的重要程度划分，可以分为战略决策、战术决策及业务决策

(1) 战略决策是所有决策问题中最重要的决策，是指具有全局性的、长期性的、作用大的和影响深远的决策。例如企业长期发展战略、企业营销战略、产品开发战略、技术改造和引进、组织机构改革等，均属此类。战略决策一般需要经过较长时期才能看出决策后果，所需解决的问题复杂，环境变动性较大，往往并不过分依赖复杂的数学模式及技术，定量分析与定性分析并重，对决策者的洞察力、判断力有很高的要求。在战略决策中，找出关键问题比利用复杂计算更为重要。

(2) 战术决策又称管理决策，属于执行战略性决策过程中的具体决策。例如，销售、生产等专业计划的制定、产品开发方案制定、员工招收与工资水平、更新设备的选择等方

面的决策等均属此类。战术决策旨在实现组织内部各个环节活动的高度协调和资源的合理利用，以提高经济效益和管理效能。它不直接决定组织的命运，但其正确与否，也将在很大程度上影响组织目标的实现程度和工作效率的高低。

(3) 业务决策又称执行性决策，是日常活动中有关提高效率和效益的决策，一般由中、基层管理者做出。例如生产管理、销售管理、劳动力调配、个别工作程序和方法的变动、企业内的库存控制、材料采购等，均属此类。

以上三类决策的重要性不同，各级领导层应有所侧重。高层领导者显然应侧重于战略性决策，并吸收部分中层和基层领导者参加；中层领导者应侧重于战术性决策；而基层领导者则侧重于业务决策。

3. 按决策所要解决的问题的重复程度来划分，可分为程序化决策和非程序化决策

(1) 程序化决策是按原来规定的程序、处理方法和标准去解决管理中经常出现的问题，又称常规决策、重复性决策、例行决策。这类决策问题比较明确，有一套固定的程序来处理，如任务的日常安排、常用物资的订货与采购、定期的会计与统计报表的编制和分析等，均属此类。程序化决策所涉及的变量比较稳定，可以预先建立数学模型，编成计算机处理程序，由计算机辅助做出决策。在管理工作中，约有80%的决策属于程序化决策。

(2) 非程序化决策是解决以往无先例可循的新问题，具有极大的偶然性和随机性，很少发生重复，又称非常规决策、例外决策。其决策步骤和方法难以程序化、标准化，不能重复使用。战略性决策一般都是非程序化的，例如，新材料和新生产方法的采用、企业的合并、重组等问题。由于非程序化决策需要考虑内外部条件变动及其他不可量化的因素，除采用定量分析外，决策者个人的经验、知识、洞察力和直觉、价值观等因素对决策都有很大的影响。

4. 按决策问题的可控程度来划分，可分为确定型决策、风险型决策和不确定型决策

(1) 确定型决策是指决策所面临的条件和因素是确定的，每一个方案只有一种确定的结果。如把资金存入银行，利率根据存款期限长短是固定的。在实际工作中，确定型决策是比较少见的。

(2) 风险型决策也称随机决策，即决策方案未来的自然状态不能预先肯定，可能有几种状态，但每种自然状态发生的概率可以做出客观估计，所以不管哪个决策方案都有一定的风险。这类决策的关键在于衡量各备选方案成败的可能性(概率)，权衡各自的利弊，做出选择。

(3) 不确定型决策所面临的条件和因素是不确定的，决策者不知道有多少种自然状况，即使知道，也不能知道每种自然状态发生的概率。在这种类型的决策中，每一种行动方案的结果是不可知的，也无法确定其概率。例如，我国上市的股份有限责任公司的股票市场价格受到多种因素(包括国家政策、供求关系、股民心理、公司的前景、股票每股税后利润

和每股净资产的多少等)的影响，投资者无法确定一年后股票价格变动幅度和变动方向。

5. 按决策的主体分，决策可分为群体决策和个人决策

群体决策是由一个或几个群体来完成的决策。由于决策是一件非常复杂的工作，大部分的决策都是由一个或几个群体来完成的。个人决策是由一个决策者完成的决策。群体决策与个人决策各有其优缺点，在决策过程中，应根据问题的性质来确定决策的方式。

6. 按决策需要解决的问题来划分，决策可分为初始决策和追踪决策

初始决策是指组织对从事某种活动或从事该种活动的方案所进行的初次选择。追踪决策则是在初始决策的基础上对组织活动方向、内容或方式的重新调整。如果说初始决策是在对内外环境某种认识的基础上做出的话，追踪决策则是由于这种环境发生了变化，或者是由于组织对环境特点的认识发生了变化而做出的。显然，组织中的大部分决策当属追踪决策。

三、决策在管理中的重要地位

1. 决策是管理的基础，决策贯穿于组织管理的全过程与所有方面

首先，一切管理职能中都渗透着决策职能。在组织管理过程中，每个管理活动要发挥作用都离不开决策，无论是计划、组织职能，还是领导、激励、沟通、控制及创新等职能，其实现过程都需要决策。没有正确的决策，管理的各项职能就难以充分发挥作用。其次，决策贯穿着管理的始终，在每一次管理循环中都自始至终离不开决策。

2. 决策是管理者的首要工作

一切管理者都是决策者，决策不仅仅是"上层主管人员的事"。上至国家的高级领导者，下到基层的班组长，均要在自己的职责范围内做出决策、实施决策，只是决策的重要程度和影响的范围不同而已。在实际管理工作中，决策作为主管人员的首要工作已得到普遍验证。研究表明，基层管理者每天约 80 个问题有待处理，每解决一个问题就要作出一个决定，即进行一次决策。越是往管理的上层推进，决策的数量就会越少，但是难度也会越大。因此，管理者首先必须具备的能力就是决策能力，一个管理者所处的层次越高，其所应具备的决策能力就必须越强。

3. 决策的正确与否决定着组织行动的成败

决策正确能指导组织沿着正确的方向、合理的路线前进，可以提高组织的管理效率和经济效益，使组织兴旺发达；决策失误会使组织走向错误的道路，影响使组织的正常发展，降低组织的发展速度，甚至会给组织带来灾难性的损失。因此，对每个决策者来说，如何使决策做得更好、更合理、更有效率。因而，改进管理决策、提高决策水平应当成为各级主管人员经常注意的重要问题之一。

专栏 4-2　克莱斯勒(Chrysler)汽车公司的兴衰

克莱斯勒汽车公司成立于 1923 年，是美国一家实力雄厚的老牌垄断企业。进入 20 世纪 70 年代以来，经营形势每况愈下。1970 年到 1978 年竟有四年亏损。为了扭转经营形式，克莱斯勒汽车公司聘请福特汽车公司总经理李•艾阿科克(Lee Iacoca)就任总经理，并赋予他极大的经营自主权。艾阿科克就任总经理后，立即采取了重要的改革举措。对公司中高级管理人员调整，撤换 24 名高级经理。公司不惜拨出重金，聘请能人游说国会，争取政府在财政、贷款方面对公司的支持。公司决策层仔细分析其产品结构，认为微型汽车的比重过大(而美国微型汽车的销售比重也只占 16%)，决定增加高档汽车的比例，开发新型折蓬汽车，在高级汽车上安装电脑设备。通过报纸、杂志和电视加大对公司产品的宣传力度。之后，克莱斯勒汽车公司取得了巨大的成功。

点评：克莱斯勒公司的成功之处在于认识到经营决策和经营决策人才的重要性，通过引进不同风格的经理人才和调整公司决策层，使企业摆脱过去的经营方式，从而使企业在重大经营问题的决策方面有了转机。(资料来源：编者根据相关资料编写整理)

四、科学决策的原则

1. 系统原则

系统原则是科学决策应有的思维内容。管理决策必须进行系统的思考，把要解决的问题看作是一个系统，这个系统是由若干个相互关联的子系统组成的。而决策本身又是更大系统中的一个子系统，因而不能单一、孤立地去处理问题。

系统性客观上要求决策应达到整体化、综合化、最佳化的要求。整体化要求决策不能只从事物的某一部分、某一指标去考虑问题，而必须从整体出发，从全局出发，全面考虑系统与系统之间、系统与子系统之间的相互联系和相互作用，正确处理好部门利益和整体利益的关系。综合化要求对决策的各项指标和利害得失进行全面衡量、综合分析，不仅要分析决策对象，也要分析决策对象和社会其他系统的相互作用和相互关系。最佳化要求决策者在动态中去调整整体与部门的关系，使部门的功能和目标服从于系统总体的最佳目标，使系统达到总体最优。

2. 满意原则

所谓"满意原则"就是指在一定的内外环境条件下，对各种方案进行技术、经济、社会的综合比较，依据"技术先进、经济合理、实施可行、政策允许"的评价标准选择出满意的方案。

一些组织在选择决策方案时，常常容易犯两种极端性错误：一是片面认为决策方案应是最佳方案，不是最佳方案就不能选择。二是片面认为，既然难以选择出最佳方案来，那么，随意选择一个决策方案就算了，这些都是不可取的。

由于组织处在复杂多变的环境中，决策者对未来一个时期做出"绝对理性"的判断时必须具备以下条件：决策者应掌握一切相关信息；决策者对未来的外部环境和内部条件的变化能准确预见；决策者对可供选择的方案及其结果完全知道；决策不受时间和其他资源的约束。显然，这四个条件对任何决策者，无论是个人还是集体，也不论其素质有多高，都不可能完全具备。因此，决策就不可能避免一切风险，就不可能利用一切可以利用的机会去实现"最优化"，而只能要求是"令人满意"的，或"较为适宜的"。任何一项决策方案，都不能使人达到百分之百的满意，就一项决策而言，如能达到相对满意，利大于弊就算可以了。

3. 信息原则

信息在决策中的作用非常重要，它是决策者进行科学决策的基础和前提。没有准确、全面、有效和及时的信息，决策就是无水之源，无本之木。管理决策的信息原则是指决策者要进行科学的决策，首先就必须通过调查研究和各种其他渠道获取大量的、准确的、全面的、系统的、有效的和及时的信息，在占有信息的基础上，运用科学的方法和手段加工、处理、分析、评价信息，为科学决策服务。

管理决策对信息的要求是全面、及时、准确、有效。所谓"全面"就是要收集和掌握决策所需要的全部信息。如果是国家或地区战略决策，则要求有各方面、较长时间的信息，至少应该包括上级有关指示、综合国情国力、地区优势和制约因素、预测结论、历史资料等；如果是企业经营决策，则要求有市场、技术、资源、人才、发展趋势等。所谓"及时"，就是所有信息必须在尽可能短的时间内进入决策活动，要不失时机、灵敏地为决策提供信息，并利用时间差，获得有价值的时效。所谓"准确"，它强调信息是真实表征了事物的客观运动规律和变化情况，否则将严重影响决策的科学性。如果是一条虚假的信息，则比没有信息更糟。所谓"有效"是指信息对决策有帮助、有作用，使决策更科学。

在正常情况下，决策的科学性、准确性与决策所需信息的质量和完整性成正比。信息越全面、越及时、越准确、越有效，决策的基础就越坚实，决策过程中的思维广度和深度就越大，决策的科学化程度就越高。从某个意义上讲，决策过程实际上是一个信息的收集、加工、分析、评判和转换的过程。

4. 环境原则

决策者在进行管理决策时离不开对决策环境的分析、判断和利用。因为管理决策是按管理决策目标来进行的，而管理决策目标的确定是依据事物所处的内外环境条件来考虑的。外部环境是决策者无法控制而只能去适应的环境，对决策有两类作用：为决策提供机会或者对决策造成威胁。内部条件是决策者可以控制的环境因素，包括决策者的使命、组织的人力、物力、财力、信息、技术资源条件等。

管理决策的环境原则告诉决策者：决策活动受制于内外环境条件，决策活动要充分利用内外环境条件，主动适应内外环境条件。除重视硬环境条件因素外，更应高度重视软环境条件因素对决策结果的影响。

5. 可行原则

管理决策的可行原则主要用于决策方案的评价阶段，这是一个十分重要的决策原则。如果说一个决策从"问题的发现"、"目标的确定"到"方案的拟订"都满足管理决策的系统原则、满意原则、信息原则、环境原则，还不能说决策就是科学的，最多也只能说在理性思维方面是科学的。管理决策是一个需要实践的活动过程，决策不去实践，不去接受实践的检验，就不是真正的决策。因此，管理决策的科学性就必须符合"可行原则"。

管理决策的可行原则是指：决策方案可以在实践中付诸行动。为此应当从"技术先进、经济合理、实施可行、政策允许、方案可比"五项准则上对方案进行全面的可行性评价并给出结论。

6. 动态原则

管理决策的动态原则又称管理决策的变化原则，它告诉决策者在进行决策时一定要有动态的观念、变化的观念，而不能用固定的、一成不变的观念去决策。

事物永远在运动、在变化，这是自然界的普遍规律。由于决策总是在行动之前做出，那么，变化的世界、变化的内外环境条件就成为决策的不确定因素，给决策带来风险性，这是决策者在决策时必须重视的问题。

决策者树立了管理决策的动态原则思想后，决策时就会考虑未来可能给决策带来的有利或不利影响，做好多个预备方案的拟订、评审、排序工作，一旦情况发生变化，就可主动调整、更换决策方案，使决策工作更具有适应性。决策的动态原则还要求决策者懂得：决策方案一经选定就不要轻易变更；但变化了的环境条件迫使方案更改时，要做好各项耐心细致的说服工作和准备工作，使决策方案的调整让更多执行者、贯彻者顺理成章地接受并照办。

7. 民主原则

管理决策的民主原则要求决策者在决策活动中的每个阶段有民主意识、群众意识，听取群众的意见；同时，要求决策者要发扬民主作风，善于集中群体的经验和智慧。

坚持管理决策的民主原则是决策必须遵循的一条重要原则。随着社会的发展，决策的难度越来越大，组织面临的环境越来越复杂多变，决策所涉及的专业领域和知识范围往往超出个人能力驾驭的范围，要做出一个令人满意的正确决策，单靠决策者个人的智慧和力量是远远不够的。决策者决策时，必须借助众人智慧，充分发挥和领导群体中每个成员的作用，广泛听取有关专家和群众的意见。所以，决策逐渐由个人决策发展为集体决策乃至集团决策。集团决策既不是简单地集体讨论决定，也不是少数服从多数，而是根据科学决策的程序，由决策的决断机构根据决策的信息机构提供的信息，根据参谋咨询机构提供的可选方案，采用科学的决策方法，遵循若干决策原则做出决策。

专栏4-3 通用电器公司的"群策群力"会议

通用电器公司前总裁韦尔奇在20世纪80年代后期发起了"群策群力"(Work-Out)活动,意在集中公司内外、上下各方面的智慧,培植、收集和实施好点子。

"群策群力"的运作方式是员工的一种座谈会,邀请大约几十名到100名员工参加,聘请公司外部的专业人员如大学教授来启发和引导员工进行讨论,而员工的上司并不在场。

有了"群策群力"会议,许多技术与管理上的问题可能会在平等而热烈的争论中得以迅速解决。通过"群策群力"计划,员工从中得到了许多宝贵的意见和建议,为公司创建了一种能够平等交流与沟通的文化。

点评:发动员工参与决策才能更好地决策。(资料来源:编者根据相关资料编写整理)

8. 创新原则

决策是一种创造性劳动,是一种充分发挥决策者、参与者、关心者聪明才智的创造性劳动。决策之所以可贵,贵在创新。外部环境和内部条件的变化使决策者面对越来越激烈的竞争态势,靠保守和墨守成规很难做出具有时代性的、科学性的决策。决策者的决策只有不断创新,锐意进取,才能开创新的局面。

管理决策的创新原则就是指在管理决策活动的全过程中,以新的思想为指导,创造出不同于过去的新方案、新思路、新方法,使决策结果以新取胜、以奇取胜。这要求决策者在决策的内容、步骤、方法、方案和政策措施上要敢于提出独到的见解,敢于采用新方法,这是时代发展的内在要求。

管理决策的创新应注意如下几个方面:一是在管理决策全过程中充分发挥"创新"思维,特别是在"决策目标"和"方案拟订"阶段更应重视创新活动的开展;二是注意创新与维持相协调。维持是创新的基础,创新是维持的发展;维持是为了实现创新的成果,创新为维持提供更高的起点;维持使决策保持稳定,创新使决策具有适应性。三是在创新中注意统一性和灵活性相结合。四是创新具有风险,应该允许有缺陷。只有人们不断地用创新思维去修正缺陷,完善方案,才会产生新的决策方案。

9. 时机原则

中国有句古话:"机不可失,时不再来。"也有古人曰:"先之则不过,后之则不及。"这说明决策必须掌握适当的时机。决策者所掌握的各种信息绝非唯我独有,时机成熟了,决心仍摇摆不定、行动仍迟疑不决时,别人就可能先期登峰。不管什么行业的决策者,抓不住恰当的时机等于葬送正确的决策。

管理决策的时机原则主要是告诫决策者:审时度势是管理决策工作的第一要义。审时就是审察时机,是确定事物必要性的先决前提;度势就是把握形势,了解自己所处的环境,权衡自己所具有的优劣,从而决定自己能否有所作为,何时作为,如何作为。

第二节 决策的过程及其影响因素

一、决策的程序

科学决策是一个动态的系统反馈过程，包括了一定的步骤和程序，由于客观世界的复杂性，决策的具体过程不可能全都相同，但在实践经验的基础上，具体可将决策过程划分为七个步骤，如图4.1所示。

1. 提出问题

决策是为了解决管理过程中产生的问题或找到新的机会，决策者必须知道哪里需要行动，从而首先应当诊断和确定问题的所在，即问题是什么。只有确切地找出问题及产生问题的原因，才能确定决策的目标。只有当客观存在的问题能被人们清楚明白地表达出来时，才能构成决策问题。那些大量的、尚未被人们认识的主客观之间的矛盾还不能成为决策问题。明确决策所要解决的问题是进行决策的首要任务。如果问题确定错了，那么，在以后的分析和选择方案中无论做何种努力，也无法达到预期的目标，解决不了问题。

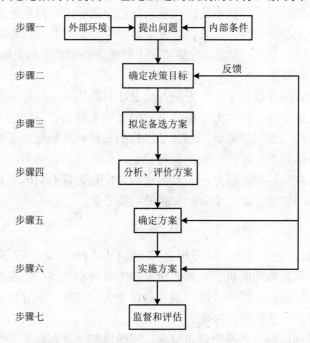

图 4.1 决策的程序

信息是做出决策的原动力。没有信息就无法做任何决策。当问题确定后，必须收集和分析有关信息，也就是进行情报活动。在收集和分析有关的信息时，应尽可能把注意力集中在相关的和重要的信息上。管理者通常密切关注与其责任范围有关的各类信息，包括外部的信息和报告以及组织内的信息。虽然信息越多越能够了解问题的各个方面，但太多的信息可能分散决策者的注意力，并且在搜集和处理信息时费时费力。

2. 确定决策目标

合理的目标是科学决策的前提。决策目标的形成、目标的大小与决策者对目标的认识都会影响决策的顺利进行。提出目标是一切决策的起点，对诸多的决策问题进行分析、研究、归纳，开发出它们共同的本质，这就构成了决策目标。所以，决策目标是决策问题本质的概括与抽象。

目标的确定一是要力求准确；二是要具体，尽可能量化，否则会给抉择方案带来困难。一般而言，目标有三个特点：可以计量其成果；可以规定其时间；可以确定其责任。

否则，目标至少是模糊的。在这一步骤中需要采用"调查研究"与"预测技术"这两种科学方法。另外，决策目标往往不止一个，而且多个目标之间有时还会有矛盾，这就给决策带来了一定的困难，所以还要处理好多目标的问题。

3. 拟定备选方案

在决策目标确定之后，决策活动必然进入到下一程序，即拟定解决问题的备选方案。对于任何一项行动来说，都有多种可行的方案存在。每个管理者都应记住一句格言："如果事情似乎只有一种方法去做，那么这种方法通常是错误的，也是危险的。"

备选方案的提出需要决策者丰富的想象力、创造力和完善的技术知识。可广泛地运用智囊技术，如"头脑风暴法"、"哥顿法"等激发人的创造性，相互启发，集思广益。在这一过程中，决策分析人员还要运用现代科学理论与技术对各种方案进行详细的技术设计与定量的论证，拟定出在各种条件下的最佳对策。必要时，还要利用模型进行模拟实验，以便增强决策方案的科学性。在决策方案中，还应把附有价值分析、可行性分析、经济效益分析、潜在问题分析、应变措施、技术评估、风险度分析等的文件提供给决策者。应当指出，所得到的决策方案是根据某些特定的约束条件得到的，必须连同相应的约束条件一起提供给决策者。

4. 分析、评价方案

在拟订方案阶段得到的备选方案不止一个，是多个可行方案。根据目标的价值准则衡量，必然存在较好的一个方案。在不同的方案中，绝对最优是很难寻觅的，在多数情况下，"令人满意"就是一条适用的标准。因此，方案选择的最终结果并不是最优方案，而是根据决策目标的价值准则选择出的"满意的可行方案"。在比较各备选方案时，应根据所要解决问题的性质，采用定量分析和定性分析相结合，考虑决策的目标、组织的资源和方案的可行性，对各备选方案的优劣进行综合评价，并初步确定各方案优劣顺序的排列。

评价分析不仅工作量相当大，而且难度较大。它需要具有高度分析能力的分析人员经过辛勤、长期的工作，才能分析、解决决策中各种各样的具体问题。有时常常要借助专门机构来完成，这种机构被称为"智囊团"或决策者的"外脑"。

在管理问题决策中，方案评估的标准包括方案的作用、效果、利益、意义等，应具有技术可能性和经济合理性，既要测算其预期效果，衡量其实现决策目标的程度，又要显示其可能产生的不良后果和潜在问题，否则是不全面的；同时，以"满意"标准代替"最优"标准。在复杂的决策问题中，评价所有的可行方案并不现实，因为决策者由于认识能力、信息资料等限制，也不可能做到对所有可行方案及其后果都无所不知。因此，方案选择中宜采取"有限合理原则"。

5．确定方案

这一步骤是从备选方案中选择一个最可能解决问题的方案，是决策者对方案进行"拍板定案"的工作。管理者从备选方案选择一个合理的方案，有三种基本方法：经验判断法、试验法以及研究和分析法。

(1) 经验判断法是依靠决策者的经验进行判断、选择决策方案的一种方法。经验是一种实践性的知识，不管是成功的经验，还是失败的教训，管理者若能够恰当地对待，都是有用的。特别是在进行某些常规的、例行的决策，经验能够起很大的作用。但是，对于许多决策者来说，仅凭过去的经验是不行的。因为，一方面，多数人难以从过去的经验中吸收其中的精华；另一方面，老经验不一定完全适用于新问题，新的问题具有新的特点，解决的方法也不一样。

(2) 试验法是在决策中——特别是新方法的采用、新产品的试销、新工艺的试验等决策中——常采用的一种选择决策方案的方法。但试验法也有其局限性：首先，往往要支付较昂贵的费用；其次，并非所有的方案都能试验；再次，许多决策常常需要及时做出，没有时间进行试验；最后，从试验得出的可行方案未必能够适应于未来的环境。

(3) 研究和分析法是通过对问题进行分析，特别是借助运筹学、计算机等手段，对解决问题的方案进行模拟、假设变量、建立数学模型，运用定量和定性分析法对各种可行方案进行论证。

6．实施方案

方案的实施是决策过程中非常重要的一步。如果没有把决策的方案付诸实施，则与没做出决策是一样的；如果不能有效地执行，则再好的方案也无法达到预期的目标。

方案选定以后就可以制定实施方案的具体措施和政策。根据实施中可能遇到的问题以及相关组织(如竞争对手)可能采取的措施等制定相应的对策，以保证决策顺利实施。在实施过程，还要建立信息反馈机制，将每一局部过程的实际效果同预期目标进行比较，发现差异，查明原因，采取必要措施，保证决策目标的实现。

7. 监督和评估

一个方案可能涉及较长的时间，在这段时间，形势可能发生变化，而初步分析建立在对问题或机会的初步估计上，因此，管理者对方案要不断地进行修改和完善，以适应变化了的形势。同时，连续性活动因涉及多阶段控制而需要定期的分析。

由于组织内部条件和外部环境的不断变化，管理者要不断修正方案来减少或消除不确定性，定义新的情况，建立新的分析程序。具体来说，职能部门应对各层次、各岗位履行职责情况进行检查和监督，及时掌握执行进度，检查有无偏离目标，及时将信息反馈给决策者。决策者则根据职能部门反馈的信息及时追踪方案实施情况，对与既定目标发生部分偏离的，应采取有效措施，以确保既定目标的顺利实现；如果对客观情况发生重大变化、原先目标确实无法实现的，则要重新寻找问题或机会，确定新的目标，重新拟定可行的方案，并进行评估、选择和实施。

从上述决策的过程可以看出，从问题的提出到问题的解决，完成了一个决策的循环。研究决策的程序主要是给决策者提供大致的决策思路，使之掌握科学决策过程需要经过的几个阶段，特别是重大决策，不要随意跳过某些必要的阶段。同时，也应强调在实际决策中，不能将这些步骤看成死板的公式，有时过分拘泥于步骤去做，反而会影响决策的效率。

二、影响决策的因素

在决策过程中，影响决策的因素有很多，但主要的因素可以归纳为以下几类。

1. 环境因素

组织总是处于一定环境条件下，其决策行为不能不考虑环境因素的影响。环境因素对决策活动有广泛的影响，它左右决策目标的提出、限制探索的范围，约束决策方案的选择，并且作用于决策的执行。环境从以下两个方面对决策施加影响：

(1) 环境的特点影响着组织的活动选择。例如，对企业来说，如果市场相对稳定，则今天的决策基本上是昨天决策的翻版与延续；而如果市场急剧变化，则需要经常对经营方向和内容进行调整。处在垄断市场上的企业，通常将经营重点放在内部生产条件的改善、生产规模的扩大以及生产成本的降低上；而处在竞争市场上的企业，需要密切关注竞争对手的动向，不断推出新产品，努力改善促销宣传，建立健全销售网络。

(2) 对环境的习惯反应模式也影响着组织的活动选择。对于相同的环境，不同的组织可能做出不同的反应。而这种调整组织与环境关系的模式一旦形成，就会趋于稳固，限制着决策者对行动方案的选择。

2. 组织文化

组织文化是组织成员所广泛接受的价值观念，以及由这种价值观念所决定的行为准则和行为方式，它制约着组织及其成员的行为。在一个组织文化的长期熏陶下，决策者的思维方式、对事物所持的态度等诸多方面一般都会打上组织文化的烙印。例如，过去决策的经验和方式可能会制约现在的决策。再如，决策者本人及其组织成员对待变化的态度会影响到方案的选择与实施。在偏向保守、怀旧、维持的组织中，人们总是根据过去的标准来判断现在的决策，总是担心在变化中会失去什么，从而对将要发生的变化产生怀疑、害怕、抗御的心理与行为；相反，在具有开拓、创新精神的组织中，人们总是以发展的眼光来分析决策的合理性，总是希望在可能发生的变化中得到什么，因此渴望变化、欢迎变化、支持变化。很明显，欢迎变化的组织文化有利于新方案的通过与实施；而抵御变化的组织文化不利于那些对过去做重大改变的方案的通过，即使决策者费尽周折让方案勉强通过，也要在正式实施前，设法创建一种有利于变化的组织文化，这无疑增加了方案的成本。

3．决策者

决策者是影响决策过程的关键因素。决策者对决策的影响，主要是通过决策者的知识、心理、观念、能力等各种因素对决策产生作用。这就是说，决策的过程就是对决策者的一种全面的检验。

在决策时，无论是确定目的还是选择手段，都要对各种目的和手段进行比较。为了全面决策，还需要全面预测，而全面预测要求收集全面的情报和掌握全面的知识。在决策时，决策者还需要调动心理因素，克服各种心理障碍。此外，决策者还必须具备承担决策风险的心理承受能力。因为任何决策都在不同程度上带有一定的风险，组织及其决策者对待风险的不同态度会影响决策方案的选择。愿意承担风险的决策者通常会在被迫对环境做出反应之前就已采取进攻性的行动，并经常进行新的探索；而不愿意承担风险的决策者，通常只对环境做出被动的反应，并习惯于过去的限制，按过去的规则策划将来的活动。对于决策者，行使决策职能经常会受到自身的知识条件、心理条件和其他一些能力条件的限制，所以，管理者在学习决策的过程中，尤其要注意提升自身的知识水平和心理素质。

4．其他有关人员

影响决策的最主要因素是决策者，即决策者的偏好与价值判断、悲观与乐观、知识与经验、习惯、个性责任与权力等。但是，决策并非决策者个人的主观行为，它还受到来自各方面人员的影响，其中包括决策者上级、下属、同事、有关监督人员、观察人员等。

决策者的上级对决策的影响程度和态度、决策者对该项决策的权力和责任是否一致、决策是作为个人决策还是由集体共同决策等都会影响有关决策行动。决策者的同事及下属在决策中的影响主要体现在决策方案的提出阶段。能否激发决策群体的创造性和想象力、充分考虑各种可行方案是实现决策全面性优化的关键。监督及观察人员对决策的影响则主要体现在方案实施后的调整中。此外，决策者在做出决策时，往往会考虑组织中有关人员的看法，从而改变和修改计划，特别是在群体决策中，每个人的地位不一样，地位较高、权力较大的决策者对决策过程有较大的影响。

第三节　决策的一般方法

决策过程的每一个阶段和步骤都需要运用许多方法，包括各种预测方法。现代决策的具体方法很多，概括起来有两类，即定性决策方法和定量决策方法。定性决策方法也称"软方法"，是指运用社会科学方面的方法，采取一些有效的组织形式充分发挥人的智慧和创造力，使某些决策更加准确有效的方法，如专家会议法、头脑风暴法等。定量决策方法也称为"硬方法"，是指决策时采用基本属于自然科学方面的方法，是现代迅速发展起来的数学化、模型化、计算机化的方法。同时，在决策过程中，人们还采用某些"软""硬"结合的综合方法，如系统分析法和系统设计等。

一、定性决策方法

所谓"定性决策方法"是指凭借经验、逻辑思维等方式对所分析、研究和评价的问题进行描述性说明；试图用因果、并行关系去描述被研究对象间的关系和规律，以便为决策者服务。现代最常用的定性决策方法有：

(1) 经验判断法是指凭借决策者的经验和智慧，运用正确的思维方法，对已掌握的情报、信息和对未来有根据的综合分析判断，直接选取某一最佳方案。这种方法容易犯经验主义错误。

(2) 逻辑推理法是指运用事实去证实大前提、小前提的正确性，然后推理得出逻辑结论。这是一种科学的思维方法，决策中常常用到。

(3) 实验与模拟方法是指决策方案拟订后，通过小范围内的实施，以有形的结果考察方案的实际效果。

(4) 智囊技术，就是充分发挥专家、学者的作用，让他们参与决策，以保证决策的科学性和正确性，包括专家会议法、德尔菲法(Delphi Technique)等。

下面介绍专家会议法和德尔菲法。

1．专家会议法

根据规定的原则选定一定数量的专家，按照一定的方式组织专家会议，发挥专家集体的智能结构效应，对预测对象未来的发展趋势及状况做出判断。

运用专家会议法，必须确定专家会议的最佳人数和会议进行的时间。专家小组规模以10—15人为宜，会议时间一般以进行20—60分钟效果最佳。会议提出的设想由分析组进行系统化处理，以便在后继阶段对提出的所有设想进行评估。

专家会议的参加人选应按下述三个原则选取：

(1) 如果参加者相互认识，则要从同一职位(职称或级别)的人员中选取，领导者不应参加，否则可能对参加者造成某种压力。

(2) 如果参加者互不认识，则可从不同职位(职称或级别)的人员中选取。这时，不论成员的职称或级别的高低，都应同等对待。

(3) 参加者的专业应力求与所论及的预测对象的问题一致。

专家会议有助于专家交换意见，通过互相启发，可以弥补个人意见的不足；通过内外信息的交流与反馈，产生"思维共振"，进而将产生的创造性思维活动集中于预测对象，在较短时间内得到富有成效的创造性成果，为决策提供预测依据。然而，专家会议法也有一些弊端：由于参加会议的人数有限，因此代表性不充分；受权威的影响较大，容易压制不同意见的发表；易受表达能力的影响，而使一些有价值的意见未得到重视；由于自尊心等因素的影响，使会议出现僵局；易受潮流思想的影响。

专家决策咨询会、头脑风暴法、哥顿法等就是专家会议预测法的具体运用。

1) 专家决策咨询会

专家决策咨询会的做法是：第一，由管理决策部门的有关机构在调研基础上提供一套决策咨询纲要，纲要的内容至少包括调查的基本素材、存在问题的简述、决策目标的选定思路、对决策方案的基本要求和其他事项说明。第二，提前半个月(大的决策应至少提前半年)将决策咨询纲要寄发给每一位专家；各位专家在收到决策咨询纲要后，按要求开展自己独立的调查和分析，并就纲要内容写出自己的书面材料。第三，在规定时间通知各位专家带上自己的材料参加决策咨询会。第四，会议主持人向参会专家说明会议要求和纪律，设置专门的记录人员和接待人员，主持人必须也做记录(包括发言、问题的提炼和创意设想)。第五，主持人就决策咨询会做出明确结论和说明。第四五项可以重复多次。

专家决策咨询会的好处是：事前充分准备好咨询纲要，内容明白，不同观点交流有助于互相启发从而完善决策内容。不足是：由于观点不一，有些意见不能充分表现，易产生专家之间的交流障碍。这种方法的优缺点都较明显，这就要求主持人头脑清晰，判断敏锐，能控制局面，善于归纳，抓住闪光点，诱导启发。可见，这种方法对主持人的素质要求很高。

2) 头脑风暴法

头脑风暴法(Brain Storming)是由亚历克斯·奥斯本(Alex Osborn)为了帮助一家广告公司产生观点而制定的。这种方法问世后，被广泛应用到许多需要大量新方案来回答某一具体问题的场合。这是用小型会议的形式，启发大家畅所欲言，充分发挥创造性，经过相互启发，产生连锁反应，通过集思广益，提出多种可供选择的方案。这种方法需要创造一种有助于观点自由交流的气氛，开始只注重提出尽可能多的设想，并且不过多地考虑其现实性，某些人提出一些想法后，鼓励其他人以此为基础或利用这些想法提出自由的设想。通过这种方法找到新的或异想天开的解决问题的方法。

头脑风暴法成功的关键在于：一是选择好会议参加者；二是要有高明、机敏的主持人；三是创造一个良好的环境，任何人提出的任何意见都要受到尊重，不得指责或批评，更不能阻挠发言。

3)　哥顿法

哥顿法是由美国人哥顿(William J. J. Gordon)为了解决技术问题而拟定的一种方法。它也是以会议形式请专家提出完成工作任务和实践目标的方案，但要完成什么工作、目标是什么，只有会议主持人知道，不直接告诉与会者，以免他们受到完成特定工作和目标、思维方式的束缚。因此，可以把它看成是一种特殊形式的头脑风暴法。

具体做法是：召集有关人员开会，会议之初主题保密，把要解决的问题分解开，分别提方案。如想要设计新的剪草机，就让大家对"切东西"并"分离"各提出方案。在会议进行到适当时机时，主持人把主题揭开，让大家提出完整的方案。

这种研究方法采取的是由专业化到综合化的过程，采用这种方法可以避免一开始就综合化的某些弊端。

2. 德尔菲法

德尔菲法(Delphi technique)又称专家意见法，1946年，美国兰德公司(Rand Corporation)首次用这种方法来进行预测，后来该方法被迅速广泛采用。

德尔菲的具体实施步骤如下：

(1)　组成专家小组。按照课题所需要的知识范围确定专家。专家人数的多少可根据预测课题的大小和涉及面的宽窄而定，一般不超过20人。

(2)　向所有专家提出所要预测的问题及有关要求，并附上有关这个问题的所有背景材料，同时请专家提出还需要什么材料。然后，由专家做书面答复。

(3)　各个专家根据他们所收到的材料提出自己的预测意见，并说明自己是怎样利用这些材料并提出预测值的。

(4)　将各位专家第一次判断意见汇总，列成图表，进行对比，再分发给各位专家，让专家比较自己同他人的不同意见，修改自己的意见和判断。也可以把各位专家的意见加以整理，或请身份更高的其他专家加以评论，然后把这些意见再分送给各位专家，以便他们参考后修改自己的意见。

(5)　将所有专家的修改意见收集、汇总，再次分发给各位专家，以便做第二次修改。逐轮收集意见并为专家反馈信息是德尔菲法的主要环节。收集意见和信息反馈一般要经过三四轮，在向专家进行反馈的时候，只给出各种意见，但并不说明发表各种意见的专家的具体姓名。这一过程重复进行，直到每一个专家不再改变自己的意见为止。

(6)　对专家的意见进行综合处理。

专栏 4-4　兰德公司的德尔菲法

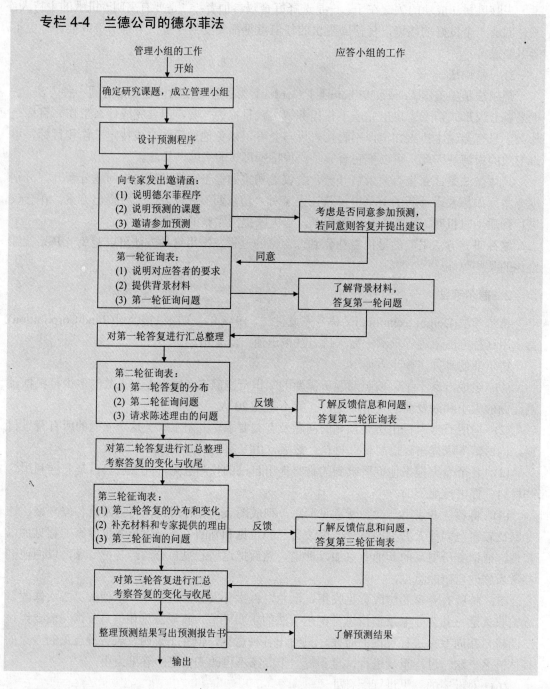

德尔菲法采用匿名发表意见的方式，即专家之间不得互相讨论，不发生横向联系，只能与调查人员发生联系。通过多轮次调查专家对问卷所提问题的看法，经过反复征询、归

纳、修改，最后汇总成专家基本一致的看法，作为预测的结果。这种方法具有广泛的代表性，较为可靠。

德尔菲法与常见的召集专家开会、通过集体讨论得出一致预测意见的专家会议法既有联系又有区别。德尔菲法能发挥专家会议法的优点：能充分发挥各位专家的作用，集思广益，准确性高。能把各位专家间意见分歧点表达出来，取各家之长，避各家之短。

同时，德尔菲法又能避免专家会议法的缺点。德尔菲法的主要缺点是过程比较复杂，花费时间较长。

二、定量决策方法

定量决策法是利用一定的数学模型，通过定量分析技术与计算来选择最优方案的方法，它属于"硬方法"，人们也往往直接称之为数学方法。具体的定量方法很多，主要可分为确定型决策方法、风险型决策方法、不确定型决策方法和多目标问题决策分析方法等。

1. 确定型决策方法

所谓确定型决策也就是在进行这类决策时，决策者对未来情况已有完整的资料，没有不确定的因素。在确定型决策下，决策方案的选择简化为对每一个方案结果值进行直接比较的过程。一般常用的决策方法有：线性规划、盈亏平衡分析、非线性规划、整数规划、动态规划、投入产出数学模型、确定型储存技术、网络分析技术等。

1) 线性规划法

线性规划用于企业经营决策，实际上是在满足一组已知的约束条件下，使决策目标达到最优。也就是在满足一组约束条件下，求目标函数的最大值(或最小值)的问题。它是一种为寻求单位资源最佳效用的数学方法，常用于组织(企业)内部有限资源的调配问题。如在有限资源条件下，确定生产产品的品种、数量，使产值或利润最大；在物资调配时，如何决定产地和销地之间的运输量，既满足需求，又使得运费最少；在一定库存条件下，确定库存物资的品种、数量、期限，使库存效益最高；在食品、化工、冶炼等企业，常常用几种原料，制成达到含有一定成分的产品，确定各种原料的选购量，使得成本最小等。

线性规划可用图解法、代数法、单纯形法等方法求解，在变量多时可利用计算机求解。

【例 4-1】　某公司生产 A、B 两种产品，在生产过程中主要受到劳动力和原料这两种资源的限制，其基本参数见表 4.1。应如何安排这两种产品的日产量，使企业利润最大？

表 4.1　A 产品和 B 产品的基本参数值

投入要素	每天能取得的总量	单位产品需要量	
		A 产品	B 产品
劳动力(个)	100	0.2	0.4
原料(公斤)	900	1	4
单位利润(元)		2	3

解：

设 X_1 为 A 的日产量，X_2 为 B 的日产量。则该决策问题的目标函数与约束条件分别如下：

目标函数：$MaxZ=2X_1+3X_2$

约束条件：$0.2X_1+0.4X_2 \leqslant 100$

$\qquad\qquad X_1+4X_2 \leqslant 900$

$\qquad\qquad X_1 \geqslant 0, \ X_2 \geqslant 0$

可利用代数法对上述线性规划问题进行求解，得 $X_1=100$，$X_2=200$，$MaxZ=800$。

即该公司每日应当生产 A 产品 100 件，B 产品 200 件，使利润达到最大值 800 元。

2) 盈亏平衡分析

盈亏平衡分析也称量本利分析，通过分析生产成本、销售利润和商品数量三者之间的关系掌握盈亏变化的规律，指导企业选择能够以最小的生产成本生产最多产品并可使企业获得最大利润的经营方案。盈亏分析的关键在于找出盈亏平衡点。所谓盈亏平衡点是指企业销售收入总额与成本总额相等的点，当产销量大于盈亏平衡点时企业盈利，否则亏损。

盈亏平衡分析的基本假设包括：产品的产量等于销售量；产品成本由固定成本和变动成本构成，单位产品的变动成本不变；单位产品的销售单价不变；生产的产品可以换算为单一产品计算。

其基本公式如下：

销售收入=销售量×单价

总成本=固定成本+单位成本费用×销售量

利润=销售收入-总成本=销售量×单价-(固定成本+单位变动成本×销售量)

利用上述公式可求出盈亏平衡点：

保本销售量=固定费用/(单价-单位变动成本)

保本销售收入=单价×保本销售量

【例 4-2】 某企业每年的固定成本为 100 万元，生产一种产品，单价为 120 元，单位变动成本为 80 元，则该企业的保本销售量和保本销售收入分别为多少？

解：

保本销售量=1 000 000/(120-80)=25 000(件)

保本销售收入=120×25 000=3 000 000(元)

当企业的目标利润已定时，也可以通过上述公式来计算达到目标利润应完成的销售量及销售收入。

【例 4-3】 某企业生产甲产品，年固定成本为 150 万元，产品单位售价为 100 元，单位变动成本为 50 元，若目标利润为 50 万元，问企业应完成的销售量为多少？

解： 根据前面的公式

500 000=销售量×100-(1 500 000+50×销售量)

可计算出：应完成的销售量=40 000(件)

盈亏平衡分析也可用来比较和选择不同的决策方案。如果同一产品有若干个生产或者经销方案，因产品相同，同量产品的总收益相同，因此在方案比较时可只考虑其成本，以成本较低的方案为最佳方案。

【例 4-4】 某种产品有两种生产方案，其成本状况如表 4.2 所示。问应如何对这两个方案进行选择？

表 4.2　某产品成本状况表

	方案 A 手工为主	方案 B 半自动
单位变动成本(元)	150	75
全年固定成本(元)	50 000	350 000

解： 以 C 表示总成本，Q 表示产量，两个方案的总成本如下：

C_A=50 000+150Q

C_B=350 000+75Q

由上述条件可解出 $C_A=C_B$ 时的交点为 Q_0=4 000。当产量小于 4 000 件时，方案 A 的成本最低，应选择方案 A；当产量大于 4 000 件时，方案 B 的成本最低，应选择方案 B。

2．风险型决策方法

风险型决策问题也叫统计型决策问题，或称随机型决策问题。它一般应具备如下五个条件：存在决策者希望达到的目标(利益大或损失小)；存在两个或两个以上可供选择的行动方案；存在两个或两个以上不以决策者主观意志为转移的自然状态；决策者根据过去的经验和科学的理论可以预先估计和计算出自然状态的概率值；不同行动方案在不同自然条件下的相应损益值(损失和利益)可以计算出来。

由于概率是决策者根据历史统计资料和经验推断出来的，带有一定的主观性，所以决策存在一定的风险。风险型决策主要用于远期目标的战略决策或随机因素较多的非常规决策，如投资决策、筹资决策、组织发展决策等。常见的风险型决策模型和技术主要有决策树法、边际利润法和成本效益分析等。下面对决策树法进行介绍。

决策树又称"决策图"，是在风险型决策中常用的决策方法。它是以方框和圆圈为结点、并由直线连接而成的一种像树枝形状的结构。方框结点叫做决策点；由决策点引出若干条树枝(直线)；每条树枝代表一个方案，故叫方案枝；在每个方案枝的末端画上一个圆圈就是圆圈结点。圆圈结点叫做机会点；由机会点引出若干条树枝(直线)，每条树枝为概率枝；在概率枝的末端列出不同状态下的收益值或损失值。一般决策问题具有多个方案，每个方案下面又常会出现多种状态(如产品销路好或不好)。因此决策图形都由左向右、由简入繁组成树形的网状图(见图 4.2)。

利用决策树进行决策的过程是：由右向左，逐步后退，根据右端的损益值和概率枝上的概率计算出同一方案不同自然状态下的期望收益值或损失值，然后根据不同方案的期望收益值或损失值的大小进行选择。对落选(被舍弃)的方案需要在图上进行修枝，即在落选的方案枝上画上"//"符号，以表示舍弃不选的意思，最后决策点只留下一条树枝，即为决策中的最优方案。利用决策树进行决策，按其只需要进行一次决策活动便可选出最优方案还是需要多次决策活动才能选出最

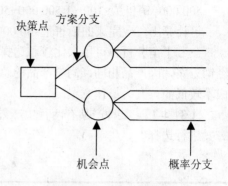

图 4.2 决策树结构图

优方案，可分为单级决策和多级决策。凡只需要进行一次决策活动便可选出最优方案，达到决策目的的决策，叫做单级决策；凡需要进行两次或两次以上决策活动才能选出最优方案达到决策目的的决策，叫做多级决策。在管理会计和投资决策中，常用决策树方法来解决需要进行两次或两次以上决策活动的多级决策。

【例 4-5】 设某企业要进行生产能力的决策。根据市场预测，可能有好、中、差三种自然状态：市场形势好，年销售量可达 10 万件；市场形势中等时，年销售量可达 8 万件；市场形势差时，年销售量只有 5 万件。市场形势好、中、差的概率分别为 0.3、0.5、0.2。与之相对应，生产能力的设计可有年产 10 万、8 万、5 万件三种方案。年产 10 万件时，单件成本为 6 元；年产 8 万件时，单件成本为 7 元；年产 5 万件时，因规模更小，成本增大，单件成本为 8 元，单价预计为 10 元。但如果卖不出去，则未卖出的产品就积压报废，其成本由已销产品承担。问该企业应当选择何种方案？

解： 第一步：画出决策树，如图 4.3 所示。

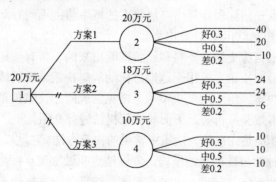

图 4.3 例 4-5 的决策树

第二步：计算各种生产方案在不同自然状态下的条件损益值，并将其填入决策树中。

方案 1，年产 10 万件，其条件损益值如下：

好：$10 \times 10 - 10 \times 6 = 40$(万元)

中：8×10-10×6=20(万元)

差：5×10-10×6=-10(万元)

方案 2，年产 8 万件，其条件损益值如下：

好和中：8×10-8×7=24(万元)

差：5×10-8×7=-6(万元)

方案 3，年产 5 万件，其条件损益值如下：

好、中和差：5×10-5×8=10(万元)

第三步：评价各种生产方案的损益期望值(EVM)。

方案 1，计算结点②的 EVM=0.3×40+0.5×20+0.2×(-10)=20(万元)

方案 2，计算结点③的 EVM=0.3×24+0.5×24+0.2×(-6)=18(万元)

方案 3，计算结点③的 EVM=0.3×10+0.5×10+0.2×10=10(万元)

比较三个方案，方案 1 的损益期望值为 20 万元，是三个方案中最大的，应选择方案 1。

【例 4-6】 某企业为了扩大某产品的生产，拟建设新厂。据市场预测，产品销路好的概率为 0.7，销路差的概率为 0.3。有三种方案可供企业选择：

方案 1，新建大厂，需投资 300 万元。据初步估计，销路好时，每年可获利 100 万元；销路差时，每年亏损 20 万元。服务期为 10 年。

方案 2，新建小厂，需投资 140 万元。销路好时，每年可获利 40 万元；销路差时，每年仍可获利 30 万元。服务期为 10 年。

方案 3，先建小厂，三年后销路好时再扩建，需追加投资 200 万元，服务期为 7 年，估计每年获利 95 万元。问哪种方案最好？

解：第一步：画出决策树，将各种自然状况的概率及条件损益值填入决策树，如图 4.4 所示。

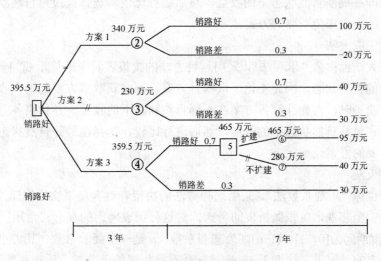

图 4.4　多阶段决策的决策树

第二步：计算各种生产方案的损益期望值(EVM)。

方案 1：计算结点②的 EVM= [0.7×100+0.3×(-20)]×10-300=340(万元)

方案 2：计算结点③的 EVM=(0.7×40+0.3×30)×10-140=230(万元)

方案 3：首先应决定销路好时是否扩建：

计算结点⑥的 EVM=95×7-200=465(万元)

计算结点⑦的 EVM=40×7=280(万元)

由于结点⑥的期望收益大于结点⑦的期望收益，所以销路好时，扩建比不扩建好。

因此，方案 3 的期望收益为：

计算结点④的 EVM =(0.7×40×3+0.7×465+0.3×30×10)-140=359.5(万元)

计算结果表明，在三种方案中，方案 3 的期望收益最大，因此选择方案 3。

3. 不确定型决策方法

在比较和选择活动方案时，如果管理者不知道未来情况有多少种，或虽知道有多少种，但不知道每种情况发生的概率，则须采用不确定型决策方法。这类决策的特点是决策者不能判定未来各种可能状态出现的概率。因此，这类决策实际上带有更大的风险性，而采取的决策方法主要取决于决策者的主观判断，同一决策问题，可以有完全不同的方案选择。常用的不确定型决策方法有小中取大法、大中取大法、折衷法和最小最大后悔值法等。

1) 小中取大法

小中取大法也称为"悲观法"，采用这种方法的决策者对未来持悲观的看法，认为未来会出现最差的自然状态，因此不论采取哪种方案，都只能获取该方案的最小收益。采用小中取大法进行决策时，首先计算各方案在不同自然状态下的收益，并找出各方案所带来的最小收益，即在最差自然状态下的收益，然后进行比较，选择在最差自然状态下收益最大或损失最小的方案作为所要的方案。

2) 大中取大法

大中取大法也称为"乐观法"，采用这种方法的决策者对未来持乐观的看法，认为未来会出现最好的自然状态，因此不论采取哪种方案，都能获取该方案的最大收益。采用大中取大法进行决策时，首先计算各方案在不同自然状态下的收益，并找出各方案所带来的最大收益，即在最好自然状态下的收益，然后进行比较，选择在最好自然状态下收益最大的方案作为所要的方案。

3) 折衷法

折衷法也称"乐观系数法"，采用这种方法的决策者对客观事物的估计，既不是完全乐观，也不是完全悲观，主张做折衷的考虑。对这种折衷考虑的观念，常用一个乐观系数 α 表示。α 取值期间为[0, 1]，(1-α)则为悲观系数。α 是一个经验常数，其大小是根据不同的决策对象而定的，如果 α 接近于 1，则比较乐观；如果偏于悲观，乐观系数值可取小一点。

用乐观系数法进行决策时，选择各方案乐观期望值最大者作为决策方案。乐观期望值按下式计算：

$$乐观期望值=最大收益×\alpha+最小收益×(1-\alpha)$$

4) 最小最大后悔值法

最小最大后悔值法也称"后悔值法"，管理者在选择了某方案后，如果将来发生的自然状态表明其他方案的收益更大，那么他会为自己的选择而后悔。最小最大后悔值法就是使后悔值最小的方法。采用这种方法进行决策时，首先计算各方案在各自然状态下的后悔值(某方案在某自然状态下的后悔值=该方案在自然状态下的最大收益-该方案在该自然状态下的收益)，并找出各方案的最大后悔值，然后进行比较，选择最大后悔值最小的方案作为所要的方案。

【例 4-7】 某商业企业存在三种可选择的方案：大批经销、中批经销、小批经销。并且，各种自然状态下的收益值可以事先做出分析，如表 4.3 所示。请根据悲观法、乐观法、折衷法(取乐观系数为 0.6)、后悔值法进行决策。

表 4.3 某商业企业的经销方案

自然状态 行动方案	各种自然状态下收益值(万元)		
	销路好	销路中等	销路差
Ⅰ：大批经销	5.5	5.0	3.5
Ⅱ：中批经销	4.5	3.6	2.5
Ⅲ：小批经销	4.0	3.8	3.6

解：

(1) 悲观法：比较各方案的最小收益(即销路差时的收益值)，方案Ⅲ最大。因此选择该方案。

(2) 乐观法：比较各方案的最大收益(即销路好时的收益值)，方案Ⅰ最大。因此选择该方案。

(3) 折衷法：计算各方案的乐观期望值

方案Ⅰ：乐观期望值=5.5×0.6+3.5×(1-0.6)=4.7(万元)

方案Ⅱ：乐观期望值=4.5×0.6+2.5×(1-0.6)=3.7(万元)

方案Ⅲ：乐观期望值=4.0×0.6+3.6×(1-0.6)=3.84(万元)

比较各方案的乐观期望值，方案Ⅰ最大。因此选择该方案。

(4) 后悔值法：计算各方案的最大后悔值，如表 4.4 所示。

表 4.4　各种方案的后悔值

自然状态 行动方案	后悔值法			
	好	中	差	最大后悔值
Ⅰ：大批经销	0	0	0.1	0.1
Ⅱ：中批经销	1	1.4	1.1	1.4
Ⅲ：小批经销	1.5	1.2	0	1.5

比较各方案的最大后悔值，方案Ⅰ最小，因此选择该方案。

第四节　理性决策与非理性决策

管理学家主张管理者在决策时应当尽可能运用理性，绝大多数管理者也认为自己是理性的决策者。但现实管理问题往往是复杂的，有许多因素会使人们无法做出完全理性的决策。在决策理论发展的过程中，人们逐渐对决策的理性有了更深入的认识，正确理解理性决策与非理性决策，有助于决策者提高决策的质量。

一、"完全理性"假设

20 世纪 50 年代以前主要盛行古典决策理论，又称规范决策理论。古典决策理论基于"经济人"假设，认为应该从经济的角度来看待决策问题，即决策的目的在于为组织获取最大的经济利益。古典决策理论的主要内容是：决策者必须全面掌握有关决策环境的信息情报；决策者要充分了解有关备选方案的情况；决策者应建立一个合理的自上而下的执行命令的组织体系；决策者进行决策的目的始终都是在于使本组织获取最大的经济利益。

古典决策理论基本假设是，作为决策者的管理者是完全理性的，决策环境条件的稳定与否是可以被改变的，在决策者充分了解有关信息情报的情况下，是完全可以作出完成组织目标的最佳决策的。

古典决策理论的完全理性假设规范了管理者应该如何进行决策，但它忽略了决策者作为普通人所具有的意志、感情、态度和价值观的主体性，因而是一种理想主义的模式。现实中的决策往往与理性假设不符，管理者所面临和作出的决策很少能作到完全理性，这主要是因为以下一些原因：决策是针对未来作出的，而未来要涉及众多不确定因素；决策者很难识别所有可能用来实现目标的备选方案，在制定前所未有的决策时更是这样；决策者收集和处理信息的能力是有限的；决策者往往把个人的感情、经验、偏好等带进决策过程中，决策者的背景、在组织个人的地位、利益等都会影响其对问题本质的认识；组织会对决策者施加时间和成本的压力，导致其在可行方案的搜寻和标准的选择上受到限制；组织是由不同的利益群体组成的，不同利益的存在导致了决策目标、方案和结果的差异。

因此，建立在"经济人"假说之上的完全理性决策理论只是一种理想模式，不可能指导实际中的决策。随着行为科学的发展，"经济人"假定不断地受到不同方面经济学家的批判与修正。一些经济学家从根本上反对把人说成是自利的，另一些经济学家则在承认"经济人"追求自身利益的基础上，对"完全理性"指出修正，如西蒙所提出的"有限理性"和满意原则。

二、"有限理性"模型

古典决策理论赋予理性"完美的"假定，但这一假定越来越受到许多经济学家和社会心理学家的挑战。20 世纪 50 年代之后，人们认识到建立在"经济人"假说之上的完全理性决策理论只是一种理想模式，不可能指导实际中的决策。赫伯特·西蒙(Herbent Simon)提出了满意标准和有限理性标准，用"社会人"取代"经济人"，大大拓展了决策理论的研究领域，产生了新的理论——有限理性决策理论。

西蒙在其《管理行为》一书中指出，理性的和经济的标准都无法确切说明管理的决策过程，进而提出"有限理性"标准和"满意度"原则。其他学者对决策者行为作了进一步的研究，他们在研究中也发现，影响决策者进行决策的不仅有经济因素，还有其个人的行为表现，如态度、情感、经验和动机等。

除了西蒙的"有限理性"模式，林德布洛姆的"渐进决策"模式也对"完全理性"模式提出了挑战。林德布洛姆认为决策过程应是一个渐进过程，而不应大起大落(当然，这种渐进过程积累到一定程度也会形成一次变革)，否则会危及社会稳定，给组织带来组织结构、心理倾向和习惯等的震荡和资金困难，也使决策者不可能了解和思考全部方案并弄清每种方案的结果(这是由于时间的紧迫和资源的匮乏)。因此，"按部就班、修修补补的渐进主义决策者或安于现状的人，似乎不是一位'叱咤风云'的英雄人物，而实际上是能够清醒地认识到自己是在与无边无际的宇宙进行搏斗的足智多谋的解决问题的决策者"。这说明，决策不能只遵循一种固定的程序，而应根据组织内外环境的变化进行适时的调整和补充。

三、非理性决策

大多数决策的实际条件是复杂的，而且大多数决策都是在不确定的情况下做出的，尤其是在信息收集与处理方面，通常达不到理性决策假设的要求，这使得人类心理活动中的非理性因素得以介入决策过程，并在其中起着无法替代的重要作用。所谓非理性决策，就是指决策者依靠直觉、欲望、信仰、意志、感情等非理性因素进行的决策。

1. 非理性因素

所谓非理性因素，是指在人的心理活动中出现的非逻辑的心理活动形式，也就是理性之外的心理因素，主要包括需要、欲望、情感、意志、兴趣、本能、习惯等。对非理性因素可以从认识论和人性论两个层面进行分析。从认识论层面分析，非理性因素不是指一种按照有步骤、分阶段的逻辑程序认识客观对象的认识形式，而是指一瞬间就能把握事物本质的认识形式。这种非理性的认识形式包括直觉、灵感等。它们具有突发性、瞬时性、随机性、创造性的特点，是一个无意识的、非逻辑的过程。从人性论层面分析，非理性因素是指人的欲望、情感和意志等。欲望、情感和意志之所以属于非理性的内容，是因为欲望的产生、情感的内容和强度、意志的品质都不受理性和逻辑程序控制，具有自发性的特点。决策主体本身就是理性与非理性的统一，非理性因素的特殊构成和独特之处，使它对决策过程的介入成为一种必然。在决策过程中，非理性因素会自觉不自觉地介入问题确认、目标选择、决策方案设计和抉择的过程，并起到非常重要的作用，可以说非理性因素的介入，弥补了理性决策的不足。

从认识论的角度进行分析，非理性因素中的直觉、灵感等认识形式，在决策过程中的具体作用表现在以下几个方面：

首先，为分析问题提供思路。决策者在决策过程中，必须确认问题、分析问题，并寻找问题产生的原因。在分析问题的过程中，有时面对纷繁复杂的社会现象，因缺乏具体的思路，会使对问题的分析难以起步，或进展缓慢。灵感的出现会使决策者豁然开朗，产生新的思路，可以加速对问题分析的进程。在寻找原因的过程中，决策者除了运用逻辑思维之外，在逻辑思维无效的情况下，直觉可以帮助寻找问题的原因，支持问题同其他问题的联系，为形成方案服务。

其次，为设计方案提供设想。在设计方案时，有一个对方案进行大胆设想的阶段，只有大胆设想才能为解决问题提出更多的方案，也只有大胆设想才能对方案进行创造性的设计。决策者在设计方案时，常常由于灵感的闪现而提出新的设想。

再次，为选择方案提供启示。直觉和灵感能够帮助决策者选择方案。方案的选择是一个复杂的心理过程，在有些情况下，在多种方案中做出选择，仅仅运用理性思维无法完成，这就需要运用直觉。凭直觉在各种方案中选出最佳方案，已成为决策过程中一种重要形式。

从人性论的角度进行分析，非理性因素中的欲望、情感和意志在决策中的作用，主要表现在以下几个方面：

首先，决策者的欲望影响对目标的选择。人的欲望在现实生活中，往往表现为对某种利益的追求。因此，决策者的欲望直接影响其对目标的选择。一是影响对目标取向的选择。决策者在不同欲望的支配下形成的利益结构不同，所选择的目标的取向也就不同。二是影响对目标性质的选择。决策者的某种欲望过于强烈，往往容易急功近利，选择激进性的目标，反之可能选择渐进性的目标。

其次，决策者的情感影响决策的效能。情感的强度和稳定性可以影响决策者分析问题、解决问题的积极性和创造性，从而影响决策的质量和决策的效率。强烈而稳定的情感可以提高决策者的积极性和创造性，从而可以促进决策者提高观察力、记忆力、想象力和思维能力，使决策者能够更好地分析问题、确立目标和设计方案，提高决策的质量和决策的效率。

再次，决策者的意志影响对的决断能力。决策者的自觉性、果断性、顽强性和自制力等意志品质直接影响他的决断能力。决断是一个复杂的、困难的和带有风险的意志过程。坚强的意志可以提高决策者的决断能力和决断胆量，增强实现目标的信心和力量，强化克服困难、创造业绩的毅力。

专栏 4-5　直觉决策

直觉决策法(Intuitive Decision Making)是一种定性决策方法。直觉是客观事物在人们头脑中迅速留下的第一印象，是在极短的时间内，对情况突如其来的、超越逻辑的顿悟和理解。在人类的行为方式中，最复杂的是直觉，最简单的也是直觉。直觉过程是人脑高速分析、反馈、判别、决断的过程，体现为敏锐的洞察力。

管理者在以下情况下最有可能使用直觉决策的方法：存在高不确定性时；极少有先例存在时；变化难以科学地预测时；事实有限时；事实不足以明确指明前进道路时；分析性数据用途不大时；当需要从现存的几个可行方案中选择一个，而每一个的评价都良好时；时间有限并且存在提出正确决策的压力时。

产生直觉的能力并不完全是天赋，它可以通过后天的努力和锻炼逐渐得到增强。直觉决策的次数越多，管理决策者的经验越丰富，直觉决策的效果越好，管理决策者的水平越高。
(资料来源：编者根据相关资料编写整理)

2. 有效发挥非理性因素在决策中的作用

决策者的理性因素和非理性因素相辅相成、相互作用，共同作用于决策过程。要有效地发挥非理性因素的作用，必须把握如下两点：

首先，要充分发挥非理性因素对理性因素的诱导和补偿作用。在决策过程中，虽然理性因素起着根本的决定性的作用，但是，如果没有非理性因素的介入，决策者的活动也不可能顺利进行。决策过程是决策者的有意识、有目的的理性活动，它经历了一个由无意识的非理性活动向有意识的理性活动发展的过程。决策者要解决某一问题的动机，就是在一定的欲望的诱导下形成的。决策者的欲望对目标的确立也起着一定的诱导作用。决策者在决策过程中，需要广泛收集信息。理性对信息的接受是有限度的，大量的信息是通过非理性渠道并以无意识状态进入和存储在决策者的头脑中的。它一旦被激活就对理性获得的信息起到补偿作用。如果决策者在决策过程中，不能有效地发挥非理性因素的这种诱导和补偿作用，完全依靠理性的线性思维循规蹈矩，就不可能创造性的解决问题。

其次，要充分发挥理性因素对非理性因素的支配和定向作用。由于非理性因素缺少理性的严谨、规范，带有较大的盲目性、自发性，因而在非理性因素的作用下，人们往往会犯一些不该犯的错误。特别是在决策过程中，失去理性约束的非理性因素是很危险的。在现实生活中，规范非理性因素与利用非理性因素同样重要。理性因素对非理性因素的支配和定向作用，主要是通过对非理性因素的调控进行的。决策者在分析问题、设计方案和对方案进行选择时，非理性因素同理性因素共同起作用。理性因素为非理性因素提供认识的前提和背景，并规定非理性因素的方向。非理性因素就其自身来说带有盲目性的特点，但是，在决策过程中，只要有效地发挥理性因素的调控作用，非理性因素的作用就不再是盲目的了。如果非理性因素偏离了正常轨道，必须通过理性的指导和支配作用予以矫正，从而弱化其积极作用。现实的决策中，决策者没有很好地通过理性对非理性因素进行调控，受非理性因素的驱使导致失误的现象时有发生。要避免非理性介入决策过程带来的消极影响，必须有效地发挥理性的调控作用，把非理性因素纳入正确的轨道。

第五节　个人决策与群体决策

决策是在一定历史阶段产生并发展起来的，体现着时代的特征。随着环境的变化，决策也日益呈现出一些新的特点，其中最典型的就是群体决策受到重视并获得迅速发展。

一、个人决策的影响因素

个人决策是指决策者只有一个个体的决策制定过程。科学意义上的个人决策，是管理者在集中多数人的正确意见，经过反复思考后作出的，它并不意味着不负责任的独断专行。个人决策具有简便、迅速、责任明确的特点，但个人决策的局限性主要体现在两个方面：一方面表现在个人决策所需的基本条件难以充分具备。其具体表现是社会难以找到杰出的个人决策者，那些具备条件的个人又不一定能成为掌握权力的个人决策者；另一方面表现为决策者受到个人的经验、知识和能力的限制，其中影响最大的两个方面是：个人的知觉以及价值系统。

知觉是个体为了对自己所在环境赋予意义而解释感觉印象的过程。因此，在个体决策时，对问题存在和决策需要的认识就是一个知觉问题，然后对决策所需的信息进行解释和评估，都涉及决策者的知觉。而知识经验对知觉会产生很大的影响。

个人价值系统是个人的思想价值观、道德标准、行为准则所构成的相对稳定的思维体系。它能够影响决策者以某种特殊的心理准备状态来反映刺激物。价值观会影响人的知觉，而知觉有时会带来失真，如选择性知觉、晕轮效应等，这些情况下决策有可能失效。因此，决策时应避免这些情况，做到客观、合理；个人价值系统还能影响决策者的判断，包括对问题、信息的判断，对方案的抉择。因此，一个健康的、积极的、良好的个人价值系统对一个成功的决策者来说是必要的。

二、群体决策的兴起

群体决策是为了充分发挥集体的智慧，由多人共同参与决策分析并制定决策的整体过程。其中，参与决策的人组成了决策群体。对于那些复杂的决策问题，往往涉及目标的多重性、时间的动态性和状态的不确定性，这是单纯个人的能力远远不能驾驭的。为此，群体决策因其特有的优势得到了越来越多的决策者的认同并日益受到重视。

首先，决策者面临的内外部环境日益复杂多变，许多问题的复杂性不断提高。相应地，要求综合许多领域的专门知识才能解决问题，这些跨领域的知识往往超出了个人所能掌握的限度。其次，决策者个人的价值观、态度、信仰、背景有一定的局限性。一方面，这些因素会对要解决的问题类型和解决问题的思路和方法产生影响。例如，如果决策者注重经济价值，他们就会倾向于对包括市场营销、生产和利润问题在内的实质情况进行决策；如果他们格外关注自然环境，就会用生态平衡的观点来考虑问题。另一方面，决策者个人不可能擅长解决所有类型的问题，进行任何类型的决策。最后，决策相互关联的特性客观上也要求不同领域的人积极参与，积极提供相关信息，从不同角度认识问题并进行决策。

1. 群体决策的优点

尽管人们并不一致认为群体决策是最佳的决策方式，但群体决策之所以广泛流行，正是在于群体决策更能集思广益，有利于决策的执行，并使人们勇于承担风险。

1) 群体决策有利于集中不同领域专家的智慧，应付日益复杂的决策问题

通过这些专家的广泛参与，专家可以对决策问题提出建设性意见，有利于在决策方案得以贯彻实施之前，发现其中存在的问题，提高决策的针对性。

2) 群体决策能够利用更多的知识优势，借助于更多的信息，形成更多的可行性方案

由于决策群体的成员来自于不同的部门，从事不同的工作，熟悉不同的知识，掌握不同的信息，因而容易形成信息互补性，进而挖掘出更多令人满意的行动方案。

3) 群体决策还有利于充分利用其成员不同的教育程度、经验和背景

具有不同背景、经验的不同成员在选择收集的信息、要解决问题的类型和解决问题的思路上往往都有很大差异，他们的广泛参与有利于提高决策时考虑问题的全面性，提高决策的科学性。

4) 群体决策容易得到普遍的认同，有助于决策的顺利实施

由于决策群体的成员具有广泛的代表性，所形成的决策是在综合各成员意见的基础上形成对问题趋于一致的看法，因而有利于与决策实施有关的部门或人员的理解和接受，在实施中容易得到各部门的相互支持与配合，从而在很大程度上有利于提高决策实施的质量。

2. 群体决策可能存在的问题

群体决策虽然具有上述明显的优点，但也有一些特殊的问题，如果不加以妥善处理，就会影响决策的质量。群体决策容易出现的问题主要表现在以下三个方面。

1) 速度、效率可能低下

群体决策鼓励各个领域的专家、员工的积极参与，力争以民主的方式拟定出最满意的行动方案。在这个过程中，如果处理不当，就可能陷入盲目讨论的误区之中，既浪费了时

间，又降低了决策速度和效率。

2) 有可能为个人或子群体所左右

群体决策之所以具有科学性，原因之一是群体决策成员在决策中处于同等的地位，可以充分地发表个人见解。但在实际决策中，这种状态并不容易达到，很可能出现以个人或子群体为主发表意见、进行决策的情况。

3) 很可能更关心个人目标

在实践中，不同部门的管理者可能会从不同角度对不同问题进行定义，管理者个人更倾向于对与其各自部门相关的问题非常敏感。例如，市场营销经理往往希望较高的库存水平，而把较低的库存水平视为问题的征兆；财务经理则偏好于较低的库存水平，而把较高的库存水平视为问题发生的信号。因此，如果处理不当，很可能发生决策目标偏离组织目标而偏向个人目标的情况。

三、个人决策与群体决策的比较

群体决策与个人决策相比较，在以下方面表现出差异。

1) 在决策的速度和准确性方面

群体决策有许多成员参加，知识面较广，能够产生较多的可供选择的方案，又具有校正错误的机制，因而作出准确决策的可能性较个人决策更大。但由于群体决策的过程是群体成员一起对问题进行分析、讨论和争议，并达成一致意见，因此，比个人决策花费时间多。当决策的准确性比决策速度重要时，群体决策较为优越。

2) 在决策的创造性方面

个人决策通常比群体决策具有较大的创造性，个人能产生较多较好的主意，而群体决策由于受到相互不同意见和论点的约束，以及害怕被人认为愚蠢等心理制约，不容易使决策具有较大的创造性。个人决策适于工作结构不明确，需要创新的工作，而群体决策过程适合于任务结构明确，有一定执行程序的工作。

3) 在决策的风险性方面

许多管理人员认为，群体决策可以抑制冒进的行为，在选择较多或较少风险性的两种行动时，将趋向于保守。然而，组织行为学家的研究却提出了相反的结论，认为群体决策具有更大的风险性。根据1961年麻省理工学院史托纳的发现，群体决策比个人决策更加冒险。这主要由两方面因素决定，其一是群体中的责任分散效应，每个人承担的责任较轻，责任不明确，因而使决策走极端；其二是少数低水平的人的控制，这些人水平较低，但又比较有权势，群体中的成员的水平得不到发挥，因而容易让群体做他所主张的决定，导致决策失败。也有一些研究表明，在群体决策过程中会发生保守或冒险两个极端的倾向，即群体决策的极化现象。这主要取决于占优势的群体气氛。如果群体成员大多数都比较保守，群体决策也将比个人决策更保守。如果群体成员大多数都冒险，则群体会作出更有风险的决策。

4) 在决策的效率方面

决策的效率在很大程度上取决于决策任务的复杂程度。与个人决策相比。群体决策常常花费更多的时间，但代价比个人决策低。群体决策是实现群体目标的有效手段，很好地运用群体决策，将有助于提高群体的效率。运用积极的群体决策可以提高工作效益。群体决策能够使群体成员充分参与群体活动，对共同的计划和目标形成较高的责任感和义务感。群体决策可以增强积极的价值观念，提高成员的自尊心和自信心。在认知方面，群体成员参与决策，加强了各种信息的纵向和横向交流。在工作动机方面，群体决策增加了成员的相互了解和信任，更愿意承担所决定的任务和所需要的变革。因此从长远看，群体决策的效率高于个人决策。

综上所述，个人决策与群体决策的比较如表 4.5 所示。

表 4.5　个人决策与群体决策的比较

方　式	个人决策	群体决策
速度	快	慢
准确性	较差	较好
创造性	较高。适于工作不明确，需要创新的工作	较低。适于工作结构明确，有固定程序的工作
风险性	视个人气质、经历而定	视群体性格（尤其是领导）而定
效率	任务复杂程度决定。通常费时少，但代价高	从长远看，费时多，但代价低。效率高于个人决策

四、进行有效的群体决策

专栏 4-6　群体思维理论

相对于完全由个人做出的决定，人们更愿意信任群体智慧做出的决定，但有意思的是，历史上很多重大的错误决定恰恰是群体做出的。比较著名的是美国 20 世纪 60 年代发生的"猪湾事件"。当时美国总统肯尼迪(John F.Kennedy)的顾问团经过讨论，一致通过了空降古巴，占领猪湾，借此推翻卡斯特罗政权这一决定，可结果美国却遭到了彻底失败。

20 世纪 90 年代，美国社会心理学家詹尼斯(Janis)对大量错误的群体决定进行分析后得出了一个结论：一个群体的内聚力越强，就越容易导致群体思维的错误。因为在群体决定时，本来有不同意见者也碍于群体的压力而不再坚持己见。责任由大家分担，个体较少负有直接责任，所以就很容易产生从众心理。

怎样防止群体思维带来的不良影响呢？詹尼斯认为，首先，群体领导人应该努力做到公正，并培养一种公开咨询和讨论的气氛；其次，群体成员应该像支持群体计划一样，鼓励人们提出问题或批评意见；再次，应请"局外的专家们"对群体成员提出挑战，给群体带来新的思路；最后，在达到一个共同的意见之后，群体领导人应该安排一个"第二次机会"的会议，使得群体成员能够将萦绕在心头的困惑和保留的意见表达出来。(资料来源：李军．趣味概念．时事报告，2004，2)

从总体上来看，群体决策优于个人决策，组织的大部分决策是群体决策，尤其是对组织活动和人员有深远影响的决策。但群体决策也可能是失败的，例如，群体在决策的时候，往往会陷入群体思维之中，即在群体就某一提议发表意见时，会长时间的沉默，没有人发言，而后又一致通过。通常是群体内那些有权威、说话自信、喜欢发表意见的成员的想法容易被接受，尽管大多数人并不赞成这一提议，但他们往往不发表自己的意见，从而导致了决策的失败。

如何防止群体决策失误，进行有效的群体决策呢？在进行群体决策时，应注意以下几点。

1. 根据实际情况选择决策的范围

作为决策的两种方式，强势管理的个人决策和相对温和的群体决策都有其存在的合理性。如果企业的竞争环境已经进入一个相对成熟的阶段，那么依靠群体决策是相对有利的，企业的管理层就有足够的时间进行沟通，充分考虑到各种情况，从而制定出最佳的解决方案。但是如果企业处于一个变革期，或者是出现了足以改变竞争格局的新技术，并且局势中的不确定性因素较多，制定决策所需要的信息也不充分，这时候就要求企业有一位富有远见和魄力的强势人物制定个人策略，并且以较为强势的精神贯穿到企业各个层面从而有力地执行。如 IBM 公司 CEO 的郭士纳在 1992 年为了挽救亏损达 50 亿美元的 IBM 公司时，就是更多地依赖个人决策和强势管理对公司进行大刀阔斧的改革，最终挽救了 IBM 公司。在危急关头，缓慢的群体决策显然派不上用场。

2. 运用有效的方法来进行群体决策

为了避免群体决策的不利影响，可以利用各种方法，如前文介绍过的头脑风暴法、哥顿法、德尔菲法等。此外，名义群体法、电子会议法等也是能较好地发挥群体决策的优点、避免其缺点的常见方法。

名义群体法和参加传统会议一样，群体成员必须出席，但他们必须要进行独立思考。其步骤如下：①成员集合成一个群体，但在进行任何讨论之前，每个成员须独立地写下他对问题的看法。②经过一段沉默后，每个成员将自己的想法提交给群体。然后一个接一个地向大家说明自己的想法，直到每个人的想法都表达完并记录下来为止(通常记在一张活动挂图或黑板上)。所有的想法都记录下来之前不进行讨论。③群体开始讨论，以便把某个想法搞清楚，并做出评价。④每一个群体成员独立地把各种想法排出次序，最后的决策是综合排序最高的想法。

这种方法的主要优点在于使群体成员正式开会但不限制每个人的独立思考，而传统的会议方式往往做不到这一点。

电子会议法是名义群体法与计算机技术的结合，基本做法是参加会议的人面前除了一台计算机终端以外，一无所有。问题通过大屏幕呈现给参与者，要求他们把自己的意见输入计算机终端屏幕上。个人的意见和投票都显示在会议室中的投影屏幕上。电子会议法的主要优势是：匿名、可靠、迅速。与会者可以采取匿名形式把自己想表达的任何想法表达出来。参与者一旦把自己的想法输入键盘，所有的人都可以在屏幕上看到。与会者可以表现自己的真实态度，而不用担心受到惩罚。而且这种决策方法决策迅速，因为没有闲聊，讨论不会离开主题，大家在同一时间可以互不妨碍地相互"交谈"，而不会打断别人。

3．正确理解群体思维

在群体思维的状态下，群体会很快达成一致的意见。群体思维也并不是总是不好的，对一些简单问题的决策，如果领导人也十分肯定地认为有解决办法的话，就可以只进行简单的讨论，成员以简单的追加意见的方式进行决策。如小组开会讨论一个星期的销售计划，其领导人就不必要求每位小组成员都在会上尽情地发表意见。因为这个小组应该快速地达成一致性的意见，结束会议，开始销售活动。

群体思维在某种程度上还可以缓解群体决策过程的缺陷，比如决策成本较高的缺陷。一般情况下，群体决策参与的人数多，直接或间接的人工成本和办公费用都比较高，效率也往往不尽如人意。

群体决策的另一个缺陷就是决策速度慢，快速反应能力差。由于群体决策一般需要对每一个意见都进行讨论，对不同的意见需要集中统一认识后才能形成决策。这个过程不仅耗费时间，而且还可能在进行中转移话题、离题太远或不着边际，从而使一项决策议而不决，拖延时间，限制了相关人员在必要时做出快速反应的能力。群体的一致性从某个方面可以减少这些耗费，使群体较快地做出决策。

但是，在重要的决策问题上，群体必须避免附和性与极端化的危险，还要避免群体的过度自信。在任何情况下，如果群体的领导人希望群体决策更有效果，就应该多方寻求不同的意见，并保留群体成员自己的意见。

4．重视群体中的不同意见

群体的每个成员都应当参与情报收集工作，群体应当注意收集不同的意见，鼓励人们尽可能地提反对意见，提出他们的点子。萧伯纳(George Bernard Shaw)曾经说："倘若你有一个苹果，我也有一个苹果，而我们彼此交换这个苹果，那么你和我仍然只有一个苹果。但是，倘若你有一种思想，我也有一种思想，而我们彼此交流这种思想，那么我们每个人将有两种思想。"

被人称之为"日本爱迪生"的盛田昭夫从自己的管理实践中体会到，通过一定的途径和方式让下级表达自己的不满、发表批评意见、抒发自己的心声，对于组织来说非但不是

不幸，反而有利于培养上下级一体的工作关系，使组织减少冒风险的机会。

5．制造合理的冲突，防止过早形成一致性意见

在群体决策过程中，最大的障碍就是怕群体中产生冲突，也就是说，群体思维的一致性常常导致决策失败。要想使群体决策过程不受群体思维的限制，就必须在群体中制造合理的冲突。假如冲突是发生在一种彼此融洽的气氛中，就会有较高品质的预测与估计，最后就能做出一个优秀的决策。合理的冲突多数发生在下列群体中：群体领导者了解良好的决策架构；群体成员兼容并包；运用经过设计的决策过程以延缓一致性的意见在早期出现。

为了尽量扩大群体中的分歧，在决策时就要选择那些专业背景和思考风格不同的人来参与。如果群体成员能以不同的方式来思考问题，就有可能产生冲突性的理念。当然，这些冲突只能是关于解决决策问题方面的，而不是成员间的人际冲突。

6．防止群体观点向极端化转移

群体决策与个人决策两者之间存在着差异。在有些情况下，群体决策比个体决策更保守。但在更多的时候，群体决策倾向于冒险。

在群体讨论中，往往会出现这种现象，即群体讨论会使群体成员的观点朝着更极端的方向转移，这个方向是讨论前他们已经倾向的方向。因此，群体讨论会进一步夸张群体的最初观点，保守的会更保守，激进的会更冒险。群体决策的结果是变得更加保守，还是更加激进，取决于在群体讨论之前占主导地位的讨论规范。

群体转移可以看作是群体思维的一种特殊形式。为什么会出现冒险转移现象呢？人们有多种解释，有些学者认为，在群体讨论中，群体成员相互之间变得更加熟悉了，随着他们之间的融洽相处，他们会变得更加勇敢和大胆。另一种看法是，人们一般比较崇尚冒险，敬慕那些敢于冒险的人，因此群体讨论会激励成员向别人表明自己至少与同伴一样愿意冒险，免得背上"胆小鬼"的坏名。不过，最有道理的一种说法是，群体决策分散了责任。群体决策使得任何一个人用不着单独对最后的选择负责任，因为没有一个成员能够承担群体决策的全部责任，即使是决策失败。后果责任的不明确使得群体决策更加冒险。

对于参与决策的群体成员来说，要有效地防御极端化倾向，首先要了解极端化倾向的存在，尽可能捕捉"极端"在哪里，而后在综合考虑客观现实的基础上找出更符合实际的方案。同时，还要注意避免"群体压力"对参与决策的群体成员的负面影响，要给成员一定的自由空间。因而，可以尝试一定程度的"分而治之"，即在明确陈述要解决的问题的基础上，尽可能引发两种或多种竞争性方案，以此将群体分为支持不同方案的亚群体。让不同的亚群体检验并宣扬己方立场的优势和长处，然后，再回到整个群体中，进行竞争性陈述，在此基础上，产生最佳的新方案。

本 章 小 结

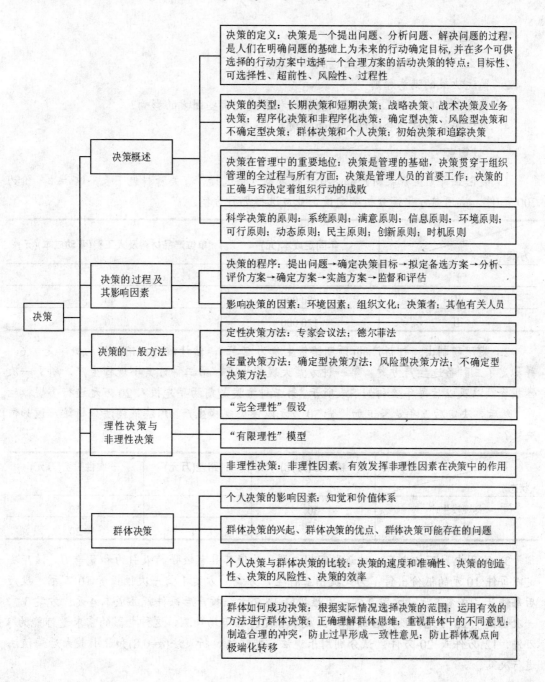

决策概述

- 决策的定义：决策是一个提出问题、分析问题、解决问题的过程，是人们在明确问题的基础上为未来的行动确定目标，并在多个可供选择的行动方案中选择一个合理方案的活动决策的特点：目标性、可选择性、超前性、风险性、过程性

- 决策的类型：长期决策和短期决策；战略决策、战术决策及业务决策；程序化决策和非程序化决策；确定型决策、风险型决策和不确定型决策；群体决策和个人决策；初始决策和追踪决策

- 决策在管理中的重要地位：决策是管理的基础，决策贯穿于组织管理的全过程与所有方面；决策是管理人员的首要工作；决策的正确与否决定着组织行动的成败

- 科学决策的原则：系统原则；满意原则；信息原则；环境原则；可行原则；动态原则；民主原则；创新原则；时机原则

决策的过程及其影响因素

- 决策的程序：提出问题→确定决策目标→拟定备选方案→分析、评价方案→确定方案→实施方案→监督和评估

- 影响决策的因素：环境因素；组织文化；决策者；其他有关人员

决策的一般方法

- 定性决策方法：专家会议法；德尔菲法

- 定量决策方法：确定型决策方法；风险型决策方法；不确定型决策方法

理性决策与非理性决策

- "完全理性"假设

- "有限理性"模型

- 非理性决策：非理性因素、有效发挥非理性因素在决策中的作用

群体决策

- 个人决策的影响因素：知觉和价值体系

- 群体决策的兴起、群体决策的优点、群体决策可能存在的问题

- 个人决策与群体决策的比较：决策的速度和准确性、决策的创造性、决策的风险性、决策的效率

- 群体如何成功决策：根据实际情况选择决策的范围；运用有效的方法进行群体决策；正确理解群体思维；重视群体中的不同意见；制造合理的冲突；防止过早形成一致性意见；防止群体观点向极端化转移

复习思考题

一、问答题

1. 什么是决策？科学决策应遵循哪些原则？
2. 简述决策的满意原则。
3. 决策过程包括哪几个阶段？决策过程要受到哪些因素的影响？
4. 群体决策为什么会受到人们的重视？

二、计算题

1. 某企业计划生产某新产品，有三种方案可供选择，有关资料见下表，该产品单价为200元/件。试用盈亏平衡分析确定该企业应选择那种方案。

方案 \ 费用	年固定成本(元)	单位产品材料及人工费(变动成本)(元)
I	50 000	100
II	80 000	40
III	120 000	30

2. 某厂研制出一种新产品(预期销售生命为 7 年)，估计该产品销路好的概率是 0.6，并拟定了三种备选生产方案。第一种方案大规模生产，第二种方案小规模生产，所需一次性投资额以及以后每年盈利如下表所示。第三种方案是前两年先投入 20 万元进行小规模生产，然后再决定后五年是否追加投资 30 万元以便大规模生产。用决策树法分析该厂该如何决策？

状态 \ 方案	销路好(万元)	销路差(万元)	一次性投资(万元)
大规模生产	30	−5	50
小规模生产	10	4	20

3. 民用电器厂拟生产一种新型家用电器，为使其具有较强的吸引力和竞争力，该厂决定以每件 10 元的低价出售。为此提出三种生产方案：方案 1 需一次性投资 10 万元，投产后每件产品成本 5 元；方案 2 需一次性投资 16 万元，投产后每件产品成本 4 元；方案 3 需一次性投资 25 万元，投产后每件产品成本 3 元。据市场预测，这种电器的需求量可能为 3万件、12 万件或 20 万件。试分别用乐观法、悲观法、折衷法($\alpha=0.8$)和最小最大后悔值法进行决策。

三、案例分析题

新可乐不敌老可乐

1985年4月23日，可口可乐公司董事长罗伯特·郭思达(Robert Goizueta)宣布了一项惊人的决定。他宣布，经过99年的发展，为了迎合现在消费者偏好更甜口味的软饮料市场的需求变化，可口可乐公司决定放弃它那一成不变的传统配方，推出新一代可口可乐，用"新可乐"替代"老可乐"。

可口可乐公司之所以做出改换产品口味的决定，是希望借此将其饮料王国的强劲对手百事可乐置于死地。直到20世纪70年代中期，可口可乐公司一直是美国饮料市场上无可争议的领导者，然而，从1976—1979年间，可口可乐在市场上的增长速度逐年下降。与此形成鲜明对比的是，百事可乐来势汹汹，异常红火。到20世纪80年代，可口可乐独霸饮料市场的格局正在转变为可口可乐与百事可乐分庭抗礼。

种种迹象表明，口味是造成可口可乐市场份额下降的一个很重要的原因，"老可乐"99年秘不示人的配方似乎已经迎合不上今天消费者的口感了。因此，郭思达上任伊始就宣布，要开发出一种全新口感、更惬意的可口可乐。可口可乐公司在研制"新可乐"之前，秘密进行了代号"堪萨斯工程"的市场调查行动，出动了2 000名市场调查员，在美国10个主要城市进行调查。结果显示，有50%的顾客愿意尝试"新可乐"。对"新可乐"样品品尝测试的结果也令郭思达兴奋不已，顾客对"新可乐"的满意度超过了百事可乐。为了确保万无一失，可口可乐公司又倾资400万美元进行再一次规模更大的口味测试，全美13个最大城市的20万名顾客参加了测试，55%的品尝者认为"新可乐"的口味胜过了"老可乐"，而且在这次口感测试中"新可乐"再次击败了老对手百事可乐。

1985年4月23日，可口可乐公司在纽约市林肯中心举行盛大的新闻发布会，郭思达正式宣布可口可乐公司决定用"新可乐"取代"老可乐"，同时，停止"老可乐"的生产和销售。消息闪电般传遍美国，80%的美国人在24小时内都知道了"新可乐"。在"新可乐"全面上市初期，市场反应相当好，全美有1.5亿人在"新可乐"面世的当天就品尝了它。历史上从来没有任何一种新产品会在面世当天拥有这么多买主。发给各地瓶装商的"新可乐"原浆数量也达到了5年来的最高点。

当可口可乐的决策者还沉浸在胜利的喜悦之中的时候，市场却风云突变。尽管郭思达事先预计会有人对"新可乐"取代"老可乐"不满，但却没想到反对者队伍的增长如此之快。在"新可乐"上市4小时之内，可口可乐公司就接到650个抗议电话。到5月中旬，公司每天接到的批评电话多达5 000个，而且更有雪片般飞来的抗议信件。可口可乐公司不得不开辟了83条热线，雇用更多的公关人员来处理顾客的抱怨和批评。

有的顾客称可口可乐是美国的象征，是美国人的老朋友，可如今老朋友却突然被人抛弃了。还有的顾客威胁说将改喝茶水，永不再买"新可乐"。更有一群"老可乐"的拥护者组成了"美国老可乐饮者"组织，准备在全国范围内发动抵制"新可乐"的运动。许多人开始寻找已停产的"老可乐",这令"老可乐"的价格一涨再涨。到 6 月中旬,"新可乐"的销售量远低于可口可乐公司的预期值,不少瓶装商强烈要求销售"老可乐"。愤怒的情绪在美国蔓延,传媒还在煽风点火。对 99 年历史的"老可乐"的热爱被传媒形容成为爱国的象征。许多人认为可口可乐公司把一个神圣的象征给玷污了。就连郭思达的父亲也站出来批评"新口乐",甚至威胁说要与之脱离父子关系。

面对"天下之大不韪",郭思达决定暂时先不采取行动,到 6 月的第 4 个周末再说,看看到那时销售量会有什么变化。但到 6 月底,"新可乐"的销量仍不见起色,而公众的抗议却愈演愈烈。于是,郭思达再也坐不住了,决定恢复"老可乐"的生产,将其商标定名为"可口可乐古典"(Coca-Cola Classic)。同时继续保留和生产"新可乐",商标为"新可乐"(New Coke)。7 月 11 日,郭思达率领可口可乐公司的高层管理者站在可口可乐标志下向公众道歉,并宣布立即恢复"老可乐"的生产。

消息传来,美国上下一片沸腾。ABC 电视网中断了周三下午正在播出的节目,马上插播了可口可乐公司的新闻。所有传媒都以头条新闻报道了"老可乐"归来的喜讯。华尔街为可口可乐公司的决定欢欣鼓舞,"老可乐"的归来使可口可乐公司的股价攀升到 12 年来的最高点。但是,可口可乐公司已经在这次的行动中遭受了巨大的损失。百事可乐公司美国业务总裁罗杰尔·恩里克(Roger Eurique)评价说,可口可乐公司推出"新可乐"是个灾难性的错误。

新可乐缘何不敌老可乐?

1. 市场调研疏而不密

在"新可乐"上市前,可口可乐公司进行了长期的准备工作,费时两年、耗资 400 万美元、调查了近 20 万名消费者,调查结果"既合理又有利","新可乐"在同"老可乐"和百事可乐的口味对比测试中皆取得胜利,说明它是符合顾客口味、迎合市场需求的富有竞争力的新产品,理应获得成功,做出"新可乐"上市的决策无懈可击。然而,看似完美的决策,其结局却令人大跌眼镜。这是因为可口可乐公司在了解市场需求时"百密一疏",没有做到"疏而不漏"。在设计调查问卷和品尝测试时,可口可乐公司忽略了一个重要环节。他们没有告诉被调查者,如果你选择了一种可乐,那么将失去别的可乐,而被调查者却无一例外地认为"新可乐"是对现有"老可乐"的补充,而绝不是对"老可乐"的替代。

2. 没有洞悉消费偏好变化趋势

可口可乐公司看到百事可乐发展势头逼人,因而主观上先入为主地认为顾客喜爱口味更甜的可乐,于是,就把"新可乐"与"老可乐"的区别定位在"更甜"上。在进行口味测试时,他们选择的被测试者又多是年轻人。在这种情况下进行口味测试,又进一步引诱可口可乐公司将"新可乐"推向"更甜"的误区。一方面,年轻人比中老年人更喜爱甜口味,他们当然会投"新可乐"的票;另一方面,人们在不被告知品牌而进行品尝的时候,心情是比较紧张的,他们生怕测试者嘲笑自己味觉不敏感,尝不出新产品的特别之处,于是,当品尝到甜度明显超过"老可乐"的"新可乐"时,被测试者马上做出反应,说自己喜欢这种口味，以显示他的味觉是敏感的。这样，可口可乐公司先入为主的概念得到了市场调查结果"确凿无疑"的验证，于是，"更甜"的"新可乐"就出台了。其实，从20世纪80年代中期开始，美国社会出现老龄化趋势，喜爱传统口味的中老年顾客群在不断扩大。与此同时，健康饮食观念日益深入人心，人们开始忌吃多油、多糖的食品。因此，口味"更甜"的"新可乐"自然难以"逆风飞扬"了。

3. 没有掌握消费者的真实想法

在可口可乐公司"新可乐"的事件中，整个决策过程似乎没有什么不妥之处，而且在整个过程中可口可乐公司也显得相当的谨慎，在新产品研制前和投产前都进行了广泛的市场调查，并且是在市场调查结果表示明确支持之下进行的，但最终还是失败了。"新可乐"之所以不敌"老可乐"，关键就在于决策过于迷信市场调查的结果而忽视了其他因素的存在，尤其是忽视了"老可乐"良好的品牌形象和消费者对"老可乐"的忠诚度。一个拥有99年历史且广为传播的产品已经不再是一件简单的商品了，它已经形成了某种文化，成为某种象征，而简单的市场调查问卷难以调查出顾客内心情感的真正想法。据此做决策，当然会产生失误。

4. 没有尊重传统消费习惯

可口可乐公司推出"新可乐"的速度不可谓不快。可口可乐公司通过一系列的促销手段，最终使80%的美国人在24小时内都知道了"新可乐"。但是，这次行动由于只强调了"新可乐"的口味而忽略了美国人对"老可乐"的情感，没有考虑消费者对"老可乐"的传统心理，最后以失败而告终。"老可乐"问世已有99年了，在消费者的意识中早就留下了深深的心理烙印。虽然市场调查结果表明消费者喜欢"新可乐"，但这只是消费者求新意识暂时的反映，并不代表消费者持久的选择，"老可乐"的魅力依旧不可动摇。因为，喝"老可乐"已经成为传统消费者的一种生活习惯。因此，正确的做法是不要过河拆桥，应在推出新可乐的同时，保持旧口味。也就是说，"如果东西没有坏，就不要修理它。"

5. 没有建立完善的营销定位

面对老对手百事可乐不依不饶的竞争，可口可乐最好的对策应该是完善营销定位策略，而不是通过彻底改变其产品，尤其是在企业产品并没有存在真正的重大缺陷时。百事可乐的成功就在于其成功的营销定位策略——瞄准年轻消费层。直到现在，百事可乐的广告还是"砸"在"年轻人"这一消费群上。另外，可口可乐公司在"新可乐"面市时应该采取稳妥的方式，让"新可乐"和"老可乐"两种产品并存。当"新可乐"在市场获得广泛的认同后，再逐步停产"老可乐"，而不是立即全面停产"老可乐"。(资料来源：乔迪编著. 兰德决策——机遇预测与商业决策. 成都：天地出版社，1998，380~388)

问题：

1. 以新可乐代替老可乐这一决策按重要性划分应属哪一类决策？

2. 试分析可口可乐在做这一决策时有什么疏忽？

3. 这一决策从实践来看是错误的，可口可乐公司关于新可乐的决策应做哪些改进？

四、管理技能训练

以 8~10 人为一组，选出一名主持人，分两阶段进行集体决策。

1. 运用"头脑风暴法"为某种产品(如运动鞋、文具等)想出尽可能多的广告词(20 分钟)。

完成之后，请回答下面的问题，以检测此次头脑风暴会开得是否成功：

(1) 所有的人都发言了吗？

(2) 大家提出的答案重复的很多吗？

(3) 有人提出过让大家觉得可笑的答案了吗？

(4) 如果有人提出过让大家觉得可笑的答案，这个答案引起了别人的评论了吗？评论的时间长吗？

(5) 如果有人提出过让大家觉得可笑的答案后，他又继续提供答案了吗？

(6) 在整个过程中，大家的发言有较长时间的间断吗？

(7) 在整个过程中，作为主持人是始终坐在一处负责记录，还是到处走动鼓励大家发言？

(8) 主持人对每个人提出的答案都给予同样方式的肯定了吗？

(9) 当主持人宣布结束时，还有人在想主意吗？还有人在讨论吗？

(10) 整个过程的气氛热烈吗？

2. 对广告词方案进行比较，选出最合适的方案及备选方案(15 分钟)。

3. 总结本次集体决策过程的成功及不足之处(10 分钟)。

五、本章推荐阅读书目

1. [美]斯蒂芬·P. 罗宾斯著. 黄卫伟等译. 管理学. 第 4 版. 北京: 中国人民大学出版社，1997，117~142

2. [美]西蒙著. 詹正茂译. 管理行为. 原书第 4 版. 北京: 机械工业出版社，2004

3. 钱仲威. 管理决策. 重庆: 重庆大学出版社，2002

4. [英]巴克著. 徐海鸥译. 如何成为更好的决策者. 北京: 经济管理出版社，2004

5. [美]科芬·查尔斯. 经营决策模式. 北京: 现代出版社，2005

第五章

计　　划

学习目标：通过本章的学习，理解计划的意义和作用；了解制定计划的步骤；理解战略管理的过程；掌握计划制定与实施的方法；了解目标管理方法。

关键概念：计划(Planning)　战略计划(Strategic Planning)　战术计划(Tactical Planning)　长期计划(Long-term Planning)　短期计划(Short-term Planning)　项目计划(Project Planning)　应急计划(Contingency Planning)

计划是决策的组织落实过程。决策是计划的前提，计划是决策的逻辑延伸，作为管理的重要职能，"计划工作是一座桥梁，它把我们所处的这岸和我们要去的那岸连接起来，以克服这一天堑。"制定一个完整的计划不仅需要对组织的宗旨、使命有深刻的认识，还需要有效的目标及实现目标的途径。

第一节　计划概述

一、计划的含义与作用

1. 计划的概念与特性

我们可以从计划作为动词和名词两个角度来理解计划的概念。作为动词，计划是指制定目标并预先安排一系列行动方案的过程，包括从时间和空间上将组织的目标分解成各部门、个人的分目标并对计划实施进行控制；作为名词，计划是指一系列用以描述企业在未来行动的目标和方式的文件。

我们也可从广义和狭义的概念去理解什么是计划。

广义的计划包括制定计划、执行计划和检查计划的执行情况。检查计划的执行情况实际上又属于管理的控制职能的范畴，两者的关系是相辅相成的，计划为控制提供标准，没有控制，企业就难以完成各项目标任务。

狭义的计划就是指制定计划。本章主要涉及狭义的计划。

计划是制定组织目标并设计实现该目标的行动方案，它有以下几层含义：

第一，计划涉及各管理层次的目标。管理者在组织中所处的层次与计划类型的关系：计划涉及组织不同的管理层次，通常战略计划由高层管理者制定，它是以整个组织的特性、资源和环境为基础制定的，因此高层管理者的工作更具有战略导向性。基层管理者主要是制定运营计划，运营计划更集中于对某项具体业务的资源、方法、时间期限和质量的控制，其过程体现了资源的投入、转化及输出，这一过程中，控制是必不可少的，如图 5.1 所示。

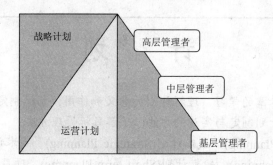

图 5.1　计划工作与组织层次

(资料来源：斯蒂芬•P•罗宾斯.《管理学》(第 9 版). 北京：中国人民大学出版社，2009)

第二，计划明确了员工努力的方向。计划工作明确了管理者和非管理者努力的方向，各部门有了各个时期的工作任务和工作重点。如企业的生产部门根据计划就可以安排本年生产的产品品种、数量、质量等；财务部门根据计划筹措资金满足生产任务完成、研究与开发等需要；人力资源管理部门根据计划安排人员招聘数量、参加培训人员等项目。当员工认识到组织的方向以及如何为达到目标做出贡献时，他们会自觉地协调自己的活动，相互合作，并采取措施实现目标。如一家汽车销售代理商年销售额目标为 8 000 万元；要求每个销售人员的指标为 500 万元，对销售人员的考核以底薪加销售提成为目标，这样既可以调动他们的积极性，超额完成指标又可以得到更多的奖金。

第三，计划是为了指导未来行动而制定的。由于未来有很多不确定因素，管理者可以通过预测变化，采取适当的措施来响应变化。因此，制定计划时的重要工作是要根据市场进行预测，预测的准确性决定着计划的成败。从这个意义上说，计划离不开计划制定者的思考、调查研究、创新和决策。因此，组织决策的质量决定着计划的有效性，管理者要提高决策的技能。

计划是管理的首要职能，计划制定了组织的奋斗目标，提高了组织的运行效率，没有计划的组织是难以想象的。计划工作具有五种特性：目的性、首要性、普遍性、效率性和创造性。

第一，目的性。为了实现组织目标必须制定各种计划。如长期计划主要涉及组织的战略目标，中、短期计划是为了实现组织的中短期目标。

第二，首要性。在管理的各项职能中，计划位于首位，计划的职能确定了组织的目标，其他如人事、控制、领导和激励等活动都是为了实现组织的目标，这些工作都离不开计划。

第三，普遍性。组织的各管理层次、各部门都有自己的计划，计划工作不仅仅是高层管理者的事，即使是一个班组长也要从事与计划相关的工作，只不过是他们的计划内容不同而已。计划工作也是主管人员的基本职责，各级主管人员能否制定有效的工作计划，可以反映出他们的管理能力。

第四，效率性。如同一个做事没有计划的人其工作效率可想而知，计划可以提高组织资源配置的效率，产生较好的效益，在制定长、短期目标时，要从系统的观念出发，根据组织文化，使各种目标相互衔接。

第五，挑战性。计划是面对组织未来行动的，计划所面临的是复杂多变的环境，这种不确定性使制定计划具有挑战性，形成诸多的方法，是一种创造性的活动，这就要求管理人员具备对环境的洞察能力、应变能力以及规划决策能力。

2．计划的作用

组织环境在不断地变化，组织的活动在计划的指导下才能有条不紊地进行，没有计划，各项活动必然会出现混乱和低效率。在实际工作中，人们对计划的认识还存在着种种误区，纠正对计划存在的种种误解对于正确理解和运用计划的制定方法十分重要，计划作为管理的首要职能，在组织多变的环境下更具有现实意义。对于大多数企业来说，计划是必需的，实践表明制定计划的组织对绩效有重要作用，有效的计划通常能带来较高的绩效、较高的资产回报率，并有助于提升公司的形象。

1） 计划是适应变革的持续活动

环境的复杂多变给组织带来了不同程度的风险，为了降低风险，组织就要根据环境的变化，适时把握机会，确定适合自己发展的目标，合理安排资源，避开风险，使组织在激烈的竞争中立于不败之地。

2） 计划能增强组织的协调

组织的生产和服务过程是一个十分复杂的系统，涉及众多的部门和人员，每一个部门都有自己合理的目标，这就需要各部门之间、员工之间密切合作，为了提高生产过程的效率，就必须有一个统一的计划去指导。

3） 计划是合理配置资源的重要手段

计划的节约是最大的节约，计划目标通常有一定的挑战性；通过计划管理，统筹兼顾、全面平衡，充分调动全体员工的积极性，有效地利用人力、物力和财力，使企业的生产经营活动顺利进行，取得较好的经济效益。

4） 计划支持组织的控制系统

计划是控制的前提条件，计划中的目标和标准可以使企业对目标与实际结果进行比较，通过持续地监控计划实施的结果，确定监测结果与最初的假设和期望之间的偏差，采取纠正措施，修正组织未来的各项活动。

5） 计划可以应对难以预计的情况

近年来发生的一系列突发事件，如美国 9·11 事件、四川汶川大地震、甲型 H1N1 流

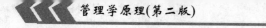

感疫情等，应急计划的制定十分必要，特别是对于公共管理部门，它是对不可预料的情况作出的有效方案。应急计划的制定包括：考虑可能的紧急事件、确定紧急事件的指标、为每一种可能的紧急事件制定行动方案、监视紧急事件的指标(确定紧急事件的发生)、采取行动完成紧急计划。

专栏5-1　灾难计划：唯一的救星就是沃尔玛

沃尔玛是美国最大的零售公司，对于很多人来说，它意味着很多事情——大幅的折扣、庞大的连锁、小镇价值的捍卫者、小镇商店的天敌。但大多数人都承认的一件事是，它在应对卡特里娜飓风时表现非常出色。沃尔玛公司的卡车司机将价值300万美元的补给运往灾区，在很多情况下比联邦危机管理局还早到了好几天。公司还捐赠了1 700万美元的现金作为救济款。沃尔玛证明了自己的效率能有多高。2005年9月16日，除了13家商店以外，因卡特里娜飓风而关闭的沃尔玛商店全部得到了修缮并重新开业。公司为97%因风暴而推倒房屋的员工重新安置了住所，并为他们提供了在全美国任何一家沃尔玛机构的工作机会。

沃尔玛公司在8月23日便开始对卡特里娜飓风作出反应——也就是在风暴席卷新奥尔良地区的6天以前。当天，沃尔玛的业务持续发展主管詹森·杰克逊注意到，从佛罗里达海岸登陆的风暴正在转变成一般热带低气压，并朝美国南部推进。

杰克逊微不足道的头衔和他的重要性很不相称。他监管着沃尔玛的危机处理中心，你可能认为全美国最大企业的危机处理中心会是一个高科技的战场。事实上，它不过是一个由蓝色小隔间组成的房间，和公司其他部门完全一样。公司的高层管理者不屑为任何像设计这种琐事花费时间和金钱，但在危机处理中心发生的一切却是真正的艺术。

杰克逊和他的下属似乎每天都会接到来自面临危机的沃尔玛商店打来的电话。2005年8月，在亚利桑那州格伦代尔的沃尔玛的停车场上，有人开枪射击了两名员工。危机处理中心立即向周围的商店发出警报，以防那些商店的门前出现的射击者造成更多的伤害。同一天，佛罗里达墨尔本某家商店一名受到惊吓的员工打来电话，说有人刚刚在那里扔了一个燃烧瓶。当一名管理者同嫌疑犯扭打在地时，杰克逊带领着他的组员帮助员工们保持冷静。

对于危机处理中心的伙计们来说，飓风没什么大惊小怪的。去年杰克逊和他的下属在佛罗里达州5周年的时间里对付了4场飓风。在卡特里娜飓风逼近时，杰克逊——这个曾在Sylvan Hills担任消防局长助理的语速很快的33岁的年轻人，利用从美国国家气象局精选出来的数据和一些私人气象专家，他画出了风暴横穿南佛罗里达州时可能经过的路线。他警告公司管理者要在卡特里娜飓风造访那些地方之前，将重要物品运到该地区商店附近的沃尔玛配送中心。"这就像一个巨型的国际象棋游戏。"杰克逊说。

在这个过程中几乎没有任何猜测的成分。沃尔玛公司研究了飓风可能经过的地区的消费者购买模式。公司的某些发现显而易见：当飓风不断逼近时，消费者会储备瓶装水、手电筒、发电器和防水帆布。飓风之后，他们买链锯和拖把。但也有些发现令人意外：消费者还会大量储存草莓夹心面包。为什么是它？"它们可以一直保存到你打开之前，全家都可以吃，并且味道很不错。"沃尔玛信息系统部的副总裁丹·利普说。

危机处理中心还要确保满足该地区沃尔玛商店的管理人员的需要。杰克逊提醒公司的货运部，把备用的发电机和燃料运到佛罗里达州的商店，让他们为能源不足做好准备。货车还送去了干冰，如果发电机发生故障，干冰则可以冰冻食品保持 72 小时不融化。

在风暴减退之前，沃尔玛给"损失预防"小组分配了人手——他们的任务是保护商店免遭一切损失，从入店行窃到蓄意破坏。这个小组为自己的发现感到惊奇。抢劫者将新奥尔良 Tchoupitoulas 街的商店洗劫一空。然而在其他地方，当地的沃尔玛员工阻挡了抢劫者，并将物品发放给了真正需要的人。(资料来源：路易斯·戈麦斯—梅西亚，戴维·鲍尔金，罗伯特·卡迪. 管理学——原理、案例与实践. 北京：人民邮电出版社，2009)

3．计划工作面临的挑战

1) 对计划认识的误区

(1) 计划不利于管理创新。从制定计划的过程看，组织制定计划的程序不会有多大改变，组织往往根据过去已达到的目标，结合对未来可能出现的变化而制定计划，因而计划工作更注重利用眼前的机会，这在一定程度上不利于管理者的创新及组织进入新的领域，结果可能被竞争对手超越，就像微软正面临强大的竞争对手谷歌 —— 一个白手起家发展到身价 1000 亿美元的企业。谷歌具有微软公司、ebay(分类广告商)、电话公司(旧金山的 wi-fi 计划)以及其他一些公司的某些特点，谷歌以其独特的创新精神、企业文化、经营理念取得了成功，目前谷歌进入了微软公司的业务领域，挑起了双方的竞争。

(2) 计划不能适应变化的环境。计划目标一旦确定，其隐含的假设是环境在实施计划期间不会改变，并以此来考核各部门及员工的绩效，如果这种假设是错误的或者环境有大的改变，管理者可能无法对变化的环境做出响应，组织仍按原来的计划运作则可能导致失败。动态的环境下要求计划更具灵活性。有的人提出"计划不如变化"，或"不需要花大量的时间和精力作计划"，对管理者来说确实是应考虑如何使计划更有效这个问题。

2) 使计划更具有效性

(1) 组织结构的扁平化。有效的计划工作需要组织结构的变革。从组织结构的形态来看，传统的层级结构自上而下传递公司的目标会花费很多时间，而不同层次的管理者都要承担设立目标和实施计划的相应职责，扁平化的结构有助于计划的制定和实施，有关组织结构的形态将在组织这一章详细论述。

(2) 反思计划设立过程。

传统的目标设立过程往往是先设立组织的总目标，然后沿着等级链将其分解为每一个层次的分目标。例如：总裁→工作负责生产制造的副总裁→制造分部总经理→分厂经理(厂长)车间主任→工段长→生产工人，组织的目标会被传递至下一个层次，并用以考核该层次的工作绩效。这种传统的目标设立过程是要求高层管理者具备较高的管理技能，清楚组织在特定环境下的最佳的目标和方式，并要求员工努力达成各自职责范围领域分解的目标。现实中组织目标在向下分解时如何做到更加具体有困难，而且可能成本很高，因此各部门、员工是否能达成目标并不容易，从而削弱了制定计划目标的导向性。

让员工参与计划设立过程有助于解决这个问题。如富士通公司实行"成果制"：让员工自己制定工作目标，然后与主管商议目标是否合适，并可调整目标，体现了员工参与制定目标过程。工作目标制定后，大部分人都会努力工作，圆满完成任务并获得加薪或晋升。

(3) 重视计划的实施。对管理者而言，仅仅有计划是不够的，计划只有被成功地执行才有意义。如同创业者已经拟定了一份商业计划书，如果没有团队的密切合作开展相应的活动，商业计划书再完美也是没有意义的。计划的实施是计划过程的重要内容，包括明确要完成的任务、分派员工承担的任务，以及管理员工以确保目标的实现。组织中那些重复性的工作可以利用程序化的方法实施，如原材料的订购、设备的修理、员工的培训等。对于那些程序化的方法能够解决的问题，可以采用项目管理的方法。

二、计划的种类

管理者经常面临各种各样的计划，这些计划各有特点，完成计划的方法也各不相同，在实际工作中，许多企业的计划都是综合性的，长、短期计划结合，战略、战术计划结合，各类计划都有特定的用途。

1．按计划的时间分类

一般将计划分为长期、中期、短期计划。

长期计划是确定组织今后发展方向，时间为 5 年以上。例如：为加快我国现代农业的发展，提高农民工素质和就业能力，进一步促进农村劳动力向非农产业和城镇转移，2003年，农业部、社会劳动保障部、教育部、科技部、建设部、财政部联合制定了《2003—2010年全国农民工培训规划》，计划在 2003—2005 年，对拟向非农产业和城镇转移的 1 000 万农村劳动力开展转移就业前的引导性培训，对其中的 500 万人开展职业技能培训；对已进入非农产业就业的 5 000 万农民工进行岗位培训。2006—2010 年，对拟向非农产业和城镇转移的 5 000 万农村劳动力开展引导性培训，并对其中的 3 000 万人开展职业技能培训。同时，对已进入非农产业就业的 2 亿多农民工开展岗位培训。

中期计划主要是确定组织具体的目标和战略，时间为 1～5 年。

短期计划主要是确定组织在近期内要完成的任务，具有详细的程序和操作方法，一般时间为 1 年及以内，如企业的年度生产计划、财务计划、人力资源计划等各项计划。

2．按计划的内容、层次分类

按此种分类方式，可将计划分为综合计划、局部计划、项目计划。

综合计划包括的内容是多方面的，涉及组织多个部门、多个目标，如企业的年度生产经营计划包括销售、生产、财务、研发、人力资源等计划，它们之间相互联系、相互影响、相互制约，构成一个企业完整的目标体系。局部计划只涉及某个部门的业务，如人力资源管理部门的员工招聘计划。项目计划是指为完成特定任务而设置的，如设备的大修理计划。

3. 按计划的广度和深度分类

按此种分类方式，可将企业众多的计划分为战略计划、战术计划和作业计划。

战略计划是为组织设立总目标和确定组织在环境中的地位的计划，一般由高层管理者制定，它具体体现了企业的经营方向、投资领域、企业的服务对象等，战略计划是对机会的认识，需要领导者具备良好的概念技能。

战术计划是在战略性计划的指导下如何实现总体的详细的计划，是战略性计划的落实，它涉及组织各部门未来较短时期的行动方案，如月度计划、周计划等。

作业计划是如何实现规定总体目标的细节计划，主要研究如何在已知条件下实现组织的总体目标。作业计划的特点是涉及的时间较短。

专栏 5-2　能量棒公司的发展

能量棒公司(Power Bar Inc.)是由麦克斯韦尔夫妇共同创立的。作为一名世界级的马拉松选手与教练，布赖恩·麦克斯曾在英国马拉松比赛中的 21 公里标识外由于耗尽了当天所摄取的能量感觉头昏眼花、视线模糊，最后退出比赛，由此激发了他寻找更好的能量来源的兴趣。于是他拿出 5 万美元的积蓄开始与营养科学专业的詹尼弗·比道夫合作研发了一种适于竞技水平发挥的美味、健康、营养的能量棒。在随后的 3 年中，在经历了无数次失败后，他们不但开发了能量棒生产工艺，还生产出了一种既能满足需求又能够瞬间快速提供能量的单糖和长期不断提供能量的多糖，低脂易消化。在运动员中尝试过很多配方，最终找到了最有效、可口的一种，他们于 1986 年正式在地下室创立能量棒公司，于 1987 年开始销售麦芽坚果和巧克力能量棒。

到 20 世纪 90 年代，公司销售规模以 50%～60% 的速度增长。但自 1994 年开始增速缓慢，当年仅增长 23%。回顾过去，尤其是 1995 年公司停产时，麦克斯韦尔夫妇以为公司没必要增加新产品而可以继续凭单一产品求发展，拒绝收购另一家以运动员和营养快餐消费者为定位的公司。他们意识到这一战略失误，单一产品生存根本不可行。麦克斯韦尔夫妇在 1997 年才开始面向这一市场开发新产品，1998 年他们将质感酥脆、口味多样的 Harvest 能量棒投放市场，1999 年将 Essentials 乳脂条及一系列运动饮品打入市场，销售额达到 1.35 亿美元。在该市场中，Harvest 超越 Clif 跻身于该领域的第三品牌，能量棒公司在爱达荷州的一家制造厂、在爱达荷州和昆卡罗来纳州的配送中心以及加拿大和德国的子公司，利用全球市场机遇来增加产品销售。为了能在全世界发展壮大，2000 年能量棒公司被雀巢公司收购，布赖恩仍在公司任要职。

如果你处于麦克斯韦尔夫妇的位置，你觉得他们随着业务的增长，他们可能需要哪些类型的计划来指导公司的生意？你是否认为如果能量棒公司制定了短期的、长期的计划，能否避免公司被雀巢公司收购？(资料来源：罗伯特 D·赫里斯，迈克尔 P·彼得斯，迪安 A 谢泼德. 创业管理. 北京：机械工业出版社，2009)

三、计划的层次体系

我们根据不同标志对计划进行了分类。计划包括组织未来行动的目标和方式，计划又是多层次的，计划从抽象的目标到具体的行动方案构成了一个层次体系。

1. 目的和使命

目的和使命也称为宗旨，体现为组织的最终目标、组织的理想、信念、态度、伦理标准等，是组织价值观的体现。宗旨决定了组织的性质，并以此区别于其他的组织。威廉·大内认为，宗旨包括三个因素："公司同其经济和社会环境之间的基本关系表现于'顾客'和'公民身份'那些部分中；公司的基本目标表现于'利润'、'利益领域'和'成长'等部分中；基本手段或业务程序表现于'我们的人员'和'管理'等部分中。"如 BELD 和 LFGGETT 商店的使命是："成为销售市场中的领先者，满足客户对时尚、质量、价值和选择的需要，提供优秀的客户服务，创造合理的利润。"

2. 目标

组织的目的和使命往往比较抽象，而目标才是计划所期望达到的结果。这个结果可以是量化的、具有挑战性并且是可以实现的，企业在营业收入、成本、利润、市场份额等方面都有特定的目标。目标是组织宗旨的具体体现，它反映了组织对组织内外部环境的基本认识。

如 TCL 集团认识到中国家电企业跨出国门发展的战略意义，制定了明确的发展思路，即以在国内行业具有领先优势的彩电和手机项目作为突破口，在发展中国家推广自有品牌产品，在发达国家开展 OEM、ODM 业务或兼并重组当地知名品牌以拓展市场，其跨国经营自 1999 年起从周边国家逐步扩展到欧、美国家或地区。

3. 战略

战略是为了实现组织总目标而采取的行动和利用资源的总计划。组织的资源是有限的，计划的任务就是合理配置人力、物力、财力和信息等资源，以尽可能少的支出去实现组织的既定目标，并通过一系列的主要目标和政策去决定和传达想成为什么样的组织的愿景。战略并不会确切地概述一个组织怎样完成目标，这些属于实现目标的具体的、支持性计划的任务。

如联想集团于 1988 年制定并实施了一个海外发展战略，并达到了预期的目标。1998

年，联想集团又制定了一个面向未来(2010)的跨世纪发展战略和策略，随着这一战略的有效实施，联想集团成为中国民族企业的一个典范。随着我国新农村建设战略的实施，2007年，联想集团向外界正式公布了未来三年针对新农村市场的战略目标。

4．政策

政策一词(policy)来自政治(politics)，意思是采取某项行动的说明，也表示权术和谋略，在一定程度上反映了人们的利益关系。政策是计划的指导方针，是指导和沟通决策的思想指南。政策给出了决策的范围或方向，政策具有约束力，规定了决策者在一定范围的自主权。例如，许多企业在招聘营销人员时都要求"有相关的工作经验"，这就是一项政策，该项政策并没有指明相关工作具体的内涵，因此负责招聘的人员可以在一定的范围内自己决策；政策对主管人员的工作有指导和约束，但也使主管人员的工作不脱离组织的要求和方向，在一定的范围内给主管人员一定的自主权、决策权，使下级充分发挥自己的聪明才智，更好地完成组织确定的任务。

5．程序

程序是制定组织未来活动的一种必需方法步骤。它确定活动的先后时间顺序，程序使组织重复发生的管理活动规范化，使组织各个部门之间、上下级之间的各项活动有条不紊地进行，同时，程序也减轻了主管人员的工作负担，不必过多地考虑那些程序性的工作应该怎么完成，什么情况下交给下级或由其他部门负责。因此，程序是行动的指南，而不是思想的指南。

组织制定程序可以明确各个工作岗位的责任，提高管理的效率和质量。组织的每个部门都有程序，如企业的销售、生产、采购和财务部门普遍都有销售程序、采购程序、生产程序、资金审批程序等，管理的程序化水平是管理水平的重要标志。如麦当劳公司为了更好地为顾客服务，体现其"Q、S、C、V"的经营理念，对食品制作过程有严格的操作程序。

程序确定之后必须遵循，违反程序必然影响管理的预期结果，严重的还会给组织带来重大损失。随着企业管理水平体现在程序的执行程度上，因此，程序属于标准和制度。

6．规则

规则是允许或不允许采取某种特定活动的明文规定。组织的规章制度大都属于规则，规则与政策不同，执行人员没有自由处置权，例如，8：00上班就是一项制度，8：00以后上班就是违反规则。规则同程序是有区别的，规则没有时间顺序，例如，"禁止吸烟"仅仅是不允许做什么，并不存在活动的顺序问题；但反过来说，程序可以看作是一系列的规则的总和，规则又可作为考核的标准，如60分以上作为成绩及格的标准，低于60分必须补考；再如，麦当劳的卫生规则可以说是超国际标准，其牛肉汉堡要经过40多项检查，土豆条炸出后7分钟、牛肉汉堡出炉10分钟后便不再供给顾客。而有些标准却不能看作规则，只能是区分高、低、好、坏的尺度。

7. 预算

预算表现为具体的资金分配，它提供了各部门的活动对战略目标的贡献，如费用预算、成本预算、现金预算，不同层次的管理者都可能参与预算的制定。量·本·利分析法可以反映预期利润对成本与产出之间的关系，因而是编制预算的常用方法。

为了使预算能适应经营环境的变化，企业可以定时(通常为1年)检查预算的前提假设，结合变化的情况，修订预算，使预算更具灵活性。

8. 方案

方案是一个综合性的计划，它包括目标、政策、程序、规则、任务分配、要采取的步骤、要使用的资源以及为完成既定行动方针所需的其他因素。一项方案可能很大，也可能很小。通常情况下，一个主方案可能需要很多支持计划。在该主要计划进行之前，都必须把这些支持计划制定出来，并付诸实施。所有这些计划都必须加以协调和安排时间。

需要指出的是，在上述计划的要素中，有些要素也可以看作是计划的一种形式，如政策、规则、程序、标准以及预算等。

四、计划编制的程序

1. 情况分析

情况虽然不属于计划的活动，却是计划工作的起点。情况分析主要从组织内部环境和外部环境两方面着手。外部环境分析主要是分析市场需求、行业发展阶段和竞争对手；内部环境分析是指对自己的优势和劣势的认识。通过对内外环境的分析，可以对未来进行预测，发现并把握机会，选择自己的竞争战略。如20世纪90年代初，通过对外部环境的分析，格兰仕公司认识到，微波炉行业在发达国家已处于技术成熟期，但在中国是属于投入期的产业，当时全国微波炉仅为100台，每年尚要进口几万台。随着人们生活水平的提高，对生活质量有了更多的追求，微波炉在中国将会有良好的发展前景，因此，格兰仕公司从原来的服装行业转向微波炉行业，采用的是适合于中、小企业发展的利基战略。

2. 确定目标

在情况分析的基础上，确定组织的发展方向、短期目标以及实现目标的时间。主要包括确定组织的战略、政策、程序、规则和预算等计划目标，并指出工作的重点，这一过程具有很强的创造性，因此，要鼓励管理者和员工对其工作进行大胆设想。

3. 确定计划的前提条件

计划的前提条件与环境有关，由于计划是面对未来的，在编制计划之前需要预期计划的环境条件。这些环境条件既是计划的约束条件，又是编制计划的依据。在管理学的研究中，我们非常强调环境因素，编制计划的主管人员越是了解计划的前提，组织计划工作就越有效。

4. 选定备选方案

选定备选方案是通过调查研究，选择和设计可供实施的备选计划或方案。选择是在方案的可行性原则和确定备选方案影响因素的指导下进行的，过多的计划方案会增加评估的复杂性和难度，因此，根据成本/效益的原则，应对计划方案的数量适当限制，注意不要漏掉一些非常好的方案。

5. 评估和选择方案

在评估和选择方案的过程中，决策者根据一定的原则对每一个可选择的目标和计划的备选方案的优势、劣势和潜在的效果进行评估，这是一个决策的过程，前一章已经介绍了一些决策的方法。

6. 实施计划

当管理者选定了目标和计划方案，就必须实施计划以实现既定目标。在这一过程中，管理者和员工必须对计划有明确的了解，有实施计划所需要的资源和动机，一个有效的方法是管理者和员工都参与了计划制定的过程，实施阶段将会更富有成效和效率，因为员工对于他们亲身参与制定的计划和目标更具有责任心，能够更积极地去实现。

7. 监督与控制

监督与控制是最后的也是最基本的步骤。计划在执行过程中，管理者必须依据各部门不同的目标和计划对他们进行持续的监督。当计划没有被很好地执行或内外部环境发生了变化时，需采取行动予以更正。

第二节 战 略 管 理

经济全球化使众多的企业进入更广阔的市场，并面临复杂多变的环境。企业要想在激烈的竞争中寻求稳定发展，就必须重视长远发展问题。自20世纪60年代开始，学界产生了许多研究战略管理的理论，如哈默尔(Hamel)和普拉哈拉德(Prahalad)企业核心竞争力理论，迈克尔·波特(Michael Porter)的竞争战略理论。

波特的竞争理论提出了分析企业竞争战略的五种竞争力量：新进入者威胁、替代品威胁、买方讨价还价能力、供方讨价还价能力、现有竞争对手的竞争。其关于竞争战略的理论把战略管理引入到一个更广阔的环境分析视野中，企业通过对行业竞争分析，选择并实施自己的竞争战略，使企业可以更好地应对环境的变化。

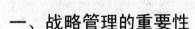

一、战略管理的重要性

1. 企业的经营环境

1) IT 迅速发展

从 20 世纪 70 年代开始，IT 在企业管理中得到了广泛的应用，IT 不仅对高科技企业，对很多制造业和服务业的运作模式也产生了深远影响：首先，公司可以在管理信息系统中将所有的经销商、销售人员与制造中心联系在一起，使销售订单能与定制设计部门和生产部门保持协调一致，同时客户也可以及时获取产品定价和生产进度的信息。其次，在拥有完备的客户配送系统和条件下，公司的管理信息系统可以把运营与供应商网络联系起来，这样它的供应链就可以与客户的需求保持一致，从而提高对市场和响应能力和对竞争者策略的反应能力。

2) 市场需求多样化

今天，我们处在追求个性化的时代里，需求的多样化使企业生产方式面临挑战，过去的大规模生产、以低成本提供无差异化的产品和服务已经不能赢得竞争优势，多品种、小批量的生产方式将使企业的管理方式面临变革；需求多样化还体现在产品寿命周期缩短，尤其是日常消费品的生命周期。产品生命周期的缩短要求企业加大研发投入，缩短新产品开发时间，不断推出新产品，以提高对市场需求变化的响应能力。

3) 产品质量与成本的挑战

提高产品质量是生产运作管理目标之一。过去企业强调的是"合理质量"的概念，20 世纪 90 年代以后进入产品和服务质量竞争的时代，要求企业生产"完美质量"的产品，这就要求企业以顾客为中心，使每个员工对"质量"负责，从而提高企业整体质量管理水平。

企业面临的另一个挑战是产品的成本问题。一些跨国零售企业在供应链管理上取得成功，一些跨国公司裁员或在关闭本土的工厂，将生产线转移到亚洲等国家或地区，如 Nike、Reebok 等美国运动品牌公司都依赖于海外制造。企业如何降低管理费用和劳动力成本？怎样能出更低的报价能够获得订单？这些问题都要求企业必须寻求进一步降低成本的合理途径。

4) 企业并购和全球经济一体化

20 世纪 90 年代中期，全球兼并进一步升温，尽管 2008 年的国际金融危机使全球经济低迷，企业紧缩投资，仍然有大宗并购案例，特别是在医药、IT 行业。值得注意的是中国的企业也参与了并购，如 2004 年 12 月联想集团以 12.5 亿美元的现金和股票收购 IBM 的全球台式电脑和笔记本业务，从而组建起世界第三大个人电脑厂商；2007 年 11 月雅戈尔收购美国 KWD ASIA 持有的 Smart 100%股权和 KWD 持有的 Xin Ma100%股权，收购金额分别为 7 000 万美元和 5 000 万美元，成为中国服装界最大一笔海外收购；2009 年 6 月中国五矿以 13.86 亿美元收购澳大利亚 OZ 公司部分资产。

全球并购使跨国公司重视企业的多样化经营和全球战略目标的实施，推进了全球经济一体化，而全球经济一体化使各国经济无一例外地参与国际分工和国际交换，这有利于中国的企业充分发挥动态比较优势，有利于在全球范围内优化资源配置，并通过扩大外需的方式带动经济增长，促进经济增长方式的改变。

2．为什么战略管理重要

管理者要应对多变的经营环境，要确定企业发展的重要问题和选取适当战略措施，在各个部门协调一致下，实现经营目标。有很多例子表明：重视战略管理的企业能够取得更好的绩效。

专栏5-3　柯达公司的发展

进入20世纪90年代后，柯达面临数字成像技术对传统成像技术的挑战，柯达公司勇于成为新技术的推动者，全面调整经营战略。

2003年9月25日邓凯达宣布将中止在美国、加拿大和西欧销售传统的胶卷照相机，今后在欧美市场将不再继续投资传统的胶片业务领域，业务重心向数码产品领域转移。随后就不断传出柯达公司并购数码影像企业的消息：柯达公司买下了总部在好莱坞的影片后期制作公司——Lase Pacific，随后，又以4.8亿美元并购了生产牙科医疗数字影像设备的Practice Words。

2003年，数码相机在美国的销量有史以来第一次超过了传统相机。随着数码相机价格的下降以及性能的提升，即使是许多专业摄影师也开始使用数码摄像技术。2004年1月5日，柯达公司以2.2亿美元的现金完成了对以色列赛天使公司旗下的赛天使数码印刷有限公司的收购。这一收购只是柯达公司30亿美元数码战略计划的一小部分，另外柯达公司还签署了以4200万美元并购一家数字医疗影像技术公司Algotech的协议。2004年1月14日柯达公司宣布停止在美国、加拿大以及西欧等销售光学相机。2004年1月22日，柯达公司发言人公布2003年第四季度报告，其数码导向的增长战略实施取得阶段性成功。如数码产品和服务的财务表现出现改善，数码产品销售和利润显著改善，包括数码相机、打印机底座以及数字医疗影像设备；收购一系列行业内领先的数码影像公司；参股乐凯胶片股份有限公司。这些成就加强了柯达对其发展战略的信心。根据同时宣布的三年计划，柯达公司决心成为传统和数码产品及服务领域成本最低的供应商，从而在传统银盐影像业中获得更大的生产份额，并增强在数码产品市场的竞争力。

2003年柯达公司在中国业务取得的绩效引人注目，中国国内销售和出口销售总额超过10亿美元，尽管受到"非典"的严重影响，公司收入仍增长了12%。2003年第四季度，柯达在中国的收入同比增长29%。这说明，柯达通过发展涵盖数码和传统、民用和商用的多元影像业务正在中国获得增长。2004年柯达在中国加大投资，全力拓展中国地区的传统业务，在相机"播种"和冲印网络基础建设方面采取一系列措施，如消费者购买四个柯达胶卷便可以获得一台免费的美国产镜头的柯达相机，价钱只是99元。

2004 年，柯达在中国厦门一次性相机新厂区落成，厦门成为全球最大的一次性相机生产基地，并实现扭亏为盈。

柯达的核心业务将定位于基于数码图像的消费产品业务和图文图像业务，基于图像科学和材料科学的交叉领域的该业务正是柯达的技术强项，今后柯达将着力于建立更强大的数码业务和保持对传统业务的有效管理。(资料来源：《企业管理经典案例》，张存禄，中国人民大学出版社，2004 年)

二、战略管理过程

战略管理是对组织的长期目标和战略进行决策的过程，在这一过程中需要各个部门的管理者参与。制定战略计划的首要内容是什么？管理大师彼得·德鲁克(Peter F. Drucker)曾说："一个企业不是由它的名字、章程和公司条例来定义的，而是由它的任务来定义的。企业只有具备了明确的任务和目的，才可能制定明确和现实的企业目标。"战略管理的制定过程一般由以下步骤构成。

1．确定公司的使命

确定公司的使命并不是简单地说明这家公司是干什么的，而是应当明确而仔细地规定出公司应该干什么和不应该干什么，它是一个组织的总体意图的宣言，它回答了"我们的公司为什么存在？"和"公司能做出怎样的独特贡献？"它决定了组织的经营范围，如宝洁公司是全球最大的日用消费品公司，主要经营洗发、护发、护肤用品、化妆品、婴儿护理产品、妇女卫生用品、医药、食品、饮料、织物、家居护理及个人清洁用品。300 多个品牌的产品畅销 160 多个国家和地区。

远景和使命反映了公司员工对自己未来的憧憬，它不仅描述了公司的产品或目标客户，而且体现了公司的灵魂，可以使员工的精神为之振奋，从而使员工得到激励。

专栏 5-4　联想集团的使命宣言

联想集团的愿景——未来的联想应该是高科技的联想、服务的联想、国际化的联想

联想电脑公司使命——为客户利益而努力创新

联想公司价值观——成就客户、创业创新、精准求实、诚信正直

成就客户——致力于客户的满意与成功

创业创新——追求速度和效率，专注于对客户和公司有影响的创新

精准求实——基于事实的决策与业务管理

诚信正直——建立信任与负责任的人际关系

2．审视公司的环境

公司的规划者们接下来必须审视公司的外部与内部环境，以识别威胁和机会。

1) 外部一般环境

外部环境的审视是为了识别由经济、政治、法律、社会和科技问题带来的挑战。

经济环境主要包括宏观和微观两个方面的内容。宏观经济环境指一个国家的人口数量及其增长趋势，国民收入、国民生产总值、经济发展水平和速度。微观经济环境指企业所在地区的消费者收入水平、消费习惯、储蓄情况、就业程度等因素，这些因素影响了企业的管理实践。如肯德基、麦当劳、宜家、家乐福，它们可以准确地知道一个国家的国民收入、消费者购买水平、消费习惯，能够在恰当的时机进入当地的市场。

政治环境包括一个国家的社会制度，执政党的性质，政府方针、政府法令等。不同的国家有着不同的社会性质，不同的社会制度对组织活动有不同的限制和要求。政治环境在很大程度上影响和制约了企业的经营行为，公司必须对其加以认真分析，制定自己的经营战略。

法律环境是企业经营尤其是跨国公司面临的最复杂的环境因素，它由与企业活动相关的各种国内法规、外国法规和国际法规所构成。企业的生产经营必须符合政府颁布的法规的要求。政府颁布的各种法规，在某种程度上反映了政府的贸易和产业政策，它们直接影响企业的经营方式和经营战略的制定。

专栏 5-5　我国影响企业的部分法规

(1)	1985 会计法	加强会计工作，保障会计人员依法行使职权
(2)	1992 妇女权益保护法	为了保障妇女的合法权益，促进男女平等
(3)	1995 广告法	规范广告活动，促进广告业的健康发展
(4)	2001 反不正当竞争法	鼓励和保护公平竞争，制止不正当竞争行为
(5)	2002 中小企业促进法	改善中小企业经营环境，促进中小企业健康发展
(6)	2005 公司法	规范公司的组织和行为，维护社会经济秩序
(7)	2005 商品条码管理办法	规范商品条码管理
(8)	2006 创业投资企业管理暂行办法	规范投资运作
(9)	2007 残疾人就业条例	促进残疾人就业，保障残疾人的劳动权利
(10)	2007 劳动合同法	保护劳动者的合法权益

社会环境指企业所在的社会中居民的教育程度、文化水平、宗教信仰、风俗习惯、价值观念等因素。文化水平会影响居民的需求层次；宗教信仰和风俗习惯会禁止和抵制某些活动的进行；价值观念作为企业文化的核心，会影响员工对组织目标、经营活动以及对自身的认可程度。

当今世界社会价值观、风俗习惯和生活品位正在发生变化，组织应制定政策适应这种变化，如当人们开始关注工作与生活的平衡，追求提高生活质量时，组织就要制定相应的休假政策和有弹性的工作时间。

科技环境指一个国家和地区的技术水平、技术政策、新产品开发能力、专利保护等因

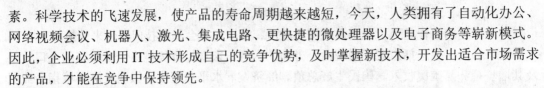

素。科学技术的飞速发展，使产品的寿命周期越来越短，今天，人类拥有了自动化办公、网络视频会议、机器人、激光、集成电路、更快捷的微处理器以及电子商务等崭新模式。因此，企业必须利用 IT 技术形成自己的竞争优势，及时掌握新技术，开发出适合市场需求的产品，才能在竞争中保持领先。

2) 内部环境

通过对外部环境的分析，组织可以发现机会，但自身的能力也许会限制你利用这一机会。因此组织除了要分析外部环境，还应该系统地分析内部环境，与竞争对手相比，认清自身的不足，发挥自己的优势，避免潜在威胁。内部环境审视包括一个组织的文化、结构、当前使命、历史、管理层数、管理控制的跨度、人力资源知识、技能和能力。

今天，从事生产计算机、软件、新能源开发的企业正逐渐取代生产汽车、钢铁以及化工产品的企业而成为经济的主导产业，经济全球化使企业的发展更多地依赖高新技术。企业不断变革，以一种扁平化的组织结构代替垂直的金字塔式的管理结构；通过授权、减少管理层次来进行变革；打破传统的人事管理制度，实行目标管理，以充分调动员工的积极性，增强企业活力。

专栏 5-6　富士通公司的变革

日本最大的 IT 与通信企业——日本富士通株式会社近年来推进管理变革，2002 年列《财富》杂志 500 强第 88 位。

1993 年，富士通开始在全公司范围内实行在当时日本人看来几乎是"冒天下之大不韪"的改革——即将其实行多年的"终身制转向工作成果制"。因为当时几乎所有的日本企业都还在实行沿用多年的雇佣终身制，员工已习惯将公司视作第二家庭。此项改革出台后，立刻在日本企业界引起震动，富士通面临巨大的压力。

当时 IT 产业中，日本企业面临更具创新能力的美国企业的竞争，如何提高公司创新能力是富士通亟待解决的问题，而传统的终身雇佣制已经难以适应 IT 产业的飞速发展，不利于培养员工的竞争意识和创造精神。于是，富士通开始逐步推行将员工工作成果与其收入相联系为主要内容的"成果制"。

这一改革成功之后，富士通从 1999 年开始倡导"能力主义"。公司主张废除企业内部白领阶层和蓝领阶层的区别，不再以学历和年龄取舍人，主张取得显著成绩的人员应该晋升快，加强职责评价与报酬的联系。

管理机制的变革为富士通带来了活力，提高了企业的竞争力。2000 年，富士通的营业收入从 1993 年的 279 亿美元增长到 472 亿美元。列世界 500 强第 45 位，成为规模仅次于 IBM 和 HP 的世界第三大 IT 企业。

2000 年之后，世界 IT 和通信业陷入低谷，富士通同样也面临困境，富有变革精神的富士通再次提出了"网络世界创意无限"的口号，并基于此推行更为深入的组织变革，富

士通以不断创新的高科技形象享誉日本和全球。(资料来源:《企业管理经典案例》,张存禄,中国人民大学出版社,2004 年)

① 分析内部环境可以采用针对不同职能领域的能力进行分析法。这种方法需要各职能部门经理和员工提供信息。组织应该鼓励所有的管理人员和员工提供建议。为了及时搜集广泛的信息,组织可以授权一个委员会去搜集资料。

表 5.1 列举了为战略管理提供信息的不同职能部门的能力。

表 5.1 不同职能部门的能力

职能部门	能 力
营销	产品预测、经济条件、竞争者的行为、新产品接受、广告与促销活动、客户服务的质量和效果
制造	设备能力、持续改进生产过程的能力、全面质量管理、工人生产率、灵活性和反应速度
财务	有效的财务控制体系、成本管理、债务情况、公司的财务状况、财务绩效
人力资源	劳动市场条件、有效的激励和协调各业务单元的管理、培训方案、员工配备能力、政府法律和劳动法规
研究与开发	开发创新产品的能力、工人与机器标准、项目与产品变化、设计能力、新产品开发的速度
采购	原材料的可获得性、存货水平、储存和仓库的容量、供应商和顾客的容量

② 标杆分析法是分析企业能力的有效方法,它将行业领先者作为标杆,以期望改进自己的绩效,它有四个阶段:第一,发现存在问题的活动或职能。第二,找出行业公认的处于领先地位的组织。第三,全面了解这些组织的业绩,尽可能的去拜访、学习其先进的经验。第四,利用搜集到的信息重新修订组织的目标、修正程序,开展相应的活动来改进组织的绩效。

如富士通运用标杆管理对其生产过程进行管理,推进了公司的变革,现在,富士通已经发展成为横跨半导体电子器件、计算机通信平台设备、软件服务三大领域的全球化综合性 IT 科技巨人。

3. 设定战略目标

战略计划的第三步骤是设定战略目标,以说明公司要达到的结果。战略目标应该是具体的、有挑战性的和可衡量的,涉及公司的市场地位、创新、生产率、各种经济资源、利润率、管理绩效与开发、员工的绩效与态度及社会责任等领域。

专栏 5-7 TCL 集团的战略目标

"成为具有国际竞争力的世界级企业"是 TCL 集团的战略目标。

TCL 集团在国际化发展的道路上，制定了明确的发展思路：以在国内行业具有领先优势的彩电和手机项目作为突破口；在发展中国家推广自有品牌产品；在发达国家开展 OEM、ODM 业务或兼并重组当地知名品牌以拓展市场。

1999 年，TCL 集团在越南设立了彩电生产厂，2001 年实现盈利，TCL 集团品牌在越南已享有较高知名度；在菲律宾、印尼、新加坡、泰国等东南亚市场也取得了良好的业绩。

2002 年初，TCL 集团成功引进了南太、住友、东芝、飞利浦等国际知名企业作为战略投资者，变更设立了股份有限公司，为 TCL 集团参与国际竞争、开展全球经营、创建世界级的中国企业奠定了基础。

2003 年 7 月，依据全球竞争环境的变化及自身产业的发展规划提出"龙虎计划"：未来三五年内，在多媒体显示终端与移动信息终端两大业务方面建立起国际竞争力，进入全球前五名，成为腾飞寰宇的"龙"；家用电器、信息和电工照明三大业务以及正在发展的文化产业形成国内领先优势，成为雄踞神州的"虎"。(资料来源：http://www.tcl.com.cn)

4. 战略制定

战略制定具体地说明一个组织是为了实现其战略目标而必须采取的行动，有效的战略制定能够整合、配置、分配组织的内部资源，使外部环境机会得到适当的利用。一般包括财务、营销、管理、生产运营、财务会计、信息系统以及人力资源等领域。组织的战略主要有以下两个方面。

1) 组织层面战略

组织层面战略明确组织的经营领域，如从刚创建的小企业→发展中的企业→较大规模的企业，其经营领域是一个逐步扩大的过程，即多元化的过程。

专栏 5-8　菲利普·莫里斯公司的成功

菲利普公司全球一体化战略，通过购买、合资、战略联盟、许可证生产等手段进入不同的经营领域。

20 世纪 50 年代，当医生们把香烟与癌症联系在一起时，烟草公司就立即意识到，如果他们自己要正常地生存下去，就必须采用新的战略。由于消费者和广告限制构成的威胁对企业十分强大，因而不能忽视。于是绝大多数著名的烟草制造商就开始寻求进行多种经营，进入新的市场领域的方法。

1959 年，菲利普·莫里斯公司用不到 1.3 亿美元收购了米勒啤酒公司。菲利普·莫里斯公司采用了与之不同的新方法，并附之以庞大的市场开发预算，对米勒公司的产品结构进行了调整，淘汰了老产品，而主要生产低度的高端啤酒和高度的低端啤酒，并加强广告宣传。结果，米勒牌啤酒获得巨大成功，在美国销售量仅次于巴德韦塞牌啤酒。接着，以米勒啤酒为基础，又生产出迎合各种顾客需要的莱特牌啤酒，这样就使菲利普公司的销售量和利润都大幅上升。

菲利普公司还通过有计划地实施一系列长期的或短期的社会公益项目，对教育、科学基金、环保、防灾抗灾、流行病防治、抗饥饿等社会公益项目捐助活动，树立了良好社会责任感的形象。(资料来源：http://bbs.manaren.com)

多元化可以使企业尽可能地分散经营风险，有助于企业发现发展机会，能使企业现有的技术和管理能力得以充分发挥，使原材料在不同经营领域得到最充分的利用。但是，企业需要实力雄厚的资金，在发展多元化经营过程中投入大量资金，因此，要注意不能陷入盲目发展的危险境地。

2) 业务单元战略

组织在明确经营领域后，可以运用降低成本、差异化战略形成自己的竞争优势。

(1) 成本领先。成本领先战略要求公司比竞争者更有效率地开展活动，强调以低成本价格为用户提供标准化的产品，其目标是要成为产业中的低成本生产厂商。

方式：通过大规模生产、降低管理费用、有效的库存管理、在劳动力成本低的国家开办工厂等。

(2) 差异化。差异化战略要求公司不断开发新产品或增加现有产品的性能，力求自己的产品与竞争对手的差异，使消费者相信与竞争者的产品相比，本公司产品是更好的。如企业有完善的营销网络、知名品牌、具备强大的 R&D 能力、高素质员工等。

5. 战略的实施

有了合适的战略还不够，各部门必须对其实施给予高度的重视，以保证战略的实施有效果和效率。在实施过程中要注意，战略必须与组织结构、技术、人力资源、薪酬体系、管理信息系统、组织文化和领导风格协调，要鼓励各层次管理者、员工积极参与战略的制定、识别，并在实施过程中把责、权、利三者结合起来。

6. 评价战略成果

组织要定期评价战略成果是否达到预期的目标，这些目标对公司的利益相关者很重要。衡量战略的指标包括：利润、销售额或市场占有率增长率、资产增长率、形成竞争优势、为未来发展提供创新的动力。

专栏 5-9　罗姆公司的战略

罗姆公司是日本京都的一个中型的整体电路制造商。在过去的四年中与其他公司业绩下滑相反，该公司的利润一直持续增长，资产收益率达到 16.5%，为许多公司美慕。尽管罗姆公司 1998 的利润不被看涨，但还是使销售额增加到了 33.1%，而在 1998 年的 3 月份为止的年增长率是 32.8%。这个成绩的取得是通过一直保持公司创始人的开拓精神以及紧密关注可盈利的细分市场面得以创造出来的。负责海外销售的董事信夫治田说，公司的强势在于公司采取的策略正确，从而使资源集中在那些能够保持与竞争者存在差异的产品中。

罗姆公司没有追求大规模的生产，而是倾向于努力向琐碎的细分市场提供特色产品，并一直坚定不移地执行着。公司创始人佐藤从自家浴室创业开始，就把自己的力量集中于开发那些被大公司所忽视的产品，例如：一些定制化的芯片零件。由于集中于核心技术，使得罗姆公司免受泡沫经济和半导体价格下滑而导致的毁灭性打击。

公司发展自己的制造设备，这不仅是为了保证能够迅速而有效地生产产品，而且也是为保证大量小规模定制产品的盈利。公司生产的一些芯片零件的价格低于一日元，这就意味着即使销售了一百万个芯片零件也仅获得一百万日元的收入。但公司之所以获利是因为公司生产大公司不愿生产而一些小公司又无核心技术的芯片零件，并且是以低价格迅速而可靠地生产产品。在向日本传统的经营理念提出挑战方面，罗姆公司没有基于资历的提升制度，还雇用了多达 20%～30%的中途跳槽员工。罗姆公司在强调核心技术的同时追求利润而不是市场份额，公司重视员工的绩效而不是资历和长期雇佣。罗姆公司可能更像一个美国企业而不是一个被日本传统所束缚的公司。信夫治田在美国呆过一些年，他认为日本做强调长期的方法，这为日本提供了一个可以超过美国的优势。"我们相信我们建立的模式吸取了日美两国的优势"，治田先生说道。(资料来源：周延鲸，熊钟琪. 国外企业创新案例选. 北京：国防科技大学出版社，2005)

第三节　计划工作的方法

计划工作的重要方面是关注目标的实现，实现计划的目标需要拥有资源，如何合理配置资源，实现计划的目标？本节将介绍计划实施的技术和方法。

一、甘特图法

甘特图(Gantt Chart)是 20 世纪初由亨利·甘特(Henry Gantt)首创。这种带有横向的时间坐标和纵向的活动坐标的工作计划和工作进度的条形图，表示计划期间的计划和实际产出，管理者可以随着时间的推移，对比计划与实际条形图，掌握计划的实际完成情况，评估每一项活动是提前完成、正进度进行、可能延迟。甘特图是一种虽简单却又非常重要的计划工具。图 5.2 是某超市计划运作的甘特图。

为做这张图，该超市负责人必须先确定超市从选址到开张所需的各项活动，然后再分别对各项活动进行时间估计，确定活动序列。做完这一切，图上就能显示出将要发生的所有活动、计划持续时间以及何时发生等信息。在计划的过程中，管理者能看到哪些活动先于进度安排，哪些活动晚于进度安排，使管理者能及时注意并调整需要加快的地方，从而保证整个计划按期完成。

使用甘特图法简单、易行，但它不能表明各项活动之间的内在联系，而这可能是完成计划的关键。因此，需要新的科学计划方法。网络计划技术或计划评审技术就是这样的方法。

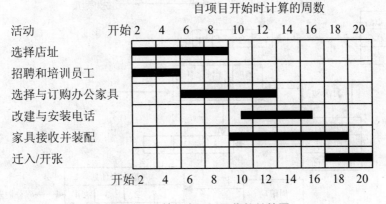

图 5.2 某超市计划运作的甘特图

二、滚动计划法

滚动计划法是一种编制计划的新方法，它的基本思想是将计划分为两个时间段编制：执行计划与预计计划。执行计划即当前正在执行的计划，一般是比较详细的计划，不可以再变动。预计计划是未来的计划，一般比较粗，有调整的余地。当预计计划转为执行计划时，需要根据企业内外条件的变化、上一时段的计划执行结果的差异进行调整，如图 5.3 所示。

图 5.3 年度计划的滚动

2001 年编制 5 年计划，计划期从 2001—2005 年，共 5 年。若将 5 年分成 5 个时间段，则 2001 的计划为执行计划，其余 4 年的计划均为预计计划。当 2001 年的计划实施之后，又根据当时的条件仿制 2002—2006 年的 5 年计划，其中 2002 年的计划为执行计划，2003—2007 的计划为预计计划；依此类推。修订计划的间隔时间称为滚动期，它通常等于计划期。

上例是年度计划的滚动，同样也适于年度计划中季度、月度计划的滚动，见图 5.4。

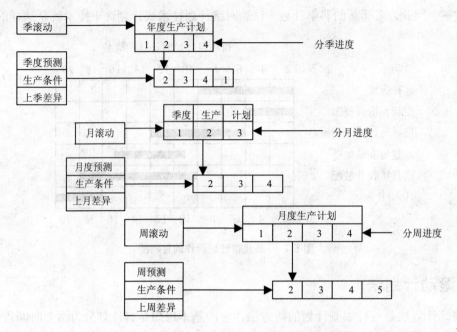

图 5.4　年度计划中季度、月度计划的滚动

滚动计划法的优点是：

(1)　使计划的严肃性与灵活性结合起来。企业制定计划后，需各部门密切配合并调动员工的积极性，以保证计划的完成，体现了计划的严肃性；但执行计划在实施过程中因市场需求的变化可能发生偏差，结合企业内外条件的变化对以后各期计划进行调整，否则计划就没有可行性而流于形式，体现了计划的灵活性。

(2)　提高了计划的连续性。计划逐年滚动，使长期计划、年度计划、月度计划相互衔接。

三、线性规划法

企业在制定生产计划时必须考虑生产能力，事实上，每个企业都可能面临生产能力不足的问题，可采取加班或外包的形式，这样可以保证产品如期交货。

线性规划法作为运筹学的一种数学模型，主要用于在有限资源的约束下寻求目标函数的最优解。在制定计划中，线性规划法用于求解计划期内正常时间下的劳动力成本、加班成本、分包成本、招聘工人成本、解聘工人成本和库存成本，使总运营成本最低。

专栏 5-10　线性规划法的应用(一)

某生产商正在制定未来两个季度的生产任务。据估计，第一季度市场需求为 700 台，第二季度为 3 200 台；根据生产部门提供的资料，该产品单位加工时间为 5 小时，每个季度计划有 9 000 小时正常的生产时间，加班时间不超过正常生产时间的 10%；已知正常时间劳动力成本为 12 元，加班成本为 18 元。一台产品当月生产、下个季度发货，其库存维持成本为 50 元。试问公司应如何安排未来第一、二季度的生产任务？

解：

1. 定义决策变量

X_1=在第一季度正常生产并发运；

X_2=在第一季度加班生产并发运；

X_3=在第一季度正常生产、第二季度发运；

X_4=在第一季度加班生产、第二季度发运；

X_5=在第二季度正常生产并发运；

X_6=在第二季度加班生产并发运。

2. 确定决策变量系数

目标函数系数如下：

X_1：5×12=60；　　　　X_2：5×18=90；

X_3：5×12+50=110；　X_4：5×18+50=140；

X_5：5×12=60；　　　　X_6：5×18=90

3. 建立线性规划模型：

$\text{Min}Z=60X_1+90X_2+110X_3+140X_4+60X_5+90X_6$

$X_1+X_2 \geqslant 700$

$X_3+X_4+X_5+X_6 \geqslant 3\,200$

$5X_1+5X_3 \leqslant 9\,000$

$5X_5 \leqslant 9\,000$

$5X_2+5X_4 \leqslant 9\,000×10\%$

$5X_6 \leqslant 900$

代入计算机程序求解，该线性规划的解是：

X_1=580　　　　X_2=120

X_3=1 220　　　X_4=0

X_5=1 800　　　X_6=180

Z=304 000(元)

企业在制定生产计划时，必须根据市场需求，常见的情况是企业必须就自身的资源状况来考虑是否接受订单，这类问题也可采用线性规划法来求解。

专栏 5-11　线性规划法应用(二)

某企业已接到 A、B、C 三种产品订货，其单位产品加工时间及获取的利润见表 5.2，已知该企业的生产能力为 45 个时间单位，问应该接受哪些产品的生产？

表 5.2　产品的加工时间和利润

产　品	A	B	C
加工时间	12	8	28
利润	15	12	24

解：

1. 定义决策变量

X_A、X_B、X_C 为接受或不接受，当决策变量取 1 时，表示可以生产；决策变量取 0 时，表示不生产。

2. 建立线性规划模型

$\text{Min}Z=15X_A+12X_B+24X_C$

$12X_A+8X_B+28X_C \leqslant 45$

X_A，X_B，$X_C=0$ 或 1

这类线性规划问题又称为 0-1 整数规划，采用特殊的解法。

$X_A=1$，$X_B=0$，$X_C=1$，即接受产品 A 和 C 的订单。

四、网络计划技术

网络计划技术包括计划评审技术(Program Evaluation and Review Technique，PERT)和关键路径法(Critical Path Method，CPM)。PERT 产生于 20 世纪 50 年代，美国海军在建造北极星导弹研制计划时，它作为一种计划与管理技术而最先使用并由此发展，在建筑业、飞机制造业及造船业、医疗保健行业有着广泛应用。CPM 是由美国兰德公司和杜邦公司在 1957 年开发的一种帮助化工厂安排维护项目的方法。两种方法相似，CPM 所涵盖的内容都可以运用于 PERT。

我国从 20 世纪 60 年代初期开始在大型工程中推广使用该法，称之为"统筹法"，取得了显著成效。

网络计划技术通过网络图来描绘计划中各个活动的先后次序和相互联系，标明各项活动的开始和完成时间、相关的成本，为了使网络计划技术最大限度地发挥作用，在制定项目计划时要注意：任务是明确的；任务相互独立，可以分别开始、停止和进行；任务有一定先后顺序，必须按照顺序依次完成。

现在以某公司的产品展示会为例来说明该方法的分析步骤。

第一步，将计划的各项活动分解，见表 5.3。

表中列出了各项活动的相互关系和先后顺序，紧前活动是指某项工作开始前必须先期完成的工作，如 C 的紧前工作 A，C 则是 A 的紧后工作，即在编写培训教材之前必须先期完成编制任务书。

表 5.3　某产品展示会活动表

活动代号	活动说明	紧前活动
A	编制任务书	—
B	广告初步设计	A
C	编写培训教材	A
D	拟定人员招聘计划	C
E	广告媒体安排	B
F	确定广告设计	B
G	招聘人员	D
H	准备培训资料	C
I	实施广告计划	E
J	展示台搭建	F
K	培训人员	G、H
L	举行展示会	J、K
M	总结	I、L、K

第二步，根据各项任务活动及其顺序绘制网络图，将每一活动的时间标明(见图 5.5)。

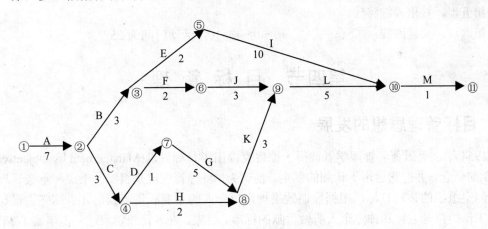

图 5.5　某产品展示会网络图

在网络图中，用两个结点和一条箭线表示一项活动，网络图自左向右，箭线上方表示一项活动的代号，下方表示活动时间，注意在绘制网络图时箭线不能交叉、不能循环，在网络图可以有虚工序，表示既不占用资源又不耗用时间，仅表示活动的先后顺序。

第三步，通过分析网络路径提供项目计划的全貌。

计算网络图中各项活动的时间参数，即每一项活动的最早开始时间 ES、最早完成时间 EF、最迟开始时间 LS、最迟完成时间 LF(见表 5.4)。

表5.4 时间参数

活动代号	编 号	时间(天)	ES	EF	LS	LF	总时差	是否在关键路线上
A	①-②	7	0	7	0	7	0	√
B	②-③	3	7	10	9	12	2	
C	②-④	3	7	10	7	10	0	√
D	④-⑦	1	10	11	10	11	0	√
E	③-⑤	2	10	12	12	14	2	
F	③-⑥	2	10	12	14	16	4	
G	⑦-⑧	5	11	16	11	16	0	√
H	④-⑧	2	10	12	14	16	4	
I	⑤-⑩	10	12	22	14	24	2	
J	⑥-⑨	3	12	15	16	19	4	
K	⑧-⑨	3	16	19	16	19	0	√
L	⑨-⑩	5	19	24	19	24	0	√
M	⑩-⑪	1	24	25	24	25	0	√

第四步，计算第一项活动的松弛时间。

第五步，找出关键路线。

第六步，关键路线：①-②-④-⑦-⑧-⑨-⑩-⑪，活动时间为25天。

第四节 目 标 管 理

一、目标管理思想的发展

1954年，美国著名管理学者彼得·德鲁克提出了目标管理(Management by Objective，MBO)的概念，并把它运用于计划的制定。他认为，目标管理就是组织的上级和下级管理者一起制定组织的共同目标，根据预期效果规定每个人的主要职责范围，并以这些衡量尺度作为工作的指导方针和评定个人所做贡献的标准。后来，许多管理学家进一步丰富了MBO的思想。1960年，道格拉斯·麦格雷戈在《在企业中的人的因素》一书中指出，企业应制定自下而上的管理目标，以实现综合与自我调节控制。1970年，乔治·奥迪奥恩在《管理目标的决定》一书中进行了系统的论述：管理思想的上下级一起来辨别他们的共同目标，根据每个管理者对自己成果的预想来规定每个人的职责范围，并用这些价值标准来指导推进这个组织的工作，来评价每一个成员的贡献。

专栏5-12 彼得·德鲁克——现代管理之父

彼得·德鲁克于1909年出生于奥匈帝国统治下的维也纳，祖籍荷兰，他先后在奥地利和德国接受教育，曾任新闻记者，1931 年获法兰克福大学法学博士，并在纽约大学研究生院担任了 20 多年的管理学教授。1954 年出版了《管理实践》一书，提出了一个划时代的概念——目标管理。

20 世纪以来，美国的许多公司，如英特尔公司、微软公司、通用电气公司等，它们的总裁在管理思想和管理实践上都受彼得·德鲁克的影响。作为一位现代管理学的开创者，彼得·德鲁克于 2002 年被美国政府授予"总统自由勋章"。(资料来源：http://wenku.baidu.com/view/98acdd11f18583d04964599e.html)

二、目标管理的特点

1. 目标管理是员工参与管理的一种形式

目标管理不只是上级把目标分配下来，而是上下级共同协商制定目标。一方面，下级要理解上级确定的目标，下级明确需要完成的任务、上级将根据这一目标来衡量下级的业绩；另一方面，上级也要了解下级对目标的想法、资源状况、在完成目标时可能的困难，通过上下级之间的沟通，下级提出反映组织客观需要的目标，最后就下级需要实现的目标达成一致。

目标的实现者同时也是目标的制定者，即由上级与下级在一起共同确定目标。首先确定出总目标，然后对总目标进行分解，逐级展开，通过上下协商，制定出企业各部门、各车间、班组直至每个员工的目标；用总目标指导分目标，用分目标保证总目标，从而保证组织目标的最终实现。如富士通公司于 1993 年实行"引进目标管理，设定评价制度与收入相联系"为核心的方法，首先让员工自己制定工作目标，然后与自己的直接领导商议目标是否合适，可升可降。工作制定后，员工就要为达到目标而努力工作。一年后，员工如果没到预计的工作目标就要降薪或解雇。

2. 实施目标管理必须重视授权

目标管理体现了以人为本的管理思想，企业目标明确后，每位员工都必须朝着这个方向努力，共同的目标把个人的努力凝结为一体，产生出 1+1>2 的整体效应。为实现这个共同的目标，在企业中必须进行授权，即在决定与工作相关的事情上给员工一个比较大的发言权，从提建议到对管理决策行使否决权，甚至自己决策，员工都可以帮助决定一系列的问题，如休息间隔、工作时间、完善公司的奖励制度等。

通过管理授权，为员工提供从工作中获得内在奖励的机会来强化激励，使员工感到自己具有更大的价值，而主动地将自己的行为和绩效联系起来，从而成为自我激励型的员工，而较高的工资满意度和工作满意度可以提高生产率；授权过程还可产生更好的决策，因为决策是靠员工做出的，员工对自己的工作比他们的经理有更全面的认识，所以决策会更好。此外，当员工参与决策过程时，他们更可能接受未来要实施的决策；通过管理授权，使企业的总目标落实到各管理层次，而且责权分明，每个部门、每个员工能更有效地实现自己的目标任务。

3. 目标管理强调自我控制

自我控制的含义是指下级在目标设定之后能够积极主动、自觉自愿地完成所制定的目标，而不是在上级不断的监督和控制下完成目标。自我控制是参与管理的必然结果。管理授权使下级有一定的决策权，使员工自我控制成为可能，而自我控制要求组织能及时把有关信息传递给各级管理者，而不是仅仅传递给上级主管部门。如20世纪90年代，美国的公司都使用"自我管理的工作团队"，这种"自我管理团队"以客户为中心，在促进团队工作、持续学习等管理实践中取得了很大成功，特别是在汽车、飞机、电气设备、电子、食品加工、造纸和钢铁行业，这些团队在制造业中特别盛行。在那里，更新的生产战略、竞争压力和先进的生产技术增加了车间员工的职责，如施乐公司、宝洁公司、联邦快递公司、波音公司、福特公司、通用汽车公司和通用电气公司等都已采用自我管理的工作团队，尤其是施乐公司将客户投诉数量降低了38%；摩托罗拉公司将次品率降低了80%。

4. 目标管理要求完善的奖惩制度

在目标实施进程中，上级管理者应定期检查目标的完成情况。在目标任务完成后，应根据下级的业绩进行考评和奖惩，奖励制度必须公平、公开、公正，真正使员工认识到必须通过努力去实现各自的目标，许多实施目标管理的企业大部分员工都能达到自己的目标。如富士通公司在实行"成果制"后，大部分员工在制定工作目标后都努力工作，圆满完成任务并获得加薪或晋升。

三、目标管理的步骤

第一，设定总目标。目标管理一般开始于组织的高层，高层管理人员首先要根据组织的远景和使命，分析客观环境带来的机会和挑战，正确认识优势和劣势，制定组织的目标和战略，选择适合自己的竞争战略，这是确定计划的前提。

制定目标时，定量目标更容易引起关注，表现在管理指标体系设立上，可能会更多地追求量化指标，无论目标大小，统统要求量化，以致出现了为量化而量化，损害了目标管理的科学性。因此，在强调定量目标的同时，要特别注意定性目标的制订，如提高管理水平、提高员工的满意度、企业社会责任等。

第二，将总目标层层分解。明确组织的规划和目标，制定下级的分目标。在分解过程中，强调上、下级进行充分沟通，不是盲目服从上级的目标。上级管理人员要指导下级发展一致性和支持性目标，有最后的审批权。下级的目标确定之后，将对上级的目标产生影响，会促进上级部门调整自身目标，从而形成目标制定的自上而下和自下而上的循环过程。每个员工和部门的分目标要具体量化，和其他的分目标协调一致，便于考核，具有挑战性，使员工经过努力有实现的可能，从而激发员工不断学习，提高态度、技能、能力，实现本部门和组织的目标。

第三，目标实施。在目标的实施过程中，强调员工的自我控制，上级管理人员要进行定期检查，双方经常沟通、互相协调，下级要主动汇报任务进展，上级要向下级通报进度，帮助下级解决工作中出现的困难，当环境变化影响组织目标实现时，可以通过一定的程序调整原定的目标。

第四，总结反馈。对整个过程进行总结和评估，既是对某一阶段组织活动及员工业绩的总结、考评，也是为下一阶段目标管理提供参考和借鉴，为组织成员及其各个层次、部门的活动制定新的目标并组织实施，开始新一轮循环。

专栏 5-13 新宇化工公司的目标管理

一、确定目标

新宇化工公司根据企业"九五"计划的总体要求来确定公司的总目标。总目标包含以下(以 1996 年为准)内容:

(1) 对社会贡献目标。具体指标为: 总产值 7 914 万元必达，期望达到 8 644 万元，净产值 1336 万元必达，期望达到 1 468 万元; 上交税收 517 万元必达，期望达到 648 万元。

(2) 对市场目标。销售指标: 期望年增 6%~8%; 资产总额 650 万元，且年增长率 12% 以内; 必须开发 5 个新系列化工产品，期望开发 6 个新产品系列; 职工人数逐年增长且实行全员岗位培训，职工培训合格率必达 85%。

(3) 公司利益和效益目标。确定的具体目标如下: 利润总额 480 万元，期望实现 540 万; 销售利润率 7.6%，期望达到 8.5%，劳动生产率年增 85%，期望年增 105%; 成本降低率递减 5%; 合格品率达到 92%，期望达到 95%; 物质消耗率年下降 7%; 一级品占全部合格品比重达 50%，期望达到 60%。

二、目标分解

新宇化工公司对于总目标的每一个必达指标，都按纵横两个系统从上至下层层分解。从横向系统看，即公司每一个职能部门都细分到各自的目标，并且一直到科室人员。从纵向系统看，从公司总部到下属车间、工段、班组直至每个岗位工人都要落实细分的目标。由此形成层层关联的目标连锁体系。

以实现利润总额 480 万元为例，对其目标进行分解。为确保 1995 年实现利润总额 480 万元，经过分析，这取决于成本的降低; 而成本又分解为原材料成本、工时成本、废品损失和管理费用四个第三层次的目标，然后继续分解下去，共细分成 96 项具体目标，涉及降低物耗、提高劳动生产率、保证和提高产品质量以及管理部门节约高效的具体要求。最后按归口分级原则落实到责任单位和责任人。

三、执行目标

新宇化工公司按照目标管理的要求，让各目标的执行者"自我管理"，使其能在"自我控制"下充分发挥积极性和潜能。为职工实现自己的细分目标创造一个宽松的管理环境，不再强调上级对下属严密监督和下级任何事情都必须请示上级才行动的陈旧的管理模式。

在下一阶段，新宇化工公司领导注重做到以下几点：

(1) 对于大多数公司所属部门和岗位，都进行充分的委权和放权，提高自主管理和自我控制的水平。对于极少数下属部门和岗位，上级领导对下属部门和成员仍实施一定的监督权，以确保这些关键部门和岗位的目标得以实现。

(2) 公司建立和健全了自身的管理信息系统，创造了执行目标所需的信息交流条件，使得上下级和平级之间的不同单位、部门、人员都能在执行各自目标中得到信息的支持。

(3) 公司各级领导人员对下属与人员，并不是完全放任不管不问。他们的职责主要表现在以下方面：一是为下属创造良好的工作环境；二是对下级部门和下属人员做好必要的指导和协调工作；三是遇到例外事项时，上级要主动到下属中去协商研究解决办法，而不是简单下指令。

四、评定成果

新宇化工公司在进行目标管理时，很重视成果评定。当预定目标实施期限结束时(一般为一年)，就大规模开展评定成果活动。借以总结成绩，鼓励先进，同时发现差距和问题，为更好地开展下一轮的目标管理打下基础。

新宇化工公司强调评定成果要贯彻三项原则：一是以自我评定为主，上级评定与自我评定相结合；二是要考虑目标达到程度、目标的复杂程度和执行目标的努力程度，并对这三个主要因素进行综合评定；三是按综合评定成果进行奖励，体现公平、公正的激励原则。

新宇化工公司执行目标管理的第一年就取得了丰硕成果。公司总目标都超额实现。总产值达到 8 953 万元，净产值达 1 534 万元，上交税收 680 万元。总目标中对社会贡献的目标全部超过期望目标。在市场目标方面：1996 年比 1995 年销售量增长 9%，市场占有率达到 35%，都超过了必达目标。在公司发展目标方面：销售额达到 7 130 万元，比上年增长 85%；资产总额 730 万元，比上年增长 15%；已开发 6 个新品种系列；职工培训上岗合格率已达 93%。在公司利益和效益目标上，已实现利润总额 630 万元，其他各项经济效益指标也全部达到甚至超过预定目标。

同时，在公司内部的上下级关系和人际关系方面开始变得融洽、和睦，职工群众的积极性、主动性、创造性得以真正发挥出来。全公司呈现一种同心协力、努力奋斗，力争实现公司目标的新景象。(资料来源：黄雁芳，宋克勤. 管理学教程案例集. 上海：上海财经大学出版社，2001)

四、目标管理的局限性

1．强调短期目标

大部分实行目标管理的组织所确定的目标一般是一年或更短期的，这会使主管人员盲目追求短期目标，忽视了短期目标和长期目标的关系，让员工产生短视行为，最终将不利于长期目标的实现。例如，销售部门为实现本期销售额而过多地削减价格或加大应收账款的金额，不愿意与财务部门协调等。因此，在目标管理实施过程中，上级领导应不断地协调各部门的关系，并确认短期目标对长期目标的服务关系。

2．目标难以确定

根据责、权、利三角定理，适当的具有挑战性的目标可以激发员工的工作积极性，但事实是在这个度的把握上，过高的目标会给下级造成过大的压力，有时，这种压力会诱发下级使用不道德的手段去实现目标；过低的目标又会使下级缺乏干劲，因而不能体现目标管理的作用；此外，组织内的许多目标难以定量化、具体化，一些团队工作在技术上不可分解。因此，如何使目标具有可操作性是一项困难的工作。为制定合理的目标，主管人员需要花大量时间进行工作分析，避免主观臆断，并不断同下级进行沟通，切实使目标管理不流于形式。

3．目标不能适应环境变化

一方面，目标管理思想是强调目标的明确性，而且这种明确性或确定性是制定一项有效计划所应具备的条件，在计划期间一般是不改变的，下级也习惯于接受这种预先确定的、相对静止的目标，以一种固定的标准和指标来考核和衡量，必然会束缚了员工的手脚，扼杀他们的创造性。另一方面，由于组织环境的可变因素越来越多，变化越来越快，组织的内部活动日益复杂，而由于人们对资源利用的有限性，在实际工作中根本很难预测到目标或计划的应该设置水平，使组织活动的不确定性越来越大，此时员工还在为一个过时的目标而奋斗，那无疑是在浪费时间和资源。因此，应设置一种可以随各种外部因素的变化而自行调整的动态目标。

4．组织目标难以与个人目标结合

企业在设置目标时，是以组织总目标为中心，经过分解，落实到每个员工，在大多数情况下，员工只是被动地接受目标，很少考虑个人的目标需求和偏好；此外，经过了层层分解的目标也难以全面和准确地反映总目标的思路，员工不能清楚地知道企业的总体发展方向，在心理上难以认可。

5．加大了管理的难度

一方面，由于管理工作是非常复杂的，把所有的工作都放在目标管理上是不可能的，例如，将决策水平和创新能力的提高放入目标管理的范围就很困难。因此，有些工作无法实施目标管理。另一方面，由于下级努力去实现那些可测量的目标，往往会忽视那些无法测量的工作，此外，上下级在商定目标时要进行沟通、统一认识，势必耗费一定的时间；每个单位、个人都关注自身目标的完成，容易滋生本位主义、临时观点和急功近利的倾向，从而增加管理成本。

本 章 小 结

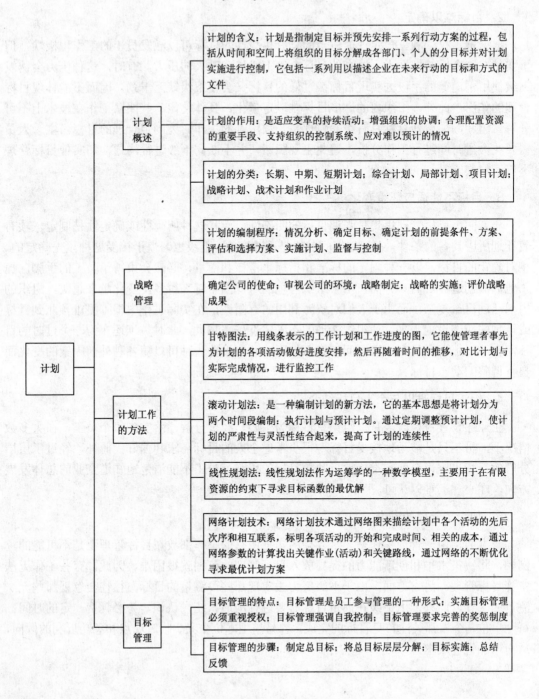

计划概述
- 计划的含义：计划是指制定目标并预先安排一系列行动方案的过程，包括从时间和空间上将组织的目标分解成各部门、个人的分目标并对计划实施进行控制，它包括一系列用以描述企业在未来行动的目标和方式的文件
- 计划的作用：是适应变革的持续活动；增强组织的协调；合理配置资源的重要手段、支持组织的控制系统、应对难以预计的情况
- 计划的分类：长期、中期、短期计划；综合计划、局部计划、项目计划；战略计划、战术计划和作业计划
- 计划的编制程序：情况分析、确定目标、确定计划的前提条件、方案、评估和选择方案、实施计划、监督与控制

战略管理
- 确定公司的使命；审视公司的环境；战略制定；战略的实施；评价战略成果

计划工作的方法
- 甘特图法：用线条表示的工作计划和工作进度的图，它能使管理者事先为计划的各项活动做好进度安排，然后再随着时间的推移，对比计划与实际完成情况，进行监控工作
- 滚动计划法：是一种编制计划的新方法，它的基本思想是将计划分为两个时间段编制：执行计划与预计计划。通过定期调整预计计划，使计划的严肃性与灵活性结合起来，提高了计划的连续性
- 线性规划法：线性规划法作为运筹学的一种数学模型，主要用于在有限资源的约束下寻求目标函数的最优解
- 网络计划技术：网络计划技术通过网络图来描绘计划中各个活动的先后次序和相互联系，标明各项活动的开始和完成时间、相关的成本，通过网络参数的计算找出关键作业(活动)和关键路线，通过网络的不断优化寻求最优计划方案

目标管理
- 目标管理的特点：目标管理是员工参与管理的一种形式；实施目标管理必须重视授权；目标管理强调自我控制；目标管理要求完善的奖惩制度
- 目标管理的步骤：制定总目标；将总目标层层分解；目标实施；总结反馈

计划

复习思考题

一、问答题

1. 计划与组织目标之间的关系是怎样的?
2. 计划有哪些表现形式?
3. 计划流程分哪几个主要步骤?

二、案例分析题

怎样才能成为全球500强
——上海宝钢公司的发展计划

公司目标: 世界一流企业——世界500强中的优秀企业。世界一流水平——拥有著名品牌和自主知识产权。

上海宝钢集团公司(以下简称宝钢)是国内最早提出要进入世界500强的企业之一,它不仅仅要进入500强,而且要成为500强中的优秀企业。

1. 宝钢的优势分析

经比较分析,宝钢发展成为全球最具竞争力的钢铁企业,其优势主要表现在以下几个方面:

(1) 宝钢是中国最现代化的钢铁联合企业,其销售收入不仅在国内同行企业中是一流的,而且已跻身于世界钢铁企业前列。

(2) 宝钢与世界上任何一家钢铁企业相比,其吨钢成本消耗为最低,尤其是劳动力成本最低,1999年,公司人均年产钢达到765吨,近年内,有望达到人均年产钢1000吨。

(3) 宝钢地处亚洲,在中国这个广阔的市场,钢铁产品需求潜力很大,宝钢以其自身长期以来形成的产品优势、质量优势、信誉优势、服务优势确立了稳固的市场地位,在国内几乎没有强有力的竞争对手,其80%以上产品的实物质量均达到世界一流水平,汽车板、耐大气腐蚀钢、高强度高韧性系列管线钢等产品在国内市场占有率均在50%以上。

(4) 宝钢的管理者经验丰富,皆为国内钢铁业的精英,他们从事钢铁业的管理工作,平均从业年数达18年以上,半数以上高级管理人员具有硕士以上学历,并且有海外工作经历。公司拥有一支一流的人才队伍: 不仅从国内外广招各类高级人才,还把优秀员工送往国外著名学府或企业进行培训。目前,公司集结了400余名科技人员专业从事新技术、新工艺、新装备、新材料的研发,并有170余名专业人员从事产品质量检验工作。

(5) 宝钢的整体装备水平在全球是最好的。它引进了日本、德国、美国等世界发达国家钢铁工业的先进技术和装备,在此基础上,建起了高度自动化、连续化、大型化的世界一流钢铁联合企业,投产后不断地加大科技投入,对设备进行更新改造,使整体装备继续保持了21世纪初的世界先进水平。

(6) 宝钢所在的上海市是中国最富庶、最繁荣的城市,也是经济最发达的地方,举世瞩目的浦东开发区就在这里,濒临江海的地理条件,使公司原材料的供应源源不断,快捷的水路、铁路、航空,以及四通八达的公路运输,把宝钢同世界联系在一起,使它的产品能以最快的速度运到四面八方。

除了上述优势外,宝钢股份公司还有许多潜在的优势,比如它的品种结构还有很大的发展空间。另外,宝钢今后还会根据生产的实际需要增建部分项目,这样,就可把原先部分富余的钢坯转化为优质的钢材。宝钢股份公司经过调整,把产能、物流调整到最佳配置,那么,在成本大大降低的同时,销售收入将会大幅度提高。现阶段,宝钢正在努力做到:制造成本最低、产品结构合理、盈利能力增强、资本结构优化、不断创新技术。

2. 宝钢的二次创业

宝钢二次创业的发展目标就是要追赶跑在前面的竞争对手,例如韩国的浦项钢铁公司。抽象一点说,就是要把宝钢建成世界上最具竞争力的钢铁企业。之所以以韩国浦项为赶超对象,是因为目前在全世界钢铁企业中,浦项钢铁公司的获利能力最强,很多钢铁企业,包括日本的新日铁都在赶超浦项。

在国际化经营方面,宝钢坚持以"当地化+CS = 国际化"的原则在全球进行资源配置,以实现全球化、市场化、效益最大化,优化资源产出量。宝钢的产品主要在国内市场销售,2000年的内销比例为84.9%,其余产品销往日本、韩国、东南亚国家、美国和欧洲等地区。保持一定的出口比例是公司的整体战略之一,这有助于公司掌握世界钢铁产品市场的变化趋势以便设计未来发展的计划,避免汇率变化的风险和促进客户结构的多元化。目前宝钢拥有先进的生产技术和设备,已成为国内最现代化的综合性钢铁公司,是全球生产同类产品的低成本钢铁生产企业之一。在产品出口方面,各子公司抓住国际钢材市场复苏的有利时机,结合国内钢铁总量控制的要求,努力改善出口产品结构,加大"双高"产品出口。

在技术开发和科技创新方面,宝钢与国家自然科学基金委员会各出资600万元,成立了面向全国的"钢铁联合研究基金",用于钢铁及相关技术基础研究。公司还设立了5 000万元的科技发展专项经费,重点用于前瞻性、基础性等科技开发项目。2000年实施重点科研开发项目156项,开发成功"西气东输"用X70管线钢、高磁导率软磁合金、微晶玻璃等新产品。公司在开发新技术的同时坚决淘汰落后工艺装备,其中宝钢集团上海第一钢铁有限公司、宝钢集团上海浦东钢铁有限公司、宝钢集团上海五钢有限公司等子公司取得了实质性进展,全年淘汰落后炼铁能力16.5万吨,炼钢能力14万吨,轧钢能力26万吨。上海宝钢益昌薄板有限公司的冷轧机组经过4个月的改造,为产品质量达到世界一流水平奠定了基础。

在多元化经营方面,宝钢针对涉足的产业提出了"以实业为基础,以贸易为先导,以金融为后盾"的多元化经营战略方针。宝钢目前钢铁主业的生产规模在2 000万吨左右,产品结构以板管材为主、棒线材为辅,不锈钢产品正在发展之中。宝钢的汽车板、造船板、家电板、管线钢、油管等高档产品在国内的市场占有率位于前列。宝钢贸易服务产业定位于钢材及相关材料的加工及贸易服务，以强化宝钢的钢材和相关产品的加工、贸易及物流服务能力和材料供应解决方案能力。金融业作为宝钢的储备性战略产业，主要涉及保险、商业银行、证券、财务公司及信托五大金融领域，参股浦东发展银行、交通银行、华泰财产保险公司、新华人寿保险公司、福建兴业银行，是太平洋保险集团的第一大股东。

3. 结语

1999 年底，《世界钢铁业指南》已经将宝钢的综合竞争力列为世界钢铁企业的前三名，同时认为宝钢是未来最具发展潜力的企业。宝钢股份公司经过科学论证，参照世界最先进的钢铁企业经营业绩，制定了极具挑战性的战略目标；公司董事长谢企华表示："我们力争用 5—6 年时间，把公司建设成为全球最具竞争力的钢铁企业。"(资料来源：本专栏根据管理资源营销中心 http://www.mmre.net 的相关资料整理而成。)

问题：

1. 为了保证宝钢集团战略目标的实现，宝钢集团在哪些方面制定了保证措施？

2. 你认为宝钢的发展计划与其资源基础是否相匹配？

三、管理技能训练

向一家小企业的管理者了解该企业制定计划时涉及的各种类型的计划，然后把你的发现与书中的有关知识进行比较，它们之间有什么不同？

四、本章推荐阅读书目

1. 斯图尔特·克雷纳. 管理百年. 海口：海南出版社，2003，123~135

2. 约瑟夫·M. 普蒂，海茵茨·韦里奇，哈罗德·孔茨. 管理学精要(亚洲版). 北京：机械工业出版社，1999，110~125

第六章

组 织 管 理

学习目标：通过本章学习，明晰组织的含义及其类型；掌握组织设计的原则；了解组织结构设计的任务；加深对组织结构的基本形态理解；熟练掌握组织力量整合；掌握人力资源管理的含义、任务以及原则；了解招聘员工的来源与招聘方式；熟练掌握绩效评估和薪酬管理的原则；充分认识组织变革的动力与阻力；理解团队组织。

关键概念：组织(Organization)　分权(Decentralization)　管理幅度(Range Management) 管理层次(Management Levels)　委员会管理(Management Committee)　人力资源管理 (Human Resource Management)　绩效评估(Performance Evaluation)　薪酬管理(Pay Administration)　组织变革(Organizational Change)　团队组织(Team Organization)

　　每项管理活动都存在于一个组织范围内，并且都需要运用组织这一基本职能，因此，组织设计和运转机制是否科学直接关系到组织未来的生存状况和竞争能力。要使组织高效率的运转，实现组织与环境的动态平衡，必须科学合理地构建组织，并且要求随着时间和环境的变化，充分地利用现代科技手段，适时地进行变革。

第一节　组 织 概 述

一、组织的含义

　　组织的希腊文原意是指和谐、协调。目前，组织一词使用得比较广泛，主要从两个角度理解其含义。

1. 组织的一般含义

　　组织是为了达到某些特定目标，在分工合作的基础上所构成的人的集合。

　　组织作为人的集合，不是简单的毫无关联的人与人的总和，它是人们为了实现一定目的而有意识地协同劳动所产生的群体。可以发现我们周围被称之为组织的群体，如某企业、某协会，某政府部门，这些组织从事活动各不相同，但它们都有目的、有计划、有步骤地对个体行为进行协调，形成集体的行为。

　　理解组织的含义，我们一定要抓住以下要点：

　　(1) 组织是一个人的系统。这一系统是由人建立的、以人为主体组成的具有特定功能的整体。

(2) 组织必须有特定的目标。目标是组织存在的前提，组织目标反映了组织的性质及其存在的价值。

(3) 组织必须有分工与协作。组织的本质在于协作，正是由于人们聚集在一起，协同完成某项活动才产生了组织。组织功能的产生是人类协作劳动的结果。

(4) 组织必须有不同层次的权利与责任制度。权责关系的统一，使组织内部形成反映组织自身内部有机联系的不同管理层次。这种联系是在分工协作的基础上形成的，是实现合理分工协作的保障。组织规模越大，权责关系的处理就越重要。

2. 组织的管理学含义

在管理学中，组织被看做是反映工作职位和一些个人之间关系的网络式结构。

从以上定义中我们可以看出，在管理学中，组织含义可以从静态与动态两个方面来理解。静态方面即指组织结构，也即反映人、职位、任务以及它们之间特定关系的网络。这一网络可以把分工的范围、程度、相互之间的协调配合关系、各自的任务和职责等用部门和层次的方式确定下来，成为组织的框架体系。动态方面即指维持与变革组织结构以完成组织目标的过程。企业必须根据组织的目标建立组织结构，并不断地协调组织结构以适应环境的变化。

正是从组织的动态理解，组织被作为管理的一种基本职能。通过组织结构的建立与变革将生产经营活动的各个要素、各个环节从时间上、空间上科学地组织起来，使每个成员都能接受领导、协调行动，从而产生新的整体职能。

企业的组织结构是企业全体员工为实现企业目标，在管理工作中进行分工协作，在职务范围、责任和权利方面所形成的结构体系。就像人类由骨架确定形体一样，组织也是由结构确定的。

二、组织的类型

组织可以用不同的标准区别出不同的类型。

1. 正式组织与非正式组织

正式组织是具有严密规章制度的集体，它具有完整的组织结构、清晰的权利和责任划分、明确的指挥系统以及各部门独立的功能作用。非正式组织缺乏一个严密的结构，是为了满足一些社会要求与情感而自发形成的组织。这些组织可能存在于正式组织中，也可能独立于正式组织之外，如各种俱乐部、协会等群体就是这类组织。非正式组织形成原因很多，如工作关系、兴趣爱好、血缘关系等。

不管我们承认与否、允许与否、愿意与否，非正式组织总是存在着。非正式组织的存在及其活动，既可对正式组织目标的实现起到积极地促进作用，也可能对后者产生消极地影响。正式组织的目标的有效实现，要求积极利用非正式组织的贡献，努力克服和消除它的不利影响。要允许甚至鼓励非正式组织的存在，为非正式组织的形成提供条件，并努力使之与正式组织吻合。如在正式组织开始运转以后，应注意开展一些必要的联欢、茶话会、旅游等，旨在促进成员间感情交流的非工作活动，为他们提供业余活动场所，在客观上为非正式组织的形成创造条件。非正式组织形成以后，正式组织既不能利用行政方法或其他强硬措施来干涉其活动，也不能任其自流行事，因为这样有产生消极影响的危险。因此，对非正式组织活动应加以引导。这种引导可以借助组织变化的力量，影响非正式组织的行为规范来实现。

2. 营利性组织与非营利性组织

营利性组织是以获取利润为目的的组织。如果营利性组织不能获利，自身就很难正常运转，进而将会被其他竞争对手挤出市场，最后导致破产。与营利性组织相对应的是非营利性组织，它们的主要宗旨是向社会提供服务，如社会福利组织、宗教组织、部分医疗和教育组织等。它们所进行的活动是不以盈利为目的的。

3. 经济组织、政治组织、文化组织及其他组织

经济组织是以经济生产为导向，它的作用在于向社会提供产品和服务，并获得利益，如工商企业。政治组织是以政治为导向，它的社会功能在于实现某种政治目的，重点是权利的产生和分配，如政党。文化组织是以社会文化教育事业的发展为导向，目的是促进整个社会精神文明的发展。

三、组织设计的基本原则

国内外许多管理学家对组织结构的设计和变革进行了广泛的研究和总结，对我们明确中国组织工作原则有重要的参考价值。

例如，美国著名管理学家哈罗德·孔茨(Harold Koontz)等人在继承古典管理学派的基础上，提出了健全组织工作的 15 条基本原则：目标一致原则；效率原则；管理幅度原则；分级原则；授权原则；职责绝对性原则；权利与责任对等原则；统一指挥原则；责权管理层次原则；分工原则；职能明确性原则；检查部门和业务部门分设的原则；平衡原则；灵活性原则；便于领导性原则。

现代的组织设计原则是在传统的组织设计原则基础上继承和发展起来的，传统的设计原则仍然是我们今天设计企业组织时所应该遵循的基本原则，只是在今天进行组织设计时更加强调组织的动态化、适应性、灵活性，并且引入了一些新的管理概念，如自我管理、目标管理、管理信息系统、组织设计的权变方法等。结合中国企业在改革与发展中所积累的一些经验和我国企业的实际情况，为了降低管理成本，提高组织的竞争力，组织在设计和变革结构时，必须遵循以下几个方面的基本原则。

1．任务与目标原则

组织设计的根本目的，是为实现组织的战略任务和经营目标服务的，必须以此作为组织设计的出发点和归宿。组织结构及其每一部分的构成，都应有特定的目标和任务。组织任务、组织目标同组织结构之间是目的与手段的关系，衡量组织设计的优劣要以是否有利于实现组织任务与目标作为最终的评价标准。设置组织机构要以事为中心，因事设机构、设岗位和设职务，配备适宜的管理者，做到人和事的配合。因此，必须以组织任务与目标为导向来进行组织设计，如果组织的任务、目标发生了重大变化，则组织结构也必须做相应的调整和变革，否则就是一个僵化和缺乏活力的组织。组织在进行机构改革、内部调整时，也必须从任务、目标的要求出发，机构该增则增、该减则减、该并则并、该撤则撤。精简机构不是最终目的，只是手段，不要单纯地以撤并了多少机构、裁减了多少管理者作为衡量机构改革成败的标准，这有很大的片面性，而应该以通过机构改革后，组织的任务与目标是不是完成得更好了，效率和效益是不是提高了，企业的适应能力、竞争力是不是增强了等为衡量机构改革成败的标准。

2．专业化分工与协作原则

分工就是按照提高管理专业化程度和工作效率的要求，把组织目标分成各级、各部门乃至各个人的目标和任务，使组织的各个层次、各个部门以及每个人都了解自己在实现组织目标中应承担的工作职责和职权。现代组织的管理工作量大，专业性强，因此需要进行专业化分工。同时，正因为分工细，因此更需要加强各部门之间的协作与配合，只有既讲分工又讲协作，才能顺利地实现组织的整体目标和任务。

3．统一指挥原则

统一指挥是指组织内的某个机构以及个人只服从一个上级的直接命令和指挥。只有这样才能够避免多头领导和多头指挥，使组织最高管理部门的决策得以贯彻执行。组织结构的安排必须能保证行政命令和生产经营指挥的集中统一。

4．有效管理幅度原则

管理幅度是指一名主管人员能够直接有效地监督管理下级的人员或者机构数量。由于受个人精力、知识、经验等条件的限制，一个上级主管所管辖的人数是有限的，但是多少人数比较适宜，很难有一个统一的标准。大部分的管理学者都引用了格兰丘纳斯(V.A.Graincunas)的论证公式

$$\sum = n(2^{n-1} + n - 1)$$

式中：$\sum$ 表示管理者需要协调的人际关系的数量；n 表示下级人员的数量。

上式说明，随着下属人数的增加，关系急剧增加，管理者之间的协调工作就越来越复杂。一般来说，管理幅度不能太宽，以 4～6 人较为合适。

5. 责权利相结合原则

责任、权力与利益应该是三位一体的，必须是协调的、平衡的和统一的。不能有责而无权、无利，或有权、有利而无责，也不能有责、有权而无利，或责、权、利不对等。否则会使组织结构不能有效的运行，难以完成自己的任务目标。

> **专栏 6-1　联想集团组织结构的发展**
>
> 联想集团自成立开始，组织结构由小到大发展成为今天的"大船结构"管理模式。
>
> 1. 从"提篮小卖"到"一叶小舟"。公司刚成立时，通过为顾客维修机器、讲课、帮顾客攻克技术难题和销售维修代理等，筹集了必要的资金，柳传志系称为"提篮小卖"。1985年11月，"联想式汉卡"的正式通过开启了联想集团事业的飞速发展。但是，柳传志却认为，联想集团"还只是一叶飘零的小舟，经不起大风大浪的冲击"。
>
> 2. 进军海外市场。创建外向型高科技企业是联想集团的目标，为此它制定了一个海外发展战略。海外发展战略包括三部曲：
>
> (1) 在海外建立一个贸易公司；
>
> (2) 建立一个研发、生产、国际经销网点的跨国集团公司；
>
> (3) 在海外股票市场上市。
>
> 海外发展战略具体是指三个发展战略："瞎子背瘸子"的产业发展战略；"田忌赛马"的研发策略；"汾酒与二锅头酒"的产品经营策略。经过几年进军海外市场的实践，公司决策层清醒地认识到，必须铸造能抗惊涛骇浪的"大船"。
>
> 3. "大船结构"管理模式。联想的决策者认识到，没有一支组织严密、战斗力强大的队伍，企业就成不了气候，也就无从谈起进军海外市场。在这样的背景下，他们提出了"大船结构"。
>
> 其主要特点是"集中指挥，分工协作"，根据市场竞争规律，企业内部实行目标管理和指令性工作方式，统一思想，统一号令，接近于半军事化管理。(资料来源：http://wenku.baidu.com/view/8d3d04ec4afe04a1b071de77.html)

第二节　组织结构设计

一、组织结构设计的任务和依据

组织结构就是表现组织各部分排列顺序、空间位置、聚集状态、联系方式以及各要素之间相互关系的一种模式，它是执行管理和经营任务的体制。

组织结构在组织工作中的作用，随着组织规模的扩大和业务关系的复杂而日益显著。在传统的管理中，企业的规模及复杂性都相对较小，分工也较简单，尚未形成职能完整、相对严密的组织结构，管理者大都属技术型的管理人才，管理者因为在该组织中具有一定的权威性而被任命为领导者，这种管理尚属于技术纽带型，管理者的管理多从个人的经验出发，管理具有一定的随机性和不规范性。随着管理科学的发展以及现代企业的大型化和复杂化，对管理逐渐地提出了新的要求。众多的管理者不断地从不同的角度对组织结构进行了许多有益的探讨。随着系统论、数学技术以及计算机网络技术在管理上的应用，组织结构的设计也日益趋于完善。

1. 组织结构设计的任务

设计组织结构是执行组织职能的基础工作。组织设计的任务是提供组织结构系统图和编制职务说明书。

组织结构系统图反映组织内部管理层次的划分、各种管理职务或相应部门的设立、它们在组织结构中的地位以及它们之间的相互关系。

职务说明书则明确地指出了各管理职务的工作内容、职责与权力、与组织中其他部门和职务的关系、要求担任该项职务者所必须拥有的基本素质、技术知识、工作经验、处理问题的能力等条件。

为了提供上述两种组织设计的最终成果，组织设计者要完成以下三个步骤的工作。

1) 职务设计与分析

组织系统图是自上而下绘制的，我们在研究现有组织的改进时，也往往从自上而下地重新划分各个部门的职责来着手进行。但是，设计一个全新的组织结构却需要从最基层开始，也就是说，组织设计是自下而上的。

职务设计与分析是组织设计的最基础工作。职务设计是在目标活动逐步分解的基础上，设计和确定组织内从事具体管理工作所需的职务类别和数量，分析担任每个职务的人员应负的责任以及应具备的素质要求。

2) 部门划分

根据各个职务所从事的工作内容的性质以及职务间的相互关系，依照一定的原则，可以将各个职务组合成被称为"部门"的管理单位。组织活动的特点、环境和条件不同，部门所依据的标准也是不一样的。对同一组织来说，在不同时期的背景中，划分部门的标准也可能会不断调整。

3) 结构形成

职务设计和部门划分是根据工作要求来进行的。在此基础上，还要根据组织内外能够获取的现有人力资源对初步设计的部门和职务进行调整，并平衡各部门、各职务的工作，以使组织结构合理。如果再次分析的结果证明初步设计是合理的，那么剩下的任务便是根据各自工作的性质和内容规定各管理机构之间的职责、权限以及义务关系，使各管理部门和职务形成一个严密的网络。

2. 组织设计的依据

管理职务及其结构的设计是为了合理组织管理者的劳动。而需要管理的组织活动总是在一定的环境中利用一定的技术条件，并在组织总体战略的指导下进行的。组织设计不能不考虑到这些因素的影响。此外，组织的规模及其所处阶段不同，也会要求有与之相应的结构形式。组织结构必须服从组织所选择的战略的需要，适应战略要求的组织结构，为战略的实施和组织目标的实现提供必要的前提；组织的外部环境会对组织的内部结构形式产生一定程度的影响，例如在市场经济的体制中对产品的需求大于供给时，企业关心的是如何增加产量、扩大生产规模、增加新的生产设备或车间，这时，企业的生产部门显得非常重要，而一旦市场供过于求，则营销职能得到强化，营销部门会成为组织的中心。

二、组织结构的基本形态

1. 管理幅度、管理层次与组织结构基本形态的关联

组织的最高管理者受到时间和精力的限制，必然需要将一定数量的管理工作责任分与他人承担，其直接结果是减少了他直接从事的业务工作量，但同时增加了他所直接指挥的下属，也增加了他协调他人之间关系的工作量。因此，任何主管人员能够直接有效地指挥和监督的下属数量总是有限的。这个有限的直接领导的下属数量也就是管理幅度。

由于同样的理由，管理工作与责任的委派可以出现在最高管理者的各个下属的工作领域，并以此类推下去，直至一个主管能直接安排和协调组织成员的具体业务活动。由此就形成组织中最高主管到具体作业人员之间不同的管理层次。

管理层次受组织规模和管理幅度的影响。管理层次与组织规模成正比：组织规模越大，包括的成员越多，则层次越多。在组织规模已定的条件下，管理层次与管理幅度成反比：主管直接控制的下属越多，管理层次越少。反之，管理幅度减小，则管理层次增加。

管理层次与管理幅度的反比关系决定了两种基本的管理组织结构形态的存在，即扁平型的组织结构形态和锥形的组织结构形态。扁平型组织结构是指在一定的组织规模下主管人员的管理幅度较大、组织的管理层次较少的一种组织结构形态。这种形态的优点是：层次少，信息的传递速度快，从而可以使高层尽快地发现信息所反映的问题，并及时采取相应的纠偏措施；同时，由于信息传递经过的层次少，传递过程中的失真程度也较小；此外，较大的管理幅度，使主管人员对下属不可能控制得过多过死，从而有利于下属主动性和创造精神的发挥。但是，较大的管理幅度，也会带来一些局限性，例如，主管人员不一定能对每位下属进行充分、有效的指导和监督；每个主管人员从较多的下属处获得信息，众多的信息量可能淹没了其中最重要、最有价值的部分，从而可能影响信息的及时利用等。

锥形的组织结构是管理幅度较小、而管理层次较多的高、尖型的金字塔形态。其优点与局限性正好与扁平的组织结构相反：较小的管理幅度可以使每位主管仔细地研究从每个下属那儿得到的有限信息，并对每个下属进行详尽的指导；但过多的管理层次，不仅影响了信息从基层传递到高层的速度，而且由于经过的层次太多，每次传递都被各层主管加进了许多自己的理解和认识，从而可能使信息在传递过程中失真；同时，过多的管理层次，

可能使各层主管感到自己在组织中的地位相对渺小，从而影响积极性的发挥；最后，过多的管理层次也往往容易使计划的控制工作复杂化。

显然，组织设计要依据实际情况和需要，尽可能地综合两种组织结构形态的优势，克服它们的局限性。

2．影响管理幅度的因素

综合和发扬两种基本组织形态的优点，要求确定合理的管理层次和管理幅度。由于管理层次的多少取决于管理幅度的大小，因此后者便成了矛盾的主要方面。

任何组织都需要解决主管人员直接指挥与监督的下属数量问题，但在同样获得成功的组织中，每位主管直接管辖的下属数量却往往是不同的。美国管理协会对 100 家大公司所做的调查表明，向总裁汇报工作的下属人数为 1～24 人不等，其中只有 26 位总裁有 6 个或不足 6 个下属，一般是 9 个。在被调查的 41 家小公司中，25 位总裁有 7 个以上的下属，最常见的是 8 个。这说明要想确定一种适用于任何组织或任何一个主管人员的管理幅度的模式是不可能的。有效的管理幅度受到诸多因素的影响，主要有管理者与被管理者的工作能力、工作内容、工作环境与工作条件等。

1）主管人员及其下属的工作能力和素质

(1) 主管人员的工作能力。主管的综合能力、理解能力、表达能力强，则可以迅速地把握问题的关键，就下属的请示提出恰当的指导建议，并使下属明确地理解，从而可以缩短与每一位下属在接触中占用的时间。

(2) 下属的工作能力。同样，如果下属具备符合要求的能力，受过良好的系统培训，则可以在很多问题上根据自己符合组织要求的主见去解决，从而可以减少向上司请示、占用上司时间的频率。这样，管理的幅度便可适当宽些。

同样，在主管和下属素质都比较高的情况下，管理幅度可以大些。

2）主管人员和下属的工作性质和类别

(1) 主管人员在组织中的管理层次。主管人员的工作在于决策和用人。处在管理系统中的不同层次，决策与用人的比重各不相同。决策的工作量越大，主管用于指导、协调下属的时间就越少，而越接近组织的高层，主管人员的决策职能越重要，所以其管理幅度要较中层和基层管理者小。

(2) 下属工作的相似性。下属从事的工作内容和性质相近，则对每人工作的指导和建议也大体相同。这种情况下，同一主管对较多下属的指挥和监督是不会有什么困难的。

3）工作条件

(1) 计划的完善程度。如果下属单纯地执行计划，且计划本身制定得详尽周到，下属对计划的目的和要求明确，那么，主管对下属指导所需的时间就不多；相反，如果下属不仅要执行计划，而且要将计划进一步分解，或计划本身不完善，那么，对下属指导、解释的工作量就会相应增加，从而减小有效管理幅度。

（2）助手的配备情况。如果主管配备了必要的助手，由助手去和下属进行一般的联络，并直接处理一些明显的次要问题，则可以大大减少主管的工作量，增加其管理幅度。

（3）信息传送手段。掌握信息是进行管理的前提，如果配备了先进的信息收集传送工具，利用先进的技术去收集、处理、传输信息，不仅可帮助主管更早、更全面地了解下属的工作情况，从而可以及时地提出忠告和建议，而且可使下属了解更多的与自己工作有关的信息，从而更能自如、自主地处理分内的事务。这显然有利于扩大主管的管理幅度。

（4）工作地点的相似性。不同下属的工作岗位在地理上的分散会增加下属与主管以及下属之间的沟通困难，从而会影响主管直属部下的数量。

4）环境因素

组织环境稳定与否会影响组织活动内容和政策的调整频度与幅度。环境变化越快，变化程度越大，组织中遇到的新问题越多，下属向上级的请示就越有必要、越经常；相反，上级能用于指导下属工作的时间和精力却越少，因为他必需花更多的时间去关注环境的变化，考虑应变的措施。因此，环境越不稳定，各层主管人员的管理幅度越受到限制。

在管理实践中，影响组织内外环境的因素多且复杂，我们不可能一次确定一位管理者有效管辖下属人员的具体数量。管理幅度的确定原则是，一名管理者能够有效管辖下属的人数是有限度的，确切的人数取决于组织内外一些基本因素的影响。

三、组织结构的基本类型

1. 直线制组织结构

直线制组织结构是最早、最简单的一种组织结构形式。它的特点是：没有管理职能部门，组织中各种职务按垂直系统直线排列，各级主管人员对所属下级拥有直接的一切职权，组织中每一个人只能向一个直接上级报告。

直线制组织结构的优点是：结构比较简单，权力集中；责任分明，指挥统一，工作效率高。其缺点是：在组织规模较大的情况下，所有的管理职能都集中由一人承担，往往由于个人的知识和能力有限而感到难于应付，顾此失彼，可能会发生较多失误。一般来说，这种组织结构形式只适用于技术较为简单、业务单纯、规模较小的企业，或者是现场的作业管理。直线制组织结构形式如图6.1所示。

图6.1　直线制组织结构

2．职能制组织结构

职能制组织结构是科学管理之父泰勒首先提出的。其特点是：按专业分工设置管理职能部门，各部门在业务范围内有权向下级发布命令，每一级组织既服从上级的指挥，也听从几个职能部门的指挥。职能制组织结构形式如图 6.2 所示。

职能制组织结构的优点是：能够适应现代组织技术比较复杂和管理分工较细的特点，能够发挥职能机构的专业管理作用，减轻上层主管人员的负担。但其缺点也比较明显，即这种结构形式妨碍了组织必要的集中领导和统一指挥，形成了多头领导，不利于明确划分直线人员和职能科室的职责权限，容易造成管理的混乱。

3．直线职能制组织结构

直线职能制又称 U 型结构。它是以权力集中于高层为特征的组织结构。它的基本特征在于，企业的生产经营活动按照功能划分为若干个职能部门，如生产、销售、开发等，每一个部门又是一个垂直管理系统，由企业最高层领导直接进行管理。生产过程的主要决定必须有高层主管和职能部门的同时介入才能做出。其优点是领导集中、职责清楚、秩序井然、工作效率较高、整个组织有较高的稳定性。而缺点则是：下级部门的主动性和积极性的发挥受到限制；部门间互通情报少，不能集思广益地做出决策，当职能参谋部门和直线部门之间目标不一致时，容易产生矛盾，致使上层主管的协调工作量增大；难于从组织内部培养熟悉全面情况的管理人才；整个组织系统的适应性较差，因循守旧，对新情况不能及时做出反应。这种组织结构形式对中、小型组织比较适用，但对于规模较大、决策时需要考虑较多因素的组织则不太适用。图 6.3 表示直线职能制组织结构。

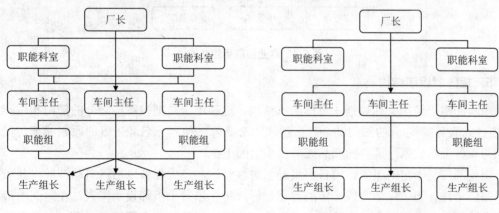

图 6.2　职能制组织结构　　　　图 6.3　直线职能制组织结构

4．事业部制组织结构(又称 M 型结构)

M 型结构是美国管理学家阿尔弗雷德·斯隆(Alfred P.Sloan)在 20 世纪 20 年代针对企

业实行多样化经营所带来的复杂问题而提出来的。最早采用这种组织结构的是美国通用汽车公司。正是通用汽车公司在 1920 年的危机中发明了这套新兴的组织结构，通用汽车公司才起死回生。M 型结构经过多年的不断完善，最终形成目前相对标准化的结构模式。它是一种分权式结构，是在总公司领导下按产品、地区或市场划分、统一进行产品设计、采购、生产和销售、相对独立经营、单独核算的部门化分权结构。事业部是总公司控制下的利润中心，拥有较大的生产经营权，能够像独立的企业那样根据市场情况自主经营。事业部下设自己的职能部门，如生产、销售、开发、财务等，独立核算，自负盈亏。因此，各事业部可以看作是一个个的小公司。在各事业部之上的公司总部机构除了对各事业部的人事、财务等重要经营活动进行监督、评价和协调、并通过利润指标对其进行控制外，主要致力于研究制定重大方针、政策和战略性计划。事业部制这种结构形式的主要优点是组织最高层管理摆脱了具体的日常管理事务，有利于集中精力做好战略决策和长远规划，提高了管理的灵活性和适应性，有利于培养和训练管理人才。它的缺点是，由于结构重复，造成了管理者的浪费；由于各个事业部独立经营，各事业部之间要进行人员互换就比较困难，相互支援较差；各事业部主管人员考虑问题往往从本部门出发，而忽视整个组织的利益。

这种组织结构多适用于规模较大的一些公司事业部等组织，事业部制组织结构形式如图 6.4 所示。

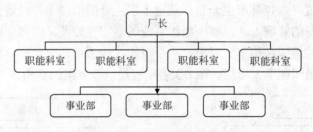

图 6.4　事业部制组织结构

5. 矩阵制组织结构

矩阵制组织结构又称规划—目标组织结构。这种组织是把按职能划分的部门和按产品(或项目或服务等)划分的部门结合起来组成一个矩阵，使同一名职工既同原职能部门保持组织与业务上的联系，又参加产品或项目小组的工作。

职能部门是固定的组织，项目小组是临时性组织，完成任务以后就自动解散，其成员回原部门工作。为了保证完成一定的管理目标，每个项目小组都设负责人，在组织的最高主管直接领导下进行工作，它的优点是机动、灵活，打破了一个管理者只受一个部门领导的管理原则，使组织中横向和纵向联系密切；职能部门之间相互沟通，共同决策，提高了工作效率；不同专业的人员组织在一起，有助于激发他们工作的积极性。矩阵制组织结构的缺点是项目小组成员一般来自不同的部门，隶属关系仍在原部门，因此，项目经理对成员管理上的困难、指挥上的双重性是矩阵制的一个重要缺陷；同时，项目小组的成员是临时组成的，容易产生临时观念，可能对工作产生一定的不利影响。

矩阵制组织结构的特点决定了这种形式适用于一些需要集中多方面专业人员集体攻关的项目和企业。航天航空企业、工程建设企业等采用这种组织结构形式，效益比较明显。矩阵制组织结构如图 6.5 所示。

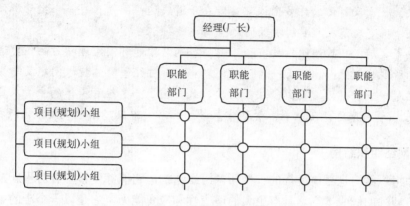

图 6.5 矩阵制组织结构

专栏 6-2 推行矩阵组织结构

新光集团公司要进行组织结构变革，以解决价值 10 亿美元生产项目的生产成本高昂这一老问题，且迅速适应引进新产品项目的要求。在过去的 10 年里，公司市场份额及投资回报率一直在下降。为了解决这些问题，公司高层召集了组织以外的组织发展顾问来进行诊断。他们在与各层次的人员进行了几次座谈以后，举行了一个由高级管理层参加的信息反馈会议。他们对经营问题诊断后认为，原因在于组织的职能不适应已经变化了的、更具竞争性的市场环境。所以，推荐使用矩阵的组织结构，并改造企业文化。

在一年之内，顾问与管理层召开了一系列的会议，讨论这些建议及其在组织发展方面的作用。管理部门承认诊断基本上是准确的，但是需要时间来讨论并验证矩阵及其他方面的效用。在一次会议上，确定由三个小组来分析研究职能式、分散化的产品部门制及矩阵组织这三种组织形式的优缺点。总经理的领导风格及所有生产线共享设备能力这一特征使管理部门确信，选择矩阵组织结构是正确的。

高层管理部门与顾问就向新结构转变的计划问题多次碰头商议，最终确定了新的组织的具体框架；开发了双重工作绩效评价程序；决定根据群体的工作绩效对群体成员进行奖励；确定了经营群体的主管及其成员；对新的资金信息，尤其是经营上的投资成本与收益问题，达成了一致意见。

与此同时，最高管理层召开了一次团队建设式的会议。每个群体成员都得到了有关个人效率问题的反馈，与效率低下作斗争。其中一名主管人员收到了有关他的作用与领导作风的不良反映。所有成员都感到，团队建设式的会议为增加信任及更公开地表达不同意见作出了贡献。

在最初的诊断过去一年之后，宣布矩阵管理层由近100人组成；制定了对这些人进行一天训练的计划，选择了一名组织内的顾问(组织发展方面的专家)来帮助实现这种转变。同时，指定由主管人员组成的组织发展指导委员会协助对进展过程进行诊断并就改进问题提出建议。个人及群体的许多会议宗旨皆在于解决这些问题。每一个经营群体都举行了特别的会议，确定规范及所要解决的问题。

一年半之后，矩阵组织结构有了雏形。有两名职能部门经理被另两位更适合矩阵形式的管理者所取代。然而，还有一系列的问题——如对经营群体授权问题及与履行决策有关的责任问题——仍然没有得到解决。另外，又出现了一名经营群体的主管人员不能胜任工作的情况。(资料来源：王绪君. 管理学基础. 北京：中央广播电视大学出版社，2001)

6. 网络组织结构

这种组织结构是目前流行的一种新型组织结构，它能够使管理者对于新技术、新时尚或者来自域外的低成本竞争具有更大的适应性和应变能力。它是以一个小的中心组织为核心、以合同的方式与其他组织建立关系进行制造、分销、营销或其他关键任务的经营活动的结构。当代出现的虚拟组织就属于这种结构模式。网络制组织结构是小型组织的一个可行选择。它可以把众多的各具特色的小型组织联合起来，相互支持，互为补充，不仅可以使每个组织获得开展经营活动所需要的资源，而且在生产经营活动中强化了各自的竞争优势。

网络制也可以为大型组织所采用。这些组织与独立的设计者、制造商、代理商等建立合同关系，依合约履行其相应的职能。大型组织也可以将某些职能活动对外承包，借助合作单位的力量，强强联合，重新整合组织，以提高竞争力。

网络制组织结构并不是所有组织都适用，它有自己的优势与不足。其优势主要是组织结构精简，能突出自己的核心功能；组织具有更强的灵活性和适应性。而不足之处在于网络组织控制难度大，控制成本高，需要具有专业技术，并且网络组织受环境的影响也较强。因此，这类型组织较适用于有较大的灵活性、随时对社会时尚做出反应的制造业，同时也适用于那些需要廉价劳动力的组织。

组织结构是随着管理科学的发展以及众多现代技术的应用而不断变更的，除了几种基本类型以外，在实际的管理工作中，还出现了许多混合式的组织结构。尽管组织结构日益复杂、类型演化越来越多，但任何一个组织结构都存在相互联系的问题，即管理层次如何划分、部门如何确立、职权如何划分。由于组织内外环境的变化影响着这三个相互关联的问题，使得组织结构的形式始终围绕这三个问题发展变化。因此，要进行组织结构的设计，必须要正确处理这三个问题。

专栏6-3　比尔·盖茨是如何有效组织管理微软的

微软，这个世界上规模最大并且最具盈利能力的软件公司，被誉为美国国内最好的拥有15000人规模的企业。仅仅在1996年这一年，该公司15000名员工创造的收入超过50亿美元。也许留给世人印象更深的是这样一个事实：自从比尔·盖茨在1974年创建微软公司以来，由于想吸引和保留有才能的员工，盖茨实施了职工优先认股权，因此使得超过2000多人的员工变成了百万富翁。而盖茨自己则是美国国内最富有的人，被估计拥有超过60亿美元的财产。然而微软成功的秘诀是什么呢？

就员工个体的水平而言，盖茨的企业经营哲学很显然是将重点放在他所招募和精选的人员上。微软公司前往国内大学学院中最好的软件系，在那里招募那些愿意努力工作，富有想象力、创造力以及冒险精神的人才方面花了很多的时间。而这正是盖茨自己和微软公司所珍视的工作价值观。员工们被期望能够长时间工作，通常一周的工作时间要达到60—80小时。同时他们也被期望能够成为其所从事的特定软件工程领域的专家，能够及时掌握本公司以及他们竞争对手们所从事的最新的资讯和最先进的技术发展的知识。盖茨和他的员工在不同的项目中频繁接触，从而能够经常地检测他们的知识，以确定他们能够跟上最新潮流。如果他们不了解最新行情，他们将会因为没有去及时获取信息而失去盖茨对其的信任。

除了职工优先认股权，盖茨通过提供最新技术、灵活(虽然较长)的工作时间和甚至在大楼内设有大学校园形式的健身房来激励他的员工们。另外，盖茨所用的激励员工的方法是与微软公司将团队及协作精神作为组织过程的基础紧密相关的。

在微软，一个程序员组的人数可以少至5—6人，并且不同的程序员组开发各自特定的软件应用程序。通常是由一个项目经理组织管理许多小的程序员组从事大项目的不同部分的程序。例如，超过300个员工以小组的形式合作开发微软98视窗操作系统，为使该系统能够相对于苹果公司的用户界面友好的操作系统更具有竞争力。采用产品小组形式的作用是使得成员之间互相协作，集思广益，融技术和资源为一体；这种分小组的形式也使得在小组成员中产生强烈的交互作用，往往带来重大的突破，而这一切都促使微软能够快速开创出自己的新产品。除此之外，团队成员之间还能够互相学习和互相控制行为举止。

就企业的水平来看，盖茨通过使他的企业结构尽可能的平坦来使他和员工们之间的距离达到最小——也就是说，使组织的等级制度的级别数达到最小。此外，他还谋划出这些小组的在微软中的结构位置和职权下放以及授权每个小组都可自己做出重要的决策，为的是提供给小组最大的自主自治权，使其能在工作上自由发挥创造和冒险。盖茨之所以能够对下级委授那么多的职权是因为他很关注招募合适的员工，同时也由于他定期地评估每个小组的表现，以确信所有的小组成员都能熟练掌握他们的项目，具有较好的状态。(资料来源：王毅捷. 管理学案例100. 上海：上海交通大学出版社，2003)

第三节 人力资源管理

一、人力资源概述

1．人力资源的概念

广义的说，智力正常的人都是人力资源。狭义上看，人力资源指组织内外具有劳动能力的人的总和，具体描述为数量和质量两个方面。其中，组织人力资源的质量表现为组织劳动者的体质水平、文化水平、专业技术水平、劳动积极性。

2．人力资源的特征

人力资源是进行社会生产最基本最重要的要素，与其他资源相比较，它具有如下特征。

1) 能动性

这是人力资源区别于其他资源的最根本的区别。能动性是指人不同于其他资源处于被动使用的地位，它是唯一能起到创造作用的因素，能积极主动地、有意识地、有目的地认识世界和利用其他资源去改造世界，推动社会和经济的发展，因而在社会发展和经济建设中起着积极和主导的作用。

2) 可再生性

人力资源的有形磨损是指人自身的疲劳和衰老，这是一种不可避免、无法抗拒的损耗；人力资源的无形磨损是指个人的知识和技能由于科学技术的发展而出现的相对老化。后者的磨损不同于物质资源不可继续开发，而是可以通过人的不断学习、更新知识、提高技能而可以持续开发。

人力资源的这一特点要求在人力资源的开发与管理中要注重终身教育，加强后期培训与开发，不断提高其德才水平。

3) 两重性

两重性是指人力资源既是投资的结果，又能创造财富，因而既是生产者，又是消费者。

4) 时效性

时效性是指人力资源存在于人的生命之中，它是一种具有生命的资源，其形式、开发和利用都要受到时间的限制。此外，随着时间推移，科技不断地发展，使人的知识和技能相对老化而导致劳动能力相对降低。

5) 社会性

由于人是社会性动物，必然受到周围环境的影响，包括民族文化、受教育背景、企业文化等。考虑到人力资源的社会性特征，人力资源的跨国管理成了一个焦点。

二、人力资源管理

1. 人力资源管理的概念及任务

1) 人力资源管理的概念

人力资源管理指的是组织为实现组织的战略目标，制定相应的战略规划，利用现代科学技术和管理理论，通过不断地获得人力资源，对所获得的人力资源的整合、调控、开发、评价与激励，从而达到人力资源价值的充分发挥。

2) 人力资源管理的任务

人力资源管理的任务可概括为：求才、用才、唯才、育才、激才、护才、留才。求才：获取人力资源。用才：恰当地使用组织人才。唯才：是举，人尽其才，才尽其用。育才：即通过培训、教育、开发，提高人力资源质量，激发员工潜力。激才：通过激励措施，调动员工的工作积极性，发挥人力资源的能动性。护才：通过卫生保健、劳动安全、平等就业等措施保护劳动者的合法权益，养护人力资源的持续劳动能力。留才：尊重人才、爱惜人才，保持员工队伍的稳定，留住组织所需的各类人才。

2. 人力资源管理的基本功能

1) 获取

这主要包括人力资源规划、职务分析、员工招聘和录用。

2) 整合与认同

解决个人与个人、个人与组织之间的冲突，使员工之间和睦相处，协调共事，我们称之为整合功能。整合的过程其实就是一个使员工之间和睦相处，协调共事，取得群体认同的过程，也是员工与组织之间个人认知与组织理念、个人行为与组织规范的同化过程。

3) 激励和凝聚功能

激励和凝聚功能指对员工为组织所作贡献而给予奖酬的过程，具有人力资源管理的激励与凝聚职能，因而是人力资源管理的核心。

4) 调控功能

调控功能指对员工实施合理、公平的动态管理过程，如晋升、调动、奖惩、离退、解雇等，它具有控制与调整职能。

5) 开发功能

开发功能是人力资源开发与管理的重要职能，包括人力资源数量与质量的开发。人力资源质量的开发是指对组织员工素质与技能的培养与提高，及对他们潜能的充分发挥，以最大地实现其个人价值。

6) 评价与维护功能

评价与维护功能主要包括员工绩效考核、素质评估和以此为依据的人事调配。

3．人力资源管理的原则

(1) 任人唯贤原则。指根据人的才能合理安排工作，而不是论资排辈、任人唯亲；同时根据人的能力的变化、发展动态调整工作岗位，而不是一职定终身。

(2) 注重实绩原则。指以工作的实际成绩来评价员工工作好坏、能力高低，并将实绩作为选拔、奖惩以及职务升降的主要依据。

(3) 激励原则。是运用各种有效的方法调动员工的积极性和创造性，以实现人尽其才、事就功成。

(4) 竞争原则。指人力资源管理部门必须引人才竞争机制，让员工参与公开、公平的竞争，实现优胜劣汰，以达到资源合理流动和高效配置。

(5) 精干原则。指根据组织机构的职能、任务配置组织机构，即因事设岗、设人，防止机构臃肿、层次重叠、人浮于事，以形成一个具有最佳效能的群体。

(6) 民主监督原则。是指实现人力资源的民主管理，提高透明度，克服神秘化。

4．人力资源管理系统构成

一般地，人力资源管理系统主要包括以下几方面的职能活动：工作分析、人力资源规划、招聘与录用、培训与开发、绩效管理和薪酬管理等。其中，工作分析和人力资源规划是人力资源的基础性工作。招聘与录用是人力资源管理的经常性工作。

绩效管理是为了提升(个人和组织的)业绩，主要通过对绩效的考核，收集信息，并在反馈的基础上分析、诊断绩效，对绩效进行辅导和改善，最终实现组织目标的一个系统过程。

薪酬管理主要是围绕组织的战略目标，以岗位的价值判断为基础，结合薪酬调查，根据绩效的现实，给出相应的薪酬结构的过程。

三、人力资源规划

1．人力资源规划的概念和形式

人力资源规划是为了实现企业的战略目标，根据企业目前的人力资源状况，为了满足未来一段时间企业的人力资源质量和数量的需要，在引进、保持、利用、开发、流出人力资源等方面工作的预测和相关事宜。

人力资源规划通过对企业内外人力资源供给和需求的预测，为企业生存、成长、发展、竞争及对环境的适应和灵活反应提供人力支援和保障。

2．制定人力资源规划的程序

一般包括五个步骤：①确立企业的发展战略与目标；②人力资源需求和供给预测；③平衡分析及措施的制定；④制定人力资源规划；⑤规划的实施、评估与反馈。

四、工作分析

1. 工作分析的定义和工作分析公式

工作分析，主要指获取工作完整信息的过程。是对组织中某个特定工作职务的目的、任务或职责、权力、隶属关系、工作条件、任职资格等相关信息进行系统、科学的描述和规定的活动。工作分析的结果是形成工作描述与任职说明及相关文件。职务分析的两项主要内容为：一是确定工作的具体特征，即职务描述；二是找出工作对任职人员的各种要求也即任职说明。

因而工作分析的主要内容就是了解各种工作的特点以及胜任各种工作的人员的特点。这是一个企业有效地进行人力资源开发与管理的重要前提。

国外人事心理学家从人事管理角度，提出了职务分析公式(The Job Analysis Formula)，即：①用谁(Who)，②做何事(What)，③何时(When)，④何地(Where)，⑤如何做(How to do)，⑥为何(Why)，⑦为何人(For Whom)。这也就是职务分析所要研究的事项。

2. 工作分析的内容

工作分析的内容取决于职务分析的目的与用途。有的组织的工作分析是针对现有的工作进行分析，为了使现有的工作内容与要求更明确或合理化，以便制定切合实际的奖励制度，调动员工的积极性；而有的是对新工作的工作规范作出规定，以便选择合适的人选，还有的是为了改善工作环境，提高安全性。因此，这些组织所需要进行的工作分析的内容和侧重点就不一样。另外，由于组织的不同，各组织内的各个(项)工作不同，因此各个(项)工作的要求与组织提供的工作条件也不一样。一般来说，工作分析包括两个方面的内容：①确定工作的具体特征；②找出工作对任职人员的各种要求。前者称为职务描述，后者称为任职说明。

专栏6-4 "炒人才"是管理败笔

有一幅漫画，画的是武大郎重开饼店，要张榜招聘员工，要求身高一米七，文凭至少是本科。类似这样的人才炒作随着市场竞争日趋激烈，人才是企业提高竞争力的核心资源意识的加浓而越来越普遍。某些企业在选聘人才时往往脱离实际，一味强调人才的高学历、高回报和高待遇(尤其是(在)刊登招聘广告时，为吸引更多应聘者，往往夸张地使出此招)，就连打字员都要从本科毕业生中挑选的招聘事例并非鲜见。

谈谈你对企业"高聘"人才的看法。你认为企业应如何确定对人才的素质要求？

分析提示：招聘到的人才最后在于能用，且善用，如此才能实现人尽其才；只有建立在工作分析基础上，掌握职务要求，人才招聘才能有针对性，也才能真正符合岗位/职务的需要。"炒人才"是忽视人力成本的一种表现，它往往产生一些负面影响。(资料来源：编者根据相关资料编写整理)

五、员工招聘

1. 员工招聘的含义

员工招聘是指组织为了发展的需要，根据人力资源规划和工作分析的数量与质量要求，从组织内部或外部发现和吸引人力资源的活动过程。

2. 员工招聘的来源与招聘方式

1) 内部招聘

即所招聘员工来自组织内部。从组织内部发现和挖掘人才能提高组织招聘的效益，因而大多数组织在需要人力资源时通常先在内部进行人员的调配，如增加或减少某些部门的人员数量。内部招聘主要有员工晋升、平级调动、工作轮换和招回原职工等几种形式。

(1) 职工晋升。也叫内部晋升，是指将组织内部的职工调配到较高的职位上。

① 优点：一是组织与应聘者更易相互适应。组织对这些员工比较了解，能较正确地评价他们胜任新职务的能力和资格；内部应聘者也较熟悉组织的管理方式、政策和组织文化，因而上岗后更易适应新岗位。二是起到激励作用。内部晋升使员工感到组织的安全感，感到自己在本组织内只要努力工作，会有更好的发展前途，从而对组织产生长期兴趣和提高忠诚度；同时也为了使自己能在内部晋升中成功，应聘者会及早作好准备，平时积极工作，不断开发自己的潜能。三是提高经济效益。内部晋升可以节省组织的招聘费用，节约支付的薪水(外部招聘的人员与从事同样工作的内部人员常常需要支付较高的薪水)以及其他的费用支出。

② 缺点：一是可能觅不到最佳的合适人选。内部晋升被选择的人员有限，即使被选出的是最佳人选，但从职务来看，可能并未是最合适的；另外，被发现的最佳人选，也可能因不喜欢而离开熟悉的工作环境，或因其他的顾虑而不愿被晋升。二是容易引发组织内部的明争暗斗和近亲繁殖。

(2) 平级调动。是指内部员工在同级水平职务间的调动，是较常见的内部招聘方式。

平调作用主要体现为激励，如果职工被调任到一些重要的同级岗位，被平调员工就有受领导重用之感，从而激发其工作积极性。

平调的关键是确定平调对象，确定时可依据资历和业绩两个标准。一般组织希望根据员工的能力大小安排平调，而员工更愿意依据资历深浅调动工作。

(3) 工作轮换。是指派员工在不同阶段从事不同工作，因而轮换工作的员工其岗位有临时的特点；工作轮换有助于丰富员工的工作经验，有利于培养员工的技术水平和行政管理人员。

(4) 重新招回原有员工。是指将那些暂离开工作岗位的人员招回到原有工作岗位。

这种方法支出的费用较少，较适用于商业周期明显的行业；由于重新聘用的员工较新职务申请人熟悉组织的工作程序，了解组织文化特点，有丰富的工作经验，因而更易适应工作环境及新的工作；同时组织对这些员工有记录、较了解，因而更安全、稳定，且流动性小。

有些员工可能被其他组织聘走或不愿重新加入原组织，因而为了给组织重新招回员工留有较大余地，组织在暂时解聘员工时，应与这些员工保持较好的人际关系。

有时组织内部不一定有合格的人选，尤其在组织快速发展需要大量专业和高能力人员时，内部人员在数量和质量上都不能满足招聘的要求，此时，就需要从组织外部招聘。

2) 外部招聘

指所需要招聘的人员来自组织的外部。具体来源有：

(1) 内部人员介绍推荐。是指组织内部人员推荐和介绍职位申请人到组织中来。它实际上是内部员工以口头方式传播招聘信息，将组织外部人员引进组织适当的岗位。

(2) 上门求职者。指从主动上门求职者中寻找所需要的员工，它通常适用于招聘营业员、职员和保管员等技能和知识要求都比较低的工作人员，而对招聘管理人员或监督人员，此种方法不适合。

由于组织与上门求职者彼此不了解，因而较难融洽地合作，但这种方法招聘成本最低，因而组织应很好地保持上门申请者的申请记录及联系方式，以便在需要时能及时取得联系。

(3) 劳务中介机构。劳务中介机构是那些专门向组织提供人力资源的机构。我国劳务中介机构的形式有临时劳务市场、固定劳动介绍机构、各类各级人才交流中心和专门从事提供高级管理人员的猎头公司等。

组织利用劳务中介机构获取所需人员，可以实现以较低的费用快速地找到所需的人员，是组织从外部获取员工的重要途径。

(4) 教育机构。这是组织从外部获取人力资源，尤其是新生人力资源的主要来源。

不同学校培养的毕业生在技术、能力和知识水平方面均有差异，因而组织应根据不同职务选择不同教育机构的毕业生；通常毕业生没有实践经验，因而使用前往往需要岗前培训，但他们年轻，富有朝气和活力，能给组织带来"新鲜"人气。

通过上述诸外聘方式的讲述，我们可看出外聘既有优点，也有缺点。

(5) 外聘的优点与缺点。

① 优点：一是给组织带来新观念、新思想、新技术和新方法；二是因外来者与组织成员间无裙带关系，因而能较客观地评价组织工作，洞察存在的问题；三是能聘用到已经受过训练的员工，及时满足组织对人才的需要，因而在组织没有合适人才时，外聘费用通常比培训一个内部员工要便宜；四是使用较灵活。组织可根据组织活动情况与外聘者签订短期或临时的工作合同。

② 缺点：一是挫伤内部员工的工作积极性。因为外聘就意味着内部员工内聘机会的减少；二是外聘者需要较长时间来调整对组织环境和工作的适应；三是管理职务上的外聘者可能照搬经验来管理组织，而忽视了调整自身来适应组织，忽视了经验与组织发展的有机结合。

六、绩效考评

1. 工作绩效的含义和性质

1) 工作绩效的含义

工作绩效是指一个组织中的个体或群体的工作产出、工作行为及工作表现。对组织而言，绩效是任务在数量、质量及效率等方面完成的情况；对员工个人而言，绩效则是上级和同事对员工个人工作状况的评价。

2) 工作绩效的性质

(1) 多因性：指绩效的优劣不是取决于单一因素，而是受主客观多种因素的影响。

(2) 多维性：指应沿多种维度或方面去分析和考评绩效。

(3) 动态性：指员工的绩效是变化的。

2. 绩效评估的含义和作用

绩效评估是指组织对组织中管理人员的绩效进行识别、测评和开发的过程。绩效评估的作用主要有以下内容。

1) 为员工薪酬管理提供依据

薪酬管理是企业对它的员工为企业所作贡献给予相应回报和答谢的活动过程；而绩效考评对员工某时期的工作结果、行为与表现进行评定，以说明员工在该时期对企业所作的贡献，因而绩效评估为薪酬管理提供依据。

2) 是员工调迁、升降的重要依据

因为通过考绩可以评估员工对现任工作的胜任程度及其发展潜力。

3) 为员工培训提供依据

通过考绩能发现员工的长处与不足，对其长处应发扬和保护，对其不足，应实行辅导和培训，因而，考绩结果能为培训计划与培训措施的制定提供依据。

4) 是一种激励手段

考绩结果通过多种渠道反馈给员工，员工可以看到成绩，坚定信心；也可以看到自己的缺点和不足，明确未来努力方向。

3. 绩效评估的原则

1) 公开原则

坚持这一原则能消除考评对象对绩效考评工作的疑虑，提高绩效考评结果的可信度；有利于考评对象看清自己的问题和差距，进而找到努力的目标和方向，并激发出进一步改进工作的积极性；同时，还可增强人力资源部门的责任感，促使他们不断地改进工作和提高工作质量。

2)　客观、公正原则

具体要做到：制定绩效考评标准时多采用可量化的客观尺度，要用事实说话。坚持这一原则能使考绩工作公平、减少矛盾，从而维护企业内部的团结。

3)　多层次、多渠道、全方位的原则

这是由绩效的多维性决定的。考绩必须包括对影响工作绩效各主要方面的综合考察，而不是某几个方面的片面考察。

4)　经常化、制度化的原则

绩效具有动态性，因而要求经常对员工绩效进行考评，以及时公正地反映员工某时期的工作成果；另外，由于考绩涉及考绩标准的制定及其执行，并且要求这些标准必须科学、合理、不掺入个人好恶等感情成分，因而有必要对考绩有关事项以制度形式固定下来。

七、薪酬制度

1. 薪酬的概念与实质

薪酬是指组织对其员工为组织所作的贡献，包括员工实现的绩效、付出的努力、时间、学识、技能、经验与创造所付给的相应回报或答谢。

薪酬的实质是公平的交换或交易。员工用时间、努力与劳动所创造的成果来换取企业所愿意给的工资或薪金。总体来看，薪酬由工资、奖金与福利三部分构成。

2. 薪酬管理的内容与原则

为了使薪酬能充分发挥以上功能，必须实施薪酬管理。

1)　薪酬管理的内容

薪酬管理的主要内容包括：薪酬水平的确定及其调整、薪酬结构的改善、薪酬制度的设计、薪酬形式的采用及薪酬成本的控制。

2)　薪酬管理的原则

为使薪酬管理能充分发挥其薪酬功能，在薪酬管理中还要遵循以下原则：

(1)　补偿原则。保障员工收入能足以补偿劳动力再生产的费用。

(2)　公平原则。一个人的所得与付出与他人的所得与付出应该相等，只有在相等的时候，才能感觉到公平。

(3)　激励性原则。薪酬能激发员工的工作积极性。

(4)　经济性原则。在保证薪酬的竞争性的同时，要量力而行，即要考虑到自身的实力。

(5)　合法性原则。指薪酬政策必须符合法律规定，不得与法律相冲突。

(6)　竞争性原则。主要考虑到与竞争对手、行业提供的薪酬相比，是否处于平均水平之上，还是处于领先地位。

专栏 6-5　为何不断闹事？

某公司由于发展受阻，员工积极性不高，于是决定对技术人员和中层管理人员实行额外津贴制度以激励骨干人员，标准为：一定级别的管理干部享受一定的津贴，技术人员按照百分之二十的比例享受一定的津贴。此政策宣布后，立刻在公司技术人员中掀起轩然大波，技术人员纷纷表示不满，并矛头直指公司领导，表示若不能享受津贴，就让获得津贴的人干活。经过一段时间后，公司不得宣布调整对技术人员的津贴政策——按助工、工程师和高级工程师三个档次发放津贴。于是，公司的津贴激励制度变成了人人有份的大锅饭制度，钱花了，却收不到预期效果，反而引发一连串的麻烦。

该公司的一线生产为连续性生产，有大量倒班工人，他们知道此事后，都认为干部和工程师都涨工资了，他们的工资不涨，这不公平。于是他们决定推选一些不上班的工人向公司某领导集中反映意见，连续几个上午，公司总部办公楼被工人团团围住，要求增加津贴。一段时间后，公司宣布增加倒班工人津贴。

此事才平，又起一事。公司经过政府有关部门批准，决定在市内购买数千套期房作为福利房分售给职工。此事办得极为迅速，约半个月就和房地产开发商签订合同，并交了订金。然后按照公司拟订的条件，展开了分售房行动。数千户工龄较长、职务较高的雇员获得了高值商品房。这时，一部分居住于市内的雇员决心也要获得此优惠房，为此决定联合起来闹房。又是采用和前一次相同的手段，同样的如愿以偿。

一系列的事件使人们形成了印象：不管有理无理，只要找公司闹事，终会得到满足。公司还会有麻烦。

问题：

(1)　本案例集中反映了人力资源管理中的哪一项管理活动？

(2)　你认为公司所遇到的闹事麻烦的原因是什么？

分析：

(1)　本案例反映了人力资源管理中薪酬管理这项基本功能，集中折射出薪酬构成、如何保证薪酬制度的公平、如何实现薪酬的激励功能等问题。

(2)　数次闹事的主要原因在于分配不公、不合理，其深层次原因在于管理层在制定政策时不作调查，不听取员工建议。(资料来源：http://www.exam8.com/zige/renli/monishiti/200810/112402.html)

八、员工培训

1. 员工培训的概念和原则

1)　员工培训的概念

员工培训是指组织在将组织目标和个人发展目标相结合的基础上，有计划地组织员工

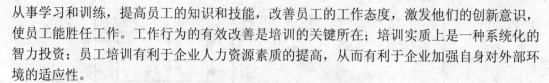

从事学习和训练，提高员工的知识和技能，改善员工的工作态度，激发他们的创新意识，使员工能胜任工作。工作行为的有效改善是培训的关键所在；培训实质上是一种系统化的智力投资；员工培训有利于企业人力资源素质的提高，从而有利于企业加强自身对外部环境的适应性。

2) 员工培训应遵循以下原则

(1) 有效激励原则。培训的对象既然是组织的员工，就要求把培训也看作是某种激励的手段。在现代企业中，培训已作为一种激励手段，一些企业在招聘员工的广告中明确告之：员工将享受到培训待遇，以此来增加本企业的魅力。

(2) 个体差异化原则。公司从普通员工到最高决策者，所从事的工作、创造的绩效、能力和应当达到的工作标准也不相同，所以员工培训工作应充分地考虑他们各自的特点，做到因材施教。也就是说要针对员工的不同文化水平、不同的职务、不同要求以及其他差异区别对待。

(3) 注重提供实践机会的原则。培训的最终目的就是要把工作做得更好。所以，不能仅仅依靠简单的课堂教学，更要为接受培训的员工提供实践或操作的机会，使他们通过实践体会要领，真正地掌握要领，在无压力的情况下达到操作的技能标准，较快地提高工作能力。

(4) 反馈培训效果。在培训过程中，要注意对培训效果的反馈。反馈的作用在于巩固学习技能、及时纠正错误和偏差，反馈的信息越及时、准确，培训的效果就越好。

(5) 培训目标明确的原则。为接受培训的人员设置明确且具有一定难度的培训目标，可以增强培训效果。培训目标设得太难或太容易完成都会失去培训的价值。所以，培训目标的设置要合理、适度，同时与每个人的具体工作相联系，使接受培训的人员感受到培训的目标来自于工作又高于工作，是自我提高和发展的高层延续。

(6) 促进员工个人职业发展的原则。员工在培训中所学习和掌握的知识、能力和技能应有利于个人职业的发展。作为一项培训的基本原则，它同时也是调动员工参加培训积极性的有效法宝。

(7) 培训效果延续性的原则。培训效果一定要延续到今后的工作中去。这一原则尤其要强调公司对于那些已经接受培训的员工如何使用，以及如何发挥他们已经掌握的技能，其中最有效的办法是给他们更多的工作机会、更理想的工作条件。而对其中确有工作能力、真正优秀的员工，应委以重任，直至为他们提供晋升的机会。

2. 培训与开发模型

人力资源培训与开发是一个制定培训策略，筹划培训项目，安排培训内容，实施培训行为并评价培训效果的复杂过程。如图 6-1 所示的人力资源培训与开发模型。

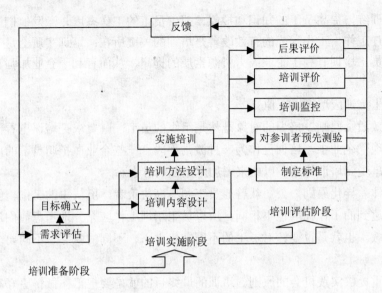

图6-6　人力资源培训与开发模型图示

3．员工培训的主要内容

1)　企业文化的培训

企业文化的培训主要是针对新进入企业的员工而言。可以看作是对新员工的"岗前培训"或"上岗引导"活动。

通过企业文化培训，使新员工形成一种与企业文化相一致的心理定势，以便在工作中较快地与共同价值观相协调。

2)　能力的培训

在员工的培训中，能力培训非常重要。一般将员工的能力分为技术技能、人际关系能力、解决问题能力以及工作态度。

3)　员工态度的培训

通过员工态度培训，建立起公司与员工之间的相互信任关系，培养员工对公司的忠诚，培养员工应具备的精神准备和态度。

第四节　组织力量的整合

一、直线与参谋

组织中的管理者是以直线主管或参谋主管两类不同的身份来从事管理工作的。这两类身份的管理者具有与此相应的管理者的两种不同作用，对组织活动的展开和目标的实现都是必需的。

1. 直线、参谋及其相互关系

由于时间和精力的限制，企业中的最高主管不可能直接地、面对面地安排和协调每一个成员的活动，需要委托若干副手来分担管理的职能，各个副手又需委托若干部门经理或车间主任，后者再委托若干科长或工段长来分担自己受托担任的管理工作。依此类推，直至组织中的基层管理者直接安排和控制职工的具体活动。这种由管理幅度的限制而产生的管理层次之间的关系便是所谓的直线关系。

参谋关系是伴随着直线关系而产生的。参谋的设置首先是为了方便直线主管的工作，减轻他们的负担。因此，参谋人员是同层次直线主管的助手，其主要任务是提供某些专门服务，进行某些专项研究以提供某些对策。

直线与参谋主要是两类不同的职权关系。直线关系是一种指挥和命令的关系，授予直线人员的是决策和行动的权力；而参谋关系则是一种服务和协助的关系，授予参谋人员的是思考、筹划和建议的权力。

区分直线与参谋的另一个标准是分析不同管理部门和管理者在组织目标实践中的作用。人们把那些对组织目标的实现负有直接责任的部门称为直线机构，而把那些为实现组织基本目标协助直线人员有效工作而设置的部门称为参谋机构。根据这个标准，人们通常把企业致力于生产或销售产品与劳务的部门称为直线机构，而把采购、人事、会计等列为参谋部门。

这种分类方法有直观明确的好处，而且可在一定程度上与职权关系角度的分类有某种吻合。然而企业中的物资采购、仓库保管、设备维修以及后勤、食堂等部门显然不是企业的主要部门，不直接参与企业的产品制造或销售服务活动。因此，根据在目标实现中的作用和标准来衡量，它们不能列为直线部门。毫无疑问，这些部门是为直线部门服务的。但把它们列为参谋部门也是不适宜的，因为它们只是提供工作或生活上的服务，并无参谋与建议的任务。为了避免这种混乱，我们认为，应该主要从职权关系的角度来理解直线与参谋。直线管理者拥有指挥和命令的权力，而参谋则是作为直线的助手来进行工作的。

2. 直线与参谋的矛盾

从理论上来说，设置作为直线主管的助手的参谋职务，不仅可以保证直线的统一指挥，而且能够适应管理复杂活动需要多种专业知识的要求。然而在实践中，直线与参谋的矛盾往往是组织缺乏效率的原因之一。考察这些低效率的组织活动，通常可以发现有两种不同的倾向：或者虽然保持了命令的统一性，但参谋作用不可能充分发挥；或者参谋作用发挥失当，破坏了统一指挥的原则。因此，在实际工作中，直线与参谋都可能产生对对方不满的情绪。

从直线主管这方面说，他们需要对自己所辖部门的工作结果负责。因此，对那些必须在工作中与之商量、倾听意见的上级参谋人员和部门，当他们对与自己有关的工作指手画脚、喋喋不休地议论和评论时，就有可能认为是干预了自己的工作，闯进了自己的领地，从而可能对他们产生不满。由于参谋人员只有服务和建议的权力，对直线人员的工作没有任何约束力，因此后者对他们的建议完全可能不予重视，只根据自己的认识和判断行事，并以所谓的"参谋不实际"、"参谋不了解本部门的特点"、"参谋只知纸上谈兵"等作为借口。直线人员对参谋作用的敌视和忽视，使得后者的专业知识不能得到充分利用。

从参谋人员的角度来看，会因为直线主管的轻视而产生不满。由于专门从事研究和咨询的参谋人员往往要比同层次的直线管理者年轻，且受过更高水平的正规教育，组织重视他们的目的是为了利用他们的某些专业知识，因此，他们理所当然地希望通过提出有见解的、能够被采纳的建议来证明自己的价值，作为进取的途径。当有人告诉他们决策是直线主管的职能、他们的作用只是支持性的、辅助性的从而是第二位的时候，他们自然会感觉到受到了控诉甚至是侮辱，从而会产生对直线人员的不满。

参谋人员为了克服来自低层直线管理者的抵制，往往会不自觉地寻求上级直线经理的支持。在许多情况下，他们能够得到这种支持，并使之产生一定作用。上级主管会对直线下属施加一定压力，要求他们认真考虑参谋人员的建议。这样，有可能使得直线与参谋的矛盾朝向有利于参谋的方面变化。但是，这时可能会出现另一种倾向，参谋借助上级直线主管的支持，不是向低层次的直线管理者推荐自己的建议、"推销"自己的观点，而是以指挥者的姿态指手画脚，发布命令，强迫他们接受自己的观点，从而可能重新激起低层管理者的不满，重新激化直线与参谋的矛盾。这时，高层次的直线主管可能会面临这样一个两难选择：是支持自己在工作中必须依赖的主要下属直线负责人，还是继续支持没有把活动限于调查研究、提供咨询的参谋人员。在这个两难问题的解决中，参谋人员往往是牺牲者，因为高层主管几乎只有选择支持直线下属的可能。

引起直线与参谋矛盾的另一个可能原因是参谋人员过高估计了自己的作用。某些正确的建议被直线部门采纳并取得了积极的成果以后，参谋人员会沾沾自喜，"贪天功为己有"，认为组织活动的成绩主要应归功于自己。相反，如果建议在实施过程中遇到困难，没有取得预计的有利结果，那么有些参谋人员又会迫不及待地推卸责任，声明之所以未能取得有利结果，是因为直线曲解了他们的建议，或者没有完全按照他们的说法去做；建议是合理的，方案是正确的，但执行过程中变了样。既然这样，成绩要归功于参谋，失误要怪罪于直线，那么直线漠视参谋的建议与作用也就不足为奇了。

3. 正确发挥参谋的作用

参谋的作用发挥不够或者过分都会影响直线人员，从而影响整个组织活动的效率。要正确发挥参谋的作用，应明确直线与参谋的关系，授予参谋机构适当的职能权力，并向参谋提供必要的信息。

1) 明确职权关系

设置参谋职务，利用参谋人员的专业知识是现代组织管理复杂活动所必要的。直线人员与参谋人员的职责、权限以及工作的目的是不同的：直线主管需要作决策，安排所辖部门的活动，并对活动的结果负责；而参谋人员则是在直线主管的决策过程中进行分析研究、提供建议、指明不同的方案可能得到的结果，以供直线主管在运用决策权力时参考。

对于直线主管来说，只有了解参谋工作，才有可能自觉地发挥参谋的作用，利用参谋的知识，认真对待参谋的建议，合理地采纳建议，而不是在出现问题后一味地指责参谋人员。对于参谋人员来说，只有明确了自己工作的特点，认识到参谋存在的价值在于协助和改善直线工作，而不是去削弱他们的职权，才能在工作中不越权、不争权，努力提供好的建议，并善于说服直线主管接受自己的建议，实施自己的方案。

总之，直线主管与参谋人员，越是明确各自的工作性质、了解职权关系，就越有可能重视对方的价值，从而自觉地尊重对方，处理好相互的关系。

2) 授予必要的职能权力

为了确保参谋人员作用的合理发挥，授予他们必要的职能权力往往是必需的，特别是在要求专业知识很多的领域里。但参谋部门职能权力的增加，也带来了形成多头领导的危险。

因此，高层直线主管要谨慎授予职能权力。首先要认真分析授予职能权力的必要性，只有在必要的领域使用它，以避免削弱直线主管的地位；其次要明确职能权力的地位，限制职能权力的使用范围，要使参谋人员明确，职能权力主要用来指导下层直线人员怎么做，而不是决定他们做什么。为了避免命令的多重性，组织中较高层次的直线管理者还应注意，在授权以后，应放手让参谋人员开展工作，而不能仍然频繁地使用已授予的权力。

3) 向参谋人员提供必要的信息

虽然直线与参谋的矛盾往往主要是由于参谋人员的过度热心所造成的，因此解决此矛盾首先要求参谋人员经常提醒自己"不要越权"、"不要篡权"，但同时直线主管也应认识到，参谋人员具有的专业知识正是自己所缺乏的，因此必须自觉地利用他们的工作。要发挥参谋人员的作用，必须首先帮助参谋人员工作，向参谋人员提供必要的工作条件，特别是有关的信息，使他们能及时了解直线部门的活动进展情况，从而提供有用的建议。埋怨参谋部门不了解情况瞎指挥，同时又不愿意提供必要的信息，这显然是直线主管应该努力避免的情况。

二、集权、分权与授权

设计出一个灵活的组织结构，它仅仅是一个"框架"。要使组织有效地运转，还必须正确处理好授权、集权及分权等问题。

1. 集权与分权的含义

集权是指决策权在组织系统中较高层次的一定程度的集中；分权是指决策权在组织系统中较低层次的一定程度的分散。

集权与分权研究的是组织结构特别是纵向管理系统内的职权划分问题，即上级如何授权于下级。绝对的集权或绝对的分权都是不可能的，绝对的集权就是最高主管把所有权力都集中在自己手里，组织活动的所有决策均由该主管做出，主管直接面对所有的实施执行者，没有任何中间管理者，没有任何中层管理机构，这在现代社会组织中显然是极少的。而绝对的分权则意味着全部权力分散在各个管理部门，甚至分散在各个执行、操作者手中，没有任何集中的权力，因此主管的职位显然是多余的，一个统一的组织也不复存在。所以，在现实社会中的组织，可能是集权的成分多一点，也可能是分权的成分多一点。我们需要研究的不是应该集权还是分权，而是哪些权力宜于分散，在什么样的情况集权的成分应多一点，何时又需要较多的分权。

2．组织中的集权倾向

集权与分权虽然同样必不可少，但组织几乎普遍存在一种集权的倾向。

1）集权倾向的产生原因

集权倾向主要与组织的历史和领导的个性有关，但有时也可能是为了追求行政上的效率。

(1) 组织的历史。如果组织是在自身较小规模的基础上逐渐发展起来、发展过程中亦无其他组织加入的话，那么集权倾向可能更为明显。因为组织规模较小时，大部分决策都是由最高主管(层)直接制定和组织实施的。决策权的使用可能成为习惯，一旦失去这些权力，主管便可能产生对组织失去了控制的感觉。因此，即使事业不断发展，规模不断扩大，最高主管或最高管理层仍然愿意保留着不应集中的大部分权力。

(2) 领导的个性。权力是赋予一定职位的管理者的，它是地位的象征。权力的运用可以证实、保证并提高其使用者在组织中的地位。组织中个性较强和自信的领导往往喜欢所辖部门完全按照自己的意志来运行，而集中地使用权力，统一地使用和协调本部门的各种力量，创造比较明显的工作成绩，也是提高自己在组织中的地位、增加升迁机会的重要途径。

(3) 政策的统一与行政的效率。从积极方面来看，集权化倾向的普遍存在有时也是为了获得它的贡献。集权至少可以带来两个方面的好处：一是可以保证组织总体政策的统一性；二是可以保证决策执行的速度。集中的权力制定出组织各单位必须执行的政策，可以使整个组织统一认识、统一行动、统一处理对内对外的各种问题，而防止政出多门，互相矛盾；同时，在集权体制下，决策的制定可能是一个缓慢的过程，但任何问题一经决策，便可借助高度集中的体系，使各个层次迅速组织实施。

2）过分集权的弊端

一个组织，当它的规模还比较小的时候，高度集权可能是必需的，而且可以充分显示出其优越性。但随着组织规模的发展，如果将许多决策权过度地集中在较高的管理层次，则可能表现出种种弊端。

（1）降低决策的质量。大规模组织的主管远离基层，基层发生的问题经过层层请示汇报后再做决策，则不仅影响决策的正确性，而且影响决策的及时性。高层主管了解的信息可能是在传递过程中被扭曲的信息，而根据被扭曲的信息制定的决策是很难保证其质量的。即使制定的决策正确，但由于信息多环节的传递需要耽误一定的时间，从而可能导致决策迟缓，等到正确的方案制定出来时，问题可能已对组织造成了重大的危害，或者形势已经发生了变化，问题的性质已经转换，需要新的解决方法。

（2）降低组织的适应能力。作为社会细胞的组织，其整体和各个部分与社会环境有着多方联系。随着组织的发展，这种联系变得更频繁、更复杂。而与组织有联系的外界环境是在不断发展和变化的。处在动态环境中的组织必须根据环境中各种因素的变化不断进行调整。这种调整既可能是全局性的，也可能是局部性的。过度集权的组织，可能使各个部门失去自适应和自调整的能力，从而削弱组织整体的应变能力。

（3）降低组织成员的工作热情。权力的高度集中，组织中的大部分决策均由最高主管或高层管理者制定，基层管理者和操作人员的主要任务、甚至唯一任务在于被动地、机械地执行命令。长此以往，他们的积极性、主动性、创造性会被逐渐磨灭，工作热情消失，劳动效率下降，从而使组织的发展失去基础。

上述主要弊端的任何一项发展，都会对组织造成致命性的危害；同时，由于集权是一种方便的行为、普遍化的现象，因此，我们应着重研究其对应面，即非集权化或权力的分散。

3．分权的标志及分权的实现途径

1）分权的标志

所谓集权与分权，都是相对而言的，衡量一个组织集权与分权的主要标志有：

（1）决策的数量。组织中较低管理层次做出的决策数目越多，则分权的程度越高；反之，上层决策数目越多，则集权程度越高。

（2）决策的范围。组织中较低层次决策的范围越广，涉及的职能越多，则分权程度越高。

（3）决策的重要性。若较低层次做出的决策越重要，影响面越大，则分权程度越高；相反，如下级做出的决策越次要，影响面越小，则集权程度越高。

（4）决策的审核。组织较低层次做出的决策，如上级要求审核的程度越低，则分权程度越高；如果做出的决策上级要求审核的程度越高，则分权程度越低。

（5）对决策的控制程度。如果高层次对较低层次的决策没有任何控制，则分权程度极高；如果低层次在决策前要征询上级部门的意见，向其"咨询"，则分权程度更低。

2）分权的影响因素

分权虽然是必要的，组织中也存在许多因素有利于分权，但同时也存在不少妨碍分权的因素。

利于分权的主要因素有：

(1) 组织的规模。组织的规模越大，管理的层次越多。多层次管理者为了协调和指挥下属的活动，必然要求相应的权力。因此，权力往往随着组织规模的扩大和管理层次的增加而与职责一起逐层分解。

(2) 活动的分散性。组织的某个工作单位如果远离总部，则往往需要分权。这是因为，对总部来说，不在现场的指挥难以正确、有效地指挥现场的作业；同时，分散在各地区的单位主管往往表现出强烈的自治欲望，这种欲望如果不能得到一定程度的满足，则可能破坏组织的效率。

(3) 培训管理者的需要。低层次管理者如果很少有实践权力的机会或只有很少的实践权力的机会，则难以培养成为能够统驭全局的人才，从而不能使组织在内部造就高层管理的后备力量。相反，独当一面的分权化单位主管可以非常迅速地适应组织高层的管理工作。

不利于分权的主要因素有：

(1) 政策的统一性。组织作为一个统一的有机整体，要求内部的各方面政策是统一的。如果一个企业在同一个产品的销售价格上、在职工的报酬标准上等采取不同的政策，分别制定和掌握，则可能导致统一组织的解体，分权则可能对组织的统一性起到某种破坏作用。

(2) 缺乏受过良好训练的管理者。分权与管理者的培训是互为因果的。现有组织的重新设计不能不考虑组织现有管理者的素质：分权化导致的基层决策权力的增加，只有这些权力被正确、有效地运用，才符合分权的初衷，才能促进组织效率的提高。然而，正确地运用权力，要求管理者具有相应的素质。现有组织如果缺乏足够的符合要求的低层次管理者，则往往对进一步分权造成限制。缺乏受过良好训练的管理者，也往往成为组织的主管不愿分权的原因或借口。

3) 分权的途径

权力的分散可以通过两个途径来实现：一是组织设计中的权力分配(制度分权)，二是主管人员在工作中的授权。作为分权的两种途径，制度分权与授权是互相补充的；组织设计中难以详细规定每项职权的运用，难以预料每个管理岗位上工作人员的能力，同时也难以预测每个管理部门可能出现的新问题，因此，需要各层次领导者工作中的授权来补充。

制度分权与授权的结果虽然相同，即都是使较低层次的管理者行使较多的决策权，也就是权力的分散化，但两者是有重要区别的。

(1) 制度分权是在组织设计时考虑到组织规模和组织活动的特征，在工作分析、职务和部门设计的基础上，根据各管理岗位工作任务的要求，规定必要的职责和权限；而授权则是担任一定管理职务的领导在实际工作中为充分利用专门人才的知识和技能，或在出现新增业务的情况下，将部分解决问题、处理新增业务的权力委任给某个或某些下属。

(2) 制度分权是在详细分析、认真论证的基础上进行的，因此具有一定的必要性；而工作中的授权则往往与管理者个人的能力和精力、拥有的下属的特长、业务发展情况相联系，具有随机性。

(3) 制度分权是将权利分配给某个职位，因此，权力的性质、应用范围和程度的确定需根据整个组织构造的要求来确定；而授权是将权力委任给某个下属，因此，委任何种权力、委任后应做何种控制，不仅要考虑工作的要求，而且要依据下属的工作能力。

(4) 分配给某个管理职位的权力，如果调整的话，则不仅影响该职位或部门，而且会影响与组织其他部门的关系。因此，制度分权是相对稳定的。除非整个组织结构重新调整，否则制度分权不会收回，而授权是某个主管将自己担任的职务所拥有的权限因某项具体工作的需要而委任给某个下属，这种委任可以是长期的也可以是临时的。长期的授权虽然可能制度化，在组织结构调整时成为制度分权，但由于授权不意味着放弃权力，更不意味着放弃控制和责任，在组织再设计之前，不管是长期或是临时授权的权力，授权者都可以重新收回，使之重新集中在自己手中。

(5) 制度分权主要是一条组织工作的原则以及在此原则指导下的组织设计的纵向分工；而授权则主要是领导者在管理工作中的一种领导艺术，一种调动下属积极性、充分发挥下属作用的方法。

专栏6-6 拓源公司的组织机构

拓源公司是一家成立于1985年的计算机和设备公司，由于其最佳而又新颖的产品、富有想象力的销售方法和为公司客户提供的优质服务，已经发展成为国内该经营领域的前列企业，销售逐年上升，利润率也比较高。1996年，该公司股票上市。上市之后，其股票价格节节上升。为此，该公司已经得到了投资者的青睐。然而，公司总裁不久就发现，一向运行良好的组织结构现在已经不能适应该公司的需要。

多年来，公司是按照职能系列组织起来的，由几位副总裁管理财务、销售、生产、人事、采购、工程以及研发。随着公司的发展，公司已把其产品系列扩大，从商用计算机扩展到电动打字机、复印机、电影摄影机和放映机、机床计算机控制设备等。随着时间的推移，人们注意到企业中存在以下不良情况：该公司的组织结构使总裁办公室以下的人员和机构无法对公司的利润负责，无法适应目前在外国许多国家开展的广泛业务，而且还加重了销售、生产和工程各职能部门之间的壁垒，使它们难以进行有效的协调。此外，有许多决策似乎除了总裁办公室之外，其他任何低于这一级的都不能做出。

因此，1997年，总裁将公司分为15个在美国和海外的各自独立经营的分公司，每个分公司对利润负有全部的责任。然而，在实行公司重组和人事职能方面出现了大量的重复，各分公司经理无视总公司的方针和策略，各自经营自己的业务，在总裁面前逐步显示出，公司正在瓦解成一些独立部门。在此情况下，总裁意识到自己在分权的道路上走得太远了。于是，他撤回了分公司经理的某些职权，并要求他们在下述一些重要事项决策上应征得公司最高管理部门的批准：超过10万元的资本支出；新产品开发和推广；销售和价格策略；人事政策的改变，等等。当分公司的一般经理看到他们的这些自主权被收回时，他们非常生气，并且公开抱怨公司的方针摇摆不定，一会儿分权，一会儿集权。总裁对于自己处于这种情况感到忧虑。(资料来源：编者根据相关资料编写整理)

三、委员会管理

委员会是一种常见的组织形式，在实践中随处可见，几乎各级组织都存在着这样或那样的委员会，如董事会、管理委员会、监察委员会等，它是执行某方面管理职能并实行集体行动的一组人。

1. 委员会制的含义

个人管理指的是整个组织中最高决策权集中在一个人的手里，由他对整个组织负责，因此又叫个人负责制。如果组织中的最高决策权交给两个以上的主管人员，也就是把权力分散到一个集体中去，即为集体管理，或叫委员会制。

集权管理与分权不同。分权是相对集权而言，它是职权在不同管理层次上的分配；集体管理相对于个人管理，它是职权在同一组织层上的分配。

2. 委员会制的优点和缺点

1) 委员会制的优点

(1) 各方成员互相牵制，防止权力过于集中。个人管理往往缺少一定的制约，因此少数人独揽大权或以权谋私的现象便不可避免。委员会集体工作和集体决策本身就是对个人决策的一种制约，一定程度上可以防止上述弊端的出现。

(2) 集思广益，减少决策的失误。集体讨论研究、集体决策可以克服管理者个人水平、经验、判断力、魄力等方面的局限性。集思广益、群策群立对加强重大问题决策的科学性和准确性、减少或避免失误都有积极的作用。

(3) 有利于各级人员参与管理。一个成功的企业必须提倡民主管理，使基层的员工有参与管理的权力，可以更好地激发员工的工作热情。委员会则是一种能使各级员工参与管理的较好形式。我国的员工代表大会、企业管理委员会等不失为一种很好的形式。

(4) 协调各方利益。各方利益包含两层含义，一层含义是指企业内部各部门、各机构和各层次的工作利益和物质利益；另一层含义是指资产所有者、顾客、职工、银行等各方的权益。委员会这种工作形式可以较好地解决和协调各方的利益。例如，股东会的成员可能来自公司内外的各方，他们代表各方利益，因此股东会的决策必须考虑如何协调各方利益，才能统一意见，做出恰如其分的决策。

2) 委员会制的缺点

(1) 耗费更多的时间和成本。集体决策需要集中各方代表的意见，反复推敲。会议则成了必不可少的沟通形式，这需要花费更多的时间和费用。同时，由于人们的知识水平、经验、能力、魄力不同，会使原本不复杂的问题复杂化，难以达成共识，耗费时间。如果由一个人便能解决的问题提交委员会处理，那么这方面的损失和耗费将是更显而易见的了。

(2) 一个人或少数人占支配地位。这种情况常出现在委员会的主席、主任等来自较高

级别的主管，这样容易产生少数人将个人意志强加于他人以至于整体的倾向。

(3) 产生盲从、折中或从众的趋势。集体讨论问题进行决策，委员常会因为不愿得罪领导或权威而产生盲从，也会出于礼貌或尊重而采取折中的态度，或者由于不负责而产生不问对错就从众的态度。

(4) 委员会成员的责任感相对不足。与个人负责相比，在集体负责的情况下，集体成员中的个人成员的责任感"一般要比个人负责情况下的责任感差"。

研究委员会利弊的目的在于选择适当的委员会形式，吸收其长处，设法克服其不足，更好地发挥委员会集体工作。

3．有效地运用委员会

要想成功地运用委员会，发挥其长处，遏制其缺陷，那么，在运用委员会的过程中，就必须注意下列一些问题。

1）权限和范围要明确

委员会的权限究竟是决策还是提供建议供直线主管参考，应该明确加以规定。对于委员会会议上要讨论的议题，也必须使与会者明确地了解，以免讨论时超出这一范围，造成各种浪费。

2）规模要适当

一般说来，委员会要有足够的规模，以便集思广益和容纳为完成其任务所需要的各种专家，但是又不能过大，以免开会时浪费时间和助长优柔寡断。有人认为，委员会的成员一般是5～6人，最多不超过15～16人。

3）选择委员

委员会的成员应该包括哪些人，这一问题与委员会的目的和性质有密切关系。要尽可能地选择具有与目的相符的专业人员作为委员会成员。同时，还要求其成员具有一定的集思广益才能，成员的组织级别一般要相近，这样，在委员会中才能真正广开言路，做出正确的结论。

4）选择议题

提交委员会的议题，其内容必须适于讨论，否则，虽有良好的议程也无济于事。

5）主席的重要性

担任委员会主席的人选必须慎重选择，因为他肩负着委员会能否有效发挥作用的任务。委员会的成就取决于会议主席的领导才能。一个好的会议主席可以使委员会避免很多的浪费和缺点。这就要求委员会主席至少要做到：先计划好会议的内容；安排会议的议事日程；检查提前向委员提供的研究材料；有效地主持会议；使委员会的讨论合成一体，从而做出正确的决议等。

6）决议案的审校

开会完毕后，会议主席应将做出的决议向大家宣布，这一步骤将得到全体与会人员对

决议同意或不同意的明确表示，并且还可以对决议进行修正和补充。

7) 委员会工作的考核

要提高委员会的工作效率，必须了解委员会的工作情况，对委员会的工作效率进行考核。由于委员会主要是通过会议来进行工作的，因此考核委员会的工作必须检查它的会议效率。会议的效率与召开会议所得到的有利结果以及为取得该有利结果而支付的费用有关。虽然我们难以计算委员会的决策所带来的直接货币收益，特别是难以对会议本身带来的协调、沟通和激励的作用进行量化处理，但是我们可以很方便地利用下述公式来计算委员会召开会议的直接成本

$$C = A \times B \times T$$

式中：C—会议的直接成本；A—与会者平均小时工资率；B—与会人数；T—会议延续的时间。

显然，在委员会成员数量与工资水平不变的情况下，减少为取得特定结果而所需的会议时间是减少会议直接成本从而提高委员会工作效率的重要途径。

4．委员会制与个人负责制的比较

委员会制与个人负责制是组织中两种不同的高层次职权分配体制。委员会制相对于个人负责制来说，其实质是职权在同一管理层次上的分配。委员会制的特点及其优缺点如前所述。

个人负责制的特点是权力集中、责任明确、行动迅速、效率较高。但因其个人的知识、经验以及管理能力毕竟有限，因此难免有考虑不周之处。虽然现代管理中都广设专家智囊机构帮助主管人员进行决策分析，但因决策权在一人手中，并不能完全弥补这一缺陷。此外，如果权力落在不合适的人选手中，还有可能导致专制和滥用职权，因为这种体制无任何制约机制。而委员会制在组织的高层管理中，尤其是在做出决策方面，它所表现出的优势是显而易见的，个人负责制则在执行决策的效率方面占绝对优势。因此，在具体的管理实务中，对这两种不同的职权分配体制，正确选择应该是实行两者的结合，即组织重大决策委委员会制和执行中的个人负责制。

5．我国企业的几种委员会形式

1) 股东大会

股份有限公司和有限责任公司股东大会由全体股东组成。股东大会是公司的权力机构，依照公司法行使职权。

股东大会行使下列职权：①决定公司的经营方针和投资计划。②选举和更换董事，决定有关董事的报酬事项。③选举和更换由股东代表出任的监事，决定有关监事的报酬事项。④审议批准董事会的报告。⑤审议批准监事会的报告。⑥审议批准公司的年度财务预算方案、决算方案。⑦审议批准公司的利润分配方案和弥补亏损方案。⑧对公司增加或者减少

注册资本做出决议。⑨对发行公司债券做出决议。⑩对股东向股东以外的人转让出资做出决议(仅适于有限责任公司)。⑪对公司合并、分立、解散和清算等事项做出决议。⑫修改公司章程。股东会的议事方式和表决程序一般按照公司法的有关规定执行。

2) 董事会

董事会是委员会的一种重要形式。中国的公司法规定,有限责任公司和股份有限公司设立董事会。董事会是由多数人组成的公司最高决策机构。它由公司的股东大会选举产生,受股东大会委托,对内代表股东管理公司的业务,对外代表公司,并向股东大会负责。董事长为公司的法定代表。

董事会的主要职权是:①负责召集股东会,并向股东会报告工作。②执行股东会的决议。③决定公司的经营计划和投资方案。④制定公司的年度财务预算和决算方案。⑤制定公司的利润分配方案和弥补亏损方案。⑥制定公司增加或者减少注册资本的方案。⑦拟定公司合并、分立、变更公司形式、解散的方案。⑧决定公司内部管理机构的设置。⑨聘任或者解聘公司经理(总经理),根据经理提名,聘任或者解聘公司副经理、财务负责人,决定其报酬事项。⑩制定公司的基本管理制度。

3) 企业管理委员会

全民所有制企业的管理委员会是协助厂长决定企业重大问题的一种集体工作形式。

管理委员会由企业各方负责人和职工代表组成,厂长任管理委员会主任,其职能是协助厂长决定企业重大问题,显然,管理委员会不是决策机构,而是参谋式的委员会,全民所有制企业实行厂长负责制,而不是集体负责制,管理委员会只是起到参谋协助决定问题的作用。尽管这样,它在一定程度上还是可以起到减少或避免厂长个人决策失误的积极作用。

4) 职工代表大会

职工代表大会是《全民所有制工业企业法》规定的职工参与民主管理的基本形式。职工代表大会充分代表职工的意见和利益,对企业有关生产、经营、工资、奖金、职工生活福利待遇等重大事项进行集体审议、讨论、提议、决定,并听取厂长(经理)的工作报告、决策和提案,对其工作情况进行监督检查。

职工代表大会的职权主要有:

(1) 听取厂长(经理)关于企业的经营方针、长远规划、年度计划、基建方案、重大技术改造方案、培训计划、留用资金分配和使用方案、承包和租赁经营责任制方案的报告、提出意见和建议。

(2) 审查同意或者否决企业的工资调整方案、奖金分配方案、劳保措施、奖惩办法以及其他重要的规章制度。

(3) 审议决定职工福利基金使用方式、职工住宅分配方式和其他有关职工生活福利的重大事项。

(4) 评议监督企业各级行政领导干部,提出奖惩和任免的建议。

(5) 根据政府主管部门的决定选举厂长,报政府主管部门批准。

第五节 组 织 变 革

一、组织变革的动力

1. 组织变革的动因

任何组织都不是一成不变的，也不是完美无缺的。随着组织环境的变化，一个富有生命力的组织必然会及时做出调整，以实现组织的自我发展和自我完善。所谓组织变革，是指组织为适应内外环境及条件的变化，对组织的目标、结构及组成要素等适时而有效地进行各种调整和修正。

导致组织变革的因素可以归结为两个：一是组织外部环境的变化；二是组织内部环境的变化。

1) 外部环境变化

外部环境的动力是指市场、资源、技术和政治经济环境的变化，这些因素往往是管理者难以控制的。

(1) 市场变化。市场变化包括顾客的收入、价值观念、消费偏好的变化，也包括竞争者推出了新产品、加强了广告宣传、降低了成本、改进了服务等。市场的这些变化可能使本企业的产品不再具有吸引力，从而推动组织进行变革。

(2) 资源变化。资源变化包括人力资源、能源、资金、原材料供应的质量、数量及价格的变化。例如，劳动者素质的提高使传统的"权力—服从"式的管理越来越不适应，组织必须实行与劳动者素质相适应的新型管理方式，如参与式管理、自由选择工作岗位等。

(3) 技术变化。技术变化包括新工艺、新材料、新技术以及新设备的出现。技术的变化不仅会影响新产品，而且会产生新的行业，带来新的管理方式以及人与人之间关系的变化。如计算机的广泛应用，使现代企业管理发生了本质变化。

(4) 政治经济环境变化。政治经济环境的变化包括政治形势、经济形势、投资政策、贸易政策、税收政策、产业政策的变化等，例如社会主义市场经济体制的建立带来企业组织结构的变化。

2) 内部环境变化

(1) 组织中人的变化。组织中人的变化是组织内部环境中引起组织变革的重要因素。人的变化包括人员的素质、年龄、性别、受教育程度、技能水平、价值观、个人对工作的期望等，这些因素会直接影响到组织目标的实现和组织结构的调整。例如，新上任的领导具有新的经营理念，采用了新的管理方法，就可能引起组织变革。

(2) 组织运行中的矛盾。组织在运行中会出现各种各样的矛盾，如组织结构庞大臃肿、运行机制僵化、决策行为缓慢等。伴随着这些矛盾的解决，组织结构将被调整。

2．组织变革的动力

如前所述，组织外部环境和内部环境的变化是组织变革的动因，但这仅仅是为组织变革提供了必要性和理由，要成功地实施变革，还需要一定的推动力量来发动和实施变革的过程。

1）变革过程的两种不同观点

由于对组织环境的看法不一，在对组织变革过程的认识上也存在两种不同观点，一种是"风平浪静"观，一种是"急流险滩"观。"风平浪静"观认为，组织是一艘在风平浪静的海洋中行驶的大船，船长和船员都清楚地知道前进的方向，他们以前曾经做过多次这样的航行，整个航程平静而可以预见，偶尔遇到风暴才会有变化出现。"急流险滩"观则认为，组织是一只在不断出现险滩的湍急河流中航行的小木筏，船员以前从未一起出过航，既不熟悉河流的构造，也不清楚最终航往的方向。

根据"风平浪静观"的假设，组织面临的环境是稳定和可预见的，对现状的打破是偶然和暂时的。根据"急流险滩观"的假设，组织面临的环境是动态的和不确定的，变化是一种自然的状态，对变革的管理是一个持续的过程。

在 20 世纪 80 年代以前，组织一直处在"风平浪静"的经营环境中。随着工业社会向信息社会转化，今天的组织日益处在一个充满不确定性的动态环境中。显然，"风平浪静"已经成为一种过去，"急流险滩"才是对当今组织环境的真实描述。需要指出的是，在管理实践中，不同的行业所处的经营环境有所不同。与其他行业相比，一些特定的行业，如计算机软件业，长期面临"急流险滩"的经营环境。即使是过去长期处于"风平浪静"环境中的汽车制造、石油勘探、银行、航空等行业，在进入 20 世纪 90 年代以后，经营环境也发生了急剧变化，它们已经在一个日趋变化的动态环境之中，从而要求其进行相应的组织变革。

2）变革的动力

组织变革是对现状的打破，它需要一种催化剂来推动。在通常情况下，在组织变革过程中，组织中的管理者往往作为催化剂起作用，并承担了变革过程的管理责任，他们是推动组织变革的主要力量。在有些情况下，组织外的非管理者也参与到组织变革中来，成为组织变革的推动力量，如组织外部的咨询专家。在进行系统范围的巨大变革时，组织的管理者经常会聘请外部专家提供建议和协助。与组织内部的管理者相比，外部的咨询专家掌握最新的管理前沿知识，具备丰富的管理咨询经验，拥有广阔的管理分析视角，其最大优势是能够设计和提供解决方案。由于来自组织外部，他们对组织问题的认识将更为客观，其缺陷是对组织的历史、文化、作业程序、人事制度缺少足够的了解，同时由于无需承担组织变革的各种后果，因此，与内部人员相比，他们往往倾向于更为剧烈的变革。与之相对，组织内部的管理者由于身处组织环境中，熟知组织的历史传统和制度程序，并要与组织变革的后果相伴，因此，在决定变革的剧烈程度上，他们会更为谨慎和深思。同时，外部咨询专家在组织变革中主要充当的是顾问角色，其对变革的影响仅限于提供参考意见，真正的变革决策还需由管理者自行做出。可见，组织变革主要是由内部管理者发出并实施的，其他人员只是作为推动变革的辅助力量而存在。

无论是在"风平浪静"的环境之下，还是"急流险滩"的环境之中，组织变革都是一种组织无法回避的现实。当环境变化缓慢的时候，组织可以以一种渐进的方式对变化做出反应。由于当今的组织更多地处在"急流险滩"式的环境中，这就对变革推动者提出新的要求：动荡的环境需要革命型的变革推动者，而非渐进型的变革推动者。在当今变化日趋剧烈的组织环境中，组织变革的推动者必须摒弃传统做法，发动一场激进的根本性变革，美国通用电气公司的杰克·韦尔奇就成功地扮演了这样的角色。

二、组织变革的阻力

1. 组织变革阻力的来源

组织变革不是一帆风顺的，在变革过程中，总会出现各种阻碍变革的力量。组织的任何一项变革都涉及对原有制度、关系、行为规范和传统习惯的改变，而组织固有的惯性使组织成员很难放弃原有的态度与习惯去适应新环境，这就使得组织成员出现心理上的失衡和行为上的抵制，竭力以各种方式反对变革，成为组织变革的阻力。相对而言，越是大型的组织，变革过程就越复杂，变革的阻力越大。

组织变革的阻力反映在两个层面上，即个体层面和群体层面。从个体层面看，变革的阻力表现为职工工作被动应付、消极怠工，甚至申请离职调动。从群体层面看，变革的阻力表现为：部门业务开展不力，又妨碍了组织变革的顺利进行，更危及组织未来的发展，必须分清原因，予以消除。

2. 组织变革阻力产生的原因

传统观点认为，组织成员之所以反对变革，技术因素是最基本的理由，因为技术进步可能导致其失业。现代观点则认为，组织成员反对变革的深层次原因并非技术因素，而是人性与社会因素，具体表现在以下几个方面。

1) 对不确定性的恐惧

变革的阻力在很大程度上来自人类本性中对不确定性的恐惧。人类有安于现状的习性，对变革有一种天然的抵触情绪，任何管理制度、行为规范的变革都会使他们的内心产生恐慌与失去平衡。变革将使已知的东西变得模糊不清和不确定，组织成员对不确定性有一种天生的厌恶感，他们不愿意冒已知同未知相对换的风险，因而，宁愿抱残守缺，也不愿意尝试变革，结果往往导致组织丧失变革的最佳时机。

2) 对既得利益的威胁

组织变革往往会触及甚至损害一部分人的既得利益。变革意味着原有的平衡系统将被打破，意味着管理层级、职能机构、关系结构的重新调整，从而会影响组织成员的既得利益与资源。例如，变革之后，有可能导致组织成员的权力缩小、地位降低，或劳动强度加大、工作自由减弱，或要求其重新学习新知识、新技术，甚至可能导致其失业。因而，组织成员出于对自身安全的考虑，会极力反对变革。在一般情况下，组织成员对现有体制的投入越多，反对变革的阻力就越大。

3)　对未来发展认识的不足

组织成员通常对组织未来的发展趋势缺乏足够的认识。由于没有意识到组织面临的各种环境压力，组织成员往往对变革缺乏一种应有的紧迫感，对未来盲目乐观，缺少创新精神和危机意识，缺少变革的勇气和承担变革风险的心理承受能力，不愿做组织变革的先行者，甚至认为组织变革是多此一举。这种认识上的盲目性使得组织成员从感情到行为都会表现出毫无理由地拒绝和排斥组织变革的倾向，这种观念上的障碍不利于现有组织的有效运营，更会使组织成员因缺少居安思危的意识而措手不及，丧失进一步发展的良机。

此外，组织所固有的文化在有些情况下也会成为阻碍变革的因素。相对而言，有机、灵活的组织(如高科技组织)往往比机械、保守的组织(如大型军工企业)更易于接受变革。

3. 排除组织变革阻力的方法

1)　增进内部沟通

产生阻力的根源之一在于信息失真和沟通不够。应与职工进行良好的内部沟通，做好变革计划的信息反馈与宣传解释工作，开诚布公地说明组织目前所处的运行环境、所面临的机遇与挑战等，澄清组织成员对变革的错误认识。通过相互沟通，增进信任，使组织上下达成共识，增强变革的紧迫感，为组织变革提供舆论准备。

2)　加强教育培训

教育培训能提高职工对组织变革的理解和适应能力，从某种意义上讲，组织变革首先是思想观念的变革。要通过自上而下的教育培训，使组织成员接受新观念，学会从新的视角和用新的方法来看待、处理新形势下的各种新问题，增强他们对组织变革的心理承受能力，增进他们对组织变革的理性认识、为组织变革提供思想准备。

3)　发动全员参与

组织变革需要广泛的群众基础。减少变革阻力的最有效方法是让组织成员共同参与变革计划的制定与执行，通过对变革内容与执行方式的公开讨论，可以使参与者之间增进交流、相互接受从而赢得组织成员对变革的支持。实践证明，全面参与的效果优于部分参与，部分参与的效果优于不让成员参与。让有关人员共同参与变革，能最大限度地排除变革过程中可能出现的各种阻力，为组织变革奠定群众基础。

4)　把握策略与时机

变革策略与时机的把握是组织变革成功的重要保证。要选准时机，相机而动，循序渐进，配套进行。在组织变革之前，应详细地分析可能发生的各种问题，预先采取有针对性的防范措施，为组织变革创造最佳的变革环境与变革气氛。

三、组织变革的实施步骤

组织变革是一项复杂的系统工程，牵涉面广、工作量大，必须进行全面的规划与设计，按照科学的变革程序，按部就班地进行。归纳起来，组织变革的基本步骤包括四个方面。

1．进行组织诊断

在实施组织变革之前，首先应该邀请组织内部有关人员和外部咨询专家共同参与，根据外部环境与内部环境的变化，对组织现状进行综合分析和全面考察，研究确定组织中存在的主要问题，发现和找出症结所在，以便有的放矢、对症下药。这是进行组织变革的首要步骤。

2．设计组织变革

在对组织问题进行正确诊断的基础之上，应由各方参与人员互相交流、共同讨论，多方论证，提出组织变革的计划方案，作为进一步行动的指南。同时，还要根据组织的实际情况确定变革可能遇到的障碍与阻力。这是进行组织变革的关键步骤。

3．实施组织变革

在确定了计划方案之后，应充分利用组织的各种资源，动员各方力量，按照变革计划所规定的内容、步骤予以推广实施。在将计划付诸实施的过程中，还要对变革过程进行相应管理，注意根据实际情况的变化及时修正计划中不切实际的内容，以确保组织变革的有效性。这是进行组织变革的核心步骤。

4．评估组织变革

在依据变革计划实施组织变革之后，还应通过信息反馈考察评估组织变革的实际效果，并分析原因，找出差距和不足，为下一步的组织变革提供依据。具体评估方法有两种：其一是对比组织变革前后的指标差异；其二是以行业中绩效最优的组织为标杆来衡量变革成效。这是进行组织变革的必要步骤。

专栏 6-7　"故事"改变了世界

世界银行的前知识管理计划负责人史迪芬·德宁(Stephen Denning)在其 2000 年的作品《跳板：故事如何激发知识时代组织的行为》中详细记述了他在世界银行促进变革的经历，指出"故事"可以为组织变革的准备提供帮助。

德宁于 1996 年开始发现故事在知识管理和组织变革中的作用，当时，他致力于把世界银行变革成一个知识分享的组织。作为一个世界性的借贷组织，世界银行似乎只愿意把主要精力集中在它的借贷业务上，同时，它也是一个出了名的顽固的、不易变革的组织。

为了改变这种现状，德宁开始他的说服工作。他开始运用以前生涯中所运用到的所有沟通手段，如幻灯片、图表、书面报告、面谈等，试图让世界银行的经理接受知识管理的观念，但都无济于事。怎么办呢？当德宁向世界银行的经理讲述一个关于赞比亚医务工作者故事的时候，情况开始变化了。为此，在以后的工作中他就不断地以故事的方式与高层管理者进行沟通，都取得了非常好的效果。

通过上述经历，德宁发现：事实上，故事成为改变世界银行的一种极其有力的工具。德宁把这种能够使听众对变革的理解提升到一个新层次的故事叫做"跳板故事"(springboard story)。跳板故事的效果不在于它传递了大量的信息，而在于它激发了听众的理解能力，它让听众从故事中看到了在更广范围内进行变革的前景。而且，故事叙述的方式有利于听众理解、接受一种新的观点，同时故事也不会侵犯他们的思想领域。可见，"故事"为组织变革的准备工作起到了积极的作用。(资料来源：编者根据相关资料编写整理)

第六节 团 队 组 织

一、团队的概念

团队是一种为实现某一目标而由相互协作的个体所组成的正式群体。可见，一个团队必然是一个群体，但只有是正式的群体才能成为团队。

目前，许多西方组织正在逐步地摒弃传统的垂直式、职能化的管理组织模式，而以一种全新的团队为核心的扁平式、过程化的管理组织模式来取代它。团队盛行的原因主要有以下几方面。

1. 创造团队精神

团队需要成员相互帮助和支持，以团队形式进行工作，促进了成员之间的相互合作，提高了职工的士气，有利于创造出团队的氛围。

2. 使管理者有精力从事战略管理

采用团队的形式进行工作，成员之间自我管理的意识增强，管理者不需要花费大量的时间进行监督和指导，可以有精力更多地进行战略性思考和战略性规划。

3. 提高工作绩效

上述组合起来能使团队的工作绩效明显高于单个个体的工作绩效。

二、团队的功能

团队的功能主要体现以下几个方面。

1. 完成组织任务

组织是由团队构成的，团队是组织联系个体的桥梁和纽带，是组织正常工作的机构。组织的目标是通过团队完成的，通常将组织的目标分为若干子目标，分配给不同的团队完成。当团队的任务完成以后，组织的目标和任务就相应完成了。

2. 满足个体的心理需要

根据心理学理论，人的需要不仅有生理需要，还有心理或精神需要。团队可以满足个体的心理需要，例如个体受到挫折时，团队可以提供帮助，使个体走出阴影。

三、团队的种类

1. 作业团队、项目和开发团队、营销团队和管理团队

根据团队的工作内容可以将团队划分为作业团队、项目和开发团队、营销团队和管理团队。

1) 作业团队

作业团队主要从事制造、装配、销售或提供服务。作业团队是正式组织结构中的一部分，由在职成员组成。

2) 项目和开发团队

项目和开发团队主要从事长期项目的研究开发，经营超过几年时间。这种团队有具体的任务，如新产品开发，成员一般必须具有专门知识和判断力，当团队所承担的任务结束时，成员的工作相应完成，团队就可以解散了。

3) 营销团队

营销团队主要负责开拓企业的产品市场，并为企业的产品更新换代提供决策依据。

4) 管理团队

管理团队是指对下属部门提供指导而形成的一种团队形式。

2. 民主性团队和专制性团队

1) 民主性团队

民主性团队是指具有民主性工作作风的团队。民主性团队的主要特点是团队的一切大政方针都由团队的成员协商解决，团队成员积极参与决策，自由选择合作伙伴，工作程序、工作的目标、工作的安排和工作量的分配由团队和成员协商决定，团队的领导者通常根据成员的行为表现和工作绩效等客观事实激励团队成员。

2) 专制性团队

专制性团队是指具有专制性工作作风的团队。专制性团队的主要特点是团队的一切方针政策由团队领导决定，团队成员不了解团队的整体目标，成员的工作组合、工作量的分配由领导确定，团队的领导者主要根据自己的主观意志而不是根据成员的表现和绩效奖惩团队成员。

四、有效团队的特征

一个有效的团队是由一群拥有共同目标、相互独立的人员组成的，每个成员都认为共

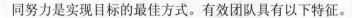

同努力是实现目标的最佳方式。有效团队具有以下特征。

1．目标明确

在有效团队中，每个成员都有自己明确的目标和任务，并且经常要求扩大自己的目标和任务。同时，每个成员对任务的分配、开会的流程、工作的进度等都非常清楚。

2．相关的技能

有效团队是由一群能力相关的成员组成的，他们具备实现理想目标所必需的技术和能力，相互之间有良好的合作品质。

3．互相的信任

有效团队崇尚开放、诚实、协作的工作原则，从而使成员之间有着良好的信任基础。

4．奉献的精神

对成功团队的研究发现，团队的成员对团队具有认同感，他们把自己是团队中的一分子这一点看得很重，为此，他们自然表现为对团队目标的奉献精神，愿意为实现团队的目标调动和发挥自己最大的潜力。

5．良好的沟通

有效团队中，成员可以迅速而准确地了解彼此的想法和情感，这种良好的沟通环境对于提高团队的整体效率有着积极的作用。

6．恰当的领导

有效团队的成员具有高度的责任感，因为团队的成败也就意味着成员个人的成败。因此，有效团队的领导不同于一般组织的领导，他们不一定进行控制，而往往以教练的身份出现，对团队进行指导和支持。

7．内外部的支持

有效团队应有内外的支持，内部支持包括适当的培训、一套易于理解的、用于职工绩效评价的测量系统、一个起支持作用的人力资源系统。外部支持包括团队需要的各种资源和条件。

专栏 6-8　谁是团队最大的敌人

对于团队失败的原因，现在已有不少论述，矛头大多指向管理层。但我们反观团队本身呢？管理层虽然要躬身自省，团队也要对自身的问题和缺点负责。下面列举几种团队常见的通病。

(1) 过分渲染团队概念。在大多数组织中，团队的建立和培训让职工感到自己更重要并且更应受重视，与此同时，这也会导致不现实的期望，反过来又会带来沮丧感，从而做出自己不该做的事，破坏了团队的工作。

(2) 乌龟式的工作风格。

(3) 不关我事的心态。

(4) 破坏团队的人并非个个都是害群之马或烂苹果。他们也许是"天才型"职工、"沉默寡言型"职工、"工会代表型"职工、"大材小用型"职工、"不堪重任型"职工，但由于他们没有适得其位或未尽其才，对团队产生了不良的影响。因此，每种情况都必须区别对待，并处之以公正。(资料来源: 编者根据相关资料编写整理)

本 章 小 结

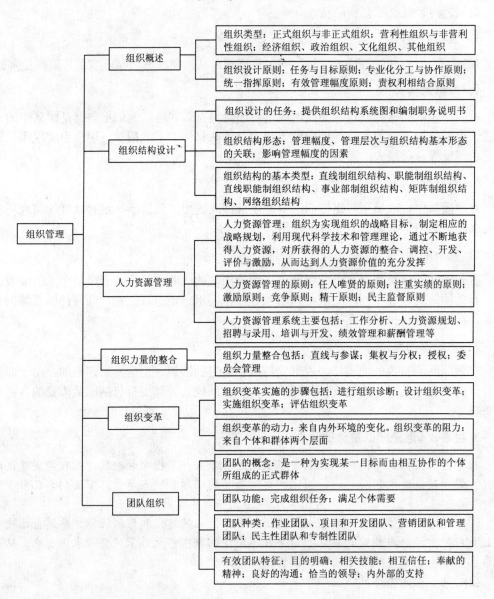

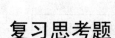

复习思考题

一、问答题

1. 组织设计的任务是什么？组织设计时应考虑哪些权变因素？

2. 简述组织设计的原则。

3. 管理幅度和管理层次之间是什么关系？有人说组织的管理幅度越大越好，你同意这种观点吗？

4. 组织结构有哪几种形式？各有什么优缺点？适用什么情况？

5. 简述授权的原则及影响分权与集权程度的因素。

6. 简述委员会组织形式的优缺点。

7. 人力资源管理的任务和基本功能是什么？

8. 招聘员工的来源及各自的优缺点有哪些？

9. 薪酬管理的原则有哪些？

9. 分析组织变革的动力和阻力。

10. 什么是团队？有效团队有哪些特征？

二、案例分析题

一、渤海液压公司的组织结构变革

渤海液压公司是渤海机械集团公司的下属公司，以原来的金工二车间为基础于1992年8月成立，王经理就是在公司成立之时走马上任的。1992年之前，金工二车间的组织结构如图6.7所示。

渤海机械集团公司主要为全国各大钢厂、电厂、矿山、码头等单位提供装卸设备、焦炉设备、矿山车辆、轧钢设备等几大类产品。这些产品均为重型机械设备，其吨位大、产值高。比如，电厂用来卸煤的卸车系统，一般由翻车机、推车机、拔车机、摘钩设备等设备组成，这套设备自重近500吨，设备合同价格800多万元。所以，集团一般是先与用户签订供货合同，然后根据用户需求及合同规定进行设计、组织生产并负责现场安装和售后服务等一系列问题。为组织设备的设计、生产，集团公司把设备分成三大部分：机械、电气、液压。机械部分主要为钢结构，一般由机械加工等分厂制造；电气为自动控制部分，由电气公司负责设计制造；而液压部分是实现设备自动控制功能的执行机构，由渤海液压公司负责。渤海液压公司负责液压系统的设计、生产、服务等工作。公司的产品就是为重型设备配套的液压系统，另外在设备能力和人员允许的情况下为厂家生产一些机械设备上的小型备件，同时还开发一些小型液压设备。

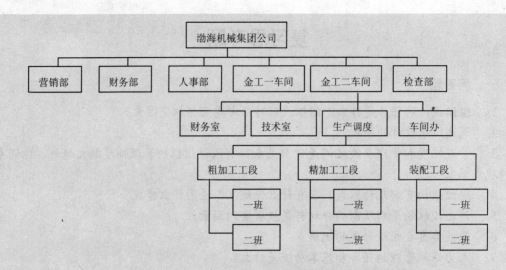

图 6.7　渤海液压公司成立以前金工二车间的组织结构

　　渤海液压公司生产的液压系统在机械设备中是技术含量比较高的部分，对系统清洁度要求高(清洁度高可以延长系统的使用寿命，还可以降低系统故障率、减少维修耗费)。如何安排生产以达到系统的清洁度要求一直是公司追求的目标。它 1995 年的生产流程如下所示。

　　液压配套设备是机械设备的执行机构，一般由泵站、阀站、油缸和电动机等执行元件和管件构成。公司根据市场开发部的订货合同，由生产科下达设计任务书；市场开发部负责该项目的人员负责与机械、电气部分的协调工作，并负责该项目具体的方案设计和施工详细设计；施工设计结束后需经内部审查、整个设备设计的联合会审；整个审查通过后，图纸转给生产科，由生产科组织生产。生产科的供应人员根据图纸负责外购元件的购买，如油缸、液压阀等元件。生产科把一套生产图纸转给技术科，技术科进行工艺文件的技术准备工作；然后，再由生产科组织备料、下料等工作，加工车间根据工艺路线开始加工，加工完的零件入半成品库；最后，装配车间根据图纸及工艺文件到标准件库、半成品库领件，加上由装配部门自己制作的零部件，进行清洗、组装、配管、管路磷化、装配及试车等一系列工作，经检查调试通过后设备表面喷漆、包装待发运(包装工作由集团公司下属的包装公司总负责)。

　　1995 年，渤海液压公司的年产值达到 2 500 万元，拥有职工 129 人，年税后净利润为 210 万元，上交集团公司利润 100 万元。

　　在 1995 年以前的这段时间里，其组织结构形式如图 6.8 所示。

　　王经理除了对公司的整体生产经营负责外，还主管财务工作，负责营运资金的安排和调度。王经理以下设生产、销售、技术三个副经理，其中以生产副经理的担子最重。在公司从成立到1995 年 3 月以前的这段时期里，由于国家正在深化经济体制改革，经济迅速发展,各大钢厂、电厂等一些大项目的上马使得重机行业一时呈现出一派欣欣向荣的景象,渤海液压公司也不例外,每年生产满负荷,公司产值连年递增,由 1992 年成立时的 800 万元,上升到 1994 年的 1 500 万元,税后利润也由 120 万元上升到 160 万元。由于公司业务的快速发展,王经理也就无暇考虑公司内部机构存在的一些问题;出现问题时,由王经理召集各部门负责人召开一个临时会议讨论解决了事,对问题产生的原因一般也不做深层次的研究。

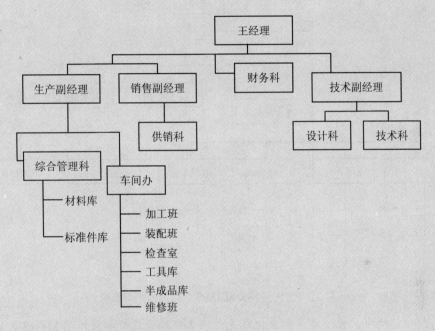

图 6.8　渤海液压公司 1995 年以前的组织结构

综合管理科陈忠科长主要负责公司的生产计划编排、生产调度安排等。他曾说过下面这样一段话:在公司里,生产是重头戏,要一切为生产服务。可是,有时生产中急需一些元件装配试车时,我们往往只能通知供销科派人去购买,等供销科的人买回来入库后再领用,要花很长一段时间,耽误了生产进度,延误了产品的出厂日期。虽然我们做生产计划、安排生产进度,生产这方面我们能控制,但设计科、技术科的进度我们就不好说了,设计图纸的进度、工艺技术文件的准备进度也就只能靠他们自觉控制,在我们着急时只能在每周一次的例会上提一提、催一催罢了。我们的生产进度是按照合同交货期制定的,但计划有时也只能是空头计划,尤其是生产周期短的任务,如何能及时完成我们心里也没有把握。

设计科吕科长也常常抱怨:现在工人的质量意识太差,产品出厂检验也不严格,致使产品到达用户后,需要现场服务的技术人员太多,最多时我们科有八九个人在现场,只剩下四五个人在科里,我们就无法顺利开展设计工作,耽误些时间当然不能责怪我们。况且现场服务又脏又累,科里的人也不太愿意长时间离家出差在外,他们也想坐下来搞好他们自己的设计工作。

1995 年以后，我国的经济发展速度比前几年有所放慢。整个机械行业很不景气，竞争加剧，如何降低成本、开拓市场、加强竞争能力就成了王经理的心头病。而且首要问题就是要解决内部各部门之间的协调问题。王经理对渤海液压公司的组织结构进行了一次手术。经调整后的组织结构如图 6.9 所示。

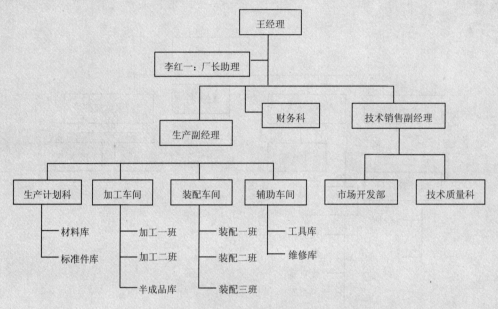

图 6.9　渤海液压公司 1995 年以后的组织结构

新的组织结构中，比较显著的变化就是成立了市场开发部和技术质量科以及对车间内部工作进行的重新安排。市场开发部和技术质量科两个部门由一个技术销售副经理统一负责，综合管理科更名为生产计划科。原供销科中负责供应的人员并入生产计划科，原供销科中的销售人员并入设计科组成市场开发部。市场开发部对各项目实行项目负责人制度，由一个人负责一个项目的洽谈、设计、采购、现场服务及督促生产进度并监督合同的执行情况。技术质量科由原技术科和检查室人员组成，负责技术准备文件、检验文件的编制及监督执行和生产中各工序的质量检查等工作，这样可使公司在质量管理方面的工作向ISO9001 质量体系靠拢，以符合集团公司对质量管理体系的要求。

以前抢占外面的市场很不容易，公司大部分订单来自集团内部。现在市场开发部相对于以前供销科和设计科的实力而言大大增强了。原来的销售人员和设计人员相互间的业务都不熟悉。对设计人员来说一般都习惯在办公室里从事设计工作，不太愿意到外面去拉客户做生意。现在的市场开发部共有 15 人，其中 4 人具有高级职称、3 人具有中级职称，其余为初级职称；4 名高级职称的人员中有一人为退休返聘人员，其技术好、经验丰富，在本行业中认识的人比较多。

在新的组织结构下，各车间都能很好地完成自己的任务，各自的生产效率比原来有所提高。但还存在一些不协调的情况：各车间为了完成自己的任务，往往不重视其他部门的特殊要求。对于这种情况，生产计划科陈科长也常常感到无能为力。当装配急需的零件需要加工时，加工车间常常以自己正在赶进度、机床占用等为理由不能及时加工而耽误了装配进度；加工车间有时急需刀具，但辅助车间也常常以缺乏资金为由而推迟购买。每周的具体任务和上周生产中出现的问题一般在每周一的生产例会上提出来讨论，各部门的负责人也可以提出自己的问题，由大家讨论，最后由生产副经理拍板决定问题解决的实施方案。而在平时生产过程中出现的涉及相互之间的问题时，一般是很难及时解决的。

对于现在出现的这些问题和意见，王经理都非常关注。目前的局面虽然比较复杂，但王经理依然充满了信心。王经理在进一步思索着：如何能进一步完善新的组织结构，在公司内部管理上下工夫，挖掘潜力，增强公司在市场上的竞争能力。(资料来源：周三多等编著. 管理学——原理与方法. 第四版. 上海：复旦大学出版社，2005.9，421～427)

问题：

1. 该公司组织结构是如何变化的？为什么该公司组织结构要不断加以革新？

2. 假如你是王经理当前如何能进一步完善新的组织结构？

二、纽约联合印刷公司的"择人之道"

纽约联合印刷公司的销售经理——皮尔森先生，此时正在审核瑞·约翰逊先生的档案材料，这位约翰逊先生申请担任地区销售代表的职务。联合印刷公司是同行业中的最大厂家，经营印刷初级教育直至大学教育的教材用书，系列、完整的商贸性出版物，以及其他非教育类的出版物。该公司目前正考虑让约翰逊手下的销售成员同大学教授们打交道。约翰逊是由杰丽·纽菲尔德介绍给这家公司的，而纽菲尔德是眼下公司负责西部地区的销售商中工作非常成功的一位。虽然他到公司仅两年，但他的工作表现已清楚地表明其前途无量。在他到公司的短时期内，就将在自己负责区域内的销售额增长了三倍，他与约翰逊从少年时代就是好朋友，而且一起就读于伊利诺伊州立大学。

从档案上看，这位约翰逊先生似乎是一个爱折腾的人。很明显的一点是在其大学毕业后的10年后，他没有一项固定的工作。在其工作中，持续时间最长的是在芝加哥做了八个月的招待员。他在 Riviera 工作了两年，所做的一切仅够维持生活，而今他刚回来。由于没有足够的钞票，所以不管在哪儿，他都想方设法谋生，既然他以往是这种情况，在多数情况下公司就会自动取消考虑他的应聘资格。但皮尔森先生还是决定对约翰逊的申请给予进一步考虑。这主要是因为公司的一个主要销售商力荐他，尽管这个人很清楚约翰逊的既往。皮尔森先生在亚利桑那州的菲尼克斯花了两天时间，同纽菲尔德及其一位朋友——顾问，一道会见了约翰逊先生。三人一致认为问题关键在于：约翰逊先生能否安顿下来，为生活而认真工作。

约翰逊对这个问题抱诚恳的态度，并承认自己没料到会有这种答复，他清楚自己以前的工作情况，可他似乎又觉得会得到这份预想的工作。约翰逊先生似乎有优越的素质来胜任，他的父母是东部一所具有相当规模的大学教授，他在学术氛围中成长起来，因而，充分地了解向教授们推销教材过程中所需解决的各种问题。他是一个有能力，知进取的人。在会见后，皮尔森先生和顾问都认为，如果他能安顿下来投入工作，他会成为一名杰出的销售人员。但是二人也意识到还有危险存在：那就是约翰逊先生可能会再次变得不耐烦而离开这个工作去某个更好的地方。不过，皮尔森决定暂时雇用约翰逊。公司挑选程序的环节之一要求在对人员最后雇用之前对每一位应聘者进行一系列心理测试。一些测试表明：约翰逊先生充满智慧且具有相当熟练的社会技能。然而，其余几项关于个性和兴趣的测试，则呈现出了令公司难以接受的一个侧面。测试报告说：约翰逊先生有高度的个人创造力，这将使他不可能接受权威，不可能安顿下来投入一个大的部门所要求的工作中去。关于他的个性评估了许多，但是所有一切都归于一个事实：他不是公司想雇用的那类人。依据测试结果，皮尔森先生还是拿不定主意是否向总裁建议公司雇用约翰逊先生。(资料来源：http://www.chinahrd.net/case/info/48455)

问题：

1. 你认为是否可录用约翰逊先生？皮尔森先生将有可能向总裁建议什么？

2. 假如皮尔森雇了约翰逊先生，那么你认为约翰逊先生会不会有"这山望着那山高"，在皮尔森公司干一段时间后再跳槽？

三、管理技能训练

把全班同学按每 4~6 人分为若干个小组，分别走访不同的企业。要求了解某一企业的组织结构的设置及相互之间的联系；了解其中某一部门基层管理者的职责内容；对该企业现有组织结构的状况进行分析，提出其是否有不合理之处，最后形成 1 000 字左右的实训报告，在全班交流。

四、本章推荐阅读书目

1. 周三多等编著. 管理学——原理与方法. 第四版. 上海：复旦大学出版社，2005.9，421~427

2. 刘秋华. 管理学原理. 北京：高等教育出版社，2004，89~120

3. 赵曙明. 中国企业人力资源管理(第三版). 南京：南京大学出版社，2000

第七章

组 织 文 化

学习目标：通过本章学习，要求了解组织文化的概念及其基本特征；领会组织文化的构成要素及功能；掌握组织文化塑造的主要步骤及方法。

关键概念：组织文化(Organization Culture)　组织价值观(Organization Values)　组织精神(Organization Spirits)　组织形象(Organization　Images)

第一节　组织文化的概念与特征

任何一个组织的有效运行，都依赖于组织内各种要素的有机整合。而要把组织内的要素有机地整合起来，既要有"硬件"，即厂房、机器、设备等，更要有"软件"，只有"软件"才能驱动"硬件"。而这种"软件"就是我们称之为管理之魂的"组织文化"。

一、组织文化的概念

1. 文化的概念

文化作为一种历史现象，它的定义是随着社会学、人类学的产生与发展而不断演进的，文化在不同的时代、不同的阶级有不同的内容和含义。

专栏 7-1　"文化"的演进

"文化"一词在中国有悠久的历史。《周礼》曰："观乎人文以化天下。"《易经》云"观乎天文，以察时变；观乎人文，以化成天下。"汉代刘向《说苑·指武条》云："凡武之兴，谓不服也，文化不改，然用加诛。"南齐王融《曲承诗序》言："设神理以景俗，敷文化以柔远。"晋代束皙《补亡》一诗中则写道："文化内辑，武功外悠。"这里的文化，指的都是文治和教化，与现代科学所指的文化一词有别。

在西方，英国、法国的 Culture，德国的 Kultur 都源于拉丁文的 Cultura，而 Cultura 的含义是耕种、居住、练习、注意、敬神。古希腊罗马时期，文化被理解为培养公民参加社会政治活动的能力。而在启蒙运动时期，法国启蒙思想家和德国古典哲学家将文化同人类理性的发展联系起来，以此区别于原始民族的"不开化"和"野蛮"。

文化在韦氏学院字典的定义是"包括思想、言论、行动以及现象在内的人类行为的综合模式,并有赖于人的学习知识和把知识传递给后代的能力。"英国"人类学之父"爱德华·泰勒于 1871 年出版的《原始文化》中将文化作为一个中心概念提出,定义为:"文化是一个复杂的总体,包括知识、信仰、艺术、法律、道德、风俗,以及人类所获得的才能和习惯。"自泰勒之后,学者们又对文化做出了众多的定义和阐释,其中不乏真知灼见,但大多数学者都认为文化有广义的文化和狭义文化。广义的文化概念,则包括人类通过后天的学习所掌握的各种思想和技巧,以及运用这种思想和技巧创造出来的物质文明和精神文明的总和。狭义文化仅将文化限定于精神领域,指由社会产生并世代相传的传统的全体,亦即指规范、价值及人类行为准则,它包括每个社会排定世界秩序并使之可理解的独特方式,社会意识形态以及与之相适应的礼仪制度、组织机构、行为方式等物化精神。(资料来源:编者根据相关资料编写整理)

从以上来看,文化具有下述主要特征:①文化是学而知之的;②文化是分成部分或因素的;③文化是某个社会中的成员共同享有的,即不同社会的文化具有差异性;④文化是不断演进的。

文化不仅作用于人类改造自然和社会的实践活动,推动社会历史的发展,同时,人类文化又随着社会历史的发展,形成了各种门类、各种形式、各具特色的文化模式。

专栏 7-2　东方文化与西方文化的比较

	东方文化	西方文化
人性假设	性本善	性本恶
利益观念	重义轻利	金钱至上
表达方式	内在含蓄	外在直露
人际交往	被动接近	关系导向
宗教信仰	无(多)神论	一神论(上帝)
思维方式	综合	分析
目标追求	群体的协调	个人的发展
行为方式	关系导向	契约导向
时间观念	过去导向	未来导向

2. 组织文化的概念

组织是按照一定的目的和形式而建构起来的社会集合体,由于每个组织都有自己特殊的环境条件和历史传统,也就形成了自己独特的哲学信仰、意识形态、价值取向和行为方式,于是每一种组织也就形成了自己特定的组织文化。从这个意义上来说,组织文化是组织在长期的实践活动中所形成的,其组织成员具有共同的价值观念、团体意识、工作作风、行为规范和思维方式等。组织文化的任务就是努力创造这些共同的价值观念体系和共同的行为准则。

组织文化是组织与文化的有机结合而形成的一门科学,是文化的一个重要分支。由于学科的交叉性与边缘性，至今，组织文化没有一个统一的定义，可谓是众说纷纭，这也反映了组织文化的内容丰富，涉及的问题比较复杂。但归纳起来，存在一些共同的属性：组织文化是一种客观存在，是一种历史现象；组织文化的核心是组织的价值观；组织文化以人为本，是一种软性文化；组织文化是一种管理文化，也是一种全新的企业管理模式。

> **专栏7-3　组织文化的定义大观**
>
> 1. 狄尔(Deal, T.E.)和肯尼迪(Kennedy, A.A.)(1982)认为，组织文化是各个层次上的员工的价值观和行为的总体及由此表现出的企业外在形象。
>
> 2. 沙因(Edgar H. Schein) (1984)提出了一个简明扼要的定义："①文化常常处于一个形成和变化的过程；②文化倾向于涵盖人类活动的所有方面；③文化是在对外界的适应与内部的整合过程中通过学习而获取的；文化最终体现为一整套相互交织和模式化的基本假设，包括诸如人性、人际关系、时间、空间、现实和真理。组织文化是由一些被认为是理所当然的基本假设所构成的范式。这些假设是某个团体在探索解决对外部环境的适应和内部的结合问题的过程中而发现、创造和形成的。"
>
> 3. 布莱谢(Blarieshier)(1991)认为："文化赋予了一个企业与众不同的不容混淆的内外识别系统，组织文化对系统内每个成员的未来行为提出了期望，一定程度上就像自动驾驶仪一样，在社会生活中引导着人们的行为都不为人觉察。"
>
> 4. 密克(Micky)(1992)论述："文化应被理解成组织是什么，而不是组织有什么……"
>
> 5. 谢里顿(Scheliton)和斯特思(Stacey)(1996)认为，组织文化包含了由企业员工所共有的观念、价值取向以及行为等表现形式。这些外在表现形式以及传统可能与政治、经济或社会习俗有关，它们可能是围绕客户与员工的关系、社会地位、职业道德、坦率程度、个人与集体的关系以及工作方法而定的。
>
> 6. 陈炳富定义(2000)："企业文化是指企业组织的基本信念、基本价值观和企业对内外环境的基本看法等，是由组织的全体成员共同遵守和信仰的行为规范、价值体系，是指导人们从事工作的哲学观念。"
>
> 7. 刘光明定义(2001)："企业文化是一种从事经济活动的组织之中形成的组织文化，它所包含的价值观念、行为准则等意识形态和物质形态均为该组织成员所共同认可。"
>
> 8. 林泽炎定义(2002)："企业文化是在一定的社会经济条件下通过社会实践所形成的并为全体成员遵守的共同意识、价值观念、职业道德、行为规范和准则的总和，是一个企业或一个组织在自身发展过程中形成的以价值观为核心的文化管理模式。"(资料来源：编者根据相关资料编写整理)

二、组织文化的主要特征

组织文化的内容极为丰富，而不同组织的文化又是千差万别的。但经过科学的抽象概括，我们不难在这千差万别之中找出共同的普遍性因素。具体来说组织文化具有以下几个主要特征。

1．客观性

不论意识到与否，组织文化是客观存在的，是不以人的意志为转移的。组织文化是无处不在，无时不有。即使组织没有明确地归纳出组织文化观念，并不意味着组织文化不存在。成功的组织有优秀的文化，失败的组织往往是由于不良的组织文化造成的。当组织文化观念在职工的心目中影响比较深刻，并经过系统的建设后，就称为强组织文化，反之为弱组织文化。强组织文化需要经过长期地有意识地培养才能逐渐形成。但这并不意味着具有强文化的组织就能在竞争中取得优势。只有在组织文化与外部环境和组织发展战略相吻合的情况下，才能对组织产生强有力的推动。

2．继承融合性

每个组织都需要注意本组织优良文化的积累，通过文化的继承性，把自己的过去、现在和将来联结起来，把组织精神灌输给一代又一代，并且在继承过程中，要加以选择。每一个组织都是在特定的文化背景之下形成的，必然会接受和继承这个国家和民族的文化传统和价值体系。组织文化的融合性除了表现为每个组织过去优良文化与现代新文化的融合，还表现为本国与国外新文化的发展融合。经济全球化导致竞争的内涵发生变化，竞争中的合作，使组织必须不断融合多元文化。同时，经济全球化也为组织文化的融合铺平了道路，让身处这个时代的组织成为跨文化的人类群体组织。实际上，组织融合文化应当是多元文化、合作文化和共享文化的集合，多元优于一元，合作大于竞争，共享胜过独占。

3．创新性

毛泽东曾对文艺工作者说过文艺要"以我为主，博采众长，融合提炼，自成一家"。随着科学技术的发展，组织都会产生一种追求更高的、更好的物质文化和精神文化的冲动，这就是创新。创新变成了企业的生命源泉，在剧烈变动的时代，成功者往往是那些突破传统游戏规则，敢于大胆创新，不畏风险的企业。一些最新的研究表明，成功的世界级领先企业"更多的是由超越现实的抱负和在低投入产出中表现出的创造性来维系的。"

专栏 7-4　联想集团的创新文化

1984 年 11 月，柳传志带领 10 名中国计算机科技人员和 20 万元人民币(2.5 万美元)的启动资金在北京一处租来的传达室中开始了创业，年轻的公司命名为"联想"(Legend)。2004 年，联想公司正式从"Legend"更名为"Lenovo"。联想现已成长为世界级企业，其原因关键在于文化的不断创新。

一是联想早期的创业文化。联想人刚开始打天下的时候，既不懂市场，也不懂管理。这个时期联想面对的是能否生存的竞争压力，联想人拿出了"研究员站柜台"的勇气和魄力，树立"用户就是我们的皇后"的观念，把"诚信"看得最重，"宁可丧失金钱，决不丧失信誉"。在当时的环境下还表现出来的一种非常坚定的目标导向：那就是"目标一旦制定，轮番冲杀，不达目标誓不罢休"。经常用"把联想汉字系统由二等奖变为一等奖"的故事来鼓舞员工要敢于拼搏和不畏艰难，树立一种"把5%的希望变成100%的现实"的创业进取精神，强调："质量就是企业的生命"，"只认功劳，不认苦劳"。

二是联想的"严格文化"。联想进入快速发展时期后，开始制定一系列制度文化，如"管理三要素"，讲如何"建班子"、"定战略"和"带队伍"以及"做事三原则"、"沟通四步骤"、"处理客户投诉四准则"等等。一切"围着目标"转就逐渐转变成了"围着规则转"，从目标导向变成了规则导向。我们向规则要"精准和效率"，希望人人都能够"严格、认真、主动、高效"，于是把很多事情都放到一个个流程制度里去规范它。比如用"入模子"来统一新员工的价值观，比如把总经理室的沟通变成固定的"早餐会"。

三是"以人为本"的文化体系。进入20世纪后，联想逐渐形成了"以人为本"的企业文化。

联想的使命为"四为"：为客户、为股东、为社会、为员工。

联想的远景是：高科技的联想、服务的联想、国际化的联想。

联想的核心价值观：成就客户—致力于客户的满意与成功；创业创新—追求速度和效率，专注于对客户和公司有影响的创新；精准求实—基于事实的决策与业务管理；诚信正直—建立信任与负责任的人际关系。综观联想的波澜壮阔的发展历史，一切都彰显了创新文化的魅力。(资料主要来源：《企业文化是联想持久发展的根基》，http://case.hr.com.cn/content/51349.htm 《联想企业文化大餐》孙瑞华　宋雷　http://tech.sina.com.cn/it/m/2001-11-10/91308.shtml)

4. 差异性

任何组织都是一个单独的个体，是在特定的环境经营的，都会形成自己的特殊品质。从生产设备到经营品种，从生产工艺到经营规模，从规章制度到组织价值观，都各有各的特点。即使是生产同类产品的组织，也会有不同的文化设施、不同的行为规范和技术工艺流程，所以，每个组织的组织文化都具有其鲜明的个体性、殊异性。任何一般的、空洞的组织文化，都不可能有持久、强大的生命力。

第二节　组织文化的基本要素

组织文化是发生在组织中的一整套行为规范和思想模式，它们由许多相互联系的要素组成。不同的学者对此有不同的看法。

一、组织文化的要素

1. 五要素说

《公司文化》作者狄尔和肯尼迪把企业文化整个理论系统概述为5个要素，即企业环

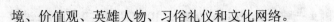

境、价值观、英雄人物、习俗礼仪和文化网络。

(1) 企业环境。企业环境是指企业"经营所处的极为广阔的社会和业务环境",包括市场、顾客、竞争者、政府、技术等的状况。它往往决定着企业的行为。"企业环境是形成企业文化唯一的而且又是最大的影响因素",而企业文化则是企业在这种环境中为了获得成功所必须采取的全部策略的体现。

(2) 价值观。价值观是指企业内成员对某个事件或某种行为好与坏、善与恶、正确与错误、是否值得仿效的一致认识。它是客观的价值关系在人们主观意识中的反映,是价值主体对自身需要的理解,以及对价值客体的意义、重要性的总的看法和根本观点。价值观是企业文化的信念,统一的价值观使企业内成员在判断自己行为时具有统一的标准,并以此来选择自己的行为。价值观回答以下基本问题:"什么事至关重要?""什么很重要?""我们该怎样行动?"

(3) 英雄人物。企业所倡导的价值观不能停留在文字口号上,需要有人去实践,需要在员工中有活生生的人物来体现,这种人物就是企业所树立的"英雄人物"。英雄人物是指企业文化的核心人物或企业文化的人格化,其作用在于作为一种活的样板,给企业中其他员工提供可供仿效的榜样,对企业文化的形成和强化起着极为重要的作用。英雄是企业文化的一种象征,企业传奇般的创办人,企业的劳动模范,企业的优秀员工,都是企业英雄的表现形式。如果没有英雄,企业价值观就会因缺乏说服力而显得虚无缥缈。如果一个企业能够不断地对英雄式的人物进行标榜、表扬、奖励、提拔和重用,那么,就会对企业员工产生很大的影响力。

(4) 习俗礼仪。习俗礼仪是指在企业各种日常环境中反复出现的、人人知晓而又没有明文规定的东西,他们是有形、程序化地表现出来了并显示内聚力程度的文化因素。习俗就是指企业的风俗习惯。根据狄尔和肯尼迪对美国企业的研究,包括游戏(开玩笑、逗趣、即兴表演)、聚餐、"训人"等。仪式是指企业按照一定的标准、一定的秩序进行的时空有序活动。根据狄尔和肯尼迪的研究,美国企业中的常见的仪式有:问候仪式、赏识仪式、工作仪式、管理仪式、庆典、研讨会或年会等。组织通过习俗礼仪把某些事情戏剧化和形象化,生动地宣传和体现了本组织的价值观,使人们通过这些生动活泼的活动来领会组织文化的内涵,使企业文化"寓教于乐"之中。

(5) 文化网络。文化网络是指组织内部以轶事、故事、机密、猜测等形式来传递信息的非正式渠道,主要是传播文化信息。它是由某种非正式的组织和人群,以及某一特定场合所组成,它所传递出的信息往往能反映出员工的愿望和心态。狄尔和肯尼迪把企业文化分为四种类型:即强人文化;拼命干、尽情玩文化;攻坚文化;过程文化。

2. 七要素说

托马斯·彼得斯(Thomas.J.Peters)和罗伯特·沃特曼(Robert Waterman)在《寻求优势》一书中指出组织文化至少包括七种要素,即经营战略、组织结构、管理作风、工作制度、工作人员、技术能力和共同价值。这七种要素称之为"麦金瑟 7—S 结构"如图 7.1 所示。

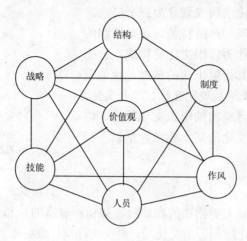

图 7.1 麦金瑟 7—S 结构

图中，战略(Strategy)是指一个企业如何获取和分配它的有限资源的行动计划。结构 (Structure)是指一个企业的组织方式。制度(Systems)是指信息在企业内部是如何传递的，有些制度是正式的硬拷贝的。人员(Staff)不只是直线和参谋人员，而是指企业内部整个人员的组成状况。作风(Style)是指最高管理人员和高级管理人员队伍的行为模式，也可以指整个企业的作风。共同的价值观(Shared values)是指企业成员共同拥有的价值信念。技能(Skills)是企业成员的各种工作技术与能力。

在 7—S 框架中，共同的价值观处于中心地位，把其他六个要素黏合成整体，是决定企业命运的关键要素。

3. 三要素说

从系统论观点看，组织文化层次结构有三层：表层文化、中介文化和深层文化。

(1) 表层文化就是组织中的物化文化，是现代组织文化结构中最表层的部分，是人们可以直接感受到的，也是从直观上把握不同组织文化的依据。主要包括：组织风貌(如厂容厂貌)、办公设备、建筑设计及造型布局、社区环境、生活环境、产品特色、技术工艺、设备特性、组织服装、旗帜、标识等。

(2) 中介文化由组织制度文化、管理文化和行为文化组成。制度文化表现为组织的规章制度、组织机构以及在经营过程中的交往方式、行为准则等。管理文化表现为组织的管理机制、管理手段和管理的风格与特色。行为文化表现为组织职工的娱乐活动及职工的各种教育培训。可以说，中介文化是组织及其各种工作人员的一切行为方式所体现的精神状态和思想意识。

(3) 深层文化是一种观念文化，是组织全体人员共同信守的基本信念、价值标准，道德规范等的总和，它是组织文化的核心和灵魂。

尽管可以把组织文化的构成划分为三个层次，但是，无论是组织的建筑、产品特色、还是组织的规章制度、管理机制，作为组织文化的构成，并不是指它们本身，而是从其折射出来的精神、价值观念、思想意识。因此，无论是表层文化、中介文化，还是深层文化，从其所体现出的组织文化特征、内涵和本质来分析，组织文化的基本要素包括以下三个方面，如图 7.2 所示。

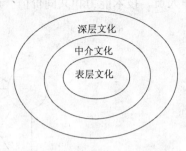

图 7.2　组织文化三要素图

4. 四要素说

根据文化就是"反映人类创造的物质财富和精神财富的总和"这样一个基本定义，组织文化应包括从物质文化层到行为文化层、制度文化层，最后再到精神文化层的完整体系。

1) 物质文化层

物质文化是组织文化的表层文化，是指组织的物质基础、物质条件和物质手段等方面的总和。物质文化的特点就是看得见、摸得着、很直观。那么，为什么要把这些属于物质实体的东西作为文化来看待呢？这是因为，不仅仪器设备、技术装备、工艺流程、操作手段等这些与组织生产直接相关的物质现象要体现组织的文化素质，而且厂区布局、建筑形态、工作环境等也要体现组织的文化素质。

2) 行为文化层

从层次上看，行为文化是组织文化的浅层部分，这是相对于表层的物质文化而言的。从内容上看，行为文化既包括组织的生产行为、分配行为、交换行为和消费行为所反映的文化内涵与意义，同时，也包括组织形象、组织风尚和组织礼仪等行为文化因素。对组织来说，生产行为文化的建设是组织文化建设的最重要最基础的文化建设，生产行为的合理化、有效性直接影响分配行为、交换行为和消费行为的有效性。如可口可乐公司的"永远的 Coca-Cola"、丰田公司的"以生产大众喜爱的汽车"、日产汽车公司的"创造人与汽车的明天"、惠普公司的"以世界第一流的高精度而自豪"、中国一汽的"永葆第一"等，都是体现行为文化的重要内容与形式。

3) 制度文化层

制度文化是组织文化建设的中层结构部分，它又是相对于表层的物质文化、浅层的行为文化建设而言的。制度文化层主要内容有组织与领导制度、工艺与工作管理制度、职工管理制度、分配管理制度等方面。应该说，不同的文化意识，就会有不同的制度建设思想。

4) 精神文化层

精神文化层是组织文化结构中的核心层次，作为深层文化它是相对于中层的制度文化、浅层的行为文化和表层的物质文化而言的。精神文化是指组织文化中的核心和主体，是广大员工共同而潜在的意识形态，包括管理哲学、敬业精神、人本主义的价值观念、道德观念等。

综上所述，精神文化是组织文化建设的核心层次，它直接决定和影响制度文化层的建设；制度文化层又要影响和决定行为文化层的建设；而行为文化层最终要影响和决定物质文化的建设。

我们可以把"三要素说"和"四要素说"结合起来，可以归纳为三个层次、四种形态和六个要素，由此构成一个具有内在联系的复合性网络结构体系，共同构成如图 7.3 所示。

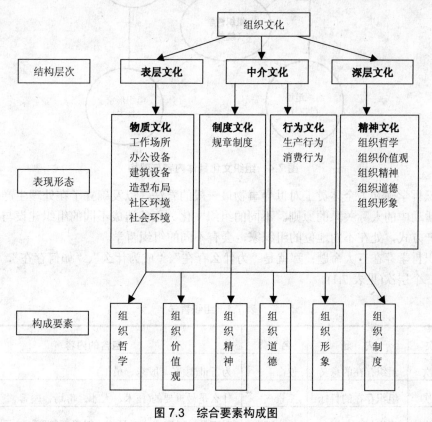

图 7.3 综合要素构成图

二、组织文化的具体内容

对于组织文化的内容，我们可以构建一个基本模式来加以说明，组织哲学处于中心地位，是其他方面的统帅，组织价值观是组织文化的核心，组织道德是组织文化的基石，而组织精神是组织文化的灵魂，组织形象则是组织文化的外在标志。具体如图 7.4 所示。

1. 组织哲学

组织哲学和其他哲学一样，是组织理论化和系统化的世界观和方法论。组织哲学是指导组织经营管理的最高层次的思考模式，是处理组织矛盾的价值观及方法论，是组织文化的统帅和动力源泉。组织文化是组织中各种活动规律的正确反映，主导着组织文化其他内容的发展方向。

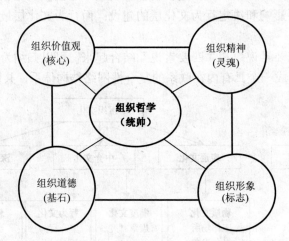

图 7.4　组织文化具体内容与架构

组织哲学确立了全体员工对世界事物最一般的看法，以及确立了在处理生产、经营、管理等活动中的人际关系的原则。不同的组织文化，必然造成不同的组织建设与发展；不同的生产方式，处在不同地位的组织家，会有不同的组织哲学。

组织哲学存在三大命题：那就是"为什么存在"、"成为什么"、"如何存在"，即组织哲学包括三个层次(见表 7.1)。

表 7.1　组织哲学

层　次	内　涵	名　称	包含的内容
第一层次	组织存在的意义	使命	为了谁(顾客、股东、员工)
第二层次	组织存在的目标	愿景	什么是最重要的(技术、人才、市场、顾客、产品)
第三层次	组织如何生存	核心理念	对市场、对客户、对员工、对管理等意识方面的价值观

2. 组织价值观

组织价值观就是组织内部管理层和全体员工对该组织的生产、经营、服务等活动以及指导这些活动的一般基本信念、看法或基本观点。它包括组织中各项规章制度的必要性与作用、组织中各层级和各部门的各种不同岗位上的人们的行为与组织利益之间的关系等。

张瑞敏分析海尔经验时说："海尔过去的成功是观念和思维方式的成功。组织发展的灵魂是组织文化，而组织文化最核心的内容是价值观。"

组织价值观受组织哲学影响。组织哲学不同，必然导致组织价值观念不同。例如，以物为本的组织哲学，就会形成一切以有利于物的发展为标准的评价体系；而以人为本的组织哲学，就形成一切以有利于人的自觉性发挥的评价体系。这种不同的评价体系直接导致组织管理行为的不同。前者重视通过硬性管理，迫使员工高效率工作；后者则重视通过文化的手段，激发员工的自觉性来提高工作效率。

专栏 7-5 著名公司的价值观

公司名称	公司价值观
惠普(HP)	信任和尊重个人；追求卓越成就和贡献；在经营活动中坚持诚实和正直；靠团队精神达到我们的共同目标；鼓励灵活性和创造性
三星(SAMSUNG)	以人才和技术为基础，创造最佳产品和服务，为人类社会作出贡献；与顾客共存；向世界是挑战；创造未来
百事可乐(Pepsi)	顺利是最重要的
三菱公司	顾客第一
IBM(国际商业机器公司)	尊重个人；向顾客提供最佳产品和解决方案；追求卓越
海尔	"真诚到永远"，创新是海尔文化的灵魂
中兴	互相尊重，忠于中兴事业； 精诚服务，凝聚顾客身上； 拼搏创新，集成中兴名牌； 科学管理，提高组织效益
苏宁	做百年苏宁，国家，企业，员工，利益共享 树家庭氛围，沟通，指导，协助，责任共当
同仁堂	同修仁德，济世养生

3. 组织精神

如同人类和民族有精神一样，组织作为有机体也是有精神的。劳伦斯·米勒(Laurence Miller)在《美国企业精神》中指出："一个组织很像一个有机体，它的技能和构造更像它的身体，而坚持一套固定的信念，追求崇高的目标而非短期的利益，是它的灵魂。"

组织精神是组织文化的高度浓缩，是组织文化的灵魂。组织精神指在组织哲学和组织价值观的指导下经过精心培养而逐步形成的并为全体组织成员认同的思想境界、价值取向和主导意识。组织精神要通过组织全体职工有意识的实践活动体现出来。

组织精神反映了一个组织的基本素养和精神风貌，反映了组织成员对组织的特征、形象、地位等的理解和认同，也包含了对组织未来发展和命运所抱有的理想和希望，成为凝聚组织成员共同奋斗的精神源泉。组织精神具有强大的凝聚力、感召力和约束力。

组织因自己的生产方式、历史传统、产品结构、管理风格、员工状况不同，受社会潮流、民族精神的影响，必然会形成自己独特的组织精神。

组织精神一般以高度概括的语言精练而成。如海尔的"敬业报国，追求卓越"、IBM的"IBM就是服务"等

4. 组织道德

组织道德是组织文化的基石，是组织文化运作的平台。一个缺乏组织道德的组织是不可能生存下去的。组织道德作为一种意识形态，是为了适应社会的需求自然产生的，是一定环境下人们对组织提出的道德要求，反映了组织内在的价值观念和组织意识。

组织道德是指调整本组织与其他组织之间、组织与顾客之间、组织内部职工之间关系的行为规范的总和。它是从伦理关系的角度，以善与恶、公与私、荣与辱、诚实与虚伪等道德范畴为标准来评价和规范企业，以社会舆论、传统习惯和内心信念来维持。

组织道德作为组织文化的重要内容，对组织和社会有着重要的作用，如有利于塑造良好的组织形象，有助于形成健康的组织气候，有利于组织的生产活动等。组织道德水平的高低直接反映着组织文化水平的高低。组织经营者的人格、组织价值观、组织精神、营销服务理念、职工行为规范等无不与组织道德的形成有着紧密的关系。如很多组织都提出了"小胜靠智，大胜靠德"，说明了道德在组织中的重要性，道德是组织经营的底线，不能破坏。

专栏7-6 组织"缺德"横行到几时——以传媒业为例

◆ 传媒的编辑部门与广告、发行或经营部门混岗。传媒企业要求记者承担拉广告、分摊征订任务的问题，而且作为基本工作之一，必须完成，否则会受到经济处罚，于是记者的正面采访就可能变成一种发稿权与广告的交换，吃广告回扣。

◆ 有意将广告与新闻栏目(节目)或其他节目混淆。有的标以"企业家风采"、"企业形象策划"、"市场调查"、"某某访谈"等名称，就不说是广告；有的整版新闻或整个节目，其实是变相的广告。其中有些是记者编辑利用手中的发稿权与企业进行的"权钱交易"，有些则是传媒单位出面"权钱交易"。

◆ 与企业合办传媒的新闻性栏目或节目。以"某某杯"奖的形式搞的栏目或节目活动，是这类情况的变种。

◆ 受贿无闻。在一些恶性事故或其他不利于既得利益者的较大事件中，为了封住记者的嘴而收买采访记者使其默不作声。

◆ 假新闻。

◆ 制造"媒介事件"。

◆ 无偿享用被采访单位或个人提供的各种方便。例如，免费看节目看比赛和免费旅

游，赶场拿"红包"，由被采访单位报销费用(包括吃喝、住宿和交通费)和接受"土特产"礼品等。

◆ 偷拍偷录成风。鉴于太多的社会不良现象，从假冒伪劣商品到其他各种违法犯罪行为，许多记者把使用偷拍偷录的设备视为采访的"秘密武器"。然而殊不知，偷拍偷录是不受法律保护的。

◆ 恶炒明星绯闻和犯罪新闻。

……

当前我国社会道德缺失现象非常严重：恶意拖欠逃避债权人的贷款，偷逃国家税款；生产销售假冒伪劣产品，进行商业欺诈；对外提供虚假的财务会计报告，隐瞒企业真实财务状况……(资料主要来源：http://www.smehen.gov.cn/info/Show.aspx?id=37533)

5. 组织形象

组织形象是组织文化的可视性象征，是组织文化的载体，是组织哲学、组织精神的外在表现。社会和个人对组织的评价往往是从组织形象入手，再进而评价其他部分。虽然组织形象是组织文化的"冰山一角"，但对组织来说却是至关重要的。组织形象是指社会公众和组织成员对组织、组织行为与组织各种活动成果的总体印象和总体评价，反映的是社会公众对组织的承认程度，体现出的是组织的声誉和知名度，表明了组织形象是一种重要的无形资产。组织形象不仅由组织内在的各种因素决定，而且需要得到社会的广泛认可。组织形象是一个整体性概念，其内容是全面的而不是单一的，它可以分解为众多形象因素。

1) 产品和服务形象

对于组织来说，社会和个人是通过产品和服务的质量、功能、价格、外形、名称、商标包装和对顾客的服务态度、服务方式、服务内容等来了解组织的，在使用产品和享用服务的过程中形成对组织的感性和形象的认识的。因此，那些能够提供品质优良、造型美观的产品和优质服务的组织，总是能够赢得良好的组织形象。

2) 组织领导形象

组织领导者(也指组织家)的形象是指其在领导行为、待人接物、决策规划、指导监督、人际交往乃至言谈举止之中的文化素质、敬业精神、战略眼光、指挥能力上的综合体现。那些富有领导能力、公正可靠、气度恢弘、勇于创新、正直成熟、忠诚勤奋的组织领导者不仅能以无形的示范魅力潜移默化地影响组织中的每个成员，而且能在社会公众中赢得对组织的信赖和支持，以有利于不断扩大和巩固组织的知名度。

3) 员工形象

这是指组织的员工在文化素养、技术水平、服务水准、职业道德、精神风貌、价值观念、举止言谈、装束仪表和服务态度等方面的综合表现，是组织形象人格化的体现。一般而言，组织员工整洁美观的仪容、优雅良好的气质、热情服务的态度，再加上统一鲜明的衣帽服装，既反映了个人的不俗风貌，也反映了组织的高雅素质，有利于在社会公众之中树立良好的组织形象。

4)　环境形象

所谓环境形象是指一个企业应有的良好的外观形象，它包括良好的办公环境，醒目的门脸，整洁的厂房，优雅卫生的社区环境等。这些都是无声的广告，使顾客对其充满信心。反之，很难想象一个环境污染、脏乱不堪的企业能赢得良好的信誉。环境形象反映了整个组织的管理水平、经济实力和精神风貌。因为整洁、舒适的环境条件不仅能够保证组织工作效率的有效提高，而且也有助于强化组织的知名度和信赖度。

5)　社会形象

社会形象指组织对公众负责和对社会贡献的表现。组织要树立良好的社会形象，一方面有赖于与社会广泛的交往和沟通，实事求是地宣扬自己的社会形象；另一方面在力所能及的条件下要积极参与社会公益活动，例如支持公益事业，支援受灾地区，开展社区文明共建活动等。这样，良好的社会形象就会使组织在社会公众的心目中更加完美，使之增加对组织的认同。

第三节　组织文化的功能

组织文化的功能是指组织文化发生作用的能力，也即组织这一系统在组织文化导向下进行生产、经营、管理中的作用。组织文化在组织中的功能具有两重性，可以分为正功能和负功能。组织文化的正功能在于提高组织承诺，影响组织成员，增强员工行为的一致性，引导组织进步、成长，进而提升组织效能。同时，不能忽视的是潜在的负面效应，这也可以看作组织文化的一个负功能。

一、组织文化的正功能

组织文化作为一种自组织系统具有很多特定的功能。主要功能有以下几点。

1. 整合功能

组织文化通过培育组织成员的认同感和归属感，建立起成员与组织之间的相互信任和依存关系，使个人的行为、思想、感情、信念、习惯以及沟通方式与整个组织有机地整合在一起，形成相对稳固的文化氛围，凝聚成一种无形的合力，以此激发出组织成员的主观能动性，并为组织的共同目标而努力。

专栏 7-7　企业并购行为中文化整合模式

1. 吸纳式文化整合模式

被并购方完全放弃原有的价值理念和行为假设，全盘接受并购方的企业文化，使并购方获得完全的企业控制权。鉴于文化是通过长期习惯根植于心灵深处的东西，很难轻易舍弃，这种模式只适用于并购方的文化非常强大且极其优秀，能赢得被并购企业员工的一致认可，同时被并购企业原有文化又很弱的情况。海尔集团文化整合就是最好的例子。

2. 渗透式文化整合模式

指并购双方在文化上互相渗透，都进行不同程度的调整。这种文化整合模式适合于并购双方的企业文化强度相似，且彼此都欣赏对方的企业文化，愿意调整原有文化中的一些弊端的情况。

3. 分离式文化整合模式

在这种模式中被并购方的原有文化基本无改动，在文化上保持独立。运用这种模式的前提是并购双方均具有较强的优质企业文化，企业员工不愿文化有所改变，同时，并购后双方接触机会不多，不会因文化不一致而产生大的矛盾冲突。

4. 文化消亡式整合模式

被并购方既不接纳并购企业的文化，又放弃了自己原有文化，从而处于文化迷茫的整合情况。这种模式有时是并购方有意选择的，其目的是为了将目标企业揉成一盘散沙以便于控制，有时却可能是文化整合失败导致的结果。无论是何种情况，其前提是被并购企业甚至是并购企业拥有很弱的劣质文化。(资料来源：叶生著 《第三种管理模式－中国企业文化战略》，机械工业出版社出版，2004。)

2. 调适功能

组织各部门之间、职工之间，由于各种原因难免会产生一些矛盾，解决这些矛盾需要各自进行自我调节；组织与环境、与顾客、与组织、与国家、与社会之间都会存在不协调、不适应之处，这也需要进行调整和适应。组织哲学和组织道德规范使经营者和普通员工能科学地处理这些矛盾，自觉地约束自己。完美的组织形象就是进行这些调节的结果。调适功能实际也是组织能动作用的一种表现。

组织文化能从根本上改变员工的旧有价值观念，建立起新的价值观念，使之适应组织外部环境的变化要求。一旦组织文化所提倡的价值观念和行为规范被成员接受和认同，成员就会自觉不自觉地做出符合组织要求的行为选择，倘若违反，则会感到内疚、不安或自责，从而自动修正自己的行为。因此，组织文化具有某种程度的强制性和改造性，其效用是帮助组织指导员工的日常活动，使其能快速地适应外部环境因素的变化。

3. 导向功能

组织文化作为团体共同价值观，与组织成员必须强行遵守的、以文字形式表述的明文规定不同，它只是一种软性的理智约束，通过组织的共同价值观不断地向个人价值观渗透和内化，使组织自动生成一套自我调控机制，以一种指引性文化引导着组织的行为和活动。

4. 发展功能

组织在不断的发展过程中所形成的文化沉淀，通过无数次的辐射、反馈和强化，会随

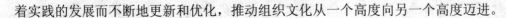

着实践的发展而不断地更新和优化，推动组织文化从一个高度向另一个高度迈进。

5. 持续功能

组织文化的形成是一个复杂的过程，往往会受到政治的、社会的、人文的和自然环境等诸多因素的影响。因此，它的形成需要经过长期的倡导和培育。正如任何文化都有历史继承性一样，组织文化一经形成，便会具有持续性，并不会因为组织战略或领导层的人事变动而立即消失。

二、组织文化的负功能

尽管组织文化存在上述种种正功能，我们应该同时注意到，组织文化还可能成为组织变革和发展设置的潜在障碍。

王重鸣、陈继样、徐洁丽(2002)在其研究中指出了组织文化的惯性问题。具体表现在组织文化一旦形成，很难改变。他们认为组织文化的惯性主要反映在它具有一定的连续性和继承性，还会在组织的发展过程中不断得到强化。这种惯性的大小与组织的规模和历史成正比，规模越大、历史越长，惯性也越大；与组织文化的齐均性成正比(这里所说的齐均性指的是组织内成员持有这类价值观和信念的广泛程度及一致程度)，齐均性越好，惯性越大；与组织领导人奉行的经营哲学正相关，如果其奉行的是一种民主的作风，则惯性较小；与组织所处的外部环境的易变度成反比，如果组织处在一个变化剧烈的环境之中，组织必须保持某种灵活性，为此需要经常在不同层次上调整其应对策略，其惯性就会小一些，可以用公式表达为：

组织文化的惯性$=K×$规模$×$历史$×$组织文化的齐均性$×$领导风格 $X÷$外部环境的易变度。
其中：K 为比例系数，$K>0$；X 为指数，$0<X\leqslant1$，随组织的不同而不同。

惯性的存在，使组织文化具有某种稳定性。它在组织战略实施中，会起到一种阻碍作用，根深蒂固的观念很难改变，产生时滞效应，这些障碍主要表现在组织变革与创新上。

专栏 7-8　温水青蛙的故事

动物界有一个著名的实验，就是把一只青蛙放进一锅冷水里，然后慢慢加热，开始时水是冰凉的，青蛙觉得很舒服，水温逐渐升高，直至青蛙再难忍受才意识到危险，这时才努力想跳出热锅，但为时已晚，最后青蛙被煮死了。

而把另一只青蛙扔进一锅热水里，一下子已受到强烈刺激，于是奋力一跳，成功保住性命。

组织文化对员工的影响就如那只青蛙，一旦形成惯性时，就很难作出改变，不愿接受改革，甚至是严重阻碍组织的创新，也阻碍自己的发展。(资料来源：彼得·圣吉.第五项修炼，北京：中信出版社，2009)

三、组织文化的作用

组织要实行有效的管理，关键在于它的内聚力、向心力和持久力，而组织文化对此正有着不容忽视的重要影响，具体说来，组织文化在组织管理中的作用主要有以下几点。

1. 激励作用

组织文化强调以人为中心，培育共同的价值观念，使每个职工都感到自己的存在和行为的价值而获得工作的满足感，从而实现组织文化对调动广大职工的积极性的激励作用。组织文化的激励作用是综合发挥目标激励、领导行为激励、竞争激励、奖惩激励等多种激励手段的作用，从而激发出组织内各部门和所有劳动者的积极性，这种积极性同时也为组织发展提供了无穷力量。

在以人为本的组织文化氛围中，领导与职工、职工与职工之间互相关心，互相支持。特别是领导对职工的关心，职工会感到受人尊重，自然会振奋精神，努力工作。另外，组织精神和组织形象对组织职工有着极大的鼓舞作用，特别是组织文化建设取得成功，在社会上产生影响时，组织职工会产生强烈的荣誉感和自豪感，他们会加倍努力，用自己的实际行动去维护组织的荣誉和形象。

2. 凝聚作用

组织文化以人为本，尊重人、关心人、信任人，从而在组织中形成了一种团结友爱、相互信任的和睦气氛，强化了团体意识，使组织职工之间形成强大的凝聚力和向心力。共同的价值观念形成了共同的目标和理想，职工把组织看成是一个命运共同体，把本职工作看成是实现共同目标的重要组成部分，整个组织步调一致，形成统一的整体。这时，"厂兴我荣，厂衰我耻"成为职工发自内心的真挚感情，"爱厂如家"就会变成他们的实际行动。

组织文化能够培育职工的组织共同体意识，组织文化告诉成员，组织的利益、形象和前途与职工有着密切的联系。这种对组织共同体的同一性的认识，是组织凝聚力的来源，它能在组织共同体内部造成一种和谐公平、友好的气氛，促进全体职工的团结、信任、理解和相互支持，使之形成群体的向心力。特别是在组织遇到经营困难时，凝聚作用表现得特别明显，组织成员纷纷献计献策，勒紧裤带，共度难关。

3. 约束作用

组织文化对企业员工的思想、心理和行为具有约束和规范作用。组织文化的约束不是制度式的硬约束，而是一种软约束，这种约束产生于组织的组织文化氛围、群体行为准则和道德规范。群体意识、社会舆论、共同的习俗和风尚等精神文化内容，会造成强大的使个体行为从众化的群体心理压力和动力，使组织成员产生心理共鸣，继而达到行为的自我控制。

每个组织为了保证其经济目标的实现和生产、经营活动的一致性，需要制定一整套行

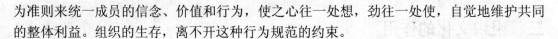

为准则来统一成员的信念、价值和行为，使之心往一处想，劲往一处使，自觉地维护共同的整体利益。组织的生存，离不开这种行为规范的约束。

4．导向作用

组织文化在很大程度上决定着每个成员的价值取向及行为取向，并引导作用他们，具体表现在两个方面：一是对组织成员个体的思想行为起导向作用；二是对组织整体的价值取向和行为起导向作用。一个组织的组织文化一旦形成，就建立起了自身系统的价值和规范标准。如果组织成员在价值和行为取向上与组织文化的系统标准产生悖逆现象，组织文化会将其纠正并将之引导到组织的价值观和规范标准上来。

5．稳定作用

组织文化一旦形成并制度化后，就具有很强的稳定作用。这是因为组织长期形成的渗透到组织各个领域的文化，可以成为深层心理结构中的基本部分，在较长时间内对成员的思想感情和行为发生作用。这种稳定性，正是组织的控制方式，往往能部分地替代或强化经济、行政手段的控制功能，综合发挥各种控制手段的作用。

第四节　　组织文化的塑造

组织文化的塑造涉及组织的方方面面，是一个复杂的系统工程。一般说来在进行组织文化塑造时，要遵循一定的基本原则，按照一定的步骤，掌握一定的途径，才可能逐步完成。

一．组织文化塑造的基本原则

1．以人为中心

人是整个组织中最宝贵的资源和财富，是组织活动的中心和主旋律，人是文化的创造者，文化以人为载体进行活动。组织文化要靠人去传播、执行，去丰富和发展的。没有人的组织，文化是不复存在的，从某种意义上讲，组织文化是"人"的文化。组织文化中的人不仅仅是指组织家、管理者，还应该包括组织的全体职工。组织文化建设中要充分重视人的价值，最大限度地尊重人、关心人、依靠人、理解人和信任人。只有这样，组织才会形成共同的价值观念和一致的奋斗目标，才能形成向心力，才能成为一个具有战斗力的整体。文化的建设既不是组织家的个人表演和"单边行动"，更不是组织员工的自发行为，它是由领导者来推动，由员工来执行的，形成共同的合力促进组织文化的建设。

专栏 7-9　智邦公司的组织文化

在台湾地区的科技产业中，智邦可以说是最具　"人文"特色的公司，这种人文的企业

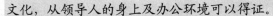

文化,从领导人的身上及办公环境可以得证。

网络科技日新月异,作为企业领导人的杜仪民始终将工作与假日生活区隔分明。周一到周五全力投入工作,周六、周日则全部奉献给家庭,而且要充分与家人沟通,取得家人谅解;不过由于企业主的工作实在太过忙碌,杜仪民偶尔还是会用无线的网络电脑,在饭桌前敲敲打打。而为了让员工对公司有"家"的感觉,智邦非常鼓励员工同仁结婚,一来可以让员工的心安定下来,再者夫妻同在一家公司上班,了解公司文化,也比较能相互了解及体谅,对公司及家庭生活皆有所助益。

因此 1999 年 12 月 1 日,人事处公布一项新规章,本公司员工结为夫妻,男女同仁皆加薪 3000 元;此外,为了让员工更安心上班,智邦还在公司内设立托儿所,并在托儿所装设网络猎取影像系统,让员工随时可以透过桌上的电脑,看到孩子上课的情形。

喜欢品尝日式生鱼片以及意大利菜的杜仪民,经常在寿司吧台品尝寿司之余,和寿司师傅讨论如何做出好吃的寿司。同时古典音乐是杜仪民的另一项重要嗜好,尤其是巴洛克音乐,更是他的最爱,在他的房间内更是放满了整屋的 CD 唱片。或许是受到杜仪民的影响,每天一到下午,整个智邦大楼沉醉在悠扬的古典音乐声中。整个智邦科技大楼充满历史、古色古香、美食、艺术气息的办公环境,无处不是惊奇。走进智邦大楼,迎面摆放在大厅内侧的,是古色古香的中式家具,在右手边的服务台后方,挂着"文化源智"、"科技兴邦"的对联;一楼的员工餐厅内,以深海的风景彩绘布置而成,坐在此地用餐,让人得以放松心情,尽情享受美食。办公室走廊的两旁,挂着一幅幅的画,这些画都是智邦员工的绘画创作,仿佛令人置身在画廊、美术馆中;即使是公司开发、生产的各种网络硬件产品,在透明玻璃、蓝色镁光灯的照映下,原本冰冷的科技产品,却散发出铁汉般的柔情,仿佛就像艺术品的展示区。洁白的墙上,随处可见一幅幅的书法与画作,连洗手间的门都画着美丽的女神维纳斯、温馨小品及短篇笑话集,贴心地提醒每一个人,敞开心胸,笑一笑,别让工作压力给逼坏了。

看来一向在园区创造新话题的智邦科技,"文化源智"、"科技兴邦"的八字对联,正道出智邦的企业文化精神——文化的生活,让科技人更有智慧、更有创意!(资料来源:http://blog.sina.com.cn/s/blog_4fdd27120100brht.html)

问题:智邦公司的组织文化是什么?这一文化是如何影响雇员的?

参考答案:

智邦公司的组织文化是一种以人为本的组织文化,并体现了浓郁的艺术氛围。

主管人员,特别是高层主管人员是企业风气的创立者。他们的价值观影响着企业发展的方向。在许多成功的企业中,在价值观推动下,领导人起了模范带头作用。他们制定了行为的标准,激励雇员们,使自己的公司具有特色,并且成为对外界的一种象征。

2. 重在领导

组织文化的建设重在领导。美国管理学家劳伦斯·米勒在《美国企业精神》一书中指出："没有一家公司在缺乏强有力的高级主管的领导下，能成功地改变其文化。"领导是组织文化的发动者、推动者、建设者和传播者，组织领导者是组织文化的龙头，组织领导者的模范行为是一种无声的号召，对员工起着重要的示范作用。特别是一个刚创办的组织，文化深深地打上了领导者的烙印，组织是领导者的人格化，因此，要塑造和维护组织的共同价值观，领导者本身应成为这种价值观的化身，并通过自己的行动向全体成员灌输组织的价值观。首先，领导者要注重对组织文化的总结塑造、宣传倡导。其次，要身体力行，率先垂范，在每一项具体工作中都身先士卒，时时体现组织的价值观。

3. 凸显特色

一个组织区别于另一个组织在于特色。特色是一个组织存在的前提。国内外的优秀组织，都是具有鲜明的文化特色的组织。文化本来就是组织在本身发展的历史过程中形成的。由于组织形成和发展的历史不同，所属的产业性质不同，组织所处的地理位置和心理气气候不同，组织的规模和技术特点不同，组织的人员构成和素质不同，因而组织的特色也不一样。组织文化建设要充分利用这一点，建设具有自己特色的文化。组织有了自己的特色，而且被顾客所公认，才能在组织之林中独树一帜，才有竞争的优势。

4. 努力创新

江泽民曾指出："创新是一个民族进步的灵魂，是一个国家兴旺发达的不竭动力。"组织必须紧密结合自己的经营历史和所具有的特色，以及面临的国内外环境及其特点来创新。只有这样，组织文化的建设才具有生命力，也才真正是活着的组织文化。文化不是一成不变的，它是随时代的发展而发展的，组织文化也必须随之作出相应的调整与创新，以适应生存的环境。在进行组织文化创新时要注意以下两点：一是要把中国的传统文化中的精华融入到组织的经营活动中去，以使组织的经营理念富有中国特色和风格，使组织文化的内容得到不断丰富；二是要学习借鉴国外先进经验，在组织文化实践中消化吸收，为我所用，成我所长。

5. 赢在执行

组织文化的建设关键在于执行。再先进的文化，如果没有执行，不是付诸东流，就是束之高阁。组织文化也不是少数人冥思苦想出来的，而是一种集体智慧。为此，组织文化必须得到强有力的执行，要把组织文化(价值观、信条、口号、作风、习俗、礼仪等文化要素)传播给每一个员工，使之生根、开花、结果。然而组织文化不是一蹴而就的，靠短期突击不能奏效，它是一个长期的过程，要付出艰苦的代价，要时刻注意消除与组织文化不相符的音符。

二、组织文化塑造的步骤

组织文化的塑造是个长期的过程，同时也是组织发展过程中的一项艰巨、细致的系统工程。在塑造过程中，要遵循一定的步骤，如图 7.5 所示。

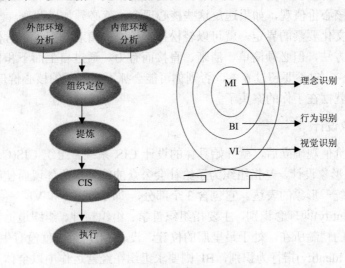

图 7.5 组织文化塑造步骤

1. 组织环境分析

对于组织文化的塑造，首先要进行环境分析，掌握组织的经营状况，对组织中已有的组织价值观、组织精神、道德风尚、组织形象等等因素进行评价，判断出哪些是恰当的，哪些是不恰当的，哪些是符合时代要求的，哪些是将为时代所淘汰的等。在进行环境分析时，先要运用 PEST(政治的、经济的、社会的和技术环境)方法分析组织经营的外部宏观环境；对于组织内部经营环境，要分析组织同顾客、员工、供应商、金融机构、政府机构、竞争者的关系。最后运用 SWOT 法进行分析。

2. 定位

在经过以上的分析后，组织基本了解了组织的优势和劣势。这时就要确立组织价值观及整个组织文化体系。通过分析，可以确立组织价值观，并围绕所确立的价值观建立相应的组织目标、组织制度、组织道德、组织文化礼仪等，从而将组织文化的整个体系构建出来。为了便于广大员工记忆、流传和推广，我们还应该把组织价值观及组织精神用简明扼要、精炼确切的语言表述出来。

3. 提炼组织的核心价值观

在公司十几年、甚至几十年的发展中，一定会沉淀一些支撑员工思想的理念和精神。这些理念和精神，包含在公司创业和发展的过程之中，隐藏在一些关键事件之中。把隐藏在这些事件中的精神和理念提炼出来，并进行加工整理，就会发现真正支撑公司发展的深层次的精神和理念，这就是公司的核心价值观。任何组织想继续生存和获得成功，首先一定要有健全的核心价值观作为所有政策和行动的前提，而且组织成功最重要的唯一因素是忠实地遵循这些核心价值观，如果违反这些核心理念，就必须加以改变。

有了对公司文化要素的界定，就可以轻松拟定核心价值观草案了。对核心价值观的陈述可以用不同的方法，但必须简单、清晰、直接而有力。通过自上而下和自下而上反复沟通，最后确定 3～6 条(不要超过 6 条，否则你可能会抓不住真正的核心价值观)。这样，公司的核心价值观就摆在了你的案头了。

4. 企业形象设计

组织的核心价值观确立后，就开始具体的设计 CIS 系统。组织 CIS(Corporate Identity System)，即企业形象设计，是指组织为了给社会公众的统一形象体现而使组织自身在其各个领域内实现的统一形象的表达。它包含 3 个部分，即 MI、BI 和 VI。

MI(Mind Identity)即理念识别，主要指组织哲学、组织精神、组织道德等，是 CIS 的核心理念，是组织的精髓所在，处于最里层的位置，没有 MI，组织就没有生命，没有活力。

BI(Behavior Identity)指行为识别，BI 则要求组织在经营运作中以全体员工统一的行为要求和行为准则，包括应用统一的语言、统一的行动来给公众展示组织的形象。

VI(Visible Identity)指视觉识别，是以企业标志、标准字体、标准色彩、象征图形为核心展开静态的完整的视觉传达体系，是将组织理念、文化特质、服务内容、组织规范等抽象语意转换为具体符号的概念，塑造出独特的企业视觉形象。VI 处于 CIS 系统的最外层，是外部顾客最容易见到的部分，企业的核心理念要通过 VI 系统表现出来。

企业 VI 标志：

CIS 的三个基本构成要素 MI、BI、VI 相互推动、协调运作，才能为企业塑造独特的形象，带动组织经营的发展。因此，CIS 中的三大构成要素既具有很强的层次性，又具有紧密的关联性。

5. 执行

组织形象设计完成后，就要执行，领导要身体力行、率先垂范，职工要努力实践。而组织文化在演变为全体员工的习惯行为之前，要使每一位成员都能自觉主动地按照组织文化和组织精神的标准去行事，几乎是不可能的。因此，在这一阶段，组织应通过各种途径充分利用一切宣传工具和手段，利用各种方式宣传和强化员工的组织文化意识，并建立一定的奖励与惩罚制度，力求使组织新文化、新观念家喻户晓，深入人心，创造浓厚的组织文化氛围。

专栏 7-10　汉堡王企业形象设计案例分析

在汉堡王的近25年的经营中，其品牌仅做过很少的改动，随着公司的发展，为重新树立其快餐业巨人的地位，决定对其品牌进行全面的改进，公司希望创造出稳健的，强有力的品牌形象，使品牌各个方面(如商标、招牌、餐馆设计以及包装)都能为消费者所熟悉。

斯特林设计集团接受委托与汉堡王公司的品牌设计组进行合作。

汉堡王希望仍能保持老品牌中的小甜圆面包的设计因素，但目标是逐步形成一种有高度影响力的品牌标记。他们希望不必很时髦，但能适合时代的步伐，并体现出很强的活力。旧的品牌标识很大众化，并且很温和，一切都是曲线形的，其中字体是圆的，小面包的形状也是圆的，黄色和红色都是暖色调，缺乏节奏感和活力。

斯特林设计集团和汉堡王公司的品牌设计组在商标设计上进行了几次尝试，包括在设计中加入火焰图案，以突出汉堡王是经过火烤的。还尝试了不同的字体颜色。但是设计并没有加入过多的元素，他们认为，新商标的应用会无处不在，过于花哨会减弱其可视性。当然为了打破原商标的温和性，新品牌加入了蓝色，大大增加了设计的活性。最终，设计者很好的保留了原品牌标识中面包的形象，因为它体现出该品牌的魅力所在，设计者把字体扩大至面包的外围，以突出可口的三明治。稍微倾斜的状态则表现出了活力与动感。从新品牌设计的整个过程，设计者们保留了老品牌标记的一些因素，避免人们无法认出。

随着新品牌的确立，汉堡王公司委托费奇公司设计品牌的立体外观，包括建筑物的内外设计，商业装饰以及汉堡王餐馆内的一些标语牌。内部设计主要重点放在为方便消费者点菜而设计高效布局。例如：为点菜和选菜辟出专用空间，重新设计的菜单仅显示当天的菜肴等。调查发现人们喜欢快速的获得食品，但却希望放松的用餐环境，于是在调整环境的情况下，几种座位的布局纳入设计的方案中，包括为团体、家庭准备的大的明亮的空间和情侣桌。灯光布置也进行了精巧的设计。在包装方面，还设计了一种透明的袋子，这样人们就很清楚袋子里装的东西，而没有必要打开袋子进行检查。甚至，在每个餐桌上都设置了提示服务员的按钮，当顾客需要服务的时候，可以按下按钮。这个主意使顾客非常满意。

新的品牌体现了这样一种理念：密切的关注顾客对快餐店的期望。这使汉堡王在竞争中异军突起，别具特色。到目前为止，消费者对该品牌反应积极，销售额也随之暴涨，餐馆面貌一新，生意兴旺。(资料来源: http://www.zhruida.cn/shj6/dgsj1734.htm)

三、组织文化塑造方法

一般组织文化塑造以多种形式传递给员工，一是采用系统的教育方法，如教育培训；二是运用非系统方法，如英雄故事、仪式、主题活动和语言等。

1．教育培训

对组织职工进行有目的的培训与教育，能够使组织职工系统接受和强化认同组织所倡导的组织精神和价值观。但是，培训教育的形式应该多样化，要把常规的和潜移默化的培训教育有机地结合起来，在健康有益的娱乐活动中恰如其分地揉进组织文化的基本内容和价值准则等。一方面，适当地举办有关组织文化、组织精神的培训班、研讨班，从理论上强化组织员工对组织精神的理解和认同。另一方面，通过员工的自我教育并相互的帮助、相互的影响，使员工自觉确立与组织精神相一致的奋斗目标，在工作中实践组织精神。

2．英雄故事

许多组织中都流传着这样的小故事，它们的内容多半是与组织创建者、违犯组织制度、从乞丐到富翁的发迹史、裁减劳动力、员工重新安置、反省过去的错误以及组织应急事件等有关。这些小故事能够起到借古喻今的作用，还可以为目前的组织政策提供解释和支持。

之所以把英雄模范人物作为一个重要的组成部分，一是因为英雄模范人物能集中体现组织文化的魅力，是组织文化的人格化，是组织文化的象征者；二是因为他有榜样作用，英雄模范人物是在实践中产生的。虽然不一定完美无缺，但其模范行为必然会受到人们的尊敬和效仿。因此，在组织文化建设中要善于从实践中发现和培养英雄模范人物。中国树立英雄模范人物的实践可谓历史悠久。值得注意的是，在宣传英雄模范人物时，要注意实事求是，不要过分拔高和粉饰，否则就会失去作用。

典型榜样是组织精神和组织文化的人格化身与形象缩影，能够以其特有的感染力、影响力和号召力为组织成员提供可以仿效的具体榜样，而组织成员也正是从英雄人物和典型榜样的精神风貌、价值追求、工作态度和言行表现之中深刻理解到组织文化的实质和意义。

3．典礼仪式

仪式是一系列活动的重复。这些活动能够表达并强化组织的核心价值观，即什么目标是最重要的？哪些人是重要的?哪些人是无足轻重的？ 必要的典礼和仪式，可以把抽象的组织价值观、组织精神变成既能看得见，又能直接体会得到的严肃而又庄重的行为方式，从而加深职工对文化观念的理解。因此，组织有必要根据组织文化的特点设计安排一些典礼仪式，如升旗仪式、厂庆活动、颁奖仪式、新职工宣誓就职仪式，等等。但这些仪式不能过多过繁，否则不但会造成浪费，而且还会使人习以为常失去原有的意义，同时还要注意在形式上有所创新。

4．主题活动

在组织文化塑造方面，可以经常开展一些主题活动，如演讲会、联谊会、卡拉 OK、歌咏比赛、文艺汇演、摄影展、征文比赛、知识竞赛、体育运动、跳舞、文化沙龙等活动，在活动中潜移默化，培养员工的组织价值观。

5. 语言

许多组织，以及组织内的许多单位都用语言作为识别组织文化或亚文化成员的标志。通过学会这种语言，组织成员可确证他们已经接受了这种文化，这样又有助于员工坚持这种文化的价值观。组织内会因需要，而发展出许多独特的术语来描述主管、顾客、供货商、设备或产品等。新进人员常会为了了解缩写与术语而感到头疼，但在工作过一段时间后，这些术语也就变成了他们工作及生活中的一部分。

一旦被同化了，这些术语就成了指认某人是否为企业或部门的一分子的方法。借着学会这些专门术语，企业成员表达出他们对企业文化及专业术语的接受，这样做也有助于企业文化的传递与保存。

6. 物质象征

办公室的大小、信纸、公司标志装潢设计、服饰的穿着、主管的坐车姿态，这些都是物质象征并将其传递给员工，让员工知道谁是重要人物，行为标准是什么。

专栏 7-11　"十里酒城"五粮液

五粮液集团十分注重企业环境和文化建设，享有"花园公司"称号，曾被国际建筑师协会第二十届建筑师大会授予"当代中国建筑艺术创作成就奖"。十里酒城，集建筑艺术、企业文化、自然环境、生产功能为一体，洋洋大观，美不胜收。十里酒城，遍地皆景，我们将它分为八大板块，即：世纪广场、东大门、酒文化博览馆、奋进塔、鹏程广场、酒圣山、果酒文化广场、安乐泉等。

一、世纪广场

它主要由奋飞门、功勋榜、多功能馆、观沧海雕塑、总部大厦、纪念馆等组成。整个布局参差错落，工稳考究，重点突出，视野开阔。

二、东大门

位于十里酒城东部，五粮液大道直达厂区，由东大门、旗场、第七勾兑包装中心、五粮液专卖店、镜碑等景点组成，东大门以现代建筑、雕塑见长。你知道有多重吗？300吨。

另外，十里酒城还拥有酒文化博览馆、奋进塔、鹏程广场、酒圣山、果酒文化广场、安乐泉。(资料链接：http://www.yibin.gov.cn/tour/disp.asp?ID=30421)

四、组织文化塑造的误区

在实际操作中，组织文化塑造存在不少误区，主要有以下表现。

1. 组织文化塑造的非系统性和盲目性

组织文化塑造是一项系统工程，必须经过仔细的研究、论证及系统规划。但是，有些组织并没有从组织经营发展的角度来考虑导入适当的价值观体系，或者干脆由领导者心血来潮随口决定组织精神口号，或者是为了赶时髦而东拼西凑，搞形式主义。这些做法对组织是很不利的。要克服这种盲目性，关键在于决策者要将组织文化塑造当作与组织战略相一致的长期的系统工程来对待，绝不能随心所欲地进行。

2. 组织文化的"高、大、空"

也许是受中国传统思想的影响，部分组织的文化价值观念口号总有一种"高、大、空"的倾向，似乎要"放之四海而皆准"。各种类型的组织，有着极为相似的文化面孔。许多组织都提出："团结、奋斗、拼搏、创新、争创一流"、"以人为本，追求卓越"、"厂兴我荣，厂衰我耻"、"今天不努力工作，明天努力找工作"等之类的千篇一律的口号，这样又怎能发挥其激励的作用呢？组织文化塑造必须遵循从实际出发的原则和激励性的原则，以组织的历史、现状和经营特色为基础，以力求使职工感到自豪和乐意为这个信念努力工作为目的，坚决克服"高、大、空"的思想。要走出组织文化塑造的误区，必须克服盲目性和"高、大、空"的形式主义以及与实际行为不符的一切口号，有计划、有步骤、实实在在地塑造好组织文化。

3. 组织行为与公开宣扬的价值观念不一致

有些组织的实际行动往往会与口头宣扬的价值观不一致。这种行为的危害是十分明显的，它往往会直接危及公众对组织的信任感和职工对组织的忠诚，令职工无所适从，使组织文化塑造的作用适得其反。在这种氛围下，良好的组织文化就很难确立。

4. 不能持之以恒

很多组织，往往是在走投无路的情况下，打着变革与创新的旗号，希望加快组织的变化。但通过变革和创新，不但没有令公司得益，反而加速了公司的衰亡。比如，有些组织今年说，我们要"以人为本"；到了明年又说，我们要"科技领先"；后年又要"绿色环保"，再变成要"服务第一"。再后来又可能是"质量第一"，他们没有意识到一个根本的文化内涵问题，以及文化的持续性问题。

本 章 小 结

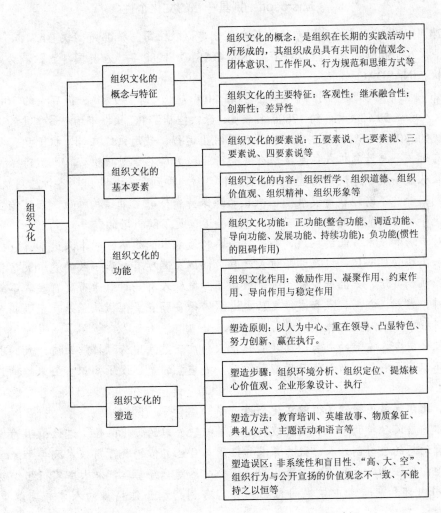

复习思考题

一、问答题

1. 什么是组织文化？它有哪些特征和功能？
2. 简述组织文化的结构与内容。
3. 组织应当如何塑造自己的文化？
4. 为什么说文化管理是管理发展的更高阶段？

二、案例分析题

Microsoft：别具一格的文化个性

1975年，保罗·艾伦和比尔·盖茨合伙创建微软公司。产品是微软BASIC，雇员为3人，当年收入16000美元。1977年在日本推BASIC。1982年，在英国建立欧洲分部。1986年，微软在NASDAQ上市。

1986年上市后，经营利润率持续保持在30%以上，到1995年，拥有大约200多种产品，年收入已达59亿美元，约17800名雇员。微软控制了PC软件市场中最重要的部分——操作系统的80%—85%。这些软件在操作系统上运行，使用户能在计算机上执行特定的任务。没有哪一个与计算机或信息技术有关的行业和用户不受到微软及其产品的影响。

微软从最早卖程序设计语言，到出售操作系统，再到向零售店出售各种应用软件产品，从国内到国外，不断地获得发展。但微软始终保持着公司早期结构松散、反官僚主义微型小组文化等特性的基本部分，从而与顾客更接近，更了解市场的需要。

面对市场和技术方面的挑战，微软总是奉行最基本的战略，向未来进军。它拥有出色的总裁和高级管理队伍，以及才华过人的雇员，拥有高度有效和一致的竞争策略和组织目标，组织机构灵活，产品开发能力强、效率高。微软人有一种敢于否定自我，不断学习提高的精神。当然，在其优点和成绩之后也潜藏着很多弱点。但微软正是在克服弱点和发挥优势的过程中不断向前发展。

微软公司令人吃惊的成长速度，引起世人的广泛关注。透过辉煌业绩，我们不难发现其成功不仅在于科技创新和优异的经营管理，更重要的是创设了知识型企业独特的文化个性。

一、比尔·盖茨缔造了微软文化个性

比尔·盖茨独特的个性和高超技能造就了微软公司的文化品位。这位精明的、精力充沛且富有幻想的公司创始人，极力寻求并任用与自己类似的既懂得技术又善于经营的经理人员。他向来强调以产品为中心来组织管理公司，超越经营职能，大胆实行组织创新，极力在公司内部和应聘者中挖掘同自己一样富有创新和合作精神的人才并委以重任。比

尔·盖茨被其员工形容为一个幻想家，是一个不断积蓄力量和疯狂追求成功的人。他的这种个人品行，深深地影响着公司。他雄厚的技术知识存量和高度敏锐的战略眼光以及在他周围汇集的一大批精明的软件开发和经营人才，使自己及其公司矗立于这个迅速发展的行业的最前沿。盖茨善于洞察机会，紧紧抓住这些机会，并能使自己个人的精神风范在公司内贯彻到底，从而使整个公司的经营管理和产品开发等活动都带有盖茨色彩。

二、管理创造性人才和技术的团队文化

知识型企业的一个重要特征就是拥有一大批具有创造性的人才。微软文化能把那些不喜欢大量规则、组织、计划，强烈反对官僚主义的 PC 程序员团结在一起，遵循"组建职能交叉专家小组"的策略准则；授权专业部门自己定义他们的工作，招聘并培训新雇员，使工作种类灵活机动，让人们保持独立的思想性；专家小组的成员可在工作中学习，从有经验的人那里学习，没有太多的官僚主义规则和干预，没有过时的正式培训项目，没有"职业化"的管理人员，没有耍"政治手腕"、搞官僚主义的风气。经理人员非常精干且平易近人，从而使大多数雇员认为微软是该行业的最佳工作场所。这种团队文化为员工提供了有趣的不断变化的工作及大量学习和决策机会。

三、始终如一的创新精神

知识经济时代的核心工作内容就是创新，创新精神应是知识型企业文化的精髓。微软人始终作为开拓者——创造或进入一个潜在的大规模市场，然后不断地改进一种成为市场标准的好产品。微软公司不断进行渐进的产品革新，并不时有重大突破，在公司内部形成了一种不断的新陈代谢的机制，使竞争对手很少有机会能对微软构成威胁。其不断地改进新产品，定期淘汰旧产品的机制，始终使公司产品成为或不断地成为行业标准。创新是贯穿微软经营全过程的核心精神。

四、创建学习型组织

世界已经进入学习型组织的时代，真正创建学习形组织的企业，才是最有活力的企业。微软人为此制定了自己的战略，通过自我批评、信息反馈和交流而力求进步，向未来进军。微软在充分衡量产品开发过程的各要素之后，极力在进行更有效的管理和避免过度官僚化之间寻求一种新平衡；以更彻底地分析与客户的联系，视客户的支持为自己进步的依据；系统地从过去和当前的研究项目与产品中学习，不断地进行自我批评、自我否定；通过电子邮件建立广泛的联系和信任，盖茨及其他经理人员极力主张人们保持密切联系，加强互动式学习，实现资源共享；通过建立共享制影响公司文化的发展战略，促进公司组织发生着变化，保持充分的活力。建立学习型组织，使公司整体结合得更加紧密，效率更高地向未来进军。(资料来源：http://wenku.baidu.com/view/b35abc0e7cd184254b35354b.html)

问题：

1. 你是如何看待微软企业文化的？文化在微软企业发挥了什么作用？

三、管理技能训练

把全班同学分为若干组，用所学的知识，选择一家熟悉的企业并访问它，试分析它的组织文化，写出访问报告，在全班交流。

四、本章推荐阅读书目

1. [美]斯蒂芬·P·罗宾斯著. 孙健敏、李源译. 组织行为学(第7版)，北京：中国人民大学出版社，1997. P155-170.

2. 周三多等编著. 管理学(第四版)，上海：复旦大学出版社，2003. P202-214。

3. 刘光明著. 企业文化，北京：经济管理出版社，2001.

4. 罗长海. 企业文化学，北京：经济管理出版社，1999.

5. 中国企业文化网，http://www.ce-c.com/

6. 企业文化网，http://www.7158.com.cn

第八章

领　导

　　学习目标：通过本章内容的学习，要求理解领导的含义、作用和本质；理解领导哲学与 X、Y、Z 理论；了解主要的领导理论；掌握领导的艺术。

　　关键概念：领导(Leadership)　管理方格理论(Managerial Grid Theory)　菲特勒模型(Fiedler Model)　领导生命周期理论(Life Cycle Theory of Leadership)　路径目标理论(Path-goal Theory)

第一节　领　导　概　述

一、领导的含义和性质

　　关于领导的含义，历来众说纷纭。诸如领导是使别人服从的艺术、是对别人影响力的施加、是通过权力实现目标的手段等。许多著名的管理学家也对领导做了不同的定义：

- 泰勒认为，领导是影响人们自愿努力以达到群体目标所采取的行动；
- 斯托迪尔认为，领导是对组织内群体或个人施加影响的活动过程；
- 孔茨认为，领导是促使其下属充满信心、满怀热情来完成任务的艺术；
- 海曼·施考特认为，领导是一种程序，使人们在选择及达成目标上接受指挥导向及影响；
- 凯利认为，领导是为了帮助团体达到一定的目标；
- 戴维斯认为，领导是一种说服他人热心于某一目标的能力；
- 阿诺德·菲尔德曼认为，领导是一个影响过程，包括影响他人的一切活动。

　　以上这些说法都是从不同角度看待领导的本质的，本书的定义为：领导是影响他人以实现预期目标的活动过程。从本质上说，领导是对下属施加影响，使下属自觉地为实现组织目标而努力的过程。而领导者则是指实施领导活动的个人。

二、领导与管理的区别

　　一般人认为领导过程就是管理过程，领导者就是管理者。实际上，领导是从管理中分化出来高层次组织管理活动。领导和管理的最终目标和基本功能是趋同的、相似的，但两者仍然有着显著的区别。有的人处于领导者的地位，但并不是有效的领导者，顶多只是一个管理者；有的人没有管理者的职位，却是公认的领袖人物。

领导主要是指统率、指引一个相对独立的组织，领导的目标就是整个组织的奋斗方向。而管理则是指对于某个组织进行指挥、控制、监督、反馈等工作，它是领导活动的分支，是领导活动的具体化，如人事管理、物资管理、财务管理等。领导是管理活动的进一步抽象，它强调的是处理人与人之间、人与事之间关系的艺术，而管理则强调处理人与物、物与物之间关系的技巧。领导者与管理者的区别见表8.1。

表8.1　领导者与管理者的区别

	领 导 者	管 理 者
权力	来自个人影响力	组织赋权
目标	效果	效率
责任	对追随者负责	对组织负责
重点	未来、方向	现在、过程
对下属	感动追随者	说服下属

尼克松(Richard Milhous Nixon)说："伟大的领导是一种特有的艺术形式，既需要超群的力量，又需要非凡的想象力。"伟大的领导者用伟大的想象力和思想激励着他的下属向既定的目标迈进。领导必须能说服、感化下属为组织的目标而努力，而管理者主要用道理来说服，较少用情感来感化。

领导者必须考虑长远的、宏观的目标，必须考虑明天、后天应该做些什么。管理者可以只为今天的、短期的目标而工作。领导者确定目标，给下属解释、灌输目标，并借此激发出力量；管理者则控制着指使别人的权力。管理者失去了权力，也就失去了指挥他人的基础，但是，失去权力的领导者，照样拥有深远而广泛的影响力。

所以，领导是管理的灵魂，是管理的升华；管理是领导的基础，是领导的保证。领导者不一定是管理者，但管理者应该成为领导者。

专栏8-1　帅与将

上尝从容与信言诸将能不，各有差。上问曰："如我，能将几何？"信曰："陛下不过能将十万。"上曰："于君何如？"曰："臣多多益善耳。"上笑曰："多多益善，何为为我禽？"信曰："陛下不能将兵，而善将将，此信之所以为陛下禽也。且陛下所谓天授，非人力也。"(选自《史记·淮阴侯列传》)

点评：韩信说刘邦"不能将兵"，是指不善于直接带兵打仗，"而善将将"是指刘邦善于统领将领，不仅用人得当，也善于指挥调度。从这段对话中，我们可以看出，刘邦在用人方面确实有他独到的地方，连韩信这样带兵多多益善之人也为之所"禽"。的确，在谋略方面，他比不上张良、陈平；在打仗方面，他比不上韩信、彭越；在治理国家上，他不及萧何。然而，刘邦能够"将将"，能够最大限度地使用人才，知道把手下的人才放在最合适的位置，刘邦可以说是很懂得领导艺术的典范，正是由于他能够信任人才，使用人才，充分地调动他们的积极性，又暗中地加以防范和控制，从而把当时天下的人才，都集结在自己的周围，形成了一个优化组合，这样一来，他夺得天下也是必然的事情了。(资料来源：编者根据相关资料编写整理)

三、领导的作用

领导者在影响他人以实现预期目标的过程中起着指导、协调和激励的作用。

1. 指导作用

高瞻远瞩的领导者可以帮助人们认清所处的环境，提出明确的目标和实现目标的途径，指导组织各项活动的开展。如指导下属制定具体的目标、计划，明确各自职责，制定规章制度，引导组织及成员认识和适应环境变化。

2. 协调作用

领导者虽然为其追随者指明了奋斗的目标，但由于组织成员在能力、态度、性格、地位等方面存在差异，加上各种外部因素的干扰，不可避免地出现思想上的分歧和行动上的偏离，因此，需要领导者来协调人们之间的关系，朝着共同的目标前进。

3. 激励作用

组织成员在向领导者所指明的目标奋斗的过程中，难免会遇到困难或挫折，影响到工作热情，这就需要领导者要以高超的领导艺术激发下属的事业心和献身精神，不断激发他们积极进取的动力。

四、领导的本质

领导在本质上是一种影响力，或者说是对他人施加影响的过程，通过这一过程，使下属自觉地为实现共同目标而努力奋斗。

根据领导的影响力与职权的关系，可以把领导的影响力分为职权影响力和非职权影响力两种。

1. 职权影响力

职权影响力是一种法定权，它由组织正式授予领导者，并受组织制度保护。这种权力与特定的个人没有必然的联系，而只同职务相联系。职权影响力包括支配权、强制权和奖励权。

1) 支配权

组织正式授予领导者一定的职位，从而使领导者占据权势地位和支配地位，有权对下属发号施令，在确定目标、建立机构、人事调配、制定规章、开展活动等方面有一定的决策与指挥权。

2) 强制权

强制权是和惩罚权相联系的迫使他人服从的力量。在下属不服从的情况下，领导者可以运用惩罚权迫使其服从。这种权力的基础是下属对惩罚的惧怕。

3) 奖励权

奖励权的行使是采取奖励的方法来引导下属做出所希望的行动。这种奖励包括物质的，如奖金等，也包括精神的，如晋职等。在下属完成一定的任务时应给予相应的奖励，以鼓励下属的积极性，强化下属的遵从行为。

2．非职权影响力

非职权影响力不是由领导者在组织中的位置产生的，它来源于领导者的个人魅力，以组织成员发自内心的敬重与服从为基础，不随职位的消失而消失。非权力影响力包括专长的影响力、品格的影响力。

1) 专长的影响力

具有专业知识和特殊技能的领导会带来事业成功的更大可能性，容易获得同事及下属的尊重和佩服，从而在工作中显示出专业范围之内的影响力，使人们自觉地接受其影响。

2) 品格的影响力

品格主要包括领导者的道德、品质、人格等，好的品格能使人产生敬重感。领导者具有优良的领导作风、思想水平、品德修养，会在组织成员中树立德高望重的影响力。

由专长、品格等构成的非职权影响力是由领导者自身的素质造就的，它来源于下属服从的意愿，有时会比职权影响力更有力量。

五、领导哲学

领导哲学是指领导者在一定的文化背景和管理制度下形成的领导信念、领导准则，以及由此而导致的领导方式和领导风格。领导哲学的基础是人性假设，管理学上的人性假设是指管理者对员工需要和劳动态度的看法，每一个领导者都有自己的人性假设和领导哲学，不管他们是否意识到。

1．"X理论"假设下的领导哲学

美国管理学家道格拉斯·麦格雷戈提出了两种对立的人性假设——"X理论和Y理论"。X理论建立在以下对人性的假设上：多数人天生讨厌工作，总想尽可能逃避工作；多数人不喜欢承担责任，而喜欢服从于别人的领导；多数人认为安全感在工作相关因素中最为重要，缺乏进取心；多数人的个人目标与组织目标是相矛盾的，为达到组织目标必须靠对个人的强制和惩罚；只有少数人能自我控制，可以委以管理责任。

在X理论的人性假设中，领导者信奉的是"胡萝卜加大棒"的管理哲学，相应的管理对策是：为了完成组织任务，管理者应该行使一切管理职能，如计划、组织、指导、协调、监督等，并采用物质刺激、强制和惩罚等手段，使工人致力于实现组织的目标，而不必关心他们的情感。

2."Y理论"假设下的领导哲学

与X理论相对立，Y理论建立在以下对人性的假设上：①一般人是勤奋的，多数人会把工作看得与休息或娱乐一样自然；②如果员工对工作做出了承诺，他们就能自我引导，自我控制。外部的控制和惩罚并不是激励工人去实现组织目标的唯一手段；③正常情况下，人们不仅愿意承担责任，甚至会主动寻求责任；④人们普遍具有高度的想象力、聪明才智和创造性，有解决问题的决策能力，而不仅是高层管理者才具有；⑤在现代组织条件下，多数人的智力潜能只得到了部分发挥。

以Y理论为基础的管理对策是：强调内在激励，即通过工作而不是外部的物质刺激来发挥员工的潜力，创造一个适宜人们发挥潜力的工作环境；让员工参与决策，增强员工实现企业目标的动机。

比较以上两种对立的人性假设和领导哲学，由此可见，X理论强调人性中的消极面，假设低级需要决定个体行为，由此产生了通过各项控制的技术、步骤、方法指导和强制员工的管理哲学。Y理论则看重人性中积极的一面，假设高级需要决定个体行为，由此产生信任员工、鼓励员工参与的管理哲学。通过目标管理、参与决策、绩效考核、薪资与升迁管理、融洽群体关系等来激励员工自我实现。Y理论比X理论更符合实际。

3."超Y理论"假设下的领导哲学

超Y理论是1970年由美国管理心理学家约翰·莫尔斯(J.J.Morse)和杰伊·洛希(J.W.Lorscn)根据"复杂人"的假定，提出的一种新的管理理论。该理论认为，没有什么是一成不变的、普遍适用的最佳的管理方式，必须根据组织内外环境自变量和管理思想及管理技术等因变量之间的函数关系，灵活地采取相应的管理措施，管理方式要适合于工作性质、成员素质等。超Y理论在对X理论和Y理论进行实验分析比较后，提出一种既结合X理论和Y理论，又不同于是X理论和Y理论，是一种主张权宜应变的经营管理理论。实质上是要求将工作、组织、个人、环境等因素作最佳的配合。

根据超Y理论，在管理上往往主张：

(1) 设法把工作、组织和人密切配合起来，使特定的工作，由适合的组织与适合的人员来担任。

(2) 先应从对工作任务的确知和对工作目标的了解等方面来考虑，然后决定管理阶层的划分、工作的分派、酬劳和管理程度的安排。

(3) 合理确定训练计划和强调适宜的管理方式，使组织更妥当地配合工作与人员，这样能够产生较高的工作效率和较高的胜任感的激励。

(4) 各种管理理论，不论是传统的或是参与的，均有其可用之处，主要应由工作性质、员工对象而定。

4. "Z理论"假设下的领导哲学

1981年，日裔美籍管理学家威廉·G. 大内(William G. Duchi)通过比较美日两国的企业管理模式，发现日本企业管理的基本思想属于"Y理论"，他们不仅重视生产事务，而且重视人的因素，让员工觉得自己是属于企业的一员，企业的兴衰与员工休戚相关，因而员工的士气高昂，工作效率很高。而美国企业管理的基本思想属于"X理论"，强调以工作为中心，只重视正式组织的作用，依靠严格的规章制度和奖惩办法进行管理，忽视人的因素及其需要的满足，不利于调动员工的积极性。

这两种模式各自扎根于本国固有的社会条件和社会文化之中，很难全面移植和改造，但可以相互学习和借鉴。大内提出了一种取美国企业模式(A型)、日本企业模式(J型)所长的新型管理模式——Z理论，或称Z型组织，见表8.2。

表8.2　A型、J型和Z型组织的特征对比

比较因素	A型组织特征	J型组织特征	Z型组织特征
雇用期	短期雇用	终身雇用	长期或终身雇用
评价与提升	快速评价与提升	缓慢评价与提升	长期考核，逐步提升
决策方式	个人决策	自下而上的集体决策	集体研究、个人决策
责任制度	个人负责制	集体负责制，不归咎个人	个人负责制
控制机制	明确而正规的控制	含蓄暗示的控制	含蓄暗示的控制
职业发展途径	专业化的职业发展	非专业化的职业发展	适当按专业化职业发展
关心员工的程度	部分关心	全面关心	全面关心(包括对家属)

Z理论下的领导哲学表现出美国企业管理思想与日本企业管理思想在不同文化背景下的相互揉和与相互借鉴，体现了取长补短、灵活运用、改革创新的权变管理思想。它是一种适合现代企业员工要求、符合人本管理思想的领导哲学。

第二节　领导理论

关于领导的理论可以大致分为三类：领导素质理论、领导行为理论和领导权变理论。这三种理论依次被提出，对应了领导理论研究的三个阶段：领导素质理论盛行于20世纪40年代以前；领导行为理论在20世纪40~60年代占统治地位；20世纪60年代中期以后，领导理论开始转向权变理论的研究。

一、领导素质理论

早期的领导理论试图找出优秀的领导者所具备的共同特性或素质，被称为领导素质理

论。传统领导素质理论认为，领导者所具有的素质是天生的，是由遗传决定的。

斯托迪尔(R. M. Stogdill)认为把领导者的素质归纳为六大类：①身体特性，如身高、体重、外貌等；②社会背景特性，如社会经济地位、学历等；③智力特性，如判断力、果断性、知识广博精深、口才流利等；④个性特性，如自信、机智、见解独到、正直、情绪稳定、民主等；⑤与工作有关的特性，如高成就需要、愿意承担责任、工作主动、重视任务的完成等；⑥社交特性，如善于交际、喜合作、积极参加各种活动等。

史密斯(Smith，1982)发现，具有超凡魅力的领导者要比成功但缺乏魅力的领导者会更加有力地影响下属。美国学者爱德文·吉赛利(Edwin Ghiselli)通过对美国90家不同企业的300多名经理人调查研究，认为有效领导的6种特质为：监督能力、对职业成就的需要、智慧、果断力、自信与主动性。

诺尔弗·斯多基尔(Ralph Stodgill)认为领导者特质应为：具有良知；诚实可靠；勤奋勇敢；有责任心；富有胆略；开拓创新；直率公正；自律精神；富有理想；人际关系；风度优雅；干练胜任；体格健壮；高度智力；有组织力；有判断力等。

吉布(Gibb，1969)研究认为，天才领导者应该具有七种特质：善于言辞；外表英俊；高超智力；充满自信；心理健康；支配趋向；外向敏感等。

巴斯(Bass)认为有效领导者的特性是：在完成任务中具有强烈的责任心，能精力充沛而执著地追求目标，在解决问题中具有冒险性和创造性，在社会环境中有首创精神，富于自信和特有的辨别力，愿意承受决策和行为的结果，愿意承受人与人之间的压力，愿意忍受挫折和耽搁，具有影响其他人行为的能力。

我国从20世纪80年代初开始了对领导者素质的研究，有学者提出领导者的素质包括精神素质、知识素质和能力素质。有学者曾对我国大中型企业的高层领导进行领导者素质的问卷调查，结果见表8.3。

表8.3 我国对企业领导者的素质要求

顺 序	领导者的素质类型	回答的百分比(%)
1	组织能力和决策能力	97.5
2	责任感、事业心和进取心	90.2
3	求知欲和创新精神	68.4
4	知人善任、开发人才、合作精神	46.3
5	一定的专业知识和知识广度	39.0
6	敏锐的观察力和全局思考能力	31.7
7	大公无私、品德端正	29.3
8	应变能力和分析、解决问题能力	27.1
9	处理人际关系能力	19.5
10	适应环境、协调和平衡各种关系能力	14.6

早期的领导素质理论假定成功的领导是天生的，这与事实不符。因为并非所有的成功领导者都具有所谓的领导素质，普通人也可能具备其中的大部分或全部素质。现代领导素质理论则认为，领导的素质和特性是在实践中形成的，是可以通过教育训练培养的。但不同的研究对哪些素质是领导素质、应达到何种程度的结论并不一致。

二、领导行为理论

由于领导素质理论的缺陷，人们把研究的重点转到领导行为的有效性问题上，试图说明领导者之所以成功，是因为他们采取了正确的领导行为，而不是具有独特的领导素质，由此领导行为理论应运而生。

1. 勒温的领导作风理论

心理学家勒温(K. Lewin)最早提出领导作风理论，他以权力定位为衡量标准，把领导作风分为三种类型：专制型、民主型、放任自流型。

1) 专制型

专制型的领导独断专行，把权力定位于领导者个人，靠权力和强制命令让人服从。专制型领导作风的主要特点是：

(1) 领导者独断专行，所有的决策都由自己做出，从不考虑别人的意见；

(2) 领导者从不把任何信息告诉下属，下属没有参与决策的机会，而只能奉命行事；

(3) 主要靠行政命令、纪律约束、训斥和惩罚来进行管理；

(4) 领导者很少参加群体活动，与下属保持一定的心理距离，双方没有感情交流。

2) 民主型

民主型领导以理服人、以身作则，把权力定位于群体，其主要特点是：

(1) 所有的决策是在领导者的鼓励和协助下由群体讨论决定；

(2) 分配工作时尽量照顾到个人的能力、兴趣，下属有较大的工作自由、选择性和灵活性；

(3) 领导者主要以非正式的权力和权威而非职位权力和命令使人服从；

(4) 领导者积极参与团体活动，与下属无任何心理上的距离。

3) 放任自流型

放任自流型的领导把权力定位于组织中的每一个成员，毫无规章制度，对工作事先无布置，事后无检查，实行的是无政府管理。

勒温在试验中发现：在专制型领导的团体中，各成员之间攻击性言论显著；成员对领导服从但自我表现行为较多，成员多以自我为中心；当受到挫折时，常彼此推卸责任；当领导不在场时，工作热情大为下降，也无人出来组织工作。而在民主型团体中，成员间彼此比较友好，愿意合作；遇到挫折时，人们团结一致解决问题；当领导不在场时，员工也会像领导在场时一样继续工作；成员对团体活动有较高的满足感。

勒温认为，放任自流的领导作风工作效率最低，只达到社交目标而完不成工作目标；专制的领导作风虽然通过严格的管理达到了工作目标，但群体成员没有责任感，情绪消极，士气低落，争吵较多；民主型领导作风工作效率最高，不但完成工作目标，而且群体成员之间关系融洽，工作积极主动，有创造性。在实际工作中，大多数领导作风属于两种极端类型之间的混合型。

2. 双因素模式理论

20 世纪 40 年代，美国俄亥俄州立大学商业研究所的斯托迪尔等在使用多种调查问卷研究领导效能的基础上，将领导行为归纳为两个方面，即结构维度和关怀维度。

结构维度的领导行为重视工作任务的完成，如领导者建立明确的组织模式，明确上下级的职责、权力和相互关系，确定工作目标和要求，制定工作程序、工作方法和制度。

关怀维度的领导行为以人为主，注重建立领导者与被领导者之间的友谊、尊重和信任的关系，包括尊重下属、满足下属的需要、给下属较多的工作主动权、平易近人、平等待人、关心群众、作风民主。

调查结果表明，领导者行为以人为主和以工作任务为主常常是同时存在的，只是强调的侧重点不同。根据结构维度和关怀维度，可以把领导行为划分为四种类型，如图 8.1 所示。

研究者进一步提出"双高假说"，即认为最好的领导方式是兼具高结构、高关怀两方面，一个领导者只有把这两方面结合起来，才能进行有效的领导。

图 8.1　领导行为的四种类型

3. 管理方格图理论

在领导四分图理论的基础上，美国心理学家布莱克(R. Blake)和莫顿(S. Mouton)提出了管理方格图理论。他们把对人的关心度和对生产任务的关心度各划分为九个等分，形成81 个方格，代表了 81 种不同的领导行为类型。纵轴的刻度越高，表示越重视人的因素，横轴上的刻度越高，表示越重视生产任务，如图 8.2 所示。

最典型的五种领导行为是：

(1) 1.1 型，即贫乏型的管理，管理者希望以最低限度的努力来完成组织的目标，对员工和生产均不关心。

(2) 1.9 型，即乡村俱乐部型的管理，管理者只注重搞好人际关系，而不注重工作效率，这是一种关系型的领导方式。

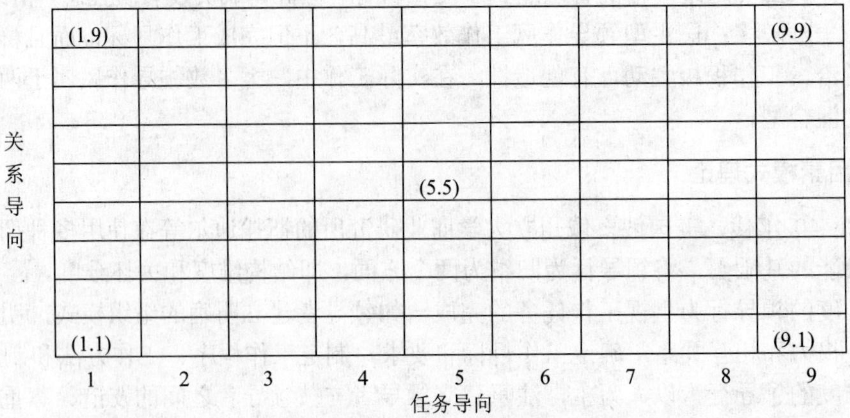

图8.2　管理方格理论

(3) 9.1型，即任务型的管理，管理者高度关心生产任务的完成，注重生产效率，只关心生产不关心人。

(4) 9.9型，即团队型管理。管理者既关心生产又关心人，通过协调各项活动，提高士气，促进生产。

(5) 5.5型，即中庸型的管理，管理者对人和生产都有适度的关心，维持一般的工作效率与士气。

哪一种领导行为最好呢？布莱克和莫顿认为9.9型最佳，也有不少人认为9.1型好，其次是5.5型。管理方格图理论提供了一种衡量管理者所处领导行为状态的模式，可使管理者较清楚地认识到自己的领导行为，并指出了改进的方向。

三、领导权变理论

事实表明，领导素质和领导行为能否促进领导有效性，其受环境因素的影响很大。管理者的领导行为不仅取决于他的品质、才能，也取决于他所处的具体环境，如被领导者的素质、工作性质等。有效的领导行为应当随着领导者的特点和环境的变化而变化，这就是领导权变理论。可以表示为如下公式：

$$E = f(L, F, S)$$

式中：E——领导的有效性；L——领导者；F——被领导者；S——环境。

1. 菲特勒模型

美国管理学家菲特勒(Fred Fiedler)从1951年开始首先开始研究组织绩效和领导态度之间的关系，提出了"有效领导的权变模式"，简称菲特勒模型。其基本观点是：不存在一种普遍适用于一切情景的最好的领导方式。一种领导方式在某种情况下可能是有效的，但在另一种情况下则可能无效，领导方式的有效性取决于管理者的领导风格与组织环境的匹配。

1) 领导风格的确定

菲特勒用一种"最难共事者"(Least Preferred Co-worker，LPC)量表测定领导者的领导风格。他认为，一个领导如果对其最不喜欢的同事都能给予较好的评价，那么说明他宽容、体谅、注重人际关系，是以人为主的领导；否则是惯于命令和控制、只关心工作的领导。所以，LPC 分数可以说明人的内在倾向和领导风格。LPC 分数高的人重视人际关系，LPC 分数低的人重视任务。据此可把领导方式分为两大类：以人为主(LPC≥64)和以工作为主(LPC≤57)。

专栏 8-2　最难共事者(LPC)量表

想一想跟你一起共事最难把工作干好的那个人吧。他可以是现在跟你一起工作的人，也可以是你过去认识的人。他未必一定是你最不喜欢的人，可却是跟他一块最难把事办成的人。请你描述一下对你来说他是什么样子的。利用下列 16 对意义截然相反的形容词来描述他。每对形容词间分成八个等级，除由这对形容词所代表的两种极端情况外，还有一些中间状态。请圈出最能代表你要描述的那个人真实情况的等级数。

令人愉快的	8 7 6 5 4 3 2 1	令人不愉快的
友好的	8 7 6 5 4 3 2 1	不友好的
随和的	8 7 6 5 4 3 2 1	不随和的
乐于助人的	8 7 6 5 4 3 2 1	使人泄气的
热情的	8 7 6 5 4 3 2 1	冷淡的
轻松的	8 7 6 5 4 3 2 1	紧张的
密切的	8 7 6 5 4 3 2 1	疏远的
温暖人心的	8 7 6 5 4 3 2 1	冷若冰霜的
易合作的	8 7 6 5 4 3 2 1	不好合作的
支持的	8 7 6 5 4 3 2 1	敌意的
有趣的	8 7 6 5 4 3 2 1	讨厌的
和谐的	8 7 6 5 4 3 2 1	爱争执的
自信的	8 7 6 5 4 3 2 1	优柔寡断的
效率高的	8 7 6 5 4 3 2 1	效率低的
兴高采烈的	8 7 6 5 4 3 2 1	低沉阴郁的
开诚布公的	8 7 6 5 4 3 2 1	怀有戒心的

结果：要是你的小计分是 64 分或更高，你就是一位把处理好人与人的关系放在首位的领导人；小计分是 57 分或更少，你就是一位首先重视完成任务的领导人。

2) 组织环境的确定

菲特勒提出从以下三个方面确定组织环境因素：

(1) 上下级关系(好、不好)，指领导者与下属之间相互信任、相互喜欢的程度，领导者越受下属的喜爱、尊敬和信任，越能吸引下属追随他，领导者的影响力也越大。

(2) 任务结构(高、中、低)，指下属所从事工作或任务的明确性。如果任务清楚，组织纪律明确，职责分明，有章可循，则任务结构性高。

(3) 职位权力(大、小)，指组织赋予领导者的权力大小。一个领导者对其下属的雇用、工作分配、报酬、提升等的直接决定性权力越大，对下属的影响力也越大。

菲特勒将这三个环境变量任意组合成八种群体工作情境，对 1200 个团体进行了观察，得出了在各种不同情况下最有效的领导方式，其结果如图 8.3 所示。

3) 结论

结果表明：当情境非常有利或非常不利时，采取工作任务导向型领导方式是合适的。非常有利的情境是指：①上下级关系好；②任务十分明确；③领导者拥有大量权力。非常不利的情境是指：①领导者被下属厌恶；②任务不明确；③领导者在组织中没有权力。在这两种情况下，以工作任务为主的领导风格是有效的。

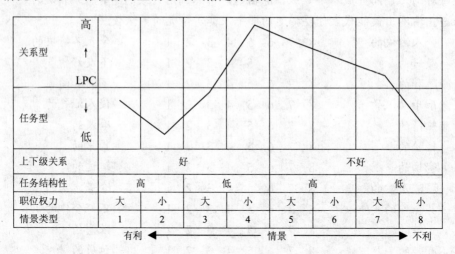

图 8.3　菲特勒模型

情境有利程度适中是介于非常有利和非常不利的两个极端情景的中间情况，此时最有效的领导方式是以人为主的关系导向型。

菲特勒的权变理论表明：并不存在一种"绝对最好"的领导方式，领导者必须具有适应性，自行适应变化了的环境。为了得到最有效的领导方式，可以根据环境的具体情况来选用领导人，使管理者的领导风格适应具体的环境情况；也可以改造环境以符合领导者的风格。例如，可以通过改变下属组成来改善上下级关系；或通过详细布置工作内容使工作任务明确化；也可以通过充分地授权来加强领导者的职位权力。

2．成熟—不成熟理论

美国学者克里斯·阿吉里斯(Chris Argyris)研究了领导方式对下属成长的影响，提出"成熟—不成熟理论"。阿吉里斯认为，随着年龄的增长，下属会逐步从不成熟走向成熟，但成熟的进程不尽相同。下属由不成熟转变为成熟，主要表现在以下七个方面：由被动转为主动；由依赖转为独立；由做少量的行为转为能做多种行为；由错误而浅薄的兴趣转为较深和较强的兴趣；由只知眼前转为能总结过去、展望未来；由附属地位转为同等或优越的地位；由不明白自我转为能明白自我、控制自我。

阿吉里斯认为，领导方式是否得当对人的成熟进程很有影响。如果把成熟的下属当不成熟的下属对待，总是指定下属从事具体的、过分简单的或重复性的劳动，使其不能发挥创造性、主动性，则会阻碍下属的成熟进程。

反之，如能针对下属不同的成熟程度采取不同的领导方式，对不成熟的人适当加以指导，促其成熟；为较成熟的人创造条件，增加其责任，给予更多的机会，便会加快其成熟进程。

3．领导生命周期理论

美国管理学家赫塞(Paul Hersey)和布兰查德(Kenneth Blanchard)把领导行为四分图理论和阿吉里斯的不成熟—成熟理论结合起来，提出了一个三维结构的有效领导模型。他们认为，领导者的风格应适应其下属的成熟程度，成功的领导者要根据下属的成熟程度选择合适的领导方式。当下属成熟程度提高时，领导行为也需相应地改变，从以工作为主逐渐转变为以关系为主。

成熟度是指人们完成某一具体任务的能力和愿望的大小。它取决于两个方面：

(1) 任务成熟度。如果一个人具有无需别人指点就能完成其工作的知识、能力和经验，那么他的工作成熟度较高，反之则低。

(2) 心理成熟度。这是指做事的愿望或动机的大小，如果一个人能自觉地投入工作，而无需外部的激励，则他的心理成熟度较高。

根据以上两个维度，可以把下属的成熟度分为四种类型：

- R1，无能力且不愿意；
- R2，无能力但愿意；
- R3，有能力但不愿意；
- R4，有能力且愿意。

该理论在原来的以人为主和以工作为主的二维领导模型基础上增加了下属成熟度这一新的维度，成为由关系行为、任务行为和下属成熟度组成的三维领导模型，如图8.4所示。横坐标为任务行为(是指领导者和下属为完成任务而形成的交往形式)，纵坐标为关系行为(指领导者给下属以帮助和支持的程度)，在下方再加上一个成熟度坐标。

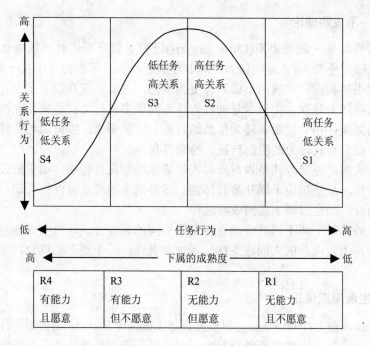

图 8.4　领导的生命周期理论

用 R1、R2、R3、R4 分别表示下属的不同成熟度，根据关系行为、任务行为和下属成熟度三个维度，可以把领导方式分为四种类型：命令式(S1)、说服式(S2)、参与式(S3)、授权式(S4)。其特点分别是：

(1) 命令式(S1：高任务—低关系)：适用于下属成熟度低(R1)的情况，领导者具体指点下属应当干什么、如何干、何时干等。

(2) 说服式(S2：高任务—高关系)：适用于下属较不成熟(R2)的情况，领导者既注重工作任务的完成，指点下属，也注意与下属进行双向的沟通，鼓励下属的积极性。

(3) 参与式(S3：低任务—高关系)：适用于下属较成熟(R3)的情况，领导者与下属共同参与决策，领导者考虑下属的意见、建议和要求，通过与下属协作与沟通，支持下属完成任务。

(4) 授权式(S4：低任务—低关系)：适用于下属高度成熟(R4)的情况，领导者直接授权，由下属独立开展工作，完成任务。

所以，根据领导生命周期理论，当下属从不成熟走向成熟时，领导行为应从命令式转变为授权式。

4. 路径—目标理论

美国管理学家罗伯特·豪斯(Robert House)把动机激发的期望理论与领导行为理论结合起来，于 1971 年提出路径—目标理论(Path-Goal Theory)。1996 年，豪斯对该理论进行了补充。该理论认为，领导者的工作是通过指明实现目标的途径来帮助下属实现他们的目标。领导者应该根据不同的环境因素(下属特点和任务特点)，选用不同的领导风格。通过选择恰当的领导风格，领导者可以提高下属对成功的期望和满意度，如图 8.5 所示。

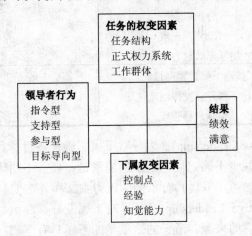

图 8.5　路径—目标理论

领导风格应该适合于下属特征和任务特征。

(1) 下属特征。当下属对自身才能和能力的知觉上升时，对指导性领导的需要会下降。当下属感到有能力完成自己的工作时，指导性领导行为就变成多余的了。

(2) 任务特征。任务特征包括下属的任务结构设计、组织的正式权力系统、工作群体，这些特征共同对下属起激励作用。在明确的具有结构层次的任务、严格的团体规范和已经建立权力系统的情境中，领导行为是多余的。反之，不明确的和含糊不清的任务需要领导来组织，高度重复的任务需要领导提供支持来维持下属的动机。在正式权力系统比较弱的工作情境中，领导可以帮助下属将工作规则和工作要求弄清楚。当团体规范较弱且是非支持性时，领导可以帮助建立内聚力和工作责任性。

路径—目标理论阐述了如下四种不同类型的领导行为，见表 8.4。

表 8.4　领导风格和环境

领导风格	领导行为	环境(下属特征和任务特征)
指令型	确定群体任务目标 明确各自职责 严格管理员工 用正式的权力管理	群体的任务是非程序化的 员工期望得到指点
支持型	友好、平易近人 明白下属的兴趣 用奖励支持下属	任务缺乏刺激性 员工希望得到领导的支持鼓励

续表

领导风格	领导行为	环境(下属特征和任务特征)
参与型	让下属参与决策 分担职责 鼓励协调一致 用非正式权力领导	任务复杂、需要团体协调 员工希望某种指点 员工有工作所需的技能
目标导向型	鼓励下属设置高目标 让下属充分发挥创造性 实行目标管理	员工希望自我控制 员工能自我激励 员工有所需的工作技能

指令型领导(Directive Leadership)：领导对下属明确任务目标和职责，严密监督，通过奖惩控制下属的行为，减少不确定性。适于的情景是：任务不明确，组织的规章和程序不清晰，或下属对工作不熟悉，下属具有条例、权力主义和外在控制的需要。

支持型领导(Supportive Leadership)：领导对下属友好、尊重、平易近人，关心下属的福利和需要，是下属满意的来源。适于的情景是：下属具有强烈归属需要，工作高度程序化，结构层次清晰，枯燥乏味，工作缺乏吸引力。

参与型领导(Participative Leadership)：领导鼓励下属一起参与决策。适于的情景是：任务复杂而不明确，需要成员高度协作，或下属有能力完成任务，下属具有独立性，并希望得到尊重和自我控制。

目标导向型领导(Achievement-Oriented Leadership)：领导为下属设置富有挑战性的目标，信任下属有能力完成目标，鼓励下属将工作做到最好。适于下属履行模棱两可的任务的情景，不适于任务结构性较强和模棱两可程度较低的情境中，因为领导者提高了下属达到目标的自信心。

豪斯认为领导者是弹性灵活的，同一领导者可根据不同的情境表现出任何一种领导风格。例如，如果下属在任务的某一方面需要参与性领导行为，而在另一方面需要指导性领导行为，领导者就要根据下属的需要不断地变换领导风格。不同的情境可能需要有不同的领导行为类型。而且，可能会出现这样的情形，领导者可以将一种以上的领导风格同时结合在一起，使用综合的领导风格。

第三节 领 导 艺 术

领导艺术是领导者运用管理理论解决实际领导问题的技能，是领导者在履行领导职责的各种活动中表现出来的具有创造性的技能和技巧，是领导者根据不同环境，结合个人特点对科学领导方法的具体运用，是领导者知识、才能、经验、风格、气质等因素的综合反映。

领导活动的复杂性和多变性，要求领导不仅要掌握科学的领导方法，而且要具体运用科学领导方法的技能和技巧。对于大量的、非程序化管理来说，领导艺术决定着管理成效。领导艺术具有鲜明的特点：科学性、创造性、灵活性、实践性。实践性是领导艺术的本质特征。

(1) 科学性：领导艺术是领导科学的组成部分，艺术性离不开科学性，否则会成为玩弄权术的伎俩。科学性也离不开艺术性，否则不能灵活解决复杂多样的领导难题。领导艺术有主观性，但不能脱离领导活动客观规律的制约，领导者对客观规律的正确运用就体现为领导艺术的科学性。所以，学习与掌握领导科学理论对提高领导艺术有重要意义。

(2) 创造性：在现代社会里，领导所面临的问题日益复杂，要求领导者充分发挥主观能动作用，综合分析，提出解决问题的创造性设想。领导艺术是领导者在实践中对管理活动规律的创造性应用。

(3) 灵活性：领导艺术不是按照规范化的程序去解决问题，而是根据不同的时间、不同的条件，灵活运用已有的经验和知识来认识和处理随机问题，需要领导者审时度势，随机应变。

(4) 实践性：领导艺术是领导者把管理理论在实际领导活动中的具体应用，具有很强的实践性。脱离了实践性的领导艺术是纸上谈兵，毫无价值。

一、领导者自身素质要求

领导者是一个特殊的群体，必须在工作和生活中率先垂范，做出榜样，领导者的个人素质魅力是非常重要的。领导者的个人素质是领导艺术的基础。

在 21 世纪的复杂环境下，领导者需要有关注世界的宽阔视野、把握全局的战略头脑、勇于开拓的创新精神、统筹协调的组织才能、敏锐果断的决策能力、脚踏实地的工作作风、坚实宽广的文化知识。对于当前我国的基本情况而言，一个成功的领导者应具备以下基本素质：

(1) 思想素质。政治上要坚定；敬业、勤奋，要有强烈的事业心、上进心和责任感；品德要高尚、作风要民主。

(2) 知识素养。领导是一门综合性的科学，涉及的知识面广，当代领导应具备下列基本知识：政治法律知识；经济和管理知识；社会学、心理学知识；专业知识。

(3) 实际能力。

① 决策能力。这是一种综合能力，包括善于判断、善于分析、善于创造。善于判断指在错综复杂的情况下能判断事物发展的因果关系，具有预见性；善于分析是指能透过现象，把握问题的本质，分清轻重缓急，权衡利弊得失；善于创造是指对新事物敏感，思路开阔，不因循守旧、墨守成规，能提出新的设想。

② 组织指挥能力。领导者要善于把组织目标与个人利益联系起来，善于影响带动他人，善于充分调动所有成员的积极性。

③ 社会活动能力。领导者要善于与人交往，善于处理人际关系，与人发展深厚的友谊。

④ 技术能力。领导者应具有某方面的专门知识，并善于把专业技术运用到管理中去。

现代社会的发展对领导者提出了更高的要求，领导必须努力使自己成为以下几种类型的领导。

① 知识型领导。领导干部要实现知识现代化，善于更新知识，积极吸收人类创造的新知识，摒弃陈旧的思维方式、管理方式和领导方式，迎接新的挑战。掌握的新知识越多，眼界就越开阔，就越有利于做出正确的判断和决策。

② 学习型领导。"学习型领导"不仅仅是指领导者自己要重视学习、善于学习，更重要的是要善于领导学习，创建学习型组织。正如美国著名管理学大师赫塞尔本(Frances Hesselbein)在《未来的领导》一书中所说的："未来最可靠的竞争优势是克服学习障碍去学会学习，最好的领导就是领导组织学习，使组织内的每个成员都能自觉地获取各种知识，创新能力不断增强"。

③ 信息型领导。现代科学技术的发展，特别是现代信息技术、网络技术、数字技术、虚拟技术的发展，不仅为领导者提供了大量方便快捷的信息，有利于决策，而且为领导者在实践中充分发挥其主观能动性和创造性提供了条件，也为组织内的每个成员参与各种领导活动创造了条件。由于信息技术的迅速发展，为利用现代化办公手段使组织知识共享提供了新的途径，而且也为领导运用集体的智慧提供了可能。

④ 民主型领导。领导者要严于律己，宽以待人，勤政廉政，以身作则，绝不为自己牟私利，建立透明、公开、公平、民主、效率的领导机制，才能赢得领导的威信和群众的信任。

⑤ 创新型领导。创新是现代领导者做好领导工作的前提，也是实现有效领导的灵魂。现代领导应对新事物敏感，思路开阔，不因循守旧、墨守成规，而要善于提出新的设想。

二、权力配置的艺术

在实际工作中，领导的权力配置是很重要的问题。组织中的权力配置常会出现如下错误：

(1) 不正确地看待权力。有的领导为了显示个人地位和职位权力的尊严，故意拉大与下级的距离，甚至不尊重下属的人格。有的领导者过分迷信权力，认为"有权就有威"，造成下属被迫服从，口服心不服。因此，领导者不应过分依赖职位权力，而应认识到权力不仅来源于职位，还来源于下属的认可，应注重树立个人影响力，使下级自愿地服从。

(2) 职权不清。组织成员之间、部门之间的职权不清是引起冲突和效率低下的重要原因。

(3) 不授权。有的领导整天忙忙碌碌，事无巨细，事必躬亲，其结果不仅浪费了自己宝贵的时间和精力，加重了自己的负担，还做了本来应当由下属去做的事，挫伤了下属的积极性和责任感，使下属失去了实践和成长的机会，结果是"种了别人的地，荒了自己的田"。

(4) 责权利不相等。下属必须对某项任务承担责任，却没有被授予完成任务所需的职权，也不能得到相应的报酬，导致下属没有积极性、也没有权力去完成任务。

(5) 多头指挥。如果一个员工有多个上级下指令，他就会感到无所适从。多个上级的指令有时会相互矛盾，产生冲突。

(6) 滥用职权。有的领导主观随意性大，不顾规章制度，"出口成章"、"以言代法"，奖罚随意，造成民愤。领导者要认识到影响力是双向的，领导既要主动地对下级施加影响，又要接受下级的意见，采纳合理建议，让下级参与决策过程。此外，领导者还要廉政，要出以公心，办事公正，廉洁奉公，运用权力实现组织目标，而不是以权谋私，这样才能得到下级的认可和拥护，才能发挥领导作用。

以上问题中最多见的是授权中出现的问题，领导的工作效果在很大程度上取决于授权的艺术。授权中出现的问题常是由于领导者不愿授权和下属不愿接受授权所导致的。领导者不愿授权的原因有以下几种：领导者的计划组织能力差，不知如何授权；领导者对他人的工作动机、能力、责任感不信任；领导对权力有特殊偏好，喜欢自己掌握权力。

下属不愿接受授权的原因有以下几种：害怕承担责任，即使被授权，也喜欢事事请示，不愿承担风险或受到上级批评；认为多做工作不会带来更多报酬，因为组织缺乏对于承担额外责任的奖励。

为了更好地授权，领导应掌握有效授权的艺术。首先，领导要干领导的本职工作，应集中时间和精力抓好决定组织生死存亡的大事，科学合理地安排日常事务。其次，凡是下属可以做的事，都应授权让他们去做。凡是已经授权给下属去做的事，领导就不要再去插手，而只需管那些没有授权的例外的事情。领导者如果能从大量的非领导性事务中解脱出来，他就能主动地、有条不紊地完成本员工作。

为了克服授权过程中出现的问题，领导者还要注意以下几点：

(1) 建立相互信任、共担风险的组织文化。领导者应允许下属在改正错误的过程中不断提高，而不是过多指责，使下属愿意承担更多责任。

(2) 监督授权。授权后不能不管不问，要与下属充分交流，当下属有困难时，要及时给予指导和帮助。

(3) 责、权、利对等，对承担责任者给予相应的授权和相等的报酬。

专栏 8-3 诸葛亮事必亲躬

《三国演义》中描述，刘备死后，诸葛亮怕别人不尽忠职守，立了一条"罚二十以上皆亲览"的制度，事无巨细，一概由诸葛亮亲自处理。外连东吴，内平南越，整顿戎装，工械技巧等他都揽在身上，结果忙得日理万机，汗流浃背，以致身亡，留下"出师未捷身先死"的千古遗恨。有人曾劝诸葛亮："治家之道，在于各司其职，如果凡事家主必亲躬，将形疲神困，终无一成。"但平生谨慎的诸葛亮没有听进去。

西汉开国丞相陈平说过："……宰相者，上佐天子，理阴阳，顺四时，下遂万物之宜；外镇抚四夷诸侯；内亲附百姓，使卿大夫各得任其职也。"一个高级领导人应该懂得正确授权，把主要精力集中在大问题上，而不应该眉毛胡子一把抓，而诸葛亮却偏偏不懂这个。诸葛亮身为蜀汉丞相且多才多艺，工作勤勤恳恳，每日早起晚睡，处事过于谨慎，凡事不假他人之手、亲力亲为，"自校簿书"，"罚二十以上亲览"，以致积劳成疾。每次出征，诸葛亮也都是亲自领兵，有些事情要经过自己再三考虑才做出决定，对于军中、朝中一切大小事务都亲自打理。虽然这是鞠躬尽瘁的典型，但他却将至关重要的一点给忘记了，那就是没有使下属的才能得到发挥，进一步导致整体的力量不能得到充分发挥，这是诸葛亮一生最大的无心之过。(资料来源：编者根据相关资料编写整理)

三、用人的艺术

1．激励下属

1)　了解员工的需要

领导者要通过满足下属的需要来激发他们的工作积极性。首先要了解员工的工作动机和真实需要，从而对不同员工采取不同的激励措施，最大限度地发挥员工的工作积极性。

2)　使员工接受远景目标

领导者应能创造远景，使之被员工接受，并转化为员工的奋斗目标，使员工自觉地为实现远景而奋斗。

3)　使组织目标转化为个人目标

组织目标必须通过一系列激励机制转化为个人目标，成功的领导者必须让其目标对组织有利，也对个人有利。这样，才能使组织的整体利益及个人的积极性完美地结合在一起。

2．关心下属

领导者主要应从三个方面关心下属：一是在思想上帮助下属进步，实现自己的理想。每个下属都有自己的追求目标，如晋升等，领导者应引导下属，帮助其实现目标。二是帮助下属提高工作能力，支持并提供学习机会，使其不断成长，放手让下属做，让他在实践中提高能力。三是生活上关心下属，当下属有了困难时，要积极地帮助解决，使其放下包袱，轻装上阵。

3．公正地对待每个下属

公平对待下属是指在客观评价下属的基础上，领导者对工作的安排和利益的分配都能够依据下属能力和贡献大小，做到一视同仁，而不以感情作为评价和激励下属的依据。特别是当下属之间发生矛盾的时候，领导者如果不能坚持公平，不仅会加剧下属之间的矛盾，而且领导和下属之间也会产生矛盾。招聘时要坚持招聘标准，不任人唯亲，遵守公平竞争、择优录取的原则，否则会造成员工队伍素质下降，而且造成组织内部裙带关系复杂，人际关系复杂化，增加领导的难度。

4．领导者要容人

1)　要能容得下才能超过自己的人

美国奥格尔维·马瑟公司(Ogilvy & Mather)总裁戴维·奥格尔维(David Ogilvy)，在每一位新任经理就任时都要送去一个木娃娃。木娃娃有三层，大娃娃里有个中娃娃，中娃娃里有一个小娃娃，小娃娃里有一张字条，上面写着："如果我们每个人都只雇用比我们自己小的人，我们公司将会变成一个矮人国，侏儒成群。但是如果我们每个人都雇用比我们自己高的人，我们就将成为巨人公司。"公司创造了人尽其才、才尽其用、人才脱颖而出的宽松环境；每一位经理都有爱才之心、用才之尊。

2）要容得下敢提意见的人

唐朝贞观年间的谏议大夫魏征经常对唐太宗的缺点和错误犯颜直谏，多次让唐太宗威仪扫地。他于贞观十三年所上的《十渐不克终疏》，尖锐地指出唐太宗十个方面的过错和缺点，令唐太宗非常尴尬。可唐太宗一贯将魏征作为难得的贤士善待、重用，甚至于尴尬之后，将《十渐不克终疏》列诸屏风，朝夕瞻视，并作为其当朝执政的座右铭。正因为有魏征之类的"敢提意见的人"和唐太宗的雅量，才会有大唐基业的稳固和贞观盛世的出现。因此，领导者要作出一番事业，就要善于用人，也得容得下人。

5．对待人才不求全责备

人才是宝贵的财富，识才、育才、用才、留才是领导的主要职责。对人才求全责备是许多领导的通病，对犯过错误的人才往往不再委以重任，造成人才的浪费。现代领导应该能"容人所短，用人所长"，人无完人，无疵不真，世界上没有绝对完美的人，由于主客观因素的限制，决定了任何人只能熟悉或精通某一领域的知识和技能。不要用完美的目光挑剔人，而应分析一个人的所有特点，找到一个人的长处。有才能的人往往有着与众不同的个性和特点，优缺点都比较明显。在某一方面突出的人才往往有其他方面的缺点，应充分发挥人才的长处，用人当用人之长，用在某一方面有特长的人，而不是在各方面都还可以的人。

6．领导者要给下级让利

在某大公司的年终晚会上，老板刻意表扬了两组营业成绩较佳的员工，并邀请他们的主管上台。第一位主管好像早有准备，一上台便滔滔不绝地畅谈他的经营方法和管理哲学，不断向台下暗示自己在年内为公司所做的贡献，让大家听了很不是味儿。而第二位主管一上台便多谢自己的下属，并庆幸自己能有一群如此拼搏的下属，最后还一一邀请下属上台接受大家的掌声。

名利协调是领导者与被领导者、上级与下级之间协调的重要内容。像第一位主管那种独占功劳的人，不但会令下属不满，老板也不会喜欢；第二位主管能与下属分享成果，令下属感觉备受尊重，日后自会继续奋力拼搏。

领导者要尽量对被领导者让利，不能光顾自己，要照顾别人的利益。领导给下属让利可以激励下属的积极性，表明领导的心胸坦荡无私，使下属更加尊重领导。

7．适度承担下属工作失误的责任

领导者应从领导的角度去分析下属工作失误的原因。考虑作为领导者是否存在着工作不到位的问题，这包括决策失误、目标脱离实际、方案是否切实可行、是否为下属排忧解难等。领导者如果能够认真地从自身进行检查和反思，不仅不会损害领导者的威信，反而会使领导者更有凝聚力和向心力。

四、与人合作的艺术

领导工作的成败，关键在于下属的作用能否得到充分的发挥，领导工作主要是协调与下属等的人际关系。在日常工作中可以看到，好的领导，其下级总是主动积极工作，同级密切配合，上级大力支持，工作开展顺利；差的领导，则下级无用武之地，同级不愿与之合作，上级感到头痛，工作阻力很大。所以，领导正确掌握合作的艺术非常重要。

一个好的领导者必须能够理解别人和让别人了解，能根据不同的对象采用不同的合作方式，交流信息、协调工作。在合作中保持积极的心态，尊重他人，平等待人，不以"权"压人，特别是对已经发生的人际矛盾，要采取主动、宽容、友善的态度，顾全大局，不计较个人恩怨，化解矛盾，追求灵活性和原则性的统一，以达到工作的最大绩效。

对待上级要尊重，做好本员工作，不断做出成绩，使上级满意；主动为上级分忧解难，识大体，顾全局，支持上级的工作。

对待同级要真诚配合，不拆台，发扬风格，淡泊名利；虚心学习，补己之短；属于别人职权之事，绝不干预，属于自己的责任，绝不推诿，真正做到"权力不争、责任不让、通力合作"。

对待下级要尊重，属于下级权限范围之内的工作，一般不随便干预和插手，更不代行下级职责之内的工作。对下级要大力支持，充分授权，放手使用。成功的领导不一定什么都能干，而是善于用最能干的人。失败的领导人什么事都想自己做，对别人干不放心，整天陷入日常事务之中。领导应相信下属，依靠下属，最大限度地发挥下属的积极性和创造性，这样各项工作才能顺利开展。对待下属要爱惜、关怀，一视同仁，多为下级排忧解难。领导威信不是靠把别人压下去来取得的，是靠团结下属树立的。

五、绩效反馈的艺术

一般来说，人们希望听到表扬，不愿听到批评。而领导工作难免要对下属的工作成果进行反馈，反馈得当能帮助下属改进工作，而不恰当的反馈反而会使情况变得更坏。所以，领导者掌握反馈的艺术非常重要。

反馈的效果有两种，建设性的反馈会起到积极的作用，破坏性的反馈起到消极的作用。建设性的反馈有以下几种情况：①体谅对方，保护接受者的自尊；②不含威胁；③出现差错及时反馈；④具体指出错在何处；⑤针对绩效；⑥帮助接受者提高；⑦提供具体改进建议。

破坏性的反馈有以下几种情况：①不体谅对方，伤害、打击接受者；②包含威胁；③

不及时，推迟反馈；④泛泛而论，没有针对性；⑤针对个人特质；⑥报复、发泄私愤；⑦没有具体改进建议。

有效反馈应注意以下几点：①针对具体行为，使接受者明白你因何批评或赞扬他人。②使反馈不对人，而是针对工作，不要牵扯私人恩怨。反馈，尤其是消极反馈，应是描述性的，而不是判断或评价性的。③使反馈指向接受者的目标，达到提醒或帮助他人的目的，而不是以自己的目标为出发点。④把握反馈的良机。接受者的行为与反馈相隔时间越短，反馈越有效果。但注意应在获得充分的信息后再进行反馈。⑤指向接受者可以控制、改进的行为，而且最好指明改进方法。⑥一般来说，批评不易于被接受，所以管理者应在最易于接受的情境下使用批评，最好用数据(如数字、具体实例等)来支持批评。⑦特别要尊重对方的人格，讲究反馈的场合，避开忌讳的语言，点到为止。以对方能够承受为原则，防止挫伤感情。

六、时间管理的艺术

时间是人的生命，效率是事业的生命。领导者巧妙地运用自己的时间是提高工作效率的关键。根据有关研究，时间在领导工作中的分布是极不均匀的，占领导工作数量80%的重要工作，只需占用领导20%的工作时间，领导者应把有限的时间用在自己应该做的领导工作上。领导者要做时间的主人，要科学地组织管理工作，合理地分层授权，把大量的工作分给副手、助手、下属自己去做，以摆脱繁琐事务的纠缠，腾出时间来做真正应该由自己做的事。

领导者常被要求去处理各种各样的意外事故，他的时间并不都是可控的。领导者的时间可分为两部分：一部分是不可控时间，用于响应其他人提出的各种要求和问题，称为响应时间。另一部分是可以自行控制的时间，称为自由时间。领导者时间管理的重点是如何支配自由时间。

为了更好地使用自由时间，这要求领导者要明确在一定时间内的活动的重要性和紧迫性，可以把要做的每一件事按重要性和紧迫性排序，见表8.5。

表8.5　事情重要性和紧迫性程度的标准

类　别	重要性	紧迫性
A 类	非常重要：必须做	非常紧迫：必须马上做
B 类	重要：应该做	紧迫：应该马上做
C 类	不那么重要：有用但不必须	不那么紧迫：可以稍候再做
D 类	不重要：无关紧要	时间上没有限制

领导者时间管理的目的是为了更有效地利用时间，时间管理的步骤如下：

(1) 列出未来一段时间内所有任务的清单。

(2) 将这些任务排出优先顺序，可把各项活动按其重要性和紧迫性排序。首先要做最重要、最紧迫的事，不紧迫的事有时间再做，不重要的事可授权他人去做。

(3) 按工作时间安排开展工作，尽可能地按时完成，若不能按时完成，则要重新评价其重要性和紧迫性，修改工作表。

(4) 遵守生物钟，掌握自己的效率周期，把最重要的事放在效率最高时段去做，把不太重要的事集中在生物钟低谷时一起处理，如处理信件、接待下属、回答问题等。

(5) 根据帕金森定律(即只要还有时间，工作就会不断地扩展，直到用完所有的时间)，不要给一项任务安排太多的时间。

(6) 用较多的时间去处理最重要的问题，因为解决了最重要的问题才会使工作有较大的起色，不要使自己整天忙于琐碎的日常事务中。

专栏 8-4　开会的艺术

开会是交流信息的一种有效方式，领导者离不开开会，但开会也要讲究艺术。有些领导者整天沉溺于文山会海之中，似乎领导者的职能就是开会、批文件，开会是否解决了问题、效率如何却全然不顾。

其实，开会也应讲求经济效益。为了节省时间，要提高开会的效率，领导者召开会议首先要注意分清会议性质。如是研究工作的会议，要及时把大家正确的意见集中起来，成为集体的意志，使与会者既明确了工作方向，又感到自己的意见受到了重视。切忌无休止地讨论，或做与大家的意见无关的总结，使参加者不仅意志不统一，还会产生不被重视之感。

部署工作的会议，必须每会有决定，每事有落实。要注意控制会议的规模和时间，可参加可不参加的人不参加，可用小会解决问题的绝不召开大会，一小时的会绝不开两小时。

领导者召开会议应注意以下几点：

(1) 自始至终牢记会议的目的；注意检查会议的内容，准备不充分的会不开，离题的话不讲，空话套话不说，重复的言不发。不受外界干扰，引导与会者始终围绕议题来讨论。

(2) 在讨论大家不熟悉的问题时，要先把有关情况介绍清楚，在此基础上再展开讨论。

(3) 要在充分发表意见后再做结论。

(4) 要考虑会议气氛对会议成败的影响，掌握会议成员的心理，巧妙处理冷场、离题、争执等异常状态。

(5) 要做出明确的决议，不要议而不决，要有清楚的会议记录作为执行和检查的依据。

(6) 要尽量减少会议，因为开会也是一种投资。(资料来源：编者根据相关资料编写整理)

本 章 小 结

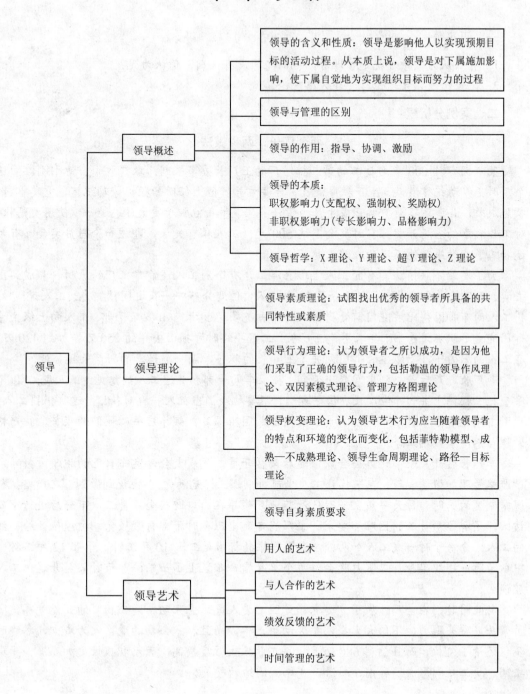

领导概述

领导的含义和性质：领导是影响他人以实现预期目标的活动过程。从本质上说，领导是对下属施加影响，使下属自觉地为实现组织目标而努力的过程

领导与管理的区别

领导的作用：指导、协调、激励

领导的本质：
职权影响力（支配权、强制权、奖励权）
非职权影响力（专长影响力、品格影响力）

领导哲学：X 理论、Y 理论、超 Y 理论、Z 理论

领导理论

领导素质理论：试图找出优秀的领导者所具备的共同特性或素质

领导行为理论：认为领导者之所以成功，是因为他们采取了正确的领导行为，包括勒温的领导作风理论、双因素模式理论、管理方格图理论

领导权变理论：认为领导艺术行为应当随着领导者的特点和环境的变化而变化，包括菲特勒模型、成熟—不成熟理论、领导生命周期理论、路径—目标理论

领导艺术

领导自身素质要求

用人的艺术

与人合作的艺术

绩效反馈的艺术

时间管理的艺术

复习思考题

一、问答题

1. 有人认为领导者就是管理者，他们之间没有区别。你认为呢？
2. 比较情境领导理论与管理方格理论。

二、案例分析题

两个厂长，两种做法

某市拥有 4 000 多名员工的第三棉纺厂的王厂长办事果断，敢罚敢管。他刚刚接管这个厂时，劳动纪律涣散、生产秩序混乱，连年亏损。他上任伊始狠抓劳动纪律，重奖重罚，初见成效，上半年超额 15%完成生产经营任务。下半年他胆子更大了，进一步使用奖惩权：对工作满意的当场开奖，有时奖金高达 500 元；工人稍有失误，即被扣除当月奖金，有时还扣工资。结果对他不满的人越来越多。

为了发泄不满情绪，有的工人上班磨洋工，有个别工人还偷拿工厂的原材料和成品出去卖。王厂长十分恼火，一次处分了 31 名工人，但处分布告一夜之间被撕光。工人说："处罚工人的布告贴得比法院门前处罚犯人的布告还多！"结果 300 多名干部、工人向上级主管部门递交了联名请愿书，要求罢免王厂长。工厂年终时亏损由去年的 250 万增加到 420 万。在工人的压力下，上级主管部门免去了王厂长的职务，调一个姓李的新厂长接替他。

李厂长进厂后首先到车间跟班劳动，征求车间干部和普通工人的意见。工人说："谁不希望把三棉搞上去啊，但厂长应信任我们，不要把我们当犯人一样对待！""这样狠罚工人，比资本家还资本家！"干部说："员工收入低，困难很多，领导应关心他们的疾苦，把严格管理与感情激励相结合。"

李厂长召开厂长书记办公会议，随后又召开员工代表大会，宣布自己的施政方针——"严格管理加微笑管理。在三棉让工人坐前排，让三棉充满爱。"他说到做到。在严格执行规章制度的同时，每天早晨上班时他和其他厂领导在门口迎接全厂员工，下班后进行家庭访问，了解各层员工的困难和要求。工厂规定，坐班车时干部自带板凳，把座位让给一线的工人；分房子时一线工人加两分；分煤气罐的标准是工人 10 年工龄，干部 12 年工龄。中秋节时，组织单身员工赏月晚会；每个单身宿舍都装上了吊扇；春节时又召开退休工人座谈会。

与此同时，在全厂开展了"爱党、爱国、爱人民、爱劳动、爱公物"的五爱竞赛，党员带头，群策群力，不仅大大提高了劳动生产率，而且私拿公物的现象大为减少，年终时不仅还清了欠款，而且盈利 680 万元。员工收入大幅度提高，劳动积极性更加高涨。干群之间、员工之间形成了和谐、融洽、宽厚、团结的气氛。

有一日厂里停电，中班停产。下午2:15提前供电，工厂来不及通知，工人自动来厂上班，有些不当班的工人也来了，不到半小时全厂5万多纱锭全部转动起来。工厂搞气流纺纱生产线，缺100万元资金，工人自动集资，有的员工为此卖掉了高档电器。结果第二年利税突破千万元大关，达到历史最高水平。李长厂把这种工作方法概括为"以爱为核心的第一要素工作法。"(资料来源：张德. 组织行为学. 北京：清华大学出版社，2000年10日第1版，199～200)

问题：

请对照王厂长、李厂长的不同做法进行分析：

1. 他们的管理理念和领导作风有何不同？
2. 他们在激励方面的指导思想、手段和侧重点有何不同？
3. 他们的领导方式分别有何得失？

三、管理技能训练

请与你所认识的某一个企业的领导交流，倾听他的领导经验，了解他在领导工作中遇到的问题，并用你所学的领导理论与他一同探讨解决的办法。

四、本章推荐阅读书目

1. 赵涛，齐二石. 管理学. 天津：天津大学出版社，2004，236～258
2. 蒋丽君. 管理学原理. 杭州：浙江大学出版社，2004，191～236
3. 邢以群. 管理学. 北京：经济科学出版社，1997，287～314
4. 哈罗德·孔茨. 管理学. 北京：经济科学出版社，1998，298～377
5. 卢盛忠等. 组织行为学——理论与实践. 杭州：浙江教育出版社，1993，308～366
6. 黄培伦. 组织行为学. 广州：华南理工大学出版社，2002，281～328
7. [美]斯蒂芬·P.·罗宾斯. 组织行为学. 北京：中国人民大学出版社，1997，P317～383
8. 张德. 组织行为学. 北京：清华大学出版社，2000，199～200

第九章

激 励

学习目标：通过本章学习，要求理解激励的含义与激励过程；掌握激励理论的主要内容；能运用激励理论分析解决实际问题。

关键概念：激励(Motivation) 马斯洛的需求层次(Maslow's Hierarch of Need) 强化(Reinforce) 公平(Fair) 期望(Expectancy)

第一节 激 励 原 理

一、激励的基础

1. 需要

人只要存在，就离不开需要。需要是指人对某种目的期望获得的愿望。人的一切活动最终都是为了满足自己的某种需要，需要是人们行动的出发点。管理者的关键任务是调动人们的积极性，首先就必须了解员工的需要，进而根据不同需要采取相应的激励措施，从而调动其工作积极性。

1) 需要的特征

(1) 目标性。需要总是指向一定的目标，不存在无指向物的需要。

(2) 无限性与不满足性。人的需要多种多样的，丰富多彩。个体总是处于需要状态之中，永远不会停止需要。

(3) 共同性与个体性。人都需要空气、金钱、尊重等，这体现了需要的共同性。在这种共同性之下，每个人的需要又各不相同，对同种东西，每个人的需要程度也不同。

2) 需要的分类

(1) 按需要的性质可分为物质需要与精神需要。前者是对食物、金钱等的需要，这是人类生活的基本需要；后者是对文化、道德等的需要，如对地位、成就、归属的需要等。这两类需要构成了常说的"功利"，是支配人们行为最为普遍的动机。

> **专栏 9-1 需要与快乐**
>
> 古希腊哲学家伊壁鸠鲁认为，人的本性就是追求快乐和避免痛苦，快乐是指肉体的健康和灵魂的平静。人生的快乐、幸福是人们生活的根本出发点和最终目的，是评判一切的

标准，是人生的基本原则。我们的一切取舍都从快乐出发，我们的最终目的仍是得到快乐。

他把人的需要分为三类：第一类是既非自然的，也非必要的，如获得荣誉等；第二类是自然而非必要的，如准备一点奶酪，想吃时可以享享口福等，这种欲望并不能增加新的快乐；第三类是既自然又必要的，如饿了要吃饭、渴了要喝水等。只有第三种欲望才是重要的，满足这种欲望，才能获得快乐和幸福。他说："快乐是我们天生的最高的善，但我们并不选取所有的快乐，当某些快乐会给我们带来更大的痛苦时，我们每每放弃这些快乐，如果我们忍受一时痛苦而可以得到更大的快乐，我们就认为某些痛苦比快乐还好。"(资料来源：根据 http://wenku.baidu.com/view/b8227189680203d8ce2f24c3.html 《"伊壁鸠鲁 格言集"的相关内容改编。)

(2) 按需要的迫切程度可分为间接需要和直接需要。前者是指那些比较概括的、抽象的需要，它以理想、志向的形式表现出来。后者是指目前最迫切的、具体的、也较易获得的需要。

(3) 按需要的范围可分为个人需要和社会需要，个人需要与社会需要应统一。

(4) 按需要的满足方式可分为外在性需要和内在性需要。外在性需要由外界环境所支配，即是靠组织所提供的资源(如奖酬)来满足，它可进一步分为物质性需要(如对工资、奖金、住房等的需要)和社会性需要(如对友谊、尊重、认可、表扬、荣誉等的需要)。内在性需要不能靠外部资源来直接满足，它包括个人自身对工作的兴趣、对组织目标的认同、责任心、工作挑战性等。

2．动机

动机是行为的心理动力，它引发行为指向一定的目标，并由于行为后的有利结果而强化行为。动机是在需要的基础上产生的，没有需要便不会产生动机。但需要一般并不直接引起行为，只有当需要转化为动机后，才能发动和维持行为。人的需要的多样性和复杂性决定着人的动机的多样性。

1) 动机的分类

(1) 根据动机出现的时间可分为先天性动机和习得性动机。先天性动机是基于人的本能而产生的原始动机，如需要食物、趋乐避苦等；习得性动机是经过后天学习而获得的动机，如对地位、权力的获得欲望。

专栏 9-2 动物的本能

生物学家威廉·詹姆斯(William James)根据低等动物所表现出来的大量复杂的先天行为推论出人类意识之外的非理性成分，他认为，人类有许多先天性本能，如哭喊、好奇、模仿、妒忌、爱、同情等，它们都存在于每个人身上，并影响人的行为。

动物行为学家洛伦兹(Konrad Zacharias Lorenz)认为，本能是某种动物所特有的一种天生的固定的动作模式。它的特点是：天生；不随时间而改变；在物种所有成员身上普遍存在；为某种动物所特有；由刺激引起，并非无缘无故地释放。

英国学者威廉·麦独孤(William MeDougall)更进一步把本能定义为一种遗传的或是先天性的心理倾向，人类的一切动作都可视为基本的遗传的本能。他说："不论是个人还是集体，其先天的遗传倾向是一切思想和行动的基本源泉或动力，是在个人与民族的性格和意志的理智能力引导下逐渐发展形成的基础。"他列出了人类十大本能：逃避、拒斥、好奇、好斗、自尊、自卑、生殖、群聚、创造、储取。

分析学派创始人弗洛伊德(Sigmund Freud)认为人有两种本能：第一个本能是生的本能，代表着爱和建设的力量，表现为生命的成长，它又叫性本能、生存本能或生殖本能，与性爱相连的能量叫力比多。第二个本能是破坏本能，或称攻击本能、死亡本能，代表着恨和破坏的力量，表现为攻击和侵犯。当一种本能未被满足时(当能量未被释放)，就会产生压力导致紧张，比如剥夺了食物都会导致极度饥饿。

弗洛伊德认为人类激励遵循欢乐主义原则，他把个体看成是被欲望所激励去寻找或接近欢乐，避免痛苦和不快乐。弗洛伊德认为快乐是由本能所驱动的，从而用生物学语言来解释快乐，对于每一个本能都有一个特定的能量来源。(资料来源：根据 http://science.bowenwang.com.cn 相关资料整理而成。)

(2) 根据动机产生的途径可分为内部动机(由人的需要所引起)和外部动机(由外部刺激所引起)。内部动机来源于工作本身的兴趣、成功的满足感和创造的愉悦感。一个员工进行创造性的工作后，领导者虽未表扬或鼓励他，但他可以自我满足，保持工作劲头，这是内部动机。外部动机是由外部刺激(如物质条件、奖惩制度等)对人诱发出来的动机，如员工为了获得奖酬和晋升而努力工作等。

(3) 按动机在活动中所起作用的大小可分为主导动机和辅助动机。在复杂的活动中，往往存在着多种动机，它们的作用和性质可能有所不同。其中有一个最为强烈、最稳定的、处于支配地位的动机，那就是主导动机，它决定了动机的特征。主导动机支配人的行为，而辅助动机是其他起补充作用的动机，辅助动机作用微弱，不稳定，处于次要地位。

2) 动机的功能

(1) 引发功能。动机引发行为，是行为的直接原因。

(2) 导向功能。动机使行为向着一定的目标进行和发展。

(3) 强化功能。由于行为带来有利结果而使动机得以巩固和增强，反之，因为行为导致的不良后果而使动机受到抑制。

3) 动机的公式

20 世纪 30 年代，霍尔(C. Hall)提出了内驱力理论，认为动机激发受内驱力习惯和诱因的影响，表示为

$$E = D \times H \times I$$

式中：E——effort，一个人付出的努力；D——drive，一个人的内驱力；H——habit，一个人的习惯；I——incentive，诱因。

后来的现代心理学家在早期内驱力理论基础上提出了动机激发循环的概念,认为需要、内驱力、目标三要素构成了一个不断循环的动机激发的完整过程,见图9.1。

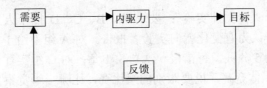

图9.1　基本的动机激发循环

3. 行为

行为是人类在日常生活中所表现的一切动作。人的行为起源于脑神经的作用所形成的精神活动(意识),当意识外显为动作时,便形成了行为,而意识本身是一种内在行为。

个体的行为除了受动机的支配外,还受外部环境状况的影响。动物实验发现,已经吃饱且停止进食的小鸡看到另一只非常饥饿的刚刚开始进食的小鸡时,也会跟着吃,而且会多吃50%。人也是如此,如果一名员工想当主管,但如果公司短时期内不会有空缺职位,他也只是想想而已。

1)　行为的特征

(1)　主动性。一个人的行为经常是自动发动、自觉自愿的,它通过内因起作用。

(2)　动机性。人的任何一种行为的产生都是有原因的,这个原因就是动机。

(3)　目的性。人的行为是有目的的,而不是盲目的。

(4)　可塑性。人的行为是由意识支配的,人的意识是可以改变的,可以通过学习、训练和总结等方式改变原来的认识,调整自己的行为,因而行为具有可塑性。

2)　行为的公式

德国心理学家库尔特·勒温(Kurt Lewin)认为,人类行为取决于内在需要和环境的相互作用。当人们的需要尚未得到满足时,个体就会产生一种内部立场的张力,而周围环境(外在因素)起导火线的作用。他提出了著名的行为公式

$$B=f(P\times E)$$

式中: B——行为; P——个体的需要(内在心理因素); f——函数; E——外界环境(自然、社会)的影响。

上式表示行为 B 是个体的需要 P 与环境 E 交互作用所发生的函数或结果,或者说行为是人与环境的函数。

二、激励的本质

激励是指一个人追求某个既定目标的愿意程度。哈佛大学心理学家威廉·詹姆斯发现,普通人在工作时一般只运用了10%的潜力,这尚未用上的潜力可通过适当的技术开发出来。按时计酬制度下的员工只需发挥20%～30%的潜力即可"称职",若给予充分的激励,潜能

的利用率可上升到80%～90%。所以，激励的本质是推动个体付出努力的一种心理诱导。

1．激励实验

心理学家做了一个"警觉性实验"：要求 A、B、C、D 四个人数相等的组辨别指定光源的发光强度变化，若认为有变化就向实验者报告。对 A 组不给予任何奖励的暗示；对 B 组每正确辨别一次奖励 5 分钱，每错报一次罚款 1 角；对 C 组实行个人竞赛，比谁的觉察力最强；对 D 组实行集体竞赛，说要跟别的组比赛，比哪一组觉察力最强。各组实验结果(平均误差次数)见图9.2。

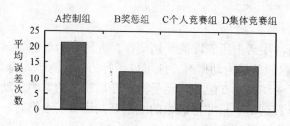

图9.2　不同激励条件的警觉性测试误差比较

实验结果是：未实行激励的 A 组的绩效明显低于其他施行激励的三个组，个人竞赛组绩效最好。

2．激励的公式

人们的工作绩效取决于他们的能力和激励水平(积极性)的高低，可以表示为下式

$$P = f(A \times M)$$

式中：P——个人工作绩效；　A——工作能力；　M——工作积极性(激励水平)。

这个公式说明了决定个人绩效的两个关键因素是：能力与激励。没有干劲，自然难有作为；仅有热情而无能力，也是枉然。能力是常数，而人的潜力可以被激发、调动，所以，激励是提高绩效水平的关键。

3．激励的模式

一般说来，当人产生某种需要而尚未得到满足时，会产生一种不安和紧张的心理状态。在遇到需要的目标时，这种紧张的心理状态就会转化为指向目标的动机，推动人们去行动，趋向目标。当人达到目标时，需要得到满足，紧张的心理就会消除。这时，人又会产生新的需要。这是一个不断循环往复的过程，这一过程见图9.3。

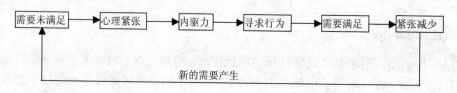

图9.3　激励的模式

第二节 激 励 理 论

一、内容型激励理论

1．需要层次理论

需要层次理论由美国心理学家亚伯拉罕·马斯洛(Abraham Harold Maslow)提出，它虽然没有得到实验的验证，但由于与人们的感觉相符，所以得到了最广泛的承认，如图 9.4 所示。他的主要观点如下：

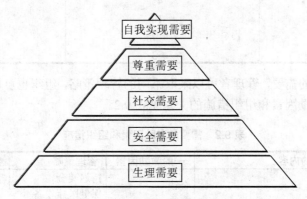

图 9.4　需要的层次

(1) 人的需要可以分为五个层次。①生理需要，即对食物、水、住所、性等的生理需要；②安全需要，即对安全保障、免受肉体及精神伤害等的需要；③社交需要，即对爱、归属、友谊等的需要；④尊重需要，即对认可、尊敬和自我价值等的需要；⑤自我实现需要，即对个人成就、价值、自我完善等的需要。

(2) 生理和安全需要属于较低层次的需要，尊重、自我实现需要属于较高层次的需要。

(3) 需要的满足严格按照阶梯前进，在一段时间内只有一种需要占主导地位。

(4) 任何一种需要基本满足后，下一个更高层次的需要就成为主导需要。

需求层次从低级向高级上升并不是突然的、跳跃的现象，而是从无到有、从少到多逐步发生的。如生理需要满足 10%，安全需要可能根本不会出现；但当生理需要满足 25%时，安全需要可能会出现 5%。

(5) 基本满足的需要不再有激励作用。马斯洛还认为，自我实现需要的产生有赖于前面四个层次需要的满足，他将这些需要得到满足的人称为基本满足的人。而马斯洛描述的"自我实现"的人有如下特征：①能更有效地意识到现实；②认识自己和认识别人；③自发性；④集中处理问题；⑤独立性；⑥自立性；⑦有不断新鲜的鉴赏感觉；⑧有不受束缚的想象力；⑨对社会有兴趣；⑩与有同样自我实现需要的人有深厚的友谊；⑪民主的性格；

⑫能辨别目的和手段；⑬幽默感；⑭创造性；⑮有反潮流精神。

马斯洛等认为，一个国家的人民对各个需要层次的分布和经济发展水平直接相关。在不发达国家，生理需要和安全需要的人数比重较大，高层需要的人数比重较小；发达的国家则情况相反。同一国家的各个地区、各个时期的人们，其需要层次结构随生产力水平的变化而变化，戴维斯(K.Dvis)曾估计美国的情况见表 9.1。

表 9.1 对美国工人优势需要变化的估计

需要种类	1935 年的百分比/%	1995 年的百分比/%
生理需要	35	5
安全需要	45	15
社交需要	10	24
尊敬需要	7	30
自我实现需要	3	26

针对员工不同的需要，管理者可以采取不同的管理策略，组织也可以采取相应的措施。需要与其相应的激励因素和组织措施的关系见表 9.2。

表 9.2 需要的激励因素和组织措施

需要层次	需要的内容	一般激励因素	管理策略	组织措施
生理需要	工资 工作环境 各种福利	金钱 食物 住处	待遇奖金 保健医疗设备 工作时间 住房福利设施	暖气或空调 基本工资 自助食堂 工作条件
安全需要	职业保障 意外事故的防止	安全 保障 胜任 稳定	雇用保证 退休金制度 意外保险制度	安全工作条件 附加的福利 普遍加薪 职业安全
社交需要	友谊(良好的人际关系) 团体的接纳与组织的认同感	志同道合 爱 友谊	协商制度 利润分配制度 团体活动计划 互助金制度 教育培训制度	管理的质量 和谐的工作小组 同事的友谊
尊重需要	地位、名誉 权力、责任 与他人工资的相对高低	承认 地位 自尊 自重	人事考核制度 晋升制度 表彰制度 选拔进修制度 委员会参与制度	工作称职 同事和上级承认 工作本身 责任
自我实现需要	能发展个体特长的组织环境 具有挑战性的工作	成本 成就 提升	决策参与制度 提案制度 研究发展计划	有挑战性的工作 创造性 在组织中提升 工作的成就

　　上述需要层次表仅是一般人的要求，实际上，每个人的需要并不都是严格地按表上的顺序由低到高地发展的，还需要具体情况具体分析。因为在不同情况下，人们需要的强烈程度是不同的。如经济收入较低的人对衣食住行方面需要较强烈，不太重视个人成就(如图9.5(a)所示)；有些知识分子对个人成就的欲望很强，对吃饭和穿衣要求不高(如图 9.5(b)所示)；有些老年人的生理需要和成就需要并不强烈，但避免孤独需要和得到儿女社会尊重的需要却很强烈(如图 9.5(c)所示)。即使同一人在不同的时间和不同的情况下，需要层次也不一样。对于管理者来说，了解这些有助于采取合适的组织措施激励员工。

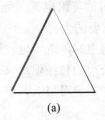 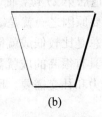 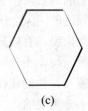

(a) (b) (c)

图 9.5　不同个体的不同需要层次图

专栏 9-3　工人的真实需要

　　管理心理学家做过这样一个试验：要求基层管理者设想自己是工人，按重要性的高低列出工人想从工作中得到的东西。同时要求工人自己也列举他们所想要的东西。研究结果表明：基层管理者认为工人最想从工作中得到的东西是高薪、工作稳定、升迁、理想的工作环境等；但是工人最需要的却是工作受到赞赏、对事情的认同感以及个人问题受到同情和了解。这说明管理者并不真正了解工人的真实需要，也就难以制定正确的管理策略。管理者只有深入实际和员工相互沟通，真正了解员工的真实需要和动机，才能制定有效的激励措施。(资料来源：根据 http://www.chinahrd.net 的相关资料整理而成。)

2. 成就需要理论

　　哈佛大学心理学家戴维·麦克莱兰(David McClelland)认为，组织中人最重要的需要有三种：成就需要、权力需要和合群需要。

1) 成就需要

成就需要是对事业成功的需要，高成就需要者有以下特征：

(1) 追求个人成就、工作的成功而非报酬本身，从工作完成中得到很大的满足，喜欢表现自己；(2) 不喜欢靠运气成功，设置中等挑战性的目标，成功几率为 50%时绩效最高。他们乐意从事挑战性的工作，为自己树立有一定难度而又不是高不可攀的目标；(3) 喜欢长时间地工作，很少休息，即使失败也不会过分沮丧；(4) 愿意承担责任，渴望及时获得工作绩效反馈；(5) 全神贯注于完成自己的任务，只管自己做好，在经营自己的事业或独当一面时更易成功。

麦克莱兰认为，成就需要是较稳定的，他采用主题统觉(TAT)的投射技术，让人根据含义模糊的图片编故事，具有高度成就需要的人会编出各种取得成功或顺利达到目标的故事，从而可以了解某人的成就需要强度，进而预测他的工作行为。

麦克莱兰认为，具有高度成就需要的人对组织、对国家都有重要的作用。一个组织拥有这种人越多，劳动生产率越高，发展和成功就越有保障。一个国家拥有这样的人越多，就越兴旺发达。据他调查，英国在 1925 年时所拥有的高成就需要的人数，在 25 个国家中名列第五，而当时的英国确实是一个兴旺发达的国家；可是到了 1950 年，英国所拥有的高成就需要的人数，在 329 个国家中已退居第 27 位，而事实上，当时的英国也正在衰退。这说明不发达的国家之所以不发达，重要原因之一就是缺少高成就需要的人。

一般来说，有较高的成就需要者总是比较低成就需要者工作得更好，进步也较快。麦克利兰等发现，小公司的总经理通常具有很高的成就需要，而大公司的总经理却只有一般的成就需要，他们往往更多地追求权力和社交需要。因为，后一种需要对与人共事、合作相处是十分重要的。

2)　权力需要

权力需要是指影响和控制别人的愿望。高权力需要者喜欢影响和控制别人，喜欢承担责任，喜欢竞争性的环境，重视地位与威望，总是追求领导者的地位。他们常喜欢争辩，健谈，乐于讲演，直率而头脑冷静，善于提问题和要求，喜欢教训别人。

3)　归属需要

归属需要就是相互交往、友爱的愿望，高归属需要者寻求友谊，喜欢合作而非竞争。他们喜欢与别人保持一种融洽的关系，享受亲密无间和相互谅解的乐趣，从友爱、情谊的社交中得到欢乐和满足，随时准备安慰和帮助危难中的伙伴。最优秀的管理者有着高权力需要与低归属需要。美国历届总统的需求情况见表 9.3。

表 9.3　美国总统的成就、权力、归属需要动机

总　统	权力需要	成就需要	归属需要
克林顿	中	高	高
布　什	中	中	低
里　根	高	中	低
肯尼迪	高	低	高
林　肯	中	低	中
华盛顿	低	低	中

4)　三种需要的比较

三种需要有不同的思维特征和行为特征，见表 9.4。

表 9.4　三种需要的比较

类型	典型的思维特征	典型的行为特征
成就型	• 经常琢磨如何把事情做好，超过别人 • 经常想干些与众不同的、独特的事情 • 经常想要达到或超过某个标准 • 经常考虑个人事业的前途、发展等问题	• 愿做冒险程度适中的事 • 树立的目标虽较实际，但有一定难度 • 想方设法了解自己的工作成绩或过程 • 做事积极、主动、力求创新 • 更愿与专家而非朋友共事
权力型	• 经常想采取果断而有力的行动 • 经常考虑帮助、支持和忠告别人 • 经常考虑如何提高自己对别人的影响力及控制整个局面的能力 • 经常考虑行动的后果、别人的评价或反应 • 经常评价自己的社会地位、名望和名誉等	• 参与组织的决策制定 • 搜集和炫耀带有较高地位标志的物件 • 通过说服、帮助或支持来影响他人 • 追求官位 • 千方百计搜集、掌握并且运用那些能控制别人的材料和信息
归属型	• 经常考虑如何与人建立和保持深厚牢固的友谊 • 经常考虑如何取悦别人 • 视集体活动为社交的好机会 • 经常担心别人与自己闹矛盾	• 广交朋友 • 常与人谈知心话、给人写信或打电话等 • 愿与人共处而非独自一人 • 更愿与朋友而非专家共事 • 喜欢获得别人表扬 • 经常附合或迎合别人的需要，同时也愿给人以同情和安慰

3．双因素理论

美国心理学家弗雷德里克·赫兹伯格(Frederick Herzberg)在 20 世纪 50 年代末期在一些工厂组织进行调查研究，他设计了许多问题，如"什么时候你对工作特别满意"、"什么时候你对工作特别不满意"、"满意和不满意的原因是什么"等，请工人写出自己做过的"最佳工作"和"最糟糕的工作"及个人评价。调查结果如图 9.6 所示。

赫兹伯格发现，造成员工非常不满的原因主要是在公司政策、行政管理、监督、与主管的关系、工作条件、与下级的关系、地位、安全等方面处理不当。改善这些方面，也只能够消除员工的不满，而不能使员工满意，也不能激发其积极性，进而促进生产率的增长。赫兹伯格把这一类因素称为"保健因素"(hygiene factor)，意思是只能防止疾病，不能医治疾病。

另外，使员工感到非常满意的因素主要是工作富有成就感、工作成绩能得到社会承认、工作本身具有挑战性、承担重大的责任、在职业上能得到发展和成长等。这类因素的改善能够激励员工的工作积极性和热情，提高生产率。赫兹伯格把这一类因素称为激励因素 (motivation factor)。他于 1950 年提出激励—保健因素理论，即双因素理论，见表 9.5。

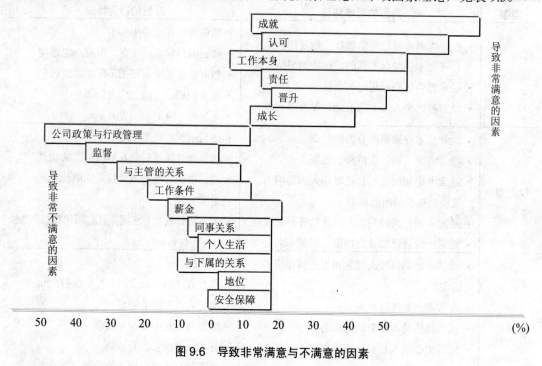

图 9.6　导致非常满意与不满意的因素

表 9.5　保健因素与激励因素

保健因素(外在因素、与环境有关)	激励因素(内在因素、与工作有关)
· 组织的政策与行政管理	· 工作上的成就感
· 技术监督系统	· 工作中得到认可和赞赏
· 上下左右的人事关系	· 工作本身的挑战性和兴趣
· 工作环境或条件	· 工作职务上的责任感
· 薪金	· 工作的发展前途
· 个人的生活	· 个人成长、晋升的机会
· 职务、地位	
· 工作的安全感	

　　赫兹伯格认为满意的反面不是不满意，这是不正确的。满意的对立面应该是没有满意，不满意的对立面应该是没有不满意，如图 9.7 所示。

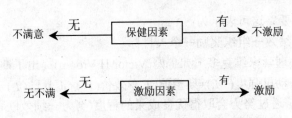

图 9.7　保健因素与激励因素的激励作用对比

赫兹伯格认为，只有靠激励因素来调动员工的生产积极性才能提高生产率。赫兹伯格认为：

(1)　对于激励因素来说，它的满足能带来工作满足感，它的不满足并不导致不满意，而是没有满意。

(2)　对于保健因素来说，它的欠缺带来不满意，它的满足并不导致满意，而是没有不满意。

(3)　激励因素可以由工作本身产生，工作对员工的吸引力才是主要的激励因素，应从工作本身来调动员工的内在积极性，当员工受到很大的激励时，对外部因素引起的不满足感具有很强的耐受力。相反，当员工经常处于保健状态时，则会对周围事物感到极大的不满意。所以，员工从事具有潜在激励因素的工作本身就有激励作用。

(4)　在两类因素中，如果把某些激励因素(如奖金)变为保健因素(如工资)，或任意扩大保健因素，都会降低从工作中得到的内在满足，即外部动机的扩大会引起内部动机的萎缩，从而导致员工积极性的降低。

(5)　要调动人的积极性，不仅要注意物质利益和工作条件等外部因素，更为重要的是要注意工作的安排，注意对人进行精神激励，给予表扬和认可，给人以成长、发展、晋升的机会，这样的内在激励作用更大，维持时间更长。

从科学管理年代开始，管理者的注意力往往集中于保健因素方面，用提高薪金、津贴、小恩小惠、改善工作条件等来激励员工。实践表明，这种简单的办法有时难以见效，赫兹伯格的研究提醒人们必须充分注意工作本身的激励作用。这给管理的激励手段提供了新的内容和方法。

双因素论在企业管理上的另一项应用是"工作丰富化"，通过工作丰富化，提高工作意义和工作本身的挑战性，以激发员工的积极性。双因素论还用于指导工资和奖金的管理，如果金钱与绩效没有联系，那么花钱再多，也起不了激励作用，而一旦停发或少发钱，则会造成员工的不满。金钱作为工资就成了保健因素。如果金钱作为奖金与工人的绩效挂钩，那么金钱就可以发挥激励作用，也就成了激励因素。

二、过程型激励理论

1. 期望理论

人在行动之前总是会想，我付出努力是否能把这件事情做好？做好之后有什么好处？

这种好处对我是否重要?这可表示为:

个人努力→个人绩效→组织奖励→个人目标

1964年,美国心理学家维克多·弗鲁姆(Victor H.Vroom)提出了期望模型,即:

动机强度(M)=期望值(E)×效价(V)×工具性(I)

式中:E——个人相信通过努力会取得优良成果的程度(努力-绩效联系);

$\qquad$ I——个人对一定绩效能够带来某种报酬的相信程度(绩效-报酬联系);

$\qquad$ V——个人对某一报酬或目标的偏爱程度,或某种结果对个人的吸引力(报酬-个人目标联系)。

$\qquad$ 期望值与效价对动机强度的影响如下:

$$E_{\text{高}} \times V_{\text{高}} = M_{\text{高}}$$
$$E_{\text{中}} \times V_{\text{中}} = M_{\text{中}}$$
$$E_{\text{低}} \times V_{\text{低}} = M_{\text{低}}$$
$$E_{\text{高}} \times V_{\text{低}} = M_{\text{低}}$$
$$E_{\text{低}} \times V_{\text{高}} = M_{\text{低}}$$

例如,报考硕士研究生,有的人积极性高,有的人没有积极性,积极性高的人一定同时具备两个因素:一是认为读硕士对他很重要,效价高;二是认为他很有可能考取,期望概率高。而不想报考的人,可能认为读硕士不如早点工作,效价低,或者认为考试成功的可能性很小,期望概率低,或者两者兼而有之。效价一般用0~10级来表示,期望概率在0和1之间变化。如果某人报考硕士生,效价为10,期望概率为0.9,那么$E \times V$=0.9×10=9,即$M_{\text{高}}=f(E_{\text{高}} \cdot V_{\text{高}})$,则认为他的激励水平高。由于效价和工具性常常是确定的,所以,期望值是期望理论的核心,要激励个体的积极性,就要想办法提高其期望值。

再来分析为什么有的员工不受激励,只求得过且过。他可能不喜欢金钱,效价低;他可能认为目标高不可攀,或目标太低,所以没干劲;也可能组织没有有效的物质或精神奖励进行激励。这个人的三个值均可能较低,即他不相信自己的努力会取得好的工作成绩,或即使取得也不会受到公司的奖励,或即使有奖励,也不是他所想要的,所以他的动机强度低。

目标价值的激励力与个体的需要有关,不同的个体有不同的价值观和不同的需要,对一份奖金,有的人在意,有的人不屑一顾;只有当人把目标看得很重要时,积极性才会高。一块金牌对运动员来说比同样价值的钞票更有激励作用。所以,管理者应找到员工偏爱的诱因或报酬,以此作为激励物。平均主义和大锅饭会使员工的工作成绩的工具性降低,管理层应正视员工的合理物质需要,报酬与绩效紧密挂钩,多劳多得,按劳分配,奖勤罚懒,则可通过提高工具性提高工作动机。

2. 公平理论

1) 公平公式

员工不仅关心自己的收入,也会对别人的工资收入感兴趣,并作比较。美国行为学家亚当斯(J.S.Adams)认为,员工不仅关心自己的绝对报酬,也关心与别人相比较的相对报酬。人们的心里存在着一台"公平秤",衡量结果与投入的比值(O/I,即公平指数)。当发现自己的公平指数小于参照者的公平指数时,心中的"公平秤"便会倾斜,就会产生一种紧张感,出现心态失衡。他会急于消除紧张感,恢复心态平衡。心态失衡有两种,一种是觉得自己吃了亏而产生的委屈感;另一种是感到自己占了便宜而产生的负疚感。前者更为敏感、普遍而重要。

公平公式如下

$$\frac{O_A}{I_A} = \frac{O_B}{I_B} \tag{1}$$

$$\frac{O_A}{I_A} > \frac{O_B}{I_B} \tag{2}$$

$$\frac{O_A}{I_A} < \frac{O_B}{I_B} \tag{3}$$

式中:I_A——自己的报酬;I_B——别人的报酬;O_A——自己的投入;O_B——别人的投入。式(1)中,A 与 B 报酬相当,A 感到公平(满意);式(2)中,A 报酬过高,A 感到不公平(满意);式(3)中,A 报酬不足,A 感到不公平(不满意)。

2) 比较参照的对象

比较参照的对象可以是公司内外部的人,也可能是自己在公司内外其他岗位上的工作经历:

(1) 纵向比较,即把自己现在得到的报酬与自己过去的相比,如果两者相当,则感到公平;如果比过去少了,就会感到不公平,会影响工作的积极性;如果比过去多,也不感到公平,会主动多做些工作。

(2) 横向比较。这是公平理论的主要部分,即用自己所得的报酬与投入的比值,与他人的报酬与投入比值来比较。所得报酬包括工资、奖金等物质的东西,所谓投入是指个人的知识、经验、能力、努力、贡献等。横向比较会出现三种可能:①两个比值相等,产生公平感;②A 的比值小于 B 的比值,A 会产生不公平感;③A 的比值大于 B 的比值,A 也会产生不公平感。

3) 比较的主观性

公平比较是一种主观的比较,很难客观地计算。这里的投入是指员工认为他对工作有价值的所有付出,如本人教育程度、工作经验、技术、努力等。成果是指员工感觉从他的工作中所获得的任何有价值的回报,诸如待遇、提升、福利等。因此,这种比较与一个人对"投入"和"产出"的各项目重要性的评价有关,见表9.6。

一个人所得报酬的绝对值与其积极性高低并无直接的必然联系,只有当其付出的劳动与其所获的报酬的比值与同等情况下的其他人相比较,主观上感到是否公平、合理,这才会真正影响人的积极性。当组织员工主观上感到公平时,会带来激励作用。否则,则会有消极作用。

表 9.6　工作投入与成果

投　入	成　果
时间	工资
努力	提升
教育	承认
经验	安全
培训	个人发展机会
思想	福利
能力	友谊

4)　不公平的反应

如果不公平时，员工可能会出现以下几种情况：

(1)　改变投入或产出，使分式值变小，如不再像以前那么努力，降低工作或产品质量。

(2)　改变对自己或别人的看法，认为自己对公司贡献更大，别人没有自己工作努力。用说服比较对象减少投入，或者改变对别人的投入成果的认识。

(3)　停止当前的比较，选择另一个比较对象。

(4)　离开公司。

亚当斯还做了这样的实验，在一家公司里招聘一批大学生从事招工审查工作，事先造成一种印象，这些大学生是不称职的。对他们实行两种报酬制度，一种是按每小时付给固定报酬；另一种是计件工资，即每完成一次审查工作付给一定报酬。成绩考核按数量和质量两个指标进行。数量指标是审查次数的多少，质量指标是审查报告的详细程度。按时计酬的大学生由于感到他们的工作本来是不称职的，因而更加努力工作，或者增加审查的次数，或者提高审查的质量；而接受计件的大学生一般不增加审查的次数。这是因为他们认为自己的工作是不称职的，所得报酬已超过自己的应得标准，如果报酬过高再加剧，则他们的不公平感会增加。这一实验证明了报酬过高也会引起不公平感，尽管这种不公平感不像报酬过低那么普遍。

所以，如果按计件付酬，报酬过高的员工比报酬公平的员工产品质量高，但他们不会增加产量，因为这样会加剧不公平。相反，报酬过低的员工，产量高而质量低。如果以时间付酬，报酬过高的员工比报酬公平的员工生产率更高，报酬过低的员工产量更低，质量更差。

三、矫正型激励理论

1. 强化理论

1)　强化实验

美国心理学家斯金纳(Burrbus Frederick Skinner)做过一个实验，他把饥饿的白鼠放入木箱，让它自由行动。在木箱中安装了一个与传递食物球的机械装置相连的小杠杆。当杠杆一被压动，一粒食物丸即滚进食盘。如果白鼠偶然踏上杠杆时，得到一个食物球；再次踩到杠杆时，得到第二粒食物球，如此反复几次，条件反射就很快形成了，按动杠杆和获得食物暂时联系起来。白鼠将主动持续地按杠杆，取得食物，直到吃饱为止。当停止供应食物时，按压杠杆的反应由于停止供应食物球而逐步消退。

2) 行为定律

斯金纳由强化实验得出结论：一个行为后跟随一个有利的刺激，会增加这个行为重复发生的可能性，即行为是结果的函数

$$B = f(R)$$

式中：B——行为；R——结果。

(1) 人们在行为结果得到奖励后会继续保持这种行为，奖励会强化在类似情况下再次进行这种行为的可能性。

(2) 人们在行为结果受到惩罚后会回避这种行为，惩罚会减少以后再次发生这种行为的可能性。

(3) 人们在行为结果既无奖励又无惩罚之后，最终会停止这种行为，即得到中性结果的行为将逐渐消失。

(4) 在人们进行的符合要求的每一次行为出现之后立即给予强化，会使人们的行为得到巩固。

3) 强化的类型

强化类型可以分为积极强化、消极强化、惩罚和消退。具体为：

(1) 积极强化是在行为之后伴随一个有利的结果。

(2) 惩罚是在行为之后伴随一个不利的结果。

(3) 消极强化是在行为之后不再伴有不利结果，它是事前警告，如坦白从宽、杀鸡给猴看等，对鸡是惩罚，对猴是消极强化。

(4) 消退是在行为之后不再伴有有利的结果，例如，如果员工每次主动加班都能得到领导的表扬，加班就得到了积极强化，员工愿意经常加班；如果领导不再表扬，久而久之，员工就不再愿意加班。

为了提高组织的工作效率，就要鼓励对组织有积极意义的行为，消除有负面作用的行为，可以运用强化原理来矫正行为。矫正方式选择应视具体情况而定，一般应以积极强化为主，还可辅以惩罚和消退。如矫正员工经常迟到的行为，可以采用奖励全勤的积极强化方式，也可以采用惩罚迟到的方式。管理者在运用这四种强化方式时应注意：①管理者影响和改变员工的行为应将重点放在积极的强化而不是简单的惩罚。②惩罚虽然在表面上会产生较快的效果，但其作用通常仅是暂时的，而且对员工的心理易产生不良的副作用。③消极强化和忽视对员工行为的影响作用也不应该轻视。④四种行为强化方式应该配合起来使用。

4) 强化频率

根据强化的频率，强化可以分为连续性强化和间断性强化。连续性强化是每次特定行为之后均给予奖励；间断强化则相反，并不是每次特定行为之后均给予奖励。

按时间间隔，间断强化可以划分为固定时距的强化和可变时距的强化。前者是指每隔一定的时间给予一次强化，时间间隔越短，强化效率越好。例如各类组织中所实行的计时工资制，即按小时、按周或按月支付报酬的制度。后者是指强化的时间是随机的而不是固定的，例如不定期发放的奖金。

按比率，间断强化可以分为固定比率的强化与可变比率的强化。前者是指出现一定次数正确反应后才给予强化，例如企业中实行的计件付酬制。后者是指不以做出正确反应的次数为标准，而是随机安排的强化。比如购买折扣，买一本书打 9 折，买 10 本书打 8.5 折，买 100 本打 8 折。

综上所述，间断强化的四种类型的对比见表 9.7。

表 9.7　间断强化的四种类型的对比

程　序	报酬形式	绩效影响	行为影响
固定间隔	根据固定时间付酬，如月薪、年薪	导致平均绩效	行为迅速消退
固定比率	根据具体反应数量付酬，如计件工资	导致很高稳定绩效	行为中速消退
可变间隔	多种时间段后付酬，如不定期发奖	导致中高稳定绩效	行为缓慢消退
可变比率	仅给某些反应付酬，如奖励时不严格依据销量	导致很高绩效	行为极慢消退

根据强化理论，在组织中可以采用渐进法进行行为强化。根据人的认识规律，把一个复杂的目标分解成许多小的目标，把一个复杂的行为过程分解成许多小的阶段，逐步加以完成。这样可以使员工树立完成复杂目标或行为的自信心，增加工作的计划性，使员工适时了解自己的工作进展。此外，还要及时反馈工作信息，让员工适时了解自己行为的结果，针对出现的问题分析原因，及时改进。否则，当行为偏离太远时才调整，会造成较大的损失。

2. 挫折理论

人的生活中难免会遇到挫折，挫折是指主体指向目标的行为遭到障碍、干扰而不能正常进行，并伴随有心理上的紧张、不安、士气低落等。

挫折的发生不仅仅是由于外在障碍、干扰的存在，如公司政策、管理不善、人际隔阂等，还与受挫者内在条件不足应对有关，如心理不健全、情绪不稳定、意志水平低、内心冲突激烈等。在组织中，领导作风、劳动条件、人际沟通等因素与员工挫折发生直接相关。

在面临挫折时，会出现心理的紧张和不安，伴随着心率加快、皮肤放电、呼吸改变与生理反应，挫折反应因个体而不同。个体遭受挫折时恢复平常的能力或适应能力(即挫折容忍力)也有差异。挫折容忍力的大小取决于意志力、经验、对挫折的判断、挫折的强度等。一个经验丰富、意志坚强、能正确判断挫折的人挫折容忍力较强。挫折强度与挫折容忍力负相关。

面对挫折，每个人的行为反应会不相同，受挫者的反应不外两种：消极防御型和积极防御型，主要内容如下所示。

1) 消极防御型

(1) 文饰，即寻找一些对己有利的理由，这种借口听来似乎合理，但并非真实，然而自己却能从中求得内心的某种安宁，减轻受挫感。它包括酸葡萄心理(贬低目标)和甜柠檬心理(夸大已取得的成绩)。

(2) 压抑，即将痛苦的记忆和经历从意识中排除出去，通过遗忘来避免或减轻痛苦。

(3) 推诿，即将自己做错的事推过于他人，以减轻自己的负疚。

(4) 逃避，即不敢面对受挫的现实，从构成挫折的情境中退却，避免再接触，努力从其他活动中寻找乐趣。

(5) 侵略。这是一种不理智的、消极的、带有破坏性的行为，可针对他所认为的挫折源(人或事)而发，也可迁怒于无关的旁人或折磨自己，甚至自杀。

(6) 退缩。知难而退或畏难而退，内心焦急不安，却不积极寻找方法，茫然地适应产生痛苦的情境，丧失信心，自暴自弃。

(7) 反向。这是矫枉过正的心理防御行为，努力压制自己的意志和感情，勉强去做一些违背自己愿望的事。

2) 积极防御型

(1) 补偿。当实现某一方面的目标受挫时，设法以新的目标代替旧的目标，改变策略，另辟新途径，加倍努力，以现在的成功体验或其他方面的成就去弥补原来的失败痛苦。

(2) 认同。效仿他人获得成功的经验和方法，增强自信心。

(3) 升华。这是心理机制中最有建设性的一种，即把敌对、悲愤等消极因素化为积极动力，或把不为社会所认可的动机或需要转化成符合社会要求的动机或需要，做出更有意义的成就。如将削高就低的嫉妒心理和行为转化成拔低就高的竞争心理和行为。

(4) 合理宣泄。一个人把心中的话说出来可以减少心理的紧张感，减轻因挫折带来的消极情绪。

(5) 增加努力。坚持原有目标，加倍做出努力，选择其他途径，最终实现目标。

(6) 重新解释目标。当达不成目标时，延长完成期限或重新调换目标。

面对挫折，我们应发展积极防御机制，减少消极防御机制，提高挫折容忍力以保护工作积极性，具体措施有：对受挫者宽容、谅解、不要针锋相对；改变挫折情境，换个环境可以逐渐忘却挫折；让受挫者把受挫情绪发泄出来，挫折导致的心理紧张和痛苦如有机会发泄，会得以减轻；形成合理的认识观念，反对以下三个认识误区。第一，绝对化。这是一种从自己的意愿出发、认为事情必定发生或必定不会发生的不合理的认知倾向。这种思维非此即彼，缺乏弹性，对生活的认识简单、机械，极易陷入情绪的困扰中。第二，过分概括化。一次挫折就导致对自我价值和人生意义的全盘否定，以偏概全。第三，糟糕至极。

这种不合理的认识以夸大失败或痛苦的体验为特征，认为一件事情发生了，其后果必定不堪设想。

> **专栏 9-4 "精神发泄"疗法**
>
> "精神发泄"(Catharsis)就是"出气"，一个人把心中的话说出来可以减轻因挫折而带来的消极情绪。有的企业采用所谓"精神发泄"疗法，倾听员工的抱怨申诉，让员工的情绪有一个适当的发泄机会，有助于减轻或消除挫折感。
>
> 日本松下电气公司所属的企业中专门设置"出气室"(Human Control Room)，美其名曰："精神健康室"。进入第一室内，迎面是一排普通的镜子，让人看到此刻自己的形象多么难看；进入第二室，迎面是一排各种各样的"哈哈镜"，上面写着："请看与你本来形象有何不同。"镜中被扭曲了的形象使人领会到镜子不平会使人变形；在第三室里，排列着几个模拟经理和老板的橡皮塑像，旁边还有打"人"的棍子，进入该室的员工可对最讨厌的那一个"人"打个痛快，发泄自己的怨气；最后一室则为恳谈室，内设茶点咖啡，陈列着企业的发展简史等。有一位满面笑容的高级管理者或心理学家热情地同你谈心，询问个人的困难和不满，征求对企业的意见和要求。(资料来源：编者根据相关资料编写整理)

第三节   激励策略与绩效管理

行为是由动机引起的，而动机是由人的需要激发的，不同的激励因素，对于不同的人，可能效果不同。如金钱可以激励某些人努力工作，而对另一部分人来说，工作成就是最大的激励因素。管理者应该按需激励，首先就要承认并尽量满足员工的不同需要。根据员工的不同需要，采取不同的适宜的激励措施，才能调动人们的积极性，使员工保持旺盛的士气。

一、绩效管理

1. 绩效管理概念

绩效(Performance)是指组织和其子系统(部门、流程、工作团队和员工个人)的工作表现和业务成果。绩效管理(Performance Management)就是管理者通过一定的方法和制度确保组织及其子系统(部门、流程、工作团队和员工个人)的工作表现和业务成果能够与组织的战略目标保持一致并促进组织战略目标实现的过程。

组织内部子系统(流程、部门、团队、员工等)的绩效会影响到组织的总体绩效目标，绩效管理的最终目标就是保证组织和它的所有子系统(流程、部门、团队、员工等)以一种优化的方式在一起工作以获得组织希望的结果，这也是进行绩效管理的意义所在。

组织绩效管理是对组织整体绩效、部门绩效、员工绩效等进行系统考核、评估、诊断以及持续改进的管理过程。绩效管理包括绩效目标设定、绩效考核、绩效评估、绩效诊断、绩效改进、绩效沟通辅导、绩效激励等在内的一个完整的系统性管理循环过程。绩效管理过程，既是对员工、管理者的检验过程，也是对公司战略、管理体制的检验过程。

绩效管理的目的是让组织既"做正确的事",还要"正确做事",推动组织绩效的整体改进。绩效管理过程中的绩效考核,不仅针对员工,同时针对各层级的管理者,包括最高层管理者。绩效考核的结果不仅仅是职级升降、奖惩的依据,更重要的是作为绩效改进的重要依据。通过绩效评估、绩效诊断,找出影响绩效的根本性问题,形成绩效改进措施,通过绩效沟通辅导和绩效激励等手段,提高管理者和员工的系统思考能力和系统执行能力(不仅是员工工作主动性和执行能力的提高),推动组织整体绩效的迅速提高。

组织管理中最核心、最基础的工作是"管"人,因为其他的物质资本,包括资金、原材料、技术等生产要素都是没有生命、意识的物化形态,都是通过人的使用、加工、创新所形成,都是人在劳动中的作用对象。

根据新古典经济学的假设,人具有经济理性,其行为动机的目标是利益最大化,但人的理性程度与其所掌握的信息完全程度相关。刘世锦在进行经济体制效率分析时,对人的行为提出了四大假设,分别为:追求自身利益最大化、需求偏好多样性、有限理性和机会主义倾向。其中机会主义倾向是指人借助于不当手段谋取自身利益的行为倾向,这个假设强调了人追求自身利益的动机是强烈而复杂的,他会随机应变,投机取巧,包括:①有目的、有策略地利用信息,按个人目标对信息加以筛选和扭曲,如说谎、欺骗;②违背对未来行动的承诺。因此,机会主义倾向假设实际上是对追求自身利益最大化假设的补充。

人的努力分为两种类型,即生产性努力和分配性努力。生产性努力是指为增加组织价值而进行的努力;而分配性努力,是指纯粹为增加个人利益而进行的努力。生产性努力能带来价值的增量,而分配性努力是在不产生价值增量的基础上,对原有已经存在的价值进行获取。

基于人的行为四个假设,在条件许可的情况下,人的机会主义倾向会让个体偏向于分配性努力,因为分配性努力能让个体在所付出的成本最低或不付出成本与代价的前提下获取自身的最大利益。组织对人的管理中,需要达到的一个目标就是防止组织员工出现分配性努力,促使其行为偏向生产性努力倾向。

如图 9.8 所示,组织中的人处于三个不同的层次,首先是作为个体的人;其次是作为组织中某个部门的成员,其行为受到个体特征与部门相关因素的影响;最后是作为组织的员工,对其行为产生影响的直接与间接因素更多更复杂。

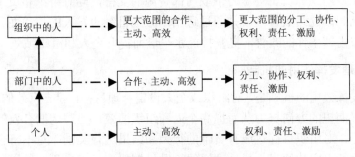

图 9.8 人是管理的核心

从提高组织管理效率的角度来说，组织员工应该在相互分工与协作的基础上，主动而高效率地进行生产性努力，而实现这一理想状态的前提是权利、责任、激励机制的合理设计与实施，包括针对个人、部门和整个组织三个层次的权利、责任、激励机制。

2. 绩效的影响因素

影响绩效的主要因素有员工技能、外部环境、内部条件以及激励效应(见图9.9)。员工技能是指员工具备的核心能力，是内在的因素，经过培训和开发是可以提高的；外部环境是指组织和个人面临的不为组织所左右的因素，是客观因素，是完全不能控制的；内部条件是指组织和个人开展工作所需的各种资源，也是客观因素，在一定程度上内部条件的制约可以改变；激励效应是指组织和个人为达到目标而工作的主动性、积极性，激励效应是主观因素。

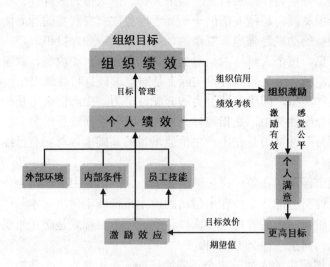

图 9.9　组织绩效管理的流程

在影响绩效的四个因素中，只有激励效应是最具有主动性、能动性的因素，人的主动性积极性提高了，组织和员工会尽力争取内部资源的支持，同时组织和员工的技能水平将会逐渐得到提高。因此绩效管理就是通过适当的激励机制激发人的主动性、积极性，激发组织和员工争取内部条件的改善，提升技能水平进而提升个人和组织绩效。

3. 绩效管理发挥作用的机制

绩效管理发挥效用的机制是，对组织或个人设定合理目标，建立有效的激励约束机制，使员工向着组织期望的方向努力从而提高个人和组织绩效；通过定期有效的绩效评估，肯定成绩指出不足，对组织目标达成有贡献的行为和结果进行奖励，对不符合组织发展目标的行为和结果进行一定的约束；通过这样的激励机制促使员工自我开发提高能力素质，改进工作方法从而达到更高的个人和组织绩效水平。

从绩效管理循环模型中可以看出，绩效管理要获得良性循环，以下三个方面是非常重要的环节：一是目标管理环节，二是绩效考核环节，三是激励控制环节。

目标管理环节的核心问题是保证组织目标、部门目标以及个人目标的一致性，保证个人绩效和组织绩效得到同步提升，这是绩效计划制定环节需要解决的主要问题。

绩效考核是绩效管理模型发挥效用的关键，只有建立公平公正的评估系统，对员工和组织的绩效作出准确的衡量，才能对业绩优异者进行奖励，对绩效低下者进行鞭策。如果没有绩效评估系统或者绩效评估结果不准确，那么将导致激励对象错位，整个激励系统就不可能发挥作用了。

4．绩效管理与激励机制

在绩效管理模型中，激励效应起着非常重要的作用。激励效应取决于目标效价和期望值的乘积，只有这两个方面可能性都非常大，期望值才足够高。在这里以下几个方面是非常关键的。

1）激励内容和激励方式要恰当

从我国目前社会发展阶段以及人民生活水平来看，高层次的精神需求固然重要，但满足人民群众基本生活的较低层次需求是目前乃至将来一段时间内组织管理者最应关注的需求；在激励方式上要以正激励为主，同时不能忽视负激励在某些方面的作用。绩效管理提升的机制在于激励约束的平衡，以 Y 理论假设为前提，主张员工自我管理和自我控制的管理方式，在很多组织目前还是不行的。加强绩效考核评估工作，对业绩优异者进行奖励，对业绩低下者进行一定程度的鞭策还是非常必要的。只有激励内容和激励方式都恰当的情形下，目标效价才会有较高值。

2）员工绩效目标要合理可行

给员工制定的绩效目标不能过高也不能过低，过高的绩效目标使员工丧失信心，那么再强的激励也会大大降低效用，因此制定绩效目标时要对外部环境做充分地估计，对内部资源条件做详细地分析，结合员工技能水平制定合理可行的绩效目标，这样才可能对员工有激励作用。

3）管理者要注意维护组织信用

在对员工的奖励惩罚方面，组织一定要注意组织信用，如果承诺的奖惩不能兑现会使员工认为，即使完成了目标组织也不会给与奖励，即使没有完成目标或者出现工作重大失误，组织也不会给与惩罚。组织员工如果有这样的思想意识，说明组织的组织信用出现了问题。因此作为组织管理者，一定要重视组织的信用，做到"言必行，行必果"，树立良好的组织信誉，这样员工才会为组织的目标实现、为个人目标的实现而竭尽全力。

5．绩效管理在人力资源管理中处于核心地位

人力资源管理是站在如何激励人、开发人的角度，以提高人力资源利用效率为目标的

管理决策和管理实践活动，人力资源管理包括人力资源规划、人员招聘选拔、人员配置、员工培训与开发、工作分析与岗位评价、薪酬管理与激励、绩效管理等环节(见图9.10)。

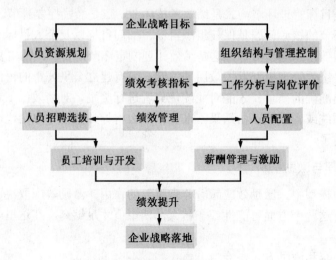

图 9.10 绩效管理与组织管理的关系

绩效管理在人力资源管理中处于核心地位。首先组织的绩效目标是由组织的发展战略决定的，绩效目标要体现组织发展战略导向，组织结构和管理控制是部门绩效管理的基础，工作分析是个人绩效管理的基础。其次，绩效考核结果在人员配置、培训开发、薪酬管理等方面都有非常重要的作用，如果绩效考核缺乏公平公正性，上述各个环节工作都会受到影响，而绩效管理落到实处将对上述各个环节工作起到促进作用。

绩效管理和招聘选拔工作也有密切联系，个人的能力素质对绩效影响很大，人员招聘选拔要根据岗位对任职者能力素质的要求来进行。

通过薪酬激励激发组织和个人的主动积极性，通过培训开发提高组织和个人的技能水平能带来组织和个人绩效的提升，进而促进组织发展目标的实现。

组织和个人绩效水平，将直接影响着组织的整体运作效率和价值创造。因此，衡量和提高组织、部门以及员工个人的绩效水平是组织经营管理者的一项重要常规工作，而构建和完善绩效管理系统是人力资源管理部门的一项战略性任务。

6. 绩效管理的作用

无论组织处于何种发展阶段，绩效管理对于提升组织的竞争力都具有巨大的推动作用，进行绩效管理都是非常必要的。绩效管理对于处于成熟期组织而言尤其重要，没有有效的绩效管理，组织和个人的绩效得不到持续提升，组织和个人就不能适应残酷的市场竞争的需要，最终将被市场淘汰。

很多组织投入了较多的精力进行绩效管理的尝试，许多管理者认为公平的评价员工的贡献，为员工薪酬发放提供基础依据，激励业绩优秀的员工、督促业绩低下的员工是进行绩效管理的主要目的。当然上述观点并没有错误，但是绩效考核就是绩效管理，绩效考核的作用就是为薪酬发放提供依据这种认识还是片面的，绩效管理不仅能促进组织和个人绩效提升，而且还能促进管理流程和业务流程的优化，最终保证组织战略目标的实现。

1)　绩效管理促进组织和个人绩效的提升

一方面，绩效管理通过设定科学合理的组织目标、部门目标和个人目标，为组织员工指明了努力方向。管理者通过绩效辅导沟通及时发现下属工作中存在的问题，给下属提供必要的工作指导和资源支持。下属通过工作态度以及工作方法的改进，保证绩效目标的实现。在绩效考核评价环节，对个人和部门的阶段工作进行客观公正的评价，明确个人和部门对组织的贡献，通过多种方式激励高绩效部门和员工继续努力提升绩效，督促低绩效的部门和员工找出差距改善绩效。在绩效反馈面谈过程中，通过考核者与被考核者面对面的交流沟通，帮助被考核者分析工作中的长处和不足，鼓励下属扬长避短，促进个人得到发展；对绩效水平较差的组织和个人，考核者应帮助被考核者制定详细的绩效改善计划和实施举措；在绩效反馈阶段，考核者应和被考核者就下一阶段工作提出新的绩效目标并达成共识，被考核者承诺目标的完成。在组织正常运营情况下，部门或个人新的目标应超出前一阶段目标，激励组织和个人进一步提升绩效，经过这样绩效管理循环，组织和个人的绩效就会得到全面提升。

另一方面，绩效管理通过对员工进行甄选与区分，保证优秀人才脱颖而出，同时淘汰不适合的人员。通过绩效管理能使内部人才得到成长，同时能吸引外部优秀人才，使人力资源能满足组织发展的需要，促进组织绩效和个人绩效的提升。

2)　绩效管理促进管理流程和业务流程优化

组织管理涉及对人和对事的管理，对人的管理主要是激励约束问题，对事的管理就是流程问题。所谓流程，就是一件事情或者一个业务如何运作，涉及因何而做、由谁来做、如何去做、做完了传递给谁方面的问题，上述四个环节的不同安排都会对产出结果有很大的影响，极大地影响着组织的效率。

在绩效管理过程中，各级管理者都应从组织整体利益以及工作效率出发，尽量提高业务处理的效率，应该在上述四个方面不断地进行调整优化，使组织运行效率逐渐提高，在提升了组织运行效率的同时，逐步优化组织管理流程和业务流程。

3)　绩效管理保证组织战略目标的实现

组织一般有比较清晰的发展思路和战略，有远期发展目标及近期发展目标，在此基础上根据外部经营环境的预期变化以及组织内部条件制定出年度经营计划及投资计划，并最终制定组织年度经营目标。组织管理者将组织的年度经营目标向各个部门分解就成为部门的年度业绩目标，各个部门向每个岗位分解核心指标就成为每个岗位的关键业绩指标。

年度经营目标的制定过程中要有各级管理人员的参与，让各级管理人员以及基层员工充分发表自己的看法和意见，这种做法一方面保证了组织目标可以层层向下分解，不会遇到太大的阻力，同时也使目标的完成有了群众基础，大家认为是可行的，才会努力克服困难，最终促使组织目标的实现。对于绩效管理而言，组织年度经营目标的制定与分解是比较重要的环节，这个环节的工作质量对于绩效管理能否取得实效是非常关键的。绩效管理能促进和协调各个部门以及员工按着组织预定目标努力，形成合力，最终促进组织经营目标的完成，从而保证组织近期发展目标以及远期目标的实现。

二、激励策略与绩效提升

基于组织战略目标实现的组织整体绩效需要激励策略以配对，即通过平衡记分卡或其他方法将组织整体绩效通过一些关键指标予以体现，这些关键指标要能量化并容易测算，同时，激励措施通过这些关键指标的关联，以保证组织员工的努力与组织的整体绩效保持一致。

1. 常用的激励技巧

1) 物质激励

每个人都有自己的物质需求和经济利益，物质激励就是通过满足个人物质利益的需求，来调动其完成任务的积极性。在经济社会，管理者运用金钱对员工进行物质激励成为首选的激励措施，因为金钱是人们在社会获得生存及被评价成功的最基本的要素，而且金钱奖励与员工努力之间的线性关系更能被管理者所把握，金钱激励比精神激励更易量化，更便于比较。所以多数管理者喜欢使用金钱进行激励。管理者运用金钱激励时应注意以下几点：

(1) 金钱的价值因人而异。个体存在个性差异，个体对金钱的偏爱程度不一。相同的金钱，对不同收入的员工有不同的价值。例如，由于社会文化的影响，女性更能接受较低的工资；高学历者的需要层次较高，更看重成就、尊重、地位等；能力高的人更欢迎金钱激励，而不愿搞平均主义。

(2) 金钱激励必须公正。一个人对他所得的报酬是否满意不是只看其绝对值，而更看重相对报酬，员工会进行社会比较或历史比较，判断自己是否受到了公平对待，从而影响自己的情绪和工作态度。

(3) 金钱激励必须反对平均主义。员工的奖金应主要根据个人业绩来分配，否则平均分配起不到激励作用。

(4) 金钱激励还要同其他激励手段结合使用，如管理者还要关心员工，为员工解决实际困难，激发员工对组织共同愿景的认同，强化组织归属感，帮助员工增强自信心、自尊心等，这样才能使金钱激励发挥更大的作用。

2) 目标激励

目标是指在一定的时间内所要达到的具有一定规模的期望标准，是人们所期望达到的成就和结果。目标激励是根据人们期望获得的成就或结果，通过设置科学的目标，使个人的需要、期望与组织的目标挂钩，以引导行为，激发工作热情的一种常用激励方式。

由期望理论可知，个体对目标看得越重要，实现的概率越大。目标本身就具有激励作用，目标能把人的需要转变为动机，使人们的行为朝着一定的方向努力。当人们明确自己的行动目标，并把自己的行动与目标不断加以对照，知道自己前进的速度和不断缩小达到目标的距离时，可以保持朝向目标的积极性，还可以及时进行调整和修正，从而实现目标。科学合理的目标具有持久的激励作用，是一种高层次的激励方式。

目标激励的关键是要加强目标管理，使目标明确而具体。管理者应将主要精力放在帮助员工们消除障碍上，鼓励员工主动参与目标的设定。还要不断地检查进度，不断地给予阶段性的评价，及时提醒与纠正不足，同时给予员工较大的发展空间。

3)　情感激励

根据需要层次理论，员工不仅有物质需要，还有情感需要。"霍桑实验"说明单纯用工资奖金或处罚手段并不能完全调动工作积极性，而人们的社会需要是影响工作效率的重要因素，员工的工作干劲、工作热情与交流感情的多少直接相关。情感激励使人心情愉快、舒畅，充满信任、友谊、支持和谅解，因而激励效应也就会大大提高。古人云："以诚感人者，人亦以诚应"。人之所流，才能形成和谐的人际关系，才能增强组织的凝聚力。

4)　荣誉激励

根据需要层次理论，人有荣誉的需要，荣誉表明一个人的社会存在价值，它在人的精神生活中占有重要的地位。拿破仑非常重视激发军人的荣誉感，他主张对军队"不用皮鞭而用荣誉来进行管理"。拿破仑常常在全军广泛通报表扬立功的士兵，以激发所有官兵为荣誉而勇敢战斗。荣誉激励的成本较低，效果显著，组织采用荣誉是一种行之有效的激励方式。

5)　参与激励

员工参与是一种有效的激励方法，松下幸之助曾经说过，"领导再强，但员工冷漠，仍难推动工作，必须设法使每个人都认为自己是负责人。"领导者将自己所属的部分权力授予下属，使部分权力和责任由下属分担，有利于发挥下属的积极性、主动性和创造性。善于授权的领导者通过信任下属，给下属提供成长的机会，刺激下属的责任意识，促使下属得到锻炼和发展。

6)　工作本身的激励

激励可分为内在性激励和外在性激励，用满足外在性需要的资源(如奖酬)所诱发的动机是外在性动机，所调动起来的积极性是外在性激励，它会随着外在诱激物的消失而消退。而内在性需要的激励源泉主要来自所从事的工作本身，如工作的趣味性、挑战性、工作任务完成时的自豪感、成就感、轻松感和自尊感等。

工作本身的激励是一种很有效而成本低廉的激励手段，不管环境如何变化，都能持续地发挥作用，即使条件艰苦，待遇菲薄，工作干劲依然充足。所以，管理者应该重视这种激励作用，管理者要根据员工的职业生涯发展规划，安排员工从事有兴趣的工作，增强员

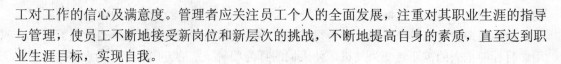

工对工作的信心及满意度。管理者应关注员工个人的全面发展，注重对其职业生涯的指导与管理；使员工不断地接受新岗位和新层次的挑战，不断地提高自身的素质，直至达到职业生涯目标，实现自我。

2．激励策略

组织通常会采用以下激励策略。

1）灵活福利

一般组织都会对所有员工设置一些福利项目，福利一般占员工工资的 10-40%，每个人相同。如果允许员工在众多福利项目中选择适合自己的福利，就可以满足不同员工的不同需要。组织可以设计不同消费偏好的福利组合或福利品种，如医疗保险、假期选择、抚幼补贴、交通补贴、养老金、培训费用报销等，每个员工可以根据自己的实际情况选择自己喜欢的福利项目，总成本不超过公司要支付给某个员工的总费用。例如，某企业高级经理工作满 3 年，就可以获得前往澳大利亚和新西兰的补贴度假。当然他还可以选择前往美国或欧洲度假，那么，他或者需要继续努力工作，或者自己出一部分旅费。

灵活的福利替代了千篇一律的福利，对员工更有吸引力和激励作用，它满足和尊重了员工的不同需要，使员工的工作满意度提高，并降低了公司成本。因此在同样激励作用下，灵活福利使公司花费更少。

2）收益分享

收益分享就是把公司利润增加的一部分分配给员工，这些利润可能是由于生产成本下降、产品质量提高、工作效率提高等而导致的，收益分享能激发员工的投入和参与，树立主人翁意识。

收益分享的一般形式是员工持股，年终根据公司净利润分配红利。对重要的管理者，有的公司还采取期权激励，用未来的股权代替金钱分配，以此来激励经理人，促使公司股价升高。

3）工作再设计

(1) 工作扩大化。以泰勒为代表的科学管理学派以"时间—动作"研究为基础，把工人的工作简单化、专门化，虽然极大地提高了工作效率，但工作的简单化不能满足员工成长和发展的需要。与工作简单化相反的是工作扩大化，让工人增加工作种类，同时承担几项工作，以增加他们的工作兴趣。

(2) 工作丰富化。这种方法不是在横向增加工作种类，而是在纵向增加工作的完整性。让员工参加工作计划，得到绩效反馈以修正自己的工作，从头到尾完整地完成一项工作，从而增加工人对某项工作的责任感和成就感。工作丰富化让员工承担更大的责任，有更多的工作自主性，也需要更复杂的技能才能完成。

本 章 小 结

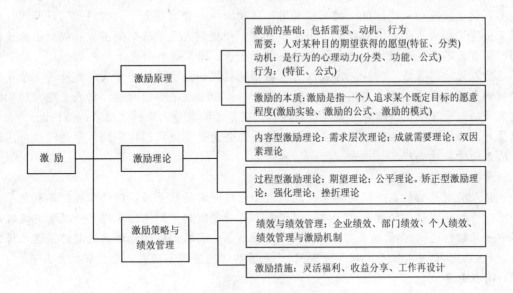

复习思考题

一、问答题

1. 根据成就需要理论，对于职业经理人，你认为应如何激励？

2. 根据双因素理论，你认为对国有企业和私营企业应采取哪些不同的激励措施？

3. 根据期望理论，举一个例子谈谈为何你有时不受激励？

4. 用公平理论分析我国国有企业和私营企业的激励机制有何不同，怎样改进？

5. 设想你是一个部门主管，你怎样用强化理论纠正一个销售员的经常迟到行为？

6. 回想你遇到的印象最深的一次挫折，你的反应是什么？你认为还有更好的应对措施吗？

二、案例分析题

猎人与猎狗

目标

一条猎狗将兔子赶出了窝，一直追赶它，追了很久仍没有捉到。羊看到此情景，讥笑猎狗说："你们两个之间，个子小的反而跑得快得多。"

猎狗回答说："你不知道，我们两个跑的目的是完全不同的！我仅仅为了一顿饭，他却是为了性命！"这话被猎人听到了。猎人想：猎狗说得对啊，我要是想得到更多的猎物，就得想个好办法。

长期的骨头

于是,猎人买来几条猎狗,宣布凡是能够在打猎中捉到兔子的,就可以得到几根骨头,捉不到的就没有的饭吃。这一招果然有用,猎狗纷纷去努力追兔子。但过了一段时间,问题又出现了。大兔子非常难捉到,小兔子好捉。但捉到大兔子得到的奖赏和捉到小兔子得到的奖赏差不多,慢慢地,猎狗都专门去捉小兔子,猎人得到的兔子越来越小。

猎人经过思考后,将分配方式改为根据猎狗捕捉的兔子的总重量决定其待遇。于是猎狗捉到兔子的数量和重量都增加了。猎人很开心。但是过了一段时间,猎人发现,猎狗们捉兔子的数量又少了,而且越有经验的猎狗,捉兔子的数量下降得就越多。猎狗说:"我们把最好的时间都奉献给了您——主人。但是我们会变老,当我们捉不到兔子的时候,您还会给我们骨头吃吗?"

骨头与肉兼而有之

猎人决定论功行赏,规定如果捉到的兔子超过一定的数量后,即使以后捉不到兔子,也可以得到一定数量的骨头。一段时间过后,有一些猎狗达到了猎人规定的数量。这时,其中一只猎狗说:"我们这么努力,只得到几根骨头,而我们捉的猎物远远超过了这几根骨头,我们为什么不能给自己捉兔子呢?"于是有些猎狗离开了猎人,自己捉兔子去了。

有权分享

猎人意识到猎狗正在流失,并且流失的猎狗像野狗一般和自己的猎狗抢兔子。情况变得越来越糟,于是猎人再次进行了改革,使得每条猎狗除分到骨头外,还可以获得其所猎兔肉总量的 $N\%$,而且随着服务时间加长,贡献变大,该比例还可递增,并有权分享猎人总兔肉的 $M\%$。这样之后,连离散的猎狗也纷纷要求重新归队。(资料来源:成君忆. 水煮三国. 第1版,北京:中信出版社,2003.141~150)

问题:

用所学的激励理论分析以上故事,对你有什么启示?

三、管理技能训练

请了解某个企业的激励措施以及在激励中遇到的问题,并用你所学的激励理论分析问题,找出解决的办法。

四、本章推荐阅读书目

1. 赵涛,齐二石. 管理学. 天津:天津大学出版社,2004,259~295
2. 蒋丽君. 管理学原理. 杭州:浙江大学出版社,2004,237~274
3. 邢以群. 管理学. 北京:经济科学出版社,1997,252~286
4. 卢盛忠等. 组织行为学——理论与实践. 杭州:浙江教育出版社,1993,63~222
5. 苏东水. 管理心理学. 上海:复旦大学出版社,2002,221~236
6. 成君忆. 水煮三国. 北京:中信出版社,2003,141~150

第十章

沟　通

学习目标：通过本章学习，应掌握沟通的含义、作用、形式及沟通过程，理解组织中人际关系的性质，了解沟通中常见的障碍及改善方法，结合实际掌握人际沟通技巧与原则。

关键概念：沟通(communication)　沟通过程(communication process)　通道(channel)
噪音(noise)　信息沟通网络(communication networks)　沟通障碍(communication obstacles)
人际关系(human relationship)

专栏 10-1　罗纳德·里根

20 世纪 60 年代初，麦克·迪弗还是一位年轻人，颇有政治抱负，他找到了自己相信并愿意跟随的领导者，他就是罗纳德·里根，并一直担任里根的办公室副主任。对于与他共同工作了 30 年的这个人，迪弗钦佩不已。他认为里根良好的沟通能力来自于他自身的领袖魅力以及在好莱坞练就的嘴皮子功夫，但更多还是来自于他与人建立的良好的人际关系的能力。据说里根能让任何人感觉到自己是他最好的朋友，甚至此前他们从不认识。更重要的是他与身边人的交往，他从心底里关心他团队中的人。"无论是参谋长，还是园丁，或者秘书，只要目光所及，他都同样对待。"迪弗回忆道："他们都是重要人物。"

迪弗讲述了两人交往的一个故事。1975 年，里根在旧金山向一群观念保守的猎人发表演讲，组织者给了他一个小的青铜狮子作为礼物。当时迪弗很喜欢这礼物，并告诉了里根州长他觉得它非常美丽。

10 年后，迪弗打算不再服务于里根了，写了辞职信。里根让迪弗第二天上午去他办公室。迪弗进屋时，里根站在办公桌前迎接他。

"麦克，"他说："我想了一晚上，想找件东西，作为我们共同度过的美好时光的留念。"然后，里根转过身，拿出一件东西。"记忆中，你好像有几分喜欢这件小东西。"说着，里根眼睛湿润了。他把青铜狮子递给迪弗，迪弗完全被征服了。他无法相信这么多年，里根还能想起这件与自己有关的事情。从那以后，青铜狮子一直放在迪弗家里最尊贵的位置。

人人都喜欢围在里根身边，因为他热爱他们，与他们建立联系。他知道，人际关系是把他的团队结合起来的凝聚力。(资料来源：编者根据相关资料编写整理)

第一节　组织人际关系的性质

一、人际关系的概念

管理者的工作充满了列入日程和未列入日程的种种会议、电话、电子邮件和相关活动。事实上，管理者工作中的很大部分内容是与他人互动，包括直接的和间接的、组织内部的和组织外部的。下面的日程是一家位于休斯敦的公司总裁的例行安排：

7：45—8：15　开始工作。

8：15—8：30　浏览《华尔街日报》，收发电子邮件。

8：30—9：00　与劳工事务官员和工厂经理开会，解决小的劳动纠纷。

9：00—9：30　阅读内部报告，收发新一轮电子邮件。

9：30—10：00　与两名营销经理开会商讨广告事宜，指示他们向广告公司发去批准函。

10：00—11：30　参加公司高级经理会议，讨论企业战略、预算和竞争(每周一次)。

11：30—12：00　发几封电子邮件，收发新的电子邮件。

12：00—13：15　与财务副总裁和同一母公司的另一家企业的两位高级经理共进午餐。基本的话题是休斯顿火箭队。在去午餐的路上接了三个电话。

13：15—13：45　与人力资源部总监和助理开会准备接待职业安全与卫生管理局的检查，组织一个任务小组来检查问题和提出方案。

13：45—14：00 收发新的电子邮件。

14：00—14：30 同其他4位公司总裁举行电话会议。

14：30—15：00 同财务副总裁开会讨论午餐时提到的议题(临时安排)

15：00—15：30 收发邮件。

15：30—16：15 会见一组销售代表和采购人员。

16：15—17：30 独自在办公室。

从这位总裁的时间表上能发现什么？他将绝大部分的时间用于同其他人共同工作、沟通和互动。这一简化的日程表没有包含其他简短的电话和交谈。显然，人际关系、沟通和群体过程在组织中是普遍存在的，是管理者活动中最重要的部分。

人际关系，就是指人们在群体交往过程中，由于相互认识、相互体验而形成的心理关系。它们反映着在群体活动中，人们互相之间的情感距离和互相吸引与排斥的心理状态。人际关系是社会关系的表现形式，它产生于群体的人际交往过程中，又受到社会关系的制约。可以说，人际关系的好坏，不仅带有明显的感情色彩，还取决于人们各自需要的满足程度。双方的满足程度越高，产生密切合作的愿望就越强烈。相反，则会产生疏远、甚至厌恶的对抗心理关系。并且，这些状况最终都会通过行为反映出来。

社会心理学家舒兹认为，每个人都有人际关系的需要。这种关系主要有：

(1) 人与人之间的包容需要。即在人与人的交往过程中，人们都希望与交往对象建立一种友谊和谐的关系，并且希望在交往中互相体谅，互相理解，不要斤斤计较。

(2) 人与人之间的控制需要。人际交往中，控制的基础是权力。作为交往中的控制，一方面表现为服从，另一方面表现为协调。人们都希望在交往过程中较好地调节双方的行为。

(3) 人与人之间的感情需要。即在友爱的基础上与人建立并维持某种良好关系的愿望。

二、人际关系的分类

人际关系的性质随着个体的不同而呈现差异。一方面，人际关系可以是个人的和积极的。双方互相认识、互相尊重和友爱并且乐于相处；另一方面，人际关系也可能是消极的，表现为双方互相不喜欢，缺乏相互尊重，并且不愿意相处。为了清晰、准确地认识复杂多变、千变万化的人际关系，有必要对人际关系进行分类，以便能从不同角度进行分析。其中依性质不同，可以分为 6 种不同的人际关系：

(1) 亲密型人际关系。它表现为人与人之间认识完全一致，感情亲密深厚，行动密切配合，步调一致，基本上没有矛盾和摩擦。

(2) 友好型人际关系。这表现为人与人之间在认识上较统一，行动上能一致，工作上配合较默契，能够互相理解和体谅，很少产生矛盾和摩擦。

(3) 协调型人际关系。它表现为人与人之间彼此认识基本一致，感情融洽和谐，行动基本合拍，在认识上和行动上有些小的矛盾和摩擦也能通过各种渠道协调解决。

(4) 不协调型人际关系。它表现为人与人之间认识不统一，感情不融洽，行动不能协调一致，工作上不能很好地配合，矛盾和摩擦时有发生。

(5) 紧张型人际关系。它表现为人们认识极不统一，感情很不融洽，行为极不协调，经常发生矛盾和摩擦，人与人之间的关系极为紧张，出现矛盾和问题很难协调解决。

(6) 敌对型人际关系。它通常是在根本利益对立的情况下产生的人与人之间完全处于对抗状态的人际关系。一旦这种人际关系出现，将会产生极为严重的后果。

三、影响人际关系的因素

1. 空间距离的远近

一般来说，空间距离较近的双方比空间距离远的双方更易于形成知己关系。因为空间距离近，使双方易于交往，易于了解，易于互助，易于熟悉和亲近。如教室里座位靠近的同学，办公位置临近的同事，彼此见面机会多，比较容易建立人际关系。同样，住在同一楼房的邻居比住在不同楼房的人成为朋友的可能性更大。因为距离远近与接触交流机会的多少有关。心理学家费斯丁格(L. Festinger)于 1950 年以住在同一楼里的已婚妇女为研究对象，调查她们彼此的交往情况。调查结果表明，住在同一楼房里的邻居，地理位置越接近，越容易建立友好往来关系。住在同一层楼上的人比住在不同楼层上的人成为朋友的可能性更大。甚至同一楼层，两家相距不同，交往密切程度也有差别。

国外管理者很注重空间布局对人的心理距离的影响作用。他们在对职工的工作场所进行设计和安排时，常常将人际交往的因素也考虑进去，以使工作场所的设计更易于职工之间的交往，有利于形成协调一致的关系。同时，这样也可以防止因空间布局不合理而产生的与组织整体利益不一致的"小圈子"人际关系。

2. 交往频率

由于工作上需要或上述讲的地理位置上接近，接触越多，即交流频率越高，关系越密切。如医生和护士，经理和秘书，她们彼此之间熟悉对方的个性和工作方式等，拥有共同的话题，从而可建立密切的人际关系。尤其是陌生人相处初期，交往频率对建立人际关系具有特殊重要的作用。但并非频率越高，人际关系就越密切，正如"久居难为别，频来亲也疏。"

3. 需要的互补性

需要互补性是指交往双方在交往过程中获得互相满足的心理状态。需要和满足需要的期望是人与生俱来的本能，相互满足需要是形成人际关系的前提条件。如果交往双方的基本需要都能从交往过程得到满足，其人际关系就会密切、融洽；如果只有一方的需要能从交往过程中得到满足，其人际关系就难以持久，更不会密切和融洽。

心理学家罗伯特·温奇对已婚和订婚的若干伴侣的个性特征做了详尽的研究后发现，人们往往选择那些能够补充自己个性的人为伴侣。这种互补关系在组织中也是常见的。例如，在一对成功的经营伙伴中，其中一个擅长管理金融事务，另一个则擅长市场营销、公共关系，他们之间能合作得很好。

4. 相似性因素

相似性是指人们对事物看法的一致性和采取行动的相似性。研究表明，如果人与人之间有着共同的理想、信念、人生观、价值观以及共同的爱好、兴趣等，就容易有共同的语言，易产生共鸣，从而相处比较融洽。相似性包括年龄、家庭出身、态度和价值观以及性格等。

美国心理学家纽科姆(T.M. Newcomb)在1967年曾做过一个实验。首先，公开征集志愿接受住宿者17人，都是大学生，为实验者提供4个月的免费住宿，以定期接受谈话和测验为交换条件。其次，被试验者住入宿舍前，要先测量他们关于经济、政治、审美、社会福利等方面的态度、价值观以及人格特征，然后把这些心理特征上相似和不相似的被试验者混合地安排在几个宿舍，让他们一起生活4个月。在此期间定期测量他们对于上述问题的看法和态度，并让被试验者互相评定同宿人员谁喜欢谁，谁不喜欢谁。结果表明，在相处初期，空间距离的远近决定了人际的吸引力，但到了后期，则发生了变化，彼此的态度和价值观越相似,人际的吸引力就越大。

5.人品修养

大公无私、乐于助人、和善待人、善于团结的人往往人们都愿意与之深交。反之,缺乏人品修养,则会对人际关系产生阻力。综合专家的研究,可概述为15条:①不尊重和伤害他人的人格;②不体谅他人的处境和困难;③自私自利之心太重;④欺骗或不诚实待人;⑤对人过分讨好奉承,或欺上瞒下;⑥过于依赖、丧失自尊和自主精神;⑦嫉妒打击、贬损他人;⑧心怀敌意或对人不信任;⑨喜欢自夸或对人批评过重;⑩性情孤僻,内向;⑪偏见,对人不友好;⑫不切实际苛求于人;⑬挑唆、离间他人关系;⑭自由主义严重,造谣中伤;⑮情绪暴躁,迁怒于人。

第二节 沟通的过程和形式

人际关系是社会支持的可靠基础。好的人际关系会带来协同和支持,互相支持和乐于共事的人会获得更大的成就。人际关系的另一个结果则是带来愤怒或敌意的冲突。在所有的这些结果中贯穿着组织内的沟通。

对管理者来说,有效的沟通不容忽视。这是因为管理者所做的每一件事中都包含着沟通。管理者没有信息就不能做出决策,而信息只能通过沟通得到。一旦做出决策,又要进行沟通,否则没有人知道决策已经做出。最好的想法,最有创意的建议,最优秀的计划,不通过沟通都无法实施。因此,管理者需要掌握有效的沟通技巧。

一、沟通的含义

沟通是指可理解的信息或思想在两个或两个以上人群中传递并理解的过程。沟通包含着信息的传递。如果信息没有被传递到,则意味着沟通没有发生。但是,要使沟通成功,信息不仅需要被传递,还需要被理解。因此,沟通是信息的传递和理解。有效的沟通,应是信息经过传递之后,被接受者感知到的信息和发送者发出的信息基本一致。需要注意的是,有效沟通常常被误解为沟通双方达成协议,也即认为使别人接受自己的观点。当一场争论持续了很长的时间,旁观者往往断言这是由于缺乏沟通所导致的。然而详尽的调查表明,此时正在进行着大量的信息传递和有效沟通。每个人都充分地了解对方的观点和见解。问题是人们把有效沟通和意见一致混淆了。

> **专栏 10-2 沟通是座"通天塔"**
>
> 沟通中有一个数字很能说明问题:企业的高层执行者平均70%的时间花在人际沟通上,而企业的问题70%都是由沟通障碍引起的,可以说,沟通是企业管理者最为头痛的问题。"巴比伦塔的失败"告诉我们,现代企业团队的一个重大失败就是沟通的失败。恰恰相反,

把沟通问题搞好了，它的力量就是一座"通天塔"。

在《圣经 创世纪》中有一个关于巴比伦的传说故事。说的是洪水之后诺亚的后代繁殖得越来越多，四处遍布。那时候人们的语言和口音都没有什么大的区别。人们共同劳作，彼此配合融洽，他们努力建造成了繁华的"巴比伦城"。他们为自己的成就而感到骄傲，为了显示自己的力量，传颂巴比伦人的赫赫威名，他们决定修建一座通天的高塔。因为大家语言相通、同心协力，阶梯式的通天塔建得非常顺利，很快就高耸入云。上帝看到人类如此的统一和强大，"心想"他们如果真修成宏伟的通天塔，那以后还有什么事情干不成呢？上帝决意要制止人类的伟大行动。于是，上帝很快离开天国来到人间，打乱了人类的语言。人们各自操起不同的语言，感情无法交流，思想很难统一，就不可避免地出现了互相猜疑、各执己见、争吵斗殴，由此导致了人类之间误解的开始。修建工程因语言纷争而停止了，通天塔的建造终于半途而废。人们分裂了，按照不同的语言形成许多部族，又分散到世界各地。

"巴比伦塔失败"的故事告诉我们，如果没有交流和沟通，或者交流和沟通不通畅，人类就无法在征服自然的斗争中取胜，甚至不能很好地完成一项任务。人类有了共同的语言、思想，协同工作起来，就会达成共识。在我们今天的现代企业管理中，沟通同样显得如此重要。没有沟通，人们便很难达成共识，更不用说有效完成任务。(资料来源：编者根据相关资料编写整理)

二、沟通的作用

从某种意义上说，整个管理工作都与沟通有关。计划者与企业外部人士的交流，组织者与被组织者的信息传递，领导者与下属的感情联络，控制者与控制对象的纠偏工作，无不与沟通相联系。概括而言，沟通的作用在于使组织内每个成员都能够做到在适当时候，将适当的信息，用适当的方法，传给适当的人，从而形成一个健全的、迅速的、有效的信息传递系统，以利于组织目标的达成。具体说，沟通有以下三个作用：

首先，沟通是协调各个体、各要素，使企业成为一个整体的凝聚剂。每个企业都由数人、数十人、甚至成百上千人组成，企业每天的活动也由许许多多的具体工作构成，由于各个体的地位、利益和能力的不同，他们对企业目标的理解、所掌握的信息也不同，这使得各个体的目标有可能偏离企业的总体目标。如何保证上下一心地完成企业的总目标呢？这就需要相互交流意见，统一思想认识。因此，没有沟通，也就不可能实现企业的目标。

其次，沟通是领导者激励下属，实现领导职能的基本途径。一个领导者不管他有多么高超的领导艺术水平，他都必须把自己的想法和意图告诉下属，并且了解下属的想法。这都需要沟通这个基本工具和途径。

最后，沟通是企业与外部环境之间建立联系的桥梁。企业客观的社会存在使得企业不得不和外部环境进行有效的沟通。而且，由于外部环境永远处于不断变化之中，企业要适应这种变化，就必须不断保持和外界的沟通。以便把握成功的机会，避免失败的可能。

三、沟通的过程

从表面上看，沟通就是传递信息的过程。但是实际上，管理学意义上的沟通是一个复杂的过程。在这个过程中，至少存在着一个发送者和一个接受者，即信息发出方和信息接受方。其中沟通的载体成为沟通渠道，编码和解码分别是沟通双方对信息进行的信号加工形式。图 10.1 描绘了信息沟通的全过程。

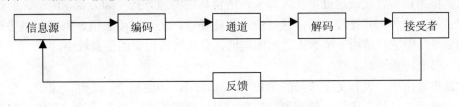

图 10.1　信息沟通的全过程

(1) 信息源。即信息的发送者或信息来源。

(2) 编码。就是将所要交流的信息，依照一定的码规，编制为信号。编码中要选择恰当的代码或语言，要适应接收者的理解和语言能力，还要适合沟通的渠道和使用的媒介。不恰当的编码会让接收者不知所云，包括不适时宜地使用专业术语或在非正式的社会场合使用过于正规的语言等。如：媒体在书面报告时，符号形式应选择文字，图表或照片。

(3) 通道。即信息传递的渠道或媒介物。这些通道又兼有信息载体的作用，声、光、电、人、报刊、书籍、电影、电视、文件、电报等都是信息传递的通道。

(4) 解码。解码是将所接收的信号，依照一定的码规，解译、还原为讯息。解码可能是将信息由一种语言翻译为另一种语言，也可能是理解他人点点头或眨眨眼的意思。著名学者内森把它看作是一个更宽广的"认知"过程的组成部分。这一过程中，传导的信息被转化、精简、阐述、储存、发现和使用。另一些学者，如哈吉和马绍尔指出掌握这种能力的人能够面对人物和环境做出敏锐的判断。

(5) 接受者。这是指信息最终要传递到的接受对象，是信息的使用者。

(6) 反馈。信息接收者对信息发出者做出的反应。反馈构成了信息的双向沟通。

因此，我们可以这样描述信息沟通的过程：信息源(发送者)首先将要传递的信息转化为某种可传递的信号形式(编码)，然后通过媒介物(沟通渠道)传递至接受者，由接受者对收到的信号进行翻译、解释(解码)，最终被接受者所理解、接收。沟通的最后一个环节是反馈回路。反馈把信息返回给发送者，并对信息是否被理解进行核实。

在沟通的整个过程易受到噪音的影响。这里的噪音指的是信息传递过程中的干扰因素。典型的噪音包括难以辨认的字迹、电话中的杂音、"蜂音"、收音机的失真、电视机荧光屏上的"雪花"干扰、接受者的疏忽大意以及环境背景的吵闹声等都是噪音。这些噪音，有的是外界信号的窜入，有的则产生于沟通过程本身。噪音往往增加了信息编码、解码中的不确定性，导致信号传送和接收时的失真，从而模糊和干扰了信息发送者的意图。

四、组织中沟通的形式

1. 按照沟通方法

沟通可分为口头沟通、书面沟通、非言语沟通和电子媒介。

1) 口头沟通

它是指用语言直接或通过第三人口头转达信息的沟通方式，如会谈、电话、会议、广播和对话等，这种方式比较灵活，速度快，简便易行，还可以用表情、语言和手势等加深沟通的要点，但它只适用于少数人之间的沟通，且沟通后保留的信息较少。

2) 书面沟通

它是指采用图、表和文字符号的形式来沟通联络。如通知单、文件、通信、报刊、报表和备忘录等。这种方式可以长期保存信息，可以随时查看，反复阅读，可以核实。这对于复杂或长期沟通来说，显得尤为重要。一个新产品的市场推行计划可能需要好几个月的大量工作。以书面的形式记录下来，可以使计划的构思者在整个计划的实施过程中有一个参考。另外书面沟通比口头沟通考虑得更周全。因此书面沟通显得更为周密，逻辑性强，条理清楚。但是书面沟通也更费时费力。书面沟通的另一个主要缺点是缺乏即时反馈。

3) 非言语沟通

它是指通过声、光信号、体态、语调等传递信息。刺耳的警笛声和十字路口的红绿灯都不是通过文字而告诉我们信息的。学生们无精打采的眼神、一个人的穿着打扮都传递着某种信息。非言语沟通中最常用的是体态语言和语调。体态语言包括手势、面部表情和其他身体动作。语调指说话的声调。轻柔、平缓的语调和刺耳尖利的语调传递的意义完全不同。

4) 电子媒介

信息时代我们依赖于各种各样复杂的电子媒介传递信息。如：传真、闭路电视、计算机网络和电子邮件等。

2. 按照组织系统

沟通可分为正式沟通和非正式沟通。

正式沟通指以正式组织系统为渠道的信息传递。非正式沟通指以非正式组织系统或个人为渠道的信息传递。

3. 按照方向

沟通可分为上行沟通、下行沟通和平行沟通。

1) 上行沟通

它是指下级的意见和信息向上级反映。沟通联络是由下而上的。这是上级了解下级的情报信息，并正确向下级发布指示的重要基础，是组织正确沟通的首要通道。

2)　下行沟通

它是指信息从上级逐层的向下级传递的沟通，是从上而下的沟通。这是组织下达指令，发布指示、表达愿望的通道。

3)　平行沟通

它是指信息在组织中各平行部门或人员之间的交流。它使组织中各职能相关的部门协调起来。形成优势互补的组织运行状态。

4．按照是否进行反馈

沟通可分为单向沟通和双向沟通。

1)　单向沟通

它是指没有反馈的信息沟通，如做报告、下指令。单向沟通比较适合以下情况：问题简单，但时间较紧；下属易于接受方案时；下属没有了解问题的足够信息时；上级缺乏处理负反馈的能力时。单向沟通的信息传递速度快，但准确率差，有时还容易使接受者产生抗拒心理。

2)　双向沟通

它是指有反馈的信息传递，是发送者和接收者相互之间进行信息交流的沟通。它较适用于以下情况：时间充裕，但问题棘手；下属对方案的接受程度至关重要时；下属能提供有价值的信息和建议；上级能建设性地处理负反馈。

双向沟通信息准确性高，接受者有反馈意见的机会，使之有参与感，有助于双方建立感情，方便沟通，但对发出信息者来说，在沟通中随时会受到对方的挑剔或批评，因而心理压力大，同时信息传递速度慢。

五、正式沟通和非正式沟通网络

1．正式沟通网络

在正式沟通中，信息的流动总是要经过某些人和机构传递的，这就形成了一个有各种通道构成的网络。美国心理学家莱维特(H．J．Leawitt)通过实验提出了五种不同的网络。

(1) 链式。发生在一种直线型的、五级层级结构中，信息在这里既可以上行也可以下行。信息逐级传递，传递路线长，速度慢，且容易发生信息失真。

(2) 轮式，主管人员分别对四个下级进行沟通联系，而下级之间无沟通。这种网络由于结构层次少，信息传递快且失真少。组织集中度高，但每个人的沟通渠道只有一个(主管人员除外)，成员满意度低，组织士气低落。

(3) 环式，也叫圆周式。组织成员只能与相邻的成员沟通，即沟通只发生在同一部门成员之间或直接上下级之间。在这个网络中，组织成员往往可以达到比较一致的满意度，组织士气高昂。但信息层层传递，因此速度慢且容易失真。

(4) Y 式，这也是只有纵向沟通的模式。这是一个有 4 个层级的组织结构。信息逐级传递，速度慢且易失真。权力集中度高，解决问题快，但成员士气一般。

(5) 全通道式，是开放型的模式。每个成员可以自由地与其他成员沟通，因此沟通快，但由于沟通渠道太多，易造成混乱且影响信息的准确度。相应的，组织集中化程度低，士气旺盛，合作精神强。

图 10.2 示意了上述五种网络。

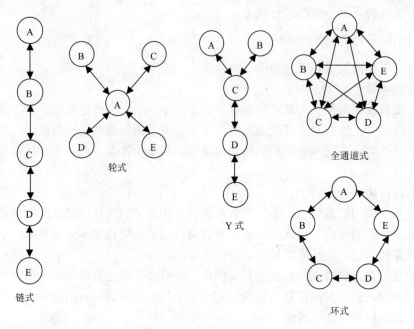

图 10.2　正式沟通网络

2. 非正式沟通网络

组织沟通是有计划的或比较正式的沟通机制。然而，在许多情况下，组织内的沟通越过这些正式的沟通渠道，采取了非正式的方法。非正式沟通是在正式沟通渠道之外进行的信息传递或交流，如小道消息或传闻等。一项研究发现，传闻的准确率高达 75%～95%。虽然消除传闻或小道消息不切实际，但是管理者可以对其加以控制。通过保持开放的沟通，对不准确的信息作出有力的回应，管理者们可以将传闻的损害控制到最小。传闻或小道消息也可以是财富，通过了解传闻或小道消息中的关键人物，管理者可以对信息进行部分控制，并且利用传闻或小道消息发布新动向的信息。管理者还可以通过传闻或小道消息获得有价值的信息用于改善政策。所以，我们应重视非正式沟通的研究与运用。

非正式沟通也常常会带来不良影响：信息常被歪曲，与事实不符；由于事先将一些信息"泄密"，使正式沟通成为"马后炮"；由于"泄密"，导致正式沟通的环境恶劣化。

但非正式沟通也有好处，那就是沟通速度快。对非正式沟通，我们与其"围而堵之"，不如"疏而导之"。因为它的出现说明正式渠道流通不畅，我们应利用它的特点，补充正式沟通的不足。

非正式沟通的渠道有四种方式，戴维斯(Keith Davis)总结如下：

(1) 单线式。消息由一连串人传到最终的接受者，即一个人告诉另一个人，另一个人再转告第三个人，由此传递下去。

(2) 流言式。也叫闲谈传播式。消息由一个人传播给其他人，如在小型会议上传播；

(3) 偶然或随机式。消息被随机传播，传播对象无选择性，无一定路线；

(4) 集束式。消息被有选择地传播给朋友或有关的人，他人接受后也如法炮制。这种方式最为普遍。

图 10.3 描述的是非正式沟通网络。

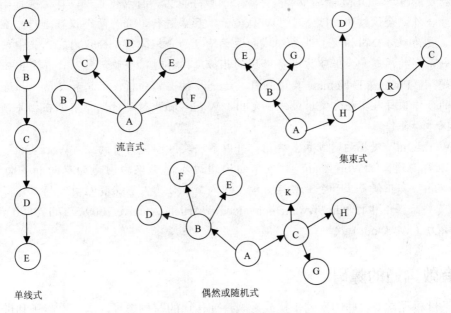

图 10.3　非正式沟通网络

第三节　沟通的障碍与改善

专栏 10-3　"Work-Out"是什么

"群策群力"(Work-Out)是美国通用电气公司经营历史上的一个重要运动，也是GE(General Electric)公司的最佳实践之一，后来，雀巢公司、通用汽车、国际纸业等著名机构相继采用，成效卓著。"Work-Out"起始于六西格玛运动之前、20 世纪 80 年代末，是现今 GE 管理文化的重要创造成果之一。"Work-Out"的出发点是抵制官僚主义和简化运作程序，它将公司经营的决策过程从以前仅仅由管理者参与转变到由公司全体员工参与，是建设扁平化公司治理结构的重要辅助工具。具体来说，"Work-Out"是从根本上打破了公司垂直的界限、最大限度地利全体员工的谏言献策，通过员工的智慧来改善公司的管理，提高经营效益。"Work-Out"的应用相当广泛，比如用于流程的改进，问题的解决，战略的制定，新产品的推出等。"Work-Out"运用到管理沟通上，很好地解决了企业的沟通问题。

清华同方公司就成功地应用了"Work-Out"来举行沟通会议。2002年7月12日，清华同方应用信息系统本部和GE工业系统商业合作研讨会在北京友谊宾馆举行。清华同方应用信息系统本部常务副总经理王立山先生和GE工业系统亚大地区首席执行官Jim Fisher先生、总经理D. V先生，率领各自的优秀团队参与了本次研讨会。双方在会上达成共识，计划在研发、市场、OEM等环节和数字家园、数字电力、自动化控制、奥运项目等领域展开进一步合作。会议按照GE公司"Work-Out"形式进行，分为两个议程进行。上午的会议内容主要为双方公司情况、业务领域和运营情况的介绍。下午会议内容是集中精力讨论和解决一系列的问题。参照双方业务领域的相似度，经过"头脑风暴"，界定出三个最重要的议题：E-Power、E-Home、奥运项目，进一步细化的分析、汇总和评估，筛选出可行性较强的合作项目及实施方案，最终制定出"Work-Out"行动计划，未来在相关领域进行深化的探讨和合作。

"Work-Out"提倡沟通方式多样化，并以解决实际问题为目的。"Work-Out"提倡平等、等距离沟通。"Work-Out"打破单向沟通边界，变单向沟通为双向和多向沟通。"Work-Out"真正使员工和企业相连，树立主人翁责任感，这必将对员工的工作有很大的促进。(资料来源：根据http://www.chinavalue.net/Article/Archive/2009/5/27/177800.html GE的群策群力（Work-out）改编)

一、有效沟通的障碍

沟通过程经常受一些因素的干扰或影响，使传递的信息失真，沟通不能顺利进行甚至失败。影响沟通的因素主要有。

1. 知识经验水平的限制

当信息的发出者和接受者在知识水平和经验水平差距太大时，在发出者来看是很简单的信息，而接受者却理解不了。沟通双方没有"共同语言"，没有"共同的经验区"，给沟通带来了本质上的障碍。因为信息对你有用的部分，仅仅是被你理解了的那一部分，若不能理解，再有用的信息也会变得一文不值。

2. 知觉的选择性受客观因素和主观因素的双重影响

客观因素是，组成信息的各个部分的强度不同，对接受者的价值大小不同等，致使这部分比较引人注目，为人所接受；相反，另一部分却为人所忽视，所摒弃。主观因素是，如个性特征、知觉的广度和深度、个人的身份等，都会影响对相关信息的价值判断，从而有选择性、有针对性地接受部分信息而忽视另一部分，有时这种忽视是故意行为。如上级总喜欢听下级"报喜"的信息反馈，于是下级在进行上行沟通时，就把"忧"给"忽视"下来。

3．心理因素的影响

个人的兴趣、态度、情绪、思想、性格、价值观等的差异，在一定条件下都可能引起沟通的障碍：

(1) 一个领导者在职工中有威望，他所下达的意见就容易被人接受；反之下属对领导有反感情绪，则对其意见接受程度就低。

(2) 一个责任心强的领导重视听取下属的意见和建议，沟通就方便；一个缺乏责任心的领导对下属的意见抱冷淡不耐烦的态度，沟通就难。

(3) 在信息传递中，对传递者无好感、不信任，就会对其所传递的信息产生怀疑而大打折扣。

(4) 在接受信息时，情绪狂喜或急躁常会使我们无法进行客观而理性的思维活动，代之以情绪性的判断；而情绪稳定，则有利于全面和良好地理解信息。

总之，人们在信息沟通中，很容易带上主观成分，自觉不自觉地用自己的观点对信息加以"过滤"，从而有意无意地歪曲了信息。

4．组织结构的多层次

组织机构中的职能层次过多，使得上行沟通和下行沟通所经过的环节太多，沟通时间滞呆过久。每经过一个环节，每停止一段时间，都会对信息的再传递产生误差，这些误差积累起来，便会使信息歪曲或失真、对沟通效果的影响很大。

5．信息过量

信息非越多越好，重要的是要有充分的有用性，要重质量而不是数量。信息量太多，会使传递渠道不畅，会使接受者穷于应付，而无暇认真执行信息并做出正确反应。

6．语义上的障碍

由于人与人之间的信息沟通主要是借助于口头或书面语言来进行的，而语言是作为交流思想的工具，它并不是思想本身，它只是表达思想的符号系统。人们的语言修养不同，表达能力不同，所以对同一种思想、观念或事物的表达与理解就不同，这就使沟通容易产生语义上的障碍。

7．外部噪声

整个沟通过程都在受着"噪声"的影响。这里所说的"噪声"是指沟通过程中外界干扰因素，如在口头交流中，有人在一旁高声喧哗；在看电视时，突然停了电；在电话交谈中，不断出现的静电干扰等。"噪声"常常使沟通不能顺利进行，甚至失败。

二、沟通障碍的改善

沟通联络中的障碍是难免的，但由于这些障碍几乎都是人为的，所以只要方式和方法能对症下药，障碍的控制也是容易的。

1．运用反馈

很多沟通问题是由于误解或理解不准确造成的。如果管理者在沟通中能运用反馈回路，则会减少这些问题的发生。为了核实信息是否按原有意图接受，管理者可以询问有关该信息的一系列问题。最好的办法是让接受者用自己的话复述信息。当然反馈不必一定以言语的方式表达。行动其实比言语更为明确。

2．了解下属、消除顾虑

这也就是要求上级管理者要全面了解并掌握下级或下属的心理和行为的实际情况，消除他们的顾虑，让他们不仅报"喜"，还要报"忧"，从而获得真实可靠的信息。这同时也会改善上下级的人际关系，使沟通工作进入良性循环。

3．培养个人的信誉

尤其是上级主管人员，一定要取得下级或下属的信任。由于信任是双方的，同时他也应相信下级或下属人员。这种信任必须建立在个人的信誉基础之上。只有这样，信任程度才能被保持和进一步提高。

4．重视平行沟通

一般来说，组织内部的沟通以与命令链相符的垂直居多，部门间、成员之间的横向交流较少，而平行沟通却能加强横向的合作。在必要和可能的条件下，可以定期举行由各部门负责人参加的工作会议，要求不同的职能部门结合起来，以他们共同面临的问题作为沟通的主线，从而解决他们各自存在的问题。

5．缩短信息传递链、拓宽沟通渠道

缩短信息传递链，拓宽沟通渠道，从而保证信息的畅通无阻和完整性。信息链过长，减慢了传递速度并造成失真。减少组织结构重叠和过多的层次，必将大大提高沟通的效率和效果。此外，在充分利用正式沟通渠道的同时，要开辟非正式沟通渠道，以便于信息的传递。

6．建立和完善组织的管理信息系统

建立管理信息系统可以使组织沟通更为准确、高效和及时。

7．运用通俗、准确的语言

由于语言也可能成为沟通障碍，因此管理者应该选择措词并组织信息，以使信息清楚

明确，易于理解。管理者还要考虑到信息所指向的听众，以使使用的语言适合于接受者，所以发出信息所用的语言也要因人而异，要使用对方最容易懂得的语言；容易含糊和误解的词语要加以重复、强调和解释，以便对方正确的理解。在这里，反复的沟通是必要的。

8．控制情绪

我们知道情绪能使信息的传递严重受阻或失真。当管理者对某件事十分失望或愤怒时，很可能对所接受的信息发生误解，并在表述自己信息时不够清晰准确。管理者此时应该暂停进一步的沟通直至恢复平静。

9．积极倾听

倾听是对信息进行积极主动的搜寻，而单纯地听则是被动的。在倾听时，接受者和发送者双方都在思考。这能够使双方获得信息完整的意义。

第四节　人际沟通的原则和技巧

专栏 10-4　人际沟通能力测试

每个人都有独特的与人沟通、交流的方式。阅读下面的情境性问题，选择你认为最合适的处理方法，并尽快回答

1. 你上司的上司邀请你共进午餐，回到办公室，你发现你的上司颇为好奇，此时你会：
   A. 告诉他详细内容
   B. 不透露蛛丝马迹
   C. 粗略描述，淡化内容的重要性
2. 当你主持会议时，有一位下属干扰会议，此时你会：
   A. 要求所有的下属先别提出问题，直到你把正题讲完
   B. 纵容离会
   C. 告诉该下属在预定的议程之前先不要提出别的问题
3. 当你跟上司正在讨论事情，有人打长途来找你，此时你会：
   A. 告诉上司的秘书说不在
   B. 接电话，而且该说多久就说多久
   C. 告诉对方你在开会，待会再回电话
4. 有位员工连续四次在周末向你要求他想提早下班，此时你会说：
   A. 我不能再容许你早退了，你要顾及他人的想法
   B. 今天不行，下午四点我要开个会
   C. 你对我们相当重要，我需要你的帮助，特别是在周末
5. 你刚好被聘为某部门主管，你知道还有几个人关注着这个职位。上班的第一天，

你会:

    A. 个别找人谈话以确认哪几个人有意竞争职位

    B. 忽略这个问题，并认为竞争者的情绪的波动很快会过去

    C. 把问题记在心上，但立即投入工作，并开始认识每一个人

6. 有位下属对你说："有件事我本不应该告诉你的，但你有没有听到……"你会说:

    A. 我不想听办公室的流言

    B. 跟公司有关的事我才有兴趣听

    C. 谢谢你告诉我怎么回事，让我知道详情

正确答案: 1. A; 2. A; 3. C; 4. C; 5. C; 6. B。回答正确得1分，错误得0分。总得分在0~2分之间表明你的沟通能力较低，得分在3~4分之间为中等，得分在5~6分之间为较高。分数越高，表明你的人际沟通技能越好。

组织中最普遍的沟通形式就是成员间的人际沟通。在知识经济时代，组织成员日益成为组织流程中专有知识的载体，成为组织效率的核心资源。个体间的人际沟通在某种程度上代表了组织中知识传播和扩散的速度。因此组织成员掌握一定的人际沟通技巧，进行有效沟通对组织的知识传播有着重要的作用。掌握人际沟通技巧对主管人员来说也有着尤为重要的意义。

《幸福》杂志对500强企业中的191名主管人员进行调查发现：对于这些主管来说，导致管理失败的最主要原因是缺乏人际沟通的技能。可见，改进人际沟通技能对于管理者之重要。那么，人际沟通中有哪些可掌握的原则和技巧呢?

一、人际沟通的原则

在人际沟通和交往中，必须遵循：清晰(clear)、简明(concise)、准确(correct)、完整(complete)、有建设性(constructive)和礼貌(courteous)这6项原则。因为这六个词汇在英文中都是以字母C开头，因此可以简称为"6C"原则。

1. 清晰

清晰指表达的信息结构完整、顺序有致，能够被信息接受者所理解。

2. 简明

简明是指表达同样多的信息要尽可能占用较少的信息载体容量，这样既可以降低信息保存、传输和管理的成本，也可以提高信息使用者处理和阅读信息的效率。

3. 准确

准确是衡量信息质量的最重要的指标，也是决定沟通结果的重要指标。不同的信息往往会导致不同的结论和沟通结果。

准确包括多个层面，首先是信息发出者头脑中的信息要准确；其次是信息的表达方式要准确，特别是不能出现重大的歧义。例如：中国古代典籍中就有"夔一足"的故事，其原因就在于"夔一足"这句话有很多种理解方式。远古时候，尧帝和舜帝的乐官，名叫夔。而古代时候就有传说，这位乐官只有一条腿，叫夔一足。《吕氏春秋·察传》中说，鲁国国君向孔子求教，夔一足的故事是否真实。孔子说，古时舜帝为了用音乐作为辅助，使天下太平，于是让夔当官，主持这方面的事情，而夔就制定了乐律，做得非常出色，于是舜帝说有夔这样有能力的人，一个也就可以办成事了。后来人们就误传成这样一位乐官叫夔一足，只有一条腿。实际上，如果把这句话稍微改一下，变成"夔一人足矣"，就不会有这样的误解了。

4．完整

完整也是对信息质量和沟通结果有重要影响的一个因素，我们大家都非常熟悉"盲人摸象"的故事，讲的就是片面的信息导致判断和沟通错误的一个很生动的例子。

5．有建设性

实际上是对沟通目的性的强调。沟通的目的是为了促进沟通双方的信息传播、态度和观念的转变以及可能采取的行动。因此，沟通中不仅要考虑所表达的信息要清晰、准确、简明、完整，还要考虑信息接收方的态度和接受程度，力求通过沟通使对方的态度有所改变。

6．礼貌

情感和感觉是影响人际沟通效果的重要因素。礼貌、得体的语言、姿态和表情能够在沟通中给予对方良好的第一印象甚至可产生移情作用，有利于沟通目标的实现。相反，不礼貌的语言和举止会使沟通无法进行下去，更不要说达到沟通的目标了。

以上是在人际沟通中必须掌握的原则，下面重点谈一谈人际沟通中应该掌握的技巧。

二、人际沟通的技巧

1．做好有效沟通的事前准备

充分而全面的准备直接关系到沟通的质量。如果想进行一次有效的沟通，一定要提前做好充分的准备。

1) 确立明确而详细的沟通目标

你准备通过这次沟通要达到一个什么样的效果，实现什么样的目的，实现这一目的的意义是什么。这是沟通工作的出发点。

2) 制定整体的沟通计划

明确沟通目的之后，还需要确定如何通过沟通来实现这一目的，这就要制定沟通计划。

3) 制定详细的工作辅助表

在沟通中，除了当事人之外，通常还会涉及其他的小物品或应注意的小细节，这些细微的工作同样需要事先做好准备。

4) 预测可能遇到的异议和争执

沟通中遇到异议和争执是很正常的。如果能在事前正确地预测出这些异议和争执，预先周密地做好各种应对的准备，我们就可以节省出不少的时间来迅速而妥善地解决这些问题。

5) 请对方做好准备

在沟通前，预先通知对方可以给对方足够的时间来理清思路，或者整理一下可以提供给您的有用信息。如果双方都提前做好了周密的准备，就会在沟通中得到更多的收获。

2．在沟通中正确理解并确认对方的需求

1) 有效提问

每当人们有不清楚的地方时往往会以问题的形式表达出来。那么怎样才能使自己的提问更有效，以便能搜集到更可靠的信息呢？

首先，提问要紧扣主题。漫无边际的提问虽然能使您获取更多的信息，但是却不易得到关于对方需求的最直接、最有价值的内容。

其次，提问要适时适度。在沟通开始时以提问的形式来确认对方的需求，并不意味着沟通开始的第一句就立即提出问题。而是应该首先营造一个比较轻松的氛围，待到适当的时机再提出相关问题。

最后，提问要分清类别。提问有开放式和封闭式的两种。不同的提问方式分别有不同的作用，要根据沟通时的具体情况和您想获取信息的类别来决定具体运用哪种提问方式。也可以将这两种提问方式结合起来一起使用。

2) 积极聆听

首先，聆听要专注。很难想象当你在聆听别人的讲话时，还同时思考着自己的一些事情；或心里想着如何来评判对方的谈话，却还能很好地把握对方要表达的意图。

其次，聆听要有目的。不应该盲目地去聆听，要清楚聆听是为了获取对方的真正需求。虽然在聆听时不应该放过任何一个细节，但是也要有所选择。

最后，聆听要有适时的反馈。聆听的过程也是一个互动的过程，对方在讲话时您需要做相应的适时配合，可以点头表示赞同对方的观点，或用一些语句、语气词、表情等表示您正在专注地聆听对方的讲话。

3) 及时确认

在对方讲话的过程中，不要轻易地去打断，可以在讲话告一段落之后进行相关内容的确认。

3．确定恰当的沟通方式

沟通方式有很多，传统的沟通方式有电话沟通、书面沟通和当面沟通。随着社会的发

展，科技的进步，传真、电子邮件等各种新的沟通方式也越来越多地应用到我们的工作中来。面对众多的沟通方式(见表 10.1)，选择一种或几种合适的沟通方式使你的沟通更有效。

表 10.1　不同沟通方法的比较

沟通方式	举　例	优　点	缺　点
口头	交谈、讲座、讨论会、电话	快速传递、快速反馈、信息量很大	传递中经过层次愈多信息失真愈严重、核实越困难
书面	报告、备忘录、信件、文件、布告、内部期刊	持久、有形，可以核实，效率低、缺乏反馈	效率低、缺乏反馈
非语言	声、光信号，体态、语调	信息意义十分明显，内涵丰富，隐含灵活	只能意会，不能言传，传递距离有限，界限模糊
电子媒介	传真、闭路电视、计算机网络、电子邮件	快速传递、信息容　量大，一份信息可同时传递给多人，廉价	单向传递，电子邮件可以交流，但看不见表情

4．在沟通中恰当地运用语言表达技巧

有效沟通就是使信息在双方间自由流动。要把你所要表达的信息顺畅地传达给对方，就要运用恰当的语言表达技巧。

1) 观点阐述要清晰

一是语句要清晰完整。你所表达的语言在结构上要尽量完整，除非在沟通双方比较熟悉的情况下，可以省略一部分句子成分。一般情况下，都应把句子说完整。这样对方在聆听你的话语时就不会产生疑问。

二是条理要清楚。如果你表达的意思不清晰，尽管费了很多口舌，最终还是不能让对方明白你要表达的意思，那么说明你的条理有问题。所以在阐述自己的观点时，应把想说的话在心里先梳理一下，应该先说什么，后说什么，不要给人语无伦次的感觉。

三是吐字要清晰。口齿伶俐、吐字清晰是使沟通顺畅的基本要素。如果对方连你说的话都听不清楚，那么沟通便无法再进行下去了。

2) 选择接受者容易理解的语言

在人际沟通和交往中尽量少使用专业术语，更讲究通俗易懂。如"对牛弹琴"这个成语故事，讽刺的就是说话不看对象，白费口舌的人。又如，如果我们说"鼻粘膜受到某种刺激而引起的防御性反射动作"，大家可能不明就里，如果说"打喷嚏"就无人不晓了。

3) 铿锵有力

说话的力度也不容忽视，它体现了沟通者对所要表达信息的确定和对自己的信心。一般认为不包含模糊或者限制性词语的语言比较有力度。

4) 描述幽默生动

表达威严不可缺少，幽默感生动也同样重要。一个不懂幽默的人很难在沟通场合中游

刃有余。在适当的场合适度地表达有趣或可笑而意味深长的言辞，既可以缓解当时的紧张气氛，又可以增进与对方的友好感情。

5) 观点阐述要讲究艺术

阐述观点时，要围绕中心，重点明确，符合逻辑，顺序合理。语言表述要体现一定的逻辑关系。清代名将曾国藩在镇压太平天国义军时，几遭挫折，连连失败。他打算请求皇上派兵增援，于是就草拟了一份奏章。其中讲到战绩时，不得不承认"屡战屡败"。一位师爷看了这个提法后，马上联想到了不久前发生的一幕：一员大将面奏时，也曾讲到屡战屡败，因此触怒龙颜，而遭贬谪。师父不禁为主子捏了一把汗。但是，对皇上又不能谎报军情，他苦思良久，忽然灵机一动，将"战"与"败"调了一个位置，这样"屡战屡败"就变成了"屡败屡战"，从而使这句话的意思起了质的变化。"屡战屡败"表现为无能，而"屡败屡战"却表现为英勇。次日，皇上听了曾国藩面奏臣"屡败屡战"一语后，龙颜大悦，认为他在失败面前斗志不失、百折不挠。这个例子让我们体会到说话艺术的重要作用。

6) 说话时要注意措辞

用词不当会引起很多麻烦。一个典型的例子是，二战期间，英国国防大臣安东尼·艾登在电台发表演说，他周围的摄影师纷纷抢拍镜头，镁光灯刺得他睁不开眼，恼怒之中，艾登脱口说道：请不要射！他本来想说：我正在高度集中地作演讲，不要突然射出刺眼的镁光灯来。结果第二天，德国电台就幸灾乐祸地大肆宣传：英国防大臣艾登遇刺！仅仅是一个词，造成一个大笑话！

5. 在沟通中恰当地处理对方的异议

1) 直面异议，不可回避

当对方提出了不同的观点时，一定要引起重视，并且把这种情况看作是沟通中可以逾越的一个障碍。

2) 尊重对方，表示理解

要创造这样一种沟通的环境，即沟通双方人人平等，大家畅所欲言，各抒己见。如果对方不同意你的观点，首先要向对方表示理解，尊重对方的情绪和意见。

3) 用"柔道法"说服对方

沟通中如果对方不同意您的观点，一般要耐心地尽量说服对方。说服别人并不那么容易，往往是自己说服自己倒要容易些。依据这个原理我们建议使用"柔道法"，即用对方的观点来说服对方。应该仔细分析其中的漏洞或者自相矛盾的地方，再抓住机会有理有据地向对方说明。这样对方也就容易否定自己的观点了。

6. 人际沟通中恰当运用肢体语言

肢体语言在沟通中的所占比重比较大，表明了肢体语言比语言本身传递的信息量更大，而且更可信。弗洛伊德曾说过："即便有人可以管住自己的嘴巴，保持缄默，但他们的一举一动也会泄露出秘密的蛛丝马迹。"

1) 恰当运用音色和语气

在沟通中要依据谈话的内容和沟通对象来确定所用的音色和语气，注意听觉效果上的和谐和沟通对象的接受程度。运用不同的音量、速率和音高来传递我们的真实感情。例如：天晴了。请用不同的语调表现出以下几种情感：①无所谓；②太好了，开心！③真不好，不高兴。④没想到，意外。我们可以分别用平调、升调、降调及曲折调表达出以上 4 中不同的情感。

说话的节奏也是很重要的一个方面。可用停顿来突出、强调自己的观点或意图，吸引对方的注意或给对方施压；也可通过适当的停顿给对方留下一定的思考时间，便于接受自己的观点。

2) 学会点头

关于点头常见的解释是表示同意。其实在人际沟通过程中更多的点头只是表示倾听者愿意继续听下去，是对对方讲话的一种鼓励而不是同意。在英国，点一次头表示让那个人继续说，快速连续地点头则表示点头者自己想说话。在印度，上下晃头的意思与其他国家不一样，是"不"或者"不同意"的意思。

3) 注意手的动作语言

手势运用的频度和幅度要适度。它主要受说话者情绪的驱动，如果手势使用过频，会让人生厌，很可能使沟通中断。了解手势的丰富含义对于我们正确理解说话人的真实意图有着很大的作用。部分手势运用如下：

(1) 拇指显示是一种积极的动作语言，用来表示当事者的"超人能力"。

(2) 十指交叉动作。常与笑脸连用，似乎是自信的表示，其实这是一种表示焦虑的动作语言，甚至于暗示一个人的敌对情绪。十指交叉通常有三个位置：放在脸前；平放桌上；坐着放在膝盖上，站立时垂放腹部或双腿分叉处的前面。

(3) 背手。有地位的人都有背手的习惯，显然，这是一种表示至高无上、自信甚至狂妄态度的动作语言。此外，背手还可以起到"镇定"作用，双手背在身后，表现出自己的"胆略"。

(4) 搓手掌。冬天搓手掌，是防冷御寒。平时搓手掌，正如成语"磨拳擦掌"所形容的跃跃欲试的心态，是人们表示对某一事情结局的一种急切期待的心情。

7. 灵活运用面部的表情语言技巧

表情是所有非语言沟通形式中最重要、使用最频繁、表现力最强的形式。人的面部有几百条肌肉，这些肌肉的不同组合可以使人的面部呈现不同的姿态，如笑、皱眉、咧嘴等。在人际沟通中，面部表情的正确运用，能传递给对方准确的信息，有助于促进沟通进程，达到沟通目的。如果你看不懂他人的面部表情，就不能读懂对方的心声。不论你是跟上司要求加薪，还是跟客户谈判，都需要以敏锐的观察力来解读对方的心意，才能知所进退，达到预设的目标。心理学家发现，人类至少有 6 种与生俱来的原始面部表情：喜悦、厌恶、悲伤、愤怒、惊讶、恐惧。古人云："入门休问荣枯事，但看容颜便得知。"

8. 心领神会地倾听

谈及沟通，人们往往把它等同于掌握读、写、说的技能，这一点可以从我们日常生活及学校教育中体现出来。在学校，从很小时候起，读、写能力就是学习成绩的考查重点。在家庭中，学会说话成为孩子发展过程中重要的里程碑，也是年轻父母渴求目标。但我们往往忽略另一种重要技能，即倾听。事实上，在每天的沟通过程中倾听占有重要地位，我们花费在接受上的，尤其是倾听的时间，要超出其他沟通方式许多。尼克斯(Ralph G. Nichols)的研究表明，管理者一天中的 70%的时间是用于信息沟通工作的。其中的 9%用于写，16%用于读，30%用于交谈，45%用于听别人的谈话。可能正因为我们每天用于倾听的时间如此之长，以至于我们忽略其重要性，认为这不过是自然而然、不费吹灰之力的事。但事情并非如此简单，坐下来想一想，我们有多少次误解了别人的话，有又多少次没能弄懂对方的意图，我们从别人谈话中获得多少信息？成功的管理者，一般来讲，大多是善于倾听的人。

日本"松下电器"的创始人松下幸之助把自己的全部经营秘诀归结为一句话：首先细心倾听他人的意见。松下先生是用自己的实际行动来证实倾听的重要性的。在商品批量生产前，他要充分倾听各方面人员的设想和意见，在此基础上确立下一步经营目标。由于松下先生能充分认真听取各个层次的意见，所以处理问题时总是胸有成竹，当机立断，表现出敏锐的判断力。

倾听时，要注意：不要事先就做出评价。要耐心地听，不要打断讲话。交谈要安排在没有干扰的环境中，并要有足够的时间。要听出说话人的感情和情绪。要设身处地，把自己摆在讲话人的位置上，力求听出对方谈话中表现的感情和情绪的含义，这比他说的话更重要。要注意观察对方流露出的渴望、犹豫、敌视、忧伤或沮丧等种种迹象。为了检验你是否听懂并理解了对方的意思，可以用对方的观点而不是你的观点重新陈述一下对方的意思。对于自己没有听懂或没有理解的谈话，应向对方细心地询问。

9. 读懂空间距离的语言

美国人类学家与心理学家霍尔博士长期以来研究人类对周围空间领域的反应。他认为，空间领域的使用与人的某种本能直接有关，即把自己的存在告知他人以及感觉到他人存在之远近的本能。每个人都有他自己独有的空间领域的需要。霍尔教授认为，人在文明社会中与他人交往而产生的关系，其远近亲疏是可以用空间领域的距离大小来衡量的。霍尔教授发现空间范围有这样四种：亲密距离，私人距离，社交距离，公众距离。文明社会的绝大部分人就是在这四个空间范围里行动着。

本 章 小 结

组织人际关系

- 人际关系的概念：人们在群体交往过程中，由于相互认识、相互体验而形成的心理关系
- 人际关系的分类：协调型、友好型、亲密型、不协调型、紧张型、敌对型
- 影响人际关系的因素：空间距离的远近，交往频率，需要的互补性，相似性因素，人品修养

沟通的过程和形式

- 沟通：可理解的信息或思想在两个或两个以上人群中传递并理解的过程
- 沟通的作用：沟通是协调各个体、各要素，使企业成为一个整体的凝聚剂；沟通是领导者激励下属，实现领导职能的基本途径；沟通是企业与外部环境之间建立联系的桥梁
- 沟通的过程：信息源、编码、通道、解码、接受者以及反馈
- 沟通的方式：按照沟通方法，沟通可分为口头沟通、书面沟通、非言语沟通和电子媒介；按照组织系统，沟通可分为正式沟通和非正式沟通；按照方向，沟通可分为上行沟通、下行沟通和平行沟通；按照是否反馈，沟通可分为单向沟通与双向沟通
- 信息沟通网络：正式沟通网络包括：链式、轮式、环式、Y 式、全通道式；非正式沟通网络包括：单线式、流言式、偶然或随机式、集束式

沟通的障碍与改善

- 常见沟通障碍：知识经验水平的限制、知觉的选择性、心理因素的影响、组织结构的多层次、信息过量、语义上的障碍、外部噪声等
- 沟通障碍的改善：运用反馈；了解下属、消除顾虑；培养个人的信誉；重视平行沟通；缩短信息传递链、拓宽沟通渠道；建立和完善组织的管理信息系统；运用通俗、准确的语言；控制情绪；积极倾听

人际沟通的原则与技巧

- 沟通的原则：清晰、简明、准确、完整、有建设性、礼貌
- 沟通技巧：做好有效沟通的事前准备；正确理解并确认对方的需求；确定恰当的沟通方式；恰当地运用语言表达技巧；恰当地处理对方的异议；恰当运用肢体语言；恰当地运用面部的表情语言技巧；心领神会地倾听；读懂空间距离的语言

沟通

复习思考题

一、问答题

1. 什么是沟通？沟通有什么作用？
2. 沟通的过程是什么？
3. 有效沟通的障碍有哪些？如何克服？
4. 人际沟通有哪些技巧？

二、案例分析题

裁员问题的冲突

刘明是某机械设备有限公司的总经理。该公司上半年出现亏损，年底又要还清一大笔银行贷款。在实行了两个月的节约计划失败后，刘明向各部门经理和个厂长发出了紧急备忘录。备忘录要求各部门各工厂严格控制经费支出，裁减百分之十的员工，裁员名单在一周内交总经理，并且规定全公司下半年一律不进新员工，现有员工要暂停加薪。

该公司阀门厂的厂长王超看到了备忘录后，急忙找到总经理询问："这份备忘录不适用于我们厂吧？"总经理回答："你们也包括在内，如果我把你们厂排除在外，那么别的单位也都想作为特殊情况处理，正像上两个月发生的一样，公司的计划如何实现？我这次要采取强制性行动，以确保缩减开支计划的成功。"王超辩解道："可是，我们厂完成销售额超过预期的百分之五，利润也达到指标。我们的合同订货量很大，需要增加销售人员和扩大生产能力，只有这样，才能进一步为公司增加收入。为了公司的利益，我们厂应免于裁员。哪个单位亏损就让哪个单位裁员，这才公平。"

刘明则说："我知道你过去的成绩不错。但是，你要知道每一位厂长和经理都会对我讲同样的话，做同样的保证。现在，每个单位必须为公司的目标贡献一份力量，不管有多大的痛苦！况且，虽然阀门厂效益较好，但你要认识到，这是和公司其他单位提供资源及密切协作分不开的。"

"无论你怎么讲，你的裁员指标会毁了阀门厂。所以，我不想解雇任何人。你要裁人就从我开始吧！"王超说完，气冲冲地走了。刘明心想："这正是我要做的。"但是，当他开始考虑如何向董事会解释这一做法的理由时，他又开始有点为此犯难了。

问题：

1. 假如你是该公司的一名常务董事，你对上述冲突过程有相当清楚的了解，你不想让王厂长因此而离开公司，但又要推动公司裁员计划的落实。试问在这样的情况下，你如何分析和处理王厂长与刘总经理的冲突？(资料来源：www.01ky.com/print.php?id=514)

三、管理技能训练：

1. 以 3～5 人为一组，走访某一个企业，了解该企业所采取的主要沟通方式，并分别向该企业领导、员工了解他们对现有沟通方式的态度，写出访问报告或小结，在全班交流。

四、本章推荐阅读书目：

1. 刘爱华. 如何进行有效沟通. 北京：北京大学出版社，2004
2. 吴娟瑜著. 沟通管理学. 北京：中国对外翻译出版公司，2002
3. 申明，姜利民，杨万强编著. 管理沟通. 北京：企业管理出版社，1997

第十一章

控　制

学习目标：通过本章学习，要求了解控制的概念和基本前提；掌握控制的基本过程和不同类型；熟悉并能应用控制的不同方法。

关键概念：控制(Control)　预先控制(Feed-forward control)　现场控制(Same time controls)　事后控制(Reaction control)　预算(Budget)

第一节　控制概述

控制是组织在动态的环境中，为保证实现既定目标和任务而采取的检查和调整的活动或过程。控制可以理解为一系列的检查、调整的活动，即控制活动；控制也可以理解为检查和调整的过程，即控制过程。管理者进行控制的根本目的，在于保证组织活动的过程和实际绩效与计划目标及计划内容相一致，最终保证组织目标的实现。

一、控制与计划的关系

控制工作就是按照计划标准衡量计划的完成情况和纠正计划执行中的偏差以确保计划目标的实现，或适当修改计划，使计划更加适合于实际情况。

一旦计划付诸实施，控制工作对于衡量计划执行的进度、揭示计划执行中的偏差以及指明纠正的措施等，都是十分必要的。但是，控制工作远不仅限于衡量计划执行中出现的偏差，在有些情况下，正确的控制工作可能导致确立新的目标、提出新的计划、改变组织结构、改变人员配备以及在指导和领导方法上作出重大的改变等。真正的控制表明，纠正措施能够而且一定会把不符合要求的活动拉回到正常的轨道上来。因此，控制工作使管理工作成为一个连续的循环过程。在多数情况下，控制工作既是一个管理过程的终结，又是一个新的管理过程的开始。

要理解控制职能的含义，需要把控制职能与计划职能联系起来。计划和控制是同一个事物的两个方面，两者密不可分。一方面，有目标和计划而没有控制，人们可能知道自己做了什么，但无法知道自己干得怎么样，存在哪些问题，哪些地方值得改进；另一方面，有控制而没有目标和计划，结果便更加难以想象，人们将不知道要控制什么，也不会知道怎样控制。事实上，计划越明确、全面和完整，控制的效果也就越好；控制工作越是科学、有效，计划就越是容易得到实施。所以，计划和控制的效果分别依赖于对方，计划越明确、全面和完整，控制工作就越好进行，效果也就越好；而控制越准确、全面和深入，就越能保证计划的顺利执行，并能更多地反馈信息以提高计划的质量。

一切有效的控制方法首先就是计划方法，如预算、政策和规划等，选择控制的方法和设计控制系统时必须要考虑到计划的特点；计划工作本身必须要有一定的控制，如对计划的程序及计划的质量等实施控制；控制工作本身也必须有一定的计划，如对控制的程序、控制的内容等，都必须进行一定的计划。

二、控制的前提

在管理中控制有着极为重要的作用，为了保证控制职能的发挥，有三个基本前提是要充分考虑的。

1. 控制要有明确而完整的计划

一是控制要以计划为依据，即控制之前必须先有计划，否则就没有衡量的标准。计划越全面、完整，控制工作的目标就越明确，效果也就越好。二是控制工作本身也必须有计划地进行。控制工作自身应拟订计划、确定控制工作的目标、重点、要求、进度以及各种控制形式的正确使用和各种手段运用上的协调一致等。控制工作自身缺乏计划，软弱无力、混乱不堪，使控制工作放任自流，是难以取得好的效果的。

2. 控制要有组织

一要有专司控制职能的组织机构，即明确由哪个部门或个人来负责控制工作，否则，落实不到实处，仍是一句空话。二是要做好控制中的组织、协调工作，何人负责、如何配合、时间的选择、场合的确定等都应有所研究。做好这些工作的目的就是要确保整个控制工作的开展处于有效控制之中。

3. 控制要有畅通的信息反馈渠道

控制工作中的一个重要步骤就是要将计划执行情况及时反馈给管理者，以便管理者对已达到的目标水平与预期目标进行比较分析。这种信息反馈的速度、准确性如何，直接影响到控制指令的正确性和纠偏措施的准确性、及时性。因此，必须设计和维护畅通的信息的反馈渠道。信息反馈渠道的设计要抓住两点：确定与控制工作有关的人员在信息传递中的任务与责任；事先规定好信息的传递程序、收集方法和时间要求等事项，有了畅通的信息反馈渠道，控制工作才能卓有成效地进行下去。

三、控制的原理

控制论中有三个基本原理：

（1）任何系统都是由因果关系链联结在一起的元素的集合。元素之间的这种关系就叫耦合。控制论就是研究耦合运行系统的控制和调节的。

(2) 为了控制耦合系统的运行，必须确定系统的控制标准 Z。控制标准 Z 的值是不断变化的某个参数 S 的函数，即 $Z=f(S)$。例如，为了控制飞机的航行，必须确定飞机的航线，而飞机在航线上的位置 S 的值是不断变化的，所以控制标准 Z 的值也必然是不断变化的。

(3) 可以通过对系统的调节来纠正系统输出与标准值 Z 之间的偏差，从而实现对系统的控制。

组织是一个耦合运行系统。组织活动的全过程就是由严密的因果关系链联结起来的。无论是整个过程或其中某个阶段、某个环节，为了得到一定的产出，就必须有一定的投入。通过控制投入组织活动的资金、人力、物资、信息等，就可以控制组织活动的产出。

专栏 11-1　维纳与控制论

控制论的基本理论是维纳(N. Wiener)于 1948 年在他的名著《控制论：或关于在动物和机器中控制和通信的科学》一书中奠定的。

这部控制论的奠基性著作和香农(C.E.Shannon)的信息论在开创性著作《通信的数学理论》在同一年问世，这不是偶然的。事实上，他们两人在各自创立信息论和控制论的前后，都在几乎同样的领域内工作：维纳活跃在自动控制、通信、计算机和生物学领域，香农则在自动机、博弈、布尔逻辑、计算机、学习机和通信等方面发表了许多出色的论文。

控制的基础在信息，没有信息，控制就会是盲目的，就不能够达到控制的目的；而控制正是要从有关的信息中寻找正确的方向和策略。信息不但是控制的基础，同时又是控制的出发点、前提和控制的归宿--改变控制对象的运动状态方式，使之适合于控制者设定的目的。

正因为如此，控制论的主要奠基人之一维纳才把控制论定义为"机器与动物中的通信与控制问题"，并且指出："这类问题的关键并不是围绕着电工技术，而是围绕着更为基本的信息概念"；"工程中的控制理论，不论是关于人、动物还是机器，都不过是信息理论中的一部分罢了"。(资料来源：编者根据相关资料编写整理)

四、控制的类型

管理系统作为一种控制系统，由于管理对象不同，管理目标不同，系统状态不同，所运用的控制方式也不同，因此形成了不同的管理控制类型。管理控制的类型是多种多样的，各种控制类型也不是相互排斥的，为有效地实现管理的目标，往往是多种控制类型交叉使用。对于同一个管理系统，可以从不同的角度划分控制的类型。

1. 按控制点的位置划分类型

控制活动可以按控制点处于事物发展进程的哪一阶段，而划分为预先控制、现场控制和事后控制三种类型。

1) 预先控制

预先控制(图 11.1)，亦称前馈控制或事前控制，强调的是"事前"控制，即在实际问题发生之前就采取管理行动，避免预期问题的出现。预先控制是充分利用各方面的信息，来预测由于外部干扰和输入变量之间的相互作用对系统行为的影响，以及这种影响使系统在运行过程中可能产生的偏差，并据此对系统的输入作出相应的调整，以实现控制。预先控制是在系统产生偏差之前进行，因此，可以使系统更快地接近目标。

控制系统通过信息反馈及行动调节，来保证系统的稳定性，所以，反馈调节的速度必须大于控制对象的变化速度，否则，会在调节中发生振荡现象。由于时滞的存在，使得适时的信息也难以得到适时的控制，致使事后控制就成为一件事后的补救措施。为了解决这一问题，采取预先控制可以收到较好的效果。预先控制又称为指导未来的控制，它可以在一定程度上减少由于时滞作用带来的损失。它的具体做法是不断利用最新的信息进行预测，把所期望的结果同预测的结果进行比较，采取措施使投入和实施活动与期望的结果相吻合。

预先控制的着眼点是通过预测被控制对象的投入或者过程进行控制，以保证获得所期望的产出。这就解决了时滞所带来的问题。预先控制的关键是要求对系统的偏差及产生的原因进行准确的预测。但是，即便是实行了预先控制，主管人员仍然要对输出结果进行测量、衡量和评价，因为不可能期望预先控制是完美无缺的，以致使人相信最终结果一定是完全符合要求的。

预先控制的主要目的是防止问题的发生，而不是当问题出现时再予以补救。要实现这个目的，及时、准确的信息以及对活动未来结果的预测就显得尤为重要。通常，管理者对此可以分两部分工作来进行：一是检查活动所需各种资源的准备情况和保证程度；二是分析影响活动的各种因素，预测活动可能的结果。如果资源不能充分保证，或者预测结果不能满足要求，管理者就必须采取相应的措施，要么督促相关人员加强有关工作，否则就必须对计划或者执行程序做必要的调整。

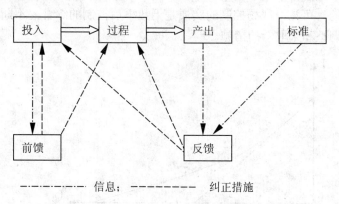

图 11.1　预先控制

预先控制是管理者最渴望采取的控制类型，因为它能避免预期出现的问题。如在企业中，制定一系列规章制度让员工遵守，进而保证工作的顺利进行；为了生产出高质量的产品而对原材料质量进行控制等，都属于预先控制。

与事后控制和现场控制相比，预先控制具有许多优点。首先，预先控制是在工作开始之前进行的控制，因而可防患于未然，避免了事后控制对于已铸成的差错无能为力的弊端。其次，预先控制适用于一切领域中的所有工作，企业、学校、医院、军队都可运用这种控制方法。因而，预先控制比现场控制的适用范围更广。再次，预先控制是在工作开始之前，是针对某项计划行动所依赖的条件进行控制，不针对具体人员。因而不会造成心理冲突，易于被职工接受并付诸实施。但是，实施预先控制的前提条件也较多。它要求管理者拥有大量准确可靠的信息，对计划行动过程有清楚的了解，懂得计划行动本身的客观规律性并要随着行动的进展及时了解新情况和新问题，否则就无法实施预先控制。

2) 现场控制

现场控制(又称同期控制、过程控制、事中控制、跟踪控制、同步控制)，是指在活动进行的过程中，对活动中的各种因素予以控制。管理者采用现场控制的方法，可以及早发现活动与计划的偏差，以便及时采取纠偏措施，在发生重大问题之前及时纠正。例如，生产制造活动的生产进度控制、每日情况的统计报表、每日对住院病人进行临床检查等都属于现场控制。

现场控制的基本原理可以用狗追兔子的例子来说明，如图 11.2 所示。假定狗在 Y 轴上的 $P1$ 点，发现了位于 X 轴上 $X1$ 点的兔子，于是狗急起直追，而兔子则沿 X 轴向前逃窜。当狗跑到 $P2$ 点时，发现兔子已逃离 $X1$ 点，于是调整方向直奔 $X2$ 点。兔子不断向前跑，狗则不断调整方向追捕兔子。狗的运动轨迹是由若干条直线形成的折线，当折线无限细分后则趋近于一条曲线，这条曲线就被称为"追捕曲线"。这条曲线上的每一点的切线都指向每一瞬间兔子的位置。由于兔子跑动，狗不断地采取措施，调整前进的方向，以求达到尽快抓到兔子的目的。可见，现场控制的实质是无数事后控制的综合，不断采取措施，不断得到反馈，不断调整和采取新的措施。

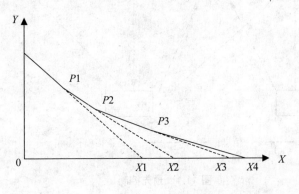

图 11.2　现场控制

现场控制具有指导的职能，有助于提高工作人员的工作能力和自我控制能力。但是，现场控制也有很多弊端。首先，运用这种控制方法容易受管理者的时间、精力、业务水平的制约。管理者不能时时事事都进行现场控制，只能偶尔使用或在关键项目上使用现场控制。其次，现场控制的应用范围较窄。对生产工作容易进行现场控制，而对那些问题难以辨别、成果难以衡量的工作，如科研、管理工作等，几乎无法进行现场控制。最后，现场控制容易在控制者与被控制者之间形成心理上的对立，容易损害被控制者的工作积极性和主动精神。所以，无论对于什么性质的组织，现场控制都不可能成为日常性的控制方法，而只能是其他控制方式的补充。

最常见的现场控制方式是直接视察。当管理者直接视察下属的行动时，一方面，管理者可以随时发现下属在工作中与计划要求相偏离的现象，从而及时采取措施，马上进行纠正，将问题消灭在萌芽状态，避免已经产生的问题对企业不利影响的扩散。另一方面，管理者有机会当面解释工作的要领和技巧，纠正下属错误的作业方法与过程，从而可以提高他们的工作能力。

3) 事后控制

事后控制，亦称反馈控制，是指活动结束后，通过活动结果与计划的比较，肯定成绩，分析不足，总结经验和教训，为后续的计划提供参考与借鉴。事后控制是根据反馈原理对系统进行调节的一种方式，是施控系统根据反馈信息通过调节受控系统的输入来实现控制目的。对管理控制系统而言，为了对控制对象进行调节和纠正偏差，必须对控制对象进行有效的再控制，即不断从控制对象那里了解运行结果的信息，然后控制机构向控制对象发出再控制信息，这样才能进行有效的控制。这种不断从控制对象获得有关控制效果的信息的过程，就是控制系统的信息反馈过程，信息反馈是保证系统运行达到预期目标的前提。在控制系统中，控制机构和控制对象之间相互作用体现为控制与反馈的关系。当目标确定后，控制部分和被控制部分已没有明显区别，已处于同等地位而互相协调，以达到系统的目标。例如，企业对不合格产品进行修理，发现产品销路不畅而减产、转产或加强促销努力；学校对违纪学生进行处理等，都属于事后控制。

事后控制是一个不断提高的过程，它的工作重点是把注意力集中在历史结果上，并将它作为未来行为的基础。事后控制并不是最好的控制，但它目前仍被广泛地使用着，这是因为有许多工作，现在还没有有效的预测方法，而且受主、客观条件的限制，人们往往会在执行计划过程中出现失误。事后控制是企业管理中最常用的控制类型，在生产、营销、人力资源管理等方面均有广泛的应用。在组织中应用最广泛的事后控制方法有：财务报告分析、标准成本分析、质量控制分析、工作人员成绩评定等。

事后控制是面向未来的。由于它是在活动结束后进行的，因此对已经形成的活动结果不可能产生任何影响，但对后续活动的计划、实施等却有非常重要的作用。所以，为了不断提高组织的工作效率、管理水平，采用事后控制是十分必要的，更何况在许多情况下，事后控制是唯一可用的控制手段。

与预先控制和现场控制相比,事后控制在两个方面要优于它们。首先,事后控制为管理者提供了关于计划的效果究竟如何的真实信息。如果反馈显示标准与现实之间只有很小的偏差,说明计划的目标是达到了;如果偏差很大,管理者就应该利用这一信息使新计划制定得更有效。其次,事后控制可以增强员工的积极性。因为人们希望获得评价他们绩效的信息,而反馈正好提供了这样的信息。

事后控制的最大弊端是在实施矫正措施之前,偏差就已经产生。但人们可以通过事后控制认识组织活动的特点和规律,为进一步实施预先控制和现场控制创造条件,进而实现控制工作的良性循环,并在不断的循环过程中,提高控制效果。

预先控制、现场控制和事后控制这三种控制方式互为前提、互相补充。在实际控制工作中,不能只依靠某一种方式进行控制,必须根据实际情况,综合运用各种控制方式,以提高控制效果。

专栏 11-2 扁鹊的医术

魏文王问名医扁鹊说:"你们家兄弟三人,都精于医术,到底哪一位最好呢?"扁鹊答:"长兄最好,中兄次之,我最差。"

文王再问:"那么为什么你最出名呢?"

扁鹊答:"长兄治病,是治病于病情发作之前。由于一般人不知道他事先能铲除病因,所以他的名气无法传出去;中兄治病,是治病于病情初起时。一般人以为他只能治轻微的小病,所以他的名气只及本乡里。而我是治病于病情严重之时。一般人都看到我在经脉上穿针管放血、在皮肤上敷药等大手术,所以以为我的医术高明,名气因此响遍全国。"

管理心得:事后控制不如事中控制,事中控制不如事前控制,可惜大多数的事业经营者均未能体会到这一点,等到错误的决策造成了重大的损失才寻求弥补。即使请来了名气很大的"空降兵",结果于事无补。(资料来源:http://wenku.baidu.com/view/2f1f78c30c22590102029d25.html)

2.按控制源划分类型

按照控制源划分,可以把控制分成正式组织控制、群体控制和自我控制三种类型。

1)正式组织控制

正式组织控制是由管理人员设计和建立起来的一些机构或规定来进行控制,如规划、预算和审计部门等是正式组织控制的例子。组织可以通过规划指导组织成员的活动;通过预算来控制消费;通过审计来检查各部门或各个人是否按照规定进行活动,并提出更正措施。

2)群体控制

群体控制是由非正式组织基于群体成员的价值观念和行为准则来加以维持的。非正式组织中的行为规范,虽然没有明文规定,但非正式组织中的成员都十分清楚它的内容,都知道如果自己遵循这些规范，就会得到奖励，这种奖励可能是获得其他成员的认可，也可能是强化了自己在非正式组织中的地位。如果违反了这些行为规范就可能遭到惩罚，这种惩罚可能是遭到排挤、讽刺，甚至被驱逐出该组织。群体控制由于是通过非正式组织来左右人们的行为，处理得好则有利于达成组织的目标，处理得不好将会给组织带来很大的危害。

3)　自我控制

自我控制是个人有意识地去按某一行为规范进行活动。自我控制的能力取决于个人本身的素质。具有良好修养的人一般自我控制能力较强，顾全大局的人比仅看重自己局部利益的人有较强的自我控制能力，具有高层次需求的人比具有低层次需求的人有较强的控制能力。

3．按逻辑发展划分类型

按逻辑发展可以把管理控制划分为试探性控制、经验控制、推理控制、最优控制四种类型。

1)　试探性控制

试探性控制也叫随机控制，是一种最原始的控制类型，也是其他控制类型的基础。试探性控制是完全建立在偶然机遇的基础上的，是"试试看"思想在控制活动中的体现；是在人们对解决问题的必须条件不了解，对控制对象的性质不清楚的情况下所能采取的唯一办法。试探性控制在成功的同时，常常伴随着失败，这种控制方式有较大的风险，对事关重大的活动，一般不宜采用这种控制。在人类社会发展的初期，人们对客观事物的认识很有限，因而常采用试探控制。但是，人们对客观世界的探索是无止境的，无论科学怎样发达，客观世界总会存在尚未被认识的事物，当不能用其他方法来控制对象时，试探性控制往往成为人们唯一可采用的办法。

2)　经验控制

经验控制也叫记忆控制，是一种应用广泛的控制类型。试探性控制所得的直接成果就是经验，把由试探性控制得出的结果用于指导下一次控制，就是经验控制。

在经验控制中，最重要的是经验的可靠性。这包括两层意思：一是真实性；二是必然性。真实性是指能反映解决问题的正确方法，如果把失败的经验当作成功的经验加以运用，就会导致失败。必然性是指经验能反映事物的内部规律性。偶然的经验虽是真实的，但它不反映事物的规律性，不能用来指导以后的行动。需要注意的是，事物是不断发展变化的，而经验都是从已做过的事情中总结的。如果对新问题的处理，对具体情况不作详细的分析，一味照套过去的成功经验，或者把某一时的经验当作教条，不允许越"雷池"一步，这样的控制就达不到目的。

3)　推理控制

推理控制也叫逻辑控制，是试探性控制和经验控制相结合的产物，它通过中间起过渡作用的媒介实现控制，因此又叫共轭控制。

推理控制就是根据事物之间的相似性,用类比的方法将对一种事物的控制方法用于对另一种事物的控制。由于推理控制归根到底是使用别处的经验,所以也叫经验转移。其关键是两个控制对象的相似性,否则,就不能把对某一控制对象的控制方法用于另一控制对象。

4) 最优控制

最优控制是控制类型发展的高级阶段,是在前三种控制类型的基础上,通过精确地分析和推导得出的,是"选优求好"的思想在控制活动中的具体体现,是人们主观能动性高度发挥的产物。所谓最优控制就是符合最优标准的控制,其主要特征是,不仅要保证实现控制的目的,而且强调要在较短时间内,以尽可能少的人力、物力、财力消耗(即系统的输入)来实现控制;或者,在同样的时间、资源条件下,使系统的输出达到最佳目标状态。这就要求在实际控制前或控制过程中,提供多种可供选择的方案,以便在实际控制时,能够有所选择,使受控系统能够达到尽可能好的结果。

4．按控制的方式划分类型

按控制的方式划分,控制可分为间接控制和直接控制。

1) 间接控制

间接控制是通过检测结果追查偏差发生的原因,然后找到责任者,督促其改变操作行为的一种控制方式。这种控制方式在管理中简单易行,容易被人们所接受,实际效果也不错。

间接控制的缺陷也是比较明显的。因为间接控制的有效性实质上是建立在这样的假设基础上的:第一,偏差发生后,都能找到原因和责任者;第二,个人对偏差后果负责;第三,能及时拿出正确的矫正措施。但实际管理过程中,情况并不完全如此:第一,寻找原因需要耗费时间、人力、物力,有时甚至得不偿失;第二,偏差原因和责任者一时找不到,即使能找到60%,那么还有40%没找到,仍然具有较大的不确定性;第三,就是找到了偏差原因和责任者,但错误已经存在,不良后果已成事实;第四,迅速采取的矫正措施是否正确、有效,要等下一轮输出结果才能见分晓。因此,不少西方管理者和管理学家们比较倾向和重视采用直接控制的方式。

2) 直接控制

直接控制是直接检查操作者是否按照规定要求执行的一种控制方式。直接控制的特点是:第一,直接对操作者的行为和工作过程加以控制,可以减少偏差的发生;第二,可以减少间接控制中用于检测偏差、寻找原因和责任者的时间与费用;第三,直接控制取得的心理效果好,鼓励下属自我约束、自我控制、自觉修正错误。

当然,直接控制也是建立在以下假设基础上的:第一,按操作要求和规则去办,操作人员绝不会犯错误;第二,输出结果、操作要求与规则的执行是完全一致的,是因果必然关系,甚至操作要求和规则可以直接成为衡量结果的标准。从直接控制方式假设的基础可以看出,直接控制的关键是操作要求和规则必须完全科学、非常正确,否则,它将失去与间接控制方式相比较的全部优点。

第二节 控制的过程与方法

无论在什么地方，也无论控制的对象是什么，都要遵循基本的控制过程与方法。

一、控制的过程

1. 确立标准

1) 控制标准及其种类

控制标准是人们检查和衡量实际工作及其结果(包括阶段结果与最终结果)的规范，是由一系列计划目标构成的。标准是进行控制的基础，没有一套完整的标准，衡量绩效或纠正偏差就失去了客观依据。

控制标准一般包括数量标准和质量标准两部分。前者具有明确、可证实、可度量等特点，在管理中被广泛采用，是企业各种控制标准的主要构成部分；而后者由于难以用定量方式表达，管理者往往只能借助经验和判断来形成衡量的标准，因此，具有较大的主观性，限制了它的应用。但无论是作为独立的控制标准，还是作为数量标准的补充成分，质量标准在实践中的作用是不可忽视的。

数量标准包括经验标准、统计标准和技术标准三种。

(1) 经验标准。经验标准是一种估计的标准，它是在缺乏统计资料和客观依据的情况下，根据管理人员的经验，通过判断、评估等确定的标准。显然，采用这种方法来建立控制标准时，带有较大的主观性。因此要注意利用各方面管理人员的知识和经验，综合大家的判断，给出一个相对先进合理的标准。

(2) 统计标准。统计标准是一种历史性标准，是利用各种历史数据，采用统计方法建立的控制标准。采用这种方法确定的标准由于有历史资料作依据，因此具有较高的可靠性和准确性，实施起来也容易为组织成员所接受。不过，统计标准受历史数据水平及准确性的限制，以及立足于根据历史推断未来的前提，所以其应用也有一定的局限。

(3) 技术标准。技术标准通常也称为工程标准，它是根据事物的内在联系，采用科学的测量和计算方法，并经过科学分析确定的标准。技术标准准确性高，具有较强的稳定性，所以，在企业中一般都采用标准文件的形式把它法制化，如产品质量标准、材料消耗定额、工时定额等。通常国家或国际机构也制定相关的产品质量标准，企业可以根据自己的技术水平和市场竞争要求选择采用。

专栏 11-3 SDS——"标准时间数据系统"

工程方法的重要应用是用来测量生产者个人或群体的产出定额标准。这种测量又称为时间研究和动作研究，它是由 F. W. 泰罗首创的。经过几十年甚至上百年的实践和完善，形成今天所谓的"标准时间数据系统"(Standard Data System，缩写为 SDS)。这是一种计算机化的工时分析软件，使用者只要把一项作业所规定的加工方法分解成相应的动作元素，输入计算机，就可以立刻得出完成该项作业所需要的工时。SDS 的特殊之处在于，它可以在待定工时的作业进行之前，就将整个作业的工时预先确定下来。SDS 的这一特点，决定了它可以用于成本核算、决定一个特定零部件是自制还是外购以及决定一项业务是否应当承揽等工作。(资料来源：编者根据相关资料编写整理)

2) 控制重点与标准的选择

一般而言，选择什么样的控制标准与所控制的对象有关，不同的控制对象需要不同的控制标准。因此，确定控制标准实际上就是要选择需要控制的对象。理论上，企业经营过程中所有的经营因素都应该成为控制的对象，但实际上是不可能的，也是没有必要的。在实践中，应该结合企业的具体情况选择一些关键环节作为控制的重点，而对其他因素则可以进行一般性的控制。

3) 控制标准水平的确定

在确定控制标准的过程中，除了选择标准的种类外，对其水平的确定也是一项十分重要的工作。合理、恰当的标准水平有利于保证控制系统的有效性，促进实际工作能力不断提高；反之，则可能使控制系统流于形式，收不到预想的效果。

一般，控制标准的水平确定应该遵循以下几条原则：

(1) 计划目标导向原则。所有的控制标准都应该围绕计划目标确定其水平。对于企业最终经营成果的控制，标准水平一般直接由企业的经营目标决定，即计划目标。但对于中间各环节的控制，标准水平却有着较大的不同，一些标准水平可以通过经营目标的层层分解得到，而另外一些则可能与经营目标没有直接的联系，需要根据控制点对经营目标保证程度的要求来确定。

(2) 先进合理性原则。标准的水平应该保证其先进合理性，也就是说既要有先进性，也要有一定的合理性，要使大多数人经过努力可以达到。标准水平太低，轻易就可以达到，这显然是管理者不愿意看到的，也不能起到激励员工的作用。标准水平太高，多数员工经过努力也无法达到，他们就会放弃对目标的追求，员工的工作积极性也会受到极大的挫伤。

(3) 适度柔性原则。控制标准一旦确定下来，应该具有一定的严肃性，但这种严肃性不应该成为一种限制，应该允许员工在具体工作中根据不同的情况灵活执行。标准应具有一定的弹性。标准建立起来后，可能在一段时期内保持不变，但环境却在不断地变化，所以，控制标准应对环境变化有一定的适应性，特殊情况能够做到例外处理。

除此之外所制定的控制标准还应该满足以下几方面的要求：

(1) 要使标准便于对各部门的工作进行衡量，当出现偏差时，能找到相应的责任单位。如成本控制，不仅要规定总生产费用，而且要按成本项目规定标准，为每个部门规定费用标准等。

(2) 建立的标准都应该有利于组织目标的实现。对每一项工作的衡量都必须有具体的时间幅度、具体的衡量内容和要求。

(3) 建立的标准应尽可能地体现出一致性。管理工作中制定出来的控制标准实际上就是一种规章制度，它反映了管理人员的期望，也为人们提供了努力的方向。控制标准应是公平的。如果某项控制标准适用于每个组织成员，那么就应该一视同仁，不允许个别人搞特殊化。

2. 衡量绩效

1) 绩效衡量的基本要求

控制过程的第二步是衡量实际绩效，即以控制标准为依据，对实际工作各阶段进行检查、比较，从而确定实际绩效与标准之间的偏差，为下一步采取必要的纠正措施提供依据。

为了使绩效衡量工作更加有效，企业的绩效衡量工作必须满足以下四点要求，即实用性、可靠性、及时性和经济性。

(1) 实用性。衡量的结果应该方便管理人员对绩效的正确评价，有利于纠正措施的实施，具有实用性。

(2) 可靠性。衡量实际绩效必须采用客观、公正、一致的方法和手段，同时务求准确，使绩效与计划的比较能够真正反映所存在的问题。这一点对于实际绩效中数量成分的衡量来说较容易实现，而对其中质量成分的衡量则需要特别注意，应尽量避免主观因素的影响。

(3) 及时性。绩效的衡量应该是及时的，并且衡量的结果能够快速传递到相关人员手中，以便适时采取措施防止偏差的扩大。如果衡量不具及时性，那么其结果也就失去了控制意义。这一点对于涉及较多变动因素的动态控制系统来说尤为重要。

(4) 经济性。绩效的衡量还应该考虑经济因素。绩效的衡量都不同程度地需要付出精力、时间、费用等，即具有一定的成本。经济性就是要求在满足控制工作需要的前提下，尽可能地采用低成本的衡量方法，从而使控制工作的总成本降低。

2) 衡量实际绩效的方法

衡量实际绩效首先需要收集反映实际运行状态的信息，然后才能根据这些信息与标准的比较确定是否存在偏差，因此，衡量绩效实质上就是信息的收集与处理的过程。

通常管理者用于收集信息的主要途径有以下四种：亲自观察、分析报表资料、召开会议和抽样调查，这些都是衡量实况所常用的方法。

(1) 亲自观察可亲眼看到工作现场的实际情况，还可通过与工作人员现场交谈来了解工作进展及存在的问题，进而获得真实而全面的信息。但是，由于时间和精力的限制，要求主管人员对所有工作活动都亲自观察是不可能的。

(2) 利用报表和大量的统计资料了解工作情况也是常用的方法。这种方法节省时间，但获取的信息是否全面、准确，往往依赖于报表资料本身。

(3) 召开会议，让各部门管理者汇报各自的工作近况及遇到的问题，这既有助于管理者了解各部门工作的情况，又有助于加强部门间的配合协作。

(4) 抽样调查是对从整批调查对象中抽取出的部分样本进行调查，并把结果看成是整批调查对象的近似特征，这种方法可节省调查成本及时间。

3) 提高衡量绩效的有效性

在实践中，绩效衡量不仅仅是收集信息，然后比较这么简单，还必须使绩效的衡量更有效，以便能够更好地为管理者服务。但如何提高衡量工作的有效性呢?以下提供几点建议：

(1) 利用预警指标。预警指标是指能够预示可能出现较大问题的一些因素，例如，车间较多的事故可能预示着工作条件的恶化或者工人出现不满情绪，产品返工数量的增加可能预示着质量控制的欠缺或者生产组织的不合理等。显然，充分利用预警指标可以及时发现在实际工作中潜藏的一些问题，如果能够及早解决就可以避免发生较重大的问题。

但预警指标应该在经过认真分析的基础上使用，因为有时引起指标变动的因素可能不是企业内部的原因，而是由企业无法控制的外部因素导致的。例如，企业新客户的减少，其原因既可能是市场拓展投入不足，也可能是市场竞争的加剧，因此需要进一步地分析才能确定。

(2) 确定合适的衡量频度。衡量频度是指一段时间内对同一控制对象衡量的次数。衡量频度过大或者过小都会影响衡量的有效性，衡量过多不仅会增加相关费用，而且可能会引起作业人员的不满，并因此影响他们的工作；而衡量过少，则可能使许多重大的偏差不能及时发现，因而不能及时采取措施纠正。

一般而言，衡量频度的大小取决于被控制对象的性质和控制的要求，如果控制对象处于不稳定状态，或者控制要求较高，则衡量频度就应该大一些；反之，就应该小一些。

(3) 及时处置衡量结果。衡量结果出来以后，及时地处置也是有效性的重要保证。一般情况下，衡量结果应该立即送达有权对偏差作出纠正决策的负责人手中，以便及时采取措施；同时，还应该及时通知被控制对象的直接负责人以及相关的服务或配套部门，以便纠正措施能够很好地执行。

(4) 建立信息管理系统。对于大多数管理者而言，每天面对大量各种来源的信息，如果没有恰当的处理手段，很难想象他们能够及时处理各种衡量结果，并迅速采取恰当的纠正措施。事实上，现实中大量的不精确、不完整、过多或延误的信息严重地阻碍着他们的行动。建立管理信息系统是解决这一问题的重要途径。

建立有效的信息管理网络，通过分类、比较、判断、加工，可以提高信息的真实性和清晰度，同时也可以将杂乱的信息变成有序的、系统的、彼此紧密联系的信息，并能在正确的时间、以正确的数量提供给管理者，极大地方便管理者的工作，提高他们的工作效率。

3. 纠正偏差

即纠正偏差的过程。控制过程的最后一个步骤就是根据绩效衡量的结果，采取必要的措施纠正偏差。这时实际工作与计划的偏差是已知的条件，而问题则是针对偏差究竟应该采取什么样的措施。为了得到这个问题的答案，需要知道引起偏差的原因，需要清楚应该针对什么采取措施以及什么措施更有效。

(1) 偏差产生原因的分析。在具体的管理系统中，绩效偏离标准的原因是各种各样的，归纳起来主要来自四个方面：

① 标准本身不合理。如果确定的标准脱离实际、脱离现实条件，那么不管你控制多有效，也无法改变结果与标准之间偏离的现状。也就是说，原确定的标准已超出了受控对象可能的行为空间，当然无法使结果与标准一致起来。

② 控制力选择不当。由于主观认识上的问题，指挥失误、调节失度，或者是环节上安排不妥，资源的质和量不合乎要求等原因，对控制系统造成了不良影响。

③ 输入失控。控制对象不仅受"可控输入"的影响，而且还要受到"不可控输入"的干扰。如环境条件的变化，不可预测因素的增减等，都会影响控制系统的输出成效。

④ 控制对象的内部结构不合理。组织结构是组织功能的基础，如果控制对象的内部结构不合理，即使有合理有效的输入，运行结果仍会偏离预期的标准。

分析偏差的原因，目的是准确地找出影响控制系统有效运行的因素，以便为"对症下药"创造条件。所以，在分析偏差原因时，一定要采取科学的态度，深入实际，调查研究，摸透控制系统运行的过程和状态，客观地找出偏差的真正原因。如果不深入研究，粗枝大叶、主观臆想，则不仅找不到真正的原因，还可能进一步恶化已经出现的偏差。

(2) 采取恰当的纠偏措施。根据发现的偏差，找出的原因，采取有效的改进措施，使管理回到控制轨道上来，以保证预期目标的实现。管理人员可以通过发挥管理的其他职能来纠正偏差，实施控制。常见的纠正偏差的方法有：①调整原计划。如果发现原有计划安排不当，或由于内外环境的变化，不得不调整计划时，可采用此法。②改进生产技术。在管理中，达不到控制标准，生产技术上原因占很大比例。因此，采取措施，提高各方面的技术水平，才能及时处理出现的技术问题，纠正偏差，完成预定目标。③改进组织工作。④改进激励工作。控制与激励相辅相成。控制如无激励，就会失去动力，激励如无控制，就没有客观依据。因此，可以通过改进激励工作，达到控制的目的。

二、控制的方法

要对整个组织的活动进行全面控制，必须借助于各种不同的控制方式，而根据控制的对象、内容和条件的不同，又可有多种不同的控制方法。充分地了解并有效地运用这些控制方式和方法，是现代组织进行成功控制的一个重要手段。

1. 预算控制

1) 预算及预算的作用

预算是一种计划，是用数字编制的反映组织在未来某一时期的综合计划，预算通过财务形式把计划数字化，并把这些计划分解落实到组织的各层次和各部门中去，这样预算和计划相联系，且与组织系统相适应，能达到实施管理控制的目的。预算就是把计划紧缩成一些数字以实现条理化，明确资金的使用，以及用实物计量投入量和产出量等。主管人员明确了这些，就可以进行人员和任务的委派、协调和组织等活动，并在适当的时间，将组织活动的结果和预算进行比较，发现偏差及时采取措施纠正偏差，以保证组织在预算的限度内去完成任务。

预算的作用主要表现在以下四个方面：

(1) 明确工作目标。预算作为一种计划，规定了组织一定时期的总目标以及各部门的具体目标。这样就使各个部门了解本单位的经济活动与整个组织经营目标的关系，明确了各自的职责及努力方向，从各自角度去完成组织的战略目标。

(2) 协调部门关系。预算把组织各方面的工作纳入一个统一的计划之中，促使组织各部门相互协调，环环紧扣、达到平衡。在保证组织总体目标最优前提下，组织各自的经营活动。

(3) 控制日常活动。编制预算是组织管理的起点，也是控制日常经济活动的依据。在预算执行过程中，各部门应通过计量、对比，及时揭露实际脱离预算的差异并分析原因，以便采取必要措施，消除薄弱环节，保证预算目标的顺利完成。

(4) 考核业绩标准。预算确定的各项指标，也是考核各部门工作成绩的基本尺度。在评定各部门工作业绩时，要根据预算的完成情况，分析偏离的程度和原因，划清责任，奖罚分明，促使各部门为完成预算规定的目标努力工作。

2) 预算的种类

按照不同的标志可以把预算分成不同的类型：

(1) 按综合程度划分类型。一般预算(传统预算)。一般预算是以货币及其他数量形式所反映的有关组织未来一段时期内局部的经营活动各项目标的行动计划与相应措施的数量说明。

全面预算。全面预算是以货币及其他数量形式所反映的有关组织未来一段时期内全部经营活动各项目标的行动计划与相应措施的数量说明。在现代管理实践中，全面预算处于承上启下的地位，即：它以经营决策的结果为依据，是决策的继续，同时又是控制的先导与考核业绩的前提条件。它的意义在于：第一，可以使决策目标具体化、系统化、定量化，从而可以全面地协调、规划企业内部各部门各层次的经济关系与职能，使之服从于未来经营总体目标的要求；第二，由于全面预算是计划的数量说明，能够明确规定企业有关生产经营人员各自职责及相应的奋斗目标，可以使人人事先做到心中有数；第三，全面预算量化指标可作为日常控制的依据；第四，经过分解落实的预算规划目标能与个人业绩考评结合起来，成为奖勤罚懒，评估优劣的准绳。

(2) 按预算的内容划分类型。①收支预算是以货币来表示的组织经营管理的收支计划。其中最基本的是销售预算，它是表示销售预测的详细正式说明。由于销售预测是计划工作的基石，因而，销售预算是预算控制的基础。②时间、空间、原材料和产品产量预算。这是一种以实物单位来表示的预算，因为在计划和控制的某个阶段采用实物单位比采用货币单位更有意义。常用的实物预算单位有：直接工时数、台时数、原材料的数量、占用的面积、空间和生产量。此外，用工时来预算所需要的劳动力也是很普遍的。③基本建设费用预算。由于基本建设费用的来源不是随意的，要从经营中收回投资于厂房、机器设备等方面的费用往往需要很长的时间，因此，基本建设费用应尽量与长期计划工作结合在一起。④现金预算。这实际上是一种现金的收支预测，它可用来衡量实际的现金使用情况。它还可显示可用的多余资金，因而有可能编制剩余资金的投资计划。从某种意义上来说，这种预算是组织中最重要的一种控制。⑤资产负债预算表。它可用来预测将来某一特定时期的资产、负债和资本等账户的情况。这个预算表是其他预算的一个综合统计，进行此项预算的目的在于描绘出组织机构的财务情况，显示全部预算是否恰当。

3) 编制预算的步骤

一个组织要编制预算，首先必须建立一套预算制度。满足建立预算制度的先决条件有：建立和健全权责分明的组织机构；拟定完善的组织政策，以作为编制预算的基础；建立有关预算项目的预测制度，以获得编制预算的资料；建立有效的记录，以便能估计各部门的费用并能根据过去的记录检查目前的情况。建立预算制度必须估计预算制度的效益和限制，要选择好预算类型，确定预算的期限和分类，要遵循预算的编制步骤。

编制预算的步骤一般有：

(1) 上层主管人员将可能列入预算或影响预算的计划和决策提交预算委员会。预算委员会在考虑了以上种种因素后，就可估计或确定未来某一时期内的销售量或生产量(或业务量)。根据预测的销售量、价格与成本，又可预测该时期的利润。

(2) 负责编制预算的主管人员，向各部门主管人员提出有关预算的建议，并提供必要的资料。

(3) 各部门主管人员根据企业的计划和他所拥有的资料，编制出本部门的预算，并由他们相互协调可能发生的矛盾。

(4) 企业负责编制预算的主管人员将各部门的预算汇总整理成总预算，并预拟资产负债表及损益表计算书，以表示组织未来预算期限中的财务状况。最后，将预算草案交预算委员会和上层主管人员核查批准。

预算批准后，在实施过程中，必须经常检查和分析执行情况，必要时可修改预算，使之能适应组织的发展。

4) 几种常用预算编制方法

(1) 固定预算与弹性预算。在传统预算过程中，某预算期成本费用和利润都只是在一个预定的产销业务量水平的基础上编制的，这种百分之百地依赖一种业务量编制预算的方法叫固定预算。显然，一旦这种预算赖以存在的前提——预算业务量与实际水平相距甚远时(这种情况在当今复杂的市场环境中屡屡发生)，必然导致有关成本费用及利润的实际水平与预算水平因基础不同而失去可比性，不利于开展控制与考核。譬如预计业务量为生产能量的 100%，实际为 120%时，那么在成本方面实际脱离预算的差异就会包括本不该在成本分析范畴内出现的非主观因素——业务量增长造成的差异(对成本来说，只要分析单位用量差异和单位差异就够了，业务量差异根本无法控制，分析也没有意义)。弹性预算正是为了克服固定预算的缺点而设计的，它是在成本性态分析的基础上，按一系列可能达到的预计业务量水平(如按一定百分比间隔)编制能适应多种情况预算的方法。由于它能规定不同的业务量条件下的预算收支，适用面宽，机动性强，具有弹性，故称为弹性预算，也有人称之为变动预算或滑动预算。

(2) 增量预算与零基预算。所谓增量预算一般是以现有成本费用水平为出发点，结合预算期业务量水平及有关降低成本的措施，调整有关费用项目而编制预算的方法。这种预算往往不加分析地保留或接受原有成本项目，或按主观臆断平均削减，或只增不减，容易造成浪费，并使不必要的开支合理化。零基预算不是以现有费用为前提，而是一切从零做起，从实际需要和可能出发，像对待决策项目一样，逐项审议各种费用开支是否必要合理，进行综合平衡，从而确定预算成本的一种方法。该法自 20 世纪 60 年代由美国人提出来之后，至今已被西方发达国家制造企业作为间接费用预算的编制方法。

5) 预算的局限性

预算是一种普遍使用的行之有效的计划和控制方法，但它也存在着一些不足之处：

(1) 容易导致控制过细。某些预算控制计划是如此全面和详细，以致束缚了主管人员在管理本部门时所必需的自主权，出现了预算过细过死的危险。

(2) 容易导致本位主义。预算目标有时会取代组织目标，因为有些主管人员只把注意力集中在尽量使自己部门的经营费用不超过预算，而忘记了自己的职责首先是要千方百计地去实现组织的目标。

(3) 容易导致效能低下的缺点。通常是在往年成果的基础上按比例增长来编制预算，所以，许多主管人员也常常以过去所花的费用作为今天预算的依据；同时他们知道申请多半是要被削减的，因而预算费用的申请数总要大于它的实际需要数。

(4) 预算的最大缺陷也许是它缺乏灵活性。实际情况常常会不同于预算，这种差异可以使一个刚编出来的预算很快过时。若这时主管人员还受预算约束的话，那么预算的有效性就会减弱或者消失。

2. 作业控制

当作业系统设计完成，作业计划制定并实施之后，作业控制工作就成了作业管理工作的重点。如果没有有效的作业控制工作，再完美的作业系统也可能由于一些意想不到的事情，而无法达到预期的目标。一般制造业的作业控制工作包括许多内容，这里选择其中主要的几项进行介绍，它们分别为：成本控制、采购控制、质量控制和库存控制。

1) 、成本控制

所谓成本控制，就是指以成本作为控制手段，通过制定成本总水平指标值、可比产品成本降低率以及成本中心控制成本的责任等，达到对经济活动实施有效控制的目的的一系列管理活动与过程。

成本控制首先需要控制的标准。通常企业可以采用预算成本或标准成本作为成本控制的标准。预算成本是用财务数字的形式为各部门或各项活动规定在资金、劳动、材料、能源等方面支出的额度，它是通过计算和预计得到的。标准成本则是根据企业过去一段时间各成本项目的实际情况，去除其不合理成分，通过分析确定的。对于一时无法制定标准成本的企业，可以采用过去几个月平均先进水平作为各类成本项目的标准成本，待积累经验后再确定更适宜的标准成本。当然，无论通过何种方法确定的成本控制标准，当新的技术组织措施采用后，都应该对其进行必要的调整，以适应新的控制需要。

在控制方法上，可以采用成本中心法去控制成本。各部门、分厂或车间都可以被当作独立的成本中心，其主管人员对其产品的成本负责。由于构成产品成本的不变成本或固定成本与产品生产数量无关，因此，这部分成本不列入各成本中心的控制范围，成本中心的负责人只对其单位所有直接成本负有责任。对于生产比较稳定并建立了比较完善的计算机应用系统的企业，也可以采用分级成本控制法。这种方法要求根据各成本费用发生的情况，把所有成本项目分成几级，分别由企业、分厂、车间、工段等负责，各负责单位除了保证产品成本控制在标准成本范围内之外，还有责任探求不断降低成本的方法。

2) 采购控制

对于制造企业来说，它需要输入大量的物料，然后通过转换变成各种产品。物料构成了产品成本的重要成分，在部分行业物料成本竟高达 70%左右，因此，有效地控制物料成本自然就成为企业降低成本和增加利润的重要渠道。而企业物料获取是通过采购职能实现的，所以控制物料成本很大程度上依靠采购控制。

企业采购控制的主要内容是供应商交付的物料的性能、质量、数量和价格等，和与之相关的寻找、评价、决定能够提供最好产品或服务的供应商。采购控制的目标是实现数量可以保障、质量可以接受、来源可靠，同时降低成本。目前，国内一些企业采用"比价采购"的方法，对企业的采购工作进行价格控制以降低采购成本，多数都收到了比较好的效果。

关于供应商，可以多选择一些有能力的供应商，通过他们的竞价使企业获得价格上的实惠，但真正通过购买获得竞争优势只能通过良好的供应商关系才能得到，将供应商看作对手是不对的。现在，制造业中一个迅速发展的趋势就是使供应商转变为合作伙伴。不是采用 10～12 家供应商并使他们相互竞争来获得公司的生意，而是只选择 2～3 家供应商并与他们密切配合工作来提高效率和质量。例如，摩托罗拉公司在过去几年中已与 10,000 家供应商中的 70%终止了关系，而对那些准备长期合作的供应商，公司会派自己的设计与制造工程师去供应商那里帮助处理一些难题，以提高供应商的能力。现在美国和全世界的公司都正在发展与供应商的长期关系。许多公司发现建立这种长期的合作关系，他们能获得质量更优、次品更少和成本更低的输入。

3) 质量控制

作业控制工作中另一项重要的任务是质量控制。通过有效的质量控制，企业可以及早发现作业系统中出现的各种问题，防止不合格物料进入生产过程，杜绝有缺陷的零部件流入下道工序，保证向市场提供合格产品等。总之，质量控制是通过对作业系统运行全过程的监控，确保产品质量满足预先制定的标准。

严格地讲，质量控制应该对所有的产品质量特性进行监控，但不能采取一视同仁的办法，应该对容易发生问题的特性和对产品质量具有决定性意义的特性进行重点控制，而对其他一些特性则采取一般性的控制办法。这样，即保证了质量，也减轻了质量控制的工作量。

在实施质量控制的过程中，管理应做到以下几点：①明确对产品是采用全数检测的方法还是采用抽样检测的方法。一般地，如果连续检测的成本很低或者统计结果表明出错率很高，则逐个检查每一件产品是十分有意义的，但毫无疑问，这需要花费时间和费用。抽样检测通常则花费较少，也不需要很多的人员，有利于集中精力抓好关键质量问题，但它存在一定的风险。②确定何时、何地检测。通常，在制造业中，检测可以在以下六处实施：当供应商在生产时在其厂检测；从供应商处收到货时在自己厂里检测；在不可逆转的工序之前检测；依次在生产工序里检测；完工产品检测；装运之前检测。在有条件的地方，还应该尽量采用源头检测的方法，即在有可能产生缺陷之前检测。③考虑是采用计数值检测还是采用计量值检测。前者是将产品简单地分成合格品和不合格品，并不标出缺陷的程度。例如，对灯泡的抽样检测，灯泡亮或不亮可能就决定了其合格或不合格。后者则需要设置一个可接受的偏差范围，然后衡量诸如重量、速度、尺寸或强度等指标，看是否落在可接受的范围内。任何样本在一定的范围之内是可以接受的，在一定范围之外则是不可接受的。

4) 库存控制

与企业物料采购相关的另外一项需要控制的是库存，对库存的控制不仅仅可以提供准确的关于采购数量和采购时间等信息，更重要的是通过对库存的控制，可以减少库存，降低各种占用，提高经济效益。进行库存控制可以首先借助 ABC 分类法确定不同库存物资控制的重要程度。通常，一家公司有几千种库存物资并不少见，对这些物资都进行严格的控制显然是不可能的，也是不必要的。事实证明，大多数组织库存中约 10% 的物品占年度库存总价值的 50%；20% 的物资占了总价值的 30%；70% 的物资只占 20% 的总价值。ABC 分类法正是通过对企业所有库存物资进行分析、计算把物资分成 A、B、C 三类，然后实施不同的管理：A 类物品应受到最严格的控制，因为 A 类物资的数量非常少，却占用了大量的资金；B 类进行一般的控制；C 类进行最少的控制，因为它们占用的资金很少，可以通过简单设置订货点的方式进行控制。

3. 审计控制

审计是由审计部门和人员根据有关的法律、法规制度对管理活动进行监督、审核的过程。根据审计主体的不同，可把审计分为外部审计和内部审计，按照审计的对象不同，可把审计分为财务审计和管理审计。

1) 财务审计

财务审计是以财务活动为中心内容，以检查和核实账目、凭证、财物、债务以及结算关系等为主要手段，以判断财务报表中各项记录正确无误、合理合法为目的的控制方法。因此财务审计在控制支出的合理性、保证本单位财产、严格管理会计工作、改进本单位财务状况等方面具有积极作用。

财务审计的主要方法有：

(1) 审计检查方法。这是指在审计项目实施过程中所采用的各种检验、查证方法。按检查的对象不同，又分为资料检查法和实物检查法。资料检查法亦称查账法，它是对会计凭证、账簿、报表以及其他有关资料进行检查的方法。实物检查法是指收集书面以外的信息及其载体，证实书面资料及其反映的经济活动的真实性、合法性的一种方法。

(2) 审计调查法。这是指审计人员通过调查，对被审计单位的会计资料和有关事实进行查证的一种方法。运用这种方法，针对一些重大问题，采用多种多样的具体方法，透过经济现象，发现带有倾向性的问题，有针对性地提出建议和措施，为各级领导进行决策提供依据。其具体方法包括审计查询法、观察法和专题调查法等。

(3) 审计分析法。这是指审计人员利用各种分析技术对审计对象进行比较、分析和评价的一种方法。这种方法，主要用来查找可疑事项的线索、验证和评价各种经济资料所反映经济活动的真实性、合法性和效益性。常用的审计分析方法有：账户分析法、账龄分析法、逻辑推理分析法、经济活动分析法、经济技术分析法和数学分析法等。

(4) 抽样审计法——亦称抽查或试查法。它是先从被查总体中抽取一部分资料作为样本进行审查，然后根据审查结果来推断被查总体正确性和合法性的一种方法。常用的抽样审计方法有：任意抽样审计法、判断抽样审计法和统计抽样审计法。

2) 管理审计

管理审计是一个工作过程，它以管理原理为评价准则，系统地考查、分析和评价一个组织的管理水平和管理成效，进而采取措施克服存在的缺点或问题。管理审计目标不是评价个别主管人员的工作质量和管理水平，而是从系统的观点出发去评价一个组织整个管理系统的管理质量。值得注意的是，要把管理审计和经营审计区别开来，两者的差别类似于评价主管人员的管理能力及评价主管人员在制定和实现目标方面的能力。管理审计的方法与财务审计的一般方法基本一致，其中查明事实真相是管理审计工作的最基本任务，它包括的内容有：①熟悉被查单位或部门的组织、人事、业务性质、管理制度、业务操作程序及领导关系等；②确定需要取得的资料；③查明各种业务记录，如单据、合同、函电、规章制度、账册、会议记录、总结报告等；④向各级管理人和职工调查，完成书面记录；⑤核实所得材料并进行分析，形成清楚的调查记录。

3) 内部审计与外部审计

管理控制的另一个有效方法是内部审计，即是人们所说的经营审核。从广义上说，经营审核就是企业内部的审计人员对企业的会计、财务和其他业务经营活动所作的定期的和独立的评价。内部审计提供了检查现有控制程序和方法能否有效地保证达成既定目标和执行既定政策的手段。

(1) 内部审计。内部审计简称内审，是由单位内部审计部门或人员进行审计的过程。内部审计由于情况较熟悉，一方面能针对本单位情况加强监督、审核；另一方面还能提出有关建议以利于加强控制。内部审计应加强制度化、经常化建设，以充分发挥审计部门和专职人员的作用。内部审计虽局限于对会计账户的审核，但就其最有用的方式而言，内部审计包括对经营活动的全面评价，即按预计的成果来衡量实际的成果。因此，内部审计人员除了使本身确实弄清会计账户是否反映实际之外，还要对政策、程序、职权行使、管理质量、管理方法的效果、专门问题以及经营的其他各个方面作出评价。

(2) 外部审计。外部审计简称外审，是由外单位的审计机构(如会计师事务所)和专业人员对本单位的财务和管理进行审计的过程。外部审计的特点是审计人员在行政隶属上与本单位没有依附关系，因此可以更公正地对待审计对象，按章办事。但是，由于时间和其他因素的限制，外部审计可能会由于情况不熟悉、人员不熟悉等而遇到一些困难，达不到预期的控制效果。

第三节　运营与质量管理

一、运营管理

1. 运营管理的概念

运营管理(operations management，简称 OM)就是对企业生产、交付产品或者服务的系统进行的设计、运作以及改进。运营管理主要是有关整个产品生产和交付系统的管理。生产一件产品，例如移动电话或者提供一项服务，诸如移动电话账户服务，都包括了一系列复杂的转化过程。例如，供应商采购原材料生产电话部件，诺基亚的制造工厂接收这些部件并装配成不同型号的移动电话，世界各地的分销商、经销商和仓库通过网络向它下订单，当地零售商与顾客接触并管理移动电话账户。

2. 转换过程

转换过程在各行各业中都有广泛的应用。转换过程能够将输入的资料转变成所需的产品。输入的可能是原材料、顾客，或者是另一个系统的产品。表 11.1 列出了卫生保健、教育、零售店等不同行业中不同的转换过程。总体而言，转换过程可以分为以下几个类型：

物理性转换(例如制造业)；地点的转换(例如运输业)；交易(例如零售业)仓储(例如仓储业)；生理变化(例如保健行业)；信息转换(例如电信业)。

这些转换过程并不是相互排斥的。例如百货公司允许顾客对商品的价格和质量进行比较(信息方面)，在商品卖出之前存储商品(仓储)以及销售货物(交易)。

表 11.1 典型系统的输入——产出关系

系 统	主 要 输 入	资 源	主 要 转 化 职 能	通常期望输出
医院	病人	医生、护士、药品、器械	医疗保健	健康人
饭店	饥饿的顾客	食物、厨师、服务人员、环境	美味的食物宜人的就餐环境(物理与交易)	满意的顾客
汽车工厂	钢板和引擎部件	工具、设备、工人	制造和装配汽车(物理的)	高质量的汽车
专科学院或者大学	高校毕业生	老师、书、教室	传授知识和技能(信息)	接收教育的学生
百货公司	购物者	橱窗、货物、销售人员	吸引顾客、产品促销、完成订单(交易)	销售给满意的顾客
配送中心	存货单元	储存箱、存货运送车	储存和重新配送	快速运输和存货单元的可获取性
航空公司	旅行者	飞机、员工、计划/票务系统	到达目的地	及时、安全到达目的地

3. 运营管理的发展趋势

1) 重视生产运作策略

过去，人们认为，生产运作知识执行公司的战略，无生产策略可言。随着经济全球化进程的加快，生产运作策略不仅得到了承认，而且被提到了重要的位置上。在经济全球化的形式下，生产运作管理就是要在全球范围内优化资源配置，以尽可能低的成本、最快的响应速度、制造个性化的产品和提供个性化的服务。没有生产运作战略的成功实施，就不能实现企业的整体战略。

2) 业务流程重组

业务流程重组最早于 1993 年由美国的迈克·海默(Michael Hammer)和詹姆斯·钱丕(Jame Champy)在《公司重组》(Reengineering the Corporation)这本书中提出。海默和钱丕认为，由于3C的作用，亚当·斯密的劳动分工论已经过时。首先，公众大市场已不复存在，它已经细分为更小的市场，甚至细分到每个顾客(个人或公司)。市场已完全是买方市场，对每个顾客，都要按其特殊要求生产产品或提供服务。其次，贸易壁垒的消除，使得各个国家、各个厂商的产品在同一个市场出现，谁的产品价格低、质量高、服务好，谁才能赢得顾客，公司之间的竞争已经白热化。最后，变化已经成为常规，不变倒是例外。变化在加速，急剧的技术变革推进了创新，产品生命周期从以年计算到按月计算。由于 3C 引起的环境变化，因此，任务导向的管理已经过时，公司应该围绕"流程"来组织所有的活动。创业者将"重组"定义为：从根本上对业务过程进行再思考和再设计，在现行的关键绩效(成本、质量、服务和速度)考核上取得改进。进行业务流程重组，首先要正确理解"流程"。流程是一组活动的集合，这组活动通过一种或多种输入产生对顾客有价值的输出。流程是一个整体概念，它不同于某项具体任务。要思考公司应该做什么和如何做，而不是思考如何把公司已经或正在做的事情做好；要摒弃现存的组织结构和工作程序，发明全新的工作方式，它是业务的再发明，而不是原有业务的改进和扩展。

业务流程重组强调以业务流程为改造对象和中心，以关心客户的需求和满意度为目标，对现有的业务流程进行根本的再思考和彻底的再设计，利用先进的制造技术、信息技术以及现代的管理手段，最大限度地实现技术上的功能集成和管理上的职能集成，以打破传统的职能型组织结构，建立全新的过程型组织结构，从而实现企业经营在成本、质量、服务和速度等方面的巨大改善。

3) 精细生产

精细生产(Lean Production)是一种起源于丰田和汽车制造的流水线制造方法论，是美国麻省理工学院国际汽车项目组的研究者约翰·克拉福克(John Krafoik)给日本汽车工业的生产方式起的名称。与传统的大批量生产相比，精细生产是只需要一半的生产人员、一半的生产场地、一半的投资、一半的生产周期时间、一半的产品开发时间和少得多的库存，就能生产品质更高、品种更多的产品。

精细生产既是一种原理，又是一种新的生产方式。它是继大量生产(Mass production, MP)方式之后，对人类社会和人们的生活方式影响最大的一种生产方式，是新时代工业化的象征。日本人工作上追求完美无缺，在制造上讲双"零"：零缺陷和零库存。这就是"精"和"细"，精指质量高，细指库存低。企业中的库存占用生产地面积，占用厂房、设备和人员，造成资金大量占用。不仅如此，库存还掩盖了管理中的各种问题，使企业丧失竞争力，甚至导致企业亏损、破产。当然，"细"并不完全指库存。从一般意义上说，精细生产是指对一切资源的占用少，且利用率高。资源包括土地、厂房、设备、物料、人员、时间和资金。

精细生产的基本原理是：不断改进；消除对资源的浪费；协力工作；沟通。不断改进是精细生产的指导思想，消除浪费是精细生产的目标，协力作业和沟通是精细生产的保证。

4) 供应链管理

供应链是围绕核心企业，通过对信息流、物流、资金流的控制，从采购原材料开始，制成中间产品及最终产品，最后由销售网络把产品送到消费者手中。它是将供应商、制造商、分销商、零售商，直到最终用户连成一个整体的功能网链模式。所以，一条完整的供应链应包括供应商(原材料供应商或零配件供应商)、制造商(加工厂或装配厂)、分销商(代理商或批发商)、零售商(大卖场、百货商店、超市、专卖店、便利店和杂货店)以及消费者。供应链管理就是对供应链的构成和运作的管理。

供应链管理(Supply chain management，SCM)是一种集成的管理思想和方法，它执行供应链中从供应商到最终用户的物流的计划和控制等职能。从单一的企业角度来看，供应链管理是指企业通过改善上、下游供应链关系，整合和优化供应链中的信息流、物流、资金流，以获得企业的竞争优势。供应链管理是企业的有效性管理，表现了企业在战略和战术上对企业整个作业流程的优化。整合并优化供应商、制造商、零售商的业务效率，使商品以正确的数量、正确的品质、正确的地点，正确的时间、最佳的成本进行生产和销售。

5) 敏捷制造

20 世纪 90 年代，信息技术突飞猛进，信息化的浪潮汹涌而来，许多国家制定了旨在提高自己国家在未来世界中的竞争地位、培养竞争优势的先进的制造计划。在这一浪潮中，美国走在了世界的前列，给美国制造业改变生产方式提供了强有力的支持，美国想凭借这一优势重造在制造领域的领先地位。在这种背景下，一种面向对世纪的新型生产方式——敏捷制造(Agile Manufacturing)的设想诞生了。

敏捷制造是美国国防部为了指定 21 世纪制造业发展而支持的一项研究计划。该计划始于 1991 年，有 100 多家公司参加，由通用汽车公司、波音公司、IBM、德州仪器公司、AT＆T、摩托罗拉等 15 家著名大公司和国防部代表共 20 人组成了核心研究队伍。此项研究历时 3 年，于 1994 年底提出了《21 世纪制造企业战略》。在这份报告中，提出了既能体现国防部与工业界各自的特殊利益，又能获取他们共同利益的一种新的生产方式，即敏捷制造。

敏捷制造是在具有创新精神的组织和管理结构、先进制造技术(以信息技术和柔性智能技术为主导)、有技术有知识的管理人员三大类资源支柱支撑下得以实施的，也就是将柔性生产技术、有技术有知识的劳动力与能够促进企业内部和企业之间合作的灵活管理集中在一起，通过所建立的共同基础结构，对迅速改变的市场需求和市场进度作出快速响应。敏捷制造比起其他制造方式具有更灵敏、更快捷的反应能力。

6) 大量定制生产

个性化生产与标准化生产是两种不同的生产。个性化生产是按照顾客个性化的要求生产产品，采用的是定制生产的方式；标准化生产是生产具有共性的产品，采用的是备货型的生产方式。工业革命早期的生产是个性化生产，即完全按照顾客的要求生产顾客所需要的产品。早期富有阶层乘坐的汽车，是定制生产的产品；现代订货型生产的产品(如电站锅炉、大型船舶)也是定制生产产品。定制生产虽然满足了顾客个性化需要，但效率低、成本高。由于标准化生产生产具有共性的产品，因而可以实现大量生产。大量生产要求产品标准化，由产品标准化导致零部件标准化和加工过程标准化，从而实现高效率和低成本。但是，标准化大量生产的产品不能满足顾客个性化的需要。如何以大量生产的效率和成本，生产个性化的产品，一直是人们关心而又没有很好解决的问题。

大量定制生产巧妙地将个性化与标准化结合在一起，使顾客在获得个性化的产品和服务的同时，需支付大量生产的费用。大量定制的关键是如何变顾客个性化的产品为标准化的模块。模块化使产品的部件如同标准组件一样制造，而产品的特色是通过组件的合并与修改来取得，由于这些部件或组件是标准的，因此能以大量生产方式制造，从而使大量定制产品的成本和质量与大量重复生产的成本和质量相当。因此，生产模块化是获得规模效益的关键。

二、质量管理

1. 质量管理的定义

根据 ISO8402—94《质量管理和质量保证——术语》给出的定义：质量管理是指确定质量方针、目标和职责，并通过质量体系中的质量策划、质量控制、质量保证和质量改进使其实现的所有管理职能的全部活动。

其中主要术语的含义：①质量体系是指为实现质量管理的组织机构、职责、程序、过程和资源。②质量控制是指为满足质量要求所采取的作业技术和活动。③质量保证是指为使人们确信某实体能满足质量要求，在质量体系内所开展的并按照需要进行证实的有计划和有系统的全部活动。

2. 质量管理的发展过程

质量管理的发展经历了以下三个阶段。

1) 检验阶段(20 世纪初～30 年代末)

这一阶段主要是通过检验的方式来控制和保证产出或转入下道工序的产品质量。这种做法是从成品中挑出废、次品，实际上是一种"事后的把关"。这一阶段的特点：控制和保证产品质量；事后把关。

2) 统计质量控制(20 世纪 40～50 年代末)

质量管理的重点主要在于确保产品质量符合规范和标准。通过对工序进行分析，及时发现生产过程中的异常情况，确定产生缺陷的原因，迅速采取对策加以消除，使工序保持在稳定状态。这一阶段的特点：监控异常情况，保持工序稳定。把关转变为事前预防。用统计方法。

3) 质量管理阶段(20 世纪 60 年代起至今)

1956 年，美国通用电气公司的 A.V. 费根堡姆，首先提出了"全面质量管理(TQM)"概念。他认为解决质量问题不能只是局限于制造过程，解决问题的手段也不能只是局限于统计方法。这样，质量管理由制造过程中的 SQC(统计质量控制)逐渐发展到了为了满足顾客要求所必须关注的各个方面。这一阶段的特点：不仅关注生产过程，还关注质量形成的所有环节；预防为主，不断改进。

3. 全面质量管理

自 20 世纪 50 年代以来．由于科学技术的迅速发展，工业生产技术手段越来越现代化。工业产品更新换代也越来越频繁；此时单纯依靠统计质量控制已无法满足，因为整个系统工厂与试验研究、产品设计、试验鉴定、生产设备、辅助过程、使用过程等每个环节都有着密切关系，仅仅靠控制过程是无法保证质量的。因此就要求用系统的观点，全面控制产品质量形成的各个环节及各个阶段。同时，由于行为科学在质量管理中的应用，其主要内容就是重视人的作用，认为人受心理因素、生理因素和社会环境等方面的影响，因而必须从社会学、心理学的角度去研究社会环境、人的相互关系以及个人利益对提高工效和产品质量的影响。从而发挥人的能动作用，调动人的积极性，加强企业管理。从 20 世纪 60 年代开始，进入全面质量管理(Total Quality Management，TQM)阶段。在质量管理中，也相应地出现了"质量圈"、"无缺陷运动"、"QC 小组活动"等。

90 年代后，许多中国的企业牢固地树立了质量观念，为社会生产出高质量的产品，这其中不仅有中国第一品牌海尔，还有神龙汽车及新飞冰箱。一些企业引入了质量圈管理，如：华为的生产车间的质量圈管理，它们一般为 4、5 人，大多是生产一线员工，车间里把各圈成员的集体照贴出来，附上他们的工作目标和计划，年终时会评比"最佳质量圈"并给予相应的奖励，运用质量圈管理，调动了生产员工的积极性，员工自主参与，许多新的创意和想法不断地涌现，产品质量有了很大提高。

ISO9000 质量标准对全面质量管理的定义：全面质量管理是指一个组织以质量为中心，以全员参与为基础，目的在于通过让顾客满意和本组织所有成员及社会受益而达到长期成功的管理途径。

全面质量管理改变了原来质量管理的概念，引入了新的观念、新的理念，即从原来检查最终产品或服务变为监控产品的生产全过程。TQM 的出发点就是预防产品质量问题的发生：这一管理方法核心表现在三个方面：第一是永无止境地推进质量改进，也就是人们所说的持续改进；第二是全员参与；第三是追求顾客满意度，要不断地满足或超出顾客的期望。TQM 强调将质量看作公司运作的整体要素(见图 11.3 所示)。其一般使用的工具包括：

(1) 统计工序控制(Statistical Process Control，SPC)，包括使用工序流程图、检查表、帕雷托分析和直方图、因果(或鱼骨)图和趋势图等工具。质量小组常通过这种方式来解决质量问题，并进行持续改善。

(2) 质量功能展开(Quality Funcaon Deployment，QFD)，管理者尝试用这种方式将顾客的要求反馈到组织中。

(3)质量控制部门的常用工具主要是该部门的质量专职人员使用的统计质量控制(SQC)方法，包括抽样方案、工序能力和田口方法。

图 11.3　全面质量管理的要素

专栏 11-4　FPL 推销全面质量管理

作为美国第一个获得日本极负盛名的质量奖——戴明奖的佛罗里达电力公司(FPL)已经成为美国企业质量专家的一个聚集点。参观者对 FPL 的质量部门——公司事业部的 1800个质量改进小组惊奇不已，正如质量办公室的一位主管——托马斯·伯龙所说："对于我们做的每一件事，我们层层检查"。

当佛罗里达南部人口猛增时，面对骤然增加的对动力的需求，管理者感到措手不及，尽管公司的管理者采取一系列措施预防动力生产线质量下降的问题，使公司收入上张 13%，达到 53 亿美元，但利润只有 4.12 亿美元，下降了 8%。

在这种情况下，很多企业会放弃质量管理计划，但是 FPL 没有。公司事业部反而修改了全部的质量管理步骤，并把重点放在降低成本上。现在 FPL 的生产线相当乐观，利润上涨长了 23%，达到 5.724 亿美元。并借助于戴明奖带来的声誉，FPL 成立了质量咨询公司——FPL 质量服务咨询公司。它拥有 52 个咨询员及遍布世界各地的 100 多个委托人，包括美国西部公司的英国核电站，公司每年的收入超过 1300 多万美元。

FRL 咨询公司操作的步骤并不复杂。首先，要说服管理者放弃陈旧的质量观点，咨询员把从最高执行者到中层管理者分成组来讨论质量，告诉他们如何使质量成为一种创造更多效益的手段，然后在由管理者和蓝领工人组成的小组之间进行讨论，当每个人对质量管理达成一致时，咨询公司对公司的运转方式做一个总结，对那些可以创造经济效益的质量改进方法加以肯定。

在"美国总统航运公司"——总部设在加利福尼亚奥克兰市的航运公司，FPL 咨询员瓦泊在横渡太平洋之后，提出了 45 种方法作为保证美国总统航运公司顺利航运的关键。瓦泊推荐了大量的方法，比如缩短海关官员清点文书时间的工作等，其中关于装载货物和应付时间表的建议有 25 条，都是针对消费者提出的。

不是所有的咨询员都有时间巡游。因为更多的公司在急切地盼望从质量中带来切实盈利的同时，也需要更快的结果。FPL 咨询公司现任总裁说，委托人经常重复一句话："12个月到 18 个月？你能保证哪个更好吗？"

作为答复，咨询公司已经由咨询员和管理者组成"涡轮团队"，在几个星期内逐步展开质量计划。为了帮助委托人，公司正在开发新的电脑软件，用来测定销售收入、投资回收等与质量成本对应的预期经济效果。(资料来源：周延鲸，熊钟琪，国外企业创新案例选，2005 年，长沙：国防科技大学出版社)

很多大公司成功实施了 TQM 项目。TQM 的成功得力于公司内部每个人的无私奉献和通力合作，正像定义中所说的那样，高层管理者必须起到支持与保障作用并积极介入，否则，TQM 将仅仅是一种时尚，昙花一现。

4. 六西格玛法

1987 年，美国摩托罗拉公司通信业务部的乔治·费舍首先提出六西格玛(Six Sigma)的概念。所谓六西格玛，即企业在百万件次操作中只有 3～4 次出现了错误。如当时的摩托罗拉虽有一些质量管理方针，但没有统一的质量策略，同很多美国和欧洲的其他公司一样，其业务正被来自日本的竞争对手一步一步地蚕食，为了提高产品质量的竞争力，六西格玛这一创新的改进概念在摩托罗拉全公司得到大力推广。采取六西格玛管理模式后，该公司每年生产率显著提高。到了 20 世纪 90 年代中后期，通用电气公司的总裁杰克·韦尔奇在全公司实施六西格玛管理法并取得辉煌业绩，使得这一管理模式真正名声大振。

六西格玛法是一种管理业务和部门的系统方法，表现为：它把顾客放在第一位，利用事实和数据来驱动人们更好地解决问题。六西格玛法主要致力于 3 个方面的改善：提高顾客满意；缩短工作周期；减少缺陷。这些方面的改善通常意味着业务费用的显著节省，留住客户机会的增加以及提高产品和服务的声誉。六西格玛法不仅仅是一种质量改进方案，还是一种业务改进方案。要达到六西格玛的目标，需要的不仅是细微的、逐渐的改善，而且还要在管理的各个方面实现突破性进展。

专栏 11-5 六西玛法为花旗银行带来惊人效益

最初六西格玛法主要用于制造业。事实上，现在国际上六西格玛法的实施重点已不再是制造业，而是零售、金融等服务行业。国际金融巨头花旗银行正是在全球范围内实施诸如周期缩短管理策略，辅以利用六西格玛法检测缺陷之后，在业务流程时间线、现金管理、客户忠诚度以及满意度等方面取得显著提高。

1997 年，花旗银行聘请外部咨询顾问，向员工讲授六西格玛法和周期缩短管理策略，并且成立 50 人的工作团队，团队的成员来自于业务的各个部门，其中也包括来自公司最基层的员工，这些员工因为对基层工作最为熟悉，所以对业务流程有着独具价值的认识；同时管理层也授予这个跨职能团队特殊的权利，让他们实施缩短周期和提供顾客满意度的变革措施。

在实施了六西格玛法和周期缩短管理策略后，花旗银行很多集团都通过周期缩短取得了惊人的成效，包括私人银行：西半球部分，其服务对象是富裕阶层。该集团项目成效：内部回叫率降低80%，外部回叫率降低了85%，信贷处理时间缩短了50%。(资料来源：根据《六西格玛法为花旗银行带来惊人效益》整理)

企业可以根据需要通过业务变革、战略改进和解决问题三个途径来决定开展六西格玛法的广度和深度。

5．ISO 9000 系列标准

为了适应国际市场竞争的需要，国际标准化组织(ISO)于1987年发布了ISO9000《质量管理和质量保证》系列标准，从而使世界质量管理和质量保证活动统一在ISO9000系列标准基础之上。它标志着质量体系走向规范化、系列化和程序化的世界高度。

1) ISO9000系列标准的主要内容

ISO9000-1=GB/T19000.1《质量管理和质量保证标准　第一部分：选择和使用指南》。该标准阐明基本质量概念之间的差别及其相互关系，并为质量体系系列标准的选择和使用提供指导。

ISO9001=GB/T19001《质量体系——设计、生产、安装和服务的质量保证模式》规定了对质量体系的要求，用于双方所订合同中需方要求供方证实其从设计到提供产品全过程的保证能力。该标准阐述从产品设计/开发、生产、安装到服务各个阶段符合规定的质量保证要求，以保证在包括设计/开发、生产、安装和服务各个阶段符合规定要求，防止从设计到服务的所有阶段出现不合格现象。

ISO9002=GB/T19002《质量体系——生产、安装和服务的质量保证模式》阐述了从采购开始，直到产品交付使用的生产过程的质量保证要求，以保证在生产、安装阶段符合规定的要求，防止以及发现生产和安装过程中的任何不合格，并采购措施以避免不合格重复出现。

ISO9003=GB/T19003《质量体系——最终检验和试验的质量保证模式》是用于外部质量保证的三个系列标准中要求最低的一个。它阐述了从产品最终检验到成品交付的成品校验和试验的质量保证要求，以保证在最终检验和试验阶段符合规定的要求，查出和控制产品不合格项目并加以处理。

ISO9004-1=GB/T19004.1《质量管理和质量体系要素　第一部分：指南》这个标准是指导企业建立质量管理体系的基础性标准。它就质量体系的组织结构、程序、过程和资源等方面的内容，对产品质量形成各阶段影响质量的技术、管理个人等因素的控制提供了全面的指导。

2) 质量认证

(1) 质量管理体系。质量管理体系是为了实施质量管理的组织机构、职责、程序、过程和资源，是全面质量管理的基础，其目标要求如下：所包含的内容(组织机构、职责、程序、过程和资源)只要能够满足实现质量目标的要求即可，过量的内容只会造成浪费。以顾客为导向，有明确的质量方针和目标，及为达到这些质量方针和目标所必需的所有活动；所有活动在组织范围内构成一个整体，把质量任务和责任明确分配给组织的全体成员；以深入细致的质量文件为基础，明确规定了质量信息的有效流动、处理及控制，包括质量信息的前馈和反馈、成果分析以及与现有标准的比较；规定质量成本及质量绩效的标准及其衡量单位，并以获得经济效益为主要目标之一；表明现代企业如何发挥作用以及如何作出质量决策的一种观点，它要求以强烈的质量意识和组织内积极的激励和培训为前提。

(2) 质量认证。质量认证包括产品质量认证和质量体系认证等。产品质量认证是依据产品标准和相应技术要求，经认证机构确认并通过颁发认证证书和认证标志来证明某一产品相应标准和相应技术要求的活动。质量体系认证通常是通过国家或国际认可并授权，具有第三方人资格的权威认证机构来进行。

质量管理体系认证的基本程序：(a)供方(企业)向认证机构提出质量体系认证申请；(b)认证机构了解申请者基本情况，决定是否接受申请并发出接受与否的通知书；(c) 认证机构与申请者根据企业的情况，共同选定质量保证模式和标准；(d)申请者向认证机构提供企业质量体系文件供评审；(e)认证机构向申请者报告质量体系文件评审结果和改进意见；(f)认证机构进行现场审核的初评，将结果通知申请者并限期改正存在的不足；(g)申请者对自己的问题进行整改并通过最后评审；(h)批准认证并注册和公告，然后每年或定期由认证机构进行重新评审。

质量认证对于企业具有重要作用：可以提高供方的质量信誉及其竞争力；促进企业质量管理体系的建设和提高；充分保护消费者的利益；减少对社会的评价和检验费用。

我国的质量管理和质量保证标准都是等同采用 ISO 相应标准：原国家标准局于 1986 年 6 月发布了 GB6583.1《质量管理和质量保证术语 第一部分》，1988 年开展对等效采用 ISO9000 系列标准的研究，当年发布了国际 GB/T10300 质量和质量保证系列标准，1989 年组织 116 个企业试点贯彻实施；1994 年 12 月发布了 GB/T19000—1994idt—ISO9000:1994 质量管理和质量保证标准，1995 年 6 月开始实施。

我国已批准设立了 10 个产品认证机构、4 个独立的体系认证机构、11 个检验机构。根据合格评定(认证)制度的总体方案，我国组成由政府代表、部门和地方专家参加的中国认证机构认可委员会，下设 4 个分委员会，经授权后，按照统一的认可办法，分别对产品认证机构、体系认证机构、检验和鉴定机构、人员培训及注册机构进行认可和管理。

ISO 系列标准认证有 8 个步骤：①对照 ISO9001-ISO9003 标准，评估现有的质量程序；②确定改进措施，以使现有质量程序符合 ISO9000 系列标准；③指定质量保证计划；④确定新的质量程序并形成文件，实施新程序；⑤制定质量手册；⑥评估前与注册人员共同分析质量手册；⑦实施评估；⑧认证。

> **专栏 11-6 澳柯玛公司质量体系认证**
>
> 从 1993 年起,澳柯玛公司着手按照国际质量认证体系标准,建立一整套管理程序文件,将质量管理范围由单纯的产品质量控制扩大到产品开发与设计、产品质量控制、公司各项辅助工作质量控制、产品售后服务质量控制。即将公司质量控制延伸到顾客使用产品的过程中。经过不懈的努力,公司在 1994 年 12 月通过了 ISO9001 国际标准化组织注册认可,由国家授权的 SAG 认证机构的 GB—/T19001—ISO9001 质量体系认证。这使得澳柯玛集团打开了通向国际市场的大门,为争创驰名商标奠定了基础。"没有最好,只有更好",他们对质量的追求是永无止境的。在 1996 年底公司通过 ISO9001(94 版)国际质量认证体系复审后,又适时地将质量管理的工作和重点转向了 ISO14001 国际环保体系认证的申请。
>
> 5 年磨一剑,公司的产品终于获得了消费者的认可。从 1992 年到 1995 年,澳柯玛连续四年获得最受消费者喜爱的国产商品"金桥奖";1995 年和 1996 年连续两年获得冰柜行业市场综合竞争力第一名的桂冠。严密的质量管理和完善的市场服务网络使澳柯玛的产品极具市场竞争力,其产品已经覆盖全国市场,并远销东欧、东南亚、南美等地区,到 1996 年底国内市场占有率已达到 25.55%。(资料来源:张存禄. 企业管理经典案例评析. 北京:中国人民大学出版社,2004 年。)

第四节 信息系统管理

一、管理信息系统的定义

管理信息系统是一门新兴的科学,其主要任务是最大限度地利用现代计算机及网络通信技术加强企业的信息管理,通过对企业拥有的人力、物力、财力、设备、技术等资源的调查了解,建立正确的数据,加工处理并编制成各种信息资料及时提供给管理人员,以便进行正确的决策,从而不断提高企业的管理水平和经济效益。目前,企业的计算机网络已成为企业进行技术改造及提高企业管理水平的重要手段。

随着我国与世界信息"高速公路"的接轨,企业通过计算机网络获得信息必将为企业带来巨大的经济效益和社会效益。企业的办公及管理都将朝着高效、快速、无纸化的方向发展。MIS 系统通常用于系统决策,例如,可以利用 MIS 系统找出目前迫切需要解决的问题,并将信息及时反馈给上层管理人员,使他们了解当前工作发展的进展或不足。换句话说,MIS 系统的最终目的是使管理人员及时了解公司现状,把握将来的发展路径。

二、管理信息系统的类型

基于组织职能进行划分。管理信息系统按组织职能可以划分为办公系统、决策系统、生产系统和信息系统。

基于信息处理层次进行划分。管理信息系统基于信息处理层次进行划分为面向数量的执行系统、面向价值的核算系统、报告监控系统、分析信息系统、规划决策系统，自底向上形成信息金字塔。

基于规模进行划分。随着电信技术和计算机技术的飞速发展，现代管理信息系统从地域上划分已逐渐由局域范围走向广域范围。

管理信息系统的综合结构。管理信息系统可以划分为横向综合结构和纵向综合结构，横向综合结构指同一管理层次各种职能部门的综合，如劳资、人事部门。纵向综合结构指具有某种职能的各管理层的业务组织在一起，如上下级的对口部门。

三、管理信息系统对组织的影响

管理信息系统和技术的进步一直对组织及其管理者有着深远的影响。信息技术正在帮助管理者协调和控制组织的活动，也帮助他们更好地制定决策。

1. 组织结构

通过为管理者提供高质量、及时、相关和相对完整的信息，管理信息系统使组织不再需要很多的管理层级。先进的信息系统还可以减少完成很多组织活动所必需的员工人数。管理者可以利用信息系统打破部门之间的障碍，提高员工的生产效率和绩效。

2. 竞争优势

在很多公司，建立和使用管理信息系统的目的就是增加竞争优势。管理者通过使用管理信息系统获得信息，从而改进了管理决策，这使他们能够帮助组织提高竞争地位。而扁平式的组织结构也有利于提高组织效率，并因此增加组织竞争优势。

计算机网络还可以帮助营销部门更迅速地响应客户的要求。管理者可以使用管理信息系统发现哪些领域的客户服务更人性化，哪些领域的客户产品支持可以改进，从而提升客户服务水平。公司还可以在不增加额外成本的情况下根据客户需要定制产品。

管理信息系统带来的另一个竞争优势是市场准入。使用管理信息系统，管理者可以发现那些以前无法进入的市场。信息技术能够使公司建立合资企业、合伙企业和战略联盟；使用新的分销渠道，将产品销售到全球各地。

最为重要的竞争优势是把电子商务带到了公司运营之中。电子商务把互联网同管理信息系统和交易处理系统结合在一起，创造了一种做生意的有力的新方法。这为客户带来了价值，从而也为公司带来了新的竞争优势。

四、管理信息系统的实施

在实施管理信息系统之前，管理者需要考虑组织的首要目标，以及为了衡量实现这些目标的进程而需要的信息类型。管理者还需要调查可以从哪些来源获得信息，来衡量和改进公司的效率、质量、创新以及对顾客的影响速度。

应该评价企业现有的管理信息系统，以便确定它所提供的信息的精确性、可靠性、及时性及相关性。而且，还要将现有的系统与公司的竞争者和行业中的其他公司进行比较。

在确定应该改变公司的管理信息系统以后，管理者就要告诉员工，变革对他们有什么好处，从而说服员工支持变革。在实施管理信息系统之前，必须对员工进行正式的培训，并给以适当的支持。在不断地讨论如何最好地利用信息技术来创造竞争优势的过程中，应该让各个阶层的员工都参与进来。

管理者们还必须考虑其他因素。应该采用一致的技术标准，这样不同的计算机操作系统才能都进入这个系统。要让技术对用户更友好，尤其是要对那些几乎没有计算机经验的管理者友好，这会减轻他们对新管理信息系统的抵触情绪。但是新的管理信息系统可能会打破部门之间的障碍，这可能会减轻管理者的责任感。有些人甚至会铤而走险，把资源从建立管理信息系统这个项目中转移出去，同计划和目标对着干，放慢行动速度，或者忽视掉这个项目。

最后，使用管理信息系统的管理者还应该仔细考虑"人"这个要素。管理信息系统提供的是量化的信息，除了这些信息外，还有一些其他信息对于公司的成功非常重要。应该用电子化的交流来补充面对面的互动，而不是取代他。公司应该制定规则和程序，来确保公司管理信息系统的用户之间能够进行持续的交流，这一点非常重要。

成功实施管理信息系统需要考虑以下几个因素：

(1) 使用者的参与。让使用者参与到程序设计过程之中。他们能够准确地描述现在完成各种职能的工作流程、成本和需要的时间，并指明潜在的问题。参与程序的设计能够让他们理解为什么要进行变化，并且为此做好准备。

(2) 管理者的支持。高层管理者有力而明确的支持是十分重要的。

(3) 时间和成本估计。准备对实施该系统的时间和成本进行现实的评估，并与不实施该系统的情况进行比较。

(4) 分段实施。分阶段引进系统，这样就能及时解决出现的问题，使它们不至于危害到后面的阶段。在开始使用这个系统之前，要先对员工进行培训。培训能够确保员工有时间适应这个系统，并且能减少其对变化的抵触情绪。

(5) 彻底的检查。把硬件和软件作为单独的模块进行检测；在系统组装起来以后，作为成套模块进行检测；在完全投入运行之前，再对整个系统进行彻底的检测。检测可能出现的问题，并努力预测一些不太可能发现的错误，让使用者也参与到调试过程。

(6) 培训和文件。为使用者提供实用的培训和完整的程序文件，使他们能理解实用系统的限制及其功能。

(7) 系统备份。对程序进行备份，可以使用备份的计算机系统，这使员工可以在评估和解决问题的时候继续工作。

本 章 小 结

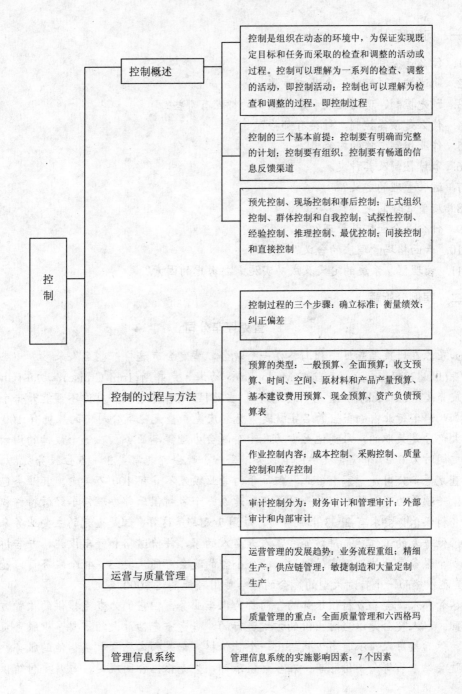

控制概述 — 控制是组织在动态的环境中，为保证实现既定目标和任务而采取的检查和调整的活动或过程。控制可以理解为一系列的检查、调整的活动，即控制活动；控制也可以理解为检查和调整的过程，即控制过程

控制的三个基本前提：控制要有明确而完整的计划；控制要有组织；控制要有畅通的信息反馈渠道

预先控制、现场控制和事后控制；正式组织控制、群体控制和自我控制；试探性控制、经验控制、推理控制、最优控制；间接控制和直接控制

控制

控制的过程与方法 — 控制过程的三个步骤：确立标准；衡量绩效；纠正偏差

预算的类型：一般预算、全面预算；收支预算、时间、空间、原材料和产品产量预算、基本建设费用预算、现金预算、资产负债预算表

作业控制内容：成本控制、采购控制、质量控制和库存控制

审计控制分为：财务审计和管理审计；外部审计和内部审计

运营与质量管理 — 运营管理的发展趋势：业务流程重组；精细生产；供应链管理；敏捷制造和大量定制生产

质量管理的重点：全面质量管理和六西格玛

管理信息系统 — 管理信息系统的实施影响因素：7个因素

复习思考题

一、问答题

1. 什么是控制?
2. 简述控制过程的三个基本步骤。
3. 预先控制、现场控制和事后控制的特点有哪些?
4. 什么是预算控制,种类有哪些?
5. 作业控制工作的内容。
6. 审计控制及其种类。
7. 运营管理的定义?
8. 质量管理的定义?
9. 什么是全面质量管理?
10. 六西格玛管理法的含义?
11. 管理信息系统的定义及成功实施需要考虑的因素?

二、案例分析题

查克停车公司

如果你在好莱坞或贝弗利山举办一个晚会,肯定会有这样一些名人来参加:杰克·尼科尔森(Jack Nicholson)、麦当娜(Madonna)、汤姆·克鲁斯(Tom Cruise)、切尔(Cher)、查克·皮克(Chuck Pick)。"查克·皮克?""当然!"没有停车服务员你不可能开一个晚会,而南加州停车行业内响当当的名字就是查克·皮克。查克停车公司中的雇员有100多人,其中大部分是兼职的,每周他至少为几十个晚会办理停车业务。在一个最忙的周六晚上,可能要同时为6~7个晚会提供停车服务,每一个晚会可能需要3~15位服务员。

查克停车公司是一家小企业,但每年的营业额差不多有100万美金。其业务包含两项内容:一项是为晚会停车;另一项是不断地在一个乡村俱乐部办理停车经营特许权合同。这个乡村俱乐部要求有2~3个服务员,每周7天都是这样。但是查克的主要业务来自私人晚会。他每天的工作就是拜访那些富人或名人的家,评价道路和停车设施,并告诉他们需要多少个服务员来处理停车的问题。一个小型的晚会可能只要3~4个服务员,花费大约400美元。然而一个特别大型的晚会的停车费用可能高达2000美元。

尽管私人晚会和乡村俱乐部的合同都为停车业务,但它们为查克提供的收费方式却很不同。私人晚会是以当时出价的方式进行的。查克首先估计大约需要多少服务员为晚会服务,然后按每人每小时多少钱给出一个总价格。如果顾客愿意"买"他的服务,查克就会在晚会结束后寄出一份账单。在乡村俱乐部,查克根据合同规定,每月要付给俱乐部一定数量的租金来换取停车场的经营权。他收入的唯一来源是服务员为顾客服务所获得的小费。因此，在私人晚会服务时，他绝对禁止服务员收取小费，而在俱乐部服务时小费是他唯一的收入来源。(资料来源：http://www.chinampaonline.com/article/list.asp?id=520)

问题：

查克公司在这两种业务中(俱乐部和私人晚会)的控制手段、控制措施各有什么特点？为什么？

三、管理技能训练

把班级分为几个小组，然后分别选择几个生产企业或超市进行库存管理或质量保证体系的调查，要求运用相关的控制技术和方法进行分析，找出其具体的关键控制点，并形成一份调研报告，在全班交流。

四、本章推荐阅读书目

1. 哈罗德·孔茨，海因茨·韦里克. 管理学(第9版)第20章. 北京：经济科学出版社，1993，552~572

2. 斯蒂芬·P·罗宾斯. 管理学(第4版)，北京：中国人民大学出版社，1997，475~492

3. 托马斯·S·贝特曼. 管理学(第4版)，北京：北京大学出版社. 2001

4. 安德鲁·J·杜伯林. 管理学精要(第6版)，北京：电子工业出版社，2003

5. 路易斯·戈麦斯. 管理学——原理、案例与实践(第3版)，北京：人民邮电出版社，2009

6. 理查德B·蔡斯. 运营管理(第11版)，北京：机械工业出版社. 2007

第十二章

创业与创新

学习目标：通过本章学习，要求了解创业的定义、动机及意义、创业的种类和创业过程的一般模型；掌握创业的程序；了解内部创业和创新的相关定义；对管理创新的内容以及技术创新的各种策略有所掌握。

关键概念：创业(Entrepreneurship)　创新(Innovation)

第一节　创 业 概 述

一、创业的含义

1. 创业的误区

创业一词被广泛使用，人们往往出于自己所处环境并从自己的主观视角对"创业"提出自己的理解，其中很多是不科学的。在此，我们介绍几种被人们认同却不恰当的"创业"误区。

1) 创业家都是天生的，不可能后天培养

尽管创业家具有一定的天赋，如负有闯劲、主动性、驱动力、冒险精神等。但是他们也需要积累相关的技能、知识、经验以及经过长时间的实践锻炼，并且具有长期的自我激励和自我发展，这些综合要素决定一个人是否能够创业成功。创业同时也是一门学科，同所有的学科一样，创业管理有模型、程序、案例研究等，这就使得人们能够通过学习掌握这门学问。

2) 创业者都是赌徒

成功的创业者所冒的风险都是事先做过周密筹算的。为了更好地控制所谋划的事业前景，创业者会努力进行预先的计划和准备以使风险最小化。另外，创业者尽力创造有利条件，增加胜算，并与他人共同分担风险。创业者通常会把风险分割成可以消化承受的程度，慎重权衡利弊得失，然后投入时间和资源。创业者不会贸然追求不必要的风险，但也不会刻意回避不可避免的风险。

3) 创业家追求成功但失败率很高

美国学者布鲁斯(Bruce A. Kirchof)跟踪研究了 81.4 万家在 1977 年创立的企业，发现其中50%依然在原所有者或新所有者经营下生存下来。另外有28%系自愿关门停业，只有18%的企业是真正在无法偿还债务的情况下破产的。这一例证说明每个企业在进入新市场时，只要有科学而敏锐的判断，总会捕捉到新的或者未被意识到的机遇。

4）对于创业而言，最重要的资源是资金

资金当然是一个企业成功生存和经营的重要资源，但是在一个企业新建初期，资金并不成为决定这个企业成败的最关键性因素。很多情况下，如果具备必要的创业条件和才能，资金将不会成为一个难题，毕竟资本是追求高回报的。很多成长前景良好的企业在成立的初期，在财务上往往都是很困难的。例如，惠普这家庞大的电子技术公司1940年创办于加利福尼亚州帕洛阿尔托的一个车库里。创建者是两个斯坦福的大学生，当时只有几百美元和一份迪斯尼公司的音响设备订单。

5）创业者应该是年轻并精力充沛的

年轻和精力充沛等因素会有助于创业成功，但是年龄并不构成任何障碍，创立有巨大潜力的企业的创业者，通常年龄是在30岁到40岁之间，但是也有许多成功的创业者是在60岁以后才开始创业的。成功的关键在于掌握必要的商业知识、经验和网络关系。

2. 创业的定义

荣斯戴特(Robert C. Ronstadt)曾这样定义创业："创业是一个创造增长的财富的动态过程。财富是由这样一些人创造的，他们承担资产价值、时间承诺或提供产品或服务的风险。他们的产品或服务未必是新的或唯一的，但其价值是由企业家通过获得必要的技能与资源并进行配置来注入的。"斯蒂文森(H. H. Stevenson)则强调了创业的过程，他认为"创业是一个人——不管是独立的还是在一个组织内部——追踪和捕获机会的过程，这一过程与其当时控制的资源无关。"也有学者认为：创业包括创造价值、创建并经营一家新的营利性企业的过程，通过个人或一个群体投资组建公司来提供新的产品或服务，以及有意识地创造价值的过程。路易斯·戈麦斯-梅西亚等人认为："创建一个能够进入新市场或者原有市场的商业企业的过程叫做创业。"

我们认为唐纳德(Donald F.Kuratko)于2006年在《创业学——理论、流程与实践》一书中对创业的界定更趋系统，他的定义是：创业(Entrepreneurship)是一个涉及远见、改变和创新的动态过程。它需要投入精力与热情来进行创新并实施新的构想和新的解决办法。创业的必要因素包括了能承担一定风险——时间、财产或职业的风险；有能力成立一个高效的风险团队；整合所需资源的创造性技能；制定一份稳固的商业计划的基础技能；最后，具备一种远见，在别人认为是混乱、矛盾和迷惑的地方发现机遇。

这一定义包含了这样几个创业的重要特性：

第一，创业是创新的过程。创业是一种动态活动，这一动态活动涉及对创新资源、依靠创新方法、进行创新组合、创造出创新产品、推向新的市场的一系列环节，或其中几个环节。这一系列环节形成了一个动态发展的进程，共同为用户提供更有价值的产品或服务。

第二，创业需要承担风险。创业的风险可能有多种形式，依赖于创业的领域，但是通常的风险不外乎时间成本的投入，财务风险、精神方面的风险和社会领域及家庭方面的风险等。

第三，创业需要技能。这种技能包括创造性技能和基础技能，前者主要体现在对资源的整合能力方面，后者主要体现在对拟定并推进商业计划的技术层面。

第四，创业需要远见。这尤其对创业者提出了较高的要求，要求创业者能够在复杂多变的环境中发现隐匿的机会并能及时捕捉机会。

二、创业的动机与意义

创业的动机对于创业者个体而言，是激发创业者采取创业行为的主观心理因素。创业的意义是千千万万个创业者的创业行为和创业成果对社会产生的客观积极性。

1．创业的动机

创业的动力主要来源于对创业者个人的研究。德国经济学家熊彼特曾指出驱使创业者积极创业最有力的三个动机为：第一，有建立个人王国的梦想及意愿；第二，有征服的雄心；第三，享受创造和成功的喜悦，或锻炼自己的体力和增进自己的才能。创业者创业的动力根据其个人和所处环境的不同而又有差异，总体上有以下几种。

1）解决个人生存问题

当人们失业而面对严峻的生存问题时，一方面将积极寻找就业机会，另一方面可能迫于现实的压力，而选择自主创业。这种创业往往是一种被动的创业，但由于生存动机强烈，也会驱使创业者投入全部的精力时间，付出艰辛的努力，如果掌握一定的创业管理技能，机会适宜，也会取得成功。我国在进行国有企业改制的过程中，释放出一大批下岗失业人员，这部分人有很多已经成为创业成功的典范。

专栏 12-1　"失踪" 6 年学烤鸭：一位下岗工人创业的故事

吴克家 16 岁时，就在湖北省钟祥县胡集镇荆襄磷矿王集矿做一名油漆工，1994 年下岗。当时，妻子王兰英在矿招待所当服务员，工资不多，生活拮据。两个人生存堪忧，他们商量后决定到北京打工。

1994 年的冬天，吴克家从父亲手中借了 1000 元和妻子离开了家乡到了北京。人生地不熟，夫妻俩就租住在街头 3 块钱一天的塑料大棚里，靠打零工度日。有一天，夫妻俩路过北京前门，看见北京烤鸭店门前贴着招聘员工的启事，于是进了店门。大堂经理问他们："能吃苦吗？""能，我们都是下岗工人，有活干、有饭吃就行。""那就留下来吧。"他们成了临时工，每月工资 500 元。吴克家被安排到郊区一间工场杀鸭子，整天是一身鸭血一身毛，王兰英在店里当服务员。两年后，吴克家因表现出色，被调到前厅跟着师傅学习烤鸭。一晃几年过去了，由于吴克家夫妻一直没与家里联系，其父母无时不在牵挂着儿媳，吴父思儿焦虑,犯了心脏病住进医院。整个胡集镇的人都在说老吴的儿子失踪了。

6年过去了,吴克家和妻子学会了烤鸭技术,成了北京烤鸭店的模范员工,每月的收入增加到1500元。1999年国庆节,夫妻俩辞职回到家乡。2000年8月,吴克家在襄樊市襄城区宜宾路开了第一个烤鸭店,取名"吴记烤鸭店"。两年来,"吴记烤鸭"相继开了四个连锁店,招收了13名下岗工人及其子女就业。横下心外出打工学技术,从一个下岗工人白手起家,吴克家开拓了自己的生存发展之路。如今,吴记烤鸭店在襄樊已是小有名气。(资料来源:http://old.jfdaily.com/gb/node2/node17/node18/node2056/node2062/userobject1ai10827.html)

2) 提高生活质量

大多数出身贫寒、收入微薄的创业者,其最初的创业动机就是要改变自己的经济状况。当他们发现仅靠在公司工作的薪酬难以维持家庭的生活开销或提高家庭生活质量时,许多人会在改变个人与家庭经济状况的动力驱使下,走上自己的创业之路。谁都希望通过自己的努力工作能够获得更好的生活,为人打工所能赚到的薪酬毕竟是极其有限的,很少有人能够通过为别人工作而富有起来。而自己经营一家企业至少提供了赚更多钱的机会,至于能否富裕起来,则取决于能否将企业做成功。如果企业发展得好,作为创业者的收入自然是打工者所望尘莫及的。对未来富裕生活的憧憬会驱使人们产生自我创业的想法。

3) 实现自我价值

2002年第9期的《科学投资》杂志刊登文章指出,据抽样调查,目前中国的女企业家约占中国企业家总数的20%,个体和私营经济中的女企业家占女企业家总数的41%。从女企业家的创业动机看,80%以上的被调查者认为是个人价值的实现,不足10%的被调查者认为是其他因素,如为了下一代、发家致富或与家人合作等,还有0.4%的被调查者是为了扭转个人和家庭的不幸。可见,自我价值的实现是很多人选择自主创业的主要动机。实现自我价值包括两个方面的内容:一方面,创业者可能会因为所选择的行业正是自己感兴趣的行业,而在艰辛的创业过程中享受到乐趣。人们常说,兴趣是最好的老师,也就是说人们在做自己喜欢做的事情时,会主动积极地投入时间、精力、财物等资源,并会努力寻求完成事情的方法,这样的过程极大地增加了创业成功的可能性。所以,创业过程本身以及创业成果都会给创业者带来很强的自我成就感,这就是一种自我价值的实现。另外一方面,创业者会因为自己在某一个领域拥有特长而选择在该领域内进行创业。做自己擅长的事往往会有事半功倍的效果,创业者在自己擅长的领域进行创业,挫折感会相应减少,自我价值实现的感受会更为强烈,这种感受会激励创业者的创业行为。

2. 创业的意义

1) 增加就业机会

2009年度,中国人力资源市场信息监测中心对全国115个城市的公共就业服务机构的市场供求信息进行了统计分析。监测结果表明,城市进入市场求职的劳动力累计2093.3万人次，用人单位通过市场招聘各类人员累计 2293.1 万人次，劳动力总量供大于求，岗位空缺与求职人数的比率约为 0.91。同时，劳动力市场供求结构还呈现出以下几个特征：第一，私营企业、有限责任公司、股份有限公司的用人需求占据主体地位。私营及个体企业用人需求比重趋于上升；国有和集体企业的用人需求比重逐年下降；外商及港澳台企业的用人需求波动中略有增长。第二，在所有求职人员中，失业人员依然是求职主体，从趋势看，新成长失业青年的比重趋于上升，就业转失业人员的求职比重呈现下降，进城务工人员的求职比重不断上升。第三，16~34 岁年龄组的用人需求量大，45 岁以上的求职人员就业依旧相对困难；高中文化程度的劳动力是市场中的求职主体；大专以上文化程度的岗位空缺与求职人数的比率近年来有下降趋势，就业压力加大。

由这样一个数据分析结果可以看出，我国劳动力市场的供求总量与结构上都存在矛盾。从总量上看，劳动力供给大于需求，必然会产生失业人员。从结构上看，失业人员基本集中在新成长失业青年群体(新成长失业青年是指城镇登记失业人员中，从未就业，目前正以某种方式寻找工作的人员，包括初高中、职业高中)，而且应届高校毕业生占到了这个群体的 41.5%，表明大专以上文化程度人群就业压力确实很大。

以上分析显示了一个重要信息，那就是随着就业压力的不断增大，青年失业人员的持续增多，必然有一大部分人会转而自主创业。同时，在这部分人进行自主创业的同时，新创建企业也就成为吸纳劳动力的一个重要渠道。因而，"创业"对于社会就业问题的解决将具有非常积极的意义。

2) 创业能够加速技术创新和科技成果转化

创业对于促进技术创新的发生和科技成果快速、顺利地转化为现实的生产能力发挥着巨大的作用。

在二战以后，媒体、公众和政策制定者等多年来都相信研究和开发发生在大公司。尽管中小企业在创新中受到资源约束，但它们的创新能力是惊人的。据美国国家科学基金会、商务部等机构统计，二战以后，美国 50%的创新，95%的根本性创新是由小型创业公司完成的。事实上，20 世纪有 60%的发明创造来自于独立的发明者和小企业，许多新产品由小企业创造，如复印机、胰岛素、真空管、青霉素、拉链、喷气发动机、直升机、彩色电视、圆珠笔等。

创业者在促进技术创新发生的同时，还需促进科技成果快速、顺利地转化为现实的生产能力，包括将创新引向市场和利用它为顾客创造价值。所开发的产品或服务必须盈利性地产生，由一个良性运转和良性领导的组织来进行营销，并得到保护，且不受竞争者的注意。创业过程包含着新产品和新服务的产生，这对创业的成功与否起着关键作用，而从整个经济社会的角度来看，这也是产业更替和演进的过程。从经济发展规律来看，许多新兴产业的产生与发展是由一大批富有创造力和创新精神的创业者推动的，尤其是一些高新技术产业，诸如半导体、软件、计算机、互联网等，更是如此。

三、创业的类型

按照不同的标准，可将创业分成不同的类型。

1. 按照创业风险分类

创业的风险主要是根据创新的程度而有所不同。创业的风险类型大致可分为依附型、尾随型、独创型、对抗型。

1) 依附型创业

依附型创业可分为两种情况，一是依附于大企业或产业链而生存。在产业链中确定自己的角色，为大企业提供配套服务。如专门为某个或某类企业生产零配件，或生产、印刷包装材料；二是特许经营权的使用。如麦当劳、肯德基，利用品牌效应和成熟的经营管理模式，减少经营风险。

2) 尾随型创业

尾随型创业即模仿他人创业，所开办的企业和经营项目均无新意。尾随型创业有两个特点：一是短期内不求超过他人，只求能维持下去，成熟后再逐步进入强者行列，二是寻找市场的空隙，拾遗补缺。

3) 独创型创业

独创型创业主要集中在两个层面：一是填补市场需求内容的空白，二是填补市场需求形式的空白。前者是经营项目具有独创性，独此一家，别无分店。大到商品独创性，小到商品的某种技术的独创性。独创型创业也可以是旧内容新形式，比如产品销售送货上门，经营的商品并无变化，但在服务方式上扩大了，从而更具竞争力。一般而言，独创型创业的风险较大。

4) 对抗型创业

对抗型创业指进入其他企业已形成垄断地位的某个市场，与之对抗较量。该类创业必须在知己知彼、科学决策的前提下，决心大，速度快，把自己的优势发挥到淋漓尽致，把自己的劣势填平补齐，抓住市场机遇，乘势而上，避开市场风险，减少风险损失。

专栏 12-2　辉瑞药业的风险决策

辉瑞公司创立于 1849 年，早期的辉瑞公司是一家以生产化工产品为主要经营业务的化学品公司，药物作为化学品的一种也属于该公司的经营范围之内。1861 年爆发的美国南北战争给了辉瑞公司发展的机会，战争中辉瑞向北军提供了大量的药品，公司随着战争的进展而迅速发展，成为美国国内较大的化学品生产企业之一。

第二次世界大战给了辉瑞公司又一次发展的机会，当时美国军方急需大量的青霉素，而青霉素刚刚发明，青霉素的批量生产问题还没有解决。相比默克几家更有规模的制药企业，辉瑞的竞争力不算很强。辉瑞公司作出了一个风险很大的决策，决定减产当时市场占有量很大的柠檬酸产品，而启用制造柠檬酸的设备和技术生产青霉素，这一决策意味着如果青霉素的生产不成功,辉瑞公司将面临巨大的生存危机。事实证明,辉瑞公司运用发酵技术进行青霉素制造的思路是正确的。由此,辉瑞成为当时唯一使用发酵技术生产青霉素的企业,不仅产量极大且生产成本非常低,向美国军方提供了大量相对廉价的青霉素产品,公司也利用这一机会飞速扩张。(资料来源:根据 http://www.pfizer.com.cn/的相关资料整理而成。)

从以上的分析看,依附型创业、尾随型创业、独创型创业、对抗型创业的风险是依次上升的。

2. 按照创业项目分类

创业项目按性质归类,大致可分为传统技能型、高新技术型、知识服务型和体力服务型等四种。

1) 传统技能型

选择传统技能项目创业将具有永恒的生命力,因为使用传统技术、工艺的创业项目,如独特的技艺或配方都会拥有市场优势。尤其是酿酒业、饮料业、中药业、工艺美术品业、服装与食品加工业、修理业等与人们日常生活紧密相关的行业中,独特的传统技能项目表现出了经久不衰的竞争力,许多现代技术都无法与之竞争。

2) 高新技术型

高新技术项目即常说的知识经济项目、高科技项目,这类项目知识密集度高,带有前沿性和研发性质。这类项目的创业往往对创业者的素质要求比较全面。

3) 知识服务型

知识服务型项目是一种投资少、见效快的创业选择。为了满足人们节省精力、高效率的需求,各类知识性咨询服务的机构会不断地细化和增加,如律师事务所、会计事务所、管理咨询公司、广告公司等。

4) 体力服务型

创业最简单、风险最小的项目是劳动服务项目,如各种家政服务,包括保姆、月嫂、保洁、递送、搬运、照顾、接送老人、病人或小孩等。体力服务型项目当前主要存在两大问题:一是缺少名牌服务公司,服务的量和信誉度较低;二是收费不合理。

3. 按照创业渠道分类

按照创业渠道,创业可以分为初始独立创业和企业内二次或连续创业。

1) 初始独立创业

初始独立创业是一个从无到有的过程。创业者经过市场调查,分析自己的优势与劣势和外部环境的机遇与风险,权衡利弊,确定自己的创业类型,履行必要的法律手续,招聘员工,建立组织,设计管理模式,投入资本,营销产品或服务,不断扩大市场,由亏损到盈利的过程就是初始独立创业。同时,初始独立创业也是一个学习过程,创业者往往边干边学。在初始独立创业阶段，企业的"死亡"率较高，风险来自多方面，有时甚至会出现停止是"死"，"扛下"去可能有"生路"的现象，也可能面临更大的心理压力和经济压力。所以初始创业要尽量缩短学习过程，善用忠实之人，减少失误，坚持到底。

2）　企业内二次创业或连续创业

企业内创业是进入成熟期的企业为了获得持续的增长和长久的竞争优势，为了倡导创新并使其研发成果商品化，通过授权和资源保障等支持的企业内创业。每一种产品都有生命周期，一个企业在不断变化的环境中，只有不断创新，不断将创新的成果推向市场，不断推出新的产品和服务，才可能跳出产品生命周期的怪圈，不断延伸企业的生命周期。成熟企业的增长同样需要创业的理念、文化，需要企业内部创业者利用和整合企业内部资源创业。企业内创业是动态的，正是通过二次创业、三次创业乃至连续不断的创业，企业的生命周期才能不断地在循环中延伸。

创业类型还可以按照其他标准进行划分，如：按照创业主体，可划分为大学生创业、失业人员创业、退休人员创业和下岗人员创业；按照组织类型分为独资创业型、合伙创业型、公司创业型和有限责任公司创业型等；按组建类型分为新建企业创业型与购买企业创业型等。

四、创业者的人格特质与技能

路易斯·戈麦斯等学者认为：创业者(Entrepreneur)是创立了一家企业并且成为一个新的市场进入者的个体。从广义上说，创业者是指任何开展项目及承担风险的人。

这一定义确定了创业者的基本特点和应有技能。

1. 创业者的人格特质

一个人若想创业成功，应该具有一些关键的人格特点：对成就的高度渴望；勇于承担责任和风险的意愿及自信。

对成就的高度渴望会驱使创业者产生强烈的动机进行创业，他们会为自己设定积极而明确的目标，为了实现目标，努力寻求各种途径，这种强而有效的行动力会提升创业成功的可能性。在创业的过程中，创业者必然会投入一定规模的资本、时间、精力等，而投入未必带来产出，这种失败的风险对创业者是严峻的考验。创业如果具备勇于承担责任和风险的意愿，会以积极的心态面对，努力解决问题，找出失败的原因，为下次出发做好准备，而不会怨天尤人，一蹶不振。充满自信的创业者不仅可以鼓励自己乐观面对艰辛的创业历程，而且会带给其他的创业伙伴以成功的希望。这是一个创业团队成就事业的重要的心理动力。

2. 创业者的技能

除了需要具备一些关键的人格特质外，创业者还需要掌握一些重要的技能，概括起来，包括谈判技能、建立网络的技能、领导技能等。

1)　谈判技能

卓越的谈判专家能够在交易过程中快速发现双方的共同立场，诚信地进行行动，在信任和合作的基础上建立关系，确保对双方都有利的交易条款。在下列情况下，对于创业者，谈判技巧的运用特别重要：①以优厚的条件从银行借款，为业务扩张提供资金；②锁定有吸引力的长期租约，以便控制办公空间的费用；③以更低的价格从供应商那里获得原材料，以便获得超过竞争对手的成本优势；④商谈雇用合同，以吸引和留住关键的高级管理人员。

2)　建立网络的技能

建立网络的技能包括建立个人网络和建立商业网络。

个人网络的基础是创业者和其他创业者、供应商、债权人、投资人、朋友、老师以及其他相关之间的人脉关系。这些个人联系能够为创业者提供信息，减少企业的不确定性，从而帮助创业者做出有效的决策。例如：一个创业伙伴能帮你找到对你们的项目感兴趣、并且富有的投资者提供稀缺的资本；以前的老师可能提供免费的技术咨询建议，甚至会志愿帮助为新的业务制定营销战略；银行家可能会帮你找到有经验的高级管理者，在企业成长的关键阶段，提供与创业精神互补的管理技能；与同从基层起步、经历过企业的整个建立过程的创业伙伴交流，可以得到宝贵的反馈和情感支持等。创业者可以通过积极寻找有类似兴趣的人，与他们保持联系，寻找机会与他们建立互相满意的关系，从而建立起个人网络。通过对个人网络中的人们的需求和兴趣做出响应，创业者可以建立起信任和商誉。个人网络可以通过参与职业社交、企业俱乐部、慈善组织、贸易展览会和创业者网络建立关系。

商业网络是为了实现对彼此都有益的目标而与其他企业建立的一系列联盟。一家大公司可能会与一家小型创业企业建立合作伙伴关系，以便从后者正在开发的创新产品或服务中获得一些收益。虽然新公司无法利用许可协议接触到大量能集中资源的技术或战略联盟，但是可以利用许可协议接触到大公司的营销和财务专业人员，帮助他们进入难以打入的市场。

3)　领导技能

优秀的领导者可以为其他人提供一个共同的愿景，提升创业伙伴和雇员的使命感，促进大家朝着共同的目标努力工作。作为领导者，创业者应该激发和激励员工做对企业有利的事情，即使这种事情不符合员工个人的短期利益。例如，新创业公司的员工可能在很长时间里工资都不会太高。创业者要依靠自己的领导技能支持员工的士气，指导企业向目标前进，克服前进道路上的障碍。

第二节　创业的过程

一、创业过程的一般模型分析

1.逖蒙斯模型

逖蒙斯认为，创业过程是以机遇为导向的，为创业领导和创业团队所驱动，需要运用资源最小化且富有创造力的策略，依靠机遇、团队和资源三要素之间的和谐和平衡，因而是一个综合的有机整体。这一模型(见图12.1)具体包含以下三层意思。

1)　创业过程是以机会作为导向，创业团队作为驱动，创业资源作为保障的过程

该模型的思想是创业始于机会。在一开始，真正的机会要比团队的才干和能力或适宜的资源更为重要。当适宜的机会出现时，依赖创业团队在混沌变化的环境中识别机会，并利用资本市场等外部力量组织资源，驱动企业来实现机会的价值。在这个过程中，创业机会与市场资源是相互调整以彼此适应的过程，创业计划是由创业团队提供的一个沟通要素，以使创业机会与市场资源相匹配。

2)　创业过程依赖于创业机会、创业团队和资源这三个要素的匹配和平衡

处于模型底部的创业团队必须掌握这种匹配与平衡，并借此推动此过程。创业团队要做的工作包括：创业机会是否存在问题？企业正在失去什么机会，正在得到什么机会？外部环境会发生什么有利或不利的事件，我们怎样才能使这些事件对创业有利？我们怎样有效整合和利用资源？怎样可以减少和消除市场、技术、竞争、管理和金融等方面的风险？等等。如果一个创业团队能够决定这些答案，那么就很好地充当了机会与资源之间的桥梁，有利于整个创业过程不同要素之间的匹配与平衡。

3)　创业过程是一开始就进行的连续的寻求平衡的行为组合

尽管这三个部分很难保持完全匹配，但只有持续地追求一种动态平衡，企业才能保持持久的发展，也就是企业所面临的二次创业和连续创业。如果这三个部分形成的平衡的循环链条发生了断裂和变形，那就意味着三个要素失去了彼此的匹配和适应，企业陷入即将衰败的境地，只有当这个过程是连续循环下去的，在机会的导向下，企业不断由团队引领，整合资源进行自我的创新，才会有持久的竞争力。

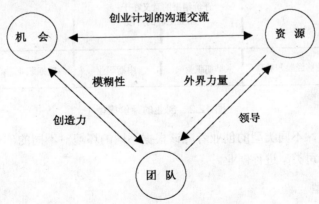

图 12.1　逖蒙斯的创业过程模型

2. 创业的评价模型

罗伯特·C. 来斯塔特提出了创业的评价模型(见图 12.2)。这个模型强调对创业者、新创企业和环境要从四个方面进行评估，这四个方面分别是：定性评估；定量评估；战略评估和伦理评估。评估结果必须被置于创业者的创业生涯所处的阶段。不同创业生涯所处的阶段对评估结果会产生不同的影响。

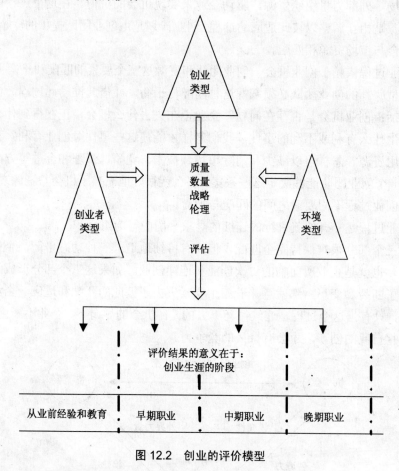

图 12.2　创业的评价模型

根据评估结果，不同类型的创业者应该根据不同的环境对不同的创业机会进行识别，从而选择适宜的公司类型进行创业。

3. 多因素模型

图 12.3 的多因素模型描绘了创业过程的四个主要因素，即个人、环境、组织和过程的相互作用。这种方法认为创业是一个复杂、多维的结构，强调创业者、环境、组织和风险。

图 12.3　创业多因素模型互动因素

二、创业的程序

　　一个初创企业的创业程序应该包括识别创业机会、选定创业项目、筹建创业团队、拟定创业计划、筹集创业资本、办理创业的有关法律手续、创业计划的实施与管理等七个部分。

1. 识别创业机会

创业机会的形成没有既定的模式和规律。有些创业机会的形成带有极强的偶然性因素，例如突发性事件所带来的创业机会。而有些创业机会的形成其实已经酝酿了很长一段时间，当各方面条件都成熟时，在某一个时点各种资源的契合而引发一系列创业机会的形成。但是，对创业机会的识别却有着科学的方法，从而考察创业者的基本创业能力，因为机会总是青睐有准备的人。

对于机会识别而言，考察创业环境是非常重要的。创业环境是指创办一个企业所需要的周边环境。任何一个新创业企业都是在一定的创业环境条件下成长起来的。创业环境包括以下三个方面：①宏观环境。一个国家或地区的市场开放程度、政府的国际地位、信誉和工作效率、金融市场的有效性、劳动力市场的完善、法律制度的健全以及技术的进步等等，都会形成一个新创企业的宏观环境。这些宏观环境因素对一个新企业的创办、生存和发展将产生重要的影响，对创业者的投资兴业起着较大的诱导和促进作用。②地区环境。每一个企业必须设立在一定的区域内，因而新创企业必然受到地区环境的影响。评价地区环境，关键因素是新创企业相对这个地区其他企业的规模以及这个地区本身的规模。一个企业在地区内的重要性，取决于企业的营业额、员工数量和纳税额以及对地区的其他贡献。一个地区对创业者的支持程度，则取决于创业者对该地区的责任承诺、忠诚和贡献。承诺、忠诚和贡献的程度越高，创业者从该地区所获得的支持程度就越高。③行业环境。行业环境分析对新创企业十分重要。一般来说，创业的行业环境主要关注两个问题：一是行业内的竞争程度及变化趋势，二是行业所处的生命周期。创业者要对宏观环境、地区环境、行业环境进行系统的考察，并且对各种环境因素进行分析评价。

创业者对机会的识别由两方面的认知行为构成：信息收集和概念创造。具体包括四种相关行为：信息浏览；讨论与思考；信息搜寻以及资源评估。通过这些行为，使初始创意逐渐形成一个成熟的商业机会，然后根据机会的发展潜力寻找潜在的资源，并对其进行评估。有若干因素，如商业概念在市场中的新颖度或创业者对风险的理解度会影响到创业的广度和强度。创业者的社会背景在机会识别过程中也会起到重要的支持作用，创业者自身较强的网络关系可以带来有价值的信息和建议、经营担保、设备、土地和资金等重要创业资源。

2. 选定创业项目

并非所有机会对创业者都具有同等的价值。所以，创业者必须去选取那些回报潜力最大并有能力去利用和利用好的机会。在分析评价创业机会的过程中，创业者对以下问题要予以慎重考虑。

1) 创业投资回报

获取回报是创业的目的之一，因此在分析创业机会时要考虑到若创业成功将会产生多少利润，又能持续多长时间；投资回报的吸引力如何；与其他的投资分析比较怎么样，又有哪些会成本等问题。

2) 创业投资额度

有效开发创业机会所需的投资额度问题将会直接影响创业者是否有能力去开发这个机会。这就需要创业者回答以下问题：现在创办企业需要在人员、经营性资产、法定费用等方面投资多少；要长期、持续地开发这个商业机会需要多少未来的追加投资；有无办法获得所需要的资本；如果机会真如所期望的那么大，有没有足够的能力去开发；如果没有独立开发的能力，有没有可能找到合作开发的对象或有利可图地将新创企业出售；开发这个机会需要什么特殊人才，是否容易得到以及是否有能力将其留下来等。

3) 创业机会的大小

创业者要评价创业机会的大小，必须要考虑：市场规模的大小；本企业能得到多大的市场份额；若成功可能会获得多少利润；这个创业机会预计可以开发多长时间等。

4) 创业风险

创业必然意味着承担风险，这是创业者在进行机会分析时必须要评估的因素。在实际创业过程中，创业者可能面对的风险包括：所提供的产品和服务对顾客的吸引力较低；竞争者反应强烈；外界环境发生突变；创业的成功在很大程度要依赖外部资源，如风险投资；创业所需的外部资源不容易得到，并且获得外部资源的成本较高等。

上述因素只有在相互联系中才有意义。例如，风险只有在与回报的联系中才能为决策提供依据。因此，创业者在分析机会时不能应用单一要素和绝对标准，必须综合考虑以上各种要素和利用相对标准，在对各种机会进行相互比较之后再做出分析，也就是说，要将机会进行排序，从中选优。

3. 组建创业团队

在美国 20 世纪 60 年代，一项针对高成长型企业的调查显示，其中有 83.3%是属于团队创业的形态，证明团队创业形态的成长速度要高于单人创业形态。当然也并非采取团队创业就一定会获得成功，但风险投资者普遍相信，纵然团队创业成功的概率不一定高，但团队创业成功后所产生的回报价值一定相对较高，所以他们在投资新创企业时，都会将团队因素列为重要的评估指标。

1) 组建团队是需要考虑的影响因素

创业者在组建团队时需要考虑到一些具体的因素：①为团队成员建立远景理念。远景理念是创业向团队成员勾画的未来企业的发展前景。通过向团队成员传递具有激励意义的远景理念，可以促使团队成员具有目标一致性的行动，从而有助于团队内部的合作，促成团队创业成功。②全面掌握备选团队成员的信息。组建者必须对备选团队成员的信息作充分的了解，要掌握每一个人的优劣势，在划定团队成员时，要考虑到团队成员之间的优势互补。③团队组建的时机需要与商机相匹配。商机的出现需要创业者运用经验、智慧加以判断和把握，往往一个好的商机留给创业者的时间都非常短促，这就需要创业者根据形势的变化，做好充足的准备，着力于在商机出现之前就组建一个具有竞争力的优势团队，或者已经准备好备选成员可以迅速地启动组建。④团队成员的角色定位。一个团队的组建意味着要在团队内形成合理的组织架构，这就需要明确团队内成员的职责分工，也就是角色定位的问题。但是，新建企业一般都会存在很多的变数，处于多变的环境中，不容易在一开始就做到非常清晰的划分，这就需要团队领导者的协调领导能力以灵活应对。⑤获取团队外部相关人员的支持。创业初期，由于面临风险较大，团队成员需要足够的信念和力量才能彼此支持，协作共事。此时，来自成员外部的亲人和朋友等相关人员的支持就显得特别重要。一个良好的外部环境可以激发创业团队的创业热情，从而克服困难，努力获得成功。

2) 组建团队时需要解决的问题

团队是由个人组成的，尽管团队成员可能抱有强烈的创业热情和共同的创业理念，但是，在具体创业过程中，由于个人价值观的不同、思路的差异等因素还是会出现问题，可能包括以下几类：①团队领导者的确定。创业团队需要具有权威的领导者进行决策和协调，但大家一同创业，谁应该是领导者？创业魄力、个人能力、人格魅力包括人际资源等都可以成为确定某人成为领导者，但是对于这问题的认同，往往很难在团队成员之间形成一致性的意见，这就可能出现分歧，导致团队失和，影响工作。②团队成员的互信问题。团队成员之间必须形成坚固的互信关系，才可能通力合作，战胜创业困难。成员互信依赖于创业伊始团队内建立公平公正的决策机制以及领导者卓越的领导力。③利益的合理分配。利益分配是一个敏感、困难，但又十分重要的问题。尤其当几个人一起创业时，经常会采取平均分配股权的方式，但这种平均主义也会带来很多负面后果。事实上，各成员的能力以及创业贡献都有所差异，兼顾平均的同时不利于对真正有才干的人形成正面激励。另外一个问题，就是可能会出现利益高度集中于少数几个人手中，而不能发挥团队成员的群体积极性。创业者应该甄别团队中在技术和管理上具有决定性意义的核心人才，通过合理的利益分配的方式提升他们的团队忠诚度。

组建一个成功的创业团队对于创业者而言，是一件艰难而又极其重要的事情。一个卓越的团队应该是一个具有坚强的凝聚力，以团队利益至上，能够坚持正确的经营原则，妥善处理好短期利益和长期利益的关系，致力于创造新企业价值，确立公平弹性的利益分配机制，合理分享经营成果的专业人士的完美搭配。

4. 拟定创业计划

选定创业项目只是确定了创业"干什么"项目，紧接着就要决定创业"怎么干"。许多成功创业者的经验证明，只有科学、周密地拟定创业计划，才能少走弯路、减少损失，提高创业成功的把握度。

1) 创业计划的阅读者

撰写创业计划的首要问题就是要确定计划的阅读者是谁。创业计划的阅读者可能是相

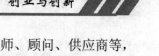

关专业人员，例如风险资本家、银行家、投资者、潜在大客户、律师、顾问、供应商等，以上所述相关者对创业的成功都将起到重要的作用，不同的人对创业计划的关注点有所不同。创业在进行创业计划的撰写时，必须明确阅读者的偏好，进行相应部分的调整，以获得最大程度的外部资源。

专栏 12-3　风险资本家的五分钟阅读

下面六个步骤就是风险资本家阅读商业计划的步骤(用于每步的阅读时间不超过一分钟)：

第 1 步：判断企业特性和行业。

第 2 步：判断计划的资本结构(负债额或投资需求资产净值)。

第 3 步：阅读最新资产负债表(判断流动性、净值以及负债和权益)。

第 4 步：判断企业家才能(往往这是最重要的步骤)。

第 5 步：确定企业的独特特色(找出与众不同之处)。

第 6 步：快速从头到尾阅读整个计划(大概翻看整个计划的图、表、例证及计划的其他部分)。(资料来源：[美]Donald F.Kuratko Richard M.Hodgetts.创业学——理论、流程与实践. 第 6 版.北京：清华大学出版社，2006，P274.)

---

2)　创业计划的主要内容

比较全面的创业计划应该包括以下内容：

(1) 创业经营计划封面。一般应包括创业公司的姓名、电话，公司及其经营特点的描述以及有关报告保密性的陈述等内容。

(2) 创业经营计划概要。这部分内容要高度概括创业经营计划各部分内容的要点，其目的是吸引投资者、合伙人或贷款人进一步评估你的创业经营计划的兴趣，因此要力求精练，条理清晰，重点突出。

(3) 市场分析。这部分应该包括行业及竞争状况分析、市场态势分析、顾客分析和供应商分析。

(4) 企业介绍。企业介绍部分要明确陈述以下问题：企业宗旨；创业者；企业基本情况。

(5) 营销计划。营销计划旨在说明怎样制定营销战略，以占领选定的目标市场。营销战略的制定是建立在对市场的机会和威胁、自身优势和劣势进行分析的基础上完成的，主要是确定营销组合，即产品、价格、渠道和促销，来实现包括市场占有率、利润和销售额等指标在内的营销目标。

(6) 运营计划。如果新创企业属于商业企业或其他服务性行业，其内容应包括货物购买、储存控制系统等。

(7) 组织与管理。本部分旨在说明创业者及其团队是否有组织管理能力以实现拟定的营销计划和盈利目标。应包括：组织结构与职务分析；人力资源发展计划；绩效考评与奖惩制度；关键外部顾问的设置等。

(8) 财务计划与投资回报分析。这部分要向投资者提供融资后 5～7 年的财务预估，未来 5 年损益分析、财务比例分析以及投资回报率估计等。

(9) 风险评估。创业者有必要进行风险估计，估计其严重性与发生的概率，以便制定有效的战略来对付这些威胁。

(10) 结论。此部分是对以上部分的整合，再次说明企业整体竞争优势，并指出整个经营计划的利己所在，尤其强调投资项目可预期的远大市场前景，以及对投资者可能产生的投资回报。

(11) 附件。包括各种具有公信力的材料。

3) 撰写创业计划需要关注的重要问题

(1) 计划要短小精炼。创业计划的阅读者通常都是些很珍惜时间的重要人物，因此创业家对新建企业的介绍不但要清晰明确而且要简洁，避免过于冗长。

(2) 计划书的编辑符合规范。计划书的目录、实施概要、附录、例证、图表等非主体部分正是反映创业者态度和能力的重要因素。正确的语法，各部分合理的编排，整体整洁都是创业计划书编辑时要注意的关键因素。

(3) 描绘远景蓝图。创业者要在计划中努力营造一个激动人心的氛围，描绘企业的发展趋势和前景，描述企业未来的打算，说明这些产品或服务将带来怎样的机会。

(4) 力求务实。销售潜力、收入估计、企业增长潜力等重要指标都不能夸大。各种可能的方案，包括最好情况和最坏情况都应在计划中规划到。同时要注重提供重要文件和调查的可信证明。计划书的措辞可以凸显激情但不可浮夸。

(5) 列出关键风险。创业计划中涉及关键风险的部分相当重要，因为它体现了创业者分析潜在问题和杰出应变措施的能力。同时对关键风险的预测也反映出创业者已经在积极着手应对风险或规避风险。

(6) 证明创业团队的高效性。创业计划中的管理部分应清楚列出对创业产生作用的关键人物，同时要详细说明每个关键人物的才能以及这些人是怎样形成高效团队来管理企业的。

(7) 用第三人称编写计划。创业计划的人称选择也会左右阅读者对计划的感受。相对于频繁地使用"我"、"我们"、"我们的"来说，使用第三人称"他"、"他们"、"他们的"可能更好。这样，给阅读者留下的印象更为客观。

专栏 12-4　怎样让我们的商业计划给金融家们留下良好的印象

一份商业计划给了金融家关于企业和企业家的第一印象。

潜在投资者期望这份计划看起来非常好，但又没有言过其实；它有恰当的长度；在开始就对公司业务的各个方面有着清楚简洁的说明；没有语法、印刷或拼写错误。

投资者正在寻找的是经营者谨慎处理自有财严的证据——同样地他们也将认真处理投入的资金。换句话说，结构以及内容都是重要的，投资者清楚知道好的结构反映了好的内容，反之亦然。

在格式问题上，我们认为下面的是最重要的：

① 外观。装订和印刷不能粗心；太冗长的表达也不好。虽然排版装订会产生额外的花费，但编辑装订的影印页看起来又不那么专业。用塑料螺旋夹子把单色封面装订在一起，这样既整洁又耐用，经得起许多人的翻看而不受损。

② 长度。一个商业计划不应该超过 50 页。草拟的稿件可能会超过，但编辑后的最终版本宜在 40 页内最为理想。这个长度要求企业家在稿件中突出最能吸引投资者注意的构思和结论。背景详情可以在副本中说明。在投资者开始有兴趣后的调查过程中，企业家应为投资者提供这些可用的资料。

③ 封面和扉页。封面上应该印上企业的名称、地址、电话以及计划书发行年月。奇怪的是，许多商业计划呈送给潜在投资者时却没有回复地址和电话号码。有兴趣的投资者需要很方便地联系到公司，要求更多的有关信息或表示对公司和计划的某些方面感兴趣。在封面里面应该有一页精心设计的扉页，扉页应重复封面的信息，并且在上边或下边的角落里标上"副本数"的字样。除了帮助企业家明了计划书的发行，而且还应将重点呈送的计划书数量减少到不超过二十本，这对于投资者来说也是一种心理优势。毕竟，谁也不期望一项陈旧的投资。

④ 实施概要。扉页之后接下来两页要简要说明一下企业的当前状况，它的产品或服务、消费者利益、财务预测、企业三到七年的目标、资金需要量以及投资者利益。这对于两页的概要来说有些苛求，但是这些或者会使得投资者有继续读下去的欲望。

⑤ 目录。在实施概要之后的目录也应是精心设计的。列出商业计划的每个部分并标注好页码。(资料来源：Reprinted by permission of the Harvard Business Review. An exhibit from " How to Write a Winning Busincss Plan,"by Sranley R. Rich and David F. Gumpert, May. June 1985, 162.copyright(1985) by the President and Fellows of Harvard College;all rights reserved.)

5. 筹集创业资金

创业之初的筹资是企业所面临的最初筹资，它的成败是至关重要的，关系到企业以后的生死存亡，筹资成功的企业不一定发展起来，筹资失败的企业的创立则面临着必然的失败。

创业者在进行创业筹资时，需着重注意以下问题：正确预测资金需要量。寻求合适的筹资机会。合理选择筹资渠道、方式。重视资金构成比例。遵循原则，科学决策。树立良好的筹资信誉。

开办企业所需要的启动资金往往需要同时从多个渠道才能筹足。创业启动资金可以是创业者的自有资金。创业者自有资金是创业者个人拥有的资金，它来自创业者的个人储蓄或其他收入，甚至是创业者变卖个人资产而获得的资金。在创办企业时，创业者必须投入部分个人资金作为权益资本，这不仅是由于创业初期需要启动资金，而且是基于企业所有者地位的象征和外部筹资的基础，没有自有资金在企业之中是很难获得外部投资者的信任的。但是自有资金往往是有限的，尤其对刚从学校毕业出来的学生来说，根本就不大可能会有积蓄。如果自有资金不能满足创业启动资金的需要，就必须想办法通过其他途径筹措资金。筹集创业资金的常用渠道有以下几种：负债筹资，包括从亲朋好友处借钱、从银行及其他金融机构贷款、发行债券等；股权筹资，包括寻找合伙人投资、发行股票、利用风险投资等；其他筹资方式则包括租赁筹资、商业信用筹资、补偿贸易筹资、代理权筹资等。

6. 办理相关法律手续

企业的不同法律形态是创业者创业时必须考虑的问题。我国企业可选择的法律形态大体上有有限责任公司、股份有限公司、中外合资企业、中外合作企业、外商独资企业、合伙企业、个体工商户、农村承包经营户等。影响创业者选择企业法律形态的因素主要有：拟创办企业的规模大小；创业时所拥有的资金的多少；共同创业的人数多少；创业的观念；所能承受的风险；准备创业的行业的发展前景等。具体而言，创业者在选择企业法律形态时应着重考虑以下几个方面：①如果有较强的独立意识，不愿与他人合作，则可以选择个体工商户或个人独资企业。②准备开办的企业规模较小，投资人较少，资金较少，所有风险由自己一个人承担，那么就可以选择比较简单的企业形式，如个体工商户或合伙企业。③如果有其他的合伙人，则可以选择合伙企业、有限责任公司等企业形式。④如果准备开办的企业规模较大，投资人比较多，需要的资金较多，为避免较大的债务风险，可以选择有限责任公司这种企业形式。⑤如果所选择的是科技含量高、需要大量投资的企业，则可以选择有限责任公司或股份有限公司等企业形式。⑥如果能争取到国外的投资者，享受外商投资的有关优惠政策，则可以考虑选择中外合作企业或中外合资企业这种企业形式。

创业者设立企业从事经营活动必须按照有关法律法规要求办理相关手续方能开业，其项目主要包括办理工商登记注册手续、税务登记手续及银行开户手续等。与此同时，企业还需要了解《税法》、《财务制度》、《劳动法》、《合同法》、《担保法》、《票据法》、《企业登记管理条例》、《公司登记管理条例》以及涉及社会保险问题、知识产权问题等的一些法规、规章。

7. 创业计划的实施与管理

在完成了前六个步骤的工作后，创业者就可按照拟定的创业计划组织调配人、财、物等资源，实施创业计划并加强管理，进入新创企业经营管理及成长阶段。如果说前六个步骤是创业活动的准备阶段，那么这一步骤就是创业活动的实施阶段。它既是创业活动的重点，又是创业活动的难点。这一阶段的工作光有吃苦耐劳、不屈不挠的精神是不够的，更要求创业者讲究工作方法，运用正确的经营管理策略，才有可能实现创业目标。关于这方面的具体内容主要包括创业经营基本策略、创业管理基本策略、企业成长管理等。

这七个步骤之间是循序渐进的关系，后一个程序的开始在很大程度上依赖于前一个步骤的实现程度。但有些步骤是可以交叉进行的，比如说在识别创业机会、选择创业项目的同时，可以着手筹建创业团队，考虑筹资的相关事宜，并思考创业计划的一些关键问题。创业者要根据创业问题所处阶段和面对的具体环境决定是同时推进，还是按次序前进。

第三节 企业内部创业与创新

一、企业内部创业与创新的内涵

1. 企业内部创业的内涵

二十世纪八九十年代，内部创业成功的企业不断涌现，很多学者开始关注企业内部创业的相关理论。Fariborz Damanpour 于 1991 年提出了他对内部创业的认识，他认为内部创业首先是基于企业创新的思想，而企业创新包括了新创意或新行为的产生、发展和实施。就此而论，企业内部创业的核心是再造和提高公司获得创新技能的能力。威廉·D. 古斯和阿里·金伯格强调企业内部创业包括两个主要的方面：建立全新的企业和通过战略更新所进行的公司转型。唐纳德和理查德在全面分析内部创业的概念和内涵后，将企业内部创业定义为公司内部的个人或集体创建新的公司，或促使公司内的重建或创新的过程。认为企业内部创新包括战略更新、向市场推出新产品和通过创业努力在公司内部创立新的商业机会是内部创业的三种重要模式。研究者沙克·A. 扎拉的概念比较全面，他指出"企业内部创业表现为正式的或非正式的行为，目的是通过产品或方法的创新以及市场开拓为公司创造出新的商机。创新行为可能发生在公司、部门(业务)、内部职能或项目等各个层面，目标都是提升公司的竞争地位和经营业绩。"

以上学者的研究都显示了企业内部创业一定是以创新为基础和核心的企业内部的连续性创业。

2. 创新的内涵

"创新"最早是由奥地利经济学家约瑟夫·熊彼特(Joseph Schumpeter)提出来的概念。他在 1912 年出版的著作《经济发展理论》一书中首次阐述了"创新"的含义：创新就是建立"新的生产函数"，即"企业家对生产要素的新组合"，也就是把一种从来没有过的生产要素和生产条件的"新组合"引进生产体系，从而引起生产方式的变革，形成一种新的生产能力。具体来说，创新包括以下五种情况：

(1) 引进一种新产品,就是消费者还不熟悉的产品,或提供一种产品的新功能。

(2) 采用一种新的生产方法,也就是有关的制造部门还未曾采用过的方法,这种新的方法并不需要建立在新的科学发现基础之上,可以是在商业上处理一种产品的新的方式。

(3) 开辟一个新的市场,就是使产品进入以前不曾进入的市场,不管这个市场以前是否存在过。

(4) 获得一种原材料或半成品的新的供给来源,不管这种来源是已经存在的,还是第一次创造出来的。

(5) 实行一种新的企业组织形式,比如造成一种垄断或打破一种垄断地位。

企业创新主要有七种:管理创新;思维创新;产品(服务)创新;技术创新;组织与制度创新;营销创新及文化创新。

二、企业管理创新

管理创新是指对企业管理思想、管理方法、管理工具和管理模式的创新,它是企业面对技术和市场的变化所做出的相应改进和调整。一般地讲,管理既是一门科学,也是一门艺术,它既有自然的工具属性,又有一定的社会属性。因此可以近似地认为,管理创新是一个非常重要而复杂的过程,它既包括管理技术的创新,也包括管理制度的创新。成功的管理创新实质上是管理技术和管理制度两方面创新的综合体现和必然结果。

1. 管理创新的动力

管理创新受内在动因及外在动因的驱使。

1) 管理创新的内在动因

(1) 人的心理活动特征。马斯洛(Abraham Maslow)把人的需要分为若干层次,而获得适应第一层次需要的具体满足物的欲望是无限多的。所以,由生理需要、安全需要、社交需要、尊重需要和自我实现需要分别产生的具体欲望都是无穷无尽的,这成为人们不断追求创造新的满足物以满足这些无止境的欲望的永不衰竭的动力源。

(2) 实现自我价值的愿望。创新主体对成就的追求、对自我价值实现的向往、对社会责任的道义渴望更强化了他们创新的冲动。根据需要层次理论,人的多层次需要有一个由低到高逐级强化的过程,当生理、安全、交往、尊重等方面的需要获得基本满足之后,自我实现的需要会凸显出来,成为追求创新的动力。人们希望从创新的成功中获得成就感,显示自己的价值,从而得到满足。与自我价值的实现伴生的是对社会、对组织的强烈责任感,这会在创新主体的思想上产生强大的激励力量,促使创新主体为了这崇高的对社会、对组织的使命而付出不懈的努力,去从事创新活动。

2) 管理创新的外部动因

(1) 社会文化环境的变迁。人们的价值观念、兴趣、行为方式、社会群体会随着时间的延续而处在变化之中,这要求社会组织的行为必须随之做相应调整,以适应这些变化。

如果墨守成规，故步自封，就会落伍，乃至被淘汰。

(2) 经济的发展变化。经济的发展最直接地影响着人们的生活方式、消费选择，呼唤着消费者对各种新产品、新服务、新时尚、新款式、新功能的追求。这极大地促使人们发挥创新的才智，发展生产力以满足上述丰富多彩的企盼。因此，这也就需要不断进行管理创新，来推动生产力的发展。

(3) 资源和环境保护的需要。由于自然条件的约束，人们越来越重视自然条件的挑战。自然原料日益短缺，运营成本日趋提高，环境污染日益严重，政府对自然资源的干预和对生态环境的治理不断加强，这些对企业都形成巨大压力，迫使企业进行管理创新，以适应严峻的形势。

(4) 科学技术的发展。一方面，科学技术的进步为人类开辟了更新更广阔的新天地。作为管理主体，有责任通过不断创新，来引导和加速科学技术进步的进程。另一方面，科技的进步对管理主体形成强有力的挑战：大部分产品的生命周期有明显缩短的趋势；技术与信息贸易的比重增大；劳动密集型产业面临更大的压力，我国劳动力费用低廉的优势将逐步减弱；流通方式向更加现代化的方向演进；对社会组织的领导结构和人员素质提出了更高的要求。

(5) 对企业社会责任的关注。企业的社会责任已成为一个全球关注的问题。一些发达国家组织和跨国公司制定了 SA8000 企业社会责任标准，并在全球推广认证。

上述种种都要求我们重视管理创新，通过创新，迎接挑战。从世界范围来看，管理创新与经济发展相辅相成，第一次企业管理的突破使美国制造业的劳动生产率提高了两三倍，奠定了美国成为经济强国的基础。20 世纪 50 年代，日本企业创造了"全面质量管理"、"价值工程"、"精益生产"等管理思想，指导着大批日本企业迅速成长，成为近几十年日本企业在全球市场竞争中一路领先的重要原因。而对于年轻的中国企业而言，卓有成效的管理创新将使中国经济实现从"中国制造"到"中国创造"的跨越。管理的核心是人，管理创新必须以人为本，建立科学、合理、公正的机制，充分调动人的主观能动性。

2．管理创新的内容

管理创新的发展史表明，管理创新常常发端于某种创意或灵感，尽管这种创意或灵感难以事先预料或估计，但管理创新并不是"杂乱无章"的随机事件，而是一种有机划、有目的的创造性活动。因此，在管理创新过程中，既要倡导一种全面、全员、全过程的管理创新概念，同时也要理清管理创新的思路，把握管理创新的重点。根据管理创新的一般规律和特点，管理创新总是首先起源于管理观念的变革，然后才引起一系列的管理内容创新。在管理创新内容上，尽管每个管理环节都存在创新的机会，但一般来说，比较重要而且易于取得创新绩效的管理创新领域主要有：管理观念创新、管理组织创新、管理模式创新和管理方式方法创新等。

1）管理观念创新

观念是行动的先导，它驱动、支配并制约着行为。行动的创新首先是观念的创新，没有创新的观念就不会产生创新的行动，可以说，观念创新是行动创新的灵魂。企业要进行管理创新，也必须首先实现观念创新。所谓观念创新，是指形成能够比以往更好地适应环境的变化并能更有效地整合资源的新思想、新概念或新构想的活动，它是以往所没有的、能充分反映并满足人们某种物质或思想需要的意念或构想。对企业管理活动来说，管理观念的创新主要包括以下几种情况：提出一种新的经营方针及经营策略；产生一种新的管理思路并把它付诸实施；采用一种新的经营哲学或理念；采用一种新的企业发展方式等。

观念创新既包括员工个人的观念创新，也包括企业整个组织的观念创新，这两个方面的观念创新相互联系、相互影响。个人观念创新服务服从于组织观念创新，并对组织观念创新产生推动或阻碍作用；组织观念创新体现着观念创新的方向，并对个人观念创新产生引导、整合或抑制作用。但是，无论是个人观念创新还是组织观念创新，他们都是对客观环境变化的一种能动反映，是主动适应客观环境变化的结果。由于变化是客观环境的本质特征，所以观念创新也没有止境。根据观念创新与环境变化之间的关系，可以将观念创新简单概括为三种基本类型：一是超前型，即观念创新领先于环境变化，在时间上有一个提前量，能够随时应付环境的变化；二是同步型，即观念创新于环境变化同步，能随着客观环境的变化及时进行观念创新；三是滞后型，即观念创新落后于环境变化，观念落后于时代，少变、慢变或不变。作为管理者，应该自觉地进行观念创新，力求超前，至少同步，绝不滞后。但这并不是说观念创新越超前越好、越新越好，一味超前创新并非都是好事，轻则会增加创新成本，重则会导致各种传统观念的反对和抵制，反而可能延误创新时机。

人的新思想、新观念不是与生俱来的，而是长期学习、积累和塑造的结果，所以只有坚持不断的学习，才能实现观念的不断创新。不仅如此，人的思想观念的形成与发展还受到思维模式的影响和制约，落后的思维模式只能导致观念的僵化，只有创新的思维模式才能带来思想观念的真正解放。因此，要实现观念的不断创新，就必须进行创新思维模式的培养和修炼，只有不断培养提高人们的创新思维能力，才能找到新思维、新观念产生的不竭源泉。

由于企业是一个由生产、质量、人才、财务、营销、人事、组织、战略等活动组成的庞大系统，在这个庞大系统的每一个环节都存在观念创新的问题，所以，观念创新并不是单一的，而是由各种观念组成的观念创新体系。一般认为，现代企业的管理观念主要是由企业战略观、企业效益观、企业质量观、企业竞争观、企业营销观和企业用人观等一系列观念和观点组成的。

2) 管理组织创新

组织创新包括组织机构创新和管理制度创新，也正是在管理制度这个层次上，组织创新与制度创新存在着内容交叉。组织创新主要包括以下几种情况：提出一种新的组织理念；采用一种新的组织机构形式；采用一种新的组织沟通网络；采用一种新的职责权限划分方法；设计一种新的管理制度，并有效实施；提出一种组织学习的有效形式等。

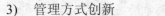

3) 管理方式创新

所谓管理方式，简单地说，就是指管理方法和管理形式，它是企业资源整合过程中所使用的工具。方式方法是否有效直接影响着企业资源的有效配置。一种新的管理方式方法能提高生产效率，或使人际关系协调，或更好地激励员工，这些都将有助于企业资源的有效整合，并达到企业既定目标。管理方式方法创新既可以是单一性的管理方式方法创新，如库存管理法、网络计划技术、ABC 管理法、物料需求计划等，也可以是综合性的管理方式方法创新，如制造资源计划、全面质量管理、准时化生产方式、计算机集成制造系统、企业资源计划等。概括起来，管理方式方法创新主要包括以下几种情况：采用一种新的管理手段；实行一种新的管理模式；提出一种新的资源利用措施；采用一种更有效的业务流程；创设一种新的工作方法等。

4) 管理模式创新

所谓管理模式，是指基于整体的一整套相互联系的观念、制度和管理方式方法的总称。这个整体可以是一个国家、一个区域、一个企业乃至企业内的某个具体管理领域。在企业层次上产生的一整套相互联系的观念、制度和管理方式方法就形成了企业管理模式，如集成管理、危机管理、企业再造等。同样，在企业内的某个领域所产生的一整套相互联系的观念、制度和管理方式方法就形成了领域管理模式，如生产管理模式、财务管理模式、人事管理模式等。显然，管理模式既有宏观管理模式(如管理模式)也有微观管理模式(如企业管理模式)，既有整体管理模式也有局部管理模式，它是一个非常宽泛的概念。但是，不管哪一种管理模式，相互联系的管理方式方法都是构成管理模式的基础，离开具有可操作性的一系列管理方式方法，管理模式就不能称之为模式，只能是一种管理理念或思路。

管理模式既是管理创新的条件，也是管理创新的结果。一般说来，管理模式创新具体包括以下几个方面：企业管理的综合性创新；企业中某一管理领域中的综合性创新；管理方式、方法和管理手段的综合性创新等。

三、企业技术创新

美籍奥地利经济学家约瑟夫·熊彼特将技术创新定义为一种生产函数的转移，或是一种生产与生产条件的新组合，其目的在于获取潜在的超额利润。它包括以下几个方面：生产新的组合；引进新的生产方法、新的工艺过程；开辟新的市场；开拓并利用新的原料或半制成品的供给来源；采用新的组织方法。

随着时代进步的发展，技术创新可以简单定义为一项新构思从研究开发一直到市场价值实现全过程的活动。通俗地说，技术创新是科技成果的商业化过程。

专栏 12-5　技术创新理论的起源

技术创新最早是由熊彼特于 1911 年提出的。然而，创新概念的萌芽可以追溯到亚

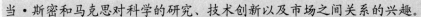

当·斯密和马克思对科学的研究、技术创新以及市场之间关系的兴趣。

亚当·斯密在《国民财富的性质和原因的研究》已谈到了"技术创新",并且预见了有创造力的个人和专门的研发在推动变化和经济增长方面将要起的作用。

卡尔·马克思被认为是最早指出技术创新是经济发展与竞争的重要推动力的经济学家。他觉察到资本主义制度在于它能够把资本积累和不断的技术创新结合起来。

约瑟夫·熊彼特的《经济发展理论》提出了两个重要的主题:首先,创新是经济发展的核心,创新使得物质繁荣的增长更加便利;其次,创新不仅仅是偶然发生,而且还需要企业家行为,需要打破静止的经济常规的英雄式的努力。

20世纪50年代到60年代末,在新技术革命浪潮的推动下,技术创新研究迅速复兴。西方许多经济学家以熊彼特首创的创新概念为工具,对于创新促进经济增长的内部机制展开了深入的研究。(资料来源:根据 http://www.zh09.com/lunwen/zxlw/zxxg/200912/369192.html 整理而成。)

1. 企业技术创新的分类

企业技术创新的分类为:①根据创新的技术形态不同,可简单划分为产品创新与工艺创新。②根据创新过程中技术变化程度不同,可划分为渐进性创新与根本性创新。③根据创新的技术来源不同,可划分为自主技术创新与引进技术创新。④根据创新活动方式不同,可划分为独立型创新与合作型创新。⑤根据创新对生产要素组合的影响不同,可划分为资本节约型技术创新、劳动节约型技术创新及中性技术创新。

2. 企业技术创新的模式与策略

1) 企业技术创新的模式

根据技术创新的方法,人们将其分为三种基本模式:自主创新模式、模仿创新模式和合作创新模式。

(1) 自主创新模式。这是指创新主体以自身的研究开发为基础实现科技成果的商品化、产业化和国际化,获取商业利益的创新活动。自主创新具有率先性,通常率先者只能有一家,其他都只能是跟随者。自主创新有时也用来表示一国的创新特征,与技术引进相对,仅指依靠本国自身力量独立开发新技术和实现创新过程的活动。自主创新所需的核心技术来源于企业内部的技术积累和突破。如美国英特尔公司的计算机微处理器、我国北大方正的中文电子出版系统就是典型的例子,这是它区别于其他创新模式的本质特点。另外,技术创新后续过程也都是通过企业自身知识与能力支持实现的。

自主创新作为率先创新,具有一系列优点:一是有利于创新主体在一定时期内掌握和控制某项产品或工艺的核心技术,在一定程度上左右行业的发展,从而赢得竞争优势;二是在一些技术领域的自主创新往往能引致一系列的技术创新,带动一批新产品的诞生,推动新兴产业的发展，如美国杜邦公司通过在人造橡胶、化学纤维、塑料三大合成材料领域的自主创新，牢牢控制了世界化工原料市场；三是有利于创新企业更早积累生产技术和管理经验，获得产品成本和质量控制方面的经验；四是自主创新产品初期都处于完全独占性垄断地位，有利于企业较早建立原料供应网络和牢固的销售渠道，获得超额利润。

自主创新模式也有自身的缺点：一是需要巨额的投入。不仅要投巨资于研究与开发，还必须拥有实力雄厚的研发队伍，具备一流的研发水平。如微软公司一年的研发投入就相当于我国一年的科技经费。二是高风险性。自主研究开发的成功率相当低，在美国，基础性研究的成功率仅为 5%，在应用研究中有 50%能获得技术上的成功，30%能获得商业上的成功，只有 12%能给企业带来利润。三是时间长，不确定性大。四是市场开发难度大、资金投入多、时滞性强，市场开发投入收益较易被跟随者无偿占有。五是在一些法律不健全、知识产权保护不力的地方，自主创新成果有可能面临被侵犯的危险，搭便车现象难以避免。因此，自主创新模式主要适用于少数实力超群的大型跨国公司。

(2) 模仿创新模式。它指创新主体通过学习模仿率先创新者的方法，引进、购买或破译率先创新者的核心技术和技术秘密，并以其为基础进行改进的做法。模仿创新是各国企业普遍采用的创新行为，日本是模仿创新最成功的典范，日本松下公司、三洋电机等都依靠模仿创新取得了巨大成功。纵观世界各国，当今市场领袖大多并非原来的率先创新者，而更多的恰恰是模仿创新者。模仿创新并非简单抄袭，而是站在他人肩膀上，投入一定研发资源，进行进一步的完善和开发，特别是工艺和市场化研究开发。因此，模仿创新往往具有低投入、低风险、市场适应性强的特点，其在产品成本和性能上也具有更强的市场竞争力，成功率更高，耗时更短。模仿创新模式的主要缺点是被动性，在技术开发方面缺乏超前性，当新的自主创新高潮到来时，就会处于非常不利的境地，如日本企业在信息技术革命中就处于从属的地位；另外，模仿创新往往还会受到率先创新者技术壁垒、市场壁垒的制约，有时还面临法律、制度方面的障碍，如专利保护制度就被率先创新者利用，作为阻碍模仿创新的手段。

(3) 合作创新模式。它指企业间或企业与科研机构、高等院校之间联合开展创新的做法。合作创新一般集中在新兴技术和高技术领域，以合作进行研究开发为主。由于全球技术创新的加快和技术竞争的日趋激烈，企业技术问题的复杂性、综合性和系统性日益突出，依靠单个企业的力量越来越困难。因此，利用外部力量和创新资源、实现优势互补、成果共享已成为技术创新日益重要的趋势。合作创新有利于优化创新资源的组合，缩短创新周期，分摊创新成本，分散创新风险。合作创新模式的局限性在于企业不能独占创新成果而获取绝对垄断优势。

由此可见，以上三种创新模式各有优缺点，采用不同模式需要有不同的条件和要求。当然，上述三种模式也不是完全排斥的，而是可以相互结合的。首先，具有不同实力和研发水平的企业可以根据自身情况选择适宜的创新模式，少数有实力的大企业可以在某些有优势的领域选择自主创新，而大多数中小企业则适宜选择模仿创新和合作创新模式。其次，从时间上看，模仿创新往往是自主创新必经的过渡阶段，一个新建企业只有通过模仿创新才能逐步积累自己的技术、资金实力、管理经验和人才队伍，为进行自主创新创造条件。在一批这样有实力的大企业崛起之前，发展中国家过早地提出以自主创新为主是不现实的，也是难以做到的。最后，即使是一些大跨国公司，在其不同发展阶段和对不同产品、不同技术领域，也可以同时分别采取三种不同的模式，扬长避短，改善创新效果。

2) 企业技术竞争的策略

企业技术竞争的策略可以采取多种选择，但其中成功并被广泛采用的可归纳为四种：

(1) 低成本型技术竞争策略。这一策略是通过企业内部各生产要素和各个环节的技术环节，节约能耗，从而使在向市场提供与竞争对手同样功能和同样质量产品的情况下，实现比竞争对手低的成本。这一策略适用于成熟产品与行业。低成本型技术竞争策略可以使企业在市场竞争中占有两方面优势：一是价格竞争优势；二是产业防御优势，即低成本成为潜在竞争对手的进入障碍，微利或无利可图能迫使其放弃对本产业的进入企图。但这一竞争策略也存在一定风险，如果成本膨胀便无利可赚，或是当更强大的企业进入时便导致成本战和价格战。

(2) 独特型技术竞争策略。独特技术有两种理解：一是指在整个工业范围内，或者就同行业比较来说，企业占独特优势的技术；二是指企业所采用的技术有独到之处。广义上讲，先进技术也是独特技术，因为企业开发出来的最先进技术意味着其他企业没有这种技术。

采取独特技术策略的企业，在一段时间内可以避免市场竞争压力，并获得较高的经济效益。但独特技术是动态的、环境的变化、市场需求的增加或减少以及竞争者的介入都会影响到技术的独特性。这些情况一旦发生大的变化，原有技术的独特性便会随之消失。企业必须寻找新的领域，研究开发新领域的独特技术，这样才能使企业始终维持其竞争优势。

(3) 多元化技术竞争策略。这一策略是指企业利用不同的市场机会，跨行业开发和经营多种技术产品，以分散产品开发和经营的风险，做到"东方不亮西方亮"。但采用这一策略，需要企业有雄厚的资金、技术等方面的实力。常见的多元化策略有：①纵向多元化，即开发原有产品的深加工技术，以提高产品的附加值。②横向多元化，即企业利用原有市场，针对原有顾客的其他需要，采用新的技术、工艺、设备来发展新产品，增加新品种。③复合多元化，即把业务范围扩展到其他行业，进行与现有技术、产品没有联系的产品技术开发和经营活动。

(4) 专门化技术竞争策略。这一竞争策略的核心是集中技术优势重点攻关，以特殊用途的技术产品满足特殊消费群，占领某一细分市场，并在此建立成本或产品差异方面的优越地位。专门化技术策略也存在一定的市场风险，一旦发生竞争性侵入，小而专形成的局部成本优势或产品差别优势将可能丧失。

本 章 小 结

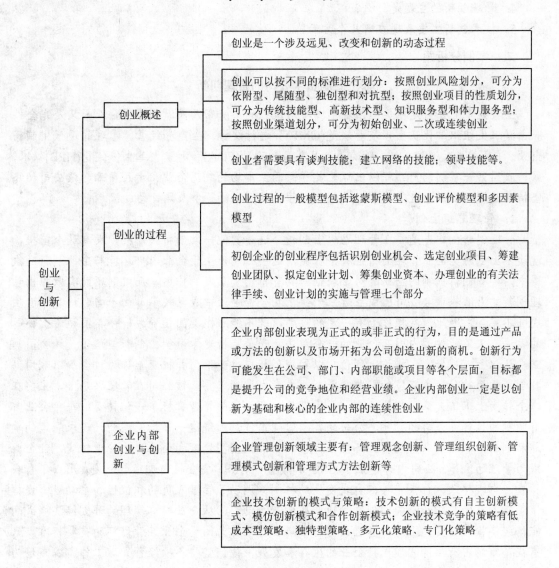

创业是一个涉及远见、改变和创新的动态过程

创业可以按不同的标准进行划分：按照创业风险划分，可分为依附型、尾随型、独创型和对抗型；按照创业项目的性质划分，可分为传统技能型、高新技术型、知识服务型和体力服务型；按照创业渠道划分，可分为初始创业、二次或连续创业

创业者需要具有谈判技能；建立网络的技能；领导技能等。

创业过程的一般模型包括逖蒙斯模型、创业评价模型和多因素模型

初创企业的创业程序包括识别创业机会、选定创业项目、筹建创业团队、拟定创业计划、筹集创业资本、办理创业的有关法律手续、创业计划的实施与管理七个部分

企业内部创业表现为正式的或非正式的行为，目的是通过产品或方法的创新以及市场开拓为公司创造出新的商机。创新行为可能发生在公司、部门、内部职能或项目等各个层面，目标都是提升公司的竞争地位和经营业绩。企业内部创业一定是以创新为基础和核心的企业内部的连续性创业

企业管理创新领域主要有：管理观念创新、管理组织创新、管理模式创新和管理方式方法创新等

企业技术创新的模式与策略：技术创新的模式有自主创新模式、模仿创新模式和合作创新模式；企业技术竞争的策略有低成本型策略、独特型策略、多元化策略、专门化策略

创业概述

创业的过程

企业内部创业与创新

创业与创新

复习思考题

一、问答题

1. 如何理解创业的内涵？

2. 创业的类型有哪些?

3. 创业的程序是什么?

4. 管理创新的主题是什么?

5. 技术创新主要表现在哪几个方面?

二、案例分析题

上海施贵宝公司的管理创新

上海施贵宝公司是中美两国在中国境内成立的第一家西药制剂合资企业,又是完全按照世界卫生组织"优良生产质量规范(GMP)"进行设计、生产和经营、管理的现代化制药企业。该公司先后通过美国、新西兰食品药品管理局(FDA)和加拿大卫生保健局(HPB)批准,成为我国第一家制剂产品可以出口北美和新西兰市场的制药企业。十几年来,该公司始终坚持企业管理创新,进行着卓有成效的经营管理,取得了令人瞩目的成就。

1. 管理思想上创新

管理创新,首先是要在管理思想上创新。这是其他一切创新的前提,没有这个前提,就谈不上创新。企业管理创新也有个机制,这个机制产生于企业内部环境与企业创新的氛围中。具有创新机制的企业,对管理创新具有推动和激发的作用,反之则不能有效推出管理创新。上海施贵宝公司已成立近三十年,在合资企业中成立较早,由于当时许多经营法规并不完善,因此,在操作上有一定的难度,既不能照搬美国投资方——美国施贵宝公司的做法,又不能按国内国有企业的一套做法,而是坚持走学习型、创新型路子。该公司真正在认识上、观念上、措施上到位,以管理创新应对变革,并把变革作为机会加以利用。把创新作为对付竞争环境的需要,是企业本身发展的需要。该公司在管理思想上,主要在四个转变上下工夫:①从传统企业和管理目标多元化向管理目标单一化转变。每年企业都有明确的目标,公司的领导、公司的各项管理工作都围绕这一目标而展开,追求管理的卓越和创新,从而带来最佳的经济效益。②从企业被动型管理向企业自主管理转变,让企业成为管理的主体。公司内部建立了 CMP 和质量、财务、安全等内部审计制度,形成了自我检查、自我整改、自我完善、自我发展的机制,调动了管理人员的积极性和主动性,发挥了管理人员的智能和潜能,创造性地开展创新活动。③从企业内部管理的计划经济模式向市场经济模式转变。上海施贵宝公司将市场占有率作为衡量企业经营好坏的重要标准。只有提高市场占有率,才能保持企业的生存和发展。他们坚持各项经营管理工作都以市场为导向,一切为市场需要服务,在营销工作中,坚持加强市场研究,讲究市场策略,重视市场投资,完善营销机制。针对药品的特性及其特定的用户,确定"自销与通过商业渠道销售并举"的原则,立足"甩掉",而不满足于"卖掉",以形成销售、服务、消费、制造的良性循环。④从封闭型的企业管理向国际通行的现代管理转变,并密切注意吸取国外现代管理的信息,不断进行管理创新。如他们将处方药与非处方药分类管理,为我国实施非处方药提供了一些经验、建议和措施。该公司是国内第一家成立单独非处方药销售队伍的公司，大力开发非处方药(OTC)市场，扩大公司市场份额，积极开发医院和药房的销售，积极传播和促进药房的零售工作，努力塑造品牌，制定一个雄心勃勃的新产品上市计划，建立第一流的非处方药(OTC)销售队伍。

2. 以人为本是现代企业管理的重要创新

人的全面发展是在一个个具体的环境中发展的，由于分工的不同，每个人都有自己的工作岗位，在特定的工作岗位上创造性地工作，以达到企业目标，同时，把自己塑造成一个全面发展的人，这应是企业管理中对人管理的最高目标，它也是以人为本管理的真正要旨。上海施贵宝公司的主要做法是：①公开择优招聘，促进人才合理流动。招聘工作严格贯彻"公开招聘、平等竞争、严格考核、择优录用"的原则。②实行绩效评估，发挥激励导向作用。③引进竞争机制，改革分配制度。每年都要在同行业内或委托咨询机构调查劳动力的市场价格，以此确定公司合理的工资价位。④重视培训，强调学习。该公司为加强员工学习，通过各种方式加强岗位培训。例如，新员工必须进行上岗前培训，以学习了解公司概况、企业文化、劳动合同、员工纪律、行为规范、安全生产、质量意识等；营销人员每季度进行有关营销策略、销售技巧和产品知识的专业培训；生产人员进行 GMP 的管理专项培训；管理人员每年集中培训两三次，请国际专业培训公司讲授管理知识和技巧，学习掌握有关洽谈及领导沟通技巧、部门冲突处理技巧以及时间管理、团队精神、企业形象、学习型组织等知识；技术和管理骨干，则要出国参加专业培训或在国内参加专业培训班等。⑤为员工创造发挥才干的条件，营造"贵宝人和"的融洽气氛。该公司通过培训，使员工提高技能和才干，并通过绩效评估肯定和发扬员工的工作成就，还通过各种方式和活动增进员工之间的感情。建立员工生日档案，公司向他们祝贺。在公司工作满五年的员工，公司领导要请这些员工家属到公司作客，参观企业并共进午餐。

3. 管理方法上创新

企业管理方法的创新，主要是实现管理科学化和管理现代化。上海施贵宝公司把现代科学技术的一些最新成就采用到管理领域中来，如全面质量管理、统计分析、计算机网络计划技术、库存管理、决策技术、市场预测技术、生产资源计划(MRPE)、预算管理、办公自动化等。如 MRPII 系统，公司采用的 BPCS 软件，使计算机网络管理完整地覆盖全公司各生产、经营部门，使市场预测、原料采购、生产作业、产品成本、库存状况、财务控制和质量控制等数据全都纳入一体化管理，从而有可能以最少投入、合理库存量和最高生产效率来编制生产计划，以更好地适应市场需求，在企业内部做到信息共享、决策科学和进行有效监督。另外，该公司还全面开展提高效率活动，制定节省成本、紧缩人员、提高效率的具体计划。这一活动的特点是面广，涉及生产、销售、财务、技术等各个方面。公司在生产上开展缩短生产周期的活动，对主要产品成立缩短生产周期项目组，定期活动，设立专职效率经理，开展大幅度提高效率活动。车间人均效率提高 50%，达到减人增产的效果。全面开展效率活动，包括销售效率、采购效率、新药上市周期缩短的工作效率和财务简化工作程序的活动(DIS——DOITSIMPLE)。该公司在年度预算中把提高效率、减少成本作为实绩考核的一项指标。

4. 经营思路的创新

日本通产省曾对两个最大优秀企业进行调查，得出四个结论：①企业把主要精力放在提高劳动生产率、降低成本方面，经济效益一般；②企业把主要精力放在开拓市场，经济效益较好；③企业把主要精力放在提高产品质量和开发新产品，经济效益很好；④企业一手抓新产品，一手抓市场的开拓，经济效益最好。由此得出了管理、技术、产品、市场、服务五大创新的关键是产品创新和市场创新。这一结论公布后在国际企业界和理论界引起了强烈的反响。上海施贵宝公司牢牢抓住了产品创新和市场创新，他们在新产品开发上有五年滚动计划，每年都要上市 2 种~3 种新产品；新产品上市又有详细的上市促销和扩大市场占有率的策略，具有强烈的超前意识和市场占有意识。为了更好地占有市场，上海施贵宝公司成立了仓储分发部，把仓库、分发、车队归并在一个部门，加强合作，强化管理，保证 GMP。在全国设立了 14 个分发库，售后服务质量明显提高，如 98%以上的产品在接订单后 2 天内送到客户手里(除超出客户使用的额度外)，设立这一部门后，效率上升，费用下降，效果非常好。在国外设有专门的分发公司，而国内企业一般是通过商业部门销售，不设立全国的分发部门。面对国内应收账款较多和三角债严重的情况，上海施贵宝公司对客户实行了资信管理。其办法是通过建立客户资信控制与管理系统，对客户企业的创建情况、销售历史、还款率等资信情况都有完整记录，并根据客户资信状况的变化而调整销售政策。该公司还设立了专职的资信与收款小组，强化了收款工作，使公司应收账款处于良好的状态。(资料来源：圣才学习网 http://www.100xuexi.com/)

问题：

1. 上海施贵宝公司的管理创新涉及哪些方面？
2. 上海施贵宝公司为什么能在管理上有创新？
3. 什么是具有中国特色的管理创新？

三、管理技能训练

建立网络的技能

1. 让同学们回想一下最近参加的学生社团的活动或会议，并分别回答下列问题：
(1) 你参加这个活动的目是什么？
(2) 你有什么特定的目标，希望遇见什么特别的人吗？你希望从活动中获得什么收益？
(3) 你在活动上见到了多少人？
(4) 你与多少这些新认识的人联系过，有可能与他们建立某种关系？
(5) 活动之后，你给多少人打过电话，以便加强联系？
(6) 你与这些新建立联系的人的关系基础是什么？

(7) 你还在继续同这些新建立联系的人保持联络吗？如果没有为什么不联系？

2. 四五个学生组成一组，彼此分享大家在建立网络方面的经验。然后一起回答下列问题：

(1) 有哪些有效的做法可以用于和其他人建立网络？

(2) 你怎样避免陷入过多非互惠的、没有什么用处的网络关系？

(3) 有哪些方法可以保持你的网络充满生命力，以便在时机到来或者你需要帮助的时候，可以随意地利用你的网络？

3. 如果时间允许，组织大家制定建立网络的策略。

四、本章推荐阅读书目

1. [美]彼得·德鲁克. 21 世纪的管理挑战. 北京：生活·读书·新知三联出版社，2003

2. P. F. 德鲁克. 革新与企业家精神. 上海：上海翻译出版公司，1988

3. [美]里基·W.格里芬. 管理学. 第 9 版. 北京：中国市场出版社，2008，227-230

4. [美]路易斯·戈麦斯-梅西亚 戴维·鲍尔金等. 管理学——原理、案例与实践. 第 3 版. 北京：人民邮电出版社，2009

5. [美]Donald F.Kuratko Richard M.Hodgetts. 创业学——理论、流程与实践. 第 6 版. 北京：清华大学出版社，2006

参 考 文 献

1. [美]得克萨斯 A&M 大学 Mays 商学院 理基·W. 格里芬(Ricky W. Griffin)著. 刘伟译. 管理学. 中国版. 第 9 版. 北京：中国市场出版社，2010

2. [美]斯蒂芬·P. 罗宾斯著. 孙健敏、李源译. 组织行为学. 第七版. 北京：中国人民大学出版社，1997

3. [美]斯蒂芬·P. 罗宾斯. 管理学. 第四版. 北京：中国人民大学出版社，2003

4. [美]斯蒂芬·P. 罗宾斯等. 管理学原理. 第六版. 北京：中国人民大学出版社，2008

5. [美]加雷思·琼斯，珍妮弗·乔治著. 郑风田，赵淑芳译. 当代管理学. 北京：人民邮电出版社，2005

6. [美]吉福德·平肖第三. 创新者与企业革命——2000 年的总经理与内企业家. 北京：中国展望出版社，1986

7. [美]彼得·F. 德鲁克. 管理：任务、责任和实践. 北京：中国社会科学出版社，1994

8. [美]彼得·F. 德鲁克. 创新与企业家精神. 海口：海南出版社，2000

9. [美]彼得·F. 德鲁克. 21 世纪的管理挑战. 北京：生活·读书·新知三联出版社，2003

10. [美]弗利克斯·詹森. 管理创新——公司发展的全面解决方案. 昆明：云南大学出版社，2002

11. [美]理查德·L. 达夫特，多萝西·马西可著. 高增安，马永红等译. 管理学原理. 北京：机械工业出版社，2005

12. [美]莱昂纳多·布鲁克斯. 商业伦理与会计职业道德. 北京：中信出版社，2004

13. [英]巴克著. 徐海鸥译. 如何成为更好的决策者. 北京：经济管理出版社，2004

14. [美]科芬·查尔斯. 经营决策模式. 北京：现代出版社，2005

15. [美]威廉·大内. Z 理论——美国企业应怎样迎接日本的挑战. 北京：中国社会科学出版社，1984

16. [美]汤姆·彼得斯，南希·奥斯汀. 赢得优势. 北京：企业管理出版社，1986

17. [美]路易斯·戈麦斯-梅西亚等. 管理学——原理、案例与实践. 北京：人民邮电出版社，2009

18. [美]伊迪·韦纳，阿诺德·布朗. 前瞻思维——如何在变化的时代清醒思考. 北京：中国人民大学出版社，2008

19. [美]西蒙著. 詹正茂译. 管理行为(原书第四版). 北京：机械工业出版社，2004

20. [美]Donald F. Kuratko Richard M. Hodgetts. 创业学——理论、流程与实践. 第 6 版. 北京：清华大学出版社，2006

21. [美]里基·W. 格里芬. 管理学. 第 9 版. 北京：中国市场出版社，2008

22. [美]劳伦斯·S. 克雷曼(Lawrence S. Kleiman). Human Resources Management：A Managerial Toot for Competitive Advantage，2003

23. 托马斯·S·贝特曼. 管理学(第 4 版). 北京：北京大学出版社，2001

24. 托马斯·贝特曼，斯考特·斯奈尔[美]. 管理学——构建竞争优势. 北京：北京大学出版社，2004

25. 斯图尔特·克雷纳. 管理百年. 海口：海南出版社，2003

26. P. F. 德鲁克. 革新与企业家精神. 上海：上海翻译出版公司，1988

27. 理查德 B·蔡斯. 运营管理(第 11 版). 北京：机械工业出版社，2007

28. 安德鲁·J·杜伯林. 管理学精要(第 6 版). 北京：电子工业出版社，2003

29. 斯图尔特. 克雷纳. 管理百年. 海口：海南出版社，2003

30. 约瑟夫·M. 普蒂，海茵茨·韦里奇，哈罗德·孔茨. 管理学精要(亚洲版). 北京：机械工业出版社，1999

31. 哈罗德·孔茨，海因茨·韦里克. 管理学. 第九版. 北京：经济科学出版社，1993

32. 哈罗德·孔茨. 管理学. 北京：经济科学出版社，1998

33. 托马斯·S. 贝特曼. 管理学. 第四版. 北京：北京大学出版社，2001

34. 安德鲁·J. 杜伯林. 管理学精要. 第六版. 北京：电子工业出版社，2003

35. 约瑟夫·普蒂，海茵茨·韦里奇，哈罗德·孔茨[美]. 管理学精要(亚洲篇). 北京：机械工业出版社，1999

36. 泰勒. 科学管理原理. 北京：中国社会科学出版社，1980

37. 法约尔. 工业管理与一般管理. 北京：中国科学出版社，1980

38. 赫伯特·西蒙. 管理决策新科学. 北京：中国社会科学出版社，1982

39. 小詹姆斯·H. 唐纳利等. 管理学基础—职能、行为、模型. 北京：中国人民大学出版社，1981

40. 姚顺波. 现代企业管理学. 北京：科学出版社，2004

41. 刘爱华. 如何进行有效沟通. 北京：北京大学出版社，2004

42. 李家晔. 完美执行之最佳沟通. 北京：中国时代经济出版社，2005

43. 王绪君. 管理学基础. 北京：中央广播电视大学出版社，2001

44. 周景勤. 管理创新二十三讲. 北京：北京大学出版社，2002

45. 金锡万. 管理创新与应用. 北京：经济管理出版社，2003

46. 芮明杰. 管理创新. 上海：上海译文出版社，1997

47. 唐五湘. 创新论. 北京：中国盲文出版社，1999

48. 王建，徐永德，王殿龙. 企业创新的理论与实务. 北京：新华出版社，2000

49. 刑以群，张大亮. 存亡之道——管理创新论. 长沙：湖南大学出版社，2000

50. 杨洁. 企业创新论. 北京：经济管理出版社，1999

51. 陈文通等. 科学发展观新论. 南京：江苏人民出版社，2005

52. 徐林清. 用案例学管理管理技巧管理技巧. 广州：南方日报出版社，2004

53. 周祖成. 管理与伦理. 北京：清华大学出版社，2000

54. 普拉利. 商业伦理. 北京：中信出版社，1999

55. 万君宝. 管理伦理. 上海：上海财经大学出版社，2005

56. 赵丽芬. 管理理论与实务. 北京：清华大学出版社，2004

57. 徐大建. 企业伦理学. 上海：上海人民出版社，2002

58. 刘俊海. 公司的社会责任. 北京：法律出版社，1999

59. 钱仲威. 管理决策. 重庆：重庆大学出版社，2002

60. 张玉利. 管理学. 第二版. 天津：南开大学出版社，2004

61. 哈佛经典案例全集. 北京：中国标准出版社，2004

62. 刘秋华. 管理学. 北京：高等教育出版社，2004

63. 刘光明. 企业文化，北京：经济管理出版社，2001

64. 罗长海. 企业文化学. 北京：经济管理出版社，1999

65. 赵德忠. 人性与管理——中外管理文化比较研究. 沈阳：辽宁人民出版社，1998

66. 姜岩. 企业文化建设与高效管理. 广州：广东经济出版社，2002

67. 苏勇. 中国企业文化的系统研究. 上海：复旦大学出版社，1996

68. 潘承烈. 中日企业文化荟萃. 北京：企业管理出版社，1996

69. 华锐. 新世纪中国企业文化. 北京：企业管理出版社，2000

70. 王吉鹏. 企业文化建设. 北京：中国发展出版社，2005

71. 林坚. 企业文化修炼. 北京：蓝天出版社，2005

72. 申明，姜利民，杨万强编著. 管理沟通. 北京：企业管理出版社，1997

73. 周祖成. 管理与伦理. 北京：清华大学出版社，2000

74. 周三多等编著. 管理学(第四版)，复旦大学出版社，2003

75. 周三多等编著. 管理学——原理与方法. 第四版. 上海：复旦大学出版社，2005

76. 芮明杰. 管理学. 北京：高等教育出版社，2005

77. 魏文斌. 现代西方管理学理论. 上海：上海人民出版社，2004

78. 马克思恩格斯全集. 第23卷，P367

79. 王凯，蔡根女. 管理学原理. 北京：高等教育出版社，2001

80. 王俊柳，邓二林. 管理学教程. 北京：清华大学出版社，2005

81. 杨明刚. 现代实用管理学——知识·技能·案例·实训. 第2版. 上海：华东理工大学出版社，2005

82. 钱仲威. 管理决策. 重庆：重庆大学出版社，2002

83. 李品媛. 管理学. 大连：东北财经大学出版社，2005

84. 姜仁良. 管理学习题与案例. 北京：中国时代经济出版社，2006

85. 聂正安. 管理学. 长沙：中南大学出版社，2003

86. 成君忆. 水煮三国. 北京：中信出版社，2003

87. 赵涛，齐二石. 管理学. 天津：天津大学出版社，2004

88. 蒋丽君. 管理学原理. 杭州：浙江大学出版社，2004

89. 苏东水. 管理心理学. 第四版. 上海：复旦大学出版社，2002

90. 卢盛忠等. 组织行为学——理论与实践. 杭州：浙江教育出版社，1993

91. 王学力. 企业薪酬设计与管理. 广州：广东经济出版社，2001

92. 李剑锋. 组织行为管理. 北京：中国人民大学出版社，2000

93. 赵曙明. 中国企业人力资源管理(第三版). 南京：南京大学出版社，2000

94. 黄培伦. 组织行为学. 广州：华南理工大学出版社，2002

95. 徐国华，张德，赵平. 管理学. 北京：清华大学出版社，1998

96. 芮明杰. 管理学——现代的观点. 上海：上海人民出版社，2005

97. 邢以群. 管理学. 北京：经济科学出版社，1997

98. 张德. 组织行为学. 北京：清华大学出版社，2000

99. 吴娟瑜著. 沟通管理学. 北京：中国对外翻译出版公司，2002.

100. 朱传杰. 企业领导理论与领导哲学. 经济问题探索，2002(2)

101. 杨隆根. 管理者与领导者的区别与联系. 领导科学，2004(4)

102. 美国国际商业道德协会(www. busines-ethics. org)

103. 香港道德发展中心(www. Icac. org. hk)

104. 中国企业文化网，http://www.ce-c.com/

105. 企业文化网，http://www. 7158. com. cn

读者回执卡

欢迎您立即填妥回函

您好！感谢您购买本书，请您抽出宝贵的时间填写这份回执卡，并将此页剪下寄回我公司读者服务部。我们会在以后的工作中充分考虑您的意见和建议，并将您的信息加入公司的客户档案中，以便向您提供全程的一体化服务。您享有的权益：

★ 免费获得我公司的新书资料；
★ 寻求解答阅读中遇到的问题；
★ 免费参加我公司组织的技术交流会及讲座；
★ 可参加不定期的促销活动，免费获取赠品；

读者基本资料

姓　　名＿＿＿＿＿＿＿＿＿　性　别 □男　□女　年　龄＿＿＿＿＿＿＿＿

电　话＿＿＿＿＿＿＿＿＿　职　业＿＿＿＿＿　文化程度＿＿＿＿＿＿＿＿

E-mail＿＿＿＿＿＿＿＿＿　邮　编＿＿＿＿＿＿＿＿＿

通讯地址＿＿＿＿＿＿＿＿＿＿＿＿＿＿＿＿＿＿＿＿＿＿＿＿＿＿＿＿

请在您认可处打√（6至10题可多选）

1、您购买的图书名称是什么：＿＿＿＿＿＿＿＿＿＿＿＿＿＿＿＿＿＿＿＿＿＿＿＿＿＿

2、您在何处购买的此书：＿＿＿＿＿＿＿＿＿＿＿＿＿＿＿＿＿＿＿＿＿＿＿＿＿＿＿＿

3、您对电脑的掌握程度：　□不懂　　　　　　□基本掌握　　　　□熟练应用　　　　□精通某一领域

4、您学习此书的主要目的是：□工作需要　　　　□个人爱好　　　　□获得证书

5、您希望通过学习达到何种程度：□基本掌握　　　□熟练应用　　　□专业水平

6、您想学习的其他电脑知识有：□电脑入门　　　　□操作系统　　　　□办公软件　　　　□多媒体设计
　　　　　　　　　　　　　　　□编程知识　　　　□图像设计　　　　□网页设计　　　　□互联网知识

7、影响您购买图书的因素：　□书名　　　　　　□作者　　　　　　□出版机构　　　　□印刷、装帧质量
　　　　　　　　　　　　　　□内容简介　　　　□网络宣传　　　　□图书定价　　　　□书店宣传
　　　　　　　　　　　　　　□封面、插图及版式　□知名作家（学者）的推荐或书评　　□其他

8、您比较喜欢哪些形式的学习方式：□看图书　　　□上网学习　　　□用教学光盘　　　□参加培训班

9、您可以接受的图书的价格是：□20元以内　　□30元以内　　　□50元以内　　　□100元以内

10、您从何处获知本公司产品信息：□报纸、杂志　□广播、电视　　□同事或朋友推荐　□网站

11、您对本书的满意度：　□很满意　　　　　□较满意　　　　　□一般　　　　　□不满意

12、您对我们的建议：＿＿＿＿＿＿＿＿＿＿＿＿＿＿＿＿＿＿＿＿＿＿＿＿＿＿＿＿＿＿

← 请剪下本页填写清楚，放入信封寄回，谢谢！

100084

北京100084—157信箱

读者服务部　　　　　　收

贴　邮

票　处

邮政编码：□□□□□□

技术支持与资源下载：http://www.tup.com.cn

读者服务邮箱：service@wenyuan.com.cn

邮购电话：(010)62791865　(010)62791863　(010)62792097-220

组稿编辑：温洁

投稿电话：(010)62788562-330

投稿邮箱：wenjien_tup@163.com

wenjie@tup.tsinghua.edu.cn